Ice Ice Baby

Von Ines Bohne

*

David Bennett hob sein Gesicht den Scheinwerfern entgegen und genoss das Jubeln der Menge, als sein Name erklang. Die Spots wurden auf ihn gerichtet und warteten, dass er sich in Bewegung setzte und aufs Eis glitt. Sein Erscheinen ließ die Zuschauer im Air Canada Center von Toronto noch lauter applaudieren. Mit unglaublichen 52 Punkten hatte er sich in dieser Saison an die Spitze seines Teams gespielt. Dabei war erst die Hälfte aller Spiele vor den Play-Offs absolviert. Er bewegte sich zu seinem Platz auf dem Eis und schenkte der Masse ein strahlendes Lächeln, das fast so berühmt und gleichzeitig so berüchtigt war, wie sein Schuss von der Mittellinie. Während er sich im Eisstadion umsah, erkannte er in den Gesichtern Begeisterung und Stolz. Sie riefen seinen Namen. Das Schlagen der Fans an die Plexiglasabtrennungen, das Trampeln, die Pfiffe, die kurzen Einspielungen aus dem Lautsprecher, all das war der Rhythmus seines Lebens. In Davids Adern pulsierte die Begeisterung. Er lebte für die Fans, für sein Team und für das Adrenalin, aus dem er förmlich zu bestehen schien. Eishockey war sein Spiel. Es war sein Jahr. Am Ende der Saison würde er den Stanley Cup nach Toronto holen und die Hart-Trophy für den wertvollsten Spieler der Saison in den Händen halten.

Seine Schlittschuhe setzten sich wie von selbst in Bewegung und brachten ihn zur Mittellinie. Seit seinen Kindheitstagen liebte er dieses Spiel. Wie oft war er bis zur Dunkelheit auf dem vereisten See im Garten seiner Großeltern gelaufen. Er hatte aus jeder beliebigen Position auf den Puck eingedroschen. Nun stand er hier und musterte sein Gegenüber, Mitchell Burk. Ein zwei Meter großer und einhundertzehn Kilo schweren Mittelstürmer von den Washington Rebels, der mit einem schnaubenden Gesicht nur darauf wartete, ihn auseinanderzunehmen. Bei seinen einmeterzweiundachtzig Zentimetern und vergleichsweise leichten vierundachzig Kilo sollte er eigentlich Respekt vor dem Hünen aus Washington haben. David wusste, dass dieser heute aufs Eis gegangen war, um ihm das Leben so schwer wie möglich zu machen, aber mit dem Haudegen würde er schon fertig werden. Seine kurzen, kraftvollen Schritte, blitzschnellen Wendungen und explosiven Schüsse würden Burk heute in

Schach halten. Als sie Auge in Auge voreinander standen, verzog sich sein Mund zu einem verschmitzten Lächeln, das ihm gleich zu Beginn seiner Karriere den Namen „Beamer" eingebracht hatte. Doch seine bestechend grünen Augen lächelten nicht. Diese wanderten zur Kelle, dann zum Schiedsrichter und schließlich zum Puck. Der Pfiff ertönte. Sein Spiel konnte beginnen.

*

Wie nach jedem Heimspiel trafen sich viele der Toronto Rovers noch im *Nexus*, um ihren Sieg zu feiern. David betrat den exklusiven Club und ließ seinen Blick über die Schönsten und Anmutigsten gleiten, die Toronto zu bieten hatte. Hier und da erkannte er eine der Freundinnen, die bereits das Bett mit ihm geteilt hatten. Hinter ihm trat Rick Nolan ein, ein Stürmer auf dem linken Flügel bei den Rovers. Zusammen ergaben sie die gefürchtetste Waffe der Rovers und waren nur schwer zu stoppen. Dank Ricks perfekt platzierten Pässen und Davids gnadenlosen Schüssen im letzten Drittel des heutigen Spiels hatte Toronto einen überlegenen Heimsieg von 4:1 erzielt.

„Womit wollen wir uns heute belohnen?" fragt Rick und lenkte Davids Gedanken vom Spiel zurück ins *Nexus*. An der Bar ließen sie sich in der Nähe von zwei echten Schönheiten nieder, und mit einem Lächeln meinte er:

„Ich bin für alles offen." Die beiden Stars der Rovers wurden nach kurzer Zeit von Teamkollegen und hübschen Mädchen umringt. Gegenseitig lobten sie sich über alle Maßen. Einige Basketballspieler der Toronto Steelers gesellten sich dazu.

„Hey Tyler, willst du nicht endlich zum Hockey wechseln? Dann würdest du vielleicht auch mal ein Spiel gewinnen." Rief Rick Tyler Worchuck zu, der in der letzten Saison von den Washington Rebels zu den Steelers gewechselt war. Die Gruppe stimmte in Ricks fröhliches Gelächter mit ein. David genoss die ausgelassene Stimmung mit den Jungs. Er fühlte sich wohl in ihrer Gesellschaft. Vor zwei Jahren war er von den Rovers aus Detroit geholt worden. Er hatte immer gehofft, wieder in seine Heimatstadt zurückzukehren und für Toronto zu spielen. Hier hatte er in jungen Jahren alles gelernt, was ihn heute so erfolgreich machte. Seit seiner Rückkehr revanchierte er sich mit großem Erfolg. Mit etwas mehr Glück und weniger privatem Trouble, hätte er im letzten Jahr die besten Chancen gehabt, mit seinem Team den Stanley Cup zu holen. Doch hatte er sich zu sehr von seinem Privatleben ablenken lassen, um dieses Ziel zu erreichen. Diesen Fehler würde er nicht ein zweites Mal machen. Seit der letzten Saison fand er in Rick einen Passgeber, der oft seine Spielzüge voraussah und ihn punkten ließ. Coach Henderson merkte schnell, dass die Spitze Bennett-Nolan ein Trumpf war und setzte sie gezielt ein. Es gab nicht viele Spieler, die mit David um die Hart-Trophy konkurrierten. Die talentierten Neuzugänge hatten zwar die nötige Kraft und Ausdauer, ihm gefährlich zu werden, doch mangelte es ihnen an Erfahrung. Allstarspieler mussten dagegen häufig verletzungsbedingt pausieren und konnten somit nicht genügend Spiele absolvieren. David spürte einen süßen Duft neben sich und ein Räuspern.

„Hi, ich bin Kendra.", sagte sie mit einem so schmachtenden Blick, dass sich Rick ein Glucksen nicht verkneifen konnte. Groß, schlank, blond und langbeinig, stand sie vor ihm, mit verführerischen Lächeln und eindeutiger Körpersprache. Ihre schlanken Finger streichelten Davids Arm.

„Hi!"

„Ich habe dein Spiel heute Abend gesehen. Du hattest ja wirklich einen Schuss drauf. Triffst du immer so genau?"

Ihre Brust an seinem Oberarm und ihr direkter Blick versprachen ihm weit mehr. Am Anfang seiner Karriere hatte David kaum eine Gelegenheit ausgelassen. Diese Art von Mädchen sonnten sich in seinem Ruhm und genossen die bewundernden Blicke der anderen Frauen, wenn sie mit ihm gesehen wurden. Dafür erfüllten sie ihm nur zu gern alle seiner sexuellen Wünsche. Seit dem College waren sie kaum von seiner Seite gewichen. Sein geniales Spiel war zu der Zeit zwar schon zu erkennen, aber es war die Mischung aus seinem athletischen Körper, den lachenden, grünen Augen, seiner Hartnäckigkeit und seinem Charme, die Frauen wie Männer an seine Seite zogen. Dass er Frauen das Gefühl gab, etwas Besonderes zu sein, zog sie an. Männer sahen in ihm einen loyalen und großzügigen Gefährten. Kendra legte ihre Finger auf Davids Oberschenkel, worauf Rick sein Bier nahm und aufstand: „Ich dreh mal 'ne Runde." Aber weder David, noch Kendra beachteten ihn.

David musterte sie mit offener Neugier.

„Das wird sich bald zeigen, Süße."

„Meine Freundin Mindy hat es mir versichert."

Während er einen Schluck aus seiner Bierflasche nahm, musterte David ihr cremefarbenes Seidenkleid, das so eng an ihrem schlanken Körper anlag, dass es kaum Raum für Fantasie ließ. Seine Augen blieben an ihrem glitzernden Dekolleté hängen. Sie war seine Belohnung für die vielen Bodychecks, die er heute Abend einstecken musste und mit belegter Stimme flüsterte er ganz nah an ihrem Ohr.

„Na dann will ich dich mal nicht enttäuschen, Süße."

*

Irgendetwas weckte ihn am nächsten Morgen. Es war noch dämmrig, aber durch die große Glasfront drang das frühe Tageslicht in Davids Apartment. Er stand vom Bett auf und ging zu den bodentiefen Fenstern. Nur mit Shorts bekleidet, lehnte er sich an den Fensterrahmen und blickte auf die Bay. Es schien ein genauso kalter Januartag zu werden, wie die ganze letzte Woche. Sein braunes Haar war noch zerzaust von der Nacht und stand oben etwas ab. Erste Bartstoppeln zeigten sich. Sein nackter Körper ließ keine Zweifel daran aufkommen, dass er in der härtesten Liga der Welt angekommen war. Zwischen den Riesen auf dem Eis wirkte er eher klein, aber das jahrelange Krafttraining hatte ihn geformt. Zielstrebigkeit, Körpereinsatz und Intelligenz hatten aus dem kleinen zehnjährigen Jungen von damals denjenigen gemacht, der er immer sein wollte. Einer der Besten im Profisport, wenn nicht sogar der Beste in der ganzen National Hockey League.

Er liebte den Anblick der Stadt, wenn der Nebel sich langsam verzog und Toronto zu neuem Leben erwachte. Ein Bild, das ihn beruhigte. Doch seit einigen Wochen drifteten seine Gedanken immer wieder zurück zu Claire. Zu ihren Augen, ihrem Lächeln und ihrem fordernden Blick. Um die aufsteigende Melancholie zu verdrängen, erinnerte er sich schnell an das gestrige Spiel.

Das war es auch, was er in Zukunft tun sollte. Harte Arbeit und ein immer klares Ziel vor den Augen hatten ihn so weit gebracht. Ein Blick auf die Uhr verriet ihm, dass er noch zwei Stunden Zeit hatte, ehe sich die Rovers zum leichten Skaten trafen. Rasch zog er sich an, griff nach der Wasserflasche und dem Schlüssel für seinen Porsche und machte sich auf den Weg. Vielleicht würde er noch einen kurzen Stopp an dem neuen Café am Pier machen und eine Kleinigkeit frühstücken.

*

Melanie Gardinier zappte sich gerade durch das Frühstücksprogramm, als auf dem Bildschirm ein bekanntes Paar grüner Augen ihre Finger auf der Fernbedienung lähmte. Da war er. Der Mann, in den sie jahrelang heimlich verliebt war und für den sie heute nur noch Hass empfand. David Bennett und seine Rovers wurden vom Kommentator für die Glanzleistung des vergangenen Abends in den Himmel gelobt. Während sie Bennett fixierte, hörte sie wie ein Hintergrundrauschen die Interviewfloskeln:

„... Leistung des gesamten Teams ..."

„... dank bestmöglicher Vorbereitung..."

„... Washington hat ebenfalls seine Hausaufgaben gemacht."

„... starker Gegner in New York..."

Sie erkannte Rick Nolan und Martin Dash, den Torhüter des Teams, die gerade hinter David durchs Bild liefen. Rick klopfte David auf den behelmten Kopf, grinste in die Kamera und rief ins Mikrophon:

„Dieser Typ hier ist jeden Cent wert, den ihr ihm bezahlt." und schrie:

„Ich liebe diesen Mann."

Davids Grinsen wurde immer breiter. Seine Augen richteten sich auf die Kamera, und mit einem spitzbübischen Lächeln verkündete er

„Ich dich auch, Rick. Und am meisten lieben wir unsere Fans."

Der Kommentator ließ sich diesen hingeworfenen Happen natürlich nicht entgehen. Doch Melanie hörte schon gar nicht mehr hin. Für sie war diese Bemerkung nur eine weitere Bestätigung, was für ein Typ Bennett in Wirklichkeit war. Klar, er sah toll aus. Trotz aller Schlägereien auf dem Eis waren seine Gesichtszüge kaum von Narben oder Schwellungen verziert. Und seine Augen mit den kleinen Lachfältchen zogen jede Frau in seinen Bann. Das konnte Melanie nicht leugnen. Er war attraktiv, das wusste er. Doch seine Arroganz festigte ihr Bild von ihm noch mehr:

„Idiot."

Sie hatte nie vergessen, was bei ihrer ersten Begegnung vor zehn Jahren passiert war. Sie war jung und naiv und David hatte sie angezogen wie so viele Frauen. Als bester Freund ihres

Bruders und mit seiner vielversprechenden Zukunft als Nachwuchstalent in der Hockey Liga WHL erschien er ihr ungeheuer attraktiv. Mit Abstand betrachtet, konnte sie ihm nicht mal einen Vorwurf machen. Doch was er ihr angetan hatte, das wollte sie ihm nie verzeihen.

*

„Warum gerade ich?", fragte Melanie zwei Tage später ihren Freund und Vorgesetzten Edward Paulick, der ihr gerade ihre Aufgabe erklärte. Sie konnte sich überhaupt nicht erklären, warum gerade sie mit dem Fall beauftragt wurde.

„Banks will dich. Keine Ahnung, warum. Hast du ihm etwa geflüstert, dass du unseren Champion mal persönlich treffen möchtest?" Was als Witz gemeint war, konnte Melanie kein Lächeln abringen.

„Vielleicht ist das deine Chance, Banks zu zeigen, warum er dich eingestellt hat."

„Ich glaube eher, dass ich seine einzige frei verfügbare Assistentin bin. Die Fotos werden gut, ob ich dabei bin oder nicht. Ich werde wohl nur Ethan zusehen, wie er seine Aufnahmen macht, danebenstehen und das Bier für den Beamer halten. Dafür hätte ich nun wirklich nicht studieren brauchen."

„Nein, das hab ich dir gleich gesagt, dass sich diese vier Jahre deines Lebens hier nicht auszahlen."

Ein Schniefen und ein abfälliger Blick aus Melanies Richtung entlockten Eddie die Wahrheit.

„Okay, Mel, sieh es so, wie es ist. Du bist die Einzige bei uns, die nicht schwanger oder verheiratet ist. Im Mini bist du eine echte Augenweide. Wahrscheinlich will Banks nur sichergehen, dass Bennett seine Zusammenarbeit mit JETZ genießt."

„Bin ich gefeuert, wenn ich in Hosen erscheine?" Angewidert verzog Melanie ihr Gesicht. Der Gedanke, dass Mr. Banks sie nur wegen ihrer Affäre mit Eddie bei JETZ, einem Unterwäschelabel eingestellt hatte, machte sie nicht unbedingt stolzer. Es lag schon sechs Jahre zurück, dass sie und Eddie ein Paar waren. Während ihrer Zeit auf dem College hatte Eddie als Golfpartner und Freund ihres Vaters viel Zeit in ihrem Elternhaus verbracht. Wenn sie an den Wochenenden heimkehrte, schenkte er Melanie seine ganze Aufmerksamkeit und genoss ihre Gesellschaft. Sie verbrachten unendliche Stunden auf dem Golfplatz, auf Eddies

Segelboot und schließlich auch im Bett. Die 15 Jahre Altersunterschied störte sie beide nicht. In seinen dunklen Augen, dem dichten, braunen Haar und seiner großen, kräftigen Statur sah sie einen Vertrauten, bei dem sie sicher war. Eddie war nicht ihr erster Mann nach Bennett. Auf dem College traf sie sich mit mehreren Jungs. Aus manchen Dates entwickelten sich sogar kurze Beziehungen, doch bei Eddie war der Reiz des Neuen am Größten. Dass ihre Eltern nichts von ihrer Beziehung wussten, machte sie noch prickelnder. Selbst ihr Bruder Steve ahnte lange nichts von ihrer heimlichen Liebe. Ihm vertraute sie sonst fast alles an. Umso enttäuschter zeigten sich ihre Eltern, besonders ihr Vater, als sie davon erfuhren. Von nun an verkehrte Eddie nicht mehr bei den Gardiniers. Einzig ihr Bruder befürwortete ihre Beziehung. Dafür war Melanie ihm sehr dankbar. Doch nach wenigen Monaten verpuffte die Leidenschaft und ihnen wurde klar, dass sie bessere Freunde als Geliebte waren. Und Eddies Freundschaft war Melanie unheimlich wichtig. Dank ihm, bekam sie einen Job als Assistentin bei JETZ. Dieser oder ein Job in der hoch angesehenen Wirtschaftsberatungsfirma ihres Vaters, hatte es nach dem College geheißen. Und da Melanie den Einfluss ihres Vaters auf ihr Leben satthatte, fiel ihr die Entscheidung leicht.

„Mel, Darling, warum so bissig? Es ist Mr. David Bennett, den du morgen treffen wirst. Erzähle mir nicht, dass sein Charme bei dir wirkungslos ist. Das nehme ich dir nicht ab. Andere würden dafür töten."

Eddies dunkle Augen hinter den modisch breiten Gläsern seiner neuesten Ray Ban ruhten aufmerksam auf ihr.

„Da hast du sicher Recht."

Melanie wollte Eddie nicht gestehen, welche Gefühle Bennett in ihr auslöste.

Sie ließ sich noch schnell erklären, wo und wann sie morgen auf Ethan und Bennett treffen sollte und was genau ihre Aufgabe dabei war. Dabei gab es nicht viel für sie zu tun. Was ihre Vermutung, sie solle nur hübsches Beiwerk abgeben, nun bestätigte. Noch ein Grund mehr, warum sie ihren Job so sehr hasste. Es wurde wirklich Zeit, dass sie sich ernsthaft nach Alternativen umsah.

*

Am nächsten Morgen erwachte sie viel früher als gewöhnlich. Es war ein windiger und kalter Januarmorgen. Ein Blick aus dem Fenster bestätigte ihr, dass sie heute auf keinen Fall einen Rock wählen würde. Nach einem ausgiebigen Frühstück und einer schönen heißen Dusche, wählte sie zu ihren engen, schwarzen Jeans eine silberfarbene Bluse mit schwarz abgesetzten Bündchen. Ein Geschenk ihrer Freundin Holly, die als Designerin bei Calvin Klein arbeitete und an Melanie gern ihre neuesten Modelle probierte. Ihre dunklen, glatten Haare föhnte sie locker über die Schultern und ihre Augen betonte sie mit leicht schimmernden Lidschatten und etwas Mascara. Einige Ponysträhnen hingen ihr in die Augen und sie wischte sie zur Seite. Sie hatte Glück, eine kleine Stupsnase und einen leicht geschwungenen Mund zu haben, der zu schnell grinste und ihrem Gesicht einen leuchtenden Glanz gab. Sie war ganz zufrieden mit ihrem Äußeren. Ihre hohen Stiefel mit den Keilabsätzen und ihre Lieblingswinterjacke mit dem Kunstfell an der Kapuze rundeten das Bild ab. Auch wenn sie die bevorstehende Begegnung mit Mr. Hockey lieber vermeiden würde ... verstecken würde sie sich nicht. Ein Blick in den Spiegel bestätigte ihr, dass sie immer noch mit ihrer Figur zufrieden sein konnte. Als sie das Schlittschuhlaufen aufgegeben hatte, hatte sie schnell gemerkt, dass ihr Körper ohne sportliche Betätigung verfallen würde. Sie versuchte sich im Kickboxen und ging mit Holly zum Yoga und Aerobic.

In der Tiefgarage ihres Wohnhauses angelangt, fand sie auch gleich ihren kleinen Liebling. Der 1er BMW war das Geschenk ihres Vaters zum bestandenen Master in Betriebswirtschaft. Melanie wusste, dass er ihr mit dem kleinen roten Schmuckstück den Weg in seine Firma schmackhaft machen wollte. Er hatte schon immer davon gesprochen, sie eines Tages an Bord zu holen und zu seiner Nachfolgerin zu machen. Für Cliff Gardinier gab es keine anderen Optionen. Melanie hatte allerdings schon immer ganz andere Pläne gehabt. Nur hatte sie in früheren Jahren nie die Kraft gehabt, sich gegen ihn durchzusetzen. Als kleines Mädchen hatte sie davon geträumt, eine berühmte Eiskunstläuferin zu werden. Der kalte Luftzug auf ihrer Haut und die Leichtigkeit ihres Körpers auf dem Eis ließen ihr Gesicht strahlen. Ihre dunklen Haare waren oftmals zu einem langen Zopf gebunden, die dunkelgrauen Augen vor Freude geweitet. In schwarzen Leggins und einem Sweatshirt der Toronto Rovers wurde sie von Tanja Kirjakova entdeckt. Als ehemalige russische Profi-Eiskunstläuferin erkannte diese das Potential, das nun vor ihr stand. Melanies Leidenschaft für den Sport, gepaart mit ihrer guten Körperbeherrschung, machten aus dem kleinen 10-jährigen Mädchen einen Rohdiamanten, den sie nur zu gerne schleifen wollte. Disziplin, Fleiß und Ehrgeiz verlangte sie von nun an auch von Melanie, die mit den Mädchen aus Ms. Kirjakovas Klasse leicht mithalten konnte. Während Steve mit seinen Freunden Hockey spielte, sog sie begierig die Ratschläge der Trainerin auf. Melanie empfand großen Respekt vor Ms. Kirjakova. Mit ihrem strengen Haarknoten und dem verkniffenen Mund trieb sie die Mädchen bedingungslos an. Die klaren, grauen Augen ließen die kleine Frau mittleren Alters wie eine drahtige Bibliothekarin erscheinen, die zur Ruhe mahnt. Doch gleichzeitig erkannten die Mädchen, dass sie nur mit ihrer Hilfe erfolgreiche Eiskunstläuferinnen werden konnten. Mit den Jahren wurden Melanies Bewegungen graziler, ihre Sprünge höher und ihre Liebe zum Sport größer. Gemeinsam tourte sie mit ihrer Klasse durch ganz Ontario. Die Trophäen in Melanies Zimmer häuften sich neben denen ihres Bruders und eigentlich hätten ihre Eltern stolz auf sie sein müssen. Als sie sich dem High-School-Abschluss näherte und die Frage aufkam, welchen Weg sie in ihrem Leben einschlagen sollte, war besonders ihr Vater die treibende Kraft, die sie aufs College führte.

„Eislaufen ist ein Hobby, kein Job. Davon wirst du nicht satt…

Was machst du, wenn du mal verletzungsbedingt pausieren musst?

…Spätestens mit 30 wird deine Karriere zu Ende sein und dann ist es zu spät, um noch einmal zur Uni zu gehen."

Auch Ms. Kirjakova, die von Melanies Talent überzeugt war, konnte die Gardiniers nicht umstimmen. Ihr Vater meldete sie am College an und finanzierte ihren Lebensunterhalt. Auf das Eis kehrte sie nie wieder zurück.

Sie lenkte den 1er auf die Schnellstraße und dann raus aus der Stadt. Sobald sie beschleunigen konnte, öffnete sie die Fensterscheiben, um den kalten Wind auf der Haut zu spüren. Ihre große Sonnenbrille schützte sie vor ihrem fliegenden Haar. Das Kribbeln in ihren Armen und ihrem Magen verriet ihr, dass sie die bevorstehende Begegnung nicht so kalt ließ, wie sie es gerne hätte. Ob er sich an sie erinnerte? Das flaue Gefühl ließ sie nicht los, als sie vor Ethans Studio hielt und einen letzten Blick in den Spiegel hinter ihrem Sonnenschutz warf. Da ging bereits die Tür auf, und der Fotograf erschien mit einigen Assistenten.

Arschkriecher.

Sie mochte ihn, doch seine übereilten Bemühungen waren zu viel. Hastig stieg sie aus und lächelte Ethan entgegen. Der kleine, blonde Mann im Pullover und Jeans gab ihr einen Kuss auf die Wange.

„Ich bin es nur, Ethan. Also pfeif deine Leute wieder zurück an ihre Plätze."

Ethans Mitarbeiter und er selbst verschwanden augenblicklich wieder hinter der schweren Stahltür.

Melanie holte die schwere, schwarze Tasche aus ihrem Kofferraum und zog sich die Mütze tiefer in die Stirn. Da sauste ein schwarzer Porsche um die Kurve und hielt genau neben ihrem Wagen.

David stieg aus und sah sich um. Auf dem Eis erschien er kleiner, doch in natura überragt er sie um einiges. Auch er trug eine große Sonnenbrille. Sein athletischer Körper steckte in dunkelblauen Jeans. Eine dunkle Lederjacke und ein Dreitagebart vervollständigten sein Outfit. Er blickte sich zu Melanie um und musterte sie.

Nicht schlecht.

Ein hübsches Ding mit viel Power war das Erste, was ihm zu ihr einfiel. Sie hatte schlanke Beine, lange Haare und große, dunkle Augen. Sie stand neben dem BMW und musterte ihn.

„Warten Sie auf mich?", fragte David mit schuldbewusstem Lächeln.

Ihre Mundwinkel zuckten und ihre Sprachlosigkeit enttäuschte ihn ein wenig. Die meisten Leute ließen sich zu schnell von Berühmtheiten einschüchtern. Irgendwie hatte er gehofft, dass er bei den Aufnahmen heute Spaß haben würde. Als sie nicht antwortete, fragte er mit Blick auf ihr Nummernschild.

„Hübsches Auto. Ist das Ihrer, Lany?"

Keine intellektuelle Glanzleistung, wenn man das Nummernschild abliest.

„Lany dürfen nur meine Freunde zu mir sagen, Mr. Bennett. Aber sie können mich Melanie nennen."

Spitzbübisch grinste sie. David verstand.

„Okay."

Als sie auf ihn zukam und ihm die Hand gab, bemerkte er eine frische Röte auf ihren Wangen. Er fragte sich, ob die von der Kälte stammte oder von der Begegnung mit ihm.

„Sind Sie das gesamte Empfangskomitee?"

Seine Hände waren warm und rau. Ein leichtes Kribbeln legte sich auf ihre Wirbelsäule, als er sie aus kurzer Distanz musterte.

„Was Sie erwartet haben, will ich lieber nicht wissen. Leider sind wir etwas knapp bei Kasse. Für unseren letzten überbezahlten Werbeträger haben wir zu tief in die Tasche greifen müssen."

Ein Lachen drang aus seiner Kehle, und er nahm ihr die schwarze Tasche aus der Hand.

„Das sind klare Worte. Besten Dank.", entgegnete er mit einem amüsierten Lächeln. Wenn er ehrlich zu sich selbst war, konnte er nicht einmal die Summe benennen, die er mit dem Job als JETZ-Modell verdiente. Normalerweise war er in finanziellen Dingen nicht nachlässig, doch wurde die Summe so oft von seinem Agenten und JETZ geändert, dass er den Überblick verloren hatte.

Gemeinsam gingen sie zum Studio, und David hielt ihr die Tür auf.

Im Inneren sorgte sein Erscheinen für allgemeinen Aufruhr. Nach einer Vorstellungsrunde wand sich David Ethan zu. Ganz der Profi, fing Ethan sofort an, verschiedene Einstellungen mit ihm zu besprechen und seine Technik zu beschreiben, da David ihm viele Fragen dazu stellte. Er schien interessiert und wissbegierig. In der Zwischenzeit fingen die Mädchen an, seinen 100-Dollar-Haarschnitt in Form zu bringen. Mit einem Hauch von Gel ließen sie es zerzaust aussehen. Sein Dreitagbart blieb aber unangetastet. Das Resultat konnte sich sehen lassen. Melanie musste zugeben, dass die Make-Up Assistentinnen wirkliche Meister ihres Faches waren. Mittlerweile trug er nur noch JETZ Shorts und erntete von den Mädchen bewundernde Blicke. Die Szene, die Ethan einfangen wollte, spielte sich am frühen Morgen ab. Das Licht im Hintergrund wurde gedämpft und später in Sepiatöne umgewandelt. Die Hände lässig auf seinem Bund sitzend, schaute David direkt in die Kamera.

Dieses Bild erwartete eine Frau also nach einer Nacht mit Mr. Hockey.

Melanie musste zugeben, dass sie nicht abgeneigt wäre. Sie schaute immer mal vorbei und versorgte Ethan und David mit allerlei frischen Getränken. David fragt sich, wie wohl ihr Job bei JETZ aussah und mit welchen Berühmtheiten sie zusammentraf. Sie machte auf ihn einen souveränen Eindruck, und er begann sich zu entspannen. Er hatte sich gestern erst einige von Ethans Arbeiten schicken lassen und war mittlerweile überzeugt, dass dieser jeden in bestens in Szene setzten konnte.

Am Ende des Tages waren genügend Aufnahmen im Kasten, und Melanie konnte mit ihrer eigentlichen Aufgabe beginnen. Sie durfte dann nächtelang Fotos sichten und für Eddie eine Vorauswahl zu treffen. David war vor ein paar Stunden in seinen Porsche gestiegen, nachdem er sich bei der Crew bedankt und verabschiedet hatte. Melanie dachte an die vielen guten Bilder, die sie sich schon zwischendurch auf Ethans Laptop angesehen hatte. Sie nahm die Speicherkarten und steckte sie in ihre Umhängetasche. Dann verabschiedete sie sich von Ethan.

„Vielen Dank, Melanie. Es ist immer schön, dich in der Nähe zu haben."

„Das ist nett, dass du das sagst, Ethan. Ich bringe die Fotos noch ins Büro."

Ethan nickte nachdenklich.

„Er ist besser, als ich dachte. Sein Blick ist ungeheuer stark. Das können wir nutzen."

„Ja. Das ist er." Sagte sie mit einem Lächeln und nahm ihre Autoschlüssel aus der Tasche.

„Gute Nacht, Ethan."

„Gute Nacht, Süße."

Melanie trat in die dunkle Nacht hinaus und klickte ihren 1er auf. Er begrüßte sie mit einem kurzen Aufblinken. Es war kurz nach elf, als Melanie die Schnellstraße zurück in die Stadt nahm. Nur noch wenige Autos waren auf den Straßen, und sie konnte ungehindert beschleunigen. Sie stellte das Radio an und ihre Finger lagen ruhig auf dem Lenkrad. Sanfte Vibrationen aus ihrem Motor schienen direkt in ihre Blutbahn zu fließen. Weich ging der 1er in die Kurven und auf minimale Aufforderungen antwortete er mit augenblicklicher Beschleunigung. Melanie liebte ihr Auto. Doch die beruhigende Wirkung konnte sie heute nicht lange spüren. Immer wieder kreisten ihre Gedanken um den Star der Rovers. Sie überlegte, welche Art von Foto besonders geeignet war und wie sie mit Eddie morgen früh über ihre Vorauswahl streiten würde. Als sie im Bürogebäude ankam, waren nur noch ein paar wenige Räume beleuchtet. Irgendwo scheinen doch noch ein paar Workaholics an ihren Plätzen zu sein. Sie fragte sich, ob sie jemals den Lohn für ihre Mühen ernten würden. Melanie knipste das Licht in ihrem Zimmer an und warf ihre Jacke über den Drehstuhl. Als sie ihren Laptop hochfuhr, erinnerte sie ihr Magen, dass sie seit dem Mittag nichts gegessen hatte. In ihrer Tasche musste noch ein Apfel sein. Sie wollte ihn holen, doch die Augen, die sie vom Bildschirm her anblickten, ließen sie den Apfel vergessen. Er schien vor ihr zu stehen und lächelte sie herausfordernd an. Melanie hatte nun alle Zeit der Welt, in diese grünen Augen zu schauen und sein Profil zu studieren. Wenn sie ganz nah an den Monitor heranging, erschienen ihr seine Bartstoppeln wie Sandkörner. Sie ließ die Fotos schnell durchlaufen und David begann sich zu bewegen. Ethan hatte wirklich fast jede Bewegung aufgenommen. Davids

Maskulinität hatte er in jedes einzelne Bild gepresst. Mr. Hockey lächelte sie an. Sein Lächeln verschwand. Nur seine Augen schienen zu ihr zu sprechen. Im nächsten Bild blickten sie Melanie belustigt an. Im nächsten Augenblick funkelten sie spöttisch, dann wieder wirkten sie überlegen. Sie erinnerten sie an den Jungen, dem sie vor zehn Jahren auf der Siegesparty begegnet war.

So oft hatte sie ihm und ihrem Bruder Steve aus der Ferne beim Eishockey zugesehen. Ihr junges Herz schlug schneller, wenn er in der Schule zufällig an ihr vorbeiging. Und obwohl er niemals auf sie aufmerksam wurde und sie nie ein Wort mit ihm gewechselt hatte, durchfuhr sie ein Kribbeln, wenn sie an ihn dachte. Sie hatte eine starke Verbindung gespürt, die so geheim war, dass sie diese mit niemandem teilte. So war es für sie auch unmöglich, ihn abzuweisen, als er sie von der Siegerfeier ihres Bruders wegführte. Überglücklich ließ sie David ihre Hand nehmen und folgte ihm mit klopfenden Herzen zum Besprechungsraum des Teams. In ihr herrschte das totale Gefühlschaos und übertönte ihre innere Stimme. Sie sehnte sich so sehr danach, von ihm in die Arme genommen und geküsst zu werden, dass sie es nicht wagte, diese Augenblicke durch eine Unterhaltung zu gefährden. *Spürte er auch ihre Verbindung? Würde er ihr nun gestehen, dass er sie ebenfalls heimlich liebte und bisher nur nicht den Mut gefasst hatte, sich ihr anzuvertrauen?*

Im Zimmer war es dämmrig und kalt. Sie hörte seinen schnellen Atem und ihre Augen klebten an seinem Mund.

Küss mich endlich!

David schob sie sanft in Richtung Konferenztisch und mit ruhigen Händen fing er an, ihr Top hochzuziehen und ihre Brüste zu streicheln. Melanie genoss jede Sekunde seiner zärtlichen Berührungen und als sie den Tisch hinter sich spürte, hob er sie hoch und platzierte sie vor sich. Durch ihren dünnen Rock spürte sie seine harte Jeans. Ihre Finger glitten durch seine dunklen Haarspitzen. Seine Augen waren halb geschlossen, und sein schneller Atem verriet ihr, dass auch er es wollte. Er beugte sich über sie und begann, ihren Hals zu küssen. Überall hinterließen seine Lippen eine Gänsehaut. Sie wanderten zu ihrem Ohr. Melanie drehte leicht den Kopf, damit er endlich ihren Mund berührte. Seine Hände strichen ihre Beine entlang, und er hob sie etwas an, als er ihren Po umfasste. Sie stöhnte in seinen Mund und konnte nicht glauben, dass ihr das passierte.

„Du bist so süß.", raunte er an ihrem Mund.

Sie hatte immer von ihm geträumt. Harter Körper. Unbeugsamer Blick aus dunkelgrünen Augen. Hände, die sie liebevoll neckten. Ein warmer, sinnlicher Mund, der sie erforschte. Sie sah ihm in die Augen und wusste, dass es richtig war, ihm zu folgen. Er würde sie lieben und ihre Wünsche von den Augen ablesen. Wie konnte etwas so Wunderbares, so Erregendes falsch sein? Seine Finger streichelten sie durch ihren Slip, und ihr Puls schlug schneller. Ihre Hände wurden mutiger. Sie lehnte sich zurück und knöpfte sein Hemd auf. Ihre Handflächen erkundeten seine Brust. Sie war hart und muskulös, wie sie es sich vorgestellt hatte. Sie öffnete ihre Beine instinktiv noch weiter und ihr Mund kostete seine Brust. David stöhnte auf und bat sie mit belegter Stimme:

„Zieh deinen Slip für mich aus, Süße."

Sie wussten, dass sie nicht mehr lange brauchen würden, und als keine Hindernisse mehr im Weg waren, zog er sich schnell den Gummi über und hob Melanie auf sein hartes Glied. Sie schrie kurz auf, als er sie auf sich schob. In ihr breitete sich ein wärmendes Gefühl der Glückseligkeit aus, das sich mit Aufregung und steigernder Lust paarte. Melanie schien in ihren Gefühlen zu ertrinken. Davids sanfte Bewegungen und seine zärtlichen Hände ließen sie nach mehr verlangen. Es schmerzte fast, so sehr wollte sie ihn. Zitternd schlang sie ihre Arme noch enger um ihn und öffnete sich ihm, soweit sie sich traute. Seine warmen Lippen an ihrem Hals ließen sie aufstöhnen und leise vor Lust wimmern. Unglaublicher weise ließ er sich sehr viel zu lange Zeit. Er sah selbst so aus, als könnte er sich nur schwer beherrschen. Seine Stöße wurden schneller. Er wollte sie nur noch ein bisschen reizen, ehe er explodierte, als plötzlich die Tür aufgerissen wurde und Mike Gill hereinpolterte. David war so überrascht, dass er von Melanie abließ. In ihren dunkelgrauen Augen stand Entsetzen und Enttäuschung geschrieben. Im nächsten Moment stürzte ihre Welt zusammen.

„Bennett, du Hengst. Du treibst es also mit Gardiniers Schwester. Lass ihn das bloß nicht mitkriegen. Sie ist doch erst 17. Mir hat sie auch gefallen, aber mit Gardinier wollte ich mich lieber nicht anlegen."

Melanies Kopf rauschte. Sie spürte den kalten Luftzug an ihren Brüsten und zwischen ihren Beinen, als David sich abwendete und sie ein letztes Mal ansah. Jegliche Emotion war aus seinem Gesicht gewichen.

„Das kannst du dir sparen. Reine Zeitverschwendung. Ich bevorzuge auch eher richtige Frauen, aber man muss nehmen, was kommt. Richtig?!"

Mit abfälligem Blick auf Melanie knöpfte sich David betont langsam seine Hose wieder zu, schloss die Gürtelschnalle und drehte sich ohne ein weiteres Wort um. Als er mit Mike den Raum verließ und sie sein dunkles Lachen auf dem Gang hörte, standen ihr vor Wut Tränen in den Augen.

Auch jetzt noch durchfuhr sie Enttäuschung und Wut. Aus ihr hatte er die Luft entweichen lassen, wie aus einem Ballon. David Bennett hatte sie eiskalt stehen lassen und sie keines weiteren Blickes gewürdigt. Wie billig sie sich vorkam. Wieso galten für ihn nicht dieselben Regeln, wie für alle anderen Menschen? War er etwa ein Gott und hatte Narrenfreiheit?

Seine Augen auf dem Bildschirm schienen sie zu durchbohren. Dieser intensive Blick hatte nichts mehr mit dem 19-jährigen Eishockeyspieler von damals gemein. Doch seine Gesichtszüge ließen keinen Zweifel daran, wer er gewesen war.

Melanie hörte sich entfernende Schritte im Treppenhaus und schob die nächste Speicherkarte in den Laptop. Tausende Davids rasten auf ihrem Bildschirm vorbei. Grüne Augen neckten sie. Starke Hände an seinem Becken, schlanke Finger an seiner weißen Unterhose, die Daumen in den Bund gesteckt, als ob er nur ihr seine Vollkommenheit zeigen wollte. Melanie hatte aufgehört in den Dateien zu blättern. Sie konnte sich nicht abwenden und betrachtete jeden Muskel an seinem Körper intensiv. Er kannte seine Wirkung auf Frauen, und er spielte mit ihr. Seine Arroganz machte sie wütend. Betrachtete er sich als Geschenk an die Frauenwelt?

Und tief in ihrem Inneren wusste sie, dass sie ihm kein NEIN geben konnte. Wahrscheinlich konnte das keine Frau und das machte sie umso wütender. Doch gleichzeitig erinnerte sie sich an den Jungen, dessen Körper sie in dem Besprechungszimmer geküsst hatte, dessen Augen Sinnlichkeit und Geborgenheit versprochen hatten und dessen Finger auf ihrem Körper ein Gefühl ausgelöst hatte, das sie nie wieder missen wollte. Diese Gefühle machten sich in ihrem Herzen breit und verletzten sie im nächsten Moment so stark, dass sie dachte, sie würde in Stücke gerissen. Nicht genug, dass er ihr das schönste Gefühl, das sie jemals erlebt hatte, genommen hatte. David hatte sie auch verraten und vor seinen Freunden und Bekannten und vor allem vor sich selbst lächerlich gemacht. Das würde sie ihm nie verzeihen.

Am Morgen nach der Siegesfeier war Melanie auf einem tränennassen Kopfkissen erwacht. Ihre Augen verrieten ihr, dass ihr Gefühlszustand nicht zu verbergen war. Das Schlimmste waren jedoch die feindseligen Blicke ihrer Mitschüler in ihrer High-School.

Als Steve sie an diesem frühlingshaften Märztag auf dem Parkplatz der Schule absetzte, ahnte sie noch nicht, dass das Schlimmste noch vor ihr lag.

Sie stieg aus dem Auto ihres Bruders und warf einen Blick über das Schulgelände. Instinktiv suchte sie nach ihm, ehe ihr bewusst wurde, dass David mit ihrem Bruder bereits am College studierte. Ihre langen, braunen Haare trug sie zu einem Pferdeschwanz gebunden, der auf ihren Schultern wippte, als sie die Treppen zum Eingang emporstieg. Auf den Bänken links und rechts der Treppen verstummten die Gespräche und alle starrten sie an. Irgendetwas musste passiert sein. Warum war sie plötzlich so interessant für alle?

„Hi Amy.", rief sie ihrer Freundin zu, die inmitten einer Clique aus Cheerleadern stand. Alle starrten Melanie wortlos an.

Amy war schon immer etwas launisch, weshalb Melanie erst gar nicht auf eine Antwort gewartet hatte. Vorbei an den rauchenden Skateboardern, die auf der Wiese lümmelten, passierte sie eine Gruppe von Footballspielern des High-School-Teams. Auch die starten sie an. Was war hier los?

„Alles klar bei euch?", rief sie ihnen gekünstelt fröhlich zu. Keiner antwortete.

Was sollte das? Niemand konnte davon wissen. Gestern war sie noch ein ganz normales Mädchen gewesen, das ihre Hausaufgaben immer pünktlich machte, zum Leichtathletik-Schulteam gehörte und ein Date für den Abschlussball hatte. Doch heute war alles anders. Keiner sprach mit ihr. Hinter ihrem Rücken wurde getuschelt und gelacht. Abfällige Blicke richteten sich auf sie, und keiner wollte etwas mit ihr zu tun haben.

Ihre beste Freundin Holly erblickte sie auf der anderen Seite der Treppe.

„Lany, ich habe da etwas gehört." Holly kam mit wehendem blondem Haar schnell die Stufen herab auf sie zugerannt.

„Sag mit, dass das nicht stimmt!"

„Was ist hier los, Holly? Alle sehen mich an, als hätte ich die Schule niedergebrannt."
Sie konnte sich nicht erklären, warum sie plötzlich zur Persona non grata degradiert wurde. Ihre Beliebtheit schien von einem Tag auf den anderen der Vergangenheit anzugehören.

„Schlimmer, Lany. Mike hat allen erzählt, du hättest versucht David Bennett zu verführen. Doch als er dich abgelehnt hatte, weil du noch minderjährig bist, hast du ihm eine Szene gemacht."

Melanies Finger wurden ganz taub. Ihr Kopf fing an, sich zu drehen. Ihre Beine spürte sie nicht mehr. Trotz der warmen Frühlingssonne überzog eine Gänsehaut ihren Körper. Was war hier los? Warum sagte er so etwas Gemeines? Warum tat David ihr das an? Sie fühlte sich betrunken. Melanie wurde schwindelig.

„Holly, wie kannst du so etwas glauben?" brachte sie hervor und setzte sich auf die nächste Bank. Ihr Blick war getrübt. Vor ihren Augen schien alles zu verschwimmen. In ihrem Gehirn kam nur noch das Bild ihrer Schuhe an, auf die sie starrte. Sie konnte nicht glauben, was hier passierte.

„Ich weiß, Mike ist ein Tratschmaul, aber erzähle mir doch endlich, was wirklich passiert ist!"

Melanie umriss kurz die Ereignisse des vergangenen Abends. Allerdings verharmloste sie die Geschichte etwas. Aus Scham verschwieg sie die überwältigenden Gefühle, die David in ihr ausgelöst hatte.

„Also hattet ihr keinen Sex?" frage Holly noch mal, um sicher zu gehen.

„Irgendwie hat dazu etwas gefehlt.", versuchte sich Melanie herauszureden. Dass sie seine Gefühle meinte, behielt sie lieber für sich. Sie hatte keine Lust mehr, mit Holly darüber zu reden. Doch sie ahnte, dass ihre Freundin nicht so leicht Ruhe geben würde.

„Ich an deiner Stelle hätte den Hübschen aber nicht so schnell gehen lassen. Das kann ich dir versichern. Ich kenne kein Mädchen, das ihn von der Bettkante stoßen würde. Und dann würden mich alle beneiden. Kannst du dir vorstellen mit einem wie David Bennett zusammen zum Abschlussball zu gehen? Wow. Wie der wohl im Anzug aussieht..."

Holly konnte die Vorstellung von ihr und Bennett nicht so schnell loslassen. Deshalb ließ Melanie sie auch noch ein bisschen plappern. Sie brauchte einige Augenblicke, um sich neu zu orientieren und auf die wortlosen Angriffe der anderen vorzubereiten.

Die Mädchen mieden sie jetzt und hatten ständig andere Pläne, wenn Melanie einen Vorstoß wagte. Derek Plante, ihr Date für den Abschlussball, wurde kurzfristig krank und musste sich entschuldigen. Dass er überhaupt noch anrief, um abzusagen, musste sie ihm eigentlich noch hoch anrechnen. Die Jungen musterten sie mit spöttischen Blicken. Alle schienen etwas gewusst zu haben, doch niemand sprach sie jemals darauf an. Melanie war nicht klar, was genau David ihnen gesagt hatte, doch sie schienen dicht zu halten. Ihr Bruder Steve sprach sie nie darauf an. Sie war sich nicht sicher, doch war sie zu feige, ihn selbst danach zu fragen. Was ihre Mitschüler über sie dachten, wurde ihr nach einigen Wochen egal. Doch wie sie ihrem Bruder begegnen würde, wenn er sie damit konfrontierte, daran wollte sie lieber nicht denken. Ihre Eltern schließlich waren beide so mit ihren Fulltime-Jobs beschäftigt, dass sie Melanies inneren Rückzug kaum bemerkten. Steve dagegen schien ihre Veränderung zu spüren. Auch wenn er vier Jahre älter war und andere Freunde und Interessen hatte, kümmerte er sich gerne um sie. Nur selten fühlte er sich von seiner kleinen Schwester genervt. Er half ihr in der Schule und sie verbrachte viel Zeit in seinem Zimmer, wenn sie ihm einfach nur zusah. Er schaute dann zu ihr auf und lächelte sie an. Sie hatte nie das Gefühl, zu stören und war froh, dass er immer bei ihr war. Sie konnte den Gedanken nicht ertragen, dass Steve von ihrem Zusammentreffen mit seinem Freund David erfuhr.

Sie gewöhnte sich daran, dass sie nicht länger das beliebte Mädchen war. Mit Holly verbrachte sie die meiste Zeit und auch mit einigen der sogenannten Streber ließ sie sich sehen. Das war für ihren Ruf in der Schule nicht förderlich, doch Melanie war das mittlerweile egal. Sie hoffte nur, dass ihr letztes Schuljahr endlich zu Ende ging und sie ein neues Leben auf dem College beginnen könnte.

Doch hatte sie nicht bedacht, dass ihre Schatten ihr vorauseilten. Überall wo sie hinkam, war er schon gewesen und ihr schien, dass die Welt über sie Bescheid wusste. Davids Beliebtheit und sein Talent fürs Hockeyspielen machten es ihr schwer, gegen ihn anzukommen. Sie sah ihn nie wieder, und wahrscheinlich hatte er sie längst vergessen und gegen jede Menge andere Mädchen eingetauscht. Als sie studierte, spielte er bereits im Farm Team der Toronto Rovers. Er bezog schon ein ordentliches Gehalt und galt als Nachwuchstalent. Niemand hätte sie bei dem Versuch, die Gerüchte zu korrigieren, wahrgenommen. Auch wenn niemand sie auf diese verkorkste Nacht ansprach, wusste sie, dass viele die Geschichte kannten. Holly arbeitete bereits für eine große Modekette. Für Melanie waren es einsame Jahre und so konzentrierte sie sich auf ihr Studium. Nach einigen Jahren interessierte sich keiner mehr für die Geschichte.

Knapp zehn Jahre später saß sie nun vor ihrem Laptop und starrte gebannt in die grünen Augen jenes Mannes, der Grund für diese einsamen Zeiten war. Ihre Wut war mittlerweile verpufft. Doch ihr Schmerz über die stille Zurückweisung ihrer Mitschüler war nicht erloschen. Sie konnte sich nichts vorwerfen. Auch er hatte es gewollt und war genauso beteiligt gewesen wie sie. Dass sie allein dafür bestraft wurde, war nicht fair. Nun stand David in einer schwarzen

Unterhose mit den JETZ-Initialen vor ihr. Er lächelte nicht mehr, aber seine Augen durchdrangen sie. Zu ihrem Ärger ließ sie dieses Bild nicht so kalt, wie sie es eigentlich wollte. Doch sie versuchte sich selbst zu überzeugen, dass er lediglich eine körperliche Reaktion in ihr hervorrief. Sie war Single und sexuell unausgeglichen. Da kam es schon mal vor, dass ihre Hormone verrückt spielten. Seine Finger am Bündchen der Unterhose, schien er abzuwarten, was sie mit ihm machen wollte. Am liebsten wünschte sie ihm die Syphilis an den Hals. Ein Lächeln legte sich auf ihre Lippen. Melanies Stimmung hob sich. Syphilis, das wäre witzig! Zweifellos nicht für ihn. Aber sie hätte sicher ihren Spaß. Der Beamer und Syphilis. Der Gedanke gefiel ihr. Melanie öffnete das Bildbearbeitungsprogramm und schrieb in großen Lettern unter das Bild.

SYPHILIS! Niemand weiß, wer sie wirklich hat!

Dazu sein nackter Körper und seine Finger im Slip. Melanie fing an zu schmunzeln und betrachtete ihr Werk. Mr. Hockey hatte also auch ein kleines Geheimnis. Wer hatte das nicht? Das Foto formatierte sie in Schwarzweiß und die Letter färbte sie rot. Da konnte er noch so verführerisch und sexy aussehen. Keine Frau würde ihn so noch anfassen. Der kleine Streich erfüllte sie mit Genugtuung und heiterte sie auf. So aufgeregt war sie lange nicht. Ihr Hals fühlte sich trocken an. Ihre kleine Wasserflasche, die sie immer im Schreibtisch hatte, war bereits leer. Sie wusste, dass Eddie immer verschiedenste Getränke in seinem Schrank aufbewahrte. Sie stand auf und ging nachsehen. Da war sie, eine Flasche Rotwein. Trank Eddie den regelmäßig im Büro? Sicher waren das noch Weihnachtsgeschenke von Geschäftspartner aus dem letzten Jahr? Ein 2003er Rothschild. Nicht schlecht. Melanie schaute sich das Etikett an und nahm die Flasche aus dem Schrank. Ehe sie sich`s versah, hatte sie sie geöffnet und den ersten Schluck genommen. Am besten nahm sie die ganze Flasche mit nach Hause, so dass Eddie den Verlust nicht bemerkte. Kein schlechter Tropfen, dachte Melanie nach dem zweiten und dritten Schluck. Fragmente von Blaubeeren in weichem Biskuitteig flackerten durch ihre Gedanken. Die innere Anspannung, die sie den ganzen Tag gespürt hatte, fiel von ihr ab. Sie nahm noch einen größeren Schluck und setzte sich zurück an ihren Laptop. Dort begutachtete sie noch einmal ihr Werk und konnte sich das Lachen nicht verkneifen. Mit jedem Schluck gefiel es ihr besser. Plötzlich rasten ihre Gedanken und ihre Hände griffen zitternd nach der Flasche. Sollte sie es wirklich tun? Sie höre ihren Puls in den Ohren und ihr Herz klopfte wild.

Sie zögerte nur einen kurzen Moment, dann öffnete sie ihr Mailprogramm, machte ein paar Klicks und ehe sie es sich noch einmal anders überlegen konnte, klickte sie auf „Upload".

*

„Wo ist das her? Auf wessen Konto geht der Mist?"

David knallte einen Stapel Zeitschriften und Tagesblätter auf Andrew Follys Schreibtisch und lief wie ein wilder Tiger in dessen Büro auf und ab. Sein weißes Poloshirt stand weit offen und Davids Hände waren in ständiger Bewegung.

„David, ich hatte keine Ahnung. Ich sehe das Bild heute das erste Mal. Hast du denn nicht gestern erst die Fotos für JETZ gemacht? Da hätte dir doch was auffallen müssen."

„Mir ist da gar nichts aufgefallen. Am Foto selbst ist nichts auszusetzen. Nur die Message ist eine andere."

David baute sich vor seinem Agenten auf, der in sicherem Abstand hinter seinem Schreibtisch saß und blickte drohend auf ihn herab. Andrew Folly war ein junger Mann von 34 Jahren, der mit seinen blauen Augen und dem rötlichen Haar meistens zehn Jahr jünger geschätzt wurde. Nach dem College fand er einen guten Einstieg bei einem der erfolgreichsten Sportagenten der Stadt und lernte die wichtigsten Handgriffe, ehe er seine eigene Agentur aufmachte und seine Karriere vorantrieb. Er liebte Sport und hatte auf der High-School im Hockeyteam gespielt, doch war er immer zu klein und zu schwach gewesen, um wirklich im Profisport bestehen zu können. Also konzentrierte er sich auf sein Studium und schloss mit Auszeichnung ab. Nun saß er David Bennett gegenüber und konnte sich ein Lächeln nicht verkneifen, als er den Slogan ein zweites Mal überflog. Irgendjemand hatte sich da einen bösen Scherz mit Bennett erlaubt und er mochte nicht in dessen Haut stecken. David stand immer noch vor dem Schreibtisch und blickte fassungslos auf die Anzeige. Sein Körper war bis ins Kleinste angespannt und verriet, wie geladen er war. Immer und immer wieder sah er sich sein Bild an. Seine dunkelgrünen Augen konnten sich einfach nicht vom Papier lösen. Folly wusste, wenn der Beamer mit demjenigen fertig war, blieb nicht allzu viel von ihm übrig.

„Das kann nur ein dummer Scherz sein."

„Ich will den Schuldigen. Besorge mir Namen und Adresse und dann werde ich ihn da treffen, wo es am schmerzhaftesten ist."

Die Gewitterwolken, die in seinen Augen zu sehen waren, ließen auf nichts Gutes schließen.

Folly wusste, dass dies kein günstiger Moment war, um David über die neuesten Verhandlungen mit Kalifornien zu unterrichten. Doch er war zu sehr Profi, als dass er aus emotionalen Gründen seine Pflicht vernachlässigt hätte.

„Es gibt da noch etwas zu besprechen."

David nahm nun endlich Folly gegenüber Platz und wartete. Was konnte noch schlimmer sein als Rufschädigung?

„Kalifornien hat sein Angebot vorerst auf Eis gelegt."

Andrew wartete kurz, um David sich von dem Schock erholen zu lassen. Doch als dieser keine Reaktion zeigte, fuhr er fort. Er kannte die Wachsamkeit seines Klienten, sodass er keine Angst haben musste, David hätte ihn nicht richtig verstanden.

„Dallas Chipman rief mich heute Morgen an. Er war von dem kleinen Gag nicht sonderlich beeindruckt. Kaum zu glauben, wie schnell dieses Foto die Runde gemacht hat, wo es doch erst einen Tag alt ist. Seine Berater haben ihm von dem Deal abgeraten und glauben, ihr Karma werde durch deine Syphilis gestört."

David rieb sich die Handknöchel.

„Ich habe keine Syphilis.", fauchte er und bedeutete Folly mit seinem intensiven Blick, dass er fortfahren sollte.

„Chipman hat kurzfristig Donnie Rodwell nach Kalifornien geholt."

Diesen Trade musste David erst einmal verdauen. Er wusste, dass Rodwell schon lange mit Kalifornien liebäugelte, doch hatte er nicht geglaubt, dass er und Chipman sich so schnell einig wurden. Sicher hatte seine kleine Affäre mit JETZ dazu beigetragen, dass Chipman seine Offerte an Rodwell erhöht hatte und er nun den neuen Star in seinem Team spielen sollte. Rodwell war ein hervorragender Stürmer. Er war erst 21, doch hatte er bereits in St. Louis, Calgary und Washington genug Erfahrungen gesammelt, die er nun mit nach Kalifornien nehmen könnte. Die Welt war schon vor drei Jahren auf Rodwell aufmerksam geworden, als dieser in der ersten Runde gedraftet und nach Washington geholt wurde. Sein Spiel hatte Ähnlichkeit mit Davids, was für die Presse Grund genug war, die beiden ständig zu vergleichen und indirekt konkurrieren zu lassen. Rodwell war impulsiver, während David auf dem Eis berechnender agierte. Dass Rodwell nun an seiner Stelle nach Kalifornien ging, ärgerte ihn umso mehr. Er würde den Verantwortlichen finden und zur Stecke bringen. Wer so stark in seine Leben eingreifen wollte, der würde es sich in Zukunft zweimal überlegen, ob er sein Haus verließ, wenn David Bennett in der Stadt war.

„Finde heraus, wer es war."

„Das werde ich."

David erhob sich, nahm seine Jacke und ging zur Tür, verließ das Gebäude und stieg in seinen Porsche. Er konnte nicht abstreiten, dass er sich schon auf die Abreibung freute. Sein Ruf war gefährdet, sein Deal mit Chipman geplatzt und irgendwo da draußen, lief ein Freak herum, der ihn ärgern wollte. Nicht mehr lange, dachte er sich. Er schaute noch einmal in den Rückspiegel, startete den Wagen und fuhr mit quietschenden Reifen davon.

*

„Mel, was hast du dir eigentlich dabei gedacht?" schrie Eddie sie durchs Telefon an. Sie setzte sich kerzengerade in ihrem Bett auf und kämmte sich mit den Fingern die dunklen Haare aus dem Gesicht. Ihr Wecker zeigte acht Uhr an.

„Banks kam gerade in mein Büro gestürmt und hat sich nach dir erkundigt. Er hat gebrüllt und gedroht. Das Bild von Bennett in der Hand mit einem netten Slogan drunter. Kannst du mir mal erklären, was hier passiert!"

Eddie konnte sich gar nicht mehr beruhigen.

„Eddie, nun lass mich doch erklären…"

„Mel, du scheinst den Ernst der Lage nicht zu verstehen. Sagt dir der Name Andrew Folly etwas?

Er ließ Melanie jedoch keine Zeit zum Antworten, sondern schrie weiter aufgeregt ins Telefon.

„Das ist der Hai im Agentenbecken. Er hat Banks mit einer Klage wegen Rufschädigung, Schadensersatzforderungen, Schmerzensgeld und Berufsverbot gedroht."

Kurze Stille am Telefon. Eddie schien gerade Luft zu holen.

Melanie wurde plötzlich ganz schwindlig. In ihrem Kopf drehte sich alles, und sie ließ sich auf ihr Kopfkissen zurückfallen. Was hatte sie sich gestern Nacht eigentlich dabei gedacht? Sie war immer davon ausgegangen, dass sie sich eines Tages bei Bennett für die Schmach rächen würde. Und wenn es so weit wäre, dann würde ihr Leben schlagartig besser werden. Um genau zu sein, hatte sie kein Problem mehr. Sie hatte einen sehr guten Abschluss und könnte jeder Zeit einen Job in der Firma ihres Vaters bekommen. Sie hatte gute Freunde, wohnte in ihrer eigenen Wohnung und ein rotes Schmuckstück stand in ihrer Garage. Soweit konnte sie sich nicht beklagen. Sie hatte immer angenommen, dass es ihr im Falle einer Genugtuung noch besserginge, aber das stimmt nicht. Im Gegenteil, durch ihren kleinen Streich verschlechterte sich ihre Lage verheerend. Zu spät erkannte sie, dass ihre Jahre auf der High-School und auf dem College dadurch auch rückwirkend nicht goldener wurden. Nüchtern betrachtet kam ihr der kleine Streich jetzt ziemlich kindisch vor.

Shit!

„Mel, Liebling, ich muss dich warnen. Folly wollte Namen und Daten."

Jetzt sah sie sich instinktiv in ihrem Schlafzimmer nach ihren Klamotten um. Eine blaue Jeans lag auf dem Boden und schnell griff sie nach dem weißen Top.

„Hat Banks mich verpfiffen?"

Eigentlich kannte Melanie die Antwort darauf bereits. Doch selbst auf das kleinste Schlupfloch wollte sie hoffen.

„Banks hat dich als allein verantwortlich erklärt. Gegenüber Folly hat er beteuert, dass JETZ keine Ahnung über deine Arbeit an den Bildern hatte und auch nicht einverstanden war."

„Oh Mist." Melanie hatte befürchtet, dass Banks singen würde wie eine Nachtigall. Sie stellte den Lautsprecher ihres Telefons an und legte es beiseite, um sich Unterwäsche an- und das Top und einen Pullover über den Kopf zu ziehen.

„Mel, Liebling. Bist du noch dran?" rief Eddie durchs Telefon.

„Ja, Eddie.", kam es unter dem Pullover hervor.

„Mel, du bist fristlos entlassen."

Stille. Keiner sagte ein Wort.

Shit.

„Mel?"

Melanie saß auf ihrem Bett und ihre Gedanken rasten. Was sollte sie denn jetzt nur tun?

„Mel?"

„Ja, Eddie. Ich bin noch dran."

„Es tut mir leid. Ich fürchte, dieses Mal hast du es übertrieben."

Melanie konnte sich nicht rühren. Ihre Beine schienen ihr nicht zu gehören. Sie saß da und starrte in ihren Spiegel. In ihrem Mund fühlte es sich an, als ob sie auf Schafwolle kaute.

„Mel, das Schlimmste kommt noch.

Er hat Folly deinen Namen und deine Adresse genannt."

Melanie sprang vom Bett, als hätte sie sich den Hintern an der Decke verbannt. Eilig legte sie auf. Sie schlüpfte in ihre Fellstiefel mit den Bommeln, ohne den Reißverschluss zu öffnen, schnappte sich ihre dicke Winterjacke und die Handtasche und verließ fluchtartig die Wohnung. Sie musste raus. Raus aus der Wohnung, in der sie nicht von Folly gefunden werden wollte. Raus aus ihrem Viertel. Am besten auch raus aus ihrer Stadt, in der sie sich seit ihrer Kindheit immer so wohl und behütet gefühlt hatte. Auf einmal schien sie ihre Tore vor Melanie zu verschließen. Sie fühlte sich mutterseelenallein.

Was hatte sie sich nur dabei gedacht? Warum hatte sie sich so kindisch benommen und geglaubt, dass sie mit solch einer Attacke nach so vielen Jahren zur Revanche ausholen konnte? Er hatte sie verletzt. Doch warum berührte seine damalige Ablehnung sie immer noch so sehr, dass sie nun für diesen Streich so weit gegangen war?

Sie lief so schnell sie konnte zu ihrem Auto und fuhr los. Sie wusste noch nicht wohin, doch vorerst fühlte sie sich nur in ihrem Auto sicher. Ihre Freundin Holly lebte in L.A. Zu Eddie konnte sie auch nicht. Das wäre fast noch schlimmer, als mit Folly zusammenzutreffen. Was ihre Eltern ihr erzählen würden, konnte sie sich schon vorstellen. Ihre mangelnde Professionalität im Job und ihre Verantwortungslosigkeit als Grund all ihrer Probleme. Das musste sie sich nicht antun.

Steve. Melanie wählte seine Nummer.

„Hallo."

„Ich bin's. Ich brauche deine Hilfe. Kann ich vorbeikommen?"

Melanie konnte es ihm nicht am Telefon sagen. Am liebsten hätte sie ihm überhaupt nicht von dem Mist erzählt, den sie verzapft hatte. Sie wollte ihn nicht enttäuschen, doch dieses Mal kam sie wohl nicht drum herum.

Zwei Stunden später saß sie mit ihrem Bruder auf einer Holzbank in der Nische eines Bootshauses und blickte schweigend auf den Ontariosee hinaus. Steve hatte eine kleine Pause eingelegt, als er sie kommen sah. Seine Jeans und sein Shirt starrten vor Dreck. Trotzdem war ihr Bruder eine große und imposante Erscheinung. Ähnlich wie sie selbst hatte er dunkle, leicht lockige Haare und dunkelbraune Augen. Seine durchtrainierte Figur hatte er nicht eingebüßt, als er das Hockeyspielen vor Jahren schon gegen einen Job als Sportlehrer an der High-School eingetauscht hatte. Es war ein ruhiger Vormittag und ein paar vereinzelte Segelboote waren am Horizont zu erkennen. Auf dem kleinen Holztischchen vor ihnen lag eine Tüte von Starbucks, die sie mitgebracht hatte. Der Duft der frischen Kekse stieg Melanie in die Nase und ihr Hungergefühl wurde größer, doch sie hatte ihren Appetit verloren. Sie wusste, dass es richtig gewesen war, hierher zu kommen. Steve würde sie nicht verurteilen. Sie rechnete es ihm hoch an, dass er ihr noch ein wenig Zeit gab und sie nicht drängte, mit der Sprache herauszurücken. Doch je länger sie es hinauszögerte, umso mehr erdrückten sie ihre Probleme.

„Gestern habe ich bei den Aufnahmen für die neuen JETZ Unterwäsche-Serie assistiert. Ethan hat die Aufnahmen gemacht und sie sind hervorragend geworden. Du kannst dich doch an ihn erinnern? Ich habe dir schon oft von ihm erzählt."

„Kann sein."

„Er ist ein Profi seines Faches. Er kann wirklich aus jedem Gesicht etwas Aufregendes zaubern. Egal wer ihm gegenübersteht. Zum Beispiel nimmt er ..."

„Lany!"

„Normalerweise bedienen wir uns bei solchen Arbeiten professioneller Models, doch in manchen Fällen arbeiten wir auch mit Prominenten. So wie gestern.", Melanie machte eine Pause.

„Und weiter?"

„David Bennett."

Steve schwieg und beobachtete seine Schwester. Er fragte sich, was sie mit Bennett wohl angestellt haben könnte, dass sie nun so aufgeregt war. So dumm, um noch einmal den Fehler zu machen, sich mit ihm einzulassen, war sie sicher nicht gewesen. Er wusste von ihrer damaligen Schwäche für ihn. Damals war sie noch ein junges Mädchen. So war sie ihm jedenfalls vorgekommen: 17 Jahre alt und mit dem großen Traum einer Karriere als Eiskunstläuferin. Ein hübsches junges Mädchen mit naivem Blick auf Männer. Er hasste sich dafür, dass er nicht besser auf sie Acht gegeben hatte. Wie sie nun vor ihm saß, bemerkte er ihre kleinen Sorgenfältchen. Er konnte kaum abwarten zu hören, was sie angestellt hatte. Sie schaute auf den See hinaus und betrachtete unverwandt einen Punkt am Horizont, während sie sprach.

„Er hat gestern für die neuen JETZ Unterwäschekollektion Modell gestanden. Und ich kann dir sagen, dass die Bilder richtig gut geworden sind. Es ist kein Geheimnis, dass er ein gut aussehender Mistkerl ist. Was ich getan habe, war sicher albern und gemein, aber eigentlich bereue ich es nicht."

Melanie blickte Steve in die Augen und suchte irgendeine Gefühlsreaktion. Doch Steve wartete. Aus ihrer Handtasche kramte sie das Bild mit ihrem Untertitel und hielt es ihm hin.

„Ich habe dieses Foto im Internet veröffentlicht."

Melanie machte sich auf das Schlimmste gefasst.

Steve warf ihr einen fragenden Blick zu und konnte nicht glauben, was er da hörte. Seine kleine Schwester hatte sich mit dem Lieblingssohn Torontos angelegt und ihn öffentlich blamiert. Seine Mundwinkel zogen sich nach oben, und plötzlich fing er kräftig an zu lachen. Mit dieser Reaktion hatte Melanie nicht gerechnet. Sie war erleichtert, dass auch er den Scherz verstand. Doch wusste sie auch, dass der Rest der Welt, vor allem der Hockeywelt, sie nicht so leicht von der Schippe springen lassen würde.

„Das ist gut. Das gefällt mir."

Er hatte sich immer noch nicht beruhigt und kicherte noch leise vor sich hin. Seine Augen wurden zu schmalen Schlitzen, und tiefe Lachfalten zierten sein Gesicht.

„Das ist wirklich gut."

„Nicht alle sind so begeistert wie du."

Steve wurde wieder ernst und richtete seine Aufmerksamkeit auf Melanie. Sie nahm ihre Tasse an die Lippen und trank einen Schluck Tee.

„Mein Boss hat mir heute Morgen gekündigt."

Damit hatte Steve gerechnet. Er nickte. Steves Verständnis gab ihr Kraft weiterzusprechen.

„Aber um den Job tut es mir nicht mal leid. Ich konnte ihn noch nie leiden. Eddie hat mir erzählt, dass Bennetts Agent von Banks meinen Namen und Anschrift verlangt hatte. Er drohte mir zu klagen und nun weiß ich nicht, was ich machen soll."

„Ich wünschte, du hättest dich mit jemand anderem angelegt. Ich glaube, Bennett ist eine Nummer zu groß für dich."

„Da gibt es noch mehr, was ich dir sagen muss. Sonst wirst du mich nicht verstehen können. Du weißt doch, dass ich damals in Bennett verknallt war. Es ist mir fast zu peinlich, das zu sagen. Er war schon immer ein attraktiver Typ, doch heute lache ich über meine Albernheit. Ich habe damals etwas getan, worauf ich nicht stolz bin."

Melanie fiel es sichtlich schwer, ihrem Bruder die Wahrheit zu sagen. Sie brauchte einen Moment, um sich zu sammeln und zu überlegen, wie sie es ihm am besten beibringen sollte. Insgeheim hatte sie schon lange auf den richtigen Moment gewartet, um ihm davon zu erzählen.

„Lany, ich weiß es bereits."

Steve konnte nicht mit ansehen, wie sie mit sich rang, und wollte die Sache abkürzen. Ihre dunkelgrauen Augen waren nun erschrocken auf ihn gerichtet und in ihrem Blick stand Entsetzen.

„Du weißt davon? Woher? Und wieso hast du mich nie darauf angesprochen?"

„Jeder hat es gewusst. Solche Dinge lassen sich nicht verheimlichen. Vor allem nicht, wenn es Zeugen gab. Ich wollte dich im Nachhinein noch davor beschützen, auch wenn das gar nicht möglich war. Ich hätte wohl besser auf dich aufpassen müssen. Ich weiß doch nur zu gut, wie die Hockeyspieler so drauf sind. Ich war ja selbst mal einer."

Voller Dankbarkeit lächelte Melanie ihren Bruder an. Es war richtig gewesen, hierher zu kommen und mit Steve zu reden. In seinem Blick lag so viel Wärme, dass sie nicht an sich halten konnte und ihrem Bruder in die Arme fiel. Steve umschloss sie mit seinen Armen, und Melanie fühlte sich sicher, wie seit Langem nicht mehr.

„Ich bin froh, dass du es weißt. Auch wenn ich es komisch finde, dass du nie ein Wort gesagt hast."

„Hättest du es mir denn jemals erzählt?"

Als Melanie sich von ihm löste, bemerkte er ihre feuchten Augen. Vielleicht hätten sie viel früher darüber reden müssen.

„Ich glaube, dazu hätte ich nie den Mut gefunden. Doch ich habe oft daran gedacht. Dann wäre ich vielleicht leichter damit zurechtgekommen. Du hättest mich einfach in einige seiner schmutzigen und peinlichen Geheimnisse einweihen sollen und schon wäre mein Rachedurst gestillt gewesen."

Steve zog die dunklen Augenbrauen hoch.

„Das bezweifle ich."

Melanie griff sich einen Keks. Auch wenn ihre Probleme nicht beseitigt waren, fühlte sie sich erleichtert und wusste, dass der Angriff auf sie nicht aus Steves Richtung kommen würde. Mit ihm im Rücken war sie stärker. Mit Folly würde sie sich auseinandersetzten müssen, ob sie wollte oder nicht. Aber darüber wollte sie jetzt nicht nachdenken.

„Und? Wie kommt ihr hier mit dem Restaurant voran?"

Steve hatte im letzten Jahr mit seinem Kumpel Dillon ein altes Bootshaus gekauft. Es lag direkt am Ontariosee, zwei Autostunden nördlich von Toronto. Umgeben von einem kleinen Wäldchen und einem Anlegesteg für Segelboote, könnte es zu einem beliebten Ausflugsziel für Wanderer, Wassersportler und für Familien werden. Mit diesem Ziel hatte Steve das alte Gelände gekauft. Für ein Bootshaus war es recht groß. Über einem großen Gastraum, alten Pferdeställen, Lagerräumen und der hölzernen Terrasse, die zum See zeigt, befanden sich eine Etage mit kleinen Zimmern und darüber noch ein alter Dachboden. Früher diente das Haus ausschließlich als Unterkunft für Wanderer und Reisende. Zum Grundstück gehörten auch noch ein Stückchen Wald und ein kleiner Streifen Strand. Neben einem stattlichen Sümmchen würde man hier noch unzählige Arbeitsstunden Körpereinsatz investieren müssen. Doch davor hatte sich Steve noch nie gescheut. Nach seiner gescheiterten Ehe mit Sarah freute er sich auf die neue Herausforderung.

„Willst du mal sehen, was wir aus dem Gastraum gemacht haben?"

Froh über diese Ablenkung sprang Melanie auf und folgte Steve durch die übrigen Zimmer. Einige Zwischenwände hatten sie entfernt. Die morsche Treppe in die erste Etage wurde vorübergehend durch eine einfache Leiter ersetzt. Melanie war froh, dass sie heute Morgen ihre Turnschuhe angezogen hatte. Das Haus war noch baufälliger, als Steve es ihr am Telefon beschrieben hatte. Aber seine Ideen schienen unerschöpflich. Melanie ließ sich von seinem Enthusiasmus anstecken und vergaß ihre Probleme für kurze Zeit. Doch als sie am Nachmittag zurück nach Toronto fuhr, erlosch der Zauber vom alten Bootshaus und ihre Unruhe und die Angst vor dem Ungewissen kehrten zurück.

*

Am selben Abend spielten die Rovers im Air Canada Center und mussten eine Niederlage gegen St. Louis hinnehmen. Coach Henderson ließ David öfter auf der Bank, als er es normalerweise tat. Er muss gespürt haben, dass Davids Konzentration heute Abend nicht die beste war. Wenn er das Eis betrat, drehte sich bei ihm alles nur noch um das Spiel und um das Gewinnen. Doch heute war es anders. Er dachte zu viel nach, handelte nicht instinktiv und war auch weniger gefährlich. Seine Schüsse waren nicht hundertprozentig und er nutzte seine Chancen nicht wie gewohnt.

David war wütend, dass er sich so ablenken ließ. Seine Wut erreichte ihren Höhepunkt, als Folly ihm am Telefon erzählt hatte, was er herausgefunden hatte:

Melanie Gardinier. Er hatte sie gestern bei JETZ nicht wiedererkannt. Sie war erwachsen geworden und nicht länger das kleine süße Mädchen, das er mit ihrem Namen verbunden hatte. Die Frau, die er gestern getroffen hatte, hatte rein gar nichts mehr mit ihr gemeinsam. Sie war abweisend und frech gewesen. Folly schickte ihm ihre Adresse und ihre Personalakte, die er von JETZ gleich mitgebracht hatte, per Mail. Nach dem Spiel wollte er sie lesen. Er hatte schon lange nicht mehr an Melanie und Steve Gardinier gedacht. Während er sich duschte, kehrten seine Gedanken an jenen Abend zurück, als er sie zum ersten Mal traf. Und wie immer, überkamen ihn Wut und Reue. Er bezweifelte, dass er damals immer hundertprozentig richtig gehandelt hatte. Doch was erwartete man von einem 19-jährigen Jugendlichen, dem alle Welt zu Füßen lag? Er hatte sich nichts vorzuwerfen.

Seine Teamkameraden kamen in die Dusche, und anders als sonst war es heute ziemlich ruhig in den Umkleidekabinen. David wusste, dass viele ihn mit seinem schlechten Spiel für die Niederlage verantwortlich machten. Einige Witze über Syphilis hatte er schon über sich ergehen lassen müssen und daher war er ihnen jetzt auch dankbar, dass sie ihn in Ruhe ließen. Er drehte den Wasserhahn zu und verließ den Duschraum. Mit einem Handtuch über den Hüften ging er auf seinen Spind zu. Das Gemurmel in den Duschen begann und er fühlte sich verantwortlich und schuldig. Genau deshalb konnte er es ihr nicht durchgehen lassen, ihn so zu manipulieren. Das war er seinem Team schuldig. Es durfte jetzt einfach keine Zwischenfälle geben. Nicht in diesem Jahr und in diesem Team. Die Rovers wurden als Kandidat für die Finals gehandelt und er würde sich nicht eher zufriedengeben, bis er die Hart-Trophy in den Händen hielt. Als er die Kabine verlassen wollte, kam Rick aus dem Dampf der Duschkabine und rief ihm zu:

„Bennett, gehen wir noch auf ein Bier ins *Nexus*?"

David schüttelte den Kopf.

„Ich habe noch etwas zu erledigen."

Rick verstand und nickte.

„Mach ihn fertig! Falls du Hilfe brauchst, …"

„Danke, aber ich habe seit meinem zehnten Lebensjahr keine Hilfe mehr beim Verprügeln gebraucht."

Draußen war es bereits dunkle Nacht. Er stieg in seinen Porsche und startete den Motor. Seine Rolex zeigte 24 Uhr. Obwohl er sich dagegen sträubte, siegte die Vernunft und ließ ihn die Straße zu seiner Wohnung nehmen. Zu gern hätte er jetzt noch der kleinen Ms. Gardinier einen Besuch abgestattet, doch das musste bis morgen früh warten.

Am Nachmittag war er schon einmal an ihrer Wohnung vorbeigefahren, doch als er geklingelt hatte, hatte niemand geöffnet. Ihre Nachbarin hatte ihn erkannt und erzählt, dass sie sehr zeitig aufgebrochen und seitdem nicht zurückgekehrt sei. Sollte sie ruhig ein bisschen Angst haben. Das hatte sie verdient.

Er bog in die Tiefgarage seines Wohnhauses ein, stellte den Wagen ab und fuhr in sein Apartment nach oben. Ein paar Stunden gab er ihr noch. Er schälte sich die Klamotten vom Körper und ließ sich im Slip auf seine Couch fallen. Ein Bier stand noch auf dem Couchtisch. Er hob die Flasche an, doch sie war leer. Im Kühlschrank fand er eine Flasche Wodka und goss sich großzügig ein. Mit dem Glas kehrte er auf die Couch zurück. Er legte sich in die Kissen, ließ die Füße über den Rand baumeln und schaltete den Fernseher ein. Er konnte noch nicht schlafen. Zu viel spielte sich in seinem Kopf ab. Er zappte sich durch die Programme und blieb bei einer alten Folge Baywatch hängen. Während er den schönen Frauen in Badeanzügen zusah, wanderten seine Gedanken zu seinem neuen Haus in Venice Beach. Er hatte es vor ein paar Wochen gekauft, doch bis jetzt kaum Zeit darin verbracht. Außer der Putzfrau, die er beschäftigte, sah es keinen Menschen. Er nahm sich fest vor, nach der Vorrunde ein paar Wochen dort zu verbringen. Er ließ sich noch ein Weilchen von der Brandung im Fernsehen berieseln und schlief nach kurzer Zeit ein.

Im Morgengrauen erwachte er. David musste sich erst kurz umsehen, um festzustellen, wo er war. Zu viele Hotelzimmer hatte er in dieser Saison schon bewohnt. Ein Blick aus der Fenster zeigte ihm die Bay im Morgengrauen und er war hellwach. Sein Wodkaglas stand noch voll auf dem Tisch vor ihm. Die Schlafzimmertür stand offen. Er war wieder mal auf der Couch eingeschlafen. Er verlor keine Zeit mit Rasieren, sondern duschte sich schnell, zog sich an und schnappte sich beim Verlassen der Wohnung die Autoschlüssel.

Auf seinem Anrufbeantworter hatte Folly die neuesten Gespräche mit Chipman hinterlassen. An einen Wechsel nach Kalifornien war nicht zu denken. Seine Syphilis füllte heute erneut die Titelseiten sämtlicher Klatschzeitungen. Das Schlimmste allerdings war, dass die Niederlage der Rovers davon überschattet wurde. Erneut machte sich Ärger in ihm breit und er wollte es der kleinen Ms. Gardinier so unangenehm wie möglich machen. Am liebsten würde er sie in Stücke reißen, doch das wäre für sie nicht schmerzvoll genug. Als er bei ihrer Adresse ankam, klingelte er erst bei Ms. Bowman, ihrer Nachbarin, die ihm sofort den Hausflur öffnete. Er wollte ihr nicht die Gelegenheit geben, ihn auszusperren. Wenn er erst einmal im Gebäude war, konnte sie ihm nicht mehr entkommen. Er nahm weder seine Sonnenbrille ab, noch bemühte er sich um Ruhe im Hausflur. Ms. Bowman steckte den Kopf zur Tür heraus und begrüßte ihn freudig. Unerbittlich drückte er Melanies Klingelknopf. Das Läuten konnte er deutlich in ihrem Apartment hören. Er klingelte noch einmal und noch einmal. Keine Reaktion. Er schlug nun mit der Faust an die Holztür und rief:

„Melanie, mach auf."

David konnte noch immer keine Reaktion von drinnen vernehmen. Da er aber ihr Auto vor der Tür stehen sah, ließ er nicht locker. Nebenbei hörte er schnelle Schritte die Hausflurtreppen hinauf hüpfen. Leise Kopfhörermusik drang zu ihm hoch. Schnelle Atemzüge kamen immer näher. Erst als Melanie auf ihrer Etage ankam und von ihrem Schlüsseln aufblickte, sah sie David Bennett vor ihrer Tür stehen.

Oh bitte nicht!

Sein Gesicht wirkte genauso überrascht, wie ihres. Sofort verdunkelten sich seine Augen und seine Lippen formten einen schmalen Strich. Er trug zu seinem Dreitagebart eine dunkle Winterjacke, verwaschene Jeans und dunkle Turnschuhe. Er schaute sie grimmig an und wartete ab.

„Was willst du?" Melanie hatte die ganze Zeit mit Folly gerechnet, aber nie daran gedacht, dass David selbst bei ihr auftauchen würde. Mit leiser Stimme sprach er zu ihr:

„Wenn du nicht willst, dass deine Nachbarn deine Privatangelegenheiten mitbekommen, dann lässt du mich lieber ganz schnell rein."

Sie hatte doch tatsächlich den Nerv zu fragen, was er hier wollte. Wie konnte sie nur so naiv sein zu glauben, er ließe ihr diese Sache durchgehen. Wie sie so erhobenen Hauptes an ihm vorbeiging und die Tür öffnete, hätte er sie schon würgen können, doch wollte er dafür keine Zeugen, und dieses Haus hatte eindeutig zu viele Ohren.

Sie trat ein und verschwand in der Küche. David folgte ihr und warf die Tür hinter sich ins Schloss. Er sah sich kurz um und fand sich in einem großen Wohnzimmer wieder. Die Küche war daran angeschlossen und eine Holztreppe führte auf eine Empore, wo sich wahrscheinlich ihr Schlafzimmer befand. Melanie nahm eine Wasserflasche vom Tresen und setzte sie an die Lippen. Den Kopf im Nacken, trank sie einige Schlucke.

Du solltest lieber 'ne Scheißangst haben, Liebling!

David lehnte an der Wand und beobachtete sie. Sie vermied es, ihn anzusehen. Ihr Gesicht war gerötet und verschwitzt. Ihr Haar hatte sie zu einem Zopf oben am Kopf zusammengebunden und wippte auf ihren Schultern. Sie trug eine Joggingjacke und einen dünnen Schal. Die schwarzen Jazzpants, die sie dazu trug, klebten ihr eng am Körper. Kein schlechter Anblick, dachte David, doch wollte er sich von seinen Absichten nicht abbringen lassen. Als sie es nicht mehr hinauszögern konnte, setzte sie die Flasche ab und blickte ihn feindselig an. Dass sie sich mit keinem Wort zu entschuldigen versuchte, ärgerte ihn noch mehr.

„Kann ich dir was anbieten? Vielleicht einen Spiegel? Ich weiß doch, wie eitel ihr Hockey-Jungs alle seid."

Ihre Frechheit brachte ihn auf 180. Sie lehnte am Küchentresen und verschränke die Arme vor der Brust. Ihre Augen musterten ihn belustigt. So wie es aussah, wollte sie ihn noch mehr ärgern. Doch das konnte sie vergessen. Er ließ sich auf ihr Spiel nicht ein und ging auf sie zu.

„Du weißt, wieso ich hier bin. Also, was hast du zu deiner Verteidigung zu sagen?"

„Hätte nicht gedacht, dass du persönlich vorbeikommen würdest, um mir zu drohen. Für die Drecksarbeit hast du doch bestimmt jemand anderen."

Er baute sich direkt vor ihr auf und Melanie wich weiter zurück, bis sie mit dem Rücken an den Tresen stieß. Beide Hände links und rechts neben ihr abstützend, blieb er ganz dicht vor ihr stehen. Seine wütend blitzenden Augen waren direkt auf sie gerichtet. Als er sprach, lag etwas Gefährliches in seiner Stimme.

„Ich drohe dir nicht nur, Melanie. Keine Sorge. Und die Drecksarbeit macht mir schon immer am meisten Spaß."

So dicht vor ihr, wirkte er auf einmal noch größer und furchteinflößender. Sein Gesicht direkt vor ihrem, musste sie ihm wohl oder übel in die Augen sehen. Er schien sie zu durchdringen und ihr Blick wanderte zu seinem Mund. Seine harten Lippen schienen unnachgiebig. Wie naiv war sie doch gewesen? Allein sein gutes Aussehen hatte sie damals so fasziniert, dass es ihr egal war, was für ein Typ er war.

Blitzschnell duckte sich Melanie unter seinem Arm hindurch und wollte in Richtung Badezimmer flüchten, doch er hielt sie mit einem Arm um die Taille fest. Sie hatte vergessen, dass er auf schnelle Richtungswechsel programmiert war.

„Wo willst du denn hin, Süße? Mit dir bin ich längst nicht fertig."

Unter andern Umständen hätte sie darüber gelächelt, aber sein Tonfall versprach keine zärtliche Zweisamkeit.

„Nun komm schon endlich zur Sache! Du fängst an, mich zu langweilen." fauchte Melanie ihn an und versuchte sich aus seinem Griff zu befreien. Die Zeit des Versteckspielens war vorbei und sie entgegnete ihm nicht länger mit Gleichgültigkeit. Ihre Augen blitzten dunkel, wie kalter Stein.

„Ich will wissen, warum du mich öffentlich bloßgestellt hast, verdammt nochmal. Was bildest du dir ein, so in mein Leben und meine Privatsphäre einzudringen? Aber ich sag dir was. Denke ja nicht, dass du mir ungeschoren davonkommst."

Seine zornigen Augen unterstrichen seine Drohung und sie wich von ihm zurück. Er hielt sie immer noch fest im Griff, um sicherzugehen, dass sie alles auch richtig verstanden hatte. Um ihm nicht in die Augen sehen zu müssen, konzentrierte sie sich auf seinen Mund. Augenblicklich erinnerte sich ihr Körper an seine warmen Lippen, die ihre küssten. Doch diese Lippen waren zärtlich gewesen. Davon war nun nichts mehr übrig.

„Meinen Job bin ich bereits los. Die Sache kannst du also als abgehakt betrachten."

In ihrer Wut zeichneten sich kleine Zornesfältchen auf ihrer Stirn ab. Die leicht geschwungenen Augenbrauen formten gerade Linien, während ihre Augen auf Sturm standen. Was hatte er vor, und warum hatte er ihr hier aufgelauert? Wieso ließ er sie nicht endlich los? Sie hämmerte ihn mit den Fäusten gegen den Brustkorb, doch er schien es kaum zu spüren.

„Dein Job ist mir scheißegal. Damit sind wir längst nicht quitt."

„Lass mich los. Du tust mir weh." Sie wand sich an seiner Brust und versuchte sich aus seiner Umarmung zu befreien, doch sie hatte seine körperliche Überlegenheit nicht bedacht und zappelte wie ein Fisch im Netz.

„Vielleicht würde es dir guttun, wenn ich dir mal ordentlich den Hintern versohlen würde." Belustigung lag in seiner Stimme und er ließ sie los. Melanie entfernte sich schnell von ihm und lehnte sich an die gegenüberliegende Wand.

„Quitt sind wir erst, wenn ich Schadensersatz von dir bekommen habe, Schätzchen."

Davids Ton wechselte plötzlich zum Geschäftlichen. Sie konnte ihm ansehen, dass er nicht spaßte. Er meinte es völlig ernst.

„Was willst du?"

David holte aus seiner Jackentasche ein paar Zettel hervor und schmiss sie ihr auf den Tresen.

„Falls du etwas nicht verstehst, kann du meinen Anwalt anrufen."

Damit war er zur Tür raus und ließ sie in ihrer Wohnung stehen. Wie benommen lehnte sie an der Wand und wartete. Seine Schritte hörte sie noch im Treppenhaus und von weitem vernahm sie Ms. Bowmans Stimme. Wahrscheinlich hatte die Rentnerin hinter ihrer Tür gewartet. Es sah ihr ähnlich, zu spionieren, wer bei wem ein- und ausging.

Erst als sie sein Auto wegfahren hörte, ging sie zum Küchentresen und nahm die Papiere in die Hand. Sie erkannte das formale Anschreiben eines Anwalts und dessen Logo. Sie überflog alle drei Seiten, bis sie auf die Zahl stieß, die das Blut in ihren Adern gefrieren ließ: 250.000 Dollar! Mr. Pressman & Partner verklagten sie im Namen von David wegen Rufschädigung und Behinderung der Ausübung seiner täglichen Geschäfte auf Schadensersatz in Höhe von 250.000 Dollar! Melanie wurde schwindlig und sie musste sich setzten. Ihr Herz schaltete jäh vom zweiten in den fünften Gang. Sie hörte das schnelle Pochen laut in ihrem Ohr. Eine Hitzewelle legte sich nach der anderen auf ihre Stirn. Diese drei Blätter waren Davids vernichtende Antwort auf ihre öffentliche Kriegserklärung. Wieso nur war sie unbewaffnet in den Kampf gegen den König der Waffenkammer gezogen? Melanie zwang sich, die Seiten noch einmal zu lesen, doch der Inhalt änderte sich nicht. 250.000 Dollar. Wo sollte sie die nur herbekommen? Sie hatte soeben ihren Job verloren und ihre Ersparnisse reichten gerade so, um den nächsten Monat zu überstehen. Sie besaß ein bescheidenes Depot, über das sie allerdings erst in Monaten frei verfügen könnte. Nicht einmal Steve konnte ihr in diesem Fall helfen. Auch wenn er sonst immer ihre letzte Hoffnung war, so hatte er selbst bereits einen viel zu hohen Kredit zu tilgen. Und von ihren Eltern würde sie stundenlange Belehrungen über sich ergehen lassen müssen, ehe sie ihr sagen würden, dass sie für ihre eigenen Fehler selbst geradestehen müsse. Dieser Ausweg schien weniger verlockend als der, den Bennett ihr geboten hatte. Ihre Eltern besaßen zwar ein Haus und gute Jobs. Doch auch sie hatten keine 250.000 Dollar übrig. Ihre Bilanz fiel vernichtend aus. Sie hatte keine Chance! Und wenn sie ehrlich zu sich war, dann musste sie sich eingestehen, dass David und seine Anwälte genau das wussten. Ihr Kopf fühlte sich plötzlich sehr schwer an, und das Bewusstsein, dass sie völlig ohnmächtig gegen seine Forderung war, verursachte ein starkes Unwohlsein, das sich zu einem riesigen Kloß in ihrer Speiseröhre zu verdichten schien. Melanie wurde schlecht und spürte die Angst in sich aufsteigen. Instinktiv hielt sie sich die Hand vor den Mund und lief ins Badezimmer. Stark würgend hielt sie sich ihre Haare aus dem Gesicht und hoffte, dass sie sich erleichtern könnte. Doch als sie auch nach einer Minute nichts als ein ätzendes Würgen hervorbrachte, verschränkte sie ihre Arme auf der Toilettenbrille, legte ihren Kopf darauf und brach in Tränen aus.

*

Am folgenden Freitag saß Melanie mit einem Becher Nudelsuppe im Fanblock der Rovers und verfolgte das Spiel im Air Canada Center. Außer zum Einkaufen am Donnerstag hatte sie das Haus seit dem nicht verlassen und es vorgezogen, alle ihre Schränke auszuräumen und auszuwischen. Nicht einmal zum Joggen hatte sie sich aufraffen können. Davids Nachricht hatte ihren Enthusiasmus und ihren Unternehmerdrang ausgelöscht. Sie hatte die letzten sechs Tage alle Wege und Möglichkeiten in Betracht gezogen, um sich irgendwie gegen die Schadensanzeige zu wehren. Gegen sie sprachen jede Menge stichhaltige Aussagen und Beweise. Sie hatte nicht den Hauch einer Chance. Mr. Pressman & Partner ließen ihr ganze zwei Wochen Zeit, um die 250.000 Dollar zu begleichen. Nun war sie hier, weil sie mit Bennett reden musste. Vielleicht konnte sie ihn irgendwie besänftigen, damit er die Anzeige zurückzog. Egal was, irgendetwas musste passieren. Wenn sie daran dachte, kamen ihr die Tränen. Sie fühlte sich so verloren. Inmitten der vielen Fremden, die den Rovers zujubelten. Wenn hier nur einer wüsste, dass sie die Urheberin des peinlichen Fotos war, würde man sie einen Kopf kürzer machen. Glücklicherweise ließ sich ihr Bild nur auf ein Pseudonym bei JETZ zurückverfolgen. Wie zu erwarten war, hatte die Presse das Gerücht sofort aufgegriffen und das Foto verbreitet. Seitdem verfolgte die Sportwelt mit besonderer Aufmerksamkeit den Beamer und die Spiele der Rovers. Melanie wusste, dass er diese Saison gute Chancen auf die Hart-Trophy hatte. Umso mehr wurde er von allen Seiten in Augenschein genommen. Melanie beobachtete ihn auf dem Eis und versuchte seine Stimmung von weitem auszumachen. Doch auf Skates und in seinem Trikot war David Bennett ganz der Profi und ließ sich den Rummel um seine Person nicht anmerken. Er schaffte zwei Tore und eine Vorlage, so dass man heute Bennetts Karma nicht für das Ergebnis der Rovers verantwortlich machen konnte. Gerade wurde eine Auszeit angezeigt, und David glitt zur Bande und auf Henderson zu. Wild fuchtelnd bekam er die Anweisungen von seinem Coach und kehrte kurz darauf zur Mittellinie zurück. Schon immer hatte Melanie sich gefragt, was in den Hockeyspielern vorging, wenn der Coach ihnen die Spielzüge voraussagte. Gerade im Eishockey musste intuitiv gehandelt werden. Entweder man beherrschte das Spiel, oder es beherrschte einen. Die Rovers siegten 5:2 gegen die Calgary Flames. Das Publikum war begeistert und Melanie hoffte, dass sich das Ergebnis auf Bennetts Stimmung auswirken würde. Er sollte nicht gleich ausflippen, wenn er sie sehen würde. Immerhin hielt sie sich an der fixen Idee fest, dass sie mit ihm besser zurechtkam, als mit einem Rudel blutrünstiger Anwälte.

Eine Stunde später wartete Melanie vor der Spielerkabine und zog sich die Schirmmütze der Rovers tiefer ins Gesicht. Sie lehnte mit einer Schulter an der Mauer. Sie trug eine enge, dunkelblaue Jeans in ihren schwarzen Stiefeln. Im Notfall konnte sie damit schnell weglaufen. Ein weißes Rovers-Shirt blitzte unter der dunklen halblangen Lederjacke hervor. Jetzt würde sie alle Sympathiepunkte benötigen, die sie kriegen konnte. Ihr Haar hatte sie heute wieder zu einem Zopf gebunden, der aus dem Basecap herausfiel. Sie hörte Stimmen immer näherkommen und wich noch einen Schritt an die Mauer zurück. Sie hoffte, dass ihr Outfit nicht auf ein Groupie schließen ließ und ihr die Peinlichkeit erspart bliebe, sich zu erkennen geben zu müssen. Die schwere Kabinentür wurde aufgestoßen und mit lautem Gelächter kamen ein paar gutaussehende Hockeyspieler zum Vorschein. Melanie erkannte Niclas Sonderberg, Kevin Rills und Peter Gleberg. Die drei musterten sie mit einem kurzen Blick und gingen zum Ausgang. Ihren Blicken nach zu urteilen, waren wartende Mädchen vor der

Spielerkabine keine Seltenheit. Kurze Zeit später tauchten Rick Nolan und Martin Dash auf. Nolan hatte heute vier Punkte geschafft und schien sehr mit sich zufrieden.

„Wartest du auf mich, Süße?" fragte er ganz unverblümt.

Melanie war kurz davor, kalte Füße zu bekommen und einfach einen Rückzieher zu machen, doch das würde ihre Probleme auch nicht lösen. Nolan kam auf sie zu geschlendert. Sein Lächeln und sein interessierter Blick beruhigten ihre Nervosität ein wenig. Endlich einmal jemand Nettes, dachte sie, ehe sie sich bewusst wurde, dass er auch nur ein Hockeyspieler war. Die Tür ging ein weiteres Mal auf, und sie wand sich mit einem Lächeln an Nolan:

„Da hättest du heute ein paar Punkte mehr holen müssen..."

„Vorsicht Rick, die ist gefährlich.", erklang es da in seinem Rücken, und überrascht blickte sie zu David auf. Die schwarze Sporttasche mit seinen Initialen lässig über der Schulter, ging er langsam auf sie zu. Seine wachsamen Augen ruhten auf ihr. Sein Haar war noch leicht feucht vom Duschen und wellte sich ein bisschen an den Ohren. Als er näherkam, stieg ihr der Geruch von Seife und Holz in die Nase. Obwohl er fast die ganze Zeit über auf dem Eis gewesen war, wirkte er vital und angriffslustig.

„Wir müssen reden!" versuchte Melanie den Anfang und stieß sich von der Mauer ab. Nolan und Dash standen interessiert dabei und blickten zwischen Melanie und David hin und her. Ohne sie aus den Augen zu lassen, verabschiedete David die Jungs.

„Wir sehen uns morgen."

Dash und Nolan bewegten sich langsam in Richtung Ausgang.

„Hast du die Kohle dabei?" fragt er sie und schaute von oben auf sie herab. Er schien seine körperliche Überlegenheit zu genießen. Melanie wusste, dass sie nicht gegen ihn ankam, wenn sie sich von ihm einschüchtern ließ. Darauf wartete er nur und sie wollte ihm keine Gelegenheit dazu geben.

„Können wir irgendwo ungestört reden?"

Sie warf einen kurzen Blick unter dem Basecap hervor auf die beiden unerwünschten Zuhörer, die sich viel zu langsam entfernten. Er schüttelte den Kopf.

„Ich verstehe, du versuchst es mal auf eine andere Art. Aber Baby, dazu hättest du dir etwas Kürzeres anziehen müssen."

Seine Mundwinkel zuckten, und er musterte spöttisch ihr Outfit. Das saß. Melanie versuchte so unberührt wie möglich zu bleiben. Sie schob den Schirm ihres Basecap weiter nach oben und setzte eine besonders mitleidige Miene auf.

„Muss hart sein, es nur als Gegenleistung zu bekommen."

David verzog keine Miene. Immer noch stand er vor ihr und betrachtete sie, als würde ihr Anblick kleine Kinder erschrecken. In dem Moment hatte er so gar nichts mit dem David Bennett gemein, von dem allgemein behauptet wurde, er gebe jeder Frau das Gefühl, etwas Besonderes zu sein.

„Zu blöd nur, dass du in unserem Fall die Bittstellerin bist."

„Du Idiot. Was bildest du dir eigentlich ein? Du bist nur ein ganz gewöhnlicher, kleiner Hockeyspieler, und ehe du dich versiehst, kannst du deine Knochen nicht mehr gebrauchen und gehst mit 30 in den Ruhestand. Dummerweise haben sie dir bis dahin viel mehr Geld in den Rachen geworfen, als gut für dich ist und du dein Leben lang für dich und deine vier Ex-Frauen jemals ausgeben kannst. Also stell dich nicht hier hin und fälle Urteile über andere. Du hast keine Ahnung vom meinem Leben. Wir müssen einen Deal aushandeln, da ich im Gegensatz zu völlig überbezahlten Spielern wie dir nicht jede Woche 50.000 Dollar nach Hause trage. Mir zahlt man kein Vermögen dafür, mich in Unterwäsche fotografieren zu lassen."

„Mit einem Mini könntest du dich vielleicht bewerben."

Er konnte nicht wissen, dass er gerade damit ihren wunden Punkt getroffen hatte. Sein spöttisches Grinsen brachte sie erst so richtig in Fahrt. Sie holte aus, doch er fing ihren Arm in der Luft ab. Er blickte ihr direkt in die Augen, wurde wieder ernst und flüsterte dann an ihrem Ohr.

„Hast du noch nicht genug? Willst du jetzt auch noch Körperverletzung in dein Strafregister aufnehmen? Das wird verdammt teuer für dich."

Melanie gab auf. Ihr Ärger verpuffte und sie nahm ihren Arm herunter. Er hielt sie immer noch fest, wahrscheinlich um sicher zu gehen, dass sie nicht noch einmal ausholen würde. Sie hatte sich schon wieder von Bennett provozieren lassen. Ihre Enttäuschung war groß, dass sie sich schon wieder zu einer Dummheit hat hinreißen lassen. SIE hatte ihm hier aufgelauert. SIE musste mit ihm verhandeln, und nun hatte sie ihn wütend auf sich gemacht. So fing sie das Ganze sicher nicht richtig an.

Melanie drückte den Rücken durch und setzte eine geschäftsmäßige Miene auf. Sie ordnete ihr Haar und ließ die Hände fallen.

„Okay Bennett, können wir irgendwo ungestört reden?"

„Nein. Ich habe keine Lust, mit dir zu reden."

Damit drehte er sich in Richtung Ausgang und wand sich zum Gehen. Irgend etwas musste sie tun. Melanie schnappte seinen Ärmel und zog ihn zu sich herum. Es war ihr mittlerweile egal, was er von ihr hielt. Warum sagte sie also nicht gleich die Wahrheit.

„Meine Einkommenssituation ist momentan nicht die beste. Die Wohnung, in der ich lebe, gehört mir nicht, und mein Auto ist keine 30.000 Dollar wert. Meine Familie kann ich auch nicht darum bitten, also würde ich Ratenzahlungen vorschlagen."

Gelangweilt blickte er sie an.

„Ich habe kein Interesse daran, dir für die nächsten 50 Jahre deine paar Kröten abzunehmen. Dein Lebensstil erscheint mir dafür auch sehr unsicher, findest du nicht?"

Ein unverschämtes Lächeln huschte über seine Lippen, und seine Augen glänzten belustigt. Sie verstand, hier ging es nicht um Geld. Er wollte sie in die Enge treiben und sie bluten lassen. Melanie legte den Kopf schief und überlegte. Er hatte sie in der Hand und konnte über ihr Schicksal entscheiden.

„Was schlägst du dann vor?"

„Fällt dir denn gar nichts ein, was mich überzeugen könnte, dich vom Haken zu lassen?"

Das konnte unmöglich sein Ernst sein. Was hatte Banks ihm wohl über sie erzählt. Ihr kam es vor, als ob ihre Vergangenheit sie ständig einholen würde.

„Ich habe deine Personalakte gelesen und glaube, du hast dich in den letzten zehn Jahren überhaupt nicht verändert. Hast immer bekommen, was du wolltest. Wenn nötig mit Körpereinsatz. Auch wenn ich nicht glaube, dass dieser 250.000 Dollar wert sein soll. Aber vielleicht können wir uns ja einig werden."

Er hatte es nicht vergessen. Sie war sich nicht sicher, ob ihr Name oder ihr Gesicht ihn an die Geschichte von damals erinnern würde. Sie war überrascht, dass er es gleich zum Thema machte.

Sein Lächeln war verschwunden und seine Augen blickten sie kalt und abschätzig an. Sie hatte sich immer eingeredet, dass es Glück gewesen war, als Eddie ihr die Stelle bei JETZ verschafft hatte. Erst als bekannt wurde, dass sie und Eddie eine Beziehung gehabt hatten, drückten ihr die Kollegen einen Stempel auf, zu Unrecht. Sie arbeitete genauso hart wie alle anderen und wollte beweisen, dass sie mehr als nur eine Assistentin war. Doch Banks hatte sie bei der ersten Gelegenheit rausgeschmissen, ohne ihr eine Möglichkeit zu geben sich zu beweisen. Zugegeben, sie hatte das Vertrauen der Firma für ihren kleinen Rachefeldzug missbraucht. Doch hatte sie nicht die Kraft, sich jedes Mal dafür zu rechtfertigen. Die Abwertung, die in Davids Augen geschrieben stand, als er sie musterte, hatte sie nicht verdient. Niemand hatte das Recht über sie zu urteilen, ohne sie wirklich zu kennen. Dass sich nun auch noch völlig fremde Personen dieser Meinung über sie anschlossen, trieb ihr die Tränen in die Augen. Aber auf keinen Fall wollte sie hier vor ihm heulen. Sie zwang sich, David in die Augen zu sehen.

„Bennett, du scheinst vielleicht viel über mich gelesen zu haben, aber das ist nicht mal ansatzweise genug, um dir ein Urteil über mich zu erlauben. Ich habe selten etwas getan, wofür ich mich schämen muss, und bei dir werde ich nicht damit anfangen."

„Dann bin ich ja mal auf deine Begründung für meine hübsche Affäre mit der Syphilis gespannt."

„Vergiss es."

„Du hast mir jede Menge Ärger eingebracht, Schätzchen. Eishockeyspieler sind sehr abergläubisch und ein Syphilisausbruch ist nicht unbedingt ein Erfolgsfaktor."

„Ich glaube, das wird überschätzt."

„Was du glaubst, spiel hier keine Rolle. Ich will Wiedergutmachung von dir."

Seine Verschlossenheit beunruhigte sie. Vorsichtig fragte sie.

„Wie soll die aussehen?"

„Ich hatte Pläne, die sich dank deines kleinen Scherzes zerschlagen haben. Aber du hast ja nun wieder viel Zeit, den Mist rückgängig zu machen, den du verzapft hast. Sehe ich das richtig?"

Das war keineswegs als Frage gedacht. Melanie wartete darauf, dass er ihr genauer erklärte, was er damit meinte. Sie konnte unmöglich die Zeit zurückdrehen.

„Das ist die einzige Chance, die du von mir bekommen wirst."

Leise sprach er zu ihr.

„Du hörst von meinen Anwälten."

Melanie wusste nicht, wie ihr geschah. Er hatte ihr einen Deal vorgeschlagen, von dem sie nicht wusste, wie er aussah und ob sie in der Lage sein würde, ihn zu erfüllen. Doch sie wusste auch, dass das alles war, was sie von ihm zu erwarten hatte. Jetzt, wo er weg war, liefen ihr die Tränen die Wangen herunter. War sie wütend auf sich selbst, weil sie sich zu dieser Dummheit hatte verleiten lassen oder weil sie geglaubt hatte, er würde sie nicht dafür bestrafen? Die Genugtuung, die sie sich durch die öffentliche Bloßstellung erhofft hatte, blieb ebenfalls aus. Die Arroganz, mit der er ihr begegnete, setzte dem Ganzen die Krone auf. Sie wischte sich die Tränen aus dem Gesicht und verließ das Gebäude. An ihrem Auto hing ein Ticket an der Scheibe. Na Klasse! Auf die Liste ihrer Verfehlungen konnte sie nun auch noch unberechtigtes Parken in einer Lade Zone hinzuzählen.

*

David lief das Stück zu Fuß nach Hause. Die Nacht war so klar und kalt, dass es sich heilsam an seinem geschundenen Körper anfühlte. Er biss von seinem Burger ab, den er sich noch aus dem Air Canada Center mitgenommen hatte und dachte an das Angebot, das er Melanie gerade unterbreitet hatte. Sicher, es war keineswegs einfach, was er von ihr verlangte. Sie musste lernen, dass man sich David Bennett lieber nicht zum Feind machen sollte. Er wollte ihr eine Lektion erteilen und gleichzeitig hoffte er, dass ihn seine Intuition nicht trübte und sie tatsächlich immer bekam, was sie wollte. Melanie Gardinier hatte keine Ähnlichkeit mehr mit der kleinen Schwester seines damaligen Freundes Steve, die ihn von langer Zeit zu unvorsichtigem Sex hingerissen hatte. Aus der Personalakte wusste er, dass sie einen hervorragenden Abschluss an der Northwestern University in Wirtschaft gemacht hatte. Vielleicht konnte er mit Hilfe ihrer Talente seinen Umzug nach Kalifornien perfekt machen. Wie genau sie das anstellen sollte, wusste er zwar nicht, aber das war ihr Problem. Folly hatte versucht, was er konnte. Und Folly war einer der Besten! Mit geschäftlichen Verhandlungen kam er nicht weiter. Nun wollte er Melanie Gardinier ins Feld schicken. Er hatte in ihren Augen Entschlossenheit und Kampfgeist entdeckt. Im Nachhinein fand er die Erwähnung von Syphilis in Verbindung mit seinen Unterwäsche-Fotos eigentlich ganz witzig. Er hätte sogar laut gelacht, wenn er nicht persönlich beleidigt worden wäre.

*

Am Mittwoch darauf, am Tag des letzten Rovers Spiels im Januar traf Melanie im Büro von Andrew Folly eintraf. Mit ihrem schwarzen Strickkleid und den kniehohen braunen Stiefeln wollte sie geschäftsmäßig aussehen. Doch mittlerweile fühlte sie sich in dieser Männerdomäne ein wenig unwohl. Folly nahm hinter seinem Schreibtisch Platz und musterte sie, nachdem er ihren Mantel an die Garderobe gehängt hatte.

„Ms. Gardinier, als Mr. Bennetts Agent und Berater bin ich über die aktuellen Geschehnisse vollständig im Bilde. Mr. Bennett hat mich nun beauftragt, mit Ihnen zu einer Einigung zu gelangen."

Er legt ihr ein Blatt Papier vor und schob ihr einen Stift zu. Follys graue Augen blickten sie durchdringend an und Melanie gab vor, das Schreiben intensiv zu studieren.

„Mr. Folly, könnten Sie mir bitte erklären, wie Mr. Bennett sich die Einigung vorstellt!"

Ungeduldig sah sie sich in Follys Büro um, da sie nicht in der Lage war, in ein weiteres Paar abschätzende, missbilligende Augen zu blicken. Follys Büro war sehr geräumig. An der Fensterfront stand sein Schreibtisch, von dem er einen herrlichen Ausblick auf die Stadt haben musste. Auf der anderen Seite des Raumes lud eine riesengroße und sehr gemütliche Couch zum Relaxen ein. Wahrscheinlich besprachen Bennett und Folly ihre Strategien dort, überlegte Melanie. Als ihr Blick zurück zu Folly wanderte, merkte sie, dass er sie beobachtete. Doch seine Augen verrieten ihr nicht das Geringste.

„Ich muss hoffentlich nicht extra dazu sagen, dass die Informationen, die sie von mir erhalten, streng vertraulich sind..."

Wieder dieser prüfende Blick aus den eisgrauen Augen. Melanie nickte. Der Agent begann mit dem Spott und Hohn der Presse, dem Aberglauben der Teamkameraden und beschrieb ihr, wie schlechte Ergebnisse mit seiner angeblichen Syphilis begründet wurden. Melanie hatte nicht bedacht, dass David nun als Sündenbock für die schlechten Leistungen des Teams herhalten musste. Ihre Gewissensbisse wurden immer größer. Der Anwalt erzählte ihr von Davids Bestrebungen, nach Kalifornien zu wechseln und dem Abbruch der Verhandlungen nach der Veröffentlichung des Fotos.

„Mr. Bennett wird von der Schadensersatzforderung absehen, wenn sie seinen Wechsel nach Kalifornien bis zum Ende der Saison perfekt machen. Die genauen Bedingungen für den Wechsel sind im Vertrag erläutert."

Folly schob ihr den Vertrag noch einmal zu und wartete ab.

„Nehmen Sie sich Zeit beim Durchlesen, Ms. Gardinier."

Melanie nahm die Vertragspapiere und begann zu lesen. Sie versuchte, sich keine Miene anmerken zu lassen, da sie Follys Blick auf sich spürte. Er war allgemein bekannt, dass er ein gerissener Hund war und wenn er die Verträge verfasst hatte, konnte sie sich sicher sein, dass sie wasserdicht waren. Im Großen und Ganzen erklärte sich David bereit, ihr die 250.000 Dollar zu erlassen, wenn sie ihm einen Vertrag mit den L.A. Whalers verschaffen würde. David und Folly schienen an alles gedacht zu haben: Melanie würde für die Zeit bis zum Saisonstart in einer von Davids Immobilien wohnen dürfen und eine verschwindend kleine Aufwandsentschädigung beziehen, was gerade einmal ihre monatlichen Fixkosten decken würde. Das Angebot war fair. Immerhin bot er ihr einen Job und die Möglichkeit, die Schadensersatzklage abzuwenden. Für den Fall ihres Scheiterns, würde er die Schadensersatzsumme von 250.000 Dollar verlangen. Melanie sah sich geschlagen. Es gab weder Fluchtwege, noch Lücken. Melanie seufzte und begann das Papier noch einmal zu lesen, in der Hoffnung auf einen anderen Ausgang. Für sie war klar, was David von ihr verlangte. Doch war sie nicht sicher, wie sie den Deal erfüllen sollte. Wie groß waren wohl ihre Chancen, dass dieser Mr. Chipman, von dem Folly gesprochen hatte, sich mit ihr an einen Tisch setzten würde und über die Aufnahme in sein Team debattieren würde? Und Bennett sollte bei dem Deal natürlich auch nicht finanziell schlechter gestellt werden. Die kommerziellen Wechselbedingungen würden ihr später erklärt werden. Ihr wurden hier einige Monate Aufschub gewährt. Das war doch eigentlich ganz in ihrem Sinne. Umso länger Melanie darüber nachdachte, umso realistischer erschien ihr die Vorstellung. Vielleicht würde es ihr ja sogar Spaß machen. Einen neuen Job brauchte sie ja sowieso. Diese neue Melanie Gardinier, die sie sich in ihren Gedanken ausmalte, gefiel ihr. Und in Kalifornien kannte auch niemand Mr. Banks und ihre Personalakte. Der Deal klang verlockend.

Melanie nahm kurzerhand den Stift und unterschrieb. Beschwingt erhob sie sich und hielt Folly die Papiere unter die Nase.

„Bitte schicken Sie mir eine Kopie davon und die notwendigen Informationen zu."

Sie stellte sich vor Folly an den Schreibtisch und schaute von oben auf ihn herab. Die neue Melanie Gardinier, aka PR-Agentin Ms. Gardinier, würde ab sofort ihre Tätigkeit aufnehmen und ihren Umzug für die nächsten Wochen nach Kalifornien vorbereiten.

„Ich werde alles für sie arrangieren, Ms. Gardinier."

„Vielen Dank, Mr. Folly. Sie werden von mir hören."

Erhobenen Hauptes und mit wehendem Haar verließ Melanie den Bürokomplex und trat auf die Straße hinaus. Der eisige Wind schlug ihr ins Gesicht und als sie ihren 1er am Bordstein stehen sah und dieses Mal kein Parkschein an ihrer Windschutzscheibe klebte, konnte sie sich ein Lächeln nicht verkneifen.

Kalifornien, hier komme ich!

*

Vier Tage später, es war der erste Sonntag im Februar, saß Melanie im Flugzeug nach Kalifornien. Folly hatte Wort gehalten und alle Vorbereitungen für sie getroffen. Die Adresse und die Schlüssel von Davids Immobilie in Venice Beach hatte er ihr in einem braunen Umschlag zugeschickt. Außerdem hatte sie ihn um die sofortige Auszahlung ihrer Aufwandsentschädigung gebeten. Es war ihr peinlich, doch letztendlich wusste Folly sowieso, wie es um sie und ihre Finanzen bestellt war. Ihre Miete musste weiterhin bezahlt werden. Es war ihr schwergefallen, Toronto zu verlassen. Doch ein kleiner Urlaub in der Sonne würde sicher helfen ihre grauen Zellen zu aktivieren. Irgendwie müsste sie die 250.000 Dollar für Bennett zusammenbekommen. Mit ihrem Aufenthalt in Venice Beach gab er ihr somit noch eine Gnadenfrist. Melanie war sich sicher, er würde nicht damit rechnen, dass sie erfolgreich sein würde. Sie selbst rechnete auch nicht damit. Doch wenn sie schon einmal da war, wollte sie es auch probieren. In jedem Fall würde sie verlieren: Ihr Gesicht, wenn sie als „Agentin" auffliegen würde und 250.000 Dollar, wenn sie den Deal mit Bennett nicht einhalten würde. Ganz ehrlich, eine Bank zu überfallen erschien ihr noch als die einfachste Lösung.

Was wohl Steve zu ihrem Aufenthalt in Kalifornien sagen würde? Sie hatte es nicht übers Herz gebracht, ihm davon zu erzählen. Sicher wartete er schon auf ihren Bericht, doch sie wollte ihn von Venice Beach aus anrufen, weil sie fürchtete, er könnte ihr ihren Irrtum aufzeigen, bevor sie sich ins Flugzeug setzte. Egal, wie unsinnig ihr die Reise erschien, sie freute sich auf die Sonne und das Meer.

Die Stewardess kündigte die Landung in wenigen Minuten an und Melanie nahm ihre Sonnenbrille aus der Tasche. Sie blickte sich kurz um. Die Maschine war nur halbvoll und alle anderen Fluggäste waren ebenfalls mit Packen und Anschnallen beschäftigt. Melanie schob die Hand in ihre Hosentasche, befühlte den Zettel mit der Adresse und wartete auf das sanfte Aufsetzen des Fliegers.

Draußen war er angenehm warm, wahrscheinlich um die 15 Grad. Sie öffnete ihre Winterjacke. Ein frischer Wind verfing sich in ihren Haaren und sie steckte sie provisorisch mit ein paar Klammern hoch. Ein Taxi stand bereit, um sie zu ihrer Adresse zu fahren. Leider war sie zu müde, um sich die Gegend in ihrer Schönheit einzuprägen. Nach einer Stunde fuhr sie die Uferstraßen entlang und einen kleinen Hang hinauf. Hier und da kamen teure Strandhäuser zum Vorschein. Einige schienen architektonische Meisterwerke zu sein, andere glichen schlichten und eleganten Stadthäusern. Das Taxi hielt vor einem flachen, zweistöckigen Strandhaus aus Glas und Stein, das von großen Palmen umgeben war. Sie konnte nicht glauben, dass sie hier die nächsten Wochen verbringen würde.

*

Von der Straße sah das Haus schon phänomenal aus. Doch auf das, was Melanie im Inneren erwartete, war sie nicht gefasst gewesen. Sie trat in eine Eingangshalle, die in das Wohnzimmer führte und musste erst einmal stehen bleiben, um sich umzusehen. Die verglaste Front durchflutete den Raum mit Licht und ließ freie Sicht auf den azurblauen Himmel und den Pazifik. Alles war in hellen Farben gestaltet. Helle Möbel, weiße Küche auf dunklem Holzfußboden. Melanie trat an den Couches vorbei, die zum Relaxen einluden. An der gegenüberliegenden Wand hingen ein riesiger Flachbildschirm, einige Dolby Surround Boxen und aufgestapelte Eishockey DVDs, die sich in das restliche technische Equipment einreihten. Sie musste sich bremsen, um sich nicht in die Kissen fallen zu lassen, ehe sie den Rest des Hauses gesehen hatte. Sie öffnete die Schiebetür zur Terrasse. Auf der Seite zum Meer war das Haus mit Holzlamellen verkleidet. Aus dem gleichen Holz war auch die Terrasse, die um das Erdgeschoß des Strandhauses herumführte. Dichte Sträucher und Palmen aller Arten schützten das Haus vor fremden Blicken. Melanie ging die Terrasse entlang zu einem kleinen Pool, der in hellem Stein gestaltet war. Zwischen dem vielen Grün lag das schattige Plätzchen mit genug Privatsphäre. Eine kleine hölzerne Treppe führte Melanie vom Pool hinauf auf das Dach. Von hier oben wehte der Wind vom Meer stärker und ließ ihr Haar tanzen. Sie spürte, wie der Ärger und der Druck der letzten Wochen von ihr abfielen, als ob der Wind ihre Gedanken einfach wegwehen könnte. Melanie zog ihre Schuhe aus und setzte sich auf den Liegestuhl. Sie hatte noch nicht das ganze Haus gesehen, doch erst einmal konnte sie sich hier nicht wegbewegen. Der Rest musste warten. Sie krempelte die Hosenbeine hoch und ließ die Beine baumeln. Die Sonne wärmte ihr Gesicht. Es roch blumig und süß, obwohl sie nirgends Blüten entdeckt hatte. So hatte sie sich Kalifornien immer vorgestellt. Sie streckte sich aus und hoffe, dass sie hier nicht so schnell wegmusste. Am liebsten hätte sie sich nackt ausgezogen und den ganzen Nachmittag hier oben verbracht, doch ihre Haut war die Sonne nicht gewöhnt und sie war vorsichtig. Sie döste sofort ein.

Nerviges Handyklingeln weckte sie, doch sie ignorierte es. Der Wind ließ nach und sie spürte, wie die Sonne auf ihrer Haut brannte. Sie schob die Sonnenbrille ins Haar und erhob sich von der Liege. Als sie nach drinnen gehen wollte, entdeckte sie noch einen Treppenabsatz, der auf eine weitere Dachterrasse führte. Natürlich durfte ein Jacuzzi nicht fehlen. Der Blick von dort auf das Meer musste grandios sein. Melanie stellte sich vor, wie Bennett eine Frau nach der anderen hier oben verführte. Kein Wunder. Hier war es ruhig, versteckt und exklusiv.

In der oberen Etage befand sich ein riesiges Schlafzimmer mit Blick auf das Meer. Hier ließ sie gleich ihre Tasche fallen. Niemand würde sie davon abhalten, hier einzuschlafen. Auch wenn alles, was sich hier befand, Bennett gehörte, wollte sie, solange er sie hier duldete, den gesamten Luxus beanspruchen. Das Schlafzimmer war in hellen Brauntönen und in Weiß gehalten. Das angrenzende Badezimmer bildete mit dem dunklen Stein einen farblichen Kontrast. Ein Gästezimmer und ein Fitnessstudio hatte sie im Erdgeschoß entdeckt. Das Haus wirkte riesig, obwohl es nicht allzu viele Zimmer besaß. Das komplette Erdgeschoß schien nur aus dem Wohnzimmer zu bestehen.

Alles war sehr sauber und aufgeräumt. Keine Spuren von einem Bewohner, doch das würde sie ändern. Frische Wäsche und Handtücher lagen bereit, doch von Vorräten keine Spur. Neben der Küche führte eine Tür in die Garage. Dort wartete ein schwarzer Geländewagen auf sie.

Gute Wahl, Bennett!

Den Schlüssel dazu müsste sie allerdings erst noch finden. Kalifornien schien eine hervorragende Idee gewesen zu sein.

*

Der Februar in Toronto war kühler als David ihn in Erinnerung hatte. Eisiger Wind wehte von der See heran und traf David, als er die Stufen des Air Canada Centers herunter zu seinem Auto lief. Das Training hatte seine Sorgen ausgeblendet. Er dachte dann nur an das Spiel, seinen Schläger und an den nächsten Schuss aufs Tor. Jetzt holte ihn das Telefonat mit Folly von heute Morgen wieder ein. Sein Agent hatte ihn informiert, dass alles nach Plan verlief und Melanie auf dem Weg nach Kalifornien war. Folly hatte ihn überredet, dass er ihr eine kleine Aufwandsentschädigung zahlte. Dass sie Miete und andere Nebenkosten zu bestreiten hatte, hatte er völlig vergessen. Folly hatte versucht seine Abneigung gegen Melanie zu kaschieren, doch David kannte ihn und wusste, wie sehr ihn ein Eindringling in seinem Job wurmte. David verzog missmutig den Mund, als er daran dachte, dass SIE nun seiner statt in seinem Strandhaus wohnte. Er selbst hatte noch keine Zeit gefunden, das Leben dort zu genießen. Und nun machte sie sich dort breit. Aber es war ja seine Idee gewesen. Sobald sie wieder verschwunden war, würde er ein paar Tage dort verbringen. In den nächsten fünf Wochen standen noch 14 Spiele auf der Tagesordnung, die es zu gewinnen galt. Dann würden die Play-Offs beginnen und erst anschließend würde er Zeit für einen Kurztrip nach Venice finden.

David startete den Motor seines Porsche und das vertraute Brummen beschwichtigte seinen Adrenalinspiegel. Dann sah er Rick mit einem Lächeln auf ihn zu schlendern:

„Nimmst du mich ein Stück mit?"

„Klar. Spring rein."

David grinste Rick an und fragte:

„Hast du noch was vor?"

Rick stieg ein.

„Morgen ist unser erster Hochzeitstag. Ich wollte Jessica noch was Hübsches kaufen."

„Wow. Ist das schon wieder ein Jahr her?"

Röhrend setzte sich der Porsche in Bewegung.

David konnte sich noch gut an die Trauung erinnern. Es war ein schönes Fest in Ricks Haus außerhalb von Toronto gewesen. Viele Hockeyspieler und einige andere Sportler aus der Umgebung waren gekommen. David hatte Jessica noch nie so wunderschön und glücklich gesehen. Kleine Perlen schimmerten an ihren Ohren und immer, wenn sie den Kopf neigte, fiel ihm auf, wie perfekt die kleinen Blüten in ihrem Haar dazu passten und wie gern er sie anschaute. Wie verliebt die beiden waren, entging niemandem. Immer wieder fanden das Brautpaar Gelegenheiten sich zu berühren und zu küssen. Er musste lächeln, wenn er jetzt daran dachte. Sie waren zu beneiden. Er fragte sich, wann er das letzte Mal so empfunden hatte. Seine Begleitung war ein französisches Modell gewesen, mit dem er sich zwei, dreimal getroffen hatte. Ihren Namen war Madeline. Ihre Schönheit hatte ihn verzaubert und ihr Einfallsreichtum im Bett sehr imponiert.

„Schon irgendeine Idee?" David grinste seinen Kumpel von der Seite an.

Rick war ein glücklicher Mann. Vor drei Jahren wechselte er von Calgary nach Toronto. Sowohl auf dem Eis, als auch nach dem Spiel wurden sie schnell ein gut funktionierendes Team. Sie verband die Liebe zum Spiel und zu hübschen Frauen. Bis Rick Jessica kennen lernte, waren sie sehr oft zusammen unterwegs gewesen. Ricks dunkelbraunes, leicht gelocktes Haar, seine dunklen Augen und seine große Statur zogen viele Frauen an, so auch Jessica.

„Es wird wohl etwas Hochkarätiges werden."

„Bestell ihr bitte meine Glückwünsche zum Hochzeitstag."

Dann verfielen sie in ein Gespräch über die neue Verteidigungslinie der Miami Seabears, ehe sich ihre Wege trennten.

Auf dem Weg zu seiner Wohnung klingelte sein Handy. David schaltete die Freisprecheinrichtung ein und wechselte auf die rechte Spur.

„Hallo Dora, wie geht es dir?"

„David, Liebling. Schön, dass ich dich endlich erwische. Ich versuche schon seit Tagen, dich zu erreichen."

Davids Gesichtszüge würden weicher. David lachte. Doras Abneigung gegen Anrufbeantworter war schon so alt, wie die Erfindung selbst. Doch dafür liebte er seine Großmutter.

„Du weißt doch, dass ich dich sofort zurückrufe, wenn ich deine Nummer auf der Mailbox sehe."

„Verkauf mich nicht für dumm, David. Ich habe die Bilder gesehen. Ist alles in Ordnung bei dir? Dein Spiel gestern Abend war ja nicht so berauschend."

„Ich weiß. Ich muss gestehen, dass ich etwas abgelenkt bin derzeit. Aber mach dir keine Sorgen. Der Schuldige wird mich nie wieder belästigen. Dafür sorge ich."

Der beruhigende Ton in Davids Stimme gefiel Dora. Sie war von je her nie eine Person gewesen, die sich in fremde Dinge einmischte. Und da sie David schon länger kannte, als sonst jemand auf der Welt, wusste sie, dass ihre Zurückhaltung in seinem Leben von ihm sehr geschätzt wurde. David hatte gelernt, dass sie jederzeit für ihn da war, doch seit er erwachsen geworden war und für die NHL spielte, befragte er sie immer seltener zu seinem Leben. Er versuchte sie möglichst stark in sein Leben zu involvieren, doch alle Entscheidungen traf er allein.

Sie hatte sich seit ihrem Umzug nach Venice Beach nicht gemeldet und David war froh, ihre Stimme zu hören. Sofort dachte er an Zuhause. An das kleine, viktorianische Haus am Stadtrand von Toronto, in dem er aufgewachsen war. Alle seine Kindheitserinnerungen spielten sich dort ab. Dora hatte ihm oft erzählt, dass die ersten Jahre nicht sehr leicht für sie waren, doch David erinnerte sich nur an glückliche Tage. Sehr oft saß er als kleiner Junge am Küchentisch und sah ihr beim Kochen zu. Dann löcherte er sie mit Fragen zu Doras und Pauls eigener Kindheit. Er liebte es, wenn sie ihn wie einen Erwachsenen behandelte und ihm Geschichten erzählte, ohne die übliche kinderschonende Sprechweise. Noch heute erinnerte sich David an ihre Schilderungen aus ihrer Jugend. Dora Monier wollte, seit sie ein kleines Mädchen war, immer nur Eines: Sängerin in einer Big Band werden. Sie liebte die Musik und fing schon als Fünfjährige in den frühen 50er Jahren an, die Lieder im Radio nachzusingen und dazu zu tanzen. Doras Eltern schickten sie in den Kirchenchor, wo sie Noten lernte und sich das Klavierspiel beibrachte. Dora schloss ihre Ausbildung an der High-School mit Bravur ab. Doch ihren Traum von einer Karriere als Sängerin gab sie nie auf. Mit 17 arbeitete sie bei einem regionalen Radiosender von Ontario als Sekretärin. Ihr Schicksal änderte sich allerdings, als sie eines Tages im Gang auf einen jungen Mann traf, der mit seiner Band einen Gastauftritt im Sender hatte. Paul Bennett fiel mit seiner mittelgroßen Statur, dem dunklen Haar und braunen Augen kaum auf, doch Dora war fasziniert, von der Trompete, die er in der Hand hielt. Er schien sie gar nicht zu registrieren, so vertieft war er in sein Instrument. Als er endlich zu ihr aufblickte, war es um ihn geschehen. Noch viele Jahrzehnte später erzählte Paul, wie er sich auf der Stelle in Dora verliebt hatte. Dora schätzte Pauls ruhige und gelassene Art. Er schrieb ein paar Songs für die Band, die genau auf den hellen Gesang von Dora zugeschnitten waren und die schließlich den Rest der Band überzeugte, sie als ihre neue Sängerin anzuerkennen. Tagsüber arbeitete sie nun als Sekretärin im Sender und abends sang sie mit den Four Quarters auf verschiedenen regionalen Tanzveranstaltungen in ganz Ontario. Diese Zeit war die Schönste in ihrem Leben gewesen. Sehr oft hatte Dora an Davids Bett gesessen und ihm davon erzählt. Schon damals hatte er die Bedeutung ihrer Träume verstanden. Mit der Geburt von Davids Mutter Susan blieb für die abendlichen Auftritte nur noch selten Zeit und da auch die anderen Bandmitglieder mittlerweile Familien und Jobs hatten, lösten sich die Four Quarters auf. Die Liebe zu ihrer kleinen Tochter füllte die große Lücke in ihren Herzen, die die Musik hinterlassen hatte. Das musikalische Talent ihrer Eltern fand sich in Susans Gitarrenspiel wieder. Verliebt in die Musik und einen jungen Songschreiber namens Jimmy begleitete sie ihn im Alter von 18 Jahren nach San Francisco. Sie kehrte Toronto und ihren Eltern den Rücken, um ihren eigenen Traum von einer Karriere als Sängerin zu leben. Seit David denken konnte, sprachen seine Großeltern offen über Susans Beweggründe und da Dora Susans Traum verstehen konnte, ließen sie Susan gehen. Niemand hätte ahnen können, dass sie wenige Monate später weinend vor ihrem Elternhaus stand und von ihrer Schwangerschaft berichtete. Dora und Paul erfüllten ihren Wunsch und versicherten ihr, dass ihr Baby bei ihnen ein Zuhause finden würde. Für David stellte sich nie die Frage warum er bei Dora und Paul aufwuchs, anstatt bei seiner Mutter in San Francisco. Susan war oft Gast in Toronto, doch die Erziehung des kleinen, Jungen übernahmen die Großeltern. Susan und David verbrachten sehr viel Zeit zwischen den Touren miteinander und lernten ihre gegensätzlichen Leben kennen, doch in Toronto fühlte er sich heimisch. Obwohl er noch ein kleiner Junge war, respektierte er den Freiheitsdrang seiner Mutter. Während Susan in Kalifornien lebte, entwickelte sich David zu einem allseits beliebten und energiegeladenem Kind. Dass Dora großen Wert auf Ehrlichkeit und Manieren legte und gleichzeitig seine schulischen Leistungen förderte, machte David zu einem gern gesehenen Gast in der Radiostation, wo Dora nun wieder stundenweise aushalf, wie auch im Eisstadion, wenn er Paul begleitete. Auch nach Arbeitsschluss nahm Paul David mit zu den Toronto Rovers und sobald David das schnelle Spiel auf dem Eis sah, konnte er an nichts Anderes mehr denken, als es den Erwachsenen gleichzutun. Von da an gab es nichts Schöneres. Es dauerte auch nicht lange, ehe David einem Bezirksteam beitrat, um Eishockey zu spielen. Als David 14 war, starb Paul an plötzlichem Herzversagen. Von nun an begleitete Dora David zum Eishockeytraining. Obwohl sie sehr streng war, was seine schulische Ausbildung betraf, ließ sie ihm auch viele Freiräume. Die unzähligen Stunden auf dem Eis und das dazugehörige Fitnesstraining machten aus ihm einen kräftigen und selbstbewussten Jugendlichen. Dora zeigte sich verständnisvoll, als er seine ersten Freundinnen mit nach Hause brachte. Für ihn war seine Großmutter die klügste und liebevollste Frau, die er kannte. Sein damaliger Trainer Greg Summers wurde nach Pauls Tod sein männliches Vorbild. Von ihm lernte er nicht nur die Tricks auf dem Eis, sondern er nahm ihn nach dem Training auch mit nach Hause, wenn Dora länger arbeitete. Greg, selbst Vater von drei Mädchen, hatte sich immer solch einen intelligenten und sportlichen Jungen gewünscht. Dora gab die Erziehung des Jungen nicht aus der Hand, doch gab es Dinge, die er besser von einem anderen Mann erfahren sollte. Greg zeigte David seine Schwachstellen auf, trainierte mit ihm täglich und ging mit ihm zu den Spielen der Rovers. Seine Sportlichkeit und Beliebtheit machten ihm das Heranwachsen unheimlich leicht. Jeder wollte in seiner Nähe sein. Dora, Susan und Greg waren unheimlich stolz auf seine Leistungen. Selbst für Dora wurde Davids Traum von der NHL real, als sie sich und Greg einigen Talentscouts gegenübersah, die auf David aufmerksam geworden waren. Sie luden ihn zum Probetraining im Farm Team der Toronto Rovers ein und stellten fest, dass dieser Junge sie nicht enttäuschen würde. Auf diese Chance hatte er gewartet. David wusste, dass er seinen Erfolg vor allem Greg und Dora zu verdanken hatte. Das vergaß er nie. Auch heute noch, Jahre später, hielt er engen Kontakt zu Greg und dessen Familie. Seit er nicht mehr bei Dora wohnte, bemühte er sich, sie oft zu besuchen, was bei den vielen Auswärtsspielen nicht immer leicht war. Dora wurde das Haus zu groß, so dass sie gemeinsam mit David nach einem geeigneten Ersatz im sonnigen Kalifornien suchte. Zusammen schauten sie sich Häuser und Apartments in der Nähe von L.A. an und fanden schließlich ein helles und geräumiges Apartment in Venice Beach. Ein paar Straßen weiter von einem gerade fertiggestellten Strandhaus, dass sofort seine Aufmerksamkeit erregte und ihm eine gute Investition zu seien schien. Nicht nur die Nähe zu Dora, sondern auch seine Wechselpläne veranlassten ihn zum Kauf.

Doch die rückten nun wieder in weite Ferne. David sah in den Rückspiegel und wechselte die Spur, während Dora weiter von ihren Runden auf dem Golfplatz erzählte. Sie war keine Person, die sich beklagte, doch hörte er, dass sie sich in Venice Beach ein wenig langweilte und nicht richtig wusste, wohin mit ihrer Zeit. Sie war noch nicht alt genug, um in einem Seniorencenter einzuchecken. David beschloss am Wochenende nach Kalifornien zu fliegen und sich ihre neue Bleibe anzusehen. Vielleicht blieb ihnen ja ein bisschen Zeit, um mit Dora die Gegend zu erkunden oder einfach nur Golf zu spielen.

*

Das Leben in Venice war besser, als Melanie es sich erhofft hatte. Wenn sie morgens aufwachte, hörte sie nur das Rauschen des Meeres und das leise Kreischen der Möwen, die draußen am Pier fischten. Bennetts Kingsize-Bett und ein Gläschen Wein am Abend ließen sie tief und fest schlafen. Sie musste zugeben, dass es ihr fast ein wenig unangenehm gewesen war, seine privaten Dinge zu benutzen. Er hatte ja keine Ahnung, dass sie in seinem Schlafzimmer statt im Gästezimmer übernachtete. Doch was konnte er aus Toronto schon dagegen ausrichten? Sie lächelte vergnügt und schwang sich aus dem Bett. Da sie im Kühlschrank nur gähnende Leere empfing, würde ihr der Gang in den Supermarkt heute nicht erspart bleiben. Sie duschte schnell, zog ein rotes Top, Jeans und Sandalen an und holte die Autoschlüssel, die sie gestern in der Küchenschublade gefunden hatte. Ihr Haar kämmte sie kurz mit der Bürste und war schon auf dem Weg in die Garage. Da stand Davids schwarzer Range Rover, der nur auf sie zu warten schien.

Danke sehr, Mr. Bennett für den guten Geschmack und die Vorliebe für schicke Autos.

Die Fernbedienung für das Garagentor fand sie auf Anhieb und schon war sie auf der kurvigen Straße unterwegs, die nach Venice Beach hinab führte. Links und rechts der Straße schlängelten sich ebenfalls kleine Wege zu anderen Villen, die von der Straße nicht zu sehen waren. Niemand kam ihr entgegen, keine neugierigen Nachbarn weit und breit. Ein Blick auf die Uhr verriet ihr, dass es erst kurz vor acht Uhr war. Sicher schlief die High Society hier noch.

In Venice Beach musste sie erst ein paar Kreise durch die Innenstadt ziehen, ehe sie einen Supermarkt fand. Jede Menge Hotels und Privatclubs säumten die Straßen, noble Boutiquen neben Sportläden und Anwesen hinter hohen Mauern. Melanie kaufte das Notwendigste ein: eine extra große Tüte Kekse, Milch, Käse, Kaffee, etwas Obst, Brot und eine Flasche Zinfandel für heute Abend. Sie konnte es kaum erwarten, auf der kleinen Dachterrasse mit Meerblick zu frühstücken. Als sie den Hügel zum Haus zurückfuhr, bog sie zweimal falsch ab und musste umkehren, um sich nicht vollends zu verfahren. Noch mehr Villen mit riesigen Terrassen und Meerblick kamen zum Vorschein. Hier und da erlaube ein kleiner Pfad der Öffentlichkeit diesen Ausblick zu erhaschen.

Zurück im Strandhaus ging sie mit ihrer Tasse Kaffee und einem Bagel nach draußen auf die Dachterrasse. Sie legte die Beine auf die Brüstung und genoss die Morgensonne. Das Telefonat mit Steve konnte sie unmöglich länger hinausschieben, also wählte sie seine Nummer.

„Ich bin`s. Rate mal, wo ich gerade bin?" Melanies Grinsen war durch das Telefon zu hören und ehe er antworten konnte, sprach sie weiter:

„Ich sitze gerade bei einer Tasse Kaffee und einem atemberaubenden Blick auf dem Pazifik in Bennetts Haus in Venice Beach."

Steve schien noch müde zu sein und reagierte nicht sofort. Doch dann grummelte er etwas verschlafen.

„Wieso das denn?"

Sie umriss kurz ihre Vereinbarung, doch ließ sie einige Details geschickt aus. Steve hatte schon genug um die Ohren, um sich auch noch mit ihren Problemen zu belasten.

„Ist er bei dir?"

„Nein. Er muss doch ein paar Spiele gewinnen und Frauen in ganz Amerika glücklich machen."

„Was machst du dann in seinem Haus? Wie willst du die Abmachung einhalten?"

Steve war zu sehr Realist, als dass er ihren kleinen Urlaub als glücklichen Umstand ansehen konnte. Doch vielleicht hatte sie auch etwas übersehen. Zum Beispiel, dass sie weder Erfahrungen, noch Ideen hatte, um den Deal zu erfüllen… und von vornherein zum Scheitern verurteilt war.

„Ich werde mir etwas einfallen lassen. Ich verspreche es dir. Irgendwie muss ich es schaffen."

„Lany, ich weiß nicht, wie ich dir da helfen soll."

Seine besorgte Stimme machte sie traurig. Melanie wusste seine Anteilnahme zu schätzen. Irgendwann würde sie sich bei ihm revanchieren.

„Ich glaube, du kannst mir hier nicht helfen. Ich bin ganz allein für alles verantwortlich und werde das auch wieder in Ordnung bringen müssen."

„Ruf mich an, wenn du etwas brauchst!"

„Okay."

„Was soll ich Mom und Dad sagen?"

„Erzähl ihnen, dass ich hier eine Freundin besuche. Sie fragen sowieso nicht näher nach." Steve berichtete ihr noch von den Fortschritten im Bootshaus und nach 20 Minuten legten sie auf. Die Sonne schien nun kräftiger und Melanie beobachtete das Schlagen der Wellen am Ufer. Ein einsamer Surfer mit seinem gelben Brett machte sich bereit, in die Wellen zu springen. Ein Lächeln umspielte ihre Lippen. Auch er hatte zu kämpfen. Sie wartete gespannt darauf, ob er eine Chance gegen die übermächtigen Wellen hatte. Wenn sie sich nur ebenso furchtlos ihrem Gegner stellen könnte, wie er, bestand zumindest die Hoffnung auf ein glimpfliches Ende.

Ihrer Freundin Holly schuldete sie ebenfalls noch einen Anruf. Als ihre längste Freundin wusste Holly von ihrem damaligen Hass auf Bennett. Am College trennten sich ihre Wege, doch hielten sie weiterhin Kontakt. Melanie wählte und als sie die Stimme ihre Freundin hörte, hatte sie plötzlich das Bedürfnis, Holly ganz fest in die Arme zu schließen und ihr alles zu erzählen. Sie nahm sich vor, sie bald zu besuchen und wieder mehr Zeit mit ihr zu verbringen. Holly berichtete von ihren neuen Entwürfen und ihrer Chefin, die diese niemals würdigte. Die Geschichte erinnerte sie an sich selbst. Doch im Gegensatz zu ihr, verlor sich Holly nicht in selbstzerstörerischen Handlungen. Sie kämpfte sich durch und verfolgte ihren Traum eine erfolgreiche und gefragte Modedesignerin zu werden. Melanie bewunderte ihren Ehrgeiz und nahm sich vor, ein bisschen mehr wie sie zu sein. Die Abmachung mit Bennett hätte Holly sicher nicht verschreckt. Holly hätte bessere Chancen auf ein erfolgreiches Ende. Sie plauderten noch ein Weilchen über Hollys Job und versprachen sich bald wieder zu besuchen. Holly und Steve waren die beiden wichtigsten Menschen für Melanie.

Melanies Blick schwenkte wieder aufs Meer hinaus und blieb an dem Surfer mit dem gelben Surfbrett hängen. Er kämpfte sich immer noch mit seinem Brett ab, doch auch er gab nicht auf. Waren eigentlich alle anderen Menschen ehrgeiziger als sie? Der Surfer fiel ins Wasser und sie suchte das Wasser ab, wo er wiederauftauchen würde. Hinter der nächsten Welle kam er zum Vorschein. Sie musste schmunzeln und strich sich die fliegenden Strähnen aus dem Gesicht. Der Surfer schwang sich wieder aufs Brett und winkte in ihre Richtung. Melanie erschrak und fühlte sich ertappt. Hatte er sie beim Beobachten entdeckt? Er schwenkte noch einmal die Hand und da sonst niemand am Strand war, musste er wohl sie gemeint haben. Sie hob ebenfalls die Hand und winkte zurück. Dann hielt er sich die Hand ans Herz und ließ sich rückwärts ins Wasser fallen. Melanie lachte laut auf.

Scherzkeks.

*

Am Abend goss sich Melanie ein Glas Rotwein ein und ging damit auf die Dachterrasse. Die Nacht war lau und das Meer brach sich am bereits verlassenen Strand. Von einigen Villen schien Licht hinab. Melanie genoss es, hier oben auf der Terrasse, versteckt hinter den Palmen, zu sitzen und ihren Kopf in den Nacken zu legen. Aus dem Haus erklang leise die Hip-Hop meets Classic CD. Die einzige, ruhige Musik, die aktuell zu ihrer Stimmung passte. Sie war entspannt. Das war der Urlaub, den sie sich schon so lange vorgenommen hatte und immer aus Rücksicht auf ihren Job, verschoben hatte. Der Stress der letzten Tage in Toronto fiel langsam von ihr ab und sie spürte ihre innere Ruhe zurückkehren, die sie sonst nur beim Laufen empfand. Morgen würde sie mit Folly telefonieren müssen. Sie brauchte mehr Informationen über Bennett. Und sie würde Eddie anrufen. Ihr fehlte ein Freund, mit dem sie über alles reden konnte. Trotz allem fühlte sie sich einsam. Melanie war noch nie lange alleine gewesen. Sie brauchte immer jemanden Vertrautes um sich. Daher waren ihr auch die letzten Monate ihrer Schulzeit so schlimm in Erinnerung geblieben.

Der Wind strich ihr über die nackten Arme und eine Gänsehaut legte sich auf ihre Haut. Ihr Blick fiel auf den Jacuzzi. Warum hatte Bennett hier den ganzen Luxus, wenn niemand ihn benutzte? Das wäre doch wirklich zu schade. Melanie stand auf und schaltete ihn einfach ein. Ihre Sandalen lagen noch vor der Holzliege und Melanie steckte ihre rot lackierten Zehen ins Wasser. Sie zögerte kurz, dann zog sie ihre Jeans und ihr rotes Top aus. Den Slip ließ sie fallen und versank nackt im heißen Wasser. Ein leises Stöhnen entfuhr ihren Lippen, als die brodelnden Wasserblasen an ihrem Körper entlang strichen. Obwohl sie niemand sehen konnte, tauchte sie bis zum Kinn ein und legte den Kopf auf den Beckenrand. Drehte sie ihn ein wenig zur Seite, dann konnte sie sogar das Meer sehen. Doch ihr Versteck blieb im Verborgenen.

*

Am Morgen erwachte sie kurz nach sechs. So schön das Nichtstun auch war, lange hielt sie es nicht aus. Sie drehte sich auf den Bauch und blickte aus dem Fenster. Wie viel musste man für solch einen Ausblick wohl zahlen? Sie hatte keine Ahnung, was ein Hockeyspieler verdiente, wusste nichts, über Wechselprämien und Zusatzleistungen. Sie hatte von einigen Details der Amateurliga gehört, in der ihr Bruder früher spielte. Doch das hier war ein komplettes Neuland. Kurz: sie hatte keine Ahnung, worauf sie sich da eingelassen hatte. Ihr Gewissen drängte sie, mehr über ihren neuen Job herauszufinden. Also schwang sie ihre Beine aus dem Bett, schlüpfte in ihre Pantoffeln und ging in ihren Shorts und dem Shirt in Richtung Dusche.

Nach einem kurzen Frühstück, lief sie die Treppen zum Strand hinunter und wollte beim Spazierengehen ihr weiteres Vorgehen planen. Der Wind wehte noch recht kühl vom Pazifik und ihr fröstelte. Sie rieb sich die Arme und wollte gerade auf dem Absatz kehrtmachen, als ihr ein junger Mann mit gelbem Surfbrett entgegenkam. Er trug einen kurzen, dunklen Neoprenanzug und ein Lächeln auf den Lippen. Sein blondes Haar fiel ihn in die Stirn. Wahrscheinlich würde er es mit etwas Gel bändigen, wenn er nicht Gefahr lief, von der nächsten Welle erwischt zu werden. Er war groß und der Anzug betonte seine breiten Schultern und die schmale Taille.

„Hi! Du bist aber früh auf." rief er ihr zu. Seine blauen Augen leuchteten so blau wie ein wolkenloser Himmel. Sie schätze ihn auf Anfang 20. So hatte sie sich immer einen kalifornischen Beach Boy vorgestellt. Sein Lächeln enthüllte strahlend weiße Zähne.

„Hat mich schon immer interessiert, wer in dem erstklassigen Haus wohnt."

„Das Rätsel hast du ja nun gelöst." Sie lächelte ihn an und deutete auf sein Brett.

„Wirst du heute mehr Glück haben?"

„Um ehrlich zu sein, ich habe erst angefangen zu surfen. Ich mache das zum ersten Mal."

Seine Offenheit erstaunte Melanie und sie lächelte.

„Keine Angst, bei mir ist dein Geheimnis sicher."

„Willst du es denn auch mal versuchen? Vielleicht sehe ich dann nicht ganz so unbeholfen aus."

Melanie schüttelte den Kopf. „Ein anderes Mal gerne."

Er nickte und blickte aufs Meer hinaus. Melanie musterte ihn genauer. Das blonde Haar, die blauen Augen, gerade Nase, leicht geschwungene Lippen und ein kampfbereiter Körper.

Sein attraktives Äußeres kam ihr bekannt vor. In welchem Modemagazin hatte sie ihn gesehen? Trotz seines strahlenden Anblicks fröstelte ihr.

„An die kühlen Morgen muss ich mich erst noch gewöhnen. Viel Glück heute mit den Wellen."

„Wirst du mir zusehen?"

„Wenn du dich ein bisschen anstrengst."

Dann drehte sie sich um und ging in Richtung Strandhaus.

„Bis später." Rief er ihr noch zu, rannte los und stürzte sich in die Wellen.

Während Melanie beim Frühstück saß und ihren heißen Tee trank, beobachtete sie ihn, wie er verzweifelt versuchte, den Wellen seinen Willen aufzudrücken. Er winkte ihr zu und probierte es von neuem.

Einige Zeit später erschien er unterhalb ihrer Terrasse und seine tropfnassen Haare wischte er sich aus dem Gesicht.

„Gibt's bei dir einen richtig starken Kaffee?" rief er zu ihr rauf.

Melanie nickte und freute sich auf seine Gesellschaft.

„Komm rauf."

Als sie wenig später mit einer weiteren Tasse auf der Terrasse erschien, machte er sich gerade ein Sandwich. Seinen Anzug hatte er bereits ausgezogen und zum Trocknen über die Brüstung gehängt. Nur noch mit Shorts bekleidet saß er am Tisch und blickte sie freundlich an. Er strich mit seinen Händen über die Brust und lenkte ihren Blick darauf. Sie bemerkte, dass er für einen echten Sonnyboy nicht besonders gebräunt war. Seine muskulöse Brust trocknete in der Sonne und die kleinen Härchen darauf schimmerten ganz hell. Plötzlich fiel es ihr ein.

„Du bist Donnie Rodwell, Neuzugang der LA Whalers. Warte! Was habe ich gestern auf dem Cover von NHL Weekly gelesen: Donnie Rodwell – Stanley-Cup-Material!"

„Sag`s nicht weiter. Ich bin hier Undercover." Er zwinkerte ihr zu und nahm ihr die Tasse ab.

„Keine Angst. Ich bin erst seit ein paar Tagen hier und bis jetzt auch noch niemandem begegnet. Ich bin Melanie Gardinier."

„Du hast dir ein schönes, ruhiges Plätzchen ausgesucht." Donnies Blick schwenke zum Pool. Das Wasser glitzerte in der Sonne.

„Da ich bei dir keinen Ring am Finger sehe, hat dir entweder dein Ex-Mann dieses Haus als Abfindung überlassen oder du bist selbst erfolgreich. Ich tendiere ja zu Ersterem."

Donnies alberne Späße ließen sie laut auflachen.

„Mit Ersterem kennst du dich wohl gut aus?"

Donnie sah sie an und lächelte. Er respektierte ihre Privatsphäre. Geschickt hatte sie vom Thema abgelenkt. Sie war clever, das musste man ihr lassen. Er selbst hatte zeitig lernen müssen, dass Offenheit in seinem Beruf nicht immer die beste Charaktereigenschaft war.

„Nein. Ich versuche immer, meine Freundinnen fair zu behandeln. Sie wissen genau, worauf sie sich bei mir einlassen. Und ich finde, an mir ist genug für alle Frauen dran."

Er zwinkerte ihr zu und Melanie lachte laut auf.

„Ich bin erst 23 und hab noch Zeit, die richtige Frau zu finden."

„Und solange versuchst du es mit den Wellen?"

„Zuerst einmal will ich bester Spieler der Saison werden und wenn dann noch Zeit ist, bringst du mit mir das Surfen bei, einverstanden?"

„Vielen Dank für die nette Gesellschaft. Sehen wir uns morgen früh?"

Donnie beugt sich zu ihr und haucht einen kleinen Kuss auf ihren Handrücken. Melanie lächelt schon wieder.

„Gern."

*

Und tatsächlich tauchte Donnie pünktlich zum Frühstück auf. Er plauderte über das Training, die Whalers, und das Surfen. Gemeinsam tranken sie Kaffee und beobachteten das Spiel der Wellen. Heute Morgen war der Strand bis auf ein paar vereinzelte Jogger und deren Hunde menschenleer, doch keineswegs befremdlich. Selbst als sie beide nicht redeten, sondern einfach aufs Meer hinausschauten, legte sich eine erholsame Ruhe zwischen sie. Melanie war sich sicher, dass Donnie Rodwell keine Probleme hatte, Gesellschaft zu finden, doch schien ihm ebenfalls an ihrer Gegenwart zu liegen. Er schien es nicht eilig zu haben.

„Wir spielen heute Abend gegen die Rovers und ich muss erst 16 Uhr im Pacific Center sein. Hast du Lust, mit mir rüber nach Santa Monica zu fahren?"

Interessiert schaute Melanie von ihrer Liege zu ihm herüber und überlegt. Die Rovers spielten heute Abend? Ob David schon in der Stadt war? Sie hatte ihn seit einer Woche nicht mehr gesehen. Den Kontakt hielt sie über Folly. Doch von ihm hatte sie die letzten Tage auch nichts mehr gehört. Ihr Puls beschleunigte sich. Das beunruhigte sie. Donnie schien ihren Stimmungswechsel nicht zu bemerken. Er redete einfach fröhlich weiter.

Gestern hatte er ihr ein Surfbrett mitgebracht. Nach dem Frühstück ließen sich beide von den Wellen tragen. Erstaunlicherweise fiel Melanie seltener ins Wasser als Donnie. Dank ihrer guten Körperbeherrschung konnte sie problemlos im Wasser gleiten.

„Wir könnten vorher noch etwas unternehmen."

„Musst du dich nicht auf dein Spiel vorbereiten?"

„Zerstreuung tut mir gut, umso konzentrierter bin ich dann beim Spiel."

Donnie fuhr in seinem Maserati die Küstenstraße ins Zentrum von Santa Monica und Melanie folgte ihm. Beim Spiel wollte sie auf keinen Fall in der Nähe des Pacific Centers sein. Die Chance, dass sie Bennett über den Weg lief, wollte sie so klein wie möglich halten. Donnie zeigte ihr ein paar hübsche Ecken der Stadt und dann lud er sie zum Essen ein. Zur Übertragung des Spiels im Fernsehen war Melanie wieder zurück im Strandhaus. Während des Spiels rief Steve auf ihrem Handy an. Melanie erzählte ihm von Donnie und beide lachten gemeinsam am Telefon. Sie vermied es, ihm ihre Aussichtslosigkeit zu schildern. Es war einfach zu deprimieren. Sie hatte sich so fest vorgenommen, erfolgreich zu sein. Doch das reichte leider nicht aus. Ihre mangelnde Fachkenntnis erschwerte ihr die Planung und ihr Gewissen machte Melanie möglichst oft auf ihre Inkompetenz aufmerksam. Mit Folly hatte sie versucht zu reden. Doch er lehnte es ab, ihr weiterhin zu helfen. Dass Folly sie nicht mochte, war kein Geheimnis. Es dauerte eine Weile, ehe Melanie die richtige Fernbedienung für den riesigen Plasmafernseher fand. Dank Pay-TV blieb ihr das Spiel nicht erspart. Auf dem Bildschirm wurde David immer wieder eingeblendet. Seine Verfassung schien heute Abend nicht die Beste zu sein. Die Kommentatoren überschlugen sich mit ihren Vermutungen. Unter seinem Helm kamen immer wieder diese dunkelgrünen Augen zum Vorschein, die alles zu sehen schienen. Wenn Donnie gleichzeitig auf dem Eis war, wurden sie ständig miteinander verglichen. Doch für Melanie war das nicht nachvollziehbar. Die Rangeleien und kleinen Raufereien richteten sich gegen jeden, der ein anderes Trikot trug. Am Ende trennten sich beide mit einem Unentschieden. Als David noch zu seinen Torschüssen befragt wurde, schaltete Melanie den

Fernseher aus und ging nach oben in das riesige Schlafzimmer. Hier kuschelte sie sich in die vielen Kissen und holte ihren Laptop vom Nachtisch. Sie recherchierte noch eine Weile über Vertragsarten, Wechselboni, Sonderkonditionen und Ablösesummen, ohne jedoch die richtigen Informationen zu finden. Sie schlief unruhig ein.

*

Als David das Hotel verließ, steckte das Jetlag noch in seinen Knochen. Die Nacht war nicht besonders erholsam gewesen, viele Gedanken spukten ihm im Kopf herum. Warum schlief er überhaupt im Hotel, wenn ihm in Venice Beach ein großes Haus mit Blick auf den Pazifik gehörte? Es wurde Zeit, dass er dort einmal vorbeischaute.

Es war erst kurz vor sieben, als David mit seinem Mietwagen die kurvige Straße zu seinem Strandhaus hinauffuhr. Es war verdeckt von Palmen und Sträuchern. Es gehörte ihm, doch nun fühlte er sich wie ein Eindringling. David schloss auf und trat ein. Alles war sehr hell und luftig. Die Tür zur Terrasse war offen und er hörte das Rauschen des Ozeans. Auf dem großen Sofa lag ein kleiner Laptop. Ein paar kleine, weiße Turnschuhe standen davor und eine Tüte Kekse lag geöffnet auf dem Tisch. Er stellte seine Tasche ab und griff in die Tüte. Im Haus roch es nach gebratenem Schinken und Kaffee. Das Frühstück im Hotel hatte er nicht angerührt. Doch nun kehrte der Appetit zurück. Melanie schien schon auf zu sein und er fragte sich, wo sie wohl stecken könnte. Mit der Tüte in der Hand trat er auf die Terrasse. Seine Turnschuhe hörte man kaum auf dem Holzboden. Leises Gelächter drang an sein Ohr und dann entdeckte er Melanie mit dem Gesicht zu ihm gewandt am Frühstückstisch sitzen. Ihr Lächeln erstarb in dem Moment, als sie ihn erblickte. Ihre Augen weiteten sich. Ihr Mund schloss sich. Ihr Haar wirbelte im Wind umher. Sie trug eine sehr kurze khakifarbene Hose und ein weißes Whalers-Shirt. Ihre Beine hingen über der Brüstung und lenkten sofort seine Aufmerksamkeit auf sich. Sie waren leicht gebräunt und schlank. Als er endlich seinen Blick von ihren Beinen losreißen konnte, bemerkte er ihre Gesellschaft: Donnie Rodwell mit einem frechen Grinsen hinter seiner Ray Ben und einem Becher Kaffee in der Hand.

„Na, wenn das nicht der Beamer persönlich ist. Guten Morgen, Bennett. Hätte ich gewusst, dass wir uns so schnell wiedersehen, hätte ich es dir gestern Abend nicht so schwergemacht. Jeder weiß doch, wie nachtragend du bist."

David deutete auf Donnie und spieß sie mit seinem Blick auf.

„Was macht DER hier?"

Melanie erholte sich nur langsam von ihrem Schrecken. Erst jetzt wurde ihr bewusst, wie er sich fühlen musste, seinen Rivalen im eigenen Haus vorzufinden, noch dazu mit ihr! Melanies Herzschlag beschleunigte sich.

Dass er nicht erfreut war, schien ihr nur verständlich. Doch schlimmer empfand sie, dass nun Donnie taufrisch erfahren würde, wer sie wirklich war und was sie getan hatte.

Doch als David nicht dergleichen tat und zu ihrem Leidwesen wieder mal völlig unberechenbar reagierte und näherkam, zögerte sie. Wieso tat er das? Und warum verschonte er sie? Berechenbar erschien ihr einfacher. Also versuchte sie ihn zu provozieren und auf Kurs zu bringen.

„Wir haben hier ein bisschen Spaß. Ist das verboten? Sorry, da muss ich noch einmal das Kleingedruckte lesen."

Er würde sie so oder so nicht verschonen. David trat auf sie zu und lehnte sich nahe ihrer Beine an die Brüstung und seine Augen sprühten gefährlich vor Feindseligkeit. Erste Bartstoppeln setzten sich gerade auf seinen Wangen durch und der gepresste Mund ließ David gefährlich erscheinen. Er sprach leise.

„Hab ganz vergessen, dass du auf Hockeyspieler stehst."

Beide schienen Donnie nicht mehr wahrzunehmen, denn sie konnten ihre Blicke nicht voneinander abwenden. Ihr Gesicht nahm einen unschuldigen Ausdruck an und sie antwortete ihm zuckersüß.

„Du warst so lange weg, Baby… Da hatte ich einfach Sehnsucht nach einem richtigen Mann."

Zwei Augenbrauen schossen nach oben. Sie hatte sogar den Mumm, ihn dabei anzulächeln. So lief also der Hase. Sie wollte spielen. Das konnte sie haben. David streckte die Hand nach ihrem Bein aus und zog ihr die rote Sandale vom Fuß, die den gleichen Ton besaßen, wie der Lack ihrer Zehennägel. Sie konnte sich nun nicht mehr bewegen, ohne im Stuhl umzukippen. In seinen großen Händen wirkten sie klein und verletzlich. Er strich ihr mit der flachen Hand unter der Fußsohle entlang, über ihre Zehen und sah ihr nun wieder in die Augen. Sie zuckte zusammen, als seine warmen Hände sie berührten, doch hielt er sie so fest im Griff, dass klar war, dass es nicht liebevoll gemeint war. Sie blickte ihn verwundert an.

Damit hatte sie nicht gerechnet. Sie zwang sich, nicht zu zucken. Einen Sieg konnte sie ihm nicht so einfach gönnen. Er stellte ihren Fuß auf seinem Bauch ab und streichelte nun ihre Unterschenkel bis zum Knie. Gespielt liebevoll sah er sie an und sprach mit rauer Stimme:

„Hätte ich das gewusst, Baby... Ein Anruf von dir hätte genügt und ich wäre sofort ins nächste Flugzeug gestiegen."

Seine grünen Augen blitzten gefährlich auf.

Wie du willst, Baby.

Seine Hände streichelten ganz sanft auf der Innenseite ihres Knies, doch in seinen Augen las sie Spott.

Ihre Blicken trafen sich und hielten sich fest. Ihre dunklen Augen blickten ihn fragend an.

Als Donnie sich erhob, wurde ihnen bewusst, wie sie wohl auf ihren Zuschauer wirken mussten.

„Dann lasst euch von mir nicht stören. Ich muss los, Leute. Danke für das Frühstück, Lany. Ich ruf dich an.", und

„Bennett, wir sehen uns."

Donnie gab Melanie einen Kuss auf die Wange und schlenderte davon. Nun ließ David ihr Bein los und sah zur Tür, durch die Donnie verschwunden war.

„Wie lange läuft das schon mit euch beiden?

„Ich glaube nicht, dass dich das etwas angeht."

„Er ist ein arroganter Eishockeyspieler."

„Redest du von dir oder von ihm?"

Ein winziges Lächeln huschte über seine Mundwinkel und dunkelgrüne Augen hinderten sie, sich abzuwenden. Was war er nur für ein unberechenbarer Mann? So kalt und doch so anziehend. Sie vor Donnie auffliegen zu lassen, wäre ein Leichtes gewesen. Stattdessen hielt er sie bedeckt. Sie wurde einfach nicht schlau aus ihm. Sie ließ seinen Blick nicht los, als sie fragte:

„Warum hast du ihm nicht die Wahrheit über mich erzählt? Das wäre dir doch sicher eine Freude gewesen."

David hielt ihrem Blick stand und zuckte gleichgültig die Schultern.

„Rodwell wird schon allein herausbekommen, mit wem er sich einlässt. Da mache ich mir keine Sorgen. Du wirst dich mit Sicherheit selbst verraten. Dafür brauchst du mich nicht."

Seine Bemerkung schmerzte sie. Am liebsten hätte sie sich die Brust gehalten.

Melanie setzte sich ihre Sonnenbrille auf sie Nase, schloss die Augen und lehnte den Kopf in den Nacken. Die Unterhaltung war für sie beendet. David stand immer noch vor ihr und sah auf sie herab.

„Du stehst mir in der Sonne."

Er verschränkte die Arme vor seiner Brust und musterte sie. Eine kleine Gänsehaut bildete sich auf ihren Armen und ihren nackten Beinen. Er musste daran denken, wie weich sich ihre Haut angefühlt hatte und wie ihre Knie kaum merklich angefangen hatten zu zittern, als er sie berührt hatte. Wenn er es nicht besser wüsste, wäre er jede Wette eingegangen, dass sein Streicheln sie erregt hatte. Doch ihre dunkelgrauen Augen hatten ihn kampflustig angeblitzt. Auch wenn er es sich nur ungern eingestand, die Sonne und das Meer schienen ihr gut zu tun. Sie wirkte frischer und vitaler als in Toronto.

Melanie hielt sich die Hand über die Augen. Mit der Sonne in seinem Nacken konnte sie seine Miene nicht erkennen.

„Wenn ich gewußt hätte, daß Du vorbei kommst, hätte ich dich zum Frühstück eingeladen."

„Danke, aber ich habe schon deine Kekse gegessen. Die waren übrigens echt lecker."

Verluste musste sie einkalkulieren, wenn sie es mit David Bennett zu tun hatte. Sie ließ sich in ihren Stuhl zurücksinken und sah interessiert zu ihm auf.

„Okay, dann rück mal raus mit der Sprache! Warum bist du hier?"

„Brauche ich einen Grund, um mich in meinem Haus aufzuhalten?"

„Eigentlich nicht, aber wir beide wissen, dass du nur hier bist, um mich zu ärgern. Habe ich Recht? Du willst mich kontrollieren?"

Anstatt zu antworten, setzte sich David auf Donnies Platz und nahm sich ein Stück Schinken. Seine schlechte Laune schien zu verfliegen. Sie war froh, endlich einmal nicht mit ihm streiten zu müssen. Solange sie hier in seinem Strandhaus waren, wollte sie nicht ständig vor ihm auf der Hut sein müssen. Sie stand auf und ging in die Küche. Mit einer neuen Tüte und einer Teekanne kehrte sie zurück. Sie füllte beide Tassen mit Tee und hielt ihm die Tüte mit den Keksen hin. Als Friedensangebot musste ihm das reichen. Mehr war nicht drin.

„Danke."

„Ein tolles Haus hast du hier. An deiner Stelle würde ich jede freie Minute hier verbringen."

„Das war mein Plan." Doch David verspürte keine Lust mit ihr über seinen verpatzten Wechsel zu sprechen.

Sie saßen noch eine Weile stillschweigend auf der Terrasse und hörten die Möwen leise kreischen. David war erstaunt, wie gut er sich hier entspannen konnte. Er hatte keine Termine, keinen Zeitdruck und keine Pressekonferenzen in den nächsten zwei Tagen. Seine Teamkollegen müssten schon längst wieder in Toronto sein. Ein paar freie Tage würden ihm guttun und vielleicht sein Spiel verbessern. Solange sie ihn hier in Ruhe ließe, würden sie beide keine Probleme haben. Unter anderen Umständen, hätte er sich auf die freie Zeit mit einer Frau gefreut, doch er durfte nicht vergessen, wer sie war. David fragte sich, was Rodwell bei ihr wollte. Hatte sie tatsächlich eine Schwäche für Hockeyspieler? Rodwell war zweifelsohne ein gutaussehender Junge und ein Frauenmagnet. Doch gehörte Melanie Gardinier auch dazu? Im Haus klingelte ein Handy. Melanie stand auf und verschwand im Inneren des Hauses.

Es war Steve.

David sah zum Schlafzimmer hinauf, als sie gerade die Balkontür schloss.

Die Sonne schien nun wärmer und er ging nach drinnen, um sich umzuziehen. Seine Sporttasche lag immer noch vor der Couch im Wohnzimmer. Langeweile überkam ihn. Gerade eben hatte er sich noch über seine freie Zeit gefreut. In den nächsten Tagen stand kein Training an und doch brauchte er den sportlichen Ausgleich. Erst dann konnte er so richtig entspannen. David sah sich im Fitnessraum um und schaltete die Musikanlage ein. Ein paar Stunden hier drinnen würden ihm die innere Ruhe wiedergeben. Er stellte das Laufband an und begann sein Training.

Nach einer Weile verließ Melanie das Haus. Mit ihren Laufschuhen machte sie sich auf den Weg. Auch sie schien eine Ablenkung zu benötigen. Die kurvige Straße entlang, bog sie dieses Mal in die andere Richtung ab. Ein asphaltierter Weg führte sie nach Venice Beach und die Promenade entlang. Hier war deutlich mehr los, als in der unmittelbaren Umgebung des Strandhauses. Sie schien wohl schon nahe der Hauptpromenade zu sein. Langbeinige Schönheiten auf Rollerblades gefolgt von einigen Jungs auf ihren Skateboards, überholten sie. Sie kam an Basketballplätzen vorbei. Am Strand wurde Volleyball gespielt und einige Surfer kamen aus dem Wasser. Melanie musste erst einmal anhalten, um das bunte Treiben zu beobachten. Inmitten der Leute fiel sie mit ihren dunkelgrauen Jogginghosen und dem weißen Shirt gar nicht auf. Wo man auch hinsah, überall gebräunte und durchtrainierte Körper. Da heute Sonntag war, verbrachten auch die High-School Kids ihre Zeit hier. Melanie setzte sich auf eine Bank auf der Promenade und ließ ihren Blick schweifen. Ihre Gedanken kehrten zum Strandhaus zurück. Davids Auftauchen verunsicherte sie. Ihrer Frage nach dem Grund für sein Erscheinen, war er geschickt ausgewichen. Sicher wollte er sehen, wie sie ihren Teil des Vertrages erfüllte. Ein schlechtes Gewissen überkam sie. Bisher hatte sie ihre „Arbeit" so gut es ging ausgeblendet und sich von jedem und allem hier ablenken lassen. Wenn sie schon kaum eine Chance hatte, dann wollte sie wenigstens noch einen schönen Urlaub in der Sonne verbringen. Doch nun tauchte David auf und drängte sie dadurch dazu zu handeln. Doch wie? Er hatte keine Mühe gehabt, sich auf ihre Strategie „Angriff ist die beste Verteidigung" einzustellen. Sie bekam selbst vom Gedanken an seine warmen Hände auf ihren Knien eine Gänsehaut. Er hatte sie geneckt. Und es hatte ihr gefallen. Als David sie streichelte, musste sie schlagartig an jenen kurzen Moment denken, bevor Mike Gill hereinplatzte. Seine Handflächen waren warm gewesen und er setzte genau den richtigen Druck auf ihren Fußsohlen ein. Melanie gestand sich ein, dass sie ihm in solch einem Moment völlig hilflos ausgeliefert wäre, wenn sie das Spiel unter vier Augen wiederholt hätten. Doch dazu wollte sie es nicht kommen lassen. Dass Sex sie immer wieder in Schwierigkeiten brachte, hatte sie nicht vergessen. Sex hatte eine viel zu große Macht über sie. Unbefriedigender Sex hatte ihr eine Schadensersatzklage und eine verkorkste Collegezeit eingebracht. Das war eindeutig ein Minusgeschäft. Doch in Zukunft wollte sie ihre Sexualität nicht mehr mit dem Geschäft verbinden. Das hatte sie sich fest vorgenommen.

Nachdem sie eine Weile beim Beachvolleyball zugesehen hatte, machte sie sich wieder auf den Heimweg. Zurück im Strandhaus, war David samt seinem Mietwagen verschwunden. Nach dem Duschen ging sie mit ihrem Vertrag auf die Terrasse. Dort stand etwas von „Wiedergutmachung" und „alles in ihrer Macht stehende tun". Doch wo sollte sie nur beginnen? Folly würde ihr nicht helfen. Doch ihre beiden Jobs war es nun, Bennett den Vertrag zu beschaffen. Sie zogen am gleichen Strang. Vielleicht konnten sie es zusammen schaffen. Ihr Kopf arbeitete auf Hochtouren. Die Unterwäschekampagne wurde von seinem Syphilis Foto überschattet. Die Bilder waren sehr gut. Melanie war froh, dass sie nicht auch noch von JETZ verklagt wurde. Das würde ihr den Rest geben.

*

Am nächsten Morgen fand David einen Zettel auf dem Küchentisch:

„Ich hoffe, du brauchst den Range Rover heute nicht. Und keine Angst, ich werde nett zu ihm sein. M."

Darunter war noch ihre Telefonnummer notiert.

Melanie passierte gerade die Stadtgrenze zu Los Angeles, als David ihre Nachricht fand. Auf ihren Ausflug mit dem Range Rover hatte sie sich schon die ganze Nacht gefreut. Nachdem sie gestern Abend mit Holly telefoniert hatte, stand ihre Strategie bezüglich David Bennett fest. Ihre Euphorie hatte sie sogar im Traum begleitet. Eigentlich wollte sie gestern noch auf Davids Rückkehr warten, um ihm von ihrem Plan zu erzählen, doch irgendwann war sie eingeschlafen. Sie erwachte kurz nach Mitternacht, doch sein Auto parkte immer noch nicht in der Einfahrt. Und heute Morgen schlief er noch, als sie ging. Seine Jacke hing über dem Stuhl in der Küche und roch verdächtig nach teurem Parfüm. Keine weiteren Fragen. Am liebsten hätte sie auf dem Zettel noch etwas wie „Ich hoffe, du hast dich nicht wieder angesteckt." geschrieben, doch sie wollte ihm nicht noch mehr Gründe liefern, sauer auf sie zu sein.

Melanie hatte noch eine halbe Stunde Zeit, bevor sie sich mit Holly treffen wollte. Das Trend-Lokal *Blanco* lag gleich neben einigen schicken Boutiquen. Einen Blick konnte sie ja riskieren. Doch sofort gestand sie sich ihren Fehler ein. Ihr kamen fast die Tränen, als sie die ersten Preisschilder sah. Sie würde auch ohne diese Klamotten ihr Budget ausreizen. Sie liebte schicke Kleider, doch seit sie sich von ihrem Vater und seiner Kreditkarte freigemacht hatte, konnte sie sich nur noch selten solchen Luxus leisten. Sie verließ besser ganz schnell diesen Laden und wartete draußen auf Holly. Wie immer kam sie zu spät. Aber dafür war ihr Auftritt erstklassig. Sie trug einen türkisfarbenen Hosenanzug, der ihr wie auf den Leib geschnitten schien. Ihre langen blonden Haare fielen in weichen Wellen auf ihren Rücken hinab und ihr Gesicht war leicht gebräunt. Als sie Melanie entdeckte, strahlten ihre Augen und sie flog auf sie zu.

„Lany, es ist so schön, dich zu sehen."

„Wow, und du siehst Weltklasse aus. Die Westküste scheint dir gut zu tun."

Die Freundinnen umarmten sich und ließen sich in einer Nische nieder. Die beiden zogen so ziemlich alle vorhandenen Männerblicke auf sich. Sie bestellten und es dauerte nicht lange, da fiel das Thema wieder auf die Schulzeit. Sie lachten und fühlten sich wieder wie 17. Melanie genoss das alberne Gerede mit Holly. Doch Melanies Zeit war begrenzt und da auch Holly bald wieder zurück ins Büro musste, wollte sie Holly vorher noch um den Gefallen bitten. Beim Essen ergab sich dann die Gelegenheit, dass Melanie von Venice Beach erzählte und von ihrem Deal mit Bennett. Seit gestern Abend ließ sie die Idee nicht los, dass eine Fotodokumentation von Bennetts Privatleben sein Image wieder aufpolieren würde. Wenn jemand sie verstand, dann war es Holly.

„Holly, ich würde dich nicht darum bitten, wenn es nicht wirklich wichtig für mich wäre. Das weißt du. Nicht nur die Schadensersatzklage sitzt mir im Nacken. Ich muss es auch für mich selbst tun. So könnte ich beweisen, dass ich mehr kann, als nur assistieren."

Holly beobachtete ihre älteste Freundin genau. Die Euphorie in ihrem Gesicht siegt über die vermutliche Ausweglosigkeit. Melanie hatte eindeutig die Grenze überschritten. Mit Leuten wie Bennett legte man sich nicht an. Wahrscheinlich hatte sie nicht begriffen, um wie viel Geld es hierbei ging und welche Macht im Spiel war. Trotzdem schien sie kampfbereit. An Enthusiasmus hatte es ihr auch noch nie gefehlt. Mit keiner Silbe hatte sie zu erkennen gegeben, was Bennett ihr bedeutete. Holly war die Einzige, die von ihrer damaligen Schwärmerei für ihn wusste. Sie hatte ihm scheinbar noch nicht verziehen. Sonst hätte sie sich nicht zu solch einer Dummheit hinreißen lassen. Dass sie sich jetzt erneut an ihn gebunden hatte, ärgerte sie. David Bennett hatte ihr schon einmal das Herz gebrochen. Ein zweites Mal sollte das nicht passieren. Sobald sie ein paar Tage freimachen konnte, nahm sie sich vor, nach Venice Beach zu fahren und sich von der Situation vor Ort zu überzeugen. Bis dahin würde sie alles tun, damit Melanie so schnell wie möglich von ihm loskam.

„Ich kann dir nichts versprechen, Lany. Doch werde ich versuchen die PR-Chefin zu einem Treffen mit dir zu überreden. Ich denke, wenn eine dir helfen kann, dann sie. Sie hat unglaublich viel Erfahrung und kennt sich mit angeknacksten Promi-Images aus. Du weißt schon, dass dich niemand in der Brache kennt und du ein leichtes Opfer für sie sein wirst."

„Mach dir keine Sorgen um mich, Holly. Mit denen werde ich schon fertig. Alles was ich brauche ist eine Chance."

Sie sprang auf und umarmte ihre Freundin.

„Ich danke dir. Kann ich denn auch etwas für dich tun?"

Holly zögerte einen Moment und sah sie über ihre Kaffeetasse an. Seit langem hatte sie auf diesen Augenblick gewartet.

„Was immer es ist, sag es mir einfach."

Holly stellte ihre Tasse ab und wurde ernst.

„Da gibt es wirklich etwas, dass du für mich tun kannst."

„Jetzt machst du mich aber neugierig. Nun sag schon!"

Holly sah ihr direkt in die Augen. Gleich würde sie wissen, wie viel ihre Freundschaft bedeutete.

„Ich will ein Date mit Steve!"

Melanie wüsste zuerst nicht, was sie sagen sollte. Doch dann blickte sie sich um, ob ihnen auch keiner lauschte und sah Holly fragend an.

„Du willst mit meinem Bruder ausgehen?"

Holly hielt ihrem Blick stand und nickte.

„Wie kommst du denn gerade auf ihn?"

Dann sah Holly aus dem Fenster und meinte achselzuckend.

„Er war schon immer ein hübscher Kerl. Sagen wir es mal so. Er steht auf meiner To-Do Liste. Und nun, da er geschieden ist, kann es ja auch nicht verboten sein."

Nun war Melanie erst recht sprachlos.

„Woher weißt du von seiner Scheidung?"

Holly zuckte erneut die Schultern und trank ihren Kaffee aus. Als 16-jährige hatten sie einen Pakt geschlossen, sich niemals mit den Brüdern oder Ex-Freunden der jeweils anderen einzulassen. Sie hätte nie gedacht, dass sie darauf zurückkommen würden. Ihr Bruder war sehr beliebt gewesen und bei den älteren Mädchen besonders begehrt.

„Also Lany, wie wichtig ist dir das Treffen mit meiner PR-Chefin? Oder bin ich dir nicht gut genug für deinen Bruder?"

„Nein, das ist doch Unsinn. Ich bin nur überrascht, das ist alles."

Sie hielt ihr die Hand hin und sagte

„Der Deal steht."

Melanie drückte ihre Hand.

„Gut."

*

Steve schlug gerade mit einem riesigen Hammer auf die Trennwand im ersten Stock des Bootshauses ein, als Dillon zur Tür hereinschaute.

„Ich muss dann los, Kumpel. Kommst du klar?"

Steve nickte. Er wischte sich das schmutzige Gesicht am Oberarm ab und legte den Hammer zur Seite. Seine Arbeitshose war über und über mit Dreck bedeckt.

„Ich werde hier noch ein Weilchen zu tun haben. Wie sehen uns dann morgen."

Als Dillon gegangen war, schlug er noch solange auf die Trennwand ein, bis von ihr nicht mehr viel übrig war. Die Arbeit am Bootshaus beruhigte ihn. So oft wie möglich kam er hier raus zum See. Seit Sarah ihn verlassen hatte, kehrte er nur noch zum Schlafen in sein Haus zurück. Die Erinnerungen an ihre gemeinsame Zeit verfolgten ihn dort stärker, als ihm lieb war. Vielleicht war es das Beste, wenn er das Haus einfach verkaufen und hier im Bootshaus einziehen würde. Sarah wollte das Haus nicht und ihm alleine war es zu groß. Als sie sich kennenlernten, hatte er bereits einen guten Job als Sportlehrer in einer High-School in Toronto und Sarah arbeitete bei einem Verlag. Sie heirateten früh und kauften das Haus für ihre vielen Kinder, die sie in naher Zukunft haben wollten. Sie waren jung und voller Pläne. Doch als Sarah nach drei Jahren immer noch nicht schwanger war, belastete das ihre Ehe mehr als sie geahnt hatten. Zahlreiche Arztbesuche konnten auch keinen Aufschluss über das Ausbleiben einer Schwangerschaft geben. Unfruchtbarkeit war eine Hürde, mit der sie nicht gerechnet hatten. Sarah fing an, einen Therapeuten zu besuchen und ließ sich von ihm behandeln. Steve suchte den Ausgleich in seinem Job. Hier traf er täglich auf Kids, die von ihm lernen wollten. Er liebte die Arbeit mit ihnen, besonders im Eisstadion. Hier konnte er noch einmal ein Teenager sein. Steve und Sarah redeten nicht gerne über ihre Probleme. Lieber ging Sarah zur Therapie und Steve traf sich mit Dillon oder fuhr hinaus zum See. Sie sahen sich nur noch im Bett und auch das befriedigte sie schon lange nicht mehr. Der Sex war längst nicht mehr so verspielt und einfallsreich, wie es anfänglich war. Irgendwann eröffnete Sarah ihm dann, dass sie ein Verhältnis mit einem anderen Mann hatte und ausziehen würde. Diese Mitteilung berührte Steve kaum noch. Über den Verlust ihrer Liebe und das Scheitern ihrer Ehe hatte Steve schon längere Zeit nachgedacht. Im Nachhinein machte er sich Vorwürfe, dass er zu leicht aufgegeben hatte. Wahrscheinlich war seine Liebe in dem Moment gestorben, als sie sich einer Adoption verweigert hatte. Er war froh, dass er nun das Bootshaus hatte, um seine freie Zeit hier zu verbringen.

In letzter Zeit dachte er auch immer wieder öfter an Melanie. Entweder war sie ganz schön mutig oder unglaublich dumm gewesen. Sicher ein bisschen von beidem. Steve fühlte sich schon seit seiner frühesten Jugend für sie verantwortlich. Ihre Eltern waren meist mit dem Aufbau von Cliff Gardiniers Firma beschäftigt gewesen. Solang er denken konnte, hatten sie ihn mit der Aufsicht über Melanie beauftragt und daher kam wohl auch der Wunsch nach eigenen Kindern. Nun mit 31 stand er wieder am Anfang und musste von vorn beginnen. Ein letztes Mal schlug er mit voller Kraft auf die Zwischenwand ein. Steine und Holz flogen in den angrenzenden Raum. Der Staub legte sich auf seine Lunge und er musste stark husten. Hier drinnen war er fertig für heute. Draußen war alles angenehm still. Auf den hölzernen Klappstuhl, auf dem Melanie vor gut zwei Wochen gesessen hatte, ließ er sich nieder. Vielleicht sollte er Sarah anrufen. Doch in seinem Kopf wiederholten sich ihre Worte immer wieder. „Ich will nicht mehr, Steve." Ihr Anwalt hatte ihm heute die Scheidungspapiere zugestellt. Ungeöffnet lagen sie noch in seinem Auto. Heute hatte er nicht mehr die Kraft dazu, sich damit zu befassen. Steve nahm noch einen Schluck aus seiner Scotch Flasche und stellte sie neben seinen Stuhl. Morgen ging es ihm vielleicht schon besser.

*

In der darauffolgenden Woche war Melanie mit der Vorbereitung ihres Auftrittes als Ms. Melanie Gardinier, PR-Agentin, vollauf beschäftigt. Ihr blieb kaum Zeit, daran zu denken, ob es ein gutes oder schlechtes Zeichen war, dass David sich so leise aus dem Staub gemacht hatte. Voller Elan machte sie sich an die Arbeit. Mit frisch gedruckten Visitenkarten recherchierte sie im Internet und beriet sich mit Donny über Konditionen. Selbst wenn er seine Vertragsdetails nicht preisgeben wollte, so hatte er einige Informationen von seinem Agenten an sie weitergeleitet. Für seine Unterstützung war sie sehr dankbar.

David konzentrierte sich derweilen voll und ganz auf die Spiele. Die Negativschlagzeilen, die ihn nach der Veröffentlichung von Melanies Foto begleitet hatten, hielten an. Doch dank seiner Leistungen verebbte der Spott und Hohn der Presse etwas. Seine Erfolgsserie ging weiter. Heute trafen die Rovers auf die Seelers und David rechnete sich gute Chancen aus.

Nach dem Spiel traf er sich noch mit Rick und Jessica im *Nexus*. Die beiden waren bemüht, sich nicht ständig anzufassen und zu küssen. Doch heute fiel ihm das verliebte Geturtel auf die

Nerven. Er ließ beide stehen und gesellte sich zu ein paar Bekannten. Bei näherem Betrachten waren alle wunderschön und ausgesprochen interessiert, doch hatten sie für ihn heute keinen Reiz. Trotzdem lauschte er ihren Erzählungen, stellte die richtigen Fragen und kümmerte sich um ihr leibliches Wohlbefinden. Doch wenn sie eindeutiger wurden, war er egoistisch. Sobald er Lust verspürte, nahm er sie mit. An anderen Tagen verwies er sie an seine Teamkollegen. Die Mädchen zogen dann die hübsch geglossten Lippen zu einem Schmollmund, verstanden aber und ließen ihn allein. Sie wussten, dass das Glück, mit David Bennett zusammen zu sein, nicht exklusiv war. Jessica machte David mit ihrer Freundin bekannt, einer blonden Schönheit namens Tiffany. Auch sie war sich der Vorlieben des Beamers bewusst und beeindruckte ihn mit ihrer Verwandtschaft. Ihr Onkel war Joel Glover, der Besitzer der San Francisco Dolphins. Jessica hätte es gern gesehen, dass aus den beiden ein Paar geworden wäre, doch länger als ein paar Drinks konnte Tiffany ihn nicht faszinieren. Sie war eine wunderschöne Frau mit einem guten Job. Neben ihren langen Beinen und den Geschichten über ihren Onkel hatte sie sicher auch noch viele andere Vorzüge, doch David konnte sich nicht für sie begeistern. Wenn er selbst nicht wusste, was er brauchte, wie sollten es dann erst die Mädchen wissen?

*

Ein paar Tage später saß David Will Mason im Fernsehstudio gegenüber und ließ mit ihm die bisherigen Spiele Revue passieren. Folly hielt es für eine gute Idee, der Einladung des Talkmasters zu folgen. Immerhin waren die Stimmen der Presse zu seiner aktuellen Form noch nicht verebbt. Peinlich genau verfolgten sie jeden seiner Schritte und schlussfolgerten zu Unrecht. Normalerweise sprach er gern mit Reportern. Doch unter den erschwerten Umständen hielt er sie sich lieber vom Hals. Aber Folly hatte wieder mal einen guten Instinkt bewiesen. Mason und er scherzten und dem Publikum schien es zu gefallen. Die Sympathien schienen auf seiner Seite zu sein. Selbst als Will David auf den Syphilis Skandal ansprach, blieb er gewohnt locker.

„Ich bin absolut sauber. Keiner von den Jungs würde wohl länger mit mir duschen, wenn die Geschichte wahr wäre."

Davids Lächeln wurde von der Kamera in Großaufnahme eingefangen. Seine grünen Augen funkelten im Scheinwerferlicht und er lehnte sich entspannt zurück. Diese Runde ging an ihn.

Für Will war dies ein gefundenes Fressen, doch wartete er höflich bis der Beifall und das Gelächter im Publikum nachließen.

„Dann ist es also wirklich so, dass ihr Jungs eine wirklich intensive Verbindung habt, nicht wahr?"

„Sicher, Will. Die Jungs sind meine Familie. Ernsthaft. Du kannst dir nicht vorstellen, wie schnell man sich infizieren kann! So hatte ich gleich einmal Gelegenheit, mich mit diesem Thema auseinanderzusetzen. Ich habe gelesen, dass die Dunkelziffer der Betroffenen viel höher ist, als bei allen anderen Geschlechtskrankheiten. Darüber sollte man mal in Ruhe nachdenken."

„Und wie mir scheint, hast du schon viel darüber recherchiert, David."

„Wissen ist Macht! Ich gebe es nur ungern zu, Will. Aber ich bin eine echte Leseratte."

Dem Publikum gefiel es und schenke ihm Applaus.

„Mal unter uns gesprochen, David. Das war doch keine Absicht. Ich kann mir nicht vorstellen, dass ein Mann, der so im Fokus der Presse steht, eine solche Kampagne führt. Das ist doch wirklich riskant, meinst Du nicht auch?"

David lehnte sich zurück. Seine Unterarme lagen auf der Lehne. Ein Unterschenkel kreuzte das andere Bein und mit der rechten Hand fuhr er sich kurz durch das Haar. Keinem Zuschauer war klar, dass Stylisten eine halbe Stunde vor der Sendung damit beschäftigt gewesen waren, ihm die Haare so zu legen. Diese Geste erweckte den Eindruck, als ob er ernsthaft über die Frage und seine Antwort nachdenken würde.

„Das klingt plausibel, Will. Doch wie du weißt, liebe ich das Risiko. Außerdem bin ich der Meinung, dass gerade Menschen mit hoher Medienpräsenz auf solche Themen aufmerksam machen müssen. Gerade denen wird Gehör geschenkt und ihre Popularität sollten sie für solche ernsthaften Themen nutzen. Egal, ob das Thema tabu ist oder nicht."

Punkt. Satz und Sieg. Applaus hallte durch das Studio. Mason hatte nun keine Chance mehr wieder zu seinem Privatleben zurückzukehren und wechselte das Thema.

Auf dem Heimweg ging er alle verpassten Anruf durch. Da war eine Nachricht von Rick, von Kelly, einer alte Freundin, die in der Stadt war und ihn treffen wollte, Henderson gab Anweisungen zu seinem Training und wieder Rick. Zum Schluss blieben drei Anrufe von Melanie Gardinier auf seinem Anrufbeantworter. Ihre aufgeregte Stimme bat ihn um einen schnellen Rückruf. Was wollte sie nur? Sie rief ihn nie an. Als er im Auto saß und auf dem Weg nach Hause war, wählte er ihre Nummer. An ihrem Tonfall erkannte er gleich, dass irgendetwas nicht stimmte.

„Du solltest dich ganz schnell in ein Flugzeug nach Kalifornien setzen."

Erst hatte er nicht ganz verstanden, was sie sagte. Ihre Stimme schien sich zu überschlagen und sie wirkte völlig aufgelöst. Melanie atmete schwer. Sofort war er in Alarmbereitschaft. War sie verletzt oder hatte sie sein Haus abgebrannt? Davids Puls beschleunigte sich augenblicklich. Wieso nur war sie so aufgeregt? Ihre folgenden Worte trafen ihn wie einen Fausthieb.

„Deine Freundin Claire Farway ist hier. Und es geht ihr nicht so gut. Du solltest dich besser beeilen."

Melanie konnte nur hoffen, dass David die Dringlichkeit der Lage richtig erkennen und tatsächlich nach Venice Beach kommen würde. Denn sie wusste nicht, was sie noch unternehmen sollte.

„Was ist passiert?"

Davids scharfer Unterton signalisierte ihr, dass sie ihm lieber gleich erklärte, was geschehen war.

Ohne die klatschnasse und zitternde Claire, die nun gar nichts mehr mit dem wunderschönen Topmodel zu tun hatte, das jedem Amerikaner bekannt war, aus den Augen zu lassen, erklärte sie ausdruckslos was passiert war.

„Sie hat beschlossen, sich hier in deinem Haus umzubringen."

*

Am Nachmittag, als Melanie von ihrer täglichen Joggingrunde zurückkam, hatte sie Claire Farway bereits betrunken am Pool vorgefunden. In einen Hauch von einem Bikini und exklusivem Make-Up hatte sie Melanie missbilligend empfangen.

„Entweder du bist die Neue oder seine Haushaltshilfe."

„Weder noch. Ich bin hier nur auf Bewährung."

Keine weiteren Fragen. Sie hatte sich eine Zigarette angezündet und einen tiefen Zug genommen.

„Wenn du mir einen kalten Drink holst und dich dann ganz still verhältst, kannst du bleiben."

Was sollte sie zu so viel Selbstverständlichkeit sagen? Claire Farway, das international erfolgreiche Topmodell lag hier bei ihr am Pool und strahlte mehr Arroganz aus, als es David jemals könnte. Bei genauerem Hinsehen hatte Melanie dunkle Augenränder unter der großen Sonnenbrille gesehen. Ihre Haut schien dünn und aschgrau. Kein Fotograf der Welt würde sie so fotografieren wollen. Irgendwie tat sie ihr leid. Die Klatschgeschichten über David und Claire kannte sie. Doch was wollte sie nun hier? War sie gekommen, um ihn sich zurückzuholen? Wie sie auf ihrer Liege döste und ihre Zigarette in den langen Fingern hielt, hatte sie nicht sehr kämpferisch gewirkt. Doch wer würde sich schon mit Claire Farway um einen Mann streiten? Das Spiel war von vornherein verloren. Schnell hatte sie das Glas geleert. Entweder hatte hier jemand einen schlechten Tag, oder ein Alkoholproblem. Melanie musste es trotzdem versuchen.

„Ich mache mir ein Sandwich. Wollen Sie auch eins?"

„Wenn es zu meinem Drink passt und weniger als 50 Kalorien hat."

Auch wenn Melanie jeglichen Respekt vor Claire Farway verloren hatte, fühlte sie sich ihr doch verbunden. Sie schien ähnlich wie sie selbst mit Problemen zu kämpfen. Ihre Art der Bewältigung war jedoch eine andere. Wer weiß, ob sie noch an den Folgen der Beziehung zu Bennett zu knabbern hatte. Aus diesem Blickwinkel fand Melanie sie gar nicht mehr so schrecklich.

Den ganzen Nachmittag hatte sie sich in ihrer Nähe aufgehalten und ein Auge auf Claire geworfen. Doch als am Abend Claires Gäste eintrafen und begannen, eine Party im Haus zu veranstalten, rief sie Bennett an. Doch der hatte sein Handy ausgeschaltet. Ein schriller Schrei und ein lautes Platschen hatte sie nach draußen rennen lassen. Im Pool schwamm eine triefende und lachende Claire. Ihre Klamotten hatte sie noch an und ihr Make-up lief ihr über das Gesicht. Ein Mann stand am Rand des Beckens und zog an einer selbst gedrehten Zigarette. Er amüsierte sich köstlich.

Claire hustete noch das restliche Wasser aus ihren Lungen und fiel in sein Gelächter ein. Ihre schönen blonden Haare hingen ihr strähnig über das millionenfach fotografierte Antlitz. In dem Moment glich nichts an ihr der Claire Farway, die sie von Hochglanzmagazinen kannte. Es war bereits dunkel und der Wind wehte nun stärker vom Meer heran, doch Claire machte keine Anstalten aus dem Pool zu steigen. Ihre Lippen zitterten und färbten sich blau. Sie lehnte am Rand und schloss die Augen. Der Mann reichte ihr eine Flasche, doch ihre Hand verlangte nach seiner Zigarette. Er reichte sie ihr. Claire nahm einen tiefen Zug. Für Melanie stand fest, sie würde David anrufen und ihn bitten, herzukommen, um der Situation ein Ende zu machen. Sie wollte nicht Zeugin von Claire Farways schleichendem Tod werden. Darum sollte sich bitte Bennett kümmern. Schließlich trug er ebenfalls Schuld an ihrem Benehmen.

*

Kurz vor Sonnenaufgang traf David an seinem spielfreien Tag in Venice Beach ein. Dort war alles still. Als er sich überzeugt hatte, dass Claire schlief, ging er zu Melanie in die Küche. Sie schob ihm eine Tasse Tee hin und schaute ihn besorgt an.

„Was ist hier passiert?"

David fühlte sich von der langen Fahrt ausgelaugt und wollte eigentlich nur noch schlafen, doch vorher wollte er die ganze Geschichte von Melanie hören. Mit ruhiger Stimme schilderte sie ihm die Ereignisse des gestrigen Tages in allen Einzelheiten.

„Für den Fall, dass weitere Freundinnen von dir auftauchen, würde ich gern vorher informiert werden." Mit erhobenen Augenbrauen musterte sie ihn über den Tassenrand.

„Ich wusste es nicht."

Herausfordernd blickte sie ihn an.

„Also, raus damit! Wer hat noch alles einen Zweitschlüssel?"

Melanies Neugier belustige ihn. Doch im Moment lenkte ihn das vom Wichtigsten ab.

„Auf jeden Fall zu viele Frauen. Was dich mit einschließt. Und weiter?"

„Gegen 18 Uhr erweiterte dieser Arthuro und seine Freunde ihre Party, bei der sie dann total betrunken im eiskalten Pool landete. Ohne Kraft und Absicht wieder herauszuklettern, sondern bei diesen Temperaturen den Heldentod zu sterben. Das fand ich nicht sehr witzig. Ich habe sie angeschrien, doch endlich aus dem Wasser zu kommen, doch sie hat mich gar nicht mehr wahrgenommen. Sie blickte nur noch auf ihre dünnen Beine im Wasser und murmelte irgendwas vor sich hin. Sie stand einfach nur noch still da."

Melanie schaute David böse an.

„Weiß du, ich hatte wirklich Lust, sie einfach stehen zu lassen und schlafen zu gehen. Sollten sich doch ihre Freunde um sie kümmern, doch die waren völlig stoned. Diese Leute widerten mich so an."

Melanie strich sich die Haare aus der Stirn und stützte ihren Kopf auf. Ohne David eines Blickes zu würdigen fuhr sie fort.

„Als ich auf dem Weg zurück ins Haus war, hörte ich dann ein Gluckern und Platschen. Ich weiß nicht, ob sie es absichtlich getan hatte. Also bin ich in den Pool gesprungen und hab sie wieder an die Oberfläche geholt. Sie war eiskalt und schon blau angelaufen."

Melanie erinnerte sich genau an das abschreckende Bild von Claires Körper, ihren dunklen Augenhöhlen und dem fahlen Gesicht, ihren schlaffen Händen, die sich nicht länger festhalten konnten. Sie war ein Bild des Jammers.

„Ich muss dir sagen, dass ich sie von weitem immer atemberaubend schön fand. Doch heute habe ich jeglichen Respekt verloren."

David hatte befürchtet, dass Claire ihre Probleme noch nicht überwunden hatte. Doch war er enttäuscht, dass keiner von ihren engsten Freunden sie damit konfrontiert hatte und ihr bei der Bewältigung geholfen hatte. Das machte ihn wütend und er konnte sich einen Fluch nicht verkneifen. Melanie fasste das Ganze allerdings anders auf.

„Was hast du nur mit ihr gemacht? So wie sie aussieht, hat sie eure Trennung nicht besonders gut weggesteckt. Und nun ist Claire Farway auf dem besten Weg, sich den Rest zu geben."

David konnte nicht glauben, was er da hörte. Sie gab doch tatsächlich ihm die Schuld an Claires Zustand. Und nun stand sie ihm mit verschränkten Armen gegenüber und blickte ihn wütend und verständnislos an. Ihre Augen standen auf Sturm und ihr Mund bebte. Sein Blick folgte ihrem Hals und endete an ihrer heftig bebenden Brust.

„Das würde wirklich gut in dein Bild von mir passen, richtig? Du glaubst, dass ich der Grund für Claires Probleme bin?"

Er wurde leiser und einen Ton schärfer, „Du hast überhaupt keine Ahnung, weder von mir noch von Claire."

Seine Wut war ihm förmlich anzusehen. Seine grünen Augen spießten sie auf und er packte sie an den Armen, hielt sie fest, so dass sie ihm in die Augen sehen musste. Verwirrt und sprachlos sah sie David an und versuchte sich aus seiner Umklammerung zu lösen. Doch David hielt sie fest. In seinen grünen Augen blitzte es eisig und sein Mund war hart und bedingungslos. Nur wenige Zentimeter trennte ihre Nase von seinem Gesicht. Sein heißer Atem streifte ihre Wangen. Dann schien er zu merken, dass er sie zu fest angegriffen hatte und ließ ihre Arme los. Melanie rieb über die Rötung an ihren Bizeps, die Davids Hände dort hinterlassen hatten. Schuldbewusst nahm David ihre Arme und strich darüber.

„Hey, was soll das? Lass mich los."

„Sag so etwas nie wieder über mich. Du hast kein Recht dazu."

Seine Stimme war leiser und ruhiger, als sie es eben noch war. Sie versuchte, sich ihm zu entziehen, doch da er nun ganz sanft ihre Arme berührte, sträubte sie sich kaum noch gegen ihn.

Ärgerlich und verwirrt antwortete sie.

„Was soll ich denn sonst darüber denken? Sie taucht hier auf, betrinkt sich hemmungslos, dröhnt sich zu und verliert total die Kontrolle. Ich habe keine Lust sie noch einmal leblos aus dem Pool zu fischen."

„Da sind wir uns ja wenigstens einmal einig."

Davids Gesichtszüge entspannten sich etwas. Doch war er enttäuscht, dass sie so über ihn dachte. Wenn sie ihn so sah, ging es dem Rest von Amerika sicher ähnlich. Ihre schlechte Meinung kränkte ihn. Ihre grauen Augen blickten ihn an und verlangten nach Antworten. Doch die wollte er ihr nicht geben.

„Ansonsten geht dich mein Leben überhaupt nichts an. Warum sollte ich dir Dinge erzählen, die man besser vor dir geheim hält."

Melanie war enttäuscht. Sicher, sie hatte erwartet, dass er sie für ihre Tat hassen würde. Doch seit sie in seinem Haus wohnte, hatte sie auf ein bisschen Respekt gehofft.

„Ich erwarte von dir, dass du deinen Job hier erledigst und dann kannst du wieder aus meinem Leben verschwinden. Bis dahin will ich von dir weder Kritik, noch deine Urteile über mein Leben hören. Ist das bei dir angekommen?"

Melanie war wie versteinert. Dass er ihr seinen Hass so direkt unter die Nase reiben würde, hätte sie nicht erwartet. Darauf war sie nicht vorbereitet. Während er sie ansah, füllten sich ihre Augen mit Tränen. Das Letzte, was sie jetzt wollte, war, ihm die Genugtuung zu geben und schaute sich hastig um. Ihre Tränen liefen ihr die Wangen hinunter, doch sie wischte sie rasch ab. Ihre Augen blickten ihn kampfbereit an. Ihre kleine Nase bebte, als sie sie noch ein Stück weiter nach oben streckte.

„Alles klar, Bennett. Ist angekommen. Ich gehe jetzt in mein Bett, aber falls dir noch was einfällt, kannst du mir eine E-Mail schicken."

Auf ihre Reaktion war David nicht gefasst. Er wollte sie ärgern, ihr wehtun und ihr zurückgeben, was er durch sie einstecken musste. Ihr Körper hatte reagiert. Ihr liefen die Tränen. Doch innen drin schien sie stärker. Hinter den Tränen sah er eine Kämpfernatur, die sich nicht so schnell unterkriegen ließ, wie er erhofft hatte. Auch wenn er es hasste, eine Frau zum Weinen zu bringen, er musste ihr eine Lektion erteilen. Sie sollte wissen, dass er bereit war, zurückzuschlagen. Wie sie so trotzend vor ihm stand, bewegte sich etwas in ihm. Auf einen Kampf mit ihr würde er es zu gern ankommen lassen. Ob sie im Bett auch so stark war, fragte er sich, während Melanie die Treppen zum Schlafzimmer nach oben ging und er ihren süßen, kleinen Hintern eingehend betrachten konnte.

„Vergiss nicht, dass es mein Bett ist, Melanie."

David hörte noch ein wütendes Schnaufen, während sie die letzten Stufen hinaufrannte und ihre Schlafzimmertür krachend ins Schloss schmiss. Er konnte sich ein Schmunzeln nicht verkneifen. Melanie Gardinier würde es auch noch lernen, dass man sich nicht mit ihm anlegen sollte.

*

„Linda, ich muss jetzt los. Ich habe noch im Bootshaus zu tun."

Steve gab ihr einen Kuss auf den Oberschenkel und rollte sich vom Bett herunter. Er stand auf und sammelte seine Klamotten von Boden auf.

„Wann sehen wir uns wieder?"

Linda musterte seinen Körper und ein Lächeln umspielte ihre Lippen. Steve zog sich die Hosen an und streifte sein Shirt über. Es war ein Fehler gewesen, ihr nachzugeben. Das wusste er, doch Lindas Angebot war zu großzügig: unverbindlichen Sex und keine Fragen. Als sie sich heute Nachmittag getroffen hatten, musste sie ihn nicht lange bitten. Seit Sarah weg war, traf er sich gelegentlich mit ihr. Sie war unkompliziert und erfüllt ihm jeden Wunsch im Bett.

„Ich rufe dich an."

Als Steve aus ihrer Tür trat und zu seinem Auto ging, fand er in seiner Jackentasche etwas, was dort nicht hingehörte. Er zog den winzigen Stoff aus seiner Tasche. Es war Lindas schwarzer Slip, den sie kurz vorher mit einem verlockenden Lächeln in die Tasche gesteckt hatte. Er schob ihn in ihren Briefkasten und machte sich dann auf den Weg nach Hause. Die Arbeit am Bootshaus war eine Ausrede gewesen. Hier bei ihr zu übernachten, das wollte er nicht. Danach redete sie gerne und wollte mit ihm kuscheln. Dazu war Steve nicht in der Stimmung. Also machte er sich ganz schnell aus dem Staub. Im Moment musste er sowieso an andere Dinge denken. Morgen traf er Sarah beim Anwalt. Sämtliche Vermögensfragen waren noch offen und sollten geklärt werden.

Er traf als Erster im Anwaltsbüro ein. Marc Walker, sein Anwalt, stellte ihm noch seine Strategie vor, doch Steve fiel es schwer, zu folgen. Er war durcheinander und konnte sich schlecht konzentrieren. Kurz darauf betrat Sarah den Konferenzraum. In ihrem weißen Hosenanzug und den spitzen hellen Pumps sah sie sehr sexy aus. Ihr blonder Pagenschnitt stand ihr hervorragend. Diesen Look hatte er schon immer an ihr gemocht. Ihr Blick begegnete ihm kühl und abweisend. Ihre Haltung verriet Hochmut und sie wand sich mit einem charmanten Lächeln ihrem Anwalt zu. Was hatte er an ihr geliebt? fragte er sich. Wenn er ihr so gegenüberstand, fühlte er nichts, außer der Trauer, dass sie beiden so viele Jahre miteinander verschwendet hatten. Während des Meetings liefen die beiden Anwälte zur Höchstform auf. Steve und Sarah hielten sich zurück. Keiner von beiden ließ sich seine Meinung ansehen und so einigten sich die Anwälte, dass das Haus verkauft und der Erlös geteilt würde. Das war nur fair. Steve wollte sowieso nicht mehr dorthin zurück. Er fühlte sich ausgelaugt. Die Arbeit im Bootshaus nahm ihn sehr in Anspruch und wenn nicht Semesterferien wären, wüsste er nicht, wie er seinen Schülern gegenübertreten sollte. Er brauchte dringend ein paar freie Tage. Vielleicht sollte er seinen Kumpel Chris Evans in Miami besuchen. Seit Chris für die Miami Cats in der WHL spielte, hatte er ihn nicht mehr gesehen. Sie hielten Kontakt. Ein paar Tage unter Männern würden ihm jetzt guttun. Das hatte er schon seit Jahre nicht mehr gemacht. In High-School Tagen hatten Chris, Jeff Richards, David Bennett und er viel Zeit miteinander verbracht. Doch nach der High-School ging jeder seinen Weg. Steve studierte Sport in Boston, David spielte damals bereits in der WHL, Chris trainierte für die Aufnahme in die WHL und Jeff zog nach Philadelphia. Hoffentlich hielt sich Chris gerade für ein paar Tage in Miami auf und könnte ein bisschen Zeit für ihn erübrigen.

*

Am Morgen war alles still im Haus, als Melanie sich aus dem Bett schlich. Sie schlüpfte auf die Dachterrasse und fand Claire mit ihrer riesigen Sonnenbrille in einem Liegestuhl sitzen und auf das Meer hinausschauen. Sie trug eine graue Leinenhose und einen schwarzen Pullover. Die Kapuze hatte sie wegen des Windes über den Kopf gezogen. Frei von Make-up und mit eingefallenen Wangen sah sie weniger erschöpft aus, als gestern. Sie war zweifellos eine schöne Frau, doch ihr bezauberndes Lächeln und der aufreizende Blick waren verschwunden. „Gebrechlich" würde sie treffender beschreiben. Von dem Glamour Girl war weit und breit nichts zu sehen. Ohne ihren Kopf zu drehen sagte sie:

„Ich danke dir, dass du gestern Abend in den Pool gesprungen bist und mich rausgefischt hast. Eine Erkältung ist das Letzte, was ich jetzt gebrauchen könnte."

Melanie nickte und setzte sich ihr gegenüber auf das Geländer. Sie nahm Claire genauer in Augenschein und erkannte die Leere in ihrer Miene. Sie erinnerte sie an David. Gestern Abend hatte sie Ähnliches bei ihm gesehen.

„Nach einer Erkältung sah es nicht aus."

„Es ist nicht alles so, wie es aussieht. Mir geht es wieder gut. Ich habe mich im Griff."

„Das sehe ich anders, Claire."

Das hatte sie getroffen. Ihr Mund zog sich wütend nach oben und sie schrie fast.

„Du hast keine Ahnung, wovon du da sprichst. Du kennst mich keine 24 Stunden, also halt gefälligst deine Klappe. Erst David, dann du. Was bildet ihr euch eigentlich ein, wer ihr seid? Lasst mich allein!"

Sie wand sich ab und wartete darauf, dass Melanie ging. Wenn alle Prominenten ihre Probleme auf die gleiche Art und Weise bewältigten, wie David und Claire, dann war es kein Wunder, dass so viele Psychiater reich wurden. Für gewöhnlich ließ sie sich nicht so schnell abspeisen, doch sie hatte Wichtigeres zu tun, als einem erfolgsverwöhnten Promi einen Vortrag zu halten. Lange würde ihr Körper dieses Leben sowieso nicht mehr mitmachen. Und warum sollte sie sich von ihr beschimpfen lassen und den Babysitter spielen? Sollte David sich doch um sie kümmern.

Melanie zog die Sneakers über und ging für ein kleines Frühstück zu Barniers, einem kleinen Café am Hafen. Erst gegen elf Uhr kehrte sie ins Strandhaus zurück. Da sie keine Lust auf Claire hatte, sah sie schnell ihre Mails durch und ging zu Fuß den Strand entlang zum Pier. Die Sonne schien warm für Ende Februar. Der Wind peitschte die Wellen ans Ufer. Ein paar wenige Surfer waren im Wasser zu sehen. Instinktiv hielt sie nach Donnie Ausschau, ehe ihr einfiel, dass er heute erst aus Seattle zurückkam. Sie bemerkte, wie jemand auf sie zukam. Sie legte die Hände wie einen Schirm über die Augen. In einer dunklen Cargo Hose, weißem Poloshirt und einer grünen Trainingsjacke versperrten er ihr die Sicht auf die Promenade. Doch Melanie fiel es auch unglaublich schwer, sich von dieser Erscheinung abzuwenden. Als er vor ihr stand, grüßte er und setzte sich neben sie in den Sand. Sie hatte über ihn gelesen, dass er nachtragend war, doch seine schlechte Laune von gestern schien weggeblasen. Seine Miene war wie der frische Morgen: hell und unvoreingenommen.

„Du warst früh auf."

„Ja, ich verschlafe nicht gerne den Tag. Vor allem, wenn er so schön ist, wie heute."

Von ihm ging die gleiche Ruhe aus, die sie an diesem Morgen hier am Strand gespürt hatte. Ein paar Möwen kreischten über ihr. Laut schlugen die Wellen am Strand zusammen. Am Pier spazierte ein junger Mann, der seinem Hund ein Stöckchen zuwarf.

„Es gibt hier am Pier ein nettes, kleines Café, das ich Claires Gesellschaft eindeutig vorziehe. Die machen gute Omeletts."

David lächelte. Er ließ den Sand durch seine Hände rieseln, sah sie an und sprach leise.

„Ich dachte wir frühstücken zusammen, ehe ich zum Flughafen muss."

Melanie legte die Arme um ihre Knie und zog sie noch ein Stück näher zu sich heran.

„Wie kommst du denn darauf? Du hast mir gestern allzu deutlich zu verstehen gegeben, wie sehr du mich NICHT magst."

Melanies Augen blickten verwundert zu ihm auf? Was wollte er von ihr? Immer, wenn sie es zu wissen glaubte, belehrte er sie eines anderen.

„Dafür, was du für Claire getan hast, bin ich dir dankbar. Ich weiß, du magst sie nicht. Trotzdem hast du sie gerettet. Das zeichnet dich sehr aus, Melanie."

Für einen Moment glaubte Melanie so etwas wie Reue in seinen Augen zu sehen. Doch gleich darauf mischte sich ein Funke Übermut dazu.

„Für Rodwell hast du schließlich auch Kaffee gekocht." David sah sie prüfend an. Vor ein paar Stunden erst war er noch unglaublich wütend auf sie, doch heute Morgen war er ausgeschlafen und erholt. Sein Ärger schien verflogen. Jetzt neben ihr, fiel es ihm schwer, sie schon wieder anzugreifen. Sie erweckte nicht den Eindruck, gefährlich zu sein. Er wusste, wie weich ihr Haar war und fragte sich, ob sich ihre Haut ebenfalls so sanft anfühlte, wie sie aussah. Ihre dunklen Haare hielt sie mit einem Haarband an der Seite zusammen und gab ihn den Blick auf ihren Hals frei. Er hatte plötzlich unheimliche Lust, ihr die feinen Härchen, die das Band nicht halten konnte, aus dem Nacken zu streichen und sie dort zu berühren. Zuerst mit seinen Fingern und dann mit seinen Lippen. Ob sie eine Gänsehaut bekommen würde?

„Das mache ich nicht für jeden."

„Was wolltest du dafür haben?"

Seine Augen funkelten grün und sein Mund nahm wieder einen belustigten Zug an. Als sie nicht antwortete, lächelte er sie verschmitzt an.

„Was immer es war, Schätzchen. Das kannst du auch von mir haben. Du musst es nur sagen."

„Du bist ganz schön arrogant."

„Ich dachte, du stehst auf Hockeyspieler?"

Melanie lachte.

„Das würde dich ja einschließen. Tut mir leid. Da ist nichts zu machen. Aber du findest bestimmt eine Andere, die dir sagt, wie gut du aussiehst."

Melanie schenkte ihm ein unschuldiges Schulterzucken. Dass musste er ihr lassen. Sie war nie um eine Antwort verlegen.

„Danke. Hätte nicht gedacht, dass du so auf gutes Aussehen abfährst."

„Jede tut das. Sie erzählen dir nur, es wäre dein Charakter."

David schmunzelte und schüttelte den Kopf.

„Wie lange wird SIE noch bleiben?"

Melanie erkannte, dass sein Lächeln sofort verschwand. Der Wind wehte ihnen ins Gesicht und David kniff die Augen zusammen. Er erwiderte ihren Blick nicht, sondern schien die Antwort in den Wellen zu suchen.

„Ich werde sie nicht rauswerfen, wenn es das ist, was du von mir erwartest. Ich kann dir auch nicht sagen, wie lange sie noch bleiben wird. Aber ich lasse mir was einfallen. Versprochen. Das bin ich ihr schuldig."

*

Claires Abreise war so prompt, wie ihre Ankunft. Ein kurzes „Ciao" und sie war wieder verschwunden. Doch ihre Ruhe war ihr noch nicht wieder vergönnt. Steve kündigte seinen Besuch an. Auf dem Rückweg von seinem Urlaub in Florida, wollte er sich scheinbar selbst von Melanies Situation vor Ort ein Bild machen.

Auch Holly rief sie täglich an, um sie über ihre neuen Entwürfe für die Sommerkollektion auf dem Laufenden zu halten. Holly hatte es geschafft, ihr einen Termin mit der PR-Chefin Tina Sanders von Calvin Klein West, eine der einflussreichsten PR-Frau, zu beschaffen. Sie war bekannt für ihre Brillanz und Hartherzigkeit. Melanie fühlte sich unsicher und stark zugleich. Sie musste Tina einfach überzeugen. Davids Image stand auf dem Spiel und nun hatte sie die Möglichkeit ihren Fehler wieder gut zu machen. In ihren Gedanken malte sie sich bereits aus, wie die Presse und sämtliche Clubs David zu Füßen liegen würden und er schlussendlich doch noch seinen Vertrag bei den Whalers bekam. Schlussendlich erinnerte Holly sie noch an ihren Deal. Doch Melanie hatte es nicht vergessen. Immer wieder versuchte sie sich Holly und ihren Bruder vorzustellen. Sie kannte viele seiner alten Freundinnen, doch hatte er stets sein intimstes Privatleben für sich behalten. Ihr fiel auf, dass sie Steves Geschmack und seine Vorlieben überhaupt nicht kannte.

Auch Donnie meldete sich regelmäßig bei ihr.

„Mel, Liebling. Hast du mich schon vermisst?"

Mittlerweile kannte er Melanies Beziehung zu David Bennett und den Grund für ihren Aufenthalt in Venice Beach. Donnie war ein guter Zuhörer. Er selbst erzählte gerne von sich und seinen Heldentaten auf dem Eis. Melanie quittierte seine Übertreibungen meist mit Ignoranz. Es schien, als hätte er nur diese Absicht. Melanie musste ihn einfach gernhaben. Nach kurzer Zeit rückte er dann mit der Sprache raus.

„Melanie, was hältst du davon, mich in ein paar Tage zu einer kleinen Party zu begleiten?"

„Hast du denn nicht genug andere Mädchen, die das freiwillig für dich tun, Donnie?"

„Das schon, doch ich wollte mal eine erwachsene Frau mitbringen."

Da bist du aber bei mir an der falschen Adresse.

„Eine, die keine ernsten Absichten hat und nicht in mich verknallt ist. Eine, die sich auch amüsiert, wenn ich sie auf der Party nicht die ganze Zeit unterhalte."

Ich liebe es, wenn du ehrlich bist.

„Die Jungs wollen dich kennen lernen. Seitdem ich dir kleine Grüße über das Fernsehen nach Venice Beach schicke, sticheln sie und machen sich lustig über mich. Wir haben eine Wette laufen. Sie wollen nicht glauben, dass du so eine atemberaubende Frau bist."

„Das ist süß von dir. Doch bin ich nicht sicher, ob ich den ganzen Abend so viele Eishockeyspieler ertragen kann. Was spring für mich raus, Donnie?"

„Was willst du denn?"

Melanie lächelte. Jetzt hatte sie ihn soweit.

„Stell mir Dallas Chipman vor."

„Das ist alles? Hab doch gewusst, dass ich dir zu jung bin." Donnies Lachen hallte noch lange nach.

*

Tina Sanders war das ganze Gegenteil von dem, wie Melanie sie sich vorgestellt hatte. Eine kleine, knochige Frau Mitte 50, in Lederhosen und einem straff gebundenen, blonden Pferdeschwanz. Sie rauchte unaufhörlich und musterte Melanie argwöhnisch. Ihre eisgrauen Augen durchbohrten sie missmutig und ihre faltigen Mundwinkel bogen sich nach unten. Melanie schien nicht nach ihrem Geschmack zu sein. Als sie eintraf, hatte Ms. Sanders schon gegessen und erkundigte sich auch nicht nach ihren Wünschen. Sie schien in Eile zu sein. Melanie begrüßte sie freundlich und wollte einen kompetenten Eindruck machen. Doch Ms. Sanders schien ihre Bemühungen abzulehnen. Als sie sich vorstellte, winkte sie ab und krächzte:

„Lass uns zum Punkt kommen, Schätzchen. Ich verschwende ungern meine Zeit und ich habe schon wieder das Gefühl, dass das hier ein Reinfall wird."

Wie konnte sie von vornherein nur so negativ eingestellt sein? Sie hatte Melanie vor 10 Sekunden das erste Mal getroffen und schon hatte sie ein vorgefertigtes Bild von ihr. Warum war sie dann hier, wenn sie das Treffen für einen Fehler hielt? Melanie versuchte, sich die Unverschämtheit nicht anzumerken und besann sich auf ihren Plan.

„Ms. Sanders. Ich..." Doch weiter kam sie nicht.

„Tina." Krächzte die Stimme. Sie zog wieder an ihrer Zigarette und kramt in ihrer Tasche bereits nach der Nächsten. Melanie riss sich jetzt zusammen und versuchte so überzeugend wie möglich ihr Anliegen vorzutragen. Sie wollte sich jetzt auf keinen Fall einschüchtern lassen und ihr war klar, dass dies vielleicht ihre einzige und letzte Chance sein würde.

„Tina, ...", begann Melanie und erläuterte ihr Vorhaben.

„Ich bin sicher, dass wir beide aus einer Zusammenarbeit profitieren." endete Melanie ihren Vortrag, den sie mittlerweile mindestens zwanzig Mal geübt hatte.

„Schätzchen, ich weiß, wann ich meine Zeit vergeude. Der Beamer ist ein unglaublich attraktiver Mann. Zweifellos ist sein Körper ein göttliches Geschenk an die Frauen. Doch seine momentane Popularität lässt sich nicht mit der Philosophie von CK vereinbaren."

Melanie hatte damit gerechnet, dass sie auf das Thema ansprechen würde.

„Was soll das heißen? Ist Popularität nicht mehr angesagt?"

„Spielen sie keine Spielchen mit mir, Schätzchen. Dafür bin ich schon zu lange im Geschäft. Popularität ist von Vorteil, doch, wenn schlechte Publicity im Spiel ist, dann sollte man sich lieber zurückhalten und abwarten, bis der Sturm vorbei ist."

Tina Sanders packte ihre Brille und ihre Zigaretten in die Tasche und schickte sich an, zu gehen. Für sie schien das Gespräch beendet zu sein. Doch Melanie hatte zu viele Hoffnungen in dieses Treffen gesetzt, als jetzt schon das Feld zu räumen. Sie blickte kampfbereit zu der kühlen Lady auf.

Tina Sanders drückte ihre Zigarette auf ihrem Teller aus und erhob sich. Melanie Gardinier war für sie abgehakt. Sie schien sie mit ihrer Zigarette auszulöschen.

„Aber genau das ist doch das Beste an der ganzen Sache. CK kann unglaublich an dieser Popularität profitieren. Alle Welt sieht momentan auf ihn."

Seelenruhig zündete sie sich eine neue Zigarette an. Das Nicht-Rauchen Zeichen vor ihr auf dem Tisch, schien sie nicht im Geringsten zu stören.

„Schätzchen, ich weiß, dass ein Mann wie David Bennett die klügsten Frauen dazu bringen kann, jeden Unsinn für ihn zu tun, ohne dass diese es merken. Warum bemühst du dich also so sehr, mich umzustimmen. Meine Meinung ist nicht änderbar. Wenn du klug wärst, würdest du wissen, wann du die Grenze erreicht hast. CK braucht ihn nicht und das ist mein letztes Wort."

„Soll das heißen, dass sich CK von solchen Lappalien wie den Syphilisgerüchten abschrecken lässt? Selbst, wenn es nicht der Wahrheit entspricht? Jeden Tag wird doch irgendein Gerücht in die Welt gesetzt, das nichts mit der Realität zu tun hat."

Tina stand auf und als sie an Melanies Stuhl vorbeikam, war sie ihr noch einen argwöhnischen Blick zu. Melanie sah ihr in die Augen und versuchte nicht zu husten, als der Zigarettenqualm ihr in die Nase und Augen stieg. Tinas Mund war zu einem fest aufeinander gepressten Strich geworden. In den tiefen Furchen ihres Gesichtes schien sie ihr Leben zu dokumentieren.

„Ich schätze es sehr, dass du die Gerüchte vorher ganz genau überprüfst. Doch leider macht dich das befangen."

„Was meinen Sie damit?"

Tina lächelte wissend auf sie herab.

„Hast du mit ihm geschlafen, Schätzchen?"

Melanie wusste nicht, was sie darauf antworten sollte. Ihre Augen blickten nur welter auf Ms. Sanders ledernes Gesicht und ihre Stimme versagte ihr. Was hatte das Eine mit dem Anderen zu tun? Melanie war klar, dass sie nun das Bild, welches Tina von Anfang an von ihr hatte, bestätigte. Sollte sie ihr sagen, dass sie die Urheberin des Fotos war? Doch andererseits musste sie ihre Frage bejahen, selbst wenn ihr kleines Intermezzo bereits zehn Jahre zurücklag. Melanie Zögern reichte Tina aus.

„Das habe ich mir bereits gedacht."

Damit drehte sie sich um und verließ den Raum.

*

Melanie konnte den ganzen Tag an nichts Anderes mehr denken, als an diesen Satz. Er halte ihr immer noch im Kopf herum. Zurück in Venice Beach ließ sie noch einmal das gesamte Gespräch Revue passieren. Was hatte sie getan, damit diese Frau so ungerecht und gefühlskaltkalt zu ihr gewesen war? Schließlich rief sie Holly an und schilderte ihr das Treffen.

„Es tut mir leid, Lany. Mehr konnte ich für dich nicht herausholen. Die Sanders ist eine der Besten. Doch sie ist auch eine Teufelin. Sie ist egoistisch und total rücksichtslos und wahrscheinlich daher auch so erfolgreich. Sie hat keine Gefühle. Wenn sie nicht so ein Genie in ihrem Fach wäre, würde keiner mit ihr arbeiten wollen."

„Warum hat sie sich dann dazu bereit erklärt, mich zu treffen?"

„Sagen wir es mal so, Lany. Sie war mir noch etwas schuldig und ich habe lange überlegt, um was ich sie bitten könnte."

„Was hat sie sich denn geleistet, dass du einen Gefallen bei ihr frei hattest? Hast du sie beim Knutschen mit dem Boss erwischt?"

Melanie lacht ins Telefon bei der absurden Vorstellung, sie könnte überhaupt irgendwer küssen. Doch als keine Reaktion auf der anderen Seite der Leitung zu hören war, verstummte sie.

„Sag jetzt nicht, ich habe den Nagel auf den Kopf getroffen."

„Calvin persönlich war es nicht. Soviel ist mal sicher."

Jetzt fing Melanie doch wieder an zu lachen. Es war einfach unvorstellbar. Tina Sanders beim Knutschen erwischt. Das steckte auch Holly an.

„Es tut mir leid, dass sie dich nicht besser behandelt hat. Sie ist einfach ein Miststück."

„Ich finde es nur schade, dass nun alles, was ich mir ausgemalt habe, verloren scheint. Was soll ich nun machen?"

„Nun mal Kopf hoch, Lany. Denkst du, Tina Sanders wäre heute dort, wo sie ist, wenn sie gleich nach der ersten Niederlage aufgegeben hätte?"

„Mmh. Ich brauche unbedingt eine Lederhose und ein paar Zigaretten."

Beide lachten.

Eines stand nun fest: Ein neuer Plan musste her. Am besten konnte sie immer nachdenken, wenn sie joggen ging. Als sie ihr Gespräch beendet hatten, überlegte sie nicht lange und sah sich in Davids Fitnessraum ein wenig genauer um. Die Stereoanlage bot ihr eine riesige Auswahl an Musik, so dass sie schnell das Richtige fand und das Laufband einschaltete.

Der Abend kam schnell und versprach eine sternenklare Nacht. Nachdem sie sich verausgabt hatte, freute sie sich schon auf eine erholsame Runde im Jacuzzi. In der Küche machte sie sich einen kleinen Snack und als es dämmerte, ging Melanie mit einem Glas Wein auf die Terrasse und ließ den Jacuzzi an. Auf der einen Seite versperrte das Haus selbst die

Sicht zur Straße. Um sie herum waren Palmen und süß riechende Büsche, die den Pool und den Jacuzzi verbargen. Hier draußen war man geschützt und konnte über den Rand des Beckens hinunter auf den Strand und die nun mittlerweile großzügig angestrahlten Villen sehen. Die wohlige Wärme schien zu verlockend, als dass sie länger ihre Klamotten anbehalten konnte. Ihre Beine prickelten immer noch leicht vom Joggen und sehnten sich nach der Entspannung. Der kühle Nachtwind ließ ihre Haut frieren und Melanie glitt schnell in das heiße Wasser hinein. Ihre Glieder ähnelten Honig in der Sonne. Sie fühlten sich erschöpft an und das heiße Wasser machte Melanie schläfrig. Sie tauchte bis zum Kinn ein, schloss die Augen und ließ den Kopf auf den Beckenrand rutschen. Ihr Telefon klingelte.

Oh nein.

Warum hatte sie das Ding nicht einfach drinnen gelassen, wo sie es nicht hätte hören können?

„Hi. Störe ich dich gerade bei deiner Pyjamaparty mit der Sanders?"

David war der Letzte, den sie erwartet hatte. Sie konnte seine Belustigung hören. Zudem klang er ernsthaft interessiert und Melanie war verblüfft, dass er sich überhaupt erinnerte. Sie hatte den Namen ihm gegenüber nur einmal erwähnt.

„Ich glaube, sie trägt gar keinen Pyjama. Eher einen Neoprenanzug."

Davids Lachen drang an ihr Ohr. Melanie konnte sich den kleinen Kommentar nicht verkneifen. Vielleicht war es der Wein, oder das warme Wasser um sie herum, doch ihre Erinnerung an den schrecklichen Nachmittag schien nicht mehr ganz so bitter. Davids Stimme klang nun dunkel und leise.

„Was trägst du?"

Zu wenig. Doch Melanie traute sich nicht, darauf einzugehen. Sicher wollte David sie nur provozieren und ein bisschen ärgern.

„Diese Frau ist die unhöflichste, kaltherzigste und arroganteste Person, die mir je begegnet ist. Sie hat nicht mal den Anstand besessen, mich anzuhören. Die ganze Zeit über hat sie mir das Gefühl gegeben, dass ich nichts wert sei und meine Ideen der letzte Müll. Ständig blies sie mir ihren Qualm ins Gesicht. Das Treffen war die reinste Katastrophe. Sie hat nicht einmal versucht, so zu tun, als ob sie sich für meine Idee interessiert."

„Das, was ich über sie gehört habe, spricht nicht gerade gegen sie. Sie hat es nicht nötig, sich mit Underdogs abzugeben. Sie hat einen sehr guten Ruf." Eine kurze Pause. „Aber du hast meine Frage nicht beantwortet."

„Du hast dich über sie erkundig? Wieso sagst du mir das erst jetzt?"

„Das solltest du auch tun, wenn du professionell wirken willst, Melanie."

Daran hatte sie überhaupt nicht gedacht. Sie war so sehr darauf konzentriert gewesen, ihren Vortrag zu üben, dass sie völlig vergessen hatte, herauszufinden, wer ihr Gesprächspartner ist. Schlagartig fühlte sie sich wie ein dummes Schulkind.

„Da hast du Recht. Was weißt du noch über sie?"

„Du hast meine Frage noch nicht beantwortet."

„David, was soll das? Hast du getrunken?"

Mach es mir doch bitte nicht so schwer!

„Komm schon, Melanie. Oder willst du, dass ich dich zwinge, mir deine Geheimnisse zu erzählen?"

„Oh ja." hauchte sie in das Telefon. Dann wieder im geschäftsmäßigen Ton:

„Was hast du noch über sie herausgefunden?"

„Da musst du schon ein bisschen entgegenkommender sein. Bei mir gibt's nichts umsonst, Melanie. So gut müsstest du mich doch mittlerweile kennen."

„Ich bevorzuge Shorts und T-Shirt."

David seufzte enttäuscht.

„Baby, du musst noch viel lernen. Sei doch mal kreativ!"

Nach einer kurzen Pause fuhr er fort.

„Tina arbeitet bereits seit neun Jahren bei CK." Abrupt hörte er auf und wartete auf sie. Wenn sie mehr Informationen wollte, dann musste sie weitermachen. Egal, wie kindisch seine Bedingung auch war.

„Manchmal schlafe ich auch nur in Unterwäsche."

„Na da kommen wir der Sache doch schon näher." Melanie hörte ein Lächeln an der anderen Seite des Telefons. „Tina hatte zuletzt mit Elliot Sparklings zusammengearbeitet. Ein Top-Fotograf, der die letzte Saison aufgenommen hat."

Melanie schloss erneut die Augen und legte ihren Kopf auf dem Beckenrand ab. Sie begann sich zu entspannen. Es war jetzt richtig dunkel geworden und nur die Lichter im Wohnzimmer und der Mond erhellten die Terrasse. Das heiße Wasser umschmeichelte ihre nackten Beine und ihren Po. Sie hielt sich ihr Telefon an das rechte Ohr und eine leichte Gänsehaut überzog ihre Arme und Beine. Seine raue Stimme und die Vorstellung, dass er sie mit seinen dunkelgrünen Augen und den unverschämt sexy Lippen aufforderte, ihm ihre Phantasien anzuvertrauen, erregte sie sehr. Er war am anderen Ende des Kontinentes und viel zu weit weg, um ihr gefährlich zu werden. Also was sollte ihr schon passieren? Sie trank noch einen Schluck Wein.

„Ich bevorzuge sehr weichen Stoff, der sich sanft an jede Vertiefung meines Körpers schmiegt."

Die Leitung blieb stumm. Dann plötzlich war seine Stimme ganz heißer.

„Was trinkst du gerade?"

„1993er Cabernet."

„Aus meinem Schrank?"

„Du hast einen guten Geschmack."

„Bist du auf der Couch?"

„Nein. Besser."

„Wo? Im Bett? Ich schätze, du hast gerade nichts weiter an, als das kleine graue Röckchen und dieses viel zu heiße pinke Top."

Melanie musste lachen. Auch wenn er manchmal so tat, als ob er sie ignorieren würde, kannte er ihre Klamotten dafür doch recht gut. Ihm entging nichts.

„Viel besser, David. Aber was mich interessiert: Wie geht Tina Sanders vor? Was ist ihr Erfolgsrezept? Und wie hat sie es geschafft, sich in diesem Geschäft zu behaupten?"

„Sie ist der größte Hai im Haifischbecken. Sie hat keine Angst. Man sagt über sie, dass sie... Du solltest mir besser einen Anreiz geben, damit ich mich besser erinnere!"

Er war zielstrebig, das musste sie ihm lassen. Und er war klug genug, um seine Ziele zu erreichen. Sie musste unwillkürlich grinsen.

Nur zu gern.

„Ich habe es mir mit meinem Glas hier in deinem Jacuzzi gemütlich gemacht."

Kurze Stille.

„Das ist wirklich besser. Die Idee hätte von mir sein können... Tina hat die ersten Jahre sehr hart gearbeitet. Sie war die Assistentin von Jerry Bolden. Zuerst assistierte sie ihm jahrelang. Dann gründete sie ihre eigene Agentur und machte Jerry Konkurrenz."

„Sie hat es aus eigener Kraft geschafft?"

„Ich erinnere mich plötzlich an nichts mehr."

„Deinen Jacuzzi habe ich auf Stufe drei eingestellt. Dann kannst du dir ja vorstellen, dass die Hitze hier drinnen einen ganz schön ins Schwitzen bringt."

Ein lautes Räuspern in ihrem Ohr.

„Jerrys Konkurrent damals war ein gewisser John Glickert und ....:"

Stille.

„Du spielst unfair, Bennett."

„Erzähl mir, wie dein Badeanzug aussieht. Oder trägst du einen Bikini?"

„Das Gute an deiner Terrasse ist, dass mich hier oben kein Mensch sehen kann. Das heißt, nur du und ich wissen, dass ich im Moment weder Badeanzug noch Bikini trage. Und seien wir doch mal ehrlich. Hier drinnen ist es viel zu heiß dafür. Meinst du nicht auch?"

Wie gefällt dir das?

Sie konnte sein schweres Atmen hören und schmunzelte. Sie verstand sich auch auf dieses Spiel. Da schien er sie wohl unterschätzt zu haben. Sie hörte von weit weg so etwas wie eine Kühlschranktür und das kleine Ploppen eines Flaschenöffners. Dann schluckte David und sie konnte sein Gesicht förmlich vor sich sehen, wie er sich mit dem Handrücken über die feuchten Lippen wischte. Ihre Gänsehaut kehrte nun am ganzen Körper zurück. David sprach leise.

„Man spekuliert, dass sie mit Glickert für diese Chance geschlafen hatte. Das war angeblich aber auch das einzige Mal, dass sie sich in dieser Art einen Vorteil verschafft hatte. Danach wurde sie vom Star engagiert und erhielt eine Führungsposition. Hast du die Düsen aufgedreht?"

„Ja. Und das tut mir so unglaublich gut. Es fühlt sich an, als ob mich tausend Hände überall gleichzeitig berühren."

Für Melanie war es zu spät umzukehren. Das wusste sie. Die Informationen über Tina würden ihr sicher noch behilflich sein und David zu reizen, machte ihr zu viel Spaß. Sie war sicher, dass er zuerst einen Rückzieher machen würde.

„Wo spürst du sie denn?"

„Wie kam Tina zu ihrem Erfolg?"

„Rutsch doch ein bisschen näher an die Düsen ran und erzähl mir, wie es dir gefällt... Tina ist bekannt dafür, dass sie vor nichts und niemandem Respekt hat. Das kann sie sich aber auch nur erlauben, weil sie solch ein Ausnahmetalent ist. Sie kann sich die besten Fotografen leisten und hat eine ungeheure Menschenkenntnis."

Melanie war beeindruckt. Das alles hatte er herausgefunden. Und sie hatte nicht einmal daran gedacht, sich über ihre Gegenüber schlau zu machen. David hatte Recht. Wenn sie erfolgreich sein wollte, musste sie sich auch so verhalten und ihr Auftritt heute Mittag war weit davon entfernt gewesen. Das hatte David ihr nun gezeigt. Sie war ihm dankbar und wollte sich revanchieren. Wenn sie beide so viel Spaß am Spielen hatten, vielleicht sollte sie es noch ein bisschen weitertreiben.

„Oh Gott. Der Tipp mit den Düsen war einfach Gold wert. Und wenn ich die Augen schließe und das heiße Wasser mich an meinen empfindlichsten Stellen berührt, dann läuft es mir hier drinnen eiskalt den Rücken runter. Die Gänsehaut überzieht zuerst meine Arme, meine Brüste, läuft über meinen Rücken und endet schließlich an meinen Beinen und meinen Zehen. Und wenn ich meine angewinkelten Beine nur ein kleines Stück weiter öffne, dann stelle ich mir vor, dass die Bläschen lauter kleine Zungen wären und mich ..."

„Du kannst dich glücklich schätzen, dass ich jetzt nicht in Venice Beach bin. Denn dann würdest du heute Nacht nicht allein in meinem großen Bett liegen."

David legte auf und nahm noch einen riesigen Schluck aus seiner Bierflasche. Er konnte ihr nicht länger zuhören. So ging er in das Badezimmer seines Hotelzimmers und drehte die Dusche eiskalt auf. Er war knapp davor gewesen, sich zu verlieren. Doch wenn das geschieht, wollte er schon mindestens bis zum Ansatz in ihr stecken. Sollte sie doch die bittere Medizin schlucken, die sie ihm verabreicht hatte. Während er sich das eiskalte Wasser über den Körper laufen ließ, dachte er an ihren Körper, nackt, in seinem Jacuzzi, ihr Haar ganz nass und ihre Beine gespreizt, so wie sie es ihm beschrieben hatte. Sie, in seinem großen Bett, ihre Augen genüsslich geschlossen, ihren Körper unter ihm, ihre Hände auf seinem Rücken, und darauf wartend, dass er endlich in sie eindrang und sie von ihren Qualen erlöste. Er sah auf die Uhr. 23 Uhr. Wenn er jetzt noch ins Flugzeug nach Kalifornien steigen würde... Das war doch absoluter Quatsch. Er war steif und er wollte sie. Doch deshalb konnte er jetzt nicht den

Verstand verlieren. In einer Woche konnte er frühestens wieder in Venice sein und dann würde sie bekommen, was sie verdient hatte.

Sein Telefon klingelte und David dachte, dass es Melanie war, die über Nacht zu ihm nach Chicago kommen wollte. Ehe er seine Idee länger durchdenken konnte, meldete sich Susan Bennett.

„David, Darling. Ich versuche schon seit einer Weile, dich zu erreichen. Wie geht es dir? Du musst unbedingt bald mal wieder nach Florida kommen. Ich habe das Haus jetzt umgestalten lassen. Es ist wunderschön geworden..."

Der Schwall, der auf ihn niederprasselte, schien nicht zu enden. Seine Erregung war augenblicklich weg.

Danke.

„Hi Mom. Wie geht es dir?"

David liebte seine Mutter. Sie waren eher gute Freunde als Mutter und Sohn. In Florida schien es ihr zu gefallen. Hier hatte sie ihren zukünftigen Ehemann Nummer vier kennen gelernt und lebte mit ihm in seinem Haus in Miami. Roger war Zahnarzt und von den paar Malen, die David mit ihm zusammengetroffen war, wusste er, dass er seine Mutter abgöttisch liebte. Er freute sich für die beiden und hoffte, dass sie mit dieser Ehe mehr Glück hätte, als mit den Letzten. Sie plauderten eine Weile und Susan nahm ihm das Versprechen ab, beim nächsten Panthers Spiel bei ihr vorbeizuschauen.

*

Noch in der gleichen Nacht fällte Melanie ihre Entscheidung, dass sie noch nicht am Ende angelangt war. Wer war schon Tina Sanders? Auch sie hatte als Underdog angefangen. David hatte ihr die Augen geöffnet. Sie war ebenfalls kreativ. Sie hatte den festen Willen, es zu schaffen. Tina Sanders war nicht viel besser, als sie selbst. Sie hatte mehr Erfahrung, doch das war auch schon alles. Melanie wusste, was sie nun zu tun hatte. Bereits am nächsten Morgen erreichte sie Ethan in Toronto und erzählte ihm von ihrem Plan. Auch wenn sie Ethan erst lange um Verzeihung bitten und gestehen musste, warum sie seine Bilder tatsächlich verunstaltet hatte. Am Ende ließ er sich von ihrer Idee überzeugen. Allerdings konnten sie sich nicht in alle Punkten einigen.

„Melanie, wir sind Freunde, doch ich arbeite nicht ohne Honorar."

Das hätte sie sich denken müssen. Ein weiterer Anfängerfehler, der ihr nicht hätte passieren dürfen. Die wichtigsten Bestandteile einer Zusammenarbeit ließ sie außen vor. Das war so typisch. Und schon schien ihr Plan in sich zusammen zu fallen.

„Wie viel verlangst du?"

Ethan nannte einen Betrag und Melanie wurde schwindelig. Diese Summe hatte sie in einem Jahr bei JETZ verdient. Wo sollte sie so schnell so viel Geld herbekommen? Und würde sie es dann nicht lieber David für seine Schadenersatzforderungen geben. Sie setzte sich auf den nächstbesten Stuhl und überlegte.

„Lany, weil wir Freunde sind, gehe ich noch 5000 runter. Aber ich habe Fixkosten, jede Menge Leute, die für mich bei den Shootings arbeiten. Die wollen alle bezahlt werden."

„Ich weiß das, Ethan. Du bekommst dein Geld. Da kannst du mir vertrauen. Bereite alles vor, so dass wir uns hier in Kalifornien treffen können."

„Okay, Lany. Dann mache ich mich an die Arbeit."

Melanie war froh, dass sie sich mit Ethan einigen konnte. Er verlangte eine große Summe, doch seine Arbeit hatte sie immer bewundert. Wo sie das Geld hernehmen sollte, wusste sie auch schon. Es fiel ihr nicht leicht, doch sie musste es tun. Sie wählte einige Nummern und als sich eine Stimme meldete, sagte sie tonlos.

„Hi. Hier ist Melanie Gardinier. Bitte verkaufen Sie mein gesamtes Depot."

*

Am Mittwochabend, knappe zwei Wochen später, spielten die Whalers gegen die Rovers im Air Canada Center. Die Zuschauer waren voller Enthusiasmus. Die Rovers hatten vier Spiele in Folge gewonnen. Doch heute würde es schwerer werden. Die Whalers gehörten in diesem Jahr zu den Favoriten für den Stanley Cup und waren nicht zu unterschätzen. Wie erwartet, war das Eisstadion ausverkauft. Die Whalers zogen viele Zuschauer an. Donnie Rodwell war der neue Star der Whalers. Seine Pässe waren unberechenbar und er ließ kaum eine Gelegenheit aus, den Puck in Richtung Tor zu dreschen. Auf der anderen Seite verlieh David Bennett dem Spiel Präzision und absolute Genauigkeit. Auf dem Eis übernahm er gern die Rolle des Dirigenten, der für den Takt des Hockeys lebte. Mit den meisten Punkten in der Konferenz stand außer Frage, wer der Star im Team der Toronto Rovers war. Nun trafen die beiden Helden endlich wieder aufeinander. Beide beobachteten sich aufmerksam, doch erst als die Presse ihre angebliche Rivalität pushte, nahmen sie sich genauer ins Visier. Die aktuellen Schlagzeilen sprachen vom Duell der beiden Superstars. „Bennett vs. Rodwell" lenkte alle Augen auf das heutige Spiel. Zu Beginn des Spieles begrüßten sie sich noch gleichgültig, doch beide Spieler waren Kämpfer. Keiner gönnte dem Anderen einen Punkt. David umkreiste die Mittellinie, ehe er sich zum Anstoß platzierte. Rodwell stand genau in seiner Bahn und er hofft stark für ihn, dass er ihm heute nicht allzu sehr in die Quere kommen würde. David hatte sich gefragt, was zwischen Rodwell und Melanie lief. Rodwell war in der letzten Woche mit mehreren Blondinen gesichtete worden. Doch vielleicht gehörte Melanie zu den Frauen, die kein Problem mit Polygamie hatten. An Telefon klang sie so sinnlich und leidenschaftlich. Dann ertönte der Pfiff des Schiedsrichters und Davids Schlittschuhe fingen an zu laufen. Sein Gehirn schaltete um auf Hockey und alle anderen Gedanken wurden verbannt. An Spannung fehlte es dem Spiel nicht. Die Zuschauer sprangen von ihren Sitzen auf, als sich schon nach wenigen Minuten die ersten Möglichkeiten für eine Führung ergaben. Adrenalin lag in der Luft und jede Menge Testosteron. Abgesehen von ein paar Rempeleien zählte das Spiel eher in die friedlichere Kategorie. David hatte sich noch nie vor einer Schlägerei gedrückt. Rodwell hielt sich im Hintergrund und schien sich zu schonen. Beide spielten auf der gleichen Position, so dass sie sich nicht allzu oft in die Quere kamen, abgesehen von den üblichen Bodychecks, die nicht fehlen durften. Nach dem ersten Drittel stand es 0:0 und die Mannschaften sammelten sich in der Kabine. Nach der Pause wartete David auf Rick, um ihm einige Beobachtungen mitzuteilen. Donnie kam gleichzeitig aus der Kabine und beide blieben voreinander stehen.

„Bennett, ich hoffe, du legst im nächsten Drittel noch etwas nach. So gelangweilt habe ich mich lange nicht."

Donnies spöttisches Grinsen überzog sein Gesicht und er wand sich zum Gehen.

„Mach dir mal um mich keine Sorgen, Rodwell. Ich habe mich nur an dein Tempo angepasst, damit du keine so ganz schlechte Figur auf dem Eis machst. Nicht, dass die Whalers jetzt schon merken, dass sie dir zu viel bezahlen."

Donnie lachte und als beide gemeinsam aus dem Gang an das Eis traten, blitzte es überall und die Fotografen erhaschten das Foto des Tages: Rodwell und Bennett, wie sie scherzend und lachend die Eisfläche betreten.

Im zweiten Drittel fand David die Lücke und versenkte den Puck im Netz. Die Zuschauer riss es von ihren Sitzen und die Masse jubelte. Auch im letzten Drittel schienen die Rovers ihre Leichtigkeit bewahren zu können und verloren trotzdem kaum an Aggressivität. Die Whalers erzielten den Ausgleich, als Donnie Chris Torett den Puck zuspielte und dieser ihn in das Netz donnerte. Für beide Mannschaften war es ein erfolgreicher Abend. Ein verdientes Unentschieden konnte nur als faires Ergebnis angesehen werden. In den Umkleidekabinen gaben sie den Reportern noch einige kurze Interviews. Bei den Rovers herrschte eine ausgelassene Stimmung. Sie feierten ihr Unentschieden und Coach Henderson atmete erleichtert auf, da sich das schlechte Karma um David anscheinend verflüchtigt hatte. Keiner sprach offiziell darüber, doch alle dachten immer noch an die Geschichte mit der Syphilis. Aberglaube spielte eine große Rolle. Das Ergebnis heute konnte sich sehen lassen und Davids Tor bestätigte seine ausgezeichnete Spielstärke. Joel Charpers von der Toronto Tribune kam auf ihn zu. Bereitwillig beantwortete er alle Fragen und bedanke sich, um unter die Dusche zu gehen. Während das heiße Wasser an ihm herunter prasselte, schweiften seine Gedanken vom Spiel zu seinem Whirlpool in Venice Beach zurück. Schon wieder tauchte in seinen Gedanken Melanie Gardinier auf, wie sie mit ihrem kleinen nackten Körper allein im Whirlpool lag. Er seifte sich ein und mit dem Schaum wollte er auch die Gedanken an sie wegspülen. Sie hatte ihn mit ihrer kleinen Geschichte mächtig auf Touren gebracht und dass er immer noch daran denken musste, ärgerte ihn.

*

Melanie und Holly saßen zusammen am Pier und sammelten Ideen für die neue Fotokampagne von David. Melanie war klar, dass sie unbedingt noch professionelle Hilfe brauchen würde und da sie niemanden zusätzlich bezahlen konnte, fiel ihr nur Holly ein. Sie war zwar keine PR-Beraterin, doch kannte sie als Designerin doch einige Tricks und Kniffe, die Melanie nützlich sein konnten. Beide saßen mit nackten Füßen auf dem Holzsteg. Einige ausgebreitete Zettel lagen vor ihnen.

„Lany, an welche Einstellungen hast du gedacht?"

Holly sah sie durch ihre Lesebrille hindurch an. Melanie saß vor ihr und suchte in ihren Aufzeichnungen nach einer Notiz. Sie trug dunkelblaue Jeans, ein weißes Sweatshirt und Turnschuhe. Ihre Haut hatte sich inzwischen an die Sonne gewöhnt und sich leicht gebräunt.

Ihr Haar steckte unter einem Whalers-Baseballcape, die ihr Donnie geschickt hatte. Holly war froh, sie glücklich zu sehen. Die Freundschaft mit ihr hielt schon ewig und sie hatte schon viele Dinge angestellt, für die Holly sie nicht gerade loben würde. Doch nun hatte sie es eindeutig übertrieben. Holly war der Meinung, dass eine öffentliche Bloßstellung nicht die richtige Art der Rache war. Davids Gegenschlag hatte Holly nicht überrascht. Und nun schien ihr die Arbeit an ihrem „Projekt" Spaß zu machen. Melanies Erzählungen nach musste das Strandhaus, in dem sie nun lebte, wunderschön sein. Sie wohnte nun schon seit gut fünf Wochen dort und Hollys Neugier über diese merkwürdige Beziehung blieb bestehen.

„Ich habe an den Strand gedacht. Dort ist es besonders schön, wenn es noch ganz früh am Morgen ist. Ich würde das gerne mit David ausprobieren."

Holly war erstaunt. Sie nannte ihn David, nicht Bennett oder der Beamer. Wann hatte sie ihren Groll gegen ihn abgelegt?

„Hast du mit ihm schon darüber gesprochen?"

Melanie setzte sich ihre Sonnenbrille auf und blickte zu Holly auf.

„Ich hatte noch keine Gelegenheit dazu. Ich habe gestern versucht ihn anzurufen. Leider ohne Erfolg. Ich warte auf seinen Rückruf."

„Wahrscheinlich hat er gestern noch ausgiebig sein Tor gefeiert. Irgendeine Party ist doch immer. Typen wie er sind doch ständig unterwegs. Und dann hat er Eine mit nach Hause genommen und nun ist er nicht zu sprechen."

Melanie sah von Holly auf die Wellen des Meeres hinaus. Sie stellte sich David auf einer wilden Party vor. Mit einer Blondine im Arm und einem Bier in der Hand, überall Hände, die ihm auf die Schulter klopften und ihm bestätigten, dass er der beste Hockeyspieler des Jahres ist. Ja, das konnte sie sich gut vorstellen.

„Ja, wahrscheinlich."

„Apropos Dates…"

Holly wartete, ob Melanie auf ihre Anspielung reagieren würde. Melanie aber blickte in die Ferne und war mit ihren Gedanken ganz woanders. Holly wurde deutlicher.

„Hast du mit Steve gesprochen?"

„Nein. Er ist gerade in Florida. Ich wollte es ihm eigentlich persönlich erklären."

„So lange möchte ich aber nicht warten, Lany."

Holly setzte eine trotzige Miene auf und mit ihrem Schmollmund erinnerte sie Melanie an ein fünfjähriges Kind, das von seiner Mutter keinen Lolli bekam. Melanie schüttelte den Kopf und lachte.

"Keine Angst, du bekommst dein Date. Ich rufe ihn heute Abend an."

„Rufe ihn bitte jetzt gleich an!"

Erstaunt schaute sie zu ihr herüber.

„Jetzt? Ist es dir nicht peinlich zuzuhören, wie ich ihn dazu überreden muss?"

„Nein.", Hollys ernste Miene offenbarte ihre Dringlichkeit.

„Also gut."

Melanie kramte in ihrer Tasche und nahm ihr Handy heraus. Sie sah ihre Freundin an, während es klingelte. Warum hatte sie es unbedingt auf Steve abgesehen? Ihr Bruder war ein attraktiver Mann. Das stand außer Frage. Doch er hatte sich von je her für ältere Mädchen interessiert, so dass sie nie auf die Idee gekommen wäre, Holly und ihn zusammen zu sehen. Seit ihrer Kindheit waren ständig Mädchen hinter ihm her gewesen. Seine dunklen Augen und die dunkelbraunen Haare, kombiniert mit einem athletischen Körper und dem Trikot der High-School Hockey Mannschaft zog die Mädchen reihenweise an. Sie erinnerte sich genau an die Briefe von Mädchen, die sie regelmäßig in ihrer Post gefunden hatte.

„Hi Steve. Ich bin`s." rief Melanie erschreckt in ihr Telefon, als Steve sich endlich meldete.

„Was ist denn los, Lany?"

„Hast du geschlafen?"

„Nein, was gibt es? Ich hoffe nur, Bennett ist nicht schon wieder hinter dir her?"

Darüber konnte Melanie nicht lachen. Sie setzte sich aufrecht hin und versuchte in einen beiläufigen Tonfall zu plaudern.

„Nein. Alles ist bestens. Ich wollte mal hören, was du so treibst."

„Ich nehme mir gerade ein paar Tage frei und bin in Florida. Das weißt du doch." erklärte er in freundlichem Ton.

„Ich habe mir gedacht, dass du auf dem Rückweg hier bei mir vorbeikommen könntest. Wäre das nicht toll? Wir könnten ein paar schöne Tage zusammen verbringen. Das Strandhaus musst du sehen. Es ist ein Traum."

„Mal sehen. Ich weiß noch nicht. Hast du schon eine Idee, wie du aus deinem Schlammassel wieder herauskommst?"

Melanie erzählte ihm von dem Treffen mit Tina Sanders und ihren neuen Ideen. Dass sie ihr Depot verkaufen musste, um Ethan und die neue Fotoserie zu bezahlen, erwähnte sie nicht. Sie war sich immer noch nicht sicher, ob sie richtig gehandelt hatte. Allerdings sah sie keine andere Möglichkeit. Holly blickte sie erwartungsvoll an und erinnerte Melanie, dass sie Holly in das Gespräch bringen sollte. Ihre Miene ließ keine Ausrede mehr gelten.

„Steve, ich bin optimistisch, dass ich es doch noch irgendwie schaffen werde. Und weißt du, wer mir dabei hilft?"

„Na sag schon!"

„Holly."

„Das ist ja toll, Lany. Erzähl mir beim nächsten Mal unbedingt, wie die Geschichte weitergeht. Ich muss jetzt los. Bis bald."

Noch ehe Melanie aufgelegt hatte, fauchte Holly sie ungewohnt wütend an.

„Du hast es ihm nicht gesagt!"

Hollys blauen Augen wurden kalt und das hübsche Lachen auf ihren Lippen war verschwunden.

„Ich wollte es nicht überstürzen. Ach übrigens, Steve, ich habe dich für ein Date an Holly Cummings verkauft. So wollte ich es ihm dann doch nicht durchs Telefon sagen."

Holly stand auf und packte ihre Sachen in ihre Tasche.

„Bin ich denn so schlecht für ihn, dass er es nicht mal zwei Stunden mit mir aushalten würde?"

Melanie fühlte sich schuldig und stand ebenfalls auf. Sie streckte ihre Hand nach Hollys Arm aus, doch Holly entzog sich ihr.

„Du weißt, dass es nicht so gemeint war. Es war wirklich nicht der richtige Zeitpunkt."

„Das ist nicht deine Entscheidung, Lany. Du musst lernen, dass man nur Geschäfte machen kann, wenn man dem Mut hat, auch deren Bedingungen zu erfüllen. Wenn du also zukünftig mit meiner Hilfe rechnen willst, dann besorgst du mir das Date. Und zwar noch in diesem Leben."

Wie konnte Holly ihre Worte anzweifeln und warum war ihr das Date mit Steve so wichtig? Sie musste es zugeben. Holly hatte Recht. Für ein NEIN war es bereits zu spät. Schon wieder fühlte sie sich unzulänglich und nicht geschaffen für diesen Job. Es war Zeit zu gehen.

*

David nahm noch Samstag nach dem Spiel den ersten Flug nach Venice Beach. Er wollte nicht noch eine Nacht in seinem Appartement verbringen, wenn er doch ein Strandhaus unter der Sonne Kaliforniens hatte und noch dazu dort in Gesellschaft frühstücken konnte. Ricks Einladung zum Grillen in sein Haus hatte er dafür ausschlagen müssen. Jessica wurde schon misstrauisch, weil er sich so lange nicht sehen gelassen hatte. David mochte Jessica sehr. Sie war nicht nur schön, sondern auch klug. Bevor Rick sie für sich entdeckte, traf er sie ein paar Mal zufällig auf Charity-Events. Damals arbeitete sie für einen exquisiten Veranstaltungsservice, bei dem sie Partys in der gehobenen Preisklasse arrangierte. Ihre Freundlichkeit und Unkompliziertheit zogen ihn in seinen Bann. Sie war klein, trug dunkles, schulterlanges Haar und mit ihren blauen Augen zog sie die Blicke auf sich. Ihre schmale spitzbübische Nase passte wunderbar zu ihrem weichen Gesicht. David fiel auf, dass sie seinen bisherigen Freundinnen kein bisschen ähnelte. Viel zu oft sah man ihn mit blonden und langbeinigen Schönheiten, die wie ein modisches Accessoires an ihm hingen. Noch bevor David die Gelegenheit hatte, Jessica näher kennen zu lernen, traf sie auf Rick und verliebte sich sofort in ihn. Oft hatte er sich gefragt, was passiert wäre, wenn Jessica sich in ihn, anstatt in Rick verliebt hätte. Ob er dann bereits verheiratet und Vater wäre? Doch dann schüttelte er lächelnd den Kopf und verwarf den Gedanken. Nur verbrachte er ab und zu Zeit bei ihnen und genoss die entspannten Abende. Gern spielten sie Boule und tranken Bier bis in die Nacht. Er konnte sich glücklich schätzen, solche Freunde zu haben.

Die Stewardess kam an seinen Platz und fragte nach seinen Wünschen. Im Flugzeug war es ruhig und die meisten Passagiere schliefen. Da sie nicht viel zu tun hatte, setzte sie sich auf den Sitz neben ihn und flirtete ein wenig mit ihm. David schenke ihr seine ganze Aufmerksamkeit und sie gab sich alle Mühe, ihm zu gefallen. David war ein Meister dieses Spiels. Seit seinem 16. Lebensjahr buhlten die Frauen um seine Gunst und im Laufe der Zeit hatte er gelernt, wie er sie zu behandeln hatte. Greg hatte ihm frühzeitig gezeigt, mit wieviel Respekt man eine Frau zu behandeln hatte.

Bei der Landung in LA steckte die Stewardess einen kleinen Zettel in seine Jackentasche. Er wusste bereits, dass sie ihren Namen und ihre Nummer aufgeschrieben hatte. Das war nicht das erste Mal. Sein Mietwagen wartete bereits auf ihn. Ein schwarzer Porsche Cayenne. Ein absolutes Schmuckstück mit dröhnendem Motor. Die freien Tage wollte er entweder hinter diesem Steuer verbringen oder im Meer. Beides war ihm recht.

*

Am Pier füllte es sich langsam. Für einen Samstagvormittag waren schon viele Jugendliche unterwegs. Die Kids fuhren mit ihren Skateboards und Fahrrädern an der Promenade entlang. Einige trafen sich zum Volleyball, andere bewiesen ihren Mut, indem sie sich in die Wellen stürzten.

David fiel sein schwarzer Range Rover auf, der vor einem Diner am Pier stand. Erst gestern Abend hatte er mit Melanie telefoniert. Sie war nicht untätig gewesen, dass musste er ihr lassen. Für Sonntag hatte sie ein Fotoshooting mit Ethan angesetzt. Er wollte ihr eine Chance geben und nun hatte sie ein Arrangement getroffen. Seine Erlaubnis hatte sie bereits.

Als David das Auto neben seinem Range Rover parkte, erschien Melanie am Ausgang des Diners. Sie lachte und unterhielten sich angeregt am Telefon. Erst als sie am Auto angelangt war, erkannte Melanie ihn. Überrascht kam sie zu ihm herüber. David stieg aus, lehnte sich an die Seitentür und verschränkte die Arme von der Brust. Melanie trat vor ihn und musterte ihn. Ihr Blick wandert über seine Brust zu seinem Mund. David verzog keine Miene. Hinter seiner großen Sonnenbrille ruhte sein Blick auf ihr und sie zögerte, ihn anzusprechen. Solange sie nicht redeten, stritten sie auch nicht und sie konnte es mit ihm aushalten. Seine Miene war verschlossen und nachdenklich. Doch konnte sie ihn auch nicht länger anstarren, ohne mit ihm zu reden.

„Guten Morgen"

„Guten Morgen. Gut gefrühstückt?"

„Ja."

Melanie machte eine unbeholfene Geste auf die Promenade.

„Das Diner ist das Beste weit und breit. Kann ich nur empfehlen."

David hatte nicht vor, ihr zu helfen. Dass sie sich unwohl fühlte, stand außer Frage. Doch viel lieber beobachtete er die Haarspitzen ihres Pferdeschwanzes, die sie in der Halsbeuge kitzelte.

Melanie trug eine grüne Trainingshose von Adidas, darüber ein helles Top und eine schwarze Softshelljacke, die das Bild farblich abstimmte. Ein paar grüne Stirnbänder übereinander vervollständigten das Bild. Sie sah aus wie aus einem Work-Out Magazins entsprungen.

Melanie war sich seines Blickes nur zu bewusst und versuchte an den Grund seiner Ankunft zu denken. Sie schüttelte kurz den Kopf, als wollte sie sich selbst disziplinieren und begann ganz professionell.

„Vielen Dank, dass du zugesagt hast und so zeitig da bist. Wir beginnen mit den Aufnahmen für deine neue Kampagne morgen früh um fünf. Ethan Trescott habe ich dafür engagiert. Ich bin sicher, dass er der Beste ist. Seine Bilder kennst du ja."

„Ja, vor allem die, auf denen ich die Syphilis habe."

Davids leichtes Schmunzeln übersah sie. Es war ihr wichtig, klarzustellen, dass Ethan der beste Mann für ihr Vorhaben war. Melanie kam noch ein Stück näher auf ihn zu und blickte ihn offen an.

„Daran trägt Ethan keine Schuld. Die Fotos sind der Wahnsinn. Und das weißt du auch. Für den Rest bin ich allein verantwortlich."

In seinem Blick gefangen, traute sie sich kaum zu atmen. Jetzt musste sie ihm standhalten, Entschlossenheit zeigen und auf keinen Fall nachgeben.

„Wieso sollte ich dir vertrauen, Melanie?"

„Gute Frage." Sie zögerte einen Moment, ehe sie weitersprach.

„Es tut mir wirklich leid, David. Aber sieh es doch mal so. Ich schätze, das wird meine letzte Chance sein, dich loszuwerden. Sollte ich die jetzt verpassen, begebe ich mich wohl in deine Leibeigenschaft."

David schob sich von der Autotür ab und blickte von oben auf sie herab. Melanie hasste es, wenn er das tat. Er war sich seiner körperlichen Überlegenheit genauestens bewusst und nutzte diese gnadenlos aus. Seine Miene war ausdruckslos und seine Augen lagen im Schatten.

„Vielleicht hast du es ja gerade darauf abgesehen? Es soll ja Frauen geben, die sich von Geld und Popularität beeindrucken lassen. Die ganz wild darauf sind, sich an einen der besten Spieler der Liga zu heften, der ihrem eigenen Leben einen neuen Sinn gibt.

Oder besser, wenn du zu den Frauen gehörst, die erst dann glücklich sein können, wenn sie den Anderen wahnsinnig gemacht haben."

Hielt er sie für so berechenbar und grausam? Seine Worte trafen sie hart. Es gab viele Frauen, denen besonders reiche und attraktive Berühmtheiten zum Opfer fielen. Doch sie konnte mehr sein, als nur ein hübsches Accessoire. Viel zu oft wurde sie auf ihr Äußeres beschränkt. Das sollte ihr nicht noch einmal passieren.

„So schmeichelhaft das auch klingt, das Leben in deinem Schatten. Als das Mädchen für alles, sowohl auch als dein seelischer Fußabtreter. Nein, vielen Dank. Ich habe andere Pläne. Ich habe nicht vor, für immer in deiner Schuld zu stehen. Sobald ich meinen Teil der Abmachung erfüllt habe, werde ich wieder einen großen Bogen um dich machen."

Ihre Äußerung überraschte David. Er sah sie genauer an. Sie musste den Kopf in den Nacken legen, um ihm in die Augen zu sehen. In ihren grauen Augen brachte die Sonne goldene Funken zum Tanzen. Ihre Nase reckte sich gen Himmel und ihren Mund reckte sie ihm trotzig entgegen. David bemerkte den kleinen Mückenstich an ihrem Hals und fragte sich, ob es sie sehr befriedigen würde, wenn er ihn für sie reiben würde. Oder ob er ihn lieber mit seiner Zunge kühlen sollte. Sie sah ihn an und bemerkte seinen Blick.

„Was heißt denn ´wieder`, Melanie?"

Ihre Lippe fing an zu beben und ihre Stimme wurde ganz leise. Merkte er denn eigentlich alles?

„Haben wir ein Problem, David?"

Die Hände in seinen Hosentaschen, zuckte er die Schultern.

„Nein. Nicht, wenn du dich an die Regeln hältst."

Melanie nickte.

„Halte dich bitte morgen früh Punkt fünf Uhr bereit."

Damit ging sie um ihren Range Rover und stieg ein. Sie wollte und konnte nicht schon wieder mit ihm diskutieren. Er musste ihr nur einmal mehr vertrauen. Sicherlich war das viel verlangt, nach der Episode, die sie das letzte Mal abgezogen hatte. Doch ihr bleib nun nichts weiter übrig. Sie fuhr los, nickte ihm kurz zu und sah ihn im Rückspiegel kleiner werden. Ihr Gespräch mit David verbuchte sie als Erfolg. Immerhin hatte er zugestimmt, obwohl er sich ihrer Absichten nicht sicher war.

*

Innerhalb kürzester Zeit verwandelte sich Davids Haus in ein hektisches Set. Auf der Holzterrasse bauten zwei Typen in dunklen Klamotten und Basecap verschiedene Lichtquellen auf. Hier und da wurden Möbel verschoben und Stationen entstanden, an denen sich viele, fremde Menschen tummelten. Zu viele, für Davids Geschmack. Wann hatte er eigentlich erlaubt, dass so stark in sein Privatleben eingedrungen wurde? Die Situation schien völlig aus dem Ruder zu laufen. Er hatte zugestimmt, für einige weitere PR-Fotos zur Verfügung zu stehen, nicht aber gefühlte hundert Unbekannte auf eine Tour durch seine Privatsphäre einzuladen. Melanie war eindeutig zu weit gegangen. Er hätte ihr nicht vertrauen dürfen.

Doch am Ende des Tages kehrte seine innere Ruhe zurück. Die Crew löste sich auf und sein Wohnzimmer nahm vertraute Gestalt an. Nur noch Melanie und Ethan saßen am Tresen in der Küche und beurteilten ihre Aufnahmen. Er musste sich eingestehen, dass Melanie ihre Hausaufgaben gemacht hatte. Einige von Ethans Ideen hatte sie weiterentwickelt und so ungewöhnlich sie auch waren, umgesetzt. Damit hatte sie ihn beeindruckt. Und nicht nur ihn. Auch Ethan zeigte sich erstaunt und unterstützte sie mit seiner Erfahrung. David warf einen Blick über Melanies Schulter und erkannte sich selbst kaum. Die Bilder zeigten einen privaten, entspannten und vor allem glücklichen David. Kein Wunder. In seinen Armen lag eine hübsche Blondine, die sich an seinem Körper rieb. Und obwohl beiden das Wasser bis zur Brust stand, wusste David, dass sie erregt gewesen war. Melanie hatte Recht damit gehabt, dass er sich so am besten entspannen würde, wenn er sich in seinem natürlichen Lebensraum bewegte. Sie hatte nicht nur ihn schockiert, als sie nach einigen Dutzend Bildern eine besonders hübsche Maskenbildnerin anwies, sich zu David in den Pool zu setzten. Mit den Worten: „Die einzige Frau, die nicht mit ihm nackt baden gehen würde, wäre wohl seine Mutter." schmetterte sie den fragenden Blick der Maskenbildnerin ab, als sie ihr nur einen schmalen Tanga zuwarf. David schmunzelte über Melanies Aggressivität und genoss die angenehme Wandelung. Er bemerkte kaum noch das ständige Klicken ihrer Kamera, die sein Flirten mit dem Mädchen einfing. Sie hatte ihn richtig eingeschätzt. Er entspannte sich zusehends. Die Bilder zeigten das besonders deutlich. Melanie fokussierte seine Augen, die in der Sonne strahlten und das hübsche Mädchen auf seinem Schoß umschmeichelten. Melanie suchte sich weiter durch die Aufnahmen und stoppte, als seine Gespielin ihren Kopf vor Lachen zurückwarf und sich an seinen Schultern festhielt. Nichts ließ mehr darauf schließen, dass er sich unwohl fühlte und die Szene gestellt war. Die Bilder waren verdammt gut. Soviel verstand er allemal.

Er wand sich ab und ging auf die Terrasse. Melanie und Ethan bemerkten es nicht einmal. Hier draußen sah es bereits wieder so aus, als wäre das heute alles nicht passiert und er ein Teil eines besonders intensiven Traums gewesen sei. Seine nackten Füße auf der erwärmten Holzterrasse, die Brandung 300 Meter vor ihm, völlige Ruhe und Abgeschiedenheit – das war es, was ihn hierhergezogen hatte. Er ignorierte das Gemurmel, welches aus der Küche zu ihm drang.

Melanie und Ethan diskutierten noch länger über die optimale Nachbearbeitung der Bilder und gegen 18 Uhr verließ auch Ethan das Strandhaus. Melanie war äußerst zufrieden. Die Fotos waren im Kasten und nun würde sie in eigener Regie die Imagekampagne fortsetzen. Sie fühlte sich beschwingt und optimistisch. Die Bilder würden zu Davids positivem Image beitragen und er würde sie vom Haken lassen, damit sie in ihr Leben zurück konnte. Doch daran wollte sie vorerst nicht denken. Es gab noch weitere Dinge, die sie in Ordnung bringen musste. Das Telefonat mit Holly konnte sie nicht länger herauszögern. Seit ihrer Auseinandersetzung hatten sie kein Wort mehr gewechselt. Es war nicht ihr erster Streit, doch rückblickend erinnerte sie sich nicht an die Gründe ihrer früheren Streitigkeiten. Diesmal ging es um mehr. Dieses Mal wollte Holly Steve. Doch Melanie gefiel der Gedanke nicht. Wahrscheinlich behielt ihre Freundin sogar Recht und Holly war ihr nicht gut genug für ihn. Andererseits wollte sie ihn sicher nicht heiraten. Ihr ging es bloß um ein paar Stunden Zweisamkeit. Sie kannte Holly. Sie war keine Frau, die lange um den heißen Brei herumredete. Nicht selten ging sie mit einem Mann, der ihr gefiel, ohne große Ankündigung und Vorreden ins Bett.

Melanie sah auf die Uhr und entschied, dass ihr noch eine halbe Stunde blieb, bis sie sich für die Party fertig machen musste. Donnie hatte heute Morgen am Telefon gesagt, dass er sie gegen 19 Uhr abholen würde.

„Ich verspreche, dass ich dich nicht enttäusche, Mel."

Sie war gespannt, ob er Wort hielt.

Eine Stunde später fuhr ein knallroter Maserati die Einfahrt hoch und hupte zwei Mal kurz. David ging zur Tür und sah Donnie Rodwell aussteigen. Er trug ein Jackett über der ausgewaschenen Jeans und dem schwarzen Hemd. Donnie lehnte sich an die Autotür und nickte David zu, als der mit zwei Flaschen Bier auf ihn zukam.

„Rodwell, du weißt doch, ich stehe nicht auf dich. Ein NEIN kannst du wohl nicht akzeptieren?"

Beide schüttelten sich die Hände und David reichte ihm eine Flasche.

„Ich warte auf die Prinzessin, die du hier im Turm versteckt hältst."

Donnie nahm einen Schluck Bier und deutete zur Haustür.

„Was dagegen, wenn ich ihr heute Abend ein bisschen Vergnügen bereite? Aber keine Angst, sie ist hart im Nehmen. Der ganze Rodwell ist nicht zu viel für sie. Um ehrlich zu sein, sie kann nicht genug von mir bekommen."

„Wen willst du mit diesem Gequatsche eigentlich mehr überzeugen – dich oder...?"

Donnie lachte. Er mochte diesen Kerl. Wie er so in kurzen Shorts, T-Shirt und barfuß vor ihm stand. Völlig gelassen und mit einem Bier in der Hand konnte sich Donnie gut vorstellen mit ihm ein Spiel zu schauen und abzuhängen.

Melanie kam die Auffahrt herunter. David und Donnie standen sich gegenüber und ihre letzten Worte erinnerte sie an die Jungs in ihrer Kindheit. Bedauerlicherweise war sie damals nie das Mädchen, das mit dem beliebtesten Jungen der Schule ausging und nun standen beide Anwärter in der Auffahrt und beobachteten sie. Ein berauschendes Gefühl.

David ließ seinen Blick langsam über ihr dunkelgrünes Wickelkleid gleiten, das am Knie endete. Ihre wohlgeformten Beine steckten in passenden hochhackigen, dunkelgrünen Pumps. Der Stoff schien sich um ihren Körper zu schlingen und ihre hübschen Kurven verstecken zu wollen. Der eng anliegende Schnitt ließ das allerdings nicht zu. Seine Augen wanderten zu ihrem Hals und ihrem frisch duftenden Haar, das ihr in weichen Wellen über die Schulter fiel. Als sie vor ihnen stand, bemerkte er ihre funkelnden Augen und den dezenten Hauch auf ihren Wangen. Ihre Lippen schimmerten einladend feucht. Sie schenkte ihm ein Lächeln und begrüßte Donnie herzlich. Der drückte ihr einen Kuss auf die Wange und hielt ihre Hand. Sichtlich beeindruckt rief er aus:

„Baby, du siehst heiß aus. Das sind ja die Farben der Whalers."

Melanie lachte.

„Na da bin ich aber froh, dass es dir gefällt."

„Meine Kumpels werden vor Neid erblassen."

Donnie gab David die Flasche zurück und hielt Melanie die Beifahrertür auf.

„Sorry, dass du den Abend allein zu Hause verbringen musst, Bennett. Aber ich steh nun mal nicht auf Dreier."

„Du vielleicht nicht..."

David grinste und erhaschte Melanies überraschten Gesichtsausdruck, ehe Donnie ihr die Tür aufhielt. Donnie verschwand auf der Fahrerseite und schlug die Tür zu. Der Motor startete dröhnend und blitzschnell fuhr er rückwärts aus der Einfahrt hinaus auf die Straße.

*

Nach einer Stunde parkte er den Maserati vor einem riesigen Anwesen in Malibu. Laute Musik und Gelächter ertönte aus dem Garten. Die Party war schon voll im Gange. Donnie legte seinen Arm um sie, als sie sich unter die Gäste mischten. Licht drang aus dem Haus und erhellte das Anwesen. Hier und da waren Fackeln aufgestellt. Den Mittelpunkt bildete ein riesiger Pool mit eingegliederter Grotte, in dem sich bereits einige Frauen tummelten. Sie trugen lediglich Tangas und vergnügten sich im Wasser. Der beleuchtete Pool wurde an zwei Seiten von tropischen Pflanzen umgeben. An der dritten Seite waren die Bar und das Buffet aufgebaut. Donnie stellte ihr jeden vor, der ihnen begegnete: überwiegend Eishockeyspieler, einige Crewmitglieder, Assistenten und deren Frauen. Alles riesige Typen, muskulös und furchteinflößend. Viele Grüppchen hatten sich gebildet und überall standen Pärchen zusammen und unterhielten sich. Donnies Erscheinen blieb nicht unbemerkt. Plötzlich traten bildhübsche Frauen auf ihn zu und küssten und umarmten ihn. Von Melanies Anwesenheit ließen sie sich nicht beeindrucken. Sie überlegte, ob es überhaupt Monogamie im Leben eines berühmten Eishockeyspielers gab. Doch sie würde es heute Abend sicher nicht herausfinden. Ein dunkelhaariger Hüne trat auf sie zu und hielt ihr ein Glas Champagner hin.
„Melanie, das ist Chris Torett, einer unserer besten Stürmer. Chris, das ist Melanie Gardinier."
Der Hüne musterte sie interessiert und schenkte ihr ein anerkennendes Lächeln.
„Du bist also die geheime Freundin von Rodwell. Um ehrlich zu sein, haben wir an deiner Existenz gezweifelt."
Er drehte sich kurz um und rief einem benachbarten Grüppchen zu.
„Hey Jungs, hier ist jemand, den ihr kennen lernen müsst. Ms. Melanie Gardinier vom Venice Beach."
Augenblicklich sah sich Melanie von vier ebenso großen Kerlen umringt.
„Melanie, das sind Thomas Strower, Derek Huster, Jeremy Keenen und Robert Lockard."

Neugierig wurde sie in Augenschein genommen. Thomas Strower ergriff als Erster seine Chance und reichte ihr den Arm.

„Melanie, ich hoffe, du hast Hunger."

Sie sah sich nach Donnie um, doch der war mit einer hübschen Blondine beschäftigt. Er sah kurz über seine Schulter und nickte ihr zu, während Strower sie bereits in Richtung Buffet schob. Inmitten der Eishockeyspieler fühlte sie sich ein wenig unwohl und verlassen. Doch liebte sie es, neue Leute kennenzulernen. Im Vorbeigehen griff sie an der Bar nach einem Glas Rotwein und nahm einen Schluck. Thomas redete die ganze Zeit auf sie ein und stellte hunderte Fragen, ließ ihr jedoch wenig Zeit zum Antworten. Ähnlich wie Donnie begrüßte er überall Bekannte und Freundinnen. Die Mädchen hier im Garten waren jung und wunderschön. Eine genaue Zuordnung zu den Spielern konnte sie allerdings nicht feststellen. Sie trugen allesamt kurze, enge Kleider, mit großzügigem Dekolleté.

Thomas erzählte ihr von seinen Kindern und Melanie entspannte sichtlich. Trotzdem war er ein Hockeyspieler, wie sie ihn sich vorgestellt hatte. Selbstsicher, ausschweifend und unterhaltsam. Gleichzeitig aber auch aufmerksam, arrogant und genoss sichtlich weibliche Gesellschaft.

Thomas stellte ihr weitere Teammitglieder der Whalers vor und sie fühlte sich zunehmend wohler. Vielleicht lag es auch am Wein. Alle waren ausgesprochen gut gelaunt und freundlich zu ihr. Sie fragten sie über ihr Leben in Toronto und über ihre Beziehung zu Donnie. Sie war sich nicht sicher, was Donnie ihnen erzählt hatte. Da sie ihn nicht vor seinen Freunden bloßstellen wollte, bestätigte sie, dass sie sich nahestanden. Was auch immer das bei Donnie bedeuten sollte. Als sie von ihrem Job als Agentin erzählte, quittierten sie mit einem höflichen Nicken.

„So eine hübsche Frau wie du, ist doch nicht geschaffen für einen harten Job. Wieso tust du das? Donnie hat doch genug Geld für euch beide."

Es schmerzte sie, dass sie nicht als Frau gesehen wurde, die sich ihren Lebensunterhalt selbst bestritt. Sie wollten mit ihr Tanzen, mit ihr Lachen, vielleicht auch mehr, aber auf gar keinen Fall käme Melanie als Agentin für sie in Frage. Wie Unrecht hatte ihr Vater doch mit seiner Aussage, sie könnte alles schaffen, wenn sie nur einen richtig guten Abschluss hätte. Ein Abschluss mit Auszeichnung war jedenfalls nicht gut genug, um sie als kluge Frau wahrzunehmen.

Sie tanzte gerade mit dem Torhüter Marcus Cattleman, als sie Donnie am Rand der Tanzfläche bemerkte. Er hielt eine Flasche Bier in der Hand und prostete ihr zu. Das Lied endete und Donnie tauchte hinter Marcus auf.

„Marcus, ich glaube, deine Frau hat ein wachsames Auge auf dich geworfen. Ihrer Miene nach zu urteilen, ist sie nicht besonders begeistert von deiner Tanzeinlage. Es wäre wohl besser, wenn du Melanie jetzt mir überlässt."

Damit übernahm er Melanies Hand und führte sie in die Mitte der Tanzfläche. Sein Hemd stand zur Hälfte offen und entblößte seine gebräunte, muskulöse Brust. Mit den strahlend blauen Augen und den blonden Haaren sah er in jedem Outfit wieder mal wie ein Beach Boy aus. Er schob sie in Richtung Bar und drehte sie beim Tanzen so, dass ihr die Gruppe von Männern in den Blick fiel, die nahe der Glastür zum Haus saßen und das Treiben beobachteten.

„Siehst du die drei älteren Herren auf vier Uhr?" sprach er leise.

Melanie nickte.

„Der Kerl mit den weißen Haaren ist Dallas Chipman. Er sieht aus, wie ein netter alter Mann, doch sein Verstand und Verhandlungsgeschick haben schon oft überrascht. Ihm sind die guten Rechte für den Draft zu verdanken. Er war es auch, der mir meinen Vertrag mit den Whalers versüßt hat. Corbin Franks, mein Agent, hat zwar einige Tage gebraucht, um sich mit dem geizigen Chipman in meinem Sinne zu einigen. Doch Chipman weiß, was er an mir hat. Ich will dich nicht mit Einzelheiten langweilen, Melanie. Aber so viel ist sicher: Dank ihm habe ich ausgesorgt."

Melanie bemerkte, dass auch Chipman sie musterte. Sie ließ von Donnie ab und hörte zu Tanzen auf.

„Stell mich ihm bitte vor, Donnie."

Donnie reichte ihr seinen Arm und führte sie die Treppen zu Chipman hinauf. Dallas Chipman sah sie kommen und winkte den Kellner heran.

„Rodwell, du Glückspilz. Wer ist deine Begleitung?" Chipman zündete sich eine Zigarre an und paffte. Sein helles Haar war vor langer Zeit blond gewesen. Tiefe Falten markierten seine häufigsten Mimiken und auch die Furchen an Stirn und Hals garantierten ein erfahrenes Leben. Er wies die beiden an, sich zu setzen.

„Dallas, darf ich Ihnen Melanie Gardinier vorstellen? Melanie, das ist Dallas Chipman."

„Es ist mir ein Vergnügen, Sie kennen zu lernen Mr. Chipman."

Melanie gab ihm die Hand und Chipman schüttelte sie leicht. In jungen Jahren war er sicher ein Charmeur gewesen, dem die Frauen zu Füßen gelegen haben mussten. Ganz der Gentleman rückte er ihren Stuhl zurecht, als sie sich setzte.

„Trinken Sie mit mir, Melanie. Was kann ich ihnen bringen lassen?"

„Einen Zinfandel bitte."

„Eine gute Wahl. Was verschlägt sie nach Kalifornien? Dem Akzent und Teint nach sind sie kein original California Girl. Habe ich Recht?"

Melanie lächelte.

„Ja. Das stimmt. Ich bin Kanadierin. Ich komme aus Toronto."

Sichtlich beeindruckt schnalzte Chipman mit der Zunge und genehmigte sich einen weiteren Schluck aus seinem Scotch Glas.

„Schöne Stadt. Gutes Team. Trotzdem bin ich auch gern in Kalifornien unterwegs. Vor allem im Winter."

Melanie nickte und Chipman lehnte sich entspannt in seinem Sessel zurück. Er war aufgeschlossen und fragte sie nach ihrer Kindheit in Toronto, nach ihren Eltern und den neusten Geschichten über Jeffrey Rochett, einem mittelmäßig berühmten Golfspieler aus Toronto, der sein drittes Jahr in der Amateurliga verbrachte. Glücklicherweise war Rochett ein ferner Bekannter ihres Vaters, so dass Melanie Chipmans vollste Aufmerksamkeit genießen konnte.

„Sind Sie Eishockeyfan, Melanie?"

„Zwangsläufig muss ich mir das ein oder andere Spiel ansehen. Mein Erfolg hängt davon ab."

Neugierig schaute Chipman in ihre Augen.

„Worin wollen Sie denn erfolgreich sein, Ms. Gardinier? Schreiben Sie für die Zeitung?"

„Nein. Mit Anekdoten aus dem Verlagsleben kann ich Sie heute nicht erfreuen. Ich bin PR-Agentin."

Melanie schwindelte von der kleinen Lüge.

Chipman war sichtlich überrascht von ihrer Antwort. Er betrachtete sie von Kopf bis Fuß und sein Blick blieb an ihrem Dekolleté hängen.

„Entschuldigen Sie bitte meine Dreistigkeit, aber sie sehen gar nicht aus wie eine von den kaltschnäuzigen und gierigen Agenten, die mir immer unterkommen. Wie kommt es, dass ich von Ihnen noch nie gehört habe?"

„Dann muss ich Sie bitten, mich darüber aufzuklären, wie Sie sich eine Frau in meinem Job vorstellen. Ich nehme an, Sie denken bereits an dunkle Hosenanzüge, maskuline Frisuren und einen Aktenkoffer." Beide lachten.

„Leider muss ich Sie da enttäuschen, Mr. Chipman. Ich vertrete die Auffassung, dass nicht die Verpackung, sondern der Inhalt über Erfolg und Niederlage Ausschlag geben sollte. Sie kaufen doch auch keinen Spieler, der nicht Schlittschuhlaufen kann, aber dafür besonders gut in seinem Trikot aussieht. "

„Da haben Sie sicher Recht. Aber finden Sie nicht auch, dass eine persönliche Beziehung zu einem Klienten ihrem Ruf als professionelle und seriöse Agentin schädlich sein könnte?"

Chipman bemerkte Melanies Überraschung.

„Ich will Sie keines Falls kränken. Ich äußere nur die Befürchtungen, die jeder hier im Hinterkopf hat, aber zu feige ist, sie in Ihrer Gegenwart auszusprechen."

„Es geht Sie zwar überhaupt nichts an, Mr. Chipman. Doch Donnie und ich unterhalten keinerlei Geschäftsbeziehungen. Ich bin heute seine Begleitung. Das heißt aber nicht, dass ich mit ihm schlafe, um ihn unter Vertrag zu bekommen. Sie wissen doch am besten, dass er in New York anderweitig gebunden ist."

Melanie nippte an ihrem Wein, den der Kellner ihr hingestellt hatte und drehte sich zu Donnie um. Der war mittlerweile schon wieder mir einer blonden Schönheit im Pool. Seine Klamotten lagen am Beckenrand und begleitet von kreischendem Gelächter, sprang er nur in Unterhose vom Felsen. Er hatte also das Feld geräumt und sie Chipman überlassen. Sie lehnte sich zurück und trank noch einen Schluck. Chipman beobachtete sie ganz genau und trank ebenfalls einen Schluck.

„Er ist ein hübscher Kerl und hat zu Ihrem Glück noch einen unglaublichen Schuss. Wenn ich ein Mann wäre und Donnie Eiskunstläuferin, würden Sie mich sicher beglückwünschen und keine weiteren Gedanken daran verschwenden."

Melanie war über ihre eigenen Worte überrascht. Der Wein hatte ihren Mut gebündelt und ihre Zunge gelockert. Dieses Mal hatte sie nicht den Fehler begangen, sich nicht über ihren Gesprächspartner zu informieren. David hatte sie schmerzlich auf ihre mangelnde

Professionalität hingewiesen. Das sollte ihr nicht noch einmal passieren. Chipman war ein Mann der alten Garde: direkt, offen, egoistisch und zielstrebig. Seine Vorstellungen und Ideale stammten aus einer Zeit vor Melanie. Irgendwie erinnerte er sie an ihren Vater. Ihr Vater vertrat zwar nicht die gleichen altmodischen Einstellungen, was Frauen im Berufsleben betraf, doch war es ihr genauso unmöglich, ihn zu überzeugen oder für sich zu gewinnen. Melanie stellte sich vor, dass sie Chipman mit genau der gleichen Offenheit begegnete, die er selbst an den Tag legte. Vielleicht würde ihn das aufmerksam machen. Seine eigenen Eigenschaften an ihr würden ihm zusprechen. Chipman lächelte und blickte sie an.

„Nun verraten Sie mir doch, für wen Sie arbeiten? Gehören auch Eishockeyspieler zu Ihrem Portfolio?"

„Diskretion gehört wohl nicht zu Ihren Stärken, Mr. Chipman? Aber um ihre Neugier zu stillen: Sagt Ihnen der Name, David Bennett etwas?"

Chipman schenkte sich noch mal nach und sah sie prüfend an. Seine eisblauen Augen ruhten lange auf ihr und verrieten Irrglaube. Die Augenbrauen zog er nach oben.

„Soweit ich weiß, steht Bennett bei Folly unter Vertrag."

„Das ist soweit richtig. Doch hat Mr. Folly in der Vergangenheit einige falsche Entscheidungen getroffen, die Bennett unter anderem einen Vertrag gekostet haben. Davon werden Sie sicher gehört haben. Sie können sich vorstellen, dass er in dieser Angelegenheit noch zusätzliche Unterstützung benötigt. Jemand qualifiziertes, der seine Interessen besser wahrnimmt als Mr. Folly."

In Chipmans Augen las sie Verwunderung. Sie wusste nicht, ob er ihr glaubte. Er stellte keine weiteren Fragen zu Details, die sie in Bedrängnis bringen konnte. Er erhob das Glas und prostete ihr zu.

„Bitte verzeihen Sie mir meine Frage, aber wie kam Bennett denn dann auf Sie? Für mich sind Sie eine Unbekannte in diesem Metier."

„Sie können sich sicher sein, Mr. Chipman. Ich habe beste Referenzen. Und wie sie wissen, gibt sich Mr. Bennett nie mit dem Zweitbesten zufrieden."

Melanie befürchtete, Chipman könnte ihr Herzklopfen hören. Sie war dankbar für sie spärliche Beleuchtung, denn ansonsten hätte Chipman wohl ihre verräterische Röte auf ihren Wangen gesehen. Sie war aufgeregt und hoffe, er würde sich mit ihrer Version begnügen. Lügen fiel Melanie schon immer schwer, doch in diesem Fall, konnte sie ihn nicht anders beeindrucken.

Sie hatte einen Weg gefunden, auf sich aufmerksam zu machen. Auch wenn sie Teile davon erfunden hatte, so stimmte doch im Großen und Ganzen ihre Geschichte. Ein bisschen Kritik konnte Folly schon vertragen. Sie nahm noch einen Schluck Wein und spürte die starke Wirkung in ihren Beinen. Ihr schwindelte. Nur gut, dass sie auf einem massiven Stuhl saß. Sie konnte sich nicht erlauben, hier vor Chipman Schwäche zu zeigen. Das würde ihn in seiner Meinung vom anderen Geschlecht nur bestätigen.

„Dann wünsche ich Ihnen gutes Gelingen, Melanie. Sie werden es sicher gebrauchen können. Und seien Sie sich sicher, dass ich Ihre Arbeit verfolgen werde. Ich bin gespannt, was Sie zustande bringen."

„Es war nett, mit Ihnen zu plaudern, Mr. Chipman. Einen schönen Abend noch."

Chipman stand auf und ging mit seinem Glas an die Bar.

Melanie tauschte Ihres gegen ein Volles, das der Kellner ihr reichte.

Chipman glaubte nicht an starke Frauen in starken Berufen. Wahrscheinlich glaubte er nicht einmal an Frauen in Berufen im Allgemeinen. Sie hatte nichts erreicht. Chipman lehnte sie ab. Doch das Risiko wollte sie eingehen. Melanie hörte lautes Gelächter vom Pool. Sie brauchte sich nicht erst umzudrehen, um die Quelle der weiblichen Erregung festzustellen. Jeremy Keenen kam auf sie zugeschlendert und hielt ihr ein weiteres Weinglas hin. Doch Melanie lehnte ab. Sie hatte genug und wollte eigentlich nur noch nach Hause in ihr Bett. Sie würde heute sowieso nichts mehr bewirken können. Chipman hatte sie auf dem Radar und das war ihr Ziel gewesen. Dass er sie in ihrem Job nicht ernst nahm, hatte eigentlich von vornherein festgestanden.

„Ich muss passen, Jeremy. Ich werde mich auf den Nachhauseweg machen."

Melanie stand auf, doch ihre Beine versagten ihr. Sie fühlten sich wie Gummi an und sie plumpste sofort wieder auf ihren Stuhl. Das waren dann doch einige Gläser Wein zu viel. Sie kannte ihren Körper sehr gut und hätte wissen müssen, dass die Anstrengungen des heutigen Tages und das wenige Essen in Kombination mit dem Alkohol zu viel waren. Doch nur im angetrunkenen Zustand fühlte sie sich stark genug, um Chipman gegenüberzutreten.

Tropfnass kam Donnie auf sie zu. Er hatte ihre Not bemerkt.

„Mel, du bist ja betrunken.", böse funkelte er Keenan an.

„Ich habe nichts damit zu tun. Ehrlich."

Donnie zog sie zu sich hoch und legte ihr den Arm um die Taille. Er griff nach ihrer grünen Tasche und brachte sie nur in Bademantel bekleidet vor das Haus auf die Straße. Kurze Zeit später bugsierte er sie in das Taxi, das er gerufen hatte und gab dem Fahrer Davids Adresse.

Melanie sah sich um, als das Anwesen hinter der nächsten Straßenbiegung verschwand. Diese testosterongefüllte Welt, die aus Reichtum, Einfluss und Macht bestand hatte sie hinter sich gelassen. Ein Nobody wie sie, würde hier maximal die Stelle einer der hübschen, nackten Belustigungsobjekte im Pool einnehmen können. Und selbst daran zweifelte sie. Hier galten andere Maßstäbe. Entweder man war ein Sportprofi oder man heiratete Einen. Anders konnte man sich auf Dauer keinen Zutritt zu diesen Kreisen verschaffen. Die Zügel hielten die Männer in der Hand und sorgten gleichzeitig dafür, dass das so blieb. Sie würde nie eine Chance bekommen. Ihr Vater hatte immer gepredigt, dass eine gute Ausbildung ihr alle Möglichkeiten bieten würde, doch hatte er vergessen, zu erwähnen, wann man sich lieber nach Alternativen umsehen sollte. Davids Wechsel nach Kalifornien schien so weit entfernt, wie ihre Aufnahme in den Club der Reichen und Schönen von L.A.

Doch umso länger sie darüber nachdachte, umso unrealistischer war die Erfüllung ihres Vertrages. Das stille Dulden ihres Deals durch Davids Anwalt hätte ihr gleich merkwürdig vorkommen müssen. Dazu kam Davids Bereitschaft beim Fotoshooting. Beide hatten es gewusst. Von Anfang an. Beide hatten Melanies Scheitern vorhergesehen und wahrscheinlich stießen sie gerade gedanklich mit einer Flasche Champagner an. Plötzlich war Melanie wieder nüchtern. David hatte seine Feindseligkeit ihr gegenüber verborgen, damit sie keinen Verdacht schöpfen würde. Er hatte sie in sein Haus geholt, damit er Zeuge ihrer Niederlage werden würde. Er hätte schließlich nur abwarten brauchen. Melanie kam sich auf einmal so benutzt vor. Sie war schlagartig hellwach und nüchtern.

„Wir ändern die Route. Bitte bringen Sie mich nach Santa Monica. Ich möchte noch ein bisschen tanzen."

Sie konnte jetzt auf keinen Fall zu ihm ins Strandhaus fahren. Stattdessen wollte sie sich noch ein wenig ablenken und in der Anonymität verschwinden. Sie prüfte noch einmal ihr Make-Up im Rückspiegel. Sie wollte nicht länger dieses Mädchen sein. Sie wollte lieber jemand anderes sein. Sie spürte einen vertrauten Schmerz in ihrer Brust. Das sollte sich nicht wiederholen. Diesmal wollte sie diejenige sein, die den Ausgang des Spiels festlegte. Wie, das würde sie sich noch überlegen.

*

David ließ sich ein weiteres Bier geben. Im Club war es heute voller als sonst und die Musik dröhnte aus allen Ecken. Trotzdem konnte er sich nicht von seinen trüben Gedanken abbringen lassen. Es war ein komisches Gefühl gewesen, Melanie mit Rodwell aus seiner Auffahrt herausfahren zu sehen. Die beiden hatten es geschafft, dass er sich in seinem eigenen Haus unbehaglich fühlte. Daher hatte er sich aufgemacht und das Haus verlassen, anstatt den Abend allein zu verbringen. Doch dann wurde sein Blick gefangen gehalten. Da war SIE. Inmitten der tanzenden Menge. Alle anderen verblassten neben ihr. David konnte seinen Blick nicht abwenden. Er verfolgte ihre Bewegungen und sog sie in sich auf. Sie trug immer noch das grüne Wickelkleid, das sich verführerisch um ihren Körper schmiegte. Ihre hochgesteckten Haare hatten sich gelöst und hüpften nun auf ihren Schulterblättern im Takt. Ob sie wusste, welche Wirkung sie ausstrahlte? Auch wenn er am anderen Ende des Clubs stand, konnte er sehen, dass Ihre Augen geschlossen waren. Dunkelgrün schimmerte auch ihr Lidschatten und in heller Bronze ihr Teint. Doch am meisten zogen ihn ihre Gefühle an, die sie auf dem Gesicht trug. So hatte er sie noch nie gesehen. Zufrieden, Stolz, Erhaben. Sie glich einem Schmetterling, der im Lichtkegel durch das Blumenmeer flatterte. Seine Beine bewegten sich und brachten ihn automatisch zu ihr. Als er vor ihr stand, erkannte er eine kleine nasse Spur an ihrem Nasenflügel. Dieser Widerspruch magnetisierte ihn. Ihre Verletzlichkeit ließ ihn seine Hand nach ihr ausstrecken.

Melanie spürte, wie ihr Gegenüber sich ihrem Rhythmus anpasste und seine Arme um ihre Taille legte. Er roch gut. Ganz anders, als der Mann, mit dem sie gerade eben noch getanzt hatte. Sie ließ sich dichter an ihn drücken. Sanft fuhr sein Daumen ihre Wangen hinab zu ihrem Mund. Alles schien so vertraut, fühlte sich so gut an. Sie konnte sich kaum dagegen wehren, ihre Augen zu öffnen. Ihr Innerstes wollte weiterhin in dem empathischen Zustand verweilen, während ihre Neugier siegte. Sie schlug die Augen auf und erkannte David, ehe er ihre Arme um seinen Hals schlang und sie einlud. Gebannt blickte er auf ihren Mund und kämpfte sich zu ihren Augen vor. Wie oft hatte sie davon geträumt, dass er sie so wahrnahm. Wie kurz war sie davor gewesen und nun bot sich eine neue Chance. Sie war nicht mehr das kleine Mädchen von damals. Heute war sie eine erwachsene Frau. Diesmal würde sie nicht enttäuscht werden.

Sie erkannte den Mann, der er nun war, seinen Egoismus und seine Rücksichtslosigkeit. Das würde sie heute nicht mehr stören. Denn sie war nicht länger verknallt in ihn. Sie war erwachsen und konnte damit umgehen. Sie hatte keine falschen Erwartungen. Sie sehnte sich nach diesem aufregenden Mann und dem schnellen Schlag ihres Herzens, den er verursachte. Selbst, wenn in diesem betörenden Körper der Wolf im Schafspelz steckte. Es interessierte sie nicht. Sie wollte ihn spüren. Melanie zog seinen Nacken zu sich herunter und suchte seine Lippen. Sie nahm die Einladung an. Melanie konnte sich nicht erinnern, sich jemals so gut gefühlt zu haben. Davids Lippen waren warm und feucht auf ihren. Er öffnete seinen Mund und suchte sie. Sie fühlte, wie die Energie sie flutete.

Irgendwie schafften sie es, sich voneinander zu lösen, um zur Tiefgarage zu kommen und in Davids Porsche zu steigen. Er blickte zu ihr herüber und fragte:

„Wo willst du hin?"

Sie hatte gehofft, er würde nicht mit ihr reden und den Schein des Fremden wahren. Daher antwortete sie nur knapp.

„Ganz egal."

So lange er sie nur endlich an einen privaten Ort bringen würde. Um auch ja keine Missverständnisse aufkommen zu lassen, begann sie seine Oberschenkel durch seine Jeans zu streicheln. Als sie an seinen Innenschenkeln ankam, atmete David schwer aus.

„Ich fürchte, bis nach Venice schaffen wir es nicht mehr. Du siehst auch nicht so aus, als ob du auf eine heiße Nacht im Bett scharf bist."

„Du siehst nicht nur gut aus, du bist auch noch clever."

Er schaltete höher und beschleunigte, als er die Küstenstraße erreichte. Kurze Zeit später lenkte er den Porsche ins Gras und stellte den Motor ab. Ohne zu zögern, schnallte sich Melanie ab und setzte sich rittlings auf seinen Schoß. Sie schloss die Augen und küsste ihn direkt auf den Mund. Das sinnliche Spiel entfachte erneut ihre Sehnsüchte. Nach einem langen Vorspiel stand ihr heute offensichtlich nicht der Sinn. Ihre warme Zunge in seinem Mund erkundete ihn hastig. Er wollte sie genauso schnell, doch fand er keinen Gefallen daran, es in zwei Minuten hinter sich gebracht zu haben. Davids Lust reichte für mehr als nur eine kurze Nummer. Er nahm ihre Hände und hielt sie hinter ihrem Rücken gefangen. Verwundert öffnete sie die Augen und blickte ihn fragend an.

Doch er machte sich nicht die Mühe, ihr zu antworten. Stattdessen fand sein Mund ihr Ohr und während er ihre Hände festhielt, saugte er zärtlich daran. Melanie lehnte den Kopf zur Seite und genoss seinen zärtlichen Weg ihren Hals entlang in Richtung ihres Mundes. Sie rutschte tiefer auf seinen Schoß und fing langsam an, sich zu entspannte. Davids Lippen hinterließen eine heiße, kribbelnde Spur auf ihrer Haut. Es schien, als liefe ihr ein warmer Sommerregen am Hinterkopf, Nacken und dann am Rücken hinunter. Warme Schauer begleiteten ihn. Sie öffnete ihren Mund und konnte kaum seine Lippen erwarten. Doch David dachte nicht daran, ihr diesen Wunsch zu erfüllen. Noch nicht.

Er streichelte ihre Schenkel entlang und fuhr ihr unter den Rock. Genüsslich strich er mit seinen Fingern ihre Innenseiten entlang und spürte ihr Erschauern. Gänsehaut war die Antwort ihres Körpers. Langsam begann er, ihren Hintern zu massieren. Ihre weiche Haut sehnte sich nach seinen Berührungen. David wusste, dass er entgegen seinen Bestrebungen nicht mehr lange standhalten konnte. Ihr süßer Duft und ihre Verletzlichkeit erregten ihn mehr denn je. David fasste ihre Kniekehlen und zog sie dichter an sich heran. Ihren Oberkörper bog er gegen das Lenkrad. Melanie legte den Kopf zurück und schloss die Augen. Keiner von beiden sprach ein Wort. Tiefes Keuchen erfüllte die dunkle Stille. Stattdessen schob David ihre Träger bis zur Hüfte hinab und entblößte ihre Brüste. In stillem Einvernehmen hob Melanie die Arme über den Kopf. Ihre Brüste richteten sich auf, streckten sich ihm entgegen. Gleichzeitig drückte ihr Becken einladend gegen Seines. Ein Lächeln huschte über seine Lippen. Er hatte es hier mit einem Profi zu tun. Daran gab es keinen Zweifel. Aber auch er wusste genau, was er tat. Keine Berührung erschien unbeholfen oder zögernd. Melanie fühlte sich sicher. Er würde sie nicht enttäuschen. David strich mit seiner Zunge zärtlich über ihre Brust und fand ihre sensibelste Stelle. Sie atmete stärker, als er seine Hände zu Hilfe nahm und sie genau dort rieb. Das sanfte Saugen und die kräftige Reibung ließen sie vor Lust aufschreien. Ihr Becken begann sich in kreisenden Bewegungen zu verselbständigen. Melanie wollte sich seiner sinnlichen Folter nicht länger hingeben und schnell erlöst werden. Ihre Hände fanden sein Hemd und fingen an, es aufzuknöpfen. Ihren Mund drückte sie an seinen Hals und kostete jeden Zentimeter seines Körpers bis zu seiner Brust hinab. David stöhnte ebenfalls, als sie begann, sich auf seinem Schoß schneller zu bewegen. Ihre Körpermitte rieb sie an den harten Jeansstoff und ihre Brust drückte gegen seine Hände. David musste sich beherrschen, dass er ihr nicht den Slip zerriss und sofort in sie eindrang. Ihre Aktivität genoss er in vollen Zügen. Sie war fordernd und er hatte selbstbewusste Frauen schon immer bevorzugt. Melanie zog ihm das Hemd von den Armen und strich über seine Muskeln, während sie seinen Mund küsste. Sie schien nicht genug von ihm bekommen zu können.

Sie hielt einen Moment inne und erhob sich auf die Knie, um ihm den Gürtel und die Hose zu öffnen. Dabei blickte David zu ihr auf und verzehrte sich nach ihren leicht geöffneten, feuchten Lippen. Sie lächelte nicht, als sie ihm dann auch noch den Slip herunter schob und er sich ihr kampfbereit entgegenreckte. David fand es frech und ungeheuer erregend, dass sie ihn so intensiv betrachtete. Schnell zog er ein Kondom über. Er schob seine Hände unter ihr Kleid und öffnete ihre Beine noch weiter. So wie es sich anfühlte, trug sie einen winzigen, wahrscheinlich dunkelgrünen Slip. Wie gern hätte er einen Blick darauf geworfen. Melanie lehnte sich nach vorn und ließ sich von ihm den Slip runterziehen. Warme, starke Hände erkundeten und rieben sie sanft. Melanie atmete immer stärker an seinem Ohr und öffnete sich weiter.

„Hör jetzt bloß nicht auf!"

Stöhnte Melanie erstickt an seinem Ohr.

„Dafür ist es jetzt viel zu spät."

Er hob sie auf sich und drang mit einem Ruck tief in sie ein. Melanies leiser Aufschrei brachte ihn fast um den Verstand. Sie war eng und doch passte sie sich schnell seiner Größe an. Weniger vorsichtig schob er sie wieder von sich, um sich dann erneut, in sie zu bohren. Sie bewegten sich im gleichen Rhythmus und massierte ihn mit ihrem feuchten Körper. Melanie genoss die aufsteigende Spannung in ihrem Körper und gab sich voll und ganz diesem kraftvollen Gefühl hin. David wusste genau, was sie brauchte. Seine Hände an ihren Hüften schoben sie immer wieder auf und ab, so dass sie schon nach einer kurzen Kostprobe von ihm berauscht fühlte. Sie verlangte nach ihm und keuchend saugte sie ihn immer tiefer in sich hinein. Sie war eine Ertrinkende, die kein Zurück mehr kannte. David hielt ihre Hüften fest in seinen Händen und stieß sie bis sie einen Moment später von einem überwältigenden Schauer überschüttet wurde. Mehr brauchte David nicht. Ihre Sinnlichkeit, ihre Leidenschaft und ihre Nähe brachten ihn zum Explodieren. Melanie lehnte ihren Kopf an seine Brust und genoss das Kribbeln in ihren Venen. Als ihre Anspannung nachließ, verharrte sie in dieser Position, um auch die letzten Wogen auszukosten. Sie hatte nie für möglich gehalten, dass er solche unbeschreiblichen Gefühle in ihr hervorrufen könnte.

Ohne ihn anzusehen, erhob sie sich von ihm, strich ihr Kleid zu Recht und setzte sich auf den Beifahrersitz, schloss die Augen und genoss den Augenblick.

„Fährst du mich bitte nach Hause.", fragte sie, ohne die Augen zu öffnen.

David war ebenfalls noch ganz benommen. Seine Haare waren zerzaust und auf seiner Brust hatte Melanie kleine Zahnabdrücke hinterlassen. Er lehnte erschöpft in seinem Fahrersitz zurück und sah sie an.

Vergiss es gleich wieder!

„Wenn du nur auf eine schnelle Nummer im Auto aus warst, dann habe ich dich wohl falsch eingeschätzt. Ich dachte da eher an einen Hattrick."

*

Kurze Zeit später fuhr David die Straße zurück nach Venice. Unterwegs hielt er an einem 24/7 Diner und ließ sich zwei Sandwiches, Kaffee und Kakao einpacken. Melanie lehnte ab, so dass David beide Sandwich aß und auch den großen Kaffee trank. Die ganze Fahrt über wechselten sie kein Wort. Sie war erstaunt, dass sie sich nicht für ihre Hemmungslosigkeit schämte. Melanie fiel nichts ein, was sie ihm hätte sagen sollen. Du warst toll. Das wusste er wahrscheinlich schon oder hatte es so oft gehört. Sie lehnte sich in ihrem Stuhl zurück und genoss die Nachwirkungen ihres Orgasmus. Kleine Schauer überliefen ihren Rücken, ließen ihre Beine zittern. Sie schloss die Augen und ließ die letzte halbe Stunde noch einmal Revue passieren.

Etwas später bog David in die Auffahrt ein und stellte den Motor ab. Er schaute sie aufmerksam an und überlegte kurz.

„Lass uns reingehen."

Melanie nickte und folgte ihm. David war ganz Gentleman. Er hielt ihr die Tür auf, doch schob er sie bestimmt hinein. Er nahm ihre Hand und führte sie ins Schlafzimmer. Dort drehte er sie vor sich und Melanie spürte erneut sein Becken an ihren Po. Er schob ihr die Haarsträhne aus dem Nacken, die sich gelöst hatten und knabberte zärtlich an ihrem Hals. Seine Hände wanderten von ihren Hüften über ihren Bauch zu ihrem Dekolleté und streichelten ihre Brüste durch den dünnen Stoff. An ihrem Ohr raunte er.

„Du bist so weich."

Seine Erektion an ihrem Po war nicht zu leugnen. Melanie neigte ihren Kopf nach hinten und er küsste ihren Mund, während er mit der freien Hand zwischen ihre Schenkel glitt. Schlagartig wurde ihr wieder heiß. Ihr Körper gehorchte ihr nicht mehr länger und verlangte nach ihm. Melanies Wangen röteten sich und ihre Lippen waren leicht geschwollen. Ihre Frisur drohte sich jeden Moment aufzulösen. Für David hatte sie nie hübscher ausgesehen, als in dem Moment, in dem sie mit ihrem leicht ramponierten, dunkelgrünen Wickelkleid vor ihm stand.

„Ich bin gleich zurück."

Sie löste sich von ihm und ging ins Badezimmer.

Im Spiegel betrachtete sie ihre geröteten Wangen und ihre dunkelgrauen Augen. Sie sah glücklich und zufrieden aus. Kein Wunder nach dieser Explosion. Ohne Anzuklopfen trat David kurze Zeit später hinter ihr ein. Im Spiegel begegneten sich ihre Blicke und er begann ganz langsam den Reißverschluss ihres Kleides zu öffnen. Dieses Mal war er zärtlicher und weniger forsch. Seine Finger berührten sie kaum merklich und hinterließen eine Gänsehaut auf ihrem Rücken. Im Spiegel beobachtete sie ihn, wie er ihre nackten Schultern küsste und ihr Kleid fallen ließ. Nur im Slip stand sie vor ihm und traute sich kaum zu atmen, aus Angst, er würde aufhören. Davids Hände strichen über ihre Brüste, hin zu ihrem Bauch und fanden ihren Weg zu ihren Schenkeln, die sich wie automatisch für ihn öffnete. Ihr Herzschlag beschleunigte sich und ihr Atmen ging schneller.

David glitt in ihren Slip hinein und spürte ihre feuchten Lippen. Wenn sie so ruhig und abwartend vor ihm stand, erregte sie ihn unglaublich stark. Er hatte gewusst, dass sie einen durchtrainierten Körper besaß, wie viele von seinen Freundinnen, die täglich im Fitnessstudio ihre Körper formten. Doch Melanie war anders. Sie war unglaublich weich und wenn er ihr ganz nah kam, glaubte er Vanille und Pfirsich zu riechen.

David zog sein Hemd aus und ließ die Hosen auf die Fliesen fallen. Mit der einen Hand stellte er die Dusche an und mit der anderen zog er sie zu sich in die Kabine. Ihre Gänsehaut und ihr scheuer Blick ließen ihn anschwellen. In der Kabine zog er sie an sich und begann sie mit einem Schwamm einzuseifen. Heißes Wasser tropfte auf ihre Brustwarzen. Sofort wurden sie hart und er seifte sie mit kleinen Kreisen behutsam ein. Melanies Haar löste sich nun ganz und fiel ihr in nassen langen Strähnen die Schultern herab. David folgte der Spur des Wassers. Er seifte ihren flachen Bauch und ihre Schenkel ein. Seinen Schwanz an ihrem Po drückte er sie nach vorn und rieb ihren Rücken herunter bis zu ihrem Po. Melanie stöhnte auf und öffnet ihre

Beine für ihn. Mit den Fingern schob er sich in sie hinein und ließ sie erschauern. Melanie drehte sich zu ihm um und legte ihre Arme um seinen Nacken. Das rechte Bein schlang sie um seine Hüften und flehte ihn an, nicht aufzuhören.

Das war die schlechteste Idee seit langem, doch sie konnte nicht aufhören. Sie wollte ihn und wenn es das Letzte war, was sie tat, bevor sie kläglich scheiterte. Diesen Luxus seines Körpers wollte sie sich gönnen, ehe sie merkte, dass sie ihn sich nicht leisten konnte und zurückgeben würde.

David drückte sie an die Duschwand und schob seine Finger nochmals tief in sie hinein. Ihr Kopf fiel auf seine Schulter und ihr Stöhnen erregte ihn noch weiter. Ihr Körper war elektrisiert und sie traute sich kaum zu atmen, damit das Gefühl nicht verschwand.

„Nicht so schnell, Baby."

David hob sie auf seine Arme. Mit dem Ellenbogen stellte er die Dusche ab und trug sie in einem Handtuch gehüllt ins Schlafzimmer. Melanie konnte sich nicht regen. Seine leisen Worte erzeugten eine Wärme in ihr, dass ihr die Tränen in die Augen stiegen. Ihr Körper zitterte und sie lehnte ihren Kopf an seine Schulter. Sie war kurz davor gewesen, zu kommen. Er wusste, dass er grausam war, doch wollte er in seinem Bett und in ihr sein, wenn sie erneut zum Orgasmus kam. Vorsichtig legte er Melanie auf das Bett und rieb sie mit dem Handtuch trocken. Ein Luftzug strich ihr über den Körper und ihre Brustwarzen stellten sich auf. Melanie sah ihm flehend an und spreizte die Beine.

„Bitte."

Er winkelte ihre Knie an, doch ließ er sich Zeit, sie zu streicheln. Sie konnte schon lange nicht mehr lokalisieren, wo er sie gerade küsste. Ihr war schwindelig vor Glück. Harte Muskeln spannten unter ihren Händen, wo auch immer sie ihn berührte. Dass er sich stark zurücknehmen musste, verlangte David viel ab. Ein hauchdünner Schweißfilm legte sich auf ihre Körper. Behutsam tauchte er in sie ein. Erst ganz sanft und vorsichtig. David spürte sofort, wie bereit sie war. Vorsichtig erkundete er sie, bis auch er sich nicht länger zügeln könnte und seine Stöße stärker wurden. Sie bewegte sich zu seinem Rhythmus und er pumpte so stark, dass es nicht lange dauerte, bis sie seinen Namen schrie. Ihr Stöhnen trieb ihn immer weiter an, bis sie sich nicht mehr halten konnten.

*

Für David war es nichts Ungewöhnliches, dass er am nächsten Morgen mit einer Frau im Bett aufwachte. Doch diesmal rollte sie sich nicht in seine Arme und schnurrte wie ein Kätzchen. Diesmal fragte sie ihn auch nicht nach seinen Gedanken, seinen Plänen und seinem Zeitplan für die nächsten Wochen oder wann sie sich wiedersehen würden.

An diesem Morgen lag sie am anderen Ende und blickte zum Fenster hinaus. Ihre langen braunen Haare fielen ihr locker über die Schulterblätter und seine dünne Decke verhüllte ihren Körper. Zu gern hätte er erneut einen Blick darauf geworfen.

„Guten Morgen."

Sie drehte sich um.

„Hi."

Die Leidenschaft, die er gestern in ihren Augen gesehen hatte, war verschwunden. Was war passiert? David streckte die Hand nach ihrer Decke aus. Doch ehe er sie ergreifen konnte, hatte sie sich erhoben und schlang die Bettdecke um sich.

„Ich wollte dich nicht wecken, sonst wäre ich sicher schon weg."

„Nur keine Eile."

David wollte das Mädchen von gestern wiederhaben. Diese schmetterlingshafte Fee mit den funkelnden Augen und der inneren Zufriedenheit. Sie hatte ihn gefesselt, wie keine andere.

„Ich habe noch zu arbeiten."

„Stimmt. Und am besten wir fangen gleich damit an."

Davids Lächeln brachte sie fast ins Wanken. Er war ausgeruht, befriedigt und charmant. Dunkle Augen ruhten auf ihr und seine Hand klopfte neben sich aufs Bettlaken. Er schenkte ihr ein Lächeln, dem sie nur schwer widerstehen konnte. Doch auch ihren Blick tiefer an ihm herunter gleiten zu lassen, war nicht hilfreich. Immerhin wusste sie jetzt, wie seine harten Muskeln sich anfühlten und schmeckten, wie er leicht zuckte, wenn sie mit ihren Fingern darüber strich und schließlich seine Bauchmuskeln spürte. Viel zu schnell hatte sie all ihre Prinzipien über Bord geworfen und sich an seinem Körper berauscht. Seine Finger hatten sämtliche ihrer Muskeln massiert und sie so von ihrem Gewissen getrennt. Egal, ob er sie sanft geküsst hatte, mit beiden Händen gefangen gehalten hatte oder sie leicht in den Hals gebissen hatte, sie war unfähig gewesen zu denken. Doch heute musste sie wieder denken. Sie wollte die letzte Nacht in ihrem Gedächtnis konservieren. Doch musste sie erwachsen sein und sich auf ihr Vorhaben konzentrieren. Sie hatte ihm alles gegeben. Keine Barrieren mehr, die sie hätten aufhalten können. Doch bei Tageslicht musste Melanie wieder in den Spiegel sehen und sich der Person stellen, die eine Mission zu erfüllen hatte.

Melanie schüttelte lächelnd den Kopf und verschwand im Badezimmer. David verstand nicht. Er hatte sich so gut amüsiert letzte Nacht. Und dass sie ihren Spaß gehabt hatte, stand auch außer Frage. Warum also hatte sie es so eilig? Kurze Zeit später kehrte sie frisch geduscht in einem Handtuch zurück. Melanie war sich selbst nicht sicher, was sie hier tat. Kein Zweifel. Die letzte Nacht war unbeschreiblich gewesen. Er hatte all ihre intimsten Wünsche erfüllt und sie wahrscheinlich für das komplette nächste Jahr befriedigt, doch konnte sie ihre aktuelle Situation nicht länger ignorieren. David war ihr Arbeitgeber. Er hatte sie in der Hand. Er war clever und schien auch ein großes Herz zu haben. Immerhin hatte er sich sehr gut um Claire gekümmert. Doch andererseits war er der Albtraum ihrer Jugend. Er war schuld, dass sie sehr unter den letzten Jahren ihrer High-School gelitten hatte. Das war immer noch David Bennett. Das musste sie sich vor Augen halten. Als sie sich gerade T-Shirt und Jeans anzog, stand David in der Tür und sah wenig begeistert aus. Er selbst trug nur einen Slip und musterte sie irritiert.

„Was ist los?"

Sie versuchte es mit Gleichgültigkeit. Unschuldig sah sie ihn an und zuckte die Schultern.

„Was meinst du? Ich ziehe mich an."

„Genau das meine ich. Wieso ziehst du dich jetzt an?"

Es fiel ihr nicht leicht, doch versuchte sie einen ahnungslosen Blick.

„Weil ich das jeden Morgen tue, wenn ich aufstehe."

Immer noch nackt, stand er plötzlich vor ihr. Seine Augen verdunkelten sich und sein Mund wurde hart. Jetzt wurde David erst richtig wütend.

„Spiel nicht mit mir, Melanie. Spucks einfach aus, was dir gegen den Strich geht. Das wird auf jeden Fall besser für dich sein, als einen Idioten aus mir machen zu wollen."

Gleichgültig zog sie sich das Shirt über und lächelte.

„Wie biestig du bist. So läuft das doch für gewöhnlich nach einer heißen Nacht. Anschließend geht jeder wieder seinen Weg."

Auch wenn sie es kaum für möglich gehalten hatte, Davids Gesicht verhärtete sich noch ein wenig mehr und seine Augen stachen giftige Pfeile.

„Du bist gekränkt, weil ich dich nicht um eine zweite Runde bitte? Ist es das, was dich stört? Lass es uns nicht weiter verkomplizieren."

Davids überraschter Blick verriet ihr, dass sie ins Schwarze getroffen hatte. Er beobachtete, wie sie sich die Jeans zuknöpfte und ihn mitleidig betrachtete. Einen Moment lang überlegte er, ob er sie einfach packen und ihr selbstgefälliges Lächeln wegküssen sollte und ihr die verdiente Abreibung erteilen sollte. Doch Melanies gelangweilter Gesichtsausdruck hielt ihn zurück. Was war passiert, dass sie nach der Nacht so gefühlskalt war? Er hörte ihre Worte, doch verstand er sie nicht.

„Aber soweit ich das beurteilen kann, gibt es bei einer einmaligen Sache keine Verlängerung, oder? Fairerweise müssen wir uns eingestehen, dass wir das Rückspiel bereits ausgetragen haben."

Melanie Stimmung stieg immer mehr. Sie fühlte sich wohl. Es fiel ihr leicht, ihn abzulehnen. Immerhin spielten ihre Endorphine immer noch verrückt.

David schien die Bedeutung ihrer Worte nur langsam zu verstehen. Er hielt ihre Arme fest, damit sie ihm nicht entwischen konnte.

„Auch, wenn du scheinbar eine andere Meinung von mir hast. Anonymer und einmaliger Sex steht nicht auf meiner Prioritätenliste. Für gewöhnlich habe ich eine Beziehung zu meinen Partnerinnen, was dich allerding ausschließt."

Melanie zog die Augenbrauen hoch.

„Nicht komplett. Du bist mein Boss."

„Lass den Scheiß, Melanie. Was stört dich wirklich?"

Seine Finger umschlossen ihre Unterarme und Melanie wurde sich seiner Nähe schmerzlich bewusst. Auch wenn sie komplett bekleidet war und er nackt, kam es ihr doch so vor, als wäre sie in der heikleren Situation. Doch er würde sie nicht eher in Ruhe lassen, bis das Thema für ihn beendet wäre. Sie legte den Kopf schief und versuchte, ihm die Stirn zu bieten.

„Dann musst du aber viele Beziehungen gleichzeitig haben."

„Was hat das mit letzter Nacht zu tun?"

„Ich fasse nur zusammen."

„Du solltest nicht alles glauben, was du in den Klatschspalten liest."

„Dein Ruf eilt dir voraus."

„Ich habe viele Freundinnen, mit denen ich gern zusammen bin. Dafür muss ich mich nicht entschuldigen. Und jede von ihnen ist mir wichtig."

David konnte es kaum glauben, dass sie ihn für diese Sorte Mann hielt. Umso mehr ärgerte ihn, Melanies überraschtes Gesicht. Noch ehe sie es aussprach, wusste er, was soeben in ihrem Kopf herumgeisterte.

„Wir beide wissen, dass das nicht stimmt."

Doch verspürte er keine Lust, bei dieser Melanie einem Seelenstriptee zu machen. Er nickte kaum merklich und ließ ihre Arme los und trat einen Schritt zurück. David lehnte sich am Türrahmen an und beobachtete Melanie. Sie kämmte sich die Haare und sah sehr zufrieden mit sich aus. Ab und an warf sie einen vorsichtigen Blick in seine Richtung.

„Prima. Dann haben wir kein Problem."

„Nein."

„Fein."

„Fein."

David wollte ihr noch eine Weile beim Eincremen und Zurechtmachen zusehen, doch Melanies hochgezogene Augenbrauen verwiesen ihn des Zimmers. Sie wollte es so haben. Kein Problem. Er würde nicht derjenige sein, der sich nach einem One-Night-Stand beschwerte.

*

„Lany, ich bin heute Abend in L.A. Lass uns doch treffen. Wann hast du Zeit?"

Steve. In der Aufregung hatte sie ihren Bruder ganz vergessen.

„Hi Steve. Ich wollte mir heute das Spiel der Whalers ansehen, aber komm doch einfach mit. Wir gehen zusammen ins Pacific Center."

Sofort dachte sie mit schlechtem Gewissen an Holly. Sie hatte ihrer Freundin ihr Wort gegeben und stand noch immer dazu. Warum konnte Holly nur nicht die Zeit abwarten und drängte sie so, ihren Bruder auf sie anzusprechen. Melanie nahm sich vor, heute Abend mit ihm zu reden. Vielleicht ergab sich für sie auch die Möglichkeit, Holly in ihre Verabredung mit Steve mit einzubeziehen. Sie schickte ihr eine Nachricht.

„Hi Holly. Lust auf ein Whalers Spiel heute Abend? Mit Steve und mir?"

Prompt kam ihre Antwort.

"Netter Versuch, Lany, aber unsere Abmachung sah ein Einzeldate vor, falls du es vergessen hast.

Wenn du soweit bist, lass es mich wissen!"

Melanie war wie vor den Kopf gestoßen. Was sollte das? So kannte sie Holly gar nicht. Die alte Holly gefiel ihr besser. Sie setzte alles daran, sie wiederzubekommen.

*

„Wie läuft es denn mit Bennett?" rief Steve Melanie über den Lärm des Spiels zu. Die Plexiglasscheiben krachten und die Kufen kratzten auf dem Eis. Hockeymelodien deuteten auf eine kurze Pause hin und die Spieler fuhren zurück zur Trainerbank.

„Ganz okay."

Steve blickte zu Melanie herüber und bemerkte ihre leichte Röte auf den Wangen.

„Ich habe ihn letztens bei einem Interview über seine Syphilis reden hören. Das scheint seine Popularität noch mal kräftig angekurbelt zu haben. Nicht im positiven Sinne. Da hast du ganz schön was verbockt..."

Seine Schwester zuckte die Achseln und löffelte ihre Suppe aus dem Becher. Seit ihrer Kindheit, hatte sie sich die Suppe im Eisstadion zur Gewohnheit gemacht. Ihm kam es vor, als wäre sie wieder 12 und er 16 Jahre alt. Sie hatte sich kaum verändert, bis auf das Whalers-Shirt mit Rodwells Rückennummer darauf.

Bennett und er hatten sich schon lange nichts mehr zu sagen. Als er damals von der Verführung seiner Schwester hörte, hatte er ihn zur Rede gestellt. Steve machte kein Geheimnis aus seiner Abneigung für ihn und als David anstatt einer Entschuldigung nur ein lahmes Schulterzucken hervorbrachte, hatte Steve nicht mehr an sich halten können. Er hatte sich auf ihn gestürzt und erst aufgehört auf ihn einzuschlagen, bis beide blutende Nasen hatten. Seitdem hätten sie sich nur noch bedingt beim Eishockey gesprochen. Zwei Jahre später kehrte Steve seiner Mannschaft den Rücken. Sein Blick schweifte wieder aufs Eis. Eine kleine Schlägerei war gerade in Gange. Himmel, wie er das Eishockey vermisste.

*

Den nächsten Morgen verbrachte Steve damit, sich mit Tischlern im Einzugsgebiet von LA zu treffen. Das Bootshaus war noch lange nicht bezugsfertig, trotzdem wollte Steve sich einen Überblick verschaffen. Er beabsichtigte viele Sachen selbst zu bauen, doch war er sich des Ausmaßes an Arbeit noch nicht bewusst. Auf dem Rückweg streifte er noch durch die modernen Viertel der Stadt und konnte einem Hot Dog Stand in der Nähe eines kleinen Parks nicht widerstehen.

„Steve Gardinier?"

Steve drehte sich um und eine hübsche, junge Frau mit wallendem blondem Haar kam auf ihn zu. Ehe er ihr Gesicht erkannte, verweilte sein Blick auf ihren wohlgeformten, lagen Beinen, dem kurzen roten Rock und einer hauchdünnen seidenen Bluse. Sein anerkennender Blick entging ihr keinesfalls und mit einem Lächeln in den Augen stemmte sie die Hände in die Seiten und blieb vor ihm stehen.

„Immer noch so unverschämt, fremde Frauen auf der Straße mit deinem Blick auszuziehen?", sie lachte.

„Holly Cummings. Du bist ja erwachsen geworden."

Steve hatte sie nicht gleich erkannt. Das Bild von ihr in seinem Kopf war 10 Jahre alt und im Gegensatz zu seiner Schwester hatte sie sich total verändert.

„Du siehst gut aus, Steve."

Ihr Lächeln verstand er und Steve schmunzelte über ihre Direktheit. Das gefiel ihm. Melanie hatte sie in einem ihrer letzten Telefonate erwähnt, doch da hatte er noch kein Bild und keine Lust auf sie verspürt. Sie nun hier auf offener Straße zu sehen und dann auch noch in dem Aufzug, änderte seine Meinung komplett.

„Was machst du denn hier? Verdrehst du in deiner Mittagspause den Männern auf der Straße den Kopf?"

Anzüglich musterte er sie von oben bis unten und ließ absichtlich seinen Blick viel zu lange an ihrem Ausschnitt hängen.

„Soll ich vielleicht noch einen Knopf öffnen, damit du besser sehen kannst?", sie grinste ihn an.

„Würdest du das für mich tun?"

Sie legte den Kopf schief und tat, als ob sie darüber nachdenken müsse.

„Ich glaube, dass ich mich von dir zu so einigen Dingen überreden lassen würde. Sag mir nur, wo und wann."

Hollys Handy klingelte und sie kramte in ihrer Handtasche. Ein Seufzen entfuhr ihren Lippen und gelangweilt blickte sie ihn an.

„Es ist deine Schwester. Geh ja nicht weg."

„Hi Lany."

Während Holly mit ihr redete und ein Stück beiseite ging, ließ Steve sie nicht aus den Augen. Der hatte sich vor ihr auf eine Bank gesetzt und biss genüsslich in seinen Hot Dog. Er hatte das Gefühl, dass Holly es genoss, vor ihm herumzustolzieren und ihm einen hübschen Ausblick auf ihre Beine gewährte. Steve konnte das Gespräch nicht verfolgen. Dazu war er viel zu sehr abgelenkt. Als sie auflegte, schien sie nachdenklich und irritiert. Holly brauchte einen Moment, ehe sie ihre alte Miene wieder aufsetzte.

„Habt ihr Probleme?"

„Nichts, worüber du dir Sorgen machen solltest."

Da war sie wieder, die neue, sexy Holly, die ihn mit einem Fingerschnippen scharf machen konnte. Steve hielt ihr seinen Becher Kaffee an die Lippen und ohne zu überlegen nahm sie einen Schluck. Einige Tropfen rannen ihr über das Kinn und Steve wischte sie mit seinen Fingern ab.

„Was du und Lany auch immer für Ärger habt, ihr beide kennt euch doch viel zu lange, um ernsthaft böse aufeinander zu sein."

„Das kannst du nicht beurteilen, Steve. Das geht nur uns beide was an."

Ihr Ärger verriet ihm, dass es sich doch um mehr als nur um Frisuren und Klamotten handeln musste. Holly packte ihr Handy zurück in die Tasche und blickte ihn nachdenklich an.

Holly griff eine Gürtelschlaufe der Jeans und hakte ihre rot lackierten Finger ein. Leise hauchte sie:

„Leider muss ich zurück in mein Büro. Lass es mich wissen, wenn dir langweilig sein sollte und du dich nach etwas Unvergesslichem sehnst.", sie drückte ihm einen Kuss auf die Wange.

Damit drehte sie sich um und ging zurück Richtung Downtown. Steve spürte ihre Hand noch an seiner Hose. Ihre Direktheit gefiel ihm. Er lächelte, als er an ihren wachsamen Blick und ihren viel versprechenden Mund denken musste. Holly Cummings war erwachsen geworden. Sie war eine Frau, die wusste, was sie wollte und das allem Anschein nach auch bekam. Steve war sich sicher, dass sie einen Zettel mit ihrer Nummer in seiner Hose hinterlassen hatte. Dazu musste er nicht nachsehen. Sobald er Lany besucht hatte und ein paar Stunden frei hatte, würde er sich um Holly Cummings und ihre Bedürfnisse kümmern.

*

Die Rovers siegten gegen Florida und Colorado, spielten allerdings nur Unterschieden gegen Carolina. Eine Bilanz, die sich sehen lassen konnte. Sie waren auf dem besten Weg die Vorrundenspiele auf dem 1.Platz in der Eastern Conference zu beenden. Toronto jubelte und auch die Presse feierte ihre Helden. In der nächsten Woche standen die drei letzten Spiele auf dem Programm, doch vorher blieben David noch zwei Tage Zeit, in denen er endlich Gelegenheit fand, in der Terry-O'Neill Klinik, einer exklusiven Privatklinik in Los Angeles, die auf Suchtverhalten spezialisiert war, vorbeizuschauen. Das weitläufige Gelände ähnelte einem Park, dessen Zentrum ein riesiges weißes Haupthaus bildete. Alte Bäume umgaben den modernen Komplex aus Glas und Stein. Neben einem privaten Tennis- und Golfplatz wies das TOC außerdem eine Badelandschaft und ein Spa auf. Den Patienten sollte es hier an nichts fehlen und suggerieren, sie wären im Urlaub, wie der Geschäftsführer David persönlich versichert hatte. Verschwiegenheit und Diskretion hatten oberste Priorität. Zusätzlich schirmte eine dicke Mauer das TOC von der Außenwelt ab. David nahm vom Parkplatz den Kiesweg zum Hauptgebäude und setzte die Sonnenbrille ab, als er durch die automatischen Glastüren in den Empfangsbereich gelangte. Alles hier drinnen erinnerte ihn an ein Hotel. Hohe Decken und hellgrün-weiß gestrichene Wände, bequeme helle Hocker und Couches luden zum Verweilen ein. Eine Bar mit exotisch aussehenden Drinks, hoffentlich alle alkoholfrei, standen in gebrochenem Eis bereit. Leise Stimmen drangen an Davids Ohr und eine hübsche dunkelhaarige, junge Frau kam mit einem Lächeln auf ihn zu. Für einen Moment glaubte David, dass das Personal im TOC Prominenz gewohnt sein sollte, doch das Glänzen ihrer blauen Augen und das kokette Lächeln verrieten ihre Bewunderung.
„Hallo Mr. Bennett. Mein Name ist Rachel. Ich freue mich, sie im TOC begrüßen zu dürfen. Kann ich irgendetwas für Sie tun?"
„Hallo Rachel. Vielen Dank für den netten Empfang. Ich wollte eine Freundin besuchen. Claire Farway."

Ein paar Minuten später fand er Claire rauchend und mir geschlossenen Augen auf einer Liege unter einem Sonnenschirm. Erst als sie Davids Schatten auf sich spürte, sah sie zu ihm auf.

„Ich hab mich schon gefragt, wann du mich hier kontrollieren kommst, David."

Claire lächelte ihn an und David gab ihr einen Kuss auf die Wange. Er setzte sich auf die Liege ihr gegenüber.

„Kannst du die bitte ausmachen. Du stinkst ja wie ein ganzer Aschenbecher."

„Danke. Du siehst auch gut aus."

Claire drückte die Zigarette neben sich auf der Erde aus und blickte ihn an. David trug ein helles Poloshirt zu seiner Jeans und einen Windbreaker. Er musterte sie aufmerksam und ein kleines Lächeln umspielte seine Lippen. Wie oft hatte er diese Lippen geküsst, seine Finger durch ihr Haar gleiten lassen und seinen Körper in ihr gespürt.

Vor etwa zwei Jahren trafen sie sich bei einer Modenschau in New York und ihre Schönheit hatte ihn sofort verzaubert. Als sie einander vorgestellt wurden, gab sie sich kühl und unnahbar. Er hatte lange gebraucht, bis er ihren Schutzpanzer durchbrach. Ihre Schönheit und ihr Potential blieben dem Rest der Welt nicht verborgen. Die Agenturen überhäuften sie mit Angeboten und ihre Beziehung zu Mr. Hockey tat ihr Übriges für ihre Beleibtheit. Sie jettete von Mailand nach Paris, von Los Angeles nach New York, von Sydney nach Kapstadt. David verbrachte ebenso viel Zeit außerhalb der Stadt, während seiner Spiele. Zwischendurch trafen sie sich für ein paar berauschende Stunden im Bett, bis sie von ihren jeweiligen Terminkalendern wieder in Beschlag genommen wurden. Ihnen gefiel das Leben zwischen dem Jobs. Auf jeder Party waren sie gern gesehene Gäste und die Presse liebte sie für ihre ständige Präsenz.

Seit ein paar Wochen dachte er immer öfter an seine Zeit mit Claire zurück. Immer häufiger schmerzte es ihn umso mehr, dass er ihre Veränderung nicht wahrgenommen hatte. Oder war er es gewesen, der sich verändert hatte? Mitten in der Nacht rief sie ihn vom anderen Ende der Welt an, um von ihrer Show zu erzählen. Dabei wirkte sie aufgekratzt und durcheinander. Er wusste, wie eng ihre Terminpläne gestrickt waren und wie wenig Zeit sie zum Luftholen hatte. Das schnelle Leben eines aufstrebenden Supermodels war sie nicht gewöhnt. Wenn sie zusammen im Bett waren und hinterher in seinen Armen einschlief, wirkte sie wie ein kleines Mädchen, das sich verirrt hatte und nun wieder ihren Weg gefunden hatte. Dann strich er ihr die langen blonden Haare aus dem Gesicht und genoss die Ruhe, die in ihm aufstieg. Doch sobald der Morgen anbrach, war die Hektik wieder erwacht und beide fanden in ihr eigenes, rasantes Leben zurück, in dem der andere nicht existierte. In den letzten Monaten ihrer Beziehung erkannte er, dass sie ihr Leben mit Alkohol einfacher ertragen konnte. Als Profisportler kannte er seine körperlichen Grenzen. Und da er es hasste, die Kontrolle über sich selbst zu verlieren, hielt er diese Grenze fast immer ein. Claire hingegen schien die Kontrolle absichtlich aus ihren Händen zu geben. Er hörte es an ihrer Stimme und sah ihr den Alkohol an, wenn sie in den Klatschspalten war. Wenn sie sich trafen, trank sie mehr als gewöhnlich und wollte keine Warnungen von ihm hören. Ihre Erschöpfung gestand sie sich nicht ein. Doch David ließ nicht locker.

„Claire, komm mit mir ein paar Tage in mein Haus nach Kalifornien! Es liegt direkt am Meer. Wenn du morgens erwachst, hörst du nur das Schlagen der Wellen und der Ausblick ist einfach wunderschön. Es würde dir dort sicher gefallen."

„Du weißt doch, dass ich Montag in Rom sein muss. Anschließend fliege ich für die Aufnahmen nach Griechenland. Das habe ich dir doch erzählt. Ich kann jetzt hier nicht weg."

Für gewöhnlich ließ David es dann dabei bewenden. Er wusste, wie wichtig ihr die Unabhängigkeit und ihre eigene Karriere waren. Sie brauchte das Großstadtleben, den Trubel um ihre eigene Person und das Gefühl, überall auf der Welt Zuhause zu sein. Ständig umgeben von Freunden und Bekannten, von einer Party zur Nächsten und immer gut drauf zu sein, das war ihr Leben. Dass es vom Alkoholkonsum nicht lange bis zu härteren Drogen dauert, hätte David sich eigentlich denken können. Er kannte einige Profis, die sich ab und zu damit den Abend versüßten. Doch er war nicht dumm und wusste, dass sein Erfolg nur auf seiner Physis beruhte. Wie und wann er sich aus dem aktiven Geschäft zurückziehen würde, wollte er selbst entscheiden. Für Zigaretten hat er sich nie begeistern können. Seine Droge war immer das Adrenalin gewesen. Einen süßen Cocktail aus attraktiven Frauen jedoch hatte er selten abgelehnt.

Deshalb war ihm auch nicht klar, warum er diesen Teil von Claires Leben so lange ausgeblendet hatte. Ihren körperlichen Verfall konnte er fast täglich verfolgen. Dass ihre Popularität gleichzeitig stieg, machte Claire für ihre eigenen Probleme blind.

„Warum tust du das, David? Mir geht es gut!" hatte sie in den Hörer gekreischt und einfach aufgelegt.

Ihr abgemagerter Körper hatte ihn schon länger nicht mehr angezogen und so dauerte es nicht lange, bis sie sich nur noch am Telefon sprachen. Beide verschwiegen die Probleme, die sie miteinander hatten und erzählten sich belanglose Dinge, die sie am nächsten Morgen auch in der Zeitung lesen konnten. David fiel die Trennung erstaunlich leicht. Sie waren es gewöhnt, sich nur gelegentlich zu treffen. Seine Leidenschaft war seiner Sorge um sie gewichen. Er hatte sich ihr nie besonders nahe gefühlt, so wie es bei Freunden der Fall war, mit denen man gemeinsam in der Universität war und dann anschließend doch wieder eigene Wege ging. Ihre Probleme riefen in ihm ein Verantwortungsgefühl hervor. Nicht länger betrachtete er Claire als das sexy Mädchen, dem er auf der Modenschau begegnet war. Für ihn war sie zu einer unsicheren und erfolgssüchtigen Frau geworden, die ihre Grenzen nicht kannte. Am liebsten hätte er sie gepackt und für ihre Genesung gesorgt, doch Claire ließ sich nicht festhalten. Sie tourte durch ganz Europa und David konzentrierte sich auf sein Spiel. Bisher hatte das auch ganz gut funktioniert.

„Wie geht es dir, Claire?"

Claire zuckte die Achseln und setzte sich auf. Sie griff an ihm vorbei und hob ihr Glas vom Boden auf.

„Ich fühl mich gut. Das siehst du doch."

Davids zog die Stirn kraus und blickte misstrauisch auf ihr Glas.

„Ob du es glaubst, oder nicht. Das ist nur Ginger Ale. Aber danke, dass du dir solche Sorgen um mich machst."

Claires Stimme wurde weicher, sie legte den Kopf schief und blickte ihn liebevoll an.

„David, ich danke dir für deine Anteilnahme. Doch du musst hier nicht auftauchen und nach mir sehen. Wir haben Schluss gemacht, bevor ich meinen Ausrutscher hatte. Hast du das vergessen?"

Sie legte ihm ihre Hand auf die Brust und blickte ihn fragend an.

„Wir sind Freunde. Deshalb bin ich hier."

„Aus Pflichtgefühl? Langeweile?"

Im Augenblick hatte sie nichts an sich, das ihn hätte reizen können. Ihre blauen Augen glitzerten im Sonnenlicht, die kleine Stupsnase, die ihrem hübschen Gesicht eine Naivität gab, die so sehr im Gegensatz zu ihrem betörenden Körper und ihren sinnlichen Lippen stand. Ihr blondes Haar hing über der Stuhllehne, ihre langen Beine, die tausendfach fotografiert wurden, hatten für David ihre Anziehungskraft verloren. Unbestreitbar war sie eine der schönsten Frauen, die er je gesehen hatte, doch ihre Abgeklärtheit stieß ihn nun ab. David fragte sich, ob er diese Frau, mit der er so oft geschlafen hatte, überhaupt kannte. Trotzdem fühlte er sich verantwortlich.

„Ich habe mit deinem Manager gesprochen, doch der wollte mir nichts über deinem Zustand mitteilen."

„Arthuro will nur, dass ich mich in Ruhe erholen kann. Außerdem weiß alle Welt, dass wir beide kein Paar mehr sind. Daher erzählt er dir auch nichts mehr."

David nickte und nahm ihre Hand in seine.

„Claire, du sollst dich hier nicht nur erholen. Du hast ernsthafte Probleme, die du angehen solltest."

Sie tätschelte ihm die Hand und zog die Mundwinkel nach unten. Der strafende Blick ihrer schönen Augen erinnerte ihn an seine Grundschullehrerin, die ihn beim Abschreiben erwischt hatte.

„David, wie oft soll ich es dir denn noch sagen. Mir geht es gut und ich danke dir für deine Anteilnahme. Zurzeit ist mein einziges Problem, dass jede Menge Fotografen auf mich warten, die ihren Job nicht machen können, weil ich hier ein paar Tage frei mache. Nachdem du so einen Wirbel gemacht hast, hat mein Management auf meinen Aufenthalt hier bestanden."

David schüttelte den Kopf und konnte es nicht glauben.

„Claire, ich hab dich hier nicht hergebracht, damit du ein paar Tage Urlaub machst. Du warst kurz davor, dich in meinem Pool umzubringen. Ich bin nur froh, dass Melanie den Mut hatte, dazwischen zu gehen und dich da herauszuholen. Auf Hilfe von deinen Freund Arthuro konntest du zu dem Zeitpunkt nicht setzten."

David Stimme wurde immer lauter. Seine Wut über Claires Uneinsichtigkeit ließ ihn schwer Atmen. Er verstand einfach nicht, dass sie ihre eigenen Probleme verdrängte und völlig ignorierte.

Claire setzte ihre Sonnenbrille auf und lehnte sich wieder in ihrer Liege zurück. Völlig unbeeindruckt von seiner Wut erklärte sie:

„Ich sag dir mal was, David. Ich hasse es, wen du dich so in mein Leben einmischst. Ich lebe es so, wie ich es will und lasse mir von niemanden etwas vorschreiben. Es tut mir leid, dass ich dir und deiner kleinen Freundin einen Schreck eingejagt habe. Aber mich hierher zu verbannen und mich wie eine alkoholabhängige Kokserin aussehen zu lassen, ist wirklich das Letzte. Ich hoffe nur, die Presse bekommt keinen Wind davon, denn ansonsten brauchst du dich bei mir nie wieder sehen zu lassen."

Claires Augen konnte er durch ihre dunkle Sonnenbrille nicht mehr sehen. Ihr Körper rührte sich nicht. Die Anspannung in ihrem Körper zeigte ihm, dass es Zeit war, zu gehen.

„Ich weiß nicht, wem ich die größere Schuld an deinem Benehmen geben soll. Du bist naiv. Du bist uneinsichtig. Du bist rücksichtslos. Du denkst nie an die Konsequenzen. Es tut mir echt leid, wenn ich dir dabei zusehen muss, wie du deine Gesundheit riskierst."

David wandte sich zum Gehen und setzte seine Sonnenbrille auf. Claire sprang aus ihrem Liegestuhl auf und schrie ihm hinterher.

„Wie kannst du es wagen, so mit mir zu reden, Bennett. Du bist keinen Deut besser als ich. Dir schmeißen sie doch auch das Geld hinterher und du erzählst mir etwas vom wahren Leben. Ich wette, du weißt nicht einmal, wie man Realität buchstabiert."

Doch David war schon im Inneren ihrer Suite verschwunden und Claire hörte nur noch eine schwere Tür ins Schloss fallen.

*

Es war kurz vor acht und Holly blickte ein letztes Mal in den Spiegel, als es an der Tür klingelte. Zufrieden mit ihrem Äußeren drückte sie den Türöffner. Ihr knielanger schwarzen Rock und die schwarze Seidenbluse passten hervorragend zu den nude farbenen Pumps, die sie gewählt hatte. Ihr langes, blondes Haar hatte sie geschickt am Hinterkopf zusammengesteckt. In diesem Outfit konnte sie sich sehen lassen. Sie mochte es. Lieber ein bisschen overdressed als anders herum, dachte sie sich. Ob es Steve gefallen würde? Als er sie am Nachmittag angerufen hatte, war sie über seinen schnellen Rückruf überrascht und erfreut gleichzeitig gewesen.

Es klopfte an ihrer Tür und als sie ihm öffnete, ließ er seinen Blick langsam über ihr Outfit gleiten. Dann beugte sie sich vor und begrüßte ihn mit einem artigen Kuss auf die Wange. Anders als sie, hatte er sich nicht besonders für ihr Date herausgeputzt. Die Jeans, die sie bereits an ihm gesehen hatte, dazu ein schwarzes Shirt, das er locker darüber trug. Holly musterte seine Turnschuhe und die dunkle Lederjacke. Hoffentlich trug er wenigstens frische Unterwäsche, dachte sie sich.

„Ins Four Seasons kann ich aber so nicht mit dir gehen."

„Hab ich auch nicht vor."

Er schaute sie belustigt an, nahm ihre Hand und zog sie mit sich. Zu Hollys Überraschung führte er sie in ein Grill Restaurant in den Woodland Hills. Steve fühlte sich hier wie zu Hause. Und irgendwie schiene er hier auch hinzugehören. Er bestellte eine große Auswahl an allerlei Köstlichkeiten, Salaten, Fleisch und gegrilltem Gemüse. Holly war überrascht, wie schnell sie sich entspannte. Steve war witzig, aufmerksam und zuvorkommend. Da sie beide mit keinem Wort Melanie erwähnten, erschien es ihr, als lernten sie sich völlig neu kennen. Komischerweise störte sie sich nicht daran, dass Steve nicht mehr mit ihr flirtete, selbst nicht als er ihr mit von Hühnerfett beschmierten Fingern die Seidenbluse zurecht zupfte. Holly fühlte sich frei und unglaublich gut. Anfangs war sie enttäuscht, weil er sie nicht anmachte. Mittlerweile war es ihr egal, ob er sie attraktiv fand. Viel lieber wollte sie so ungezwungen und vergnügt mit Steve unterwegs sein.

Als er sie nach Hause brachte, änderte er seinen Kurs. „Lust auf ein Dessert?"

Sichtlich überrascht, zuckte sie gleichgültig die Schultern. Nachdem sie heute Abend so viel Spaß daran hatte, nicht die Rolle der Femme Fatale zu spielen, war sie sich nicht sicher, ob das eine gute Idee war. Immerhin fühlte sie sich mittlerweile überhaupt nicht mehr sexy. Sie hätte nie geglaubt, jemals NEIN zu ihm zu sagen.

„Was ist los? Wo ist die kleine Wildkatze denn hin, der ich im Park begegnet bin?"

„Ganz ehrlich? Der Abend ist nicht so gelaufen, wie ich mir den ausgemalt habe."

Steve runzelte die Stirn.

„Was meinst du?"

Das klang fast wie eine Anschuldigung.

„Normalerweise fühlt es sich nicht gleich so entspannt an." Sie behielt lieber für sich, dass sie bei anderen Dates nie so viel lachte.

Steve ließ sich auf ihre Couch fallen und zog die Schuhe und Socken aus. Er fühlte sich absolut mit sich im Reinen. Holly dagegen fühlte sich so unattraktiv wie nie. Ihre Bluse war fleckig und ruiniert. Normalerweise störte es sie, wenn ihr Erscheinungsbild nicht perfekt war, doch verspürte sie keine Lust sich wieder herzurichten. Irgendwie lief heute alles anders.

Also zog sie ihre Strumpfhose aus und lümmelte sich nun ebenfalls auf einen der Sessel. Steve gefiel es. Er grinste und holte zwei Bier aus dem Kühlschrank.

„Das Date ist damit vorbei, das ist dir schon klar, Steve."

„Wofür brauchen wir ein Date, wenn wir all das hier haben können."

Er reichte ihr eine Flasche und stieß mit ihr an. Holly lachte und überlegte, wann sie sich das letzte Mal so gut amüsiert hatte. Sie schaltete den Fernseher ein und gemeinsam blieben sie bei der Wiederholung eines Eishockeyspiels auf ESPN hängen.

Steve genoss ihre Gesellschaft. Im Park hatte sie noch in ihrer Rolle als Verführerin gesteckt. Doch nun gefiel sie ihm viel besser. Sie lachte viel mehr, war nicht ständig auf ihr Äußeres bedacht und versuchte nicht länger, ihn zu beeindrucken. Warum tat sie das überhaupt? So wollte er sie nicht. Sie hatte keine Ahnung vom Eishockey. Steve musste über ihre völlig falschen Kommentare grinsen, wenn er sie so beobachtete.

Holly verschwand in der Küche und holte zwei weitere Bierflaschen und ließ sich neben ihm nieder. „Hier."

Sie legte den Kopf in den Nacken und das kalte Bier an ihre Stirn. Steve sah sie an. Er war neugierig.

„Was wäre aus dir geworden, wenn du dich nicht für Mode interessieren würdest?"

„Wahrscheinlich Park-Ranger"

„Was?", Steve war erstaunt.

Holly lachte und blickte zu ihm. „Als ich zehn war, fuhr ich mit meinen Eltern in den Alonquin Provincial Park. Dort haben wir eine mehrtätige geführte Reise mit einer Park-Rangerin unternommen. Sie war großartig und wusste einfach alles. Sie hat mir gezeigt, wie man allein in der Wildnis ausharren kann und wie man zurück in die Zivilisation findet. Aber ich fürchte, ich habe alles vergessen."

Holly lachte.

„Sie hat mir gezeigt, welche Pflanzen ich im Notfall essen darf und wie ich Regenwasser trinken kann. Sie war mein großes Vorbild."

Steve konnte nicht anders. Er musste sie einfach küssen. Ihr Lachen und ihre Geschichte zogen ihn so an, dass er sie in seinen Schoß zog und seinen Mund auf ihren drückte. Er konnte genau das Mädchen sehen, das sie einmal war und er wollte sie festhalten. Sie unterbrach ihn und schaute in an.

„Ich kann dir ja mal zeigen, welche Käfer du essen kannst, ohne Magenprobleme zu bekommen.", sie lachte und küsste ihn zurück.

Ganz langsam und ohne Eile knöpfte er ihre schmutzige Bluse auf und warf sie weg. Sie drückte ihn noch tiefer in die Kissen und streichelte seine Wange. Ihre Berührung war liebevoll und kein bisschen berechnend, ohne eine Gegenleistung zu erwarten. Ohne Hast zogen sie sich aus und schmiegten sich aneinander. Mit Steve war alles so anders. Noch nie hatte sie sich so viel Zeit gelassen. Es fühlte sich so genau richtig an. Er küsste ihr Gesicht, ihren Hals, wanderte ihr Schlüsselbein entlang und fand ihre Brust. Seine Zunge strich ihren Bauch entlang und weiter nach Süden. Holly fühlte sich so sehr geliebt und verstanden zugleich, dass sie die aufsteigende Erregung nicht aufhalten wollte und ihre Beine auseinander kippte. Wie herrlich war es, so entspannt Sex zu haben. Sie schloss die Augen und genoss ihn.

*

Die nächste Wochen verbrachte Melanie mit der Aufbereitung der Fotos und deren Veröffentlichung. Sie stand in Verhandlungen mit verschiedenen Magazinen, die Interesse an der Fotoserie bekundet hatten und sie für eine mehrseitige Reportage über den Beamer und seine Vorbereitungen auf die Endrunden der Play-Offs verwenden wollten. Melanie war überrascht, wie schnell die verschiedenen Redaktionen von ihren Exklusivbildern Wind bekamen. Von Donnie kannte sie einige wichtige Grundsatzregeln aus dem PR-Geschäft, doch wenn sie ehrlich war, hatte sie keine Ahnung, was sie da eigentlich tat. Als Underdog hatte sie keine Chance. Doch war sie eine Meisterin der Fotografie und der Bildbearbeitung geworden war. Durch Ethan ermutigt, hatte sie sich eine Kamera gekauft und fotografierte nun fortwährend die Kids am Strand und bevorzugt die Beachvolleyballspieler. Auch Passanten entgingen ihrem Objektiv nicht. Es gefiel ihr, später die Fotos nachzubearbeiten und auszudrucken. Die Resultate konnten sich sehen lassen und die gelungenen Schnappschüsse entschädigten sie für all ihren Einsatz. Diese Arbeiten lenkten sie von ihrer Erfolglosigkeit als PR-Agentin ab. Sie schnitt gerade einige unwichtige Details aus einem Foto, als ihr Handy klingelt.

Steve.

„Hallo." Antwortete sie fröhlich. Endlich mal jemand, der auf ihrer Seite stand.

„Störe ich dich gerade bei was Wichtigem?"

„Recherche." Log sie.

„Und wie kommst du voran?"

Melanie zuckte die Schultern und strich sich die Haare aus der Stirn.

„Irgendwie nicht. Was ich auch tue, ich komme nicht voran und das ärgert mich. Das ist wirklich nicht mein Ding. Fotografieren ist leichter."

Melanie lehnte sich in ihrem Sessel zurück.

„Was willst du?"

„Mit dir reden. Wirfst du mir das jetzt vor?"

„Nein. Ich find es schön."

Melanie lächelte. Sie liebte Steve.

"Wie geht es Rodwell?"

„Der ist gut drauf. Immerhin hat er im letzten Spiel drei Punkte gemacht. Er wird dir gefallen."

„Das ist witzig. Ich hatte angenommen, dass du mit den Eishockeyspielern abgeschlossen hast und nun umgibst du dich mit den Topstars der Liga."

Ein Schmunzeln konnte er sich nicht verkneifen. Melanie konnte ihn immer wieder überraschen.

„Das habe ich auch gedacht. Aber irgendwie komme ich nicht von Ihnen los."

„Dann bring ihn doch einfach mit, wenn du zur Einweihungsparty nach Hause kommst. Mom und Dad werden sicher beeindruckt sein."

„Von Donnie ganz sicher."

Von mir wohl eher weniger.

„Du musst ihnen sagen, dass du deinen Job los bist. Du kannst dich nicht ewig vor ihnen verstecken, Lany. Und ich kann sie auch nicht mehr lange hinhalten."

Melanie seufzte, als sie an die Gegenüberstellung mit ihren Eltern dachte. Steve hatte Recht. Sie musste es ihnen sagen, ehe sie es über Dritte erfahren würden. Vielleicht war die Nachricht von ihrer Kündigung aber auch nur ein weiterer Tropfen auf den Stein. Sie war sich nicht sicher, wann ihre Eltern sie das letzte Mal ehrlich gelobt hatten und stolz auf sie waren. Es musste an dem Tag gewesen sein, als sie ihren Abschluss machte und von ihrem Vater den BMW bekommen hatte. Sie hatte sogar eine Auszeichnung erhalten und sie damit für die Firma ihres Vaters prädestiniert. Doch der Stolz ihrer Eltern hielt nur solange an, bis sie verkündet hatte, dass sie einen Job bei JETZ angenommen hatte. Die Enttäuschung war groß gewesen. Melanie bezog ihr kleines Apartment und seitdem traf sie ihre Eltern sporadisch und auch meist in Anwesenheit ihres Bruders an den Feiertagen.

Wenn sie jetzt an die Zusammenkunft mit ihren Eltern dachte, dann wurde ihr ganz übel. Sie glaubte jedes Mal, sich innerlich schon mit den enttäuschten Gesichtsausdrücken ihrer Eltern abgefunden zu haben, doch dann quälte er sie aufs Neue. Vielleicht würden sie Melanie in Begleitung von Rodwell verschonen. Ein Hauch von Hoffnung bestand zumindest.

*

In den letzten drei Spielen der regulären Saison ging David sparsam mit seinen Kräften um. Gute Übersicht und schnelle, kurze Pässe. Sobald die Rovers in Führung lagen, nahm Henderson ihn vom Eis. Es schien, als befürchtete der Trainer immer noch, dass Davids Karma sich auf die Mannschaft übertragen könnte. Der Skandal um die Syphilis-Bilder war nun bereits einige Wochen her, doch der Aberglaube seiner Teammitglieder war größer. Mit Vernunft und Logik konnte man nicht dagegen argumentieren. Die vergangenen beiden Spiele gegen Calgary und Detroit hatten die Rovers bereits gewonnen. Heute galt es, als Sieger über Anaheim vom Eis zu gehen.

Henderson signalisierte David, dass er sich bereithalten sollte. Er kam auf ihn zu, ging mit ihm noch einige Spielzüge durch und klärte kurz über die Gewohnheiten seiner Gegenspieler auf. Das war allerdings völlig überflüssig, da David die Verhaltensweisen der Spieler aus Anaheim regelmäßig analysierte. David setzte seinen Helm auf und schob sich das Plexiglas vor sein Gesicht. Die Rovers lagen mit 1:3 zurück und es waren noch 15 Minuten zu spielen. Er wusste, was er zu tun hatte. In der vergangenen Woche hatte er mehr trainiert als sonst. Wahrscheinlich fühlte er sich auch deshalb so vital. Er liebte das Spiel. Er liebte das Eis. Und vor allem liebte er es zu Siegen. Im richtigen Moment schwang David sich über die Bande und blitzschnell lief er auf seinen Gegenspieler zu, der Rick gerade mit einem ordentlichen Bodycheck den Puck abgenommen hatte.

Am Ende reichte es mit einem 2:3 nicht für den Sieg gegen Anaheim, doch für die beste Bilanz in der Eastern Conference. Das war der erst Schritt auf dem Weg zum Stanley Cup. Doch es war noch zu früh, um sich zu freuen. Die Vorrunde erfolgreich hinter sich zu bringen, katapultierte sie nicht automatisch in die Endrunde. Genügend hochmotivierte und talentierte Mannschaften standen nun noch auf dem Programm. Glücklicherweise sprach Davids Punktebilanz für ihn. Er führte seine Mannschaft an. Das war es, was ihn stolz machte: seine hervorragende Leistung.

In der Kabine war es ruhiger als sonst. Die Saison zehrte nicht nur an seinen Kräften. Auch die anderen Spieler schienen erledigt und müde. Rick saß nur mit einem Handtuch um die Hüften vor seinem Spind und blickte ins Leere. Ein Veilchen kündigte sich an dessen linken Augenbraue an. Auf dem Eis ließ Rick selten eine Schlägerei aus. Auch heute reichte eine kleine Provokation von Chuck Benson aus, damit er seine Handschuhe auszog. David blieb vor ihm stehen, so dass Rick aus seiner Trance gerissen wurde.

„Bist du sicher, dass du nicht mit zurück fliegst?", fragte Rick.

David nickte. Während des Telefonates heute Nachmittag mit Dora hatte er sich entschieden, erst am Sonntag früh nach Colorado zu fliegen. Morgen stand kein Training auf der Tagesordnung und er zog es vor, die Zeit lieber mit Dora zu verbringen...oder mit Melanie Gardinier. Er musste zugeben, dass sie zu den ungewöhnlichsten Zeitpunkten immer wieder in ihrem jadegrünen Kleid durch seine Gedanken spukte.

David schnappte sich seine Sporttasche und verabschiedete sich auf dem Weg nach draußen von seinen Teamkollegen. Jetzt noch ein Abstecher ins Hotel und die geänderten Flugtickets abholen und dann wollte er schon auf dem Weg nach Venice Beach sein. Doch als das Taxi vor dem Hotel hielt, entschied er sich doch, die Nacht hier zu verbringen. Er war müder, als er gedacht hatte. Sein Körper schmerzte von den vielen Bodychecks, die er einstecken musste. Mit dem Abendessen bestellte er sich eine Masseuse auf sein Zimmer. Seine Beine waren schwer. Sein Kopf schmerzte. Die lange Anspannung und der ständige Druck siegen zu müssen und auf jede Bewegung des Gegners zu achten, ließ ihn viel zu lange unter Strom stehen. David konnte gerade noch seine Hosen auszuziehen und sein Hemd aufzuknöpfen, als die Masseuse an seine Zimmertür klopfte. Sie war erfahren und kräftig. Leider schaffte David es nicht ihre Künste bis zum Schluss zu genießen. Ehe zehn Minuten vergangen waren, schlief er tief und fest.

*

Am Morgen fühlte David zwar noch die Schmerzen in seiner Brust und im Rücken, die eindeutig von den Haudegen aus Anaheim stammten, aber seine Bein- und Armmuskulatur machten einen erholten und fitten Eindruck. Die Masseuse schien erstklassige Arbeit geleistet zu haben. Kurz nach neun Uhr verließ er das Hotel in Richtung Venice Beach. Sein Strandhaus war leer, doch Melanie hatte ihre Spuren hinterlassen. Die vielen bunten Blumen fielen ihm als Erstes ins Auge. Es duftete nach Kuchen und Marmelade, doch leider konnte er weder das Eine noch das Andere in seiner Küche finden. Kein roter Bikini, keine Tops oder Röcke zum Trocknen auf seiner Dachterrasse. In seinem Schlafzimmer war das Bett noch zerwühlt. Was war Melanie doch für eine widersprüchliche Frau. Als er sie bei den Fotoaufnahmen getroffen hatte, war sie ihm selbstbewusst und auch ein bisschen arrogant erschienen. Gleichzeitig war sie sehr aufmerksam, als er sich bei den Aufnahmen so unwohl gefühlt hatte. Doch zeigte sie ihr wahres Gesicht, als sie ihren Rachefeldzug ausführte. Das hatte ihm den Deal mit den Whalers versaut und das würde er nicht vergessen. Also war ihre Freundlichkeit nur eine Tarnung, um ihren Plan nicht zu gefährden. Sie hatte ihre Strafe verdient. Obwohl er sich noch nicht sicher war, ob sie die überhaupt ernst nahm und hier tatsächlich aktiv war. Vielleicht hatte er sie hier in Venice auch nur ihrem Lover Rodwell näher gebracht. Wo war sie denn jetzt zum Beispiel schon wieder? David trat näher an ihren Nachttisch heran und warf einen Blick auf ihren Laptop. Doch der war aus und auch in dem Notizbuch, das direkt danebenlag, hatte sie keine Spuren hinterlassen, sondern lediglich jede Menge Seiten ausgerissen. Er konnte sich nicht selbst anlügen. Er musste sich eingestehen, dass er neugierig war, wie sie mit ihrer Arbeit vorankam. Da es um seine Zukunft ging, fand er es nur natürlich, gut informiert sein zu wollen. Doch auch auf Melanie war er neugierig. Als sie Claire vor dem Ertrinken gerettet hatte, war er ihr dankbar gewesen. Auch wenn sie keinen Hehl aus ihrer Abneigung gegen sie machte, hatte sie vorbildlich gehandelt. Woher hatte sie den Mut, ihm die Stirn zu bieten und im gleichen Atemzug Claire zu retten. Das verstand David bis heute nicht. Es fiel ihm nicht schwer nachzuvollziehen, dass er sie damals verletzt hatte. Doch mittlerweile waren viele Jahre vergangen und das Thema für ihn erledigt. Wieso nicht für sie?
Trotzdem schlichen sich in den unmöglichsten Momenten Bilder von ihr in seine Gedanken. Er hatte viele Freundinnen, die unkompliziert waren und zu seinem Lebensstil passten. Mädchen, von denen er keine Skandale erwartete. Trotzdem war es Melanie in seinem Jacuzzi gewesen, die ihn gedanklich gefangen genommen hatte und die er vor gut zwei Wochen so

leidenschaftlich geliebt hatte. In dieser Nacht hatte sie ihn mit ihrer Leidenschaft überrascht, hemmungslos bedient und sich von ihm sämtliche ekstatischen Gefühle auf ihr Gesicht zaubern lassen. David war sich sicher, dass er solche Gefühle bei einer Frau noch nie zuvor gesehen hatte. Zu gern hätte er das Spiel noch mehrmals wiederholt. Er war sich sicher, dass auch Melanie daran interessiert war, doch ihre Distanz am nächsten Morgen belehrte ihn eines Besseren. Ihre sachliche Zurückweisung kränkte ihn und verwirrte ihn zugleich. David war sich sicher, gewusst zu haben, was sie wollte. Doch scheinbar lag er damit total falsch. Er sah sich in dem unordentlichen Schafzimmer um und wollte sich nicht vorstellen, dass hier Donnie Rodwell übernachtet hatte.

David stopfte einige Sachen in seinen Rucksack und warf ihn auf den Rücksitz seines Range Rovers. Kurz darauf schoss er auch schon die Einfahrt herab und machte sich auf den Weg zu der vornehmen Villengegend, in der seine Großmutter lebte. Wie immer erwartete sie ihn mit einer Umarmung und Herzlichkeit, die er seit je her kannte. Ihr hellbraunes Kostüm war elegant. Die goldenen Locken schwungvoll nach hinten gebürstet und am Hinterkopf zusammengesteckt. Ihre braunen Augen leuchteten, als sie ihren Enkel umarmte. Sie hatte sich nicht entschließen können, das alte Haus in Toronto zu verkaufen, um nach Kalifornien zu ziehen. Davids Absicht, bei den Whalers zu spielen, hatte sie umgestimmt. Und als David ihr neue Golfschläger geschenkt hatte, freute sie sich nun wieder viel mehr Zeit mit ihm zu verbringen. David schien entspannt und gelöst. Trotz des Wirbels, den die Medien in letzter Zeit um ihn machten. Auch die verlorenen Spiele ließ er unkommentiert. Das war gar nicht seine Art. Doch schien er besonnen. Bei einer Tasse Kaffee würde David sich sicher entspannen und seine innere Zufriedenheit zurückkehren. Das war alles, was sie sich für ihn wünschte.

*

Es war schon fast zu Gewohnheit geworden, dass Donnie seine kurze, freie Zeit in Kalifornien mit Melanie verbrachte. In Anbetracht dessen, dass er erst ein paar wenige Monate bei den Whalers spielte und bisher nur Teamkollegen kannte, war es für ihn eine sehr angenehme und bequeme Lösung, Melanie als seine Begleitung auszuwählen. Er kannte ihre verzweifelten Gesichtsausdruck, wenn sie über ihrem Laptop Statistiken durchging und Spielanalysen las. Irgendwann hatte sie seinem Drängen nachgegeben und ihm erzählt, dass sie für Bennett arbeitete. Donny wusste von seinem gescheiterten Wechsel und konnte sich so Eins und Eins zusammenreimen. Selbst wenn er abends halb zwölf nach einem Spiel an ihrem Haus vorbeifuhr und ihr Licht brennen sah, schreckte er sie von ihren Recherchen auf. Sie redete nicht gern über ihre Arbeit und Donnie respektierte ihre Diskretion.

„Wie kann ich verlangen, ernst genommen zu werden, wenn ich nicht einmal verschwiegen bin?" fragte sie ihn dann und klappte ihren Laptop zu. Doch heute Morgen hatte er genaue Pläne, sie zu überraschen.

„Komm, Mel. Schnapp dir deine Schuhe und lass uns gehen."

Melanie schaute verschlafen über ihre Kaffeetasse und strich sich die ungekämmten Haare aus der Stirn. Am liebsten würde sie sich noch einmal unter ihrer Bettdecke verstecken, doch Donnies Enthusiasmus konnte sie nicht bremsen. Er gab ihr einen Wink mit der Kaffeetasse, die er gerade geleert hatte und deutete nach nebenan.

„Du gehst dich jetzt duschen, Prinzessin und ich such dir ein paar Klamotten aus deinem Schrank."

„Du liegst aber nicht nackt in meinem Bett, wenn ich wiederkomme oder?" Misstrauisch schaute sie ihn an. Doch Donnie lachte nun.

„Keine Sorge, Babe. Das ist für heute Morgen nicht geplant." Melanie nickte und zog in Richtung Badezimmer.

Als sie zurückkam, fand sie eine weiße Stoffhose auf ihrem Bett und dazu ein grünes Poloshirt, das sie sich vor Jahren gekauft hatte, ihr jedoch mit den dunkelgrün aufgestickten Seidenbändern immer zu overdressed erschien. Davor lag ein weißes Rovers Basecap mit dem markanten Schriftzug in dunkelgrün.

Melanie besah sich seine Auswahl und rief zu ihm ins Wohnzimmer, wo er es sich vor dem Fernsehen bequem gemacht hatte:

„Was hast du vor, Donnie? Es ist halb neun morgen und du hast bereits einen konkreten Dresscode."

Vom Wohnzimmer antwortete er nur knapp: „Wir gehen ein bisschen golfen, um dich auf andere Gedanken zu bringen. Wird Zeit, dass du hier mal von deinem Laptop loskommst und dir das frische Grün anschaust. Spielst du überhaupt Golf oder blamiere ich mich mit dir?"

„Es wird schon gehen."

Melanie zog sich an und steckte ihren Pferdeschwanz durch das Basecap. Ein minimales Make-Up, Wimperntusche, etwas Lipgloss. 15 Minuten später saßen sie im Maserati auf dem Weg zum Golfplatz. Melanie staunte nicht schlecht als sie den Parkplatz erreichten und sich einreihten. Scheinbar war sie die Einzige, die heute Morgen ein kleines Problem mit der Uhrzeit hatte. Donnie brachte sein und ein für sie mitgebrachtes Golfbag zum Vorschein und bewegte sich in Richtung Clubhaus. Melanie sah sich noch einen Moment zwischen all den Sport- und Geländewagen um. Der Saum ihrer Chino schnitt das Gras, als sie Donnie folgte. Es roch frisch und war noch feucht von der Nacht. Donnie hatte bereits wieder Unterhaltung gefunden. Sein Gesprächspartner war ein junger Mann Mitte 30, fast so groß wie Donnie, doch viel muskulärer. Er trug ebenfalls Chinos und ein schwarzes Golfshirt. Melanie trat näher und musterte diesen Mann aus nächster Nähe. Kurz geschnittenes braunes Haar schaute unter dem Basecap hervor. Dunkler Teint und schwarze Augen vervollständigten sein Bild. Eine goldene Uhr glitzerte in der Morgensonne. Als er sie erblickte, begannen seine Augen einen freundlichen Ausdruck zu bekommen und sein weicher Mund mit recht üppigen Lippen begann zu lächeln.

„Du musst Melanie sein." Er reichte ihr seine große Hand, die so vollkommen zu seinem Gesamtbild passte. Irgendwie war alles an ihm groß. Melanie fühlte sich schon neben Donnie klein, doch neben dem Fremden fühlte sie sich erst recht winzig.

„Ja. Hallo."

„Ich bin Corbin Franks, Donnies Agent."

„Oh." Melanie konnte ihre Überraschung nicht verbergen.

„Ich hatte gehofft, wir spielen eine Runde zusammen.", was weniger als Frage gedacht war, sondern eher als Feststellung. „Sind sie gut, Melanie?"

Donnie grinste sie an und gab ihr einen Kuss auf die Wange. „Klar ist sie das. Was denkst du, warum ich sie mitgebracht habe. Mel muss schließlich meine Fehlpässe ausgleichen."

„Ich werde mein Bestes geben, Corbin."

Um ihre Überraschung zu überspielen, zog sie sich ihren Handschuh an.

„Wollte ihr euch noch aufwärmen oder geht's gleich los?"

Corbin lächelte. „Von mir aus, können wir gleich loslegen. Rodwell?"

Der Agent setzte sein sonnigstes Lächeln auf und machte eine rasche Handbewegung in Richtung des Grüns.

Alle drei bestiegen das bereits wartende Golfcart und Donnie startete es mit einer kleinen Handbewegung. Melanie saß auf dem hinteren Platz, so dass sich Corbin umdrehte, um mit ihr zu sprechen.

„Donnie hatte vorgeschlagen, dass wir uns zu einer Runde Surfen treffen sollten. Ich dachte ich höre nicht richtig. Er verdient Millionen mit Eishockeyspielen und redet ständig über das Surfen."

„Ich hab es mal versucht, allerdings war ich nur mäßig erfolgreich."

Corbin nickte. „Der Junge soll nur aufpassen, dass er sich nichts bricht, solange die Playoffs noch nicht gewonnen sind."

„Keine Sorge, Corbin…. Noch ein paar Löckchen und eine Pralinenschachtel in der Hand und ich könnte schwören, du bist meine Mutter."

Am ersten Abschlag angekommen studierte Melanie die Entfernung und zog ihr Holz aus dem Golfbag. Gentlemanlike traten die beiden Männer zur Seite und warteten ihren Abschwung ab. Melanie war sich der prüfenden Blicke auf ihren Armen und ihrer Bewegungen bewusst, trotzdem versuchte sie so gelassen wie möglich am Ball zu stehen und alle möglichen Regeln, die ihr aus der Kindheit einfielen, durchzugehen.

Sie maß mit den Augen die Entfernung zum Loch nach, absolvierte einen kräftigen Probeschlag und rückte schließlich einen halben Schritt vor, um den Schlag zu reproduzieren. Melanie korrigierte noch einmal ihren Griff, fixierte nun ihren Golfball und holte aus. Ein Plong ertönte und der Ball flog in geradem Bogen in Richtung Grün. Der Schlag war weniger weit, als sie es beabsichtigt hatte, doch immerhin richtungsgenau und sauber. Sie war zufrieden. Und auch ihre beiden Mitspieler schauten anerkennend, wo ihr Ball gelandet war.

„Nicht übel, Melanie. Wo haben Sie gelernt, so zu schlagen?" fragte Corbin, der nun an den Abschlagsplatz trat und seinen Ball auf das Grün fallen ließ.

„Ich hab in meiner Jugend ab und an gespielt. Nichts Besonderes."

„Ich bin beeindruckt. Kannst du das noch mal?"

Melanie zuckte die Achseln. „Lassen wir uns überraschen."

Donnie trat unruhig von einem Bein auf das andere.

„Schlägst du nun, Franks, oder willst du quatschen?"

„Entschuldige, Rodwell. Im Gegensatz zu dir, habe ich nicht so oft Gelegenheit, mit talentierten und hübschen Frauen zu spielen. Daher bitte ich um Nachsicht. Aber ich weiß ja, wie ungeduldig du bist."

Damit schlug er viel kräftiger ab, als Melanie und verzog den Ball, den nun im Rough aufschlug.

„Siehst du, wenn ich mich nicht konzentrieren darf, geht`s daneben."

„Geh mal zur Seite und lass mich mal."

Donnie fackelte nicht lange, ließ den Probeschwung aus und schlug mit geschrecktem Arm und weniger kräftig als Corbin gegen den Ball und beförderte ihn in die Nähe von Melanie Ball.

Zufrieden bestiegen sie das Golfcart und fuhren hinunter, um ihre Bälle weiter gen Loch zu bringen. Melanie benötigte drei weitere Schläge, weil sie beim Putten zu zaghaft war. Corbin versenkte den Ball nach drei Schlägen und Donnie zog mit Melanie gleich. Insgesamt waren sie ein recht ausgeglichenes Team, auch wenn jeder seine eigene Methode besaß.

Am dritten Loch fragte Donnie Corbin nach seinem Meeting mit Chipman. Erst als Corbin auswich und Donnie am nächsten Loch erneut darauf zu sprechen kam, blickte der Agent beunruhigt von seinem Probeschlag auf.

„Sicher, dass du jetzt darüber reden willst?" mit einem Seitenblick auf Melanie.

Ohne zu zögern schoss er zurück. „Klar. Ich vertraue ihr."

Corbin nickte und kramte ein Stück Papier aus seinem Golfbag und ehe es sich Melanie zweimal überlegen konnte, hatte sie auch schon eine Geheimhaltungsvereinbarung unterzeichnet.

„Das darfst du nicht falsch verstehen. Das ist nicht persönlich. Doch ich könnte nie so ein hohes Honorar verlangen, wenn ich nicht so kleinlich wäre."

Erst anschließend erzählte er von den aktuellen Verhandlungen. Melanie erkannte, dass Donnie sie nur deshalb mitgenommen hatte, um sie mit Franks bekannt zu machen und sie in die Geheimnisse der Agentenwelt einzuweihen. Dankbar nickte sie ihm zu, ohne dass Corbin Franks etwas davon merkte.

Corbin Franks verhandelte gerade mit Dallas Chipman über Optionsrechte innerhalb Donnies Vertrag. Die Whalers waren gezwungen gewesen Donnie so schnell als möglich unter Vertrag zu nehmen, da ihnen eine Alternative entgangen war. Melanie brauchte nicht fragen, um wen es sich dabei gehandelt hatte. Ihr wurde heiß und kalt, als Corbin so unverblümt darüber redete, ohne jedoch einen Namen zu nennen. Leichter Schwindel erfasste sie, als sie wieder mal die von ihr verursachten Ausmaße erkannte. Jedoch ganz zum Vorteil von Donnie. Die Whalers nahmen ihn unter Vertrag, zahlten eine ordentliche Abfindung an seinen alten Club und versüßten ihm seine Unterschrift mit mehreren Optionen, die es nun im Nachhinein auszuhandeln galt. Blieb er nur für ein Jahr oder spielte er drei Jahre? Die Konditionen waren jedes Mal immens hoch, doch für Corbin und Donnie von Belang, da auch Verletzungen mit abgegolten werden sollten. Donnies Marktwert sollte sich in keinem Fall durch Verletzungspausen und weniger absolvierte Spiele zu verringern. Ebenfalls stand die Teilnahme an Wettkämpfen außerhalb der Liga zur Debatte. Hierunter fielen Weltmeisterschaften und andere Spiele in Europa, die für alle Spieler attraktiv waren. Melanie staunte nicht schlecht, welche Summen hier im Spiel waren. Gleichzeitig fragte sie sich, ob sie David Bennett zu Recht so geschädigt hatte und wie sie ihre Tat wieder gutmachen konnte.

*

Eine Wochen später saß Melanie im Flieger nach Toronto. Seit sie ihre Heimat verlassen hatte, waren nun zwei Monate vergangen, doch kam es ihr vor, als wäre sie ein Jahr weg gewesen. Sie hatte sich selbst überrascht, als sie sich an die abschließenden Verhandlungen mit dem People Magazin letzten Donnerstag erinnerte. In New York hatte sie sich mit Patricia Meyers, der Chefredakteurin vom People Magazin, und Sid Talvic, dem Marketingchef, getroffen, um den Deal zu besiegeln. In der nächsten Ausgabe sollten ihre Bilder erscheinen und David Bennett als verantwortungsvollen Eishockeyliebling darstellen. Melanie war stolz auf das Ergebnis, doch zweifelte sie immer mehr daran, dass sie damit ihren Job bei Bennett erfüllen konnte. Zugegeben hatte sie eine schöne Zeit in Kalifornien verbracht, doch sobald sie sich zwang aus diesem schönen Traum zu erwachen, müsste sie sich eingestehen, dass sie nichts erreicht hatte. Nicht nur, dass sie Bennett keinen Schritt näher an die Whalers herangebracht hatte, nein, sie hatte es auch geschafft, mit ihm ins Bett zu gehen und ihre fragwürdige Beziehung noch unangenehmer zu machen. Was wogen schon ein paar schöne Stunden voller Leidenschaft? OKAY. Es war mehr als das gewesen. Der Sex mit David hielt keinem Vergleich stand. Sie hatte jede Sekunde genossen. Wie hätte sie auch nicht? Sie hatte seit mehr als zehn Jahren darauf gewartet? Wenn sie nur daran dachte, wie er sie mit seinen dunkelgrünen Augen angesehen hatte, wie er jede ihrer Bewegungen verfolgt und beantwortet hatte, lief ihr ein Schauer über den Rücken. Wie er sie zärtlich neckend an allen erdenklichen Stellen ihres Körpers geküsst hatte, ehe sie seine sinnliche Tortur nicht mehr ausgehalten hatte und ihn angefleht hatte. Dummerweise ging er ihr seitdem nicht mehr aus dem Kopf. Sie hatte sich nie so frei und verstanden gefühlt. Zu sehr schmerzte die Ernüchterung, dass das schönste Gefühl gleichzeitig so selbstzerstörerisch war. Er war David Bennett. Der Mann, der sie finanziell in der Hand hatte und der bereits einmal Grund für ein paar verkorkste Jahre war. Zu allem Überfluss hatte sie auch noch die emotionale Nähe zu ihrer engsten Freundin und Vertrauten Holly verloren. Alles in allem stand sie nun bei ihrer Heimkehr mit noch weniger da, als bei ihrer Abreise.

*

Im Treppenhaus steckte Ms. Bowman neugierig den Kopf durch die Tür und fragte sie nach ihrem Urlaub. Wahrscheinlich beäugte sie die Post aller Hausbewohner. In Melanies Apartment staute sich die Wärme und es roch stickig. Mit schnellen Schritten ging sie zum Fenster und ließ Sauerstoff herein. Erst danach ließ sie sich auf die Couch fallen. Es war ein Fehler, ihre Wohnung mit Davids Haus in Venice Beach zu vergleichen. Ihrer Wohnung konnte sie nun überhaupt nichts Schönes mehr abgewinnen. Das große Wohnzimmer hatte seinen Charme verloren und auch die Wendeltreppe zum Schlafzimmer war nur noch halb so originell. Ihre Unzufriedenheit hielt sie nicht lange auf der Couch und ließ sie unruhig umherlaufen. Sie wusste weder, was sie als Nächstes tun sollte, noch, wie sie ihren Zustand verbessern könnte. Selbst zum Joggen hatte sie keine Lust. Erschwerend kam hinzu, dass es hier in Toronto weniger frühlingshaft warm war, als in Kalifornien. Voller Hoffnung klammerte sie sich nun an das Erscheinen des neuen People Magazine in der nächsten Woche.

Doch auch diese Hoffnung wurde enttäuscht, als sie die ersten Reaktionen im Internet verfolgte. Die Qualität der Bilder wurde sehr gelobt, doch deren Aussage änderte nichts an Chipmans Entscheidung über die Zusammensetzung seines Teams. Wie konnte sie auch nur im Mindesten hoffen, dass ein paar hübsche Bilder daran etwas ändern würden? Es stand außer Frage, dass Chipman mit Donnie nun einen anderen Superstar ins Team geholt hatte und sein Interesse an David erloschen war. Das war jetzt offensichtlich.

Donnie hatte sie abgelenkt, solange sie sich in Venice Beach aufgehalten hatte. Doch mit Donnie herumzufahren und nach einem neuen Haus zu suchen, hatten nicht geholfen, ihre eigenen Probleme zu lösen. Ihr Auto war ihr einziger und letzter Wertgegenstand, den sie noch hatte. Doch damit könnte sie nicht einmal eine Anzahlung für den Schadenersatz leisten.

Am Nachmittag fuhr sie ins nördliche Umland. In der Natur hatte sie sich schon immer wohl gefühlt. Doch weder die kühle Luft noch das beruhigende Zwitschern der Vögel konnten ihre innere Unruhe vertreiben. Ihr Sweatshirt ließ den kühlen Wind hindurch und ließ sie leicht frösteln. Dummerweise hatte sie ihre Jacke zu Hause gelassen, als sie überstürzt die Wohnung verlassen hatte. Zu spät realisierte sie die dicke Jacke der Frau mit ihrem Hund, die ihr entgegenkam und ihr freundlich zunickte. Im letzten Herbst war sie oft hier spazieren gewesen. Damals hatte Steve ihr das Bootshaus gezeigt und sie waren an den Wochenenden hier raus gekommen. Der Waldboden war weich und es knackte unter ihren Turnschuhen. Doch das ersehnte wohlige Gefühl blieb aus. Melanie hob ein Ahornblatt auf und drehte es gedankenverloren in den Fingern. Mittlerweile standen die Rovers in der ersten Play-off Runde und trafen sich mit dem Team aus Montreal auf dem Eis. Am heutigen Abend war das siebente Spiel in Montreal. Auch wenn sie sich nicht für Eishockey interessieren würde, in Toronto kam sie nicht daran vorbei. Sämtliche Berichterstattungen drehten sich um dieses Thema. Von Plakaten und TV Spots warb man für die Rovers. Und selbst ihr Bruder würde das Thema nicht verschweigen. Als Steves Bootshaus vor ihr auftauchte, vertrieb sie die unwillkommenen Gefühle und setzte ein fröhliches Lächeln auf.

In den paar Wochen, in denen sie in Kalifornien gewesen war, hatte sich hier viel getan. Die Zufahrt und die Grünflächen waren in einem sehr guten Zustand. Neben vielen neuen Anpflanzungen spendeten alte Bäume über der Veranda Schatten. In ein paar Wochen würden hier die ersten Gäste sitzen und den Ausblick auf den Ontariosee genießen. Melanie konnte es kaum erwarten, sich von Steve herumführen zu lassen und die Galtäume und neuen Schlafräume anzusehen. Als sie näher kam, hörte sie laute Rockmusik, und hämmernden Maschinenlärm. Sie erkannte dazwischen zwei schreiende Männerstimmen. Steve und Dillon schliffen gerade die Holzdielen ab, als Melanie den Gastraum betrat. Staub flutete den Raum. Steve stellte die Schleifmaschine aus und nahm seine Brille ab, als er sie eintreten sah.

„Lany. Was machst du denn hier? Du sollst es doch erst sehen, wenn alles fertig ist."

Steve wischte sich sein Gesicht am Ärmel ab und kam auf sie zu. Seine Jeans und die Schuhe waren über und über mit Staub belegt. Melanie war jedoch so froh, ihn wieder zu sehen, dass sie sich keine Gedanken über ihre sauberen Sachen machte. Stürmisch umarmt sie ihn. Jetzt erst merkte sie, wie sehr sie ihn vermisst hatte. Dillon winkte sie über Steves Schulter zu.

„Wie ich sehe, habt ihr noch ordentlich zu tun, bevor die Eröffnung gefeiert werden kann."

Steve nickte. Seine dunklen Haare waren mit Staub übersät. Dillon kam mit drei Flaschen Bier auf sie zu und nahm Melanie in den Arm.

„Schön, dass du uns mal besuchen kommst, Prinzessin."

Melanie lachte und gab Dillon einen Kuss auf die Wange. Sie kannte ihn schon seit ein paar Jahren. Steve hatte ihn im College kennen gelernt, als er gerade seine technische Ausbildung abschloss.

„Ich bin wirklich beeindruckt. Ehrlich gesagt, hatte ich anfangs meine Zweifel, ob ihr euren Eröffnungstermin einhalten könnt. Doch da habe ich mich wohl geirrt."

Steve und Dillon stießen ihre Bierflaschen aneinander und genehmigten sich einen ordentlichen Schluck.

„Komm, ich zeig dir die obere Etage. Die ist schon so gut wie fertig."

Steve ging voraus und Melanie folgte ihm. Im ersten Stock waren zwölf kleine Doppelzimmer entstanden, die in rustikalem Design ausgestattet wurden. Schlicht, aber gemütlich. Melanie betrat das Zimmer am Ende des Flures, weil sie sich erinnerte, von hier oben den besten Ausblick auf den See zu haben. Ein riesiges, gezimmertes Doppelbett nahm die Hälfte des Raumes in Beschlag. Auch die übrigen Möbel, der kleine Tisch mit den zwei Stühlen, der Wandschrank und eine kleine Kommode waren ebenfalls in Eichenholz gehalten. Es roch angenehm nach Wald.

„Neu lackieren wollte ich die Möbel nicht. Alles soll so ursprünglich wie möglich bleiben."

„Mir gefällt es. Ich kann es kaum erwarten, hier meine erste Nacht zu verbringen."

„Du bist immer willkommen."

Ehrlich erfreut sah sie ihren Bruder an und nickte.

„Danke."

Melanie warf noch einen Blick in das Badezimmer. Dort fand sie eine saubere Zinkwanne und einen hellen Waschtisch, der auf dunkelgrauen Fliesen stand. Durch die Fenster drang Licht in das kleine Zimmer und tauchte es in ein helles Beige.

„Wenn ihr noch Hilfe braucht... Ich lasse mich zu ein paar freien Tage überreden."

Melanie vermied es seinen neugierigen Blick zu erwidern und ließ sich stattdessen auf das große Bett fallen. Genussvoll atmete sie aus.

„Fühlt sich herrlich an."

Steve stand im Türrahmen und nickte langsam.

„Wir könnten deine Hilfe gebrauchen. Es gibt noch jede Menge zu putzen."

„Mach ich."

Melanie sprang vom Bett auf und lief die Treppe hinunter. Mit ihrer sofortigen Zusage hatte er nicht gerechnet. Doch freute er sich, dass sie diese leidige Aufgabe übernehmen würde. Er folgte ihr die Treppen hinab und machte sich erneut daran, die restlichen Dielen abzuschleifen. Melanie schnappte sich Steves Autoschlüssel und fuhr zum nächsten Supermarkt. Die gähnende Leere im Kühlschrank sollte kein schlechtes Omen für die Zukunft des Bootshauses sein.

*

In dieser Nacht fiel es ihr schwer, die Augen zu schließen und einzuschlafen. Das ging ihr in letzter Zeit häufig so. Ihre Ersparnisse reichten noch bis zur nächsten Mietzahlung. Anschließend begab sie sich in richtige Schwierigkeiten. Sie hatte keinen Job. Demnach konnte sie auch nicht auf einen Kredit von der Bank hoffen und weder Steve, noch ihre Eltern würden ihr hier aushelfen können. Bis zum Ende der Saison würde sie 250.000 Dollar für Bennett auftreiben müssen. Eine lachhafte Summe eigentlich für das was passiert war. Aber dennoch zu viel. Die paar hundert Dollar aus dem Verkauf der Bilder fielen hierbei nicht ins Gewicht. Ein neuer Job musste her, das stand außer Frage. Doch wo würde sie so schnell so viel Geld verdienen? Melanie schloss die Augen und hoffe auf eine zündende Idee, doch die Dunkelheit um sie herum verschwand nicht. Ihr schwirrte der Kopf und die Leere in ihrem Inneren ängstigte sie mehr als sie ertragen konnte. Benommen wische sie sich ihre Tränen von den Wangen. Die aufsteigende Ohnmacht zerschlug sie, indem sie ihre Kissen drehte und die Spuren ihrer Tränen versteckte. Im Zweifel blieb noch die Privatinsolvenz. Vor dem Fenster wehte jetzt ein stärkerer Wind und sie hörte das Pfeifen durch die minimal sanierten Fensterrahmen. Trotz des kalendarischen Frühlings, war es kalt in Toronto. Melanie zog die nackten Beine an und die Decke bis zum Kinn. An besonders kalten Winternächten hatte sie ihr Bett verlassen und an Steves Zimmer geklopft. Mitsamt ihrer Decke hatte Steve es sich angewöhnt, Melanie in seinen Schlafsack zu stopfen und sie bei sich schlafen zu lassen. Sie ähnelte dann einer Mumie, die bis zur Nasenspitze verhüllt war, doch endlich mit warmen Füßen einschlief. Zu gern würde sie zu diesem Zeitpunkt zurückkehren und im Schlafsack bei Steve liegen, der auf sie Acht geben würde. Doch heute hatte er eigene Probleme und Melanie musste sich eingestehen, dass sein Leben nicht darin bestand, Ihres zu beschützen.

Zugleich kam sie nicht um den Gedanken herum, wie es wohl wäre, wenn sie immer noch Schlittschuh laufen würde. Sie überlegte, was passiert wäre, wenn sie damals nicht so leicht aufgegeben und sich einmal gegen ihre Eltern durchgesetzt hätte. Sie fragte sich, wie wohl heute ihr Leben ausgesehen hätte, wenn sie damals gekämpft hätte. Über die Jahre hatte sie ihren Ausreden Gauben geschenkt. Doch in letzter Zeit fiel ihr das immer schwerer. Es war kurz vor ein Uhr, als sie ihre Strümpfe überzog und in ihrem Kleiderschrank die braune Kiste hervorholte. Sie musste sich auf Zehenspitzen stellen, um sie zu erreichen. Ganz oben, hinter ihren dicken Wintermützen, lag ihre Kindheit versteckt. Weit vergraben, doch jederzeit erreichbar. Sie hob den Deckel ab und erblickte die Fotografien, die sie so lange nicht angesehen hatte. Melanie Gardinier in ihrem hellroten Dress, dem strahlenden Lächeln, Ponyfrisur und mit zwei Zöpfen. Es war aufgenommen worden, als sie ungefähr 13 Jahre alt war und sich über ein neues Paar Schlittschuh gefreut hatte, das ihre Eltern ihr zum Geburtstag geschenkt hatten. Sie waren weiß und hatten winzige aufgemalte Eiskristalle an der Seite. Melanie hatte sich immer vorgestellt, wie diese von dem aufwirbelnden Eis auf ihren Schuhen haften blieb und bei jeder Drehung funkelten. Ein anderes Bild zeigte sie mit ihren Trainingsfreundinnen Janine Welsh während eines Wettkampfes in Quebec. Janines Eltern hatten das Turnier begleitet und beide angefeuert. Auch hier trug sie die Freude im Gesicht. Am Ende reichte es für Platz 6. Ihre Trainerin Tanja war so begeistert gewesen, dass sie daraufhin alle in eine Pizzeria eingeladen hatte. Ein Lächeln huschte über Melanies Gesicht. Tanja aß niemals Fastfood und verbot ihren Mädchen dergleichen. Immer wieder hatte sie ihnen eingebläut, wie wichtig eine ausgewogene Ernährung für konstant gute Leistungen war. Doch an diesem Abend kam sie nicht umhin, den Mädchen ein paar Stückchen zu gönnen. Sie selbst aß jedoch keines. Melanie schmunzelte. Tanjas Selbstbeherrschung hatte sie schon immer bewundert.

Es folgten einige Bilder, die sie in Trainingskleidung zeigte und ein paar Fotos von Trikots, die sie damals heimlich abfotografiert hatte, um sie sich später von Holly nachnähen zu lassen. Die Erinnerungen waren so frisch, doch schien es eine Ewigkeit her zu sein. Mit den Fotos auf dem Kissen schlief Melanie gegen zwei Uhr ein.

*

In ihrem Lieblingsmorgenmantel stand Holly in der Küche und trank frisch gepressten Orangensaft aus ihrer Lieblingstasse. Doch selbst das konnte ihre Stimmung nicht heben. Wieder und wieder betrachtete sie das schmale Teststäbchen. Das Ergebnis blieb das Gleiche. Wie doch zwei so kleine hell rosa Striche ein ganzes Leben verändern können. Sie hatte angenommen, dass sie ihren absoluten Tiefpunkt vor zwei Wochen erreicht hatte, als ihr Chef sie zu einem kurzen Vieraugengespräch in sein Büro gebeten hatte. Doch nun schien die Kündigung nicht einmal mehr so schlimm zu sein. Einen Job würde sie finden. Immerhin hatte sie eine gute Ausbildung und jede Menge Erfahrung bei CK gesammelt. Ihre Referenzen waren aussagekräftig und ihr Fleiß würde ihr fehlendes Wissen in weniger kreativen Bereichen ausgleichen und schnell beheben. In ihrer Vorstellung sah sie sich bereits bei Ralph Lauren oder Chanel, doch dann blickte sie auf das Teststäbchen und die Bilder verblassten. Holly hatte keine Ahnung, was sie tun sollte. Sie griff zum Telefon und wählte.

„Hi Lany. Ich bin es. Habe ich dich gerade bei etwas gestört?"

So froh sie war, Melanies Stimme zu hören, doch ihr die Wahrheit über ihren Zustand zu sagen, das brachte sie nicht über ihr Herz. Noch nicht. Sie selbst musste sich erst einmal an den Gedanken gewöhnen, bald ihre Schuhe nicht mehr allein zuzubekommen und später allein erziehende Mutter zu sein. Ihre Eltern, erzkonservative Musterbürger der Stadt Toronto, würden sie sicher zur Rede stellen. Nur gut, dass sie nicht mehr zu Hause lebte. Wenn sie erfuhren, dass es weder Hochzeit, noch Vater im Leben des Babys gäbe, dann könnte sie sich auf etwas gefasst machen. Zwei oder drei Monate blieben ihr noch, ehe die Öffentlichkeit von ihrer Schwangerschaft erfahren würde. Bis dahin sollte ihr Plan stehen. Sie liebte das Kleine in ihr, das sie nun auf jedem ihrer Schritte begleitete. Es war so wundervoll, dass sie weinen könnte. Ihr kostbarer kleiner Schatz.

„Holly, ich bin froh, dass du anrufst."

Melanie klang so weit weg. Sie vermisste sie schrecklich. Doch ehe sie ihr alles erzählen konnte, brauchte sie noch Zeit für sich und das Baby. Sie mussten sich erst noch aneinander gewöhnen und überlegen, wie sie es Steve sagen sollte. Holly hatte die Zeit mit ihm genossen und sehnte sich nach ihm. Doch wollte sie sehr vorsichtig agieren. Wenn sie eine Chance haben sollten, dann musste sie extrem behutsam vorgehen. Er sollte nicht nur um des Babys Willen bei ihr sein.

Holly erzählte Melanie von ihrer Kündigung. Wie erhofft, blieb Melanie geduldig und ließ sie ausreden. Alles, was sie in den letzten Wochen nicht geteilt hatten, kam nun zum Vorschein.

„Was hast du nun vor, Holly?"

„Mal sehen. Ich muss mich umhören und einen neuen Job finden."

„Kommst du zurück nach Toronto?"

Holly liebte ihre Heimat. Sie erinnerte sich gerne an ihre Kindheit und spazierte gern an die Plätze, die sie damals so oft besucht hatte. Erst der Job bei CK lockte sie nach Kalifornien. So gern sie nach Hause zurückkehren würde, so ungern wollte sie Steve über den Weg laufen. Nicht solange er sie mit dem Babybauch sehen könnte. Doch vorerst war ihr Leben in Kalifornien. Solange würde sie darüber nachdenken, wie sie am besten vorgehen sollte.

„Nein. Ich habe nächste Woche einige Vorstellungsgespräche an der Westküste."

„Das klingt doch gut. Hör mal, Holly. Ich habe dir Unrecht getan. Das weiß ich. Das tut mir leid."

„Lany. Ist schon okay. Du hast deinen Standpunkt und du wirst sicher deine Gründe dafür haben. Also mach keine große Sache daraus."

Holly biss sich auf die Lippen. Sie konnte sich vorstellen, wie ihre Antwort Melanie verwirren musste. Bis vor kurzem war es für Holly noch so wichtig, ihren Einsatz belohnt zu bekommen und nun schien es ihr egal zu sein, ob sie ein Date mit Steve hatte oder nicht. Holly legte die flache Hand an ihre Stirn.

„Hast du einen Neuen? Oder was ist hier los?"

Erleichtert atmete Holly durch. Das war genau die Richtung, in die das Gespräch abdriften sollte.

„Da gibt es Jemanden. Aber es ist noch nicht offiziell. Wir müssen uns beide noch über unsere Beziehung klar werden. Aber du bist die Erste, die es von mir erfährt. Versprochen."

Holly dachte nicht im Traum daran, Melanie die Treffen mit ihrem Bruder auf die Nase zu binden. Tatsächlich hatte sie letzte Woche Adam Wenderhall in einer Galerie kennen gelernt. Er war Immobilienmagnat und hatte er es zu einem ansehnlichen Sümmchen gebracht, das nun seine Frau und seine Tochter durchbrachten. Sie lebten in ihrem noblen Park Avenue Penthouse, während Adam in Los Angeles seinen Leidenschaften nachging: der Suche nach neuen Immobilien, die er preisgünstig aufkaufte, in Topform brachte und dann vermietete oder verkaufte. Außerdem hatte er ein Faible für schöne Frauen. Und Holly schien genau nach seinem Geschmack zu sein.

Auch auf Holly machte er großen Eindruck. Sein dichtes, dunkelgrau meliertes Haar, die dunklen Augen, seine Weltgewandtheit und sein Charme ließen sie vergessen, dass er ihr Vater sein könnte und noch dazu verheiratet war. Doch Adam umgarnte sie nach allen Regeln der Kunst und fand Gefallen daran, ihr sein luxuriöses Leben zu zeigen. Sie gingen in die nobelsten Restaurants zum Essen, in die teuersten Boutiquen zum Einkaufen, fuhren mit seiner Yacht die Bucht entlang und schliefen in seinen Hotels. Holly vergaß für eine Weile, dass sie keinen Job hatte und ihre Zukunft mit dem Baby ungewiss war. Für eine Weile wollte sie die Zeit noch genießen. Die Realität würde sie schnell genug einholen. Da nun auch die Presse auf sie aufmerksam geworden war, würde es sicher nicht lange dauern, bis Melanie und Steve von ihrer Affäre erfahren würden.

*

Am nächsten Morgen zog es Melanie in das kleine Eisstadion am Western Boulevard. Sie wusste nicht mehr, wie sie letzte Nacht zurück ins Bett gefunden hatte, doch war sie mit dem Gedanken eingeschlafen, hierher zurück zukommen. Das Eisstadion machte den gleichen tristen Eindruck wie früher, doch störte Melanie sich nicht daran. Das metallische Quietschen des Scharniers, als sie die schwere Hallentür öffnete, ließ ihr Herz schneller schlagen. Zu gern hätte sie Steve dabei gehabt. Doch traute sie sich nicht, ihm davon zu erzählen. Melanie schritt über die ausgerollten Gummimatten und erblickte einige Jugendliche in Trainingskleidung auf einer Bank ihre Schlittschuhe zubinden. Augenblicklich wurden ihre Hände kalt und sie spürte die steifen Schnürsenkel durch ihre Finger gleiten. Die Gespräche drangen nicht ganz zu ihr durch. Melanies Ohren schienen unter Druck zu stehen. Vielleicht war es auch die Aufregung, die sie von allem Gegenwärtigen abschottete. Zu sehr war sie mit der Vergangenheit konfrontiert. Vom Inneren der Eishalle drangen weitere Stimmen zu ihr. Neugierig schwang sie die Tür zur Eishalle auf und sofort fegte ihr die Kälte ins Gesicht. Das hatte sie immer gemocht. Kälte, die sich millimeterdick auf ihr Gesicht legte, während der Rest ihres Körpers ausreichend warm eingepackt war. Von je her fror Melanie bei kalten Temperaturen, doch in ihren Schlittschuhen und auf dem Eis war ihr niemals kalt gewesen. Gebannt starrte sie auf die vereinzelten Kids auf dem Eis. Wie in Trance nahm sie am Bandenrand Platz. Ihre Finger zitterten. Doch nicht länger von den niedrigen Temperaturen. Sie verschränkte sie ineinander und beuge sich vor, um noch näher am Eis zu sein. Ein Lächeln huschte über ihr Gesicht, als eines der Mädchen nach einem Sprung auf dem Hintern landete. Ohne zu zögern, stand das Mädchen wieder auf und sauste weiter. Sie trug einen dunkelroten Trainingsanzug, dazu wippende Zöpfe. Schnellen Schrittes versuchte sie ihre Freundinnen wieder einzuholen. Die anderen drei Mädchen fassten sie bei der Hand und reihten sie ein. Zusammen liefen sie im Gleichschritt eine Runde. Sie machten ein Spiel daraus, bis sich zwei Mädchen abkettelten und einige kleine Hopser wagten. Die beiden anderen taten es ihnen gleich. Obwohl sie nicht alleine waren, hatte Melanie nur noch Augen für die Vierergruppe. Sie redeten unaufhörlich. Auch wenn Melanie die Worte nicht verstand, so steckte deren fröhliches Schnattern sie an. Zunehmend verlor Melanie ihre Nervosität und lehnte sich entspannt zurück. Sie mochten 11 oder 12 Jahren alt sein. Seit ihrer Zeit damals schien sich hier nicht viel verändert zu haben. Egal, wer die Beste in Mathe, Englisch oder Geschichte war, auf dem Eis zählten andere Maßstäbe. Hier ging es in erster Linie um Mut und Entschlossenheit. Hier gab es keine Zwänge und keinen Druck. Jeder konnte seine Gefühle ausfahren, seinen Kummer vergessen und sich gleiten lassen.

Am darauffolgenden Tag kam sie ebenfalls zum Eisstadion und fand die vier Mädchen vor dem Stadion lauthals streitend vor.

„Was ist denn hier los?"

Das Mädchen mit den wippenden Zöpfen wand sich an sie.

„Trish behauptet, dass man keinen Flip an einen Axel anschließen sollte."

Die Beschuldigte tippte der Anderen auf die Brust und beharrte darauf.

„Meine Eltern haben mir das erzählt. Und du willst doch nicht behaupten, dass sie lügen, oder Kim?"

Das Mädchen namens Kim rollte mit den Augen, als würde sie diese Erklärung schon zum hundertsten Mal abgeben und wiederholte.

„Ich hab es aber in meinem Trainingsbuch gelesen. Und wenn du es mir nicht glaubst, dann kannst du es gern mal ausleihen. Außerdem haben deine Eltern uns das letzte Mal vor acht Wochen begleitet. Da kann man nicht unbedingt meinen, dass sie viel Ahnung vom Eislaufen haben."

Trish verschränkte die Arme vor dem Körper und zog die Mundwinkel herunter.

„Na wenigstens haben sie zugesehen." Antwortete Trish leise. Doch Kim überhörte sie nicht. Sie stütze die Hände in die Seiten und beugte den Kopf bedrohlich nach vorn.

„Meine Mom muss arbeiten. Das weißt du doch."

„Schluss jetzt."

Melanie mischte sich ein. Obwohl sie von den beiden Streithähnen begeistert war, so konnte sie nicht länger mit anhören, wie die Mädchen sich gegenseitig anfuhren. Seine Eltern konnte man sich nun mal nicht aussuchen.

„Ich schlage vor, wir gehen jetzt da rein und ihr probiert es einfach aus."

Vier Augenpaare blickten sie neugierig an

„Sie waren gestern schon hier. Wieso kommen Sie eigentlich hierher, wenn Sie doch gar nicht Schlittschuh laufen? Sind Sie ein Talentscout oder so was Ähnliches?"

Kim entging aber auch gar nichts. Melanie lächelte bei so viel Direktheit.

„Nein. Ich bin nur jemand mit zu viel Freizeit."

Kim hob die Augenbrauen.

„Der was vom Eislaufen versteht?"

„Ein bisschen."

„Okay." Schlug Kim nun vor. „Dann lasst uns reingehen und SIE wird entscheiden, ob es machbar ist, oder nicht."

Die nächsten zwei Stunden ergaben, dass Kim Recht behalten sollte. Melanie wusste es bereits, als sie die Eishalle betraten, doch erinnerte sie sich auch daran, wie ungern sie in deren Alter Ratschläge angenommen hatte. Mit Melancholie in den Augen verfolgte Melanie nun die Künste der Mädchen. Sie tanzten für sie, sprangen in die Luft und strahlten über das ganze Gesicht. Sie wollten Melanie gefallen und gaben alles, wenn sie an ihrem Platz vorbeirauschten. Immer wieder kamen sie an die Bande und wollten ihre Meinung hören.

Während der Stunden mit den Mädchen vergaß Melanie alles andere völlig. Nach dem Training belohnte sie die Mädchen noch mit einem Eis für ihre guten Leistungen und sie verabredeten sich zum nächsten Training.

Auch an den folgenden Tagen fuhr Melanie zum Western Boulevard und traf Kim, Trish, Jenny und Jade. Dann saß sie an der Bande und klatsche ihnen Beifall. Je öfter sie den Mädchen Tipps zum Absprung oder zur Haltung gab, desto öfter hielten sie bei ihr an und fragten Melanie nach ihrer Meinung. Es gefiel ihr, dass die Mädchen Vertrauen fassten. Schnell vergaß sie ihre eigenen Probleme. Die hatten in dieser magischen Welt innerhalb des Eisstadions nichts zu suchen. Hinterher gingen sie noch ein Stück zusammen, ehe sie von ihren Eltern oder dem Linienbus abgeholt wurden. Dann kehrte sie in ihre Wohnung zurück und starrte ihre Laufschuhe an. Im Stadion verspürte sie solche Kraft, die sie am liebsten bei einem Lauf durch den Park bündeln würde. Sobald sie jedoch allein in ihrer Wohnung ankam, war diese verschwunden und eine Leere machte sich in ihr breit. Meist legte sie sich auf ihre Couch und schlief. Es geschah, dass eine einzelne Träne ihre Wangen hinabfloss. Sie wusste nicht, warum sie weinte. Sie konnte nicht einmal sagen, ob sie traurig war. Irgendetwas rührte sich in ihrem Inneren und Gefühle schienen sich neu zu sortieren.

Doch die immer lauter werdende Stimme in ihr, konnte sie nicht länger ignorieren. Sie schlug die Zeitung auf und nahm sich pflichtbewusst einen Bleistift zur Hand. Fünf Minuten später legte sie diesen wieder bei Seite, weil sie keine passenden Jobs finden konnte. Doch wenn Melanie ehrlich zu sich selbst war, dass passte ihr so gar nichts. Sie verspürte keine Lust auf einen Job in der Buchhaltung, oder als Managerin im Marketing. Innovative Ideen gegen lukrative Bezahlung. Verlockend, aber zum Scheitern verurteilt. Obwohl Melanie mit ihrem Einfallsreichtum bei der Syphilis sicher hätte punkten können. Doch Marketing schien es nicht zu sein. Das hatte sie sich bereits selbst bewiesen. In der Schulverwaltung wurde nach einer engagierten, gewissenhaften und motivierten Mitarbeiterin gesucht. Melanie band sich die Haare zu einem strengen Haarknoten und setzte sich gedanklich eine gerahmte Lesebrille auf. Nett. Das würde für ein Vorstellungsgespräch vielleicht reichen. Dieser Gedanke löste keine Freudensprünge aus, doch schaffte sie es, eine ansprechende Bewerbung abzuschicken.

*

So sehr hatten die Eishockeyfans in Toronto schon den Play-Offs entgegengefiebert. Die Panthers aus Montreal in der ersten Runde der Play-Offs waren ein leichter Sieg. Mit vier Siegen in Folge ließen die Rovers keine Zweifel daran, dass sie sich den Titel in dieser Saison nicht mehr nehmen lassen würden. Coach Henderson schwärmte in sämtlichen Interviews euphorisch von seinem Team und behauptete, dass es keine Mannschaft gäbe, die den Stanley Cup mehr verdient hätte. Die außerordentlich gute Leistung des Teams machte riskante Wechsel unnötig und so setzte Henderson auf seine bewährte Spitze aus Bennett und Nolan, die gemeinsam acht Tore und sechs Vorlagen erzielten. Keine schlechte Bilanz für die erste Runde. Die Lokalpresse sah das ähnlich. Sie lobte die Rovers und schulterten David als ihren Starspieler und Helden. Seine ständige Präsenz in den Medien machte die Öffentlichkeit auch auf sein Privatleben neugierig. Doch während der Play-Offs gab es für die Spieler so gut wie gar keine Freizeit. Innerhalb einer Runde reisten sie fast täglich zum Gegner und wieder in die Heimat. Maximal sieben Spiele hintereinander. Unterbrochen wurde dieser Rhythmus nur vom Training und Mannschaftsbesprechungen. Zwischendurch Schlafen und Reisen. Nach dem letzten Spiel in Toronto warf David seine Sporttasche in den Kofferraum und fuhr hinaus in die Vorstadt. Erst am Steuer fiel die innere Anspannung von ihm ab, die er die letzte anderthalb Woche mit sich herumgetragen hatte. Erst jetzt dachte er an Folly, der auf seinen Rückruf wartet. Sein Agent hatte einige neue Angebote für Wechsel in der nächsten Saison erhalten und wollte diese mit ihm besprechen. Von Melanie sprach er nicht. David fragte sich, wie es ihr nach der Rückkehr nach Toronto ging. Diesem Gedanken wollte er allerdings nicht weiter nachgehen. Ihre Distanziertheit nach ihrer gemeinsamen Nacht hatte er bis heute nicht verstanden. Wäre sie nicht so abgeklärt gewesen, hätten sie sicher eine Zeit lang viel Spaß miteinander haben können. Doch auf Spielchen hatte er augenblicklich keine Lust. Er musste sich voll und ganz auf die Play-Offs konzentrieren und eine unberechenbare Frau hatte dabei keinen Platz in seinem Leben. Gedankenversunken rieb er seine Schulter. Heute Nachmittag hatte ihn die kräftige Kelle des Torhüters der Montreal Panthers getroffen.

Nachdem er noch an der Tankstelle ein Sixpack Bier gekauft und dem Tankwart ein Autogramm gegeben hatte, klingelte er an Greg Summers Tür. Greg wohnte mit seiner Frau Katie in einem hübschen Einfamilienhaus am Rande der Stadt. Ein kleiner Vorgarten und eine Holzterrasse führten um das gesamte Haus herum. In der Einfahrt parkte der Rasenmäher neben dem Dodge. An der Garage war ein Basketballkorb angebracht, den David noch aus seiner Jugend kannte. Hierherzukommen hatte für ihn immer etwas von Heimkehren. So hatte er sich das Leben mit einem Vater vorgestellt. Nicht, dass es ihm an irgendetwas gefehlt hätte. Dora und Paul erfüllten ihm alle Wünsche. David wusste nicht, dass er etwas vermisst hatte, bis er Greg traf, mit dem er die Hürden der Pubertät gemeistert hatte. Ein Schmunzeln huschte über Davids Gesicht. Er erinnerte sich an den Tag, an dem er von seiner Banknachbarin Anna keines Blickes mehr gewürdigt wurde und sie ihn bei der Lehrerin des Abschreibens bezichtigt hatte. Greg mutmaßte, dass Anna sich heimlich in ihn verliebt hätte und ihr das so peinlich war, dass sie ihn gegen sich aufbringen wollte. Doch David konnte nicht glauben, dass Mädchen so dumm sein können. Anna war hübsch und nett. Ein Wort von ihr und er wäre zu gern ihr fester Freund geworden. Doch dieser Weg schien ihr nicht gut genug. Irgendwie erinnerte ihn das an eine andere komplizierte Frau.

„David. Junge. Komm doch rein.", Greg zog ihn an seine Brust und beide Männer umarmten sich fest. Gregs graumeliertes Haar ließ ihn älter erscheinen, als der drahtige, agile Ex-Trainer wirklich war. Er hatte sich seit dem Syphilis Skandal nicht mehr bei seinem ehemaligen Trainer gemeldet. Ihr kurzes Gespräch nach dem Presserummel war nun auch schon wieder zwei Monate her. Für gewöhnlich riefen sie sich regelmäßig an und Greg kam zu seinen Heimspielen ins Stadion. David wusste, dass Greg in letzter Zeit einige Schwierigkeiten mit seinen Töchtern durchzustehen hatte, die ihm Zeit kosteten.

„Ich habe mich schon gefragt, wann du mal wieder Zeit für deinen alten Trainer hast"
Greg umarmte ihn fester und klopfte David auf die Schultern. Dann zog er ihn zu sich ins Haus. Greg war mit seinen knapp 60 Jahren wie gewohnt in guter Verfassung. Er trainierte immer noch die Jugendliga. Er hatte den Sport nie aufgegeben.
Katie, kam aus der Küche, trocknete ihre Hände rasch an der Hose ab und umarmte David ebenfalls.
„David. Ich freue mich, dich zu sehen. Greg hat gar nicht erzählt, dass du kommst."
Die Herzlichkeit und Wärme in dieser Familie hatte er schon immer geliebt. Er setzte sich zu ihnen an den Küchentisch, auf dem Gregs alte Lesebrille lag.
„Ich habe selbst noch nicht gewusst, ob ich es heute schaffen würde."
Ein Blick auf die Uhr zeigte, dass es bereits kurz vor Zehn war. Doch Greg und Katie lebten nach ihrer eigenen Uhrzeit. Jahrelange Nachtschichten ließen ihren Tagesablauf so flexibel werden,

dass sie möglichst viel Zeit miteinander verbringen konnten. Würde seine Mutter nur auch einmal so viel Glück haben, wie die beiden.

Katie erzählte bereits kurze Zeit später von Debbie, Natalie und Mariann, ihren Töchtern, während David sich das aufgewärmte Abendessen schmecken ließ. Nach dem Essen folgte er Greg auf die Veranda. Sie ließen sich in den Liegestühlen nieder. Schon seit seiner Kindheit hatte David hier mit Greg gesessen und über die Dinge geredet, die einen Teenager interessierten: Eishockey, Schule und vor allem Mädchen. Daran hatte sich bis heute nicht viel geändert.

„Wie machen sich denn deine Neuzugänge? Haben sie sich eingelebt?"

Greg blickte David an und zuckte mit den Schultern.

„Die Jungs sind 13 und 14, hoch motiviert und lernbereit. Alles was die interessiert, ist das Spiel. Die haben Vorbilder und trainieren wirklich hart für ihren Erfolg. Man könnte fast meinen, dass sie schon wissen, wie das Geschäft läuft."

„Ich nehme an, das haben sie dir zu verdanken."

Greg schmunzelte und das bereits leicht faltige Gesicht zeigte tiefe Furchen auf der Wange.

„Da ist dieser Junge. Sein Name ist Eric. Ich glaube, er ist einer deiner größten Fans. Kennt dein Spiel in- und auswendig. Alle deine aktuellen Statistiken hat er im Kopf. Dieser Junge lebt mit seiner Mutter in der Stadt und kommt jeden Tag zum Training. Er ist der Erste und auch der Letzte auf dem Eis. Wie du damals."

„Wow. Ich fühle mich geschmeichelt. Zum Glück wissen die Kids noch nicht was Syphilis ist, sonst würden sie sich auch ganz schnell umorientieren. Da bin ich mir ziemlich sicher. Dann wäre ihr Favorit plötzlich Rodwell."

Greg war der einzige Mensch neben Folly und Melanie, der von seinem Wunsch nach Kalifornien zu wechseln wusste.

„Kein Mensch denkt mehr an diese dumme Geschichte. Das war doch sicher nur ein Witz der Presse."

Davids Finger spielten mit dem Verschluss der Flasche. Er konnte diesen Vorfall nicht so leicht abtun. Gedankenverloren sah er auf das Etikett und strich darüber.

„Der Witz hat mir meinen Trade versaut. Ich hatte schon so gut wie unterschrieben, als Chipman von der Sache Wind bekam und den Deal platzen ließ."

„Ich habe sowieso nie verstanden, was du in Kalifornien wolltest. Deine Heimat ist hier, David."

„Meine Heimat ist dort, wo die Menschen leben, die mir wichtig sind."

Greg nickte und starrt auf sein Bier. Greg kannte Davids enge Beziehung zu seiner Großmutter. Während seine Mutter ihren Platz in der Welt noch suchte, war Dora Davids engste Vertraute.

„Wie geht es Dora?"

„Du kennst sie. Sie ist zufrieden und glücklich. Ihre neue Wohnung gefällt ihr sehr. Nur 15 Minuten von meinem Haus entfernt. Schicke Gegend, ruhige Lage und erstklassiger Golfplatz gleich um die Ecke. Nun ist sie auf der Suche nach würdigen Gegnern."

Greg grinste. Doras stets positives Wesen hatte ihm schon immer gefallen. Selbst nach heftigen Auseinandersetzungen, wenn er ihrem Enkel im Training zu sehr zugesetzt hatte oder ihm wieder mal die Welt erklären wollte, hatte sie stets ein verständnisvolles Wort für David. Er streckte die langen Beine aus und lehnte sich noch weiter in seinem Stuhl zurück. Die Dunkelheit umhüllte sie. Im Schein der Gartenlampe wirkte David nachdenklich und zerstreut. Sein braunes Haar war gewachsen. Bei seinem letzten Besuch hatte er es kürzer getragen. Nun kräuselte es sich leicht und ließ sich in Form ziehen.

Nach einer Weile kehrten sie zu Gregs Lieblingsthema zurück: Seine Mädchen. Schon so lange versuchte Greg David eine seiner Töchter schmackhaft zu machen. Nicht, dass sie David nicht interessierten. Nein. Sie waren äußerst intelligent und unter anderen Umständen würde er sich nicht zweimal bitten lassen, ehe er mit einer von ihnen ausging, doch hier handelte es sich um Gregs Töchter. Das hielt ihn ab.

„Triffst du eigentlich zurzeit Jemanden?"

David schmunzelt. Dafür, dass Dora sich nie in seine Beziehungen einmischte, war Greg umso neugieriger. Nicht zuletzt, weil er immer noch den besten Moment abzupassen versuchte, in dem er seine Mädchen anpries.

„Und ich meine nicht eine deiner Modelfreundinnen."

„Ich hatte nur eine Modelfreundin. Was stört dich an ihr? Claire ist eine tolle Frau."

David nahm noch einen Schluck Bier. Dann stieß er Greg versöhnlich mit der Schulter an und grinste zu ihm herüber.

„Ich nehme es dir nicht übel."

„Hätte mir schon gefallen, dich zum Schwiegersohn zu bekommen."

David griff nach dem nächsten Bier und stieß seinen Flaschenhals an den Gregs.

„Wie geht es Susan?"

„Sie will nächsten Monat heiraten."

„Schon wieder?"

„Sie sagt, diesmal hält es für ewig."

„Gewagte Worte für eine Frau, die das Risiko zum vierten Mal eingeht."

„Katie ist auch deine zweite Frau. Schon vergessen?"

„Nein, aber da wir uns schon seit der Schule kennen und uns für ein paar Jahre aus den Augen verloren hatten, war sie immer meine erste große Liebe."

Ein Lächeln legte sich auf Gregs Lippen.

„Ich nehme an, sie ist hübsch und du hast sie auf einer Party abgeschleppt."

„Bin ich so berechenbar?"

„Das ist doch dein übliches Beuteschema."

David verschränkte die Arme vor der Brust und blickte ins Leere.

„Nein. Diesmal nicht.", als David nicht weiter darauf einging, kehrte Greg zu Claire zurück.

„Wie geht es Claire?"

David zuckte die Achseln.

„Wir haben uns gestritten."

„Warum?"

„Weil sie ständig am Abgrund steht. Sie kapiert nicht, dass sie nicht fliegen kann."

Greg legte ihm die Hand auf die Schulter. Sein besorgter Gesichtsausdruck kam näher.

„Claire ist erwachsen. Du kannst nicht die Verantwortung für die übernehmen. Selbst, wenn du dir noch ihre Probleme aufladen möchtest. Das wird sie niemals zulassen."

„Sie weiß nicht, was sie tut."

„Und nur weil du es zu wissen glaubst, kannst du nicht die Kontrolle übernehmen."

David blickte seinen Trainer nachdenklich an. Ein Lächeln stand in dessen dunklen Augen geschrieben. Plötzlich sah er viel älter und weiser aus.

„Du bist ein Junge, der schon viel erlebt hat. Einer, der alle, die er liebt, vor dem Bösen beschützen will. Doch du kannst dich nicht selbst dafür verantwortlich fühlen, wenn jemand dieselben Fehler macht. Du muss sie loslassen. Wenn du sie nicht mehr liebst, solltest du sie gehen lassen."

„Die Typen, mit denen Claire zusammen ist, sind nicht gut für sie."

„Sicher. Weil in deinen Augen keiner gut genug sein wird. Aber das hat Claire zu entscheiden. Rede mit ihr!"

„Nein. Sie würde es nicht verstehen."

„Dann rede mit jemandem, dem du vertraust. Du darfst dich nicht dein ganzes Leben dafür verantwortlich machen, dass du als Teenager viele Dummheiten gemacht hast."

„Ich rede doch mit dir."

„Ich war dabei, David. Sprich mit jemandem, der unparteiisch ist. Einem Freund. Einer Freundin. Das wird dir helfen. Du hast schon genug andere Probleme am Hals."

Doch solange die Play-Offs nicht gewonnen waren, konnte er sich keinerlei Ablenkung leisten. Dann nippte er an seinem Bier und schnitt ein neues Thema an.

„Susan will, dass ich ihn kennen lerne. Er ist sicher ein guter Mann. Er hat einen ordentlichen Job und ein geregeltes Leben. Susan passt da eigentlich gar nicht rein. Doch er liebt sie."

„Was sagt Dora?"

„Sie gibt ihnen zwei Jahre."

„Das ist hart."

„Ich hoffe, Dora irrt sich dieses Mal."

David nickte. Das hatte er sich auch schon immer gewünscht. Seine Mutter lebte an einem anderen Ort und in ihrer eigenen Welt. Trotzdem liebte er sie. Sie hatte einige schwere Entscheidungen in ihrem Leben treffen müssen und er hoffte, dass sie dieses Mal mehr Glück mit ihrer Wahl hatte.

Etwas später verabschiedete er sich und fuhr zurück in die Stadt. Erst vor ein paar Stunden war er in Toronto angekommen und der Jetlag steckte ihm immer noch in den Knochen. Nur ungern dachte er an sein leeres Apartment. Das Einzige, was er im Kühlschrank hatte, waren ein paar Bierflaschen. Na wenigstens darauf konnte er sich verlassen.

*

Melanie hatte ihre Begegnung mit Andrew Folly schon seit Tagen vor sich hergeschoben. Seit sie wieder zurück in Toronto war, fand sie immer wieder Ausreden, um dem Anwalt aus dem Weg zu gehen. Wahrscheinlich auch, weil sie bisher nicht viel erreicht hatte. Für ihren Erfolg hatte sie ihr Depot geopfert. Überrascht stellte sie fest, dass sie ohne Erfahrung und ohne

Beziehungen in dieser Branche weitergekommen war, als sie es sich realistisch eingestanden hätte. Zugegeben, bei Tina Sanders und Dallas Chipman blieben ihr die Tore für weitere Gespräche zunächst verschlossen, was sie ihr auf unmissverständliche Art und Weise zu verstehen gegeben hatten. Doch tröstete es sie, dass ihre Fotoreihe neuen Wind in die Segel des Beamers geblasen hatte. Das öffentliche Interesse an Bennett war trotz oder gerade wegen des Syphilis Skandals enorm gestiegen. Seit seinem Erfolg mit den Rovers und deren Einzug in die nächste Play-off Runde, war David nicht mehr aus den Nachrichten wegzudenken. Doch den Aufwind, für den David mit seinen erstklassigen Leistungen sorgte, konnte Melanie nicht in geeignete Bahnen lenken. Zu wenig wusste sie über PR-Arbeit und die Liga. Die wichtigen Verbindungen fehlten ihr und wenn sie ehrlich zu sich selbst gewesen wäre, hätte sie sich die Schwierigkeit ihres Gelingens von Anfang an eingestehen müssen. Sie kannte niemanden in der Welt des Sports und was noch viel schlimmer war, niemand kannte sie.

Trotz alledem hielt sich Melanie ihre minimale Chance auf Erfolg ständig vor Augen. Zu oft hatten ihre Eltern ihr von klein auf eingeschärft, dass sie alles erreichen konnte, wenn sie nur fleißig genug wäre. Wenn sie genauso hart dafür arbeiten würde, wie Steve. Während ihres Trainings bei Tanja Kirjakova, als auch später in der High-School und am College, hatte sich dies bewahrheitet. Warum sollte sie daran zweifeln? Melanie hatte sich auf ihre neue Herausforderung gefreut und ihr anfänglicher Elan hatte jegliche realistische Einschätzung überschattet.

Nun sah Melanie sich Folly gegenüber, der sich an ihrem Misserfolg zu weiden schien. Seine kleinen blauen Augen fixierten sie durch die Brille und der abschätzende Blick verriet seine Abneigung gegen sie. Vor ihm lag ausgebreitet das People Magazin, das in zwei Doppelseiten über David und sein so genanntes Ruheprogramm zwischen den Spielen berichtete.

„Ich weiß nicht, wer ihnen diese Fotos freigegeben hat, Ms. Gardinier. Ich hoffe, dass sie sich mit Bennett darüber einig geworden sind."

Melanie presste ihre Lippen aufeinander. Folly gab sich offenbar keine Mühe, seine Missbilligung zu verbergen. Das konnte ihr nur recht sein. Ihre Miene bewegte sich kaum, als sie sprach.

„Zerbrechen Sie sich nicht meinen Kopf, Mr. Folly."

„Was sein Privatleben angeht, ist er sehr zurückhaltend. Wenn Sie hier zu weit gehen, wird Sie das teuer zu stehen kommen."

„Und ich wette, Sie werden ihm dazu einen geeigneten Vorschlag unterbreiten. Nicht wahr?"
Follys Gerede ärgerte sie umso mehr. Er gab ihr das Gefühl, ein kleines Mädchen zu sein, das sich wieder einmal vor der Autoritätsperson rechtfertigen muss. Doch diese Überlegenheit wollte sie ihm nicht gönnen. Gelangweilt schaute sie aus dem Fenster hinter ihm, wo sich die Baumkronen im Licht der Sonne wiegten.
„Nicht ich bin es, der Inhalte festlegt. Ich berate Mr. Bennett lediglich. Sie haben ja keine Ahnung, was Sie in ihrer Unwissenheit angerichtet haben. Womit werden Sie uns als Nächstes überraschen? Vielleicht sollten sie es sich zur Angewohnheit machen, vor ihren Aktionen mit mir darüber zu reden."
„Ich bezweifle, dass eine weitere Meinung in dieser Angelegenheit nötig ist. Ich habe klare Vorgaben, die Sie sogar schriftlich festgelegt haben, und benötige keine weiteren Instruktionen Ihrerseits, Mr. Folly."
„Ich dachte, wir beide ziehen am selben Strang? Eigentlich müsste ihnen die Zukunft von Bennett genauso am Herzen liegen."
„Das ist richtig. Doch, und bitte korrigieren Sie mich, wenn ich mich irre, kann ich mich nicht erinnern, dass Sie sich jemals von mir in die Karten sehen lassen. Unter einer Zusammenarbeit verstehe ich etwas Anderes."
Folly war keineswegs so beherrscht, wie er den Anschein machen wollte. Auf seiner roten Stirn kam eine dicke Ader zum Vorschein und den Stift in seiner Hand umschloss er mit weiß hervorstehenden Fingerknöcheln.
„Ms. Gardinier, zwischen unseren beiden Aufträgen liegt wohl ein himmelweiter Unterschied."
„Keineswegs. Wir verfolgen das gleiche Ziel. Wie Sie es bereits gesagt haben."
„Soweit bin ich noch bei Ihnen, doch befürchte ich, dass sie sich selbst überschätzen und damit uns beiden schaden."
„Ich kann Ihnen nicht ganz folgen."
„Ms. Gardinier, haben Sie im Entferntesten darüber nachgedacht, welche Konsequenzen es haben kann, wenn ein unerfahrener Niemand ohne die geringsten Kenntnisse wie Sie, versucht bei Dallas Chipman Eindruck zu schinden oder gar Tina Sanders Zeit beansprucht und damit einen angesehenen Mann wie David Bennett ins Lächerliche zieht?"
Melanie dachte, der Boden unter ihren Füßen würde sich bewegen. Ihr schwindelte und ihr Körper schien wie versteinert zu sein. Woher wusste Folly von ihren Bemühungen? Und was

hatte sie aus seiner Sicht falsch gemacht. Wahrscheinlich war es die Tatsache, dass sie es überhaupt gewagt hatte, in seinem Terrain zu fischen. Doch genau das war es doch gewesen, wozu sie vertraglich gezwungen gewesen war. Sie würde sich nicht dafür entschuldigen, soviel stand fest.

„Hat Mr. Chipman mich Ihnen so beschrieben? Das ist ja sehr interessant."

Follys abstrafenden Blick konnte Melanie nun wirklich nicht mehr lange aushalten. Sie atmete noch einmal unbemerkt tief durch, erhob sich und hängte sich ihre Tasche über die Schulter. Einen kurzen Blick gönnte sie sich noch auf Folly, als sie ihm wie nebenbei fortfuhr.

„Chipman ist sicher ein großartiger Manager, doch fehlt ihm leider die Weitsicht eines Nicolas Dereaux."

Melanie warf ihm einen abschätzigen Blick zu. „Den Inhaber der Anaheim Mighty Ducks kennen Sie hoffentlich!

Dieser Mann hat verstanden, dass sein Team einen David Bennett nicht ablehnen kann. Soweit ich ihn verstanden habe, würde er sogar seine Rechte auf die ersten Drafts für das nächste Jahr abgeben, um aus Bennett einen Mighty Duck zu machen."

Melanie stand auf und reichte Folly ohne ihre Miene zu verziehen die Hand. Sie hatte keine Ahnung, ob der Anwalt diese kleine Lüge schlucken würde, oder ob er sie entlarven würde. Folly schüttelte ihr etwas zögerlich die Hand.

„Das haben Sie nicht getan, Ms. Gardinier!"

Er glaubte ihr!

Melanie zuckte die Schultern, sichtlich unbeeindruckt.

„Tut mir leid. Ich konnte nicht darauf warten, bis Sie irgendwann auf die Idee kommen, bei Dereaux anzufragen. Immerhin geht es hier um Bennetts Interessen. Und ich dachte doch, dass das auch unsere sind! Also frage ich mich doch, warum ich hier die Einzige bin, die ihre Arbeit tut."

Follys Gesichtsfarbe wechselte von erregtem Rot zu blassem Weiß, ähnlich der Wand, an der hinter ihm seine Collegeauszeichnungen hingen. Auch wenn Melanie normalerweise niemand war, der sich am Leid anderer weidete, so konnte sie sich einen weiteren Kommentar nicht verkneifen.

„Aber fangen Sie wieder an zu atmen, Mr. Folly. Seien sie unbesorgt, dass Sie unvorbereitet in die Verlegenheit kommen, Dereaux gegenüberzutreten. Er hat mir deutlich zu verstehen gegeben, dass er in jedem Fall lieber mit mir Geschäfte macht, als mir Ihnen."

Melanie schritt zur Tür und bevor sie verschwand, blickte sie noch einmal auf Folly, der nun nicht mehr so selbstsicher aussah. Blass, regungslos, unfähig etwas zu erwidern.

„Ich werde mir einen eigenen Anwalt suchen, den ich mit diesen Aufgaben betreuen kann. Sie hören von uns. Guten Tag."

Länger konnte Melanie ihren Triumpf nun wirklich nicht hinauszögern. Natürlich hatte sie geblufft. Nicolas Dereaux war sie nie begegnet. Um ein Haar wäre sie zu weit gegangen. Doch nur so wurde sie wahrgenommen. Folly und Bennett hatten sie wie eine Idiotin aussehen lassen, auf ihre Niederlage gewartet und sie sich blamieren lassen. Dass sie zusätzlich noch mit Bennett im Bett war, schrieb sie sich selbst zu. Dieses Kapitel wollte sie lieber komplett ausklammern. Ein paar Stunden, die sie in einem anderen Kapitel abspeicherte und später lieber allein analysierte. Follys Entsetzten halfen ihr immerhin ein Stück über die verpatzten letzten Wochen hinweg, in denen sie nicht länger sie selbst gewesen war. Ihre innere Leere hatte sich mir Wut gefüllt, die sie nun bei Folly abgeladen hatte.

*

Melanie lud sich nur ungern Besuch in ihre Wohnung ein. Bis auf ihre Eltern, die ab und an überraschend vor der Tür standen, zog sie es vor, sich außerhalb zu treffen. Zum einen war da ihre Nachbarin, die jeden ihrer Schritte verfolgte. Zum anderen, die Aussicht auf das chinesische Restaurant, das ihr schon vor Jahren den Appetit genommen hatte und der starke Lärm von der Straße. Diese Tatsachen degradierten ihre Wohnung zu einer billigen Bleibe, die man schnell wieder verlassen wollte. Doch Kim schien das alles nicht zu stören. Da heute die Eishalle den Hockeyspielern gehörte und keine Eiskunstläuferinnen geduldet wurden, hatten sich Kim und Melanie verabredet, um ein paar Runden durch den Park zu drehen. Kim auf ihrem Fahrrad, während Melanie neben ihr her joggte. Anschließend tranken sie einen Smoothie und kehrten zu Melanies Wohnung zurück. Auf der Couch hatten sie sich ein Lager aus Decken und Kissen gebaut und Melanie zeigte ihr einige Aufnahmen von sich und ihren Freundinnen beim Eislaufen. Melanie genoss das Geschnatter und die Geschichten der

Zwölfjährigen. Kurzzeitig vergaß sie sogar Folly. Sie kam sich zwischenzeitlich selbst wie ein Kind vor und erzählte aus ihrer Jugend, von ihrem Bruder, ihren Erlebnissen in der Schule und ihrem Training bei Tanja Kirjakova. Kim konnte nicht genug davon bekommen, immer und immer wieder die Geschichten zu hören.

Sie schob sich einen Keks in den Mund und lehnte sich entspannt zurück. Ihre dunklen Haare waren heute zu einem Seitenzopf gebunden. Passend zu ihrem rot-weiß gestreiftes Shirt, trug sie passende Strümpfe, die unter ihrer Jeans hervorschauten. Ihre Füße steckten nun unter der Decke und ihre Hände in der Tüte mit den Schokoladenkeksen. Mit vollem Mund wiederholte Kim die Reaktion ihrer Lehrerin auf ihre Arbeit. Dabei wippte ihr Seitenzopf und aufgeregt blickten ihre Augen zu Melanie. Dunkle, große Augen, die jeden von Melanies Schritten aufmerksam beobachteten, während sie sich ebenfalls mit einer Decke auf die Couch setzte.

„Kannst du dir vorstellen, dass meine Mom in die Schule gekommen ist und Ms. Sullivan zur Rede gestellt hat, weil sie mir auf meine Hausarbeit ein C-Grade gegeben hat?"

Melanie sah zu Kim herüber.

„Ich schätze deine Mom hat ihr gehörig den Marsch geblasen."

„Ja, meine Arbeit wurde anschließend noch von Ms. Hurst bewertet und nun habe ich ein B-Grade.", sie lachte.

„Das hat sie gut gemacht."

„Immerhin haben wir beide die Hausarbeit zusammengeschrieben. Das konnte Mom nicht akzeptieren. Sie hat genau gesehen, wie viel Zeit und Kraft ich da hineingesteckt habe."

Draußen war es bereits dunkel. An diesem Abend hatten die Rovers spielfrei, weil sie sich bereits auf dem Weg nach New York befanden. Melanie spürte die Müdigkeit in ihren Augen. Es war so leicht, sie zu schließen und Kims Stimme zu folgen. Doch ihr Pflichtbewusstsein drängte sie noch einmal, ihren Laptop anzuschalten und ihre Mails durchzusehen. Immerhin erwartete sie von Folly oder diversen Magazinen zu hören. Sie konnte nicht aufhören, auf ein positives Feedback von Kalifornien, besser gesagt von Chipman, zu hoffen. Obwohl ihr klar war, dass das niemals passieren würde. Eine Mail von Donnie mischte sich zwischen sämtlichen Spam. Er schickte ihr Küsse und Grüße, sowie den Grundriss seiner neuen Bleibe in Kalifornien. Melanie kramte in ihrer Tasche und holte einen Stapel Fotos heraus, die sie mit auf die Couch brachte. Eines davon zeigte auch Donnies neues Haus, das ihr auf Anhieb so sehr gefallen hatte. Schnell fand sie das Bild und zeigte es Kim.

Kim griff auch nach dem restlichen Stapel Fotos und staunte nicht schlecht.
„Das ist Donnie Rodwell beim Surfen."
Kim griff nach dem Nächsten.
„David Bennett. Ich fasse es ja nicht. Hast du die alle gemacht?"
Melanie nickte und strich sich die Haare hinter die Ohren.
„Du kennst die Typen? Wow!" Kim konnte die Bilder nicht aus der Hand legen und ihr Blick sprang immer wieder zwischen ihnen hin und her.
„Es ist nicht schwer jemanden auf einem Foto wirken zu lassen, wenn er in Natura bereits gut aussieht."
Kim entdeckte weitere Aufnahmen von Männern, die an einem Bootshaus bauten.
„Das ist mein Bruder und sein Kumpel. Beide restaurieren gerade ein altes Haus oben am See. Und Donnie habe ich in L.A. kennengelernt. David Bennett und ich waren früher an der gleichen High-School. Neulich habe ich ihn getroffen, als er für eine Kampagne bei meiner alten Firma JETZ für Unterwäsche gemodelt."
„Wow. Die würden meiner Mom sicher auch gefallen."
Melanie lachte. Die würden sicher jeder Frau gefallen.

*

Mit schnellen Schritten kam David vor Melanies Wohnungstür an. Er hatte sie seit einigen Wochen nicht gesehen. Diese Frau war so widersprüchlich. Es war einige Wochen her, dass sie beide miteinander geschlafen hatten. Warum konnte Melanie so leidenschaftlich und anziehend sein, wenn sie zusammen waren und dann im nächsten Moment so gefühllos und abgeklärt, sobald sie sich gegenüberstanden? Warum hatte sie mit ihm geschlafen, wenn sie ihn doch nicht leiden konnte? Er verstand es einfach nicht.
Und dann auch noch die Geschichte mit den Anaheim Mighty Ducks...
Direkt nach dem Aufstehen hatte er sich in seinen 911er gesetzt und war zu ihrer Wohnung gefahren. Er wollte ihre Version der Geschichte hören. Vor allem wollte er sie wiedersehen. Wahrscheinlich auch, um ein neues Puzzleteil zu finden, das ihr Verhalten erklären würde. Sie war wirklich unberechenbar. Jemand sollte sie festhalten, zu ihrem eigenen Schutz. Er hätte vorher lieber anrufen sollen. Wenn es wirklich stimmte, was Folly ihm erzählt hatte, musste er

es von ihr selbst hören. Das war so typisch für Melanie. Warum handelte sie nie in seinem Interesse und machte die Sache immer schlimmer? Ein Anaheim Mighty Duck! Wie kam sie nur darauf? Er beschleunigte seine Schritte. Im Treppenhaus roch es nach chinesischem Essen und einige Modekataloge stapelten sich auf ihrem Briefkasten. Mit schnellen Schritten kam er im zweiten Stock an und drückte den Klingelknopf. Nicht ein Laut war aus ihrer Wohnung zu vernehmen. Hinter ihm öffnete sich eine Tür.

„Sie schon wieder. Sie waren doch schon einmal hier bei Ms. Gardinier zu Besuch."

David drehte sich zu Melanies Nachbarin Ms. Bowman um und schaute auf sie herab. Ihre neugierigen Augen musterten ihn unverfroren. Sie hielt ihren Staubwedel in der Hand und zeigte auf ihn.

„Ja, Mam. Da haben sie Recht. Sie wissen nicht zufällig, wo sie hingegangen ist?"

Auf Ms. Bowmans Lippen zeigte sich ein Lächeln. Irgendwie schien er ihr bekannt vorzukommen. Vielleicht war er eines von den Modellen, die für die gleiche Firma arbeiteten wie ihre Nachbarin, überlegte die ältere Frau.

David nahm Ms. Bowmans freie Hand und drückte sie leicht.

„Sie würden mir wirklich einen riesigen Gefallen tun, wenn sie mir verraten könnten, wo sie hingegangen ist."

Ms. Bowmans Herz schmolz. Die alte Dame lächelte und schaute auf ihre Hand herab, die in Davids lag.

„Ich weiß nur, dass sie heute Morgen mit dem Mädchen weggefahren ist. Und das schon sehr zeitig. Sie hatten Schlittschuhe dabei.", sie überlegte einen Moment.

„Und dann das Problem mit der Sporttasche im Hausflur. Können Sie ihr bitte sagen, dass ich das nicht länger dulden kann. Jedes Mal stürze ich und riskiere einen Beinbruch."

Abwartend blickte sie zu David auf, der kurz überlegte, warum er sich das gerade anhörte. Die Alte zuckte die Schulter.

„Seitdem habe ich sie auch nicht wieder gesehen. Mehr weiß ich leider nicht."

„Ich werde es ihr ausrichten.", sagte er freundlich und verständnisvoll.

Mal sehen!

David ging eilig die Treppe herab und sprang in sein Auto.

*

David fuhr direkt zum nächstbesten Eisstadion und hielt auf dem menschenleeren Parkplatz an dessen Ende Melanies roter BMW stand. Es war ein kleines Stadion: unscheinbar, aber gepflegt. Ein Plakat am Eingang kündigte eine Eis-Disco für Jugendliche an. Das Bild seiner Kindheit. Als Mitglied des Hockeyteams war die Eis-Disco eines der Ereignisse, bei denen die Eishockeyspieler protzen konnten. Mit seinen Freunden hatte er dort seine Runden gedreht, um den Mädchen zu imponieren. Mit einem leichten Kopfschütteln versuchte er das Bild aus seinem Kopf zu verbannen.

Rasch trat er ein. Zuerst sah er eine Hand voll Mädchen auf dem Eis, die so ungefähr elf oder zwölf Jahre alt sein mussten. Alle vier schienen ihn nicht zu bemerken und sausten an ihm vorbei. Immer den Blick auf die Bande zu seiner Linken gerichtet. Sie trugen enge Trainingshosen, dicke Stulpen über den Schlittschuhen, Rollkragenpullovern und ein Lächeln auf den Lippen. Ehe David Melanie sah, hörte er ihre Kommandos:

„Beim Absprung mehr in die Knie, Kimmi…"

„Versuch einen größeren Kreis, Jenny…"

„So ist es besser…"

„Sehr gut, Jade…"

„Denk an deine Arme…"

„Gleich noch mal, Trish…"

David verlangsamte seine Schritte und blieb im Hintergrund stehen, ehe sie ihn bemerken konnten. Zu sehr war er von dem Geschehen auf dem Eis gebannt. Vier Mädchen fegten über das Eis und buhlten mit ihren akrobatischen Figuren um die Aufmerksamkeit einer einzigen Frau. Die stand an der Bande und hielt die Hände in die Hüften gestützt. Jede einzelne Bewegung verfolgte sie mit ihren Augen und nichts auf dem Eis entging ihr. Sie trug eine schwarze Trainingshose, die ihr wie eine zweite Haut um ihren hübschen Po und die trainierten Beine saß. Dazu eine passende Trainingsjacke und Sportschuhe. Ihre Haare hatte sie zu einem Pferdeschwanz zusammengebunden und der wippte bei jeder ihrer Bewegungen hin und her. David kam es vor, als würde ein warmer Fön durch das Stadion gehen. Melanie gestikulierte mit den Händen und zeigte die Armbewegungen zu den passenden Figuren.

„Versuch dein Bein mehr zu strecken. Die Hände dabei etwa so."

Melanie drückte beide Arme durch und streckte sie im 90 Grad Winkel von sich weg.

David wusste nicht, wovon er mehr verblüfft sein sollte: den grazilen Bewegungen, ihrem sexy Outfit, mit dem sie einem Fitnessvideo entsprungen schien, oder ihren Kenntnissen über die Figuren der Eiskunstläuferinnen. Mit Eiskunstläufern hatte er bislang nicht viel zu tun gehabt. David war verblüfft. Wieso konnte sie nicht eine nette Frau sein, die er versuchen würde, für sich zu gewinnen? Warum musste sie so bedrohlich sein, wenn sie gleichzeitig solch eine Versuchung für ihn darstellte? Eins der Mädchen erspähte ihn und rief:

„Das ist David Bennett."

Nun drehte sich Melanie zu ihm um und war ebenso verblüfft, über den unerwarteten Zuschauer, wie er zuvor von ihr. Zu gern hätte er die Szene noch eine Weile beobachtet. Er lächelte sie an und ging auf sie zu.

„Hi."

„Was tust du hier?"

Melanie sah zu David auf, der neben ihr stehen blieb und über ihre Schulter zu den Mädchen auf dem Eis sah.

„Was macht ihr denn so früh hier?"

Sie ignorierte seine Fragen und schaute David aufmerksam an. Er hatte sich heute Morgen noch nicht rasiert. Diese grünen Augen und die Lippen, die sie sofort an ihren Kuss erinnerten. Sie wusste, dass er sie auf die kleine Lüge mit Folly ansprechen würde. Wahrscheinlich wollte er ihr klar machen, dass sie sich zu viele Freiheiten herausgenommen hatte. Doch diese verbale Ohrfeige wollte sie, wenn möglich, nicht in Gegenwart der Kinder ertragen.

„Können wir kurz reden?", fragte sie leise.

Kurz darauf schlossen sich auch schon die Türen hinter ihr, als beide ins Freie traten. Draußen blies ein schwacher Wind und Melanie zog die Trainingsjacke zu. Sie verschränkte die Arme vor der Brust weil sie fröstelte. Sie nickte auf den Grünstreifen auf der anderen Straßenseite.

„Lass uns ein Stück gehen."

David ging schweigend neben ihr her. Melanie mit den Mädchen zusammen zu sehen irritierte ihn. Allein der Gesichtsausdruck der Kids, als sie Melanie angesehen hatten, nahm ihm allen Wind aus den Segeln. Doch es gab Dinge, die wichtiger waren, als darüber nachzudenken, warum ihn dieses Bild so berührt hatte.

Sie hatte nicht nur seinen Ruf geschädigt. Nein. Nun ließ sie ihn auch noch wie einen Idioten aussehen, der um jeden Preis das Team wechseln wollte. Doch das traf in keinem Fall zu.

Melanie wusste das. Trotzdem fand sie es anscheinend lustig, ihn im Trikot der Mighty Ducks zu sehen. Doch wenn es ums Geschäft ging, verstand er keinen Spaß. Dass sollte sie mittlerweile verstanden haben. Doch warum forderte sie ihn immer wieder heraus? Das konnte und wollte er nicht verstehen. Nur Verlierer waren nachsichtig und zu dieser Kategorie hatte er noch nie gehört.

„Du bereitest hinter meinem Rücken meinen Transfer nach Anaheim vor?"

„Dort ist es schön warm und du kannst in deinem Haus am Strand wohnen. War es nicht das, was du wolltest?"

Naivität oder Einfältig? Gerade kam sie ihn ziemlich abgebrüht vor.

„Nein. Und das weißt du auch."

„Anaheim ist in Kalifornien."

David blieb stehen. Ihr Zopf hüpfte auf ihren Schultern. Überrascht sah sie zu ihm auf. Auf ihrer Stirn zeigte sich eine kleine Falte und ihre Augenbrauen wurden lange gerade Linien.

„Ich habe noch nie jemanden getroffen, der so selbstzerstörerisch ist, wie du. Warum machst du es dir so schwer, Melanie? Ich würde fast annehmen, dass du Angst vor mir hast und deshalb ständig Sturm läufst."

„Keine Ahnung, wovon du redest."

Ihre Unschuldsnummer würde sie noch ewig beibehalten. Das wusste er nun. Aber es war an der Zeit, dass sie mal Klartext redeten.

„Meine Trainer werden nicht begeistert sein, wenn sie den Gerüchten Glauben schenken. Ich suche nicht mit aller Kraft ein neues Team! Hast du daran mal gedacht, wie das an meiner Glaubwürdigkeit sägt und mein Stand im Team sich dadurch verschlechtert? Was meinst du, wie die Jungs mich dann ansehen? Hast du soweit mal gedacht? Oder nimmst du an, dass deine Gespräche mit Anaheim folgenlos bleiben? Ich mache mich doch total unglaubwürdig. Ich versteh es nicht, Melanie. Was soll der Mist? Willst du dich immer noch an mir rächen? Hast du vor, mich erst in aller Öffentlichkeit zu blamieren, meine Glaubwürdigkeit zu untergraben und dann auch noch in das Team in Anaheim zu stecken?"

Davids wütende Stimme verschreckte sie. Aus dem eiskalt, berechnenden Eishockeyspieler und aalglatten Geschäftsmann sprach Ungeduld und Verachtung. Er schüttelte den Kopf.

„Und das alles nur, weil du es nicht verkraften konntest, als Teenager abgelehnt worden zu sein? Melanie, wach auf. Das ist 10 Jahre her. Das hat rein gar nichts mehr mit heute zu tun. Also was soll das?"

Das aus seinem Mund zu hören, machte es irgendwie offiziell.

„Das ist nicht der Grund. Und falls es dich interessiert. Ich habe es bereits abgehakt."

Er fixierte sie, wartet auf eine Erklärung. Feindliche, dunkelgrüne Augen bohrten an ihrer Oberfläche und versuchten in sie einzudringen und sie von innen unschädlich zu machen. Doch sie versuchte das permanente Drängen zu ignorieren.

„Mein Job besteht darin, dich zu den Wahlers zu bringen. Wenn dieser Weg nur über Anaheim führt, dann werde ich ihn gehen."

Sie blickte zur Seite und wartete, bis der Fahrradfahrer, der sie soeben passierte, außer Hörreichweite war. Dann schaute sie zu ihm auf.

„Den Deal, den ihr mir aufgezwungen habt, kann ich nicht erfüllen. Das weißt du. Das weiß ich. Und das war auch von Anfang an absehbar. Leider hab ich das anfangs ausgeblendet. Also, was ich auch tue, wird dazu führen, dass ich scheitern werde. Eigentlich brauchst du nur noch zu warten. Meine Gnadenfirst läuft bald ab."

Melanie sah ihm mitten in die Augen.

„Leider hab ich auch am Ende der Saison keine 250.000 Dollar. Du kannst also annehmen, dass ich alles tun werde, um dich in ein anderes Team zu bringen. Ob es mir nun gelingen wird, oder nicht. Ich muss es versuchen. Klar sind die Mighty Ducks nicht die Whalers, doch vielleicht siehst du das am Ende der Saison anders und lässt dich vom kalifornischen Klima milde stimmen. Dann können wir eine neue Vereinbarung schließen."

Das war das Ehrlichste, was sie ihm anbieten konnte. Mehr würde er nicht bekommen. Sie zuckte die Achseln und blickte ihn furchtlos an. Sie würde nicht mehr gegen ihn kämpfen wollen. Doch konnte er sie damit nicht ziehen lassen.

„Ich lasse nicht zu, dass du eine Witzfigur aus mir machst."

„Fühlst du dich etwa von mir bedroht?"

Er lächelte fast bei dieser Vorstellung. Ein kleines Grübchen zeigte sich an den Wangen. Dann fuhr Melanie fort.

„Nein. Aber DU hasst es, zu wissen, dass dein Leben nicht nach Plan verläuft."

„Wenn du es genau wissen willst. Ich hasse es, dass jemand wie du...:"

„Jemand wie ich?" Ihre Augenbrauen schossen in die Höhe und für einen Moment stand sie ihrem Vater gegenüber, der sie ermahnen und auf den rechten Weg zurückführen wollte.

„...Ja, ein Nobody wie du, mein Leben so sehr beeinflusst."

Davids Kiefer knirschte, als er beide übereinander rieb. Er war wütend. Seine Gesichtsfarbe war intensiver geworden. Die sonst so blitzenden Augen konzentrierten sich auf ihre Reaktion. Genau so sah man ihn sonst auf dem Eis. Kurz bevor er seinen Gegner ausschaltete.

Normalerweise folgte nun eine Belehrung durch ihren Vater. Er würde ihr nun eine Geschichte aus seiner Jugend erzählen, die sie überzeugen würde, sich nur auf die Dinge zu fokussieren, für die sie ein Talent hatte. Doch zu oft hatte sie diese Gespräche über sich ergehen lassen. Entweder ließ sie sich von ihm überzeugen oder gab es einfach auf, die gleichen Fehler noch einmal zu tun. Wie konnte sie auch nur so dumm sein und sich von ihren Gefühlen so mitreißen lassen? Sie wusste doch, dass mit David Bennett nicht zu spaßen war. Melanies erster Instinkt meldete Flucht an. Doch wohin? Er würde sie überall finden. Warum hatte sie ihn auch wieder provozieren müssen? Sie wusste doch mittlerweile, dass er keine Rücksicht nahm.

Weibliches Opfer Mitte Zwanzig hinter dem Eisstadion übel zugerichtet aufgefunden.

Melanie konnte die Schlagzeile von morgen bereits vor ihrem geistigen Auge sehen. Vielleicht war der Zeitpunkt für einen Rückzieher nun gekommen. Sie zuckte die Schultern und resignierte. Konsequenz zählte noch nie zu ihren Stärken, außer beim Eislauftraining.

„Das würde mir auch Angst machen."

„Du gibst es zu?"

Davids Mund entspannte sich.

Ein Nicken.

David setzte sich auf die Bank an der Bushaltestelle und blickte zu ihr auf. Einige Strähnen hatten sich aus ihrem Zopf gelöst und wehten leicht im Wind. Ihre Hände vergrub sie in den Taschen der Trainingsjacke, die Augen auf ihn gerichtet.

„Ich höre."

Irgendetwas in ihr brach den Damm und sie konnte nicht länger an sich halten. Zu viel versteckte sie vor ihm. Ihr wurde immer klarer, dass sie niemals gegen ihn gewinnen würde. Steve hatte Recht. Sie alle hatten Recht. David Bennett war einfach eine Nummer zu groß für sie. Die Worte ihres Vaters drangen in ihr Bewusstsein.

Halte dich an die Dinge, in denen du gut bist.

Und ihr Terrain hatte sie bereits vor langer Zeit verlassen. Unglücklicherweise hatte nicht einmal das erhoffte Zufriedenheitsgefühl eingesetzt, als sie David öffentlich bloß gestellt hatte. Das war ihr Motiv gewesen. Schlimm genug, dass sie in den letzten Wochen keine neuen Fehler an ihm entdecken konnte, die ihren Hass zurückholen würden. Wenn sie ehrlich zu sich selbst sein sollte, dann hätte sie genauso reagiert wie er. Und nun saß er neben ihr und erwartete eine Erklärung. Sie musste sich eingestehen, dass sie David genau diese schuldig war.

„Ihr beiden habt von Anfang an mit mir gespielt. Es stand doch von vornherein fest, dass ich keinen Erfolg haben würde. Also habt ihr nur auf den Moment gewartet, bis ich am Boden liegen würde und ihr euch in meinem Unglück suhlen könntet. Sicherlich habt ihr euch tot gelacht, als Tina euch von unserem Treffen erzählt hat."

Davids Hände ruhten auf seinen Knien. Weiter konnte sie ihn nicht ansehen.

„Hast du nicht genau das gleiche mit mir vorher gemacht? Ich wette, du hattest auch riesigen Spaß, als die Presse sich auf das Syphilisfoto gestürzt hat."

Davids grüne Augen hafteten an ihr, doch wirkten sie nicht länger gefährlich. Er wartete. Damit traf er genau ins Schwarze. Er hatte Recht. Sie hatte ihn lächerlich gemacht und gehofft, gleichzeitig daran zu gesunden und die vielen schlimmen Erfahrungen aus ihrer Jugend damit auszulöschen. Doch die Erinnerungen an damals blieben genauso schmerzhaft. Sie hatte sich von ihrem Impuls hinreißen lassen. Ohne gründlich nachzudenken wollte sie Gleiches mit Gleichem vergelten. Doch das hatte nicht funktioniert.

„Habe ich Recht?"

„Irgendwie schon. Doch bin ich dabei leider nicht auf meine Kosten gekommen.", sie musste es ihm gegenüber zugeben, auch wenn sie Angst davor hatte.

„Ich habe kein Mitleid mit dir." fuhr David nach einer längeren Pause fort.

„Hätten wir das nicht wie Erwachsene regeln können? Wenn du ein Problem mit mir hast, warum können wir das dann nicht aus der Welt schaffen?"

„Oder wir gehen uns aus dem Weg."

„Bis wir uns das nächste Mal zufällig über den Weg laufen, du aus unerfindlichen Gründen sauer auf mich bist und mir sofort das Messer in den Rücken rammst... Nein Danke. Wir klären das jetzt, ein für alle Mal."

Ihr Kopf fuhr zu ihm herum.

„Da gibt es nichts zu klären."

„Anscheinend doch. Also, Melanie, spuck es aus. Oder wird dir sonst bewusst, dass du ohne Grund ganz schönen Mist gebaut hast?"

Melanies Kampfgeist war gebrochen, doch fand sie nicht die Kraft sich ihm zu öffnen.

„Was ist los? Ich dachte, du hast Mumm in den Knochen. Wo ist das Mädchen mit Sinn für Schadenfreude?"

Es blitzte in seinen Augen auf. Kurzzeitig kehrte ihr ausgeprägtes Temperament zurück, doch konnte sie sich rechtzeitig zügeln. Inzwischen wüsste sie, wann sie herausgefordert wurde.

„Du bist ein arroganter Mistkerl, der es gewohnt ist, zu gewinnen. Darum sei bitte nicht erstaunt, wenn nicht jeder nach deiner Pfeife tanzt."

David nickte kaum merklich.

„Ich gebe zu, ich hatte viel Glück. Doch dafür muss ich mich nicht schämen. Ich habe hart dafür gearbeitet. Das gibt dir oft die Legitimation dafür, zu tun und lassen, was man will."

„Nein. Soweit ich mich erinnere, warst du schon vor deiner Profizeit so."

„Weil ich schon frühzeitig gelernt habe, wie man seine Ziele erreicht. Da bin ich dir wohl um einiges voraus. Jedenfalls scheint dich das total angeturnt zu haben."

Ein leichtes Lächeln huschte über seine Lippen.

„Der Sex hatte überhaupt nichts damit zu tun."

Davids Lachen erhellte den Parkplatz.

„Tut mir leid, Melanie. Das nehme ich dir nicht ab. Soweit ich mich erinnern kann, konntest du es kaum abwarten, dass ich dir das Höschen ausziehe..."

Melanie konnte nicht länger mit anhören, wie er die Erinnerungen an den Abend im Club auffrischte. Dummerweise passte seine Beschreibung auf den verkorksten Abend vor zehn Jahren. Melanie hob die Hand und versuchte ihn zu stoppen.

„Das hatte nichts mit dir zu tun. Du warst verfügbar."

„Vergiss es. Das kaufe ich dir nicht ab. Ich glaube, du bist sauer auf dich selbst, weil du mit deinem Arbeitgeber ins Bett gegangen bist?"

Er hatte den Nagel auf den Kopf getroffen und ohne es zu wissen, auch ihren wunden Punkt. Doch soweit konnte sie ihn unmöglich in ihre Seele blicken lassen. Betont entspannt lehnte sie sich zurück und schlug die Beine übereinander.

„Wie wäre es damit: So ein Arsch hat mich in der High-School mitten beim Sex stehen lassen und ich wollte einfach mal sehen, ob er dazu gelernt hat und es zu Ende bringen kann."

David bemerkte ihre zittrige Stimme. Obwohl sie seinen Augen standhalten konnte, erkannte er ihre Verletzbarkeit. Ihre Lippen bebten, sobald sie ihre Wut und ihre Feindseligkeit ablegte, erkannte er die 17-jährige von damals in ihr.

„Und? Hat er?", fast lächelte er bei dieser Frage.

„Ich denke schon."

„Dann gibst du jetzt zu, dass du Mist gebaut hast und die desaströsen Auswirkungen nicht gewollte hast."

Melanie zögerte einen Moment. Er wollte eine Entschuldigung von ihr. Sie wurde zum Verlierer deklariert und sollte sich dazu bekennen.

„Ich weiß, dass ich schneller gehandelt habe, als nachzudenken. Wahrscheinlich wäre mir dann auch eine viel bessere Idee als die Syphilis gekommen. Aber ich stand schließlich unter Alkoholeinfluss."

Mehr als diese Entschuldigung konnte er nicht erwarten. Das wusste er.

„Alkoholeinfluss, ja? Dann hoffe ich, dass du ab sofort nur noch Traubensaft trinkst. Ich kann mir nämlich keine Skandale mehr leisten. Und du auch nicht. Du hast ja noch nicht mal für den Letzten bezahlt."

Melanie atmete auf. Das Bild von der übel zugerichteten Melanie im Hinterhof des Eisstadions verschwand langsam.

Entschuldigend sagte sie: „Ich versuche mein Trinkerproblem in den Griff zu bekommen."

„Lany!"

Ein schriller Schrei hallte über den Parkplatz. Die schwere Tür des Eisstadions fiel kräftig ins Schloss und Trisha fuchtelte wie wild mit den Armen in der Luft herum. Ihr bleiches Gesicht versetzte Melanie in Alarmbereitschaft. Während sie zum Eingang rannte, sprudelte Trisha bereits sämtliche Geschehnisse hervor. Die vorbeifahrenden Autos verschluckten die Hälfte aller Worte, doch irgendjemand schien sich verletzt zu haben. Hinter ihr betrat David das Eisstadion, doch sie hatte keine Zeit sich darum zu kümmern. Auf dem Eis lag Kim und krümmte sich. In dem Moment verengte sich der Raum im Stadion. Die Tribünen kamen immer näher und schienen sie zu erdrücken. Angst legte sich auf ihre Ohren und ehe sie die Situation überblicken konnte, sah sie David über die Bande springen und zu Kim eilen. Seine Turnschuhe schlitterten über das Eis. Wenige Augenblicke später war er bei dem Mädchen. Melanie drückte ihr Gesicht an die tränennassen Wangen des Mädchens. Was danach geschah, ereignete sich wie im Zeitraffer. David hob Kim auf seine Arme und bedeutet den anderen drei Mädchen ihre Sachen zu packen. Dabei blickte er kurz zu ihr auf und zeigte auf Kims linken Unterarm.

„Das sieht mir nach einer Fraktur aus. Da sie seitlich gelandet ist, kann der Schenkel ebenfalls betroffen sein. Besser, wir lassen das sofort röntgen. Schnapp du dir die Mädchen und komm in deinem Auto nach. Ich fahre sie ins Krankenhaus am Union Park."

Melanie blickte auf Kim hinab und nickte.

Kurze Zeit später erreichten sie die Notaufnahme. Vom Auto aus hatte sie Kims Mutter benachrichtigt, die selbst gerade in der Frühschicht arbeitete. Sie erklärte ihr, was passiert war und verabredete sich mit ihr im Krankenhaus. Als sie David gefunden und mit dem behandelnden Arzt gesprochen hatte, fiel ihr auf, dass er bereits alles arrangiert hatte. Kim war in einem Behandlungszimmer untergebracht worden und der Arzt hatte bereits eine erste Untersuchung vorgenommen. Davids Einschätzung bestätigte sich. Kims Schenkel war geprellt und der Unterarm angebrochen. Glücklicherweise erkannte er die Schmerzen sofort und wusste, was zu tun war. Erst jetzt registrierte sie, wie geistesgegenwärtig er gehandelt hatte.

Im Aufenthaltsraum traf sie ihn am Kaffeeautomaten.

„Vielen Dank für deine Hilfe."

Er reichte ihr einen Becher.

„Du siehst panisch aus. Trink doch erst einmal einen Kaffee."

„Danke" Sie überlegte kurz und warf einen Blick auf seinen Becher. *Verlockend.*

„Und Danke."

David steckte ein weiteres Geldstück in den Automaten und reichte ihr den Becher.

„Gern. Ich habe schon ein paar Knochenbrüche gesehen."

„Ich hab meine Aufsichtspflicht verletzt."

„Quatsch."

„Doch."

„Wärst du im Stadion gewesen, wäre sie trotzdem gestürzt. Sowas passiert eben."

„Ich hätte eingreifen können."

„Hättest du nicht. Du hättest sie nicht auffangen können."

Die Schwester erschien und warf einen neugierigen Blick auf die beiden.

„Gehört sie zu ihnen?"

Melanie schüttelte schnell den Kopf.

„Ich bin eine Freundin und er ist…"

Ehe sie die passende Antwort geben konnte, lächelte die Krankenschwester und nickte zu David.

„Ich weiß, wer er ist." Die Schwester richtete ihre Aufmerksamkeit wieder auf Melanie.

„Ich brauche hier noch jemanden, der die Papiere ausfüllt."

„Okay. Ich mach das."

Die Schwester nickte, ohne sich von David abzuwenden.

„Solange dürfen Sie zu der Kleinen. Sie hat es gut weggesteckt. Sie ist eine Kämpfernatur. Ihre Freundinnen sind auch schon bei ihr."

„Danke."

Melanie nickte und folgte der Schwester, füllte die Papier so gut es eben ging aus und beeilte sich ihm zu folgen. Sie hatte auf den Unterlagen gesehen, dass er ohne ein Wort zu verlieren die Behandlungskosten übernehmen wollte.

*

Im Behandlungszimmer saßen Jenny, Trish und Jade auf Kims Bett und scherzten, wie großartig ihr Axel ausgesehen hatte. Der dünne Gipsarm lag auf ihrem Bauch und ihr Schenkel war in einen dicken Verband gehüllt. Trotz alledem schien sie glücklich. Erstaunt stellte er fest, wie tapfer sie sich verhalten hatte. Selbst auf der Fahrt ins Krankenhaus hatte sie mehr von ihrer wagehalsigen Figur erzählt oder die Innenausstattung seines Porsches bewundert, als über ihre Schmerzen geklagt. Sie schien ganz schön zäh zu sein. Ihre dunklen Augen blickten erwartungsvoll zu ihren Freundinnen, die den Sprung beschrieben. Mit einem breiten Lächeln quittierte sie die fantasievollen Erzählungen. Dabei kamen große weiße Schneidezähne zum Vorschein, die für ihr Gesicht noch zu groß erschienen. Stolz stand ihr ins Gesicht geschrieben. David erinnerte sich selbst, wie solche Momente ihn über Verletzungen hinweggeholfen hatten. Glücklicherweise gab es immer genügend davon. Die hellen Sommersprossen auf ihrer Nase erinnerten ihn an Melanie. Auch wenn diese sie ab und an überschminkte.

Wahrscheinlich hatten es bisher viele Leute versäumt, sie auf diesen hübschen Makel hinzuweisen.

„David Bennett"

Kim hatte ihn entdeckt und winkte ihn zu sich heran.

„Jenny meint, dass mein Axel fast in doppelter Ausführung zu sehen war. Daher habe ich auch meine Landung falsch eingeschätzt. Aber sobald ich wieder aufs Eis kann, versuche ich ihn mit weniger Schwung."

David lächelte.

„Na mal langsam."

Das Mädchen gefiel ihm. Ihr Enthusiasmus erinnerte ihn an seinen eigenen. Wahrscheinlich war sie es nicht gewohnt, dass sie verhätschelt wurde. Wie er, suchte sie nach einer Niederlage sofort die nächste Herausforderung. Dieses Mädchen mit den dünnen langen Haaren und dem hervorgestreckten Kinn besaß Kampfgeist. Er war sich sicher, dass sie so lange üben würde, bis sie mit sich selbst zufrieden war.

„Was sagt denn deine Trainerin zu deinem Sprungstil? Meinst du nicht auch, dass sie dich ein wenig schonen wird."

Die Mädchen sahen sich verwundert an.

Trisha und Jenny grinsten.

„Wir haben keine Trainerin."

Erstaunt trat er näher und zog sich einen Stuhl heran, auf dem er sich setzte. Die Ellenbogen auf die Knie gestützt lehnte er sich vor.

„Und wer zeigt euch die Figuren, die ihr springt?"

„Die haben wir uns im Fernsehen abgeschaut, bevor Melanie uns ein paar Tipps gegeben hat. So wie es aussieht, hat sie selbst früher trainiert. Immerhin kennt sie sich total gut aus."

„Genau und außerdem erkennt man es an ihren Bewegungen."

Kim schüttelte den Kopf und klopfte Jenny auf den blonden Lockenkopf.

„Was seid ihr bloß für Wichtigtuer. Lany hat es uns doch selbst erzählt, dass sie früher aktiv gelaufen ist. Nun spielt euch vor IHM doch nicht so auf."

Kim lachte fröhlich. Ihre flache Brust hüpfte vor Begeisterung.

„Aber sie redet nicht oft davon." Versuchte sich Trisha zu rechtfertigen.

Jade verdrehte die Augen. „Wir müssen ihr wirklich jedes Wort aus der Nase ziehen, wenn wir sie danach fragen."

„Und was ist eigentlich mit dir, David?"

Kim schaute ihn grinsend an, womit sie ihre Freundinnen sofort ansteckte. Alle drehten sich zu ihm um und beobachteten ihn neugierig. Verschwörerisch tauschten sie Blicke.

„Was wolltest du von Melanie, als du vorhin zum Stadion kamst? Bist du ihr Lover?"

Leises Kichern. Anscheinend gab es kein Mindestalter für das Interesse an Klatschgeschichten. Einen kurzen Moment zögerte er, ihnen eine wahnsinnig heiße Story zu erzählen. Sein Körper reagierte prompt, als er sich Melanie in jener Nacht zurück ins Gedächtnis rief. Nicht selten schlich sie sich in seine Gedanken. Jetzt, wo er wusste, wie sie sich anfühlt und welche kleinen, seufzenden Geräusche sie von sich gab, wenn sie nur an den richtigen Stellen berührt wurde, begehrte er sie noch mehr als vorher. Nicht zuletzt, seit sie ihn heute Morgen mit ihrem engen Jazzpants überrascht hatte. In dem Moment erkannte er, dass dieser alberne Pferdeschwanz und ihr kindlicher Enthusiasmus ihn nicht länger darüber täuschen konnten, welch leidenschaftliche Frau in ihr steckte. Die Kälte, die ihm stets aus ihren grauen Augen entgegen strömte, ersetzte sie durch warme dunkle Funken, die ihn an sonnengetränkte Steine erinnerten. Ihre Zuneigung zu den Mädchen war an jeder Pore ihres Körpers sichtbar.

„Irgendwie schon, aber gleichzeitig auch wieder nicht. Sie hat mir ganz schön übel mitgespielt und ich war mächtig sauer auf sie."

Kim winkte ab.

„Ich wette, sie hat es wieder gutgemacht."

Darüber reden wir nochmal.

Davids Miene verschloss sich.

„Dann seid ihr jetzt wieder Freunde?"

„Nein. Wir sind eher so was wie Geschäftspartner."

Die Enttäuschung auf den Gesichtern zeigte ihm, dass das nicht die erhoffte Antwort war. Er selbst wusste nicht, ob er enttäuscht sein sollte. Wie kamen die Kids nur darauf? Gefiele es ihnen besser, wenn er ihnen die Wahrheit sagen würde? Dass sie sich nicht vertrauten, jedes Mal stritten und nur im Bett harmonierten?

Kim strich sanft über ihren Gipsarm und zeichnete mit dem Finger die Gipsnähte nach. Ohne aufzublicken sprach sie mehr zu sich, als zu ihm.

„Wie kann man Melanie nicht mögen? Sie ist eine klasse Freundin."

Trish, Jenny und Jade rückten vorsichtig ein Stückchen auf dem Bett näher an Kim heran und berührten sie leicht. Diese Form der Anteilnahme bedurfte keiner weiteren Worte. In stillem Einvernehmen bildeten sie eine Mauer, an der sich Kim jederzeit anlehnen konnte. Diese Geste des Vertrauens erinnerte ihn an sein Team. Auch hier hatte er Männer, auf die er sich in jedem Augenblick verlassen konnte. Genau wie diese Vier hier. War es der Respekt vor ihrer Freundschaft oder ein unüberlegter Impuls, der David weitersprechen ließ?

„Aber ich mag sie auch. Sie ist wahrscheinlich nicht meine beste Freundin, aber ich weiß, dass sie eigentlich ein nettes Mädchen ist."

Oh Gott. Was für einen Mist. Melanie ist alles andere als ein nettes Mädchen.

Doch in dem Moment fiel ihm einfach nichts anderes ein. Jedenfalls hatte es seine Wirkung bei Kim nicht verfehlt. Ein Lächeln brachte sie ihm wieder näher. David kannte keine anderen Kinder, außer denen seiner verheirateten Mannschaftskollegen. Doch diese hatten meist das Windelalter noch nicht überschritten und somit wenig gemein mit ihm. Ab und zu schaute er bei Greg und seinen Kids während des Trainings vorbei. Alles Jungen, die ihren erfolgreichen Vorbildern nacheiferten und ihm mit Respekt gegenübertraten. Normalerweise schmeichelte ihm deren Ehrfurcht. Doch diese Mädchen hier waren das komplette Gegenteil. Hier fehlte die Professionalität, die nur ein guter Trainer schulen konnte. Umso weniger ließen sie sich von Berühmtheiten einschüchtern. Doch deshalb war es ihm wichtig, dass sie ihn mochten. Diese Kinder gaben nichts auf NHL Rankings und Presseumfragen, welcher Spieler die besten Chancen auf die begehrten Trophäen besitzt. Sie interessierte auch nicht, mit wem er sein Privatleben teilt, ob er einen schlechten Einfluss ausübte oder gar von Geschlechtskrankheiten geplagt war.

„Das ist sie. Und begabt obendrein."

David hoffte, dass Kim nun keine Lobeshymne auf Melanie angestimmt hatte.

„Wie sonst könnte sie so tolle Fotografien von fremden Menschen machen. Die solltest du dir mal ansehen. Ein paar Bilder sind auch von dir dabei. Manchmal könnte man glatt Angst vor dir bekommen, aber dann hat sie wieder Einige, auf denen du total gut aussiehst."

Triumphierend sah Kim zu ihm herüber. Damit hatte sie ihn Schach matt gesetzt.

„Unbedingt."

*

Mit Entsetzen schaute Holly an sich herunter und suchte nach verdächtigen Spuren ihres Zustandes. Doch bis auf die ständig rauschende Toilettenspüle gab es keine sichtbaren Anzeichen für ihre Schwangerschaft. Ihr langes Shirt hing ihr bis zu den Oberschenkeln schlaff herunter. Ihr Bauch war weiterhin fest und ihre Taille schlank. Sicherlich war das auch ihren regelmäßigen Gängen zur Toilette geschuldet. Erleichtert stellte sie fest, dass man ihr nichts ansehen konnte. Mit nackten Füßen trat sie vor das Waschbecken und wusch sich das Gesicht. Ihre Augen blickten ihre müde und erschöpft entgegen, doch mit Hilfe von ein bisschen Make-Up und dem passenden Lidschatten und Eyeliner zu ihrem neuen Top würde sie gewohnt frisch und attraktiv aussehen. Selbst, wenn sie sich im Moment eher lieber die Bettdecke über das Gesicht ziehen würde. Doch Adam wollte sie in einer Stunde abholen und mit ihr Frühstücken fahren. Konnte sie nur hoffen, dass er hungernde Mädchen gewohnt war, die wenig zu sich nahmen. Auch wenn sie augenblicklich großen Hunger auf Omelette hatte, die Peinlichkeit wollte sie sich ersparen. Im Moment konnte sie kaum etwas bei sich behalten.

Tatsächlich ging ihre Rechnung auf und Adam küsste ihre Hand, als sie die Stufen zu seinem Wagen herabstieg.

„Du siehst fabelhaft aus, Liebling."

„Danke. Das ist sehr lieb von dir, Adam."

Holly nahm den langen Rock ihres Sommerkleides in die Hand und schirmte mit der Handtasche in ihrer Anderen die Augen vor der Sonne ab. Ihr glänzender Kussmund lächelte. Warum sollte sie sich auch davon den schönen Tag verderben lassen? Adam tat nun wirklich fast alles, um ihr eine Freude nach der Anderen zu machen. Sie spazierten nach dem Essen in der Sonne an der Promenade entlang. Dann steuerten sie auf den Yachthafen zu und er überraschte sie mit einem kleinen Ausflug in seiner Yacht. Er verwöhnte sie mit einem neuen Bikini. Selbst der Gedanke, dass eine seiner Assistentinnen diesen in Adams Auftrag für sie gekauft hatte, konnte Hollys Laune nicht trüben. Eine Weile trieben sie in der Bay, genossen die warme Sonne auf dem Oberdeck und vertrieben sich die Zeit mit ein wenig Backgammon. Das Meer glitzerte. Holly konnte sich nichts Schöneres vorstellen.

*

Den Donnerstagabend verbrachte Steve mit einem Burger in seinem Lieblingssteakhouse und schaute sich das Spiel der Rovers gegen die New York Rangers an. Es war der krönende Abschluss eines schlechten Tages. Einzig der Sieg der Rovers würde ihm heute noch glücklich stimmen. Die letzten Arbeiten am Bootshaus waren in vollem Gange. Dadurch blieb ihm kaum noch Zeit für seine Schüler. Dillon war die ganze Woche unterwegs und reparierte Boote bei einem Fährbetrieb am anderen Ende des Sees, so dass er heute Abend hierhergekommen war, um ein wenig Gesellschaft zu haben. Nach dem ersten Drittel verschlechterte sich seine Laune allerdings. Die Rovers lagen 2:0 zurück. Es sah auch nicht danach aus, als würden sie heute Abend gegen die Rangers eine Chance haben. Im zweiten Drittel konnten sie auf 2:1 verkürzen, doch trotz der vielen Taktikwechsel der Rovers gelang es ihnen nicht, die nötigen Punkte zu gewinnen. Steve schob seinen leeren Teller von sich und nahm sich ein neues Bier. Das kühle Nass rann in schnellen Zügen seinen Rachen runter. Doch es gelang ihm nicht, es zu genießen. Er dachte an Melanie, die seit geraumer Zeit wieder in Toronto war, doch kaum mit ihm gesprochen hatte. Er fragte sich, was sie so trieb. Steve war es gewöhnt, über seine kleine Schwester Bescheid zu wissen. Der Gedanke daran, wie talentiert sie war, sich selbst in Gefahr zu bringen, beunruhigte ihn. Während er einem Kumpel namens Bale zunickte und ihm zu einem Billardspiel aufforderte, erinnerte er sich an Melanie, die schon im zarten Kindesalter von 15 Jahren erste kriminelle Vorlieben auslebte. Niemand hatte ihr zugetraut, dass sie das Auto ihres Vaters nehmen würde, um allein ins nächst gelegene Einkaufszentrum zu fahren. Umso größer war das Entsetzen ihrer Eltern gewesen und ihre lahme Entschuldigung, dass sie dieses Mal doch besonders vorsichtig gefahren sei. Steve schmunzelte, als er sich an ihr wissendes Lächeln erinnerte, dass sie mit Holly getauscht hatte, als sie ihren Führerschein ausgehändigt bekommen hatte. Die beiden hatten so manches Geheimnis. Er fragte sich, ob sie heute noch so nahe standen.

„Hey Gardinier! Stößt du oder streichelst du?"

Bale hatte scheinbar jeglichen Respekt vor ihm verloren. Steve zog einen Zwanziger aus der Tasche und legte ihn auf den Rand des Tisches. Seine dunklen Augen wirkten fast bedrohlich in der spärlich ausgeleuchteten Billardecke.

„Wenn du dich traust, Bale, dann lass uns ein bisschen Ernst machen. Ich kann ein paar Extramäuse gut gebrauchen."

Bale schien nicht übermäßig begeistert, knurrte kurz in seinen Bart und schob dann doch die Hand in seine Gesäßtasche, um einen Zwanzig Dollar Schein zum Vorschein zu bringen.

„Kann verstehen, dass du zögerst. Conny wird sicher nicht begeistert sein, wenn du dein Taschengeld verspielst. Aber sag ihr, sie kann heute Nacht vorbeikommen und es sich zurückverdienen."

Was die umstehenden Typen zum Lachen brachte, erzwang Bale nur ein weiteres schlechtgelauntes Grunzen aus seinem Bart. Es war allseits bekannt, dass seine Frau Conny eine kleine Schwäche für Steve hatte. Doch tat sie es eher als Gefallen ab, um Steves Selbstwertgefühl zu heben. Er verzichtete darauf, sie zu korrigieren. Zumal es ihrem Eheleben nicht gut tun würde. Doch machten sie sich immer einen kleinen Spaß daraus, wenn sie sich sahen.

Bale stampfte zur Seite, um Steve den Tisch freizumachen. Schon allein das grimmige Gesicht seines Freundes war die 20 Dollar wert. Steve konnte seine Freude kaum verbergen.

*

„Hätte nicht gedacht, dass du hier einen Serientermin hast."
Ein Heimspiel später setzte sich David auf die Bank hinter Melanie und blickte zum Eis. Es war das gleiche Bild wie letzte Woche, nur, dass Kim diesmal mit ihrem Gipsarm hinter der Bande stand. Sie winkte und lächelte ihm zu.

„Ich habe jede Menge Zeit. Was ist mit dir? Hast du nicht ein paar Trainings zu absolvieren? Immerhin ist deine Treffsicherheit den letzten beiden Spielen abhanden gekommen"
David kannte seine Schwachstelle. Bereits seit vier Tagen zerfetzten ihn die Presse und sein Coach.

„Ich versuche mich vor dem Spiel morgen ein bisschen abzulenken. Da können ein paar Teenager vielleicht helfen."
Sie nickte. David stellte seine Turnschuhe neben sie auf die Bank und rutschte eine Sitzbank nach vorn, neben sie. Neben ihm wurde sie sich plötzlich wieder seiner körperlichen Überlegenheit bewusst. Immerhin saß er. Dass machte es weniger offensichtlich. Seine braune Lederjacke streifte ihre Schulter. Er war frisch rasiert und der Duft seines Aftershaves erinnerte sie an warmen Sommerregen. Melanie warf einen Seitenblick auf die braune Tüte, die er ihr hinhielt. Auffordernd hob er die Brauen. Vorsichtig nahm sie ihm die Tüte aus der Hand, als ob

dies ein Test wäre und wartete. Dann griff sie hinein. Als sie langsam ihre Hand herauszog, konnte David sich ein Lächeln nicht verkneifen.

„Du kannst alles nehmen, außer dem Bagel…"

Enttäuscht ließ sie ihren Arm wieder sinken und griff nach etwas Anderem.

„…und dem Croissants…"

Wieder ließ sie den Arm sinken und schaute erneut in die Tüte.

„…und den Keksen…"

Erst jetzt sah sie zu ihm auf und erkannte in seinen Augen, dass er sich auf ihre Kosten amüsierte. Herausfordernd blickten sie zu ihr auf. Ohne Erlaubnis griff sie nach dem großen Becher Kakao und ehe er Einwände haben könnte, genehmigte sie sich einen Schluck.

„Das war ein Fehler, Melanie."

Der Kakao war noch heiß und wunderbar herb. David biss von dem Bagel ab und beobachtete Kim, die langsam einige Runden an der Bande drehte.

„Ich habe mich noch gar nicht bei dir bedanken können. Als ich die Papiere ausgefüllt hatte, warst du schon weg. Danke, dass du da warst und so schnell eingegriffen hast."

„Hab ich gern gemacht." Er schaute aufs Eis und fragte:

„Wo hast du die denn aufgegabelt?"

Melanie nahm einen weiteren Schluck Kakao und stütze Ihren Arm auf der Sitzbank ab.

„Vor ein paar Wochen habe ich sie streitend im Eisstadion getroffen. Sie konnten sich nicht einigen, welche von ihnen am höchsten springt und so. Na ja. Und wie kann man das wohl besser entscheiden, als in einem Wettbewerb?"

Etwas Sehnsüchtiges legte sich auf ihr Gesicht. David ließ seinen Blick von ihren beruhigenden Augen mit den getuschten Wimpern über die gerade Nase bis hin zu ihren Lippen schweifen. Ihr Haar hingen ihr über die Schulter und die Kälte hatte einen rosigen Schimmer auf ihre Wangen gezaubert. Im Vergleich zu den Frauen, mit denen er sich sonst zu treffen pflegte, wirkte sie unspektakulär, doch als sie sich ihm zuwandte und er die dunkle Wärme in ihren Augen las, konnte er sich nicht erinnern, je von einer seiner wunderschönen Freundinnen so gefesselt gewesen zu sein.

„Du kannst dir nicht vorstellen, wie die vier sich angestrengt haben, um vor mir zu glänzen. Ich kam mir wirklich wie ein Mitglied des Olympischen Komitees vor."

Melanie lachte leise und zwischen ihren Lippen kamen weiße, gerade Zähne zum Vorschein. Doch sie stoppte abrupt, als sie sich beobachtet fühlte. Melanie nickte auf Davids Keks, dass er sich gerade aus der Tüte geangelt hatte.

„Bist du sicher, dass du dir das ganze Zeug leisten kannst. Immerhin musst du morgen Abend topfit sein. Eigentlich sollte dir ein Bagel ausreichen."

„Ich habe einen hohen Grundumsatz, Melanie. Wie soll ich mich den sonst gegen die Haudegen wehren, die es auf meine Gesundheit abgesehen haben?"

Dann hielt er ihr den Keks an den Mund und genoss ihren irritierten Blick.

„Angst, ich könnte dich mit meiner Syphilis anstecken?"

„Wahrscheinlich ist das noch das kleinste Übel."

„Wenn du das sagst."

Schmunzelnd nahm sie ihm den Keks aus der Hand und biss ab. Er war köstlich.

Seine Zurückhaltung gefiel ihr. Heute schien er nicht auf Streit aus zu sein und war völlig entspannt. Er war lediglich darauf konzentriert, sein Frühstück zu genießen. Harmonie stellte sich ein. Es gefiel ihr, mit David auf der Bank zu sitzen und den Mädchen zuzusehen. Eine ganze Weile saßen sie stumm nebeneinander. Trotz der Niederlage gestern Abend schien er froh, einmal nicht seine spielerischen Leistungen rechtfertigen zu müssen.

„Lany! Sieh mal, wie oft ich mich drehen kann."

Kim nahm Anlauf, hob die Arme über den Kopf und kreiselte.

„Ich wusste, dass der Gips sie nicht vom Eis fernhalten würde."

Mit zwei kurzen Sprüngen über die Sitzreihen war sie an der Bande und öffnete sie zum Eis. Melanie betrat langsam und vorsichtig mit ihren Turnschuhen das Eis und ging auf Kim zu. Sie gab ihr einen Kuss auf die Wange und drückte das Mädchen an sich.

„Ich bin unglaublich stolz auf dich. Was du in der kurzen Zeit gelernt hast, ist enorm. Ich habe dafür mindestens ein Jahr gebraucht, als ich in deinem Alter war."

Vor Stolz strahlte das Mädchen über das ganze Gesicht. Sie drückte ihren Kopf an Melanies Brust und schlang die Arme um sie.

„Aber bitte tu mir den Gefallen und spring nicht mehr, solange dein Arm noch nicht wieder okay ist. Nächste Woche geht die Schule wieder los und ich weiß nicht, wie ich das sonst deiner Mutter erklären soll."

Trish, Jenny und Jade fuhren zu den beiden und schlossen sich der Umarmung an. David stand auf und lehnte sich an die Bande. Melanie hatte ihn wieder überrascht: Im Sturm hatte sie die Herzen der vier Mädchen erobert. Sie vergötterten sie und saugten ihre Ratschläge auf. Mit ihrer Hilfe wagten sie hohe Sprünge und Pirouetten. Melanies Füße begannen, auf dem glatten Eis hin und her zu rutschen. Vorsichtig hielt sie sich an den Mädchen fest.

„Warum ziehst du dir keine Schlittschuhe an und zeigst den Mädchen mal, wie man das richtig macht?"

Melanie sah über die Köpfe der Kinder hinweg und blickte ihn verwirrt an. Auf die Idee wäre sie wohl nie gekommen. Ihre Augenbrauen hoben sich und ihr Mund formte ein stummes O. Sie sah aus, als hätte er sie gebeten, nackt durch ein Einkaufszentrum zu laufen.

„Wieso sollte ich?"

„Ach, du kannst gar nicht Schlittschuh laufen?" David schmunzelte.

Nun fingen auch die Mädchen an, fragend an ihr hochzusehen. Melanie fühlte sich zunehmend unwohler. Sie schüttelte rasch den Kopf und blickte David böse an.

„Ich möchte einfach nicht.", versuchte sie ihn erneut zum Schweigen zu bringen. Doch David ließ nicht locker. Er stand mit verschränkten Armen hinter der Bande und ließ sich von ihrer lahmen Ausrede nicht beeindrucken.

„Das verstehe ich nicht. Das musst du uns schon erklären."

Wie konnte sie sich nur so von ihm blenden lassen und kurzzeitig sicher fühlen. Davids Strategie ging auf, als die Mädchen nun bettelnd an ihr hingen.

„Ach komm schon, Lany…"

„Bitte…Du bist noch nie mit uns gelaufen."

Kim lächelte David verschwörerisch an. Sie wusste, dass Melanie sich schwerer gegen beide durchsetzen konnte.

„Dann können wir uns die Figuren viel besser vorstellen, wenn du sie uns zeigst."

Davids Grinsen auf dem Gesicht wurde immer breiter. So einfach hatte er es sich gar nicht vorgestellt.

„Ich habe auch gar keine Schlittschuhe mit."

David lehnte sich zurück und hielt nach dem Hausmeister Ausschau.

„Das dürfte in einem Eisstadion ja wohl nicht das Problem sein. Da musst du dir schon was Besseres einfallen lassen, Melanie."

Ehe David sich auf die Suche nach dem Hausmeister machen konnte, kam dieser mit einem dicken Schlüsselbund in der Hand um die Ecke.

„Miss, es ist gleich Mittagspause und ich muss die Halle abschließen."

Melanie nickte erleichtert, doch David war noch nicht bereit, sie davonkommen zu lassen. Er ging auf den Hausmeister zu und reichte ihm die Hand. Wie zu erwarten war, ließ dieser sich schnell von einer Berühmtheit wie ihm beeindrucken und willigte ein, erst ein paar Minuten später zu schließen. David unterhielt sich leise mit ihm, so dass Melanie nicht mitbekam, was sie besprachen. Dann hob er den Kopf und fragte mit einem unverschämten Lächeln:

„Welche Größe brauchst du denn, Lady?"

Das konnte doch nicht wahr sein. Bekam er eigentlich immer alles, was er wollte?

Oh ja!

Es war wirklich Zeit, dass ihn mal jemand in seine Schranken verwies. Hier half nur noch die Wahrheit. Etwas Anderes würde er sicher nicht gelten lassen.

Sie verließ rasch das Eis und ging auf ihn zu. David und der Hausmeister blickte sie abwartend an und Melanie griff ihn am Arm und zog ihn mit sich in Richtung Bank.

„Kann ich dich mal kurz sprechen?"

Gespannt wartete er, was jetzt als Nächstes kam. Nun würde Melanie ihr verrücktes Geheimnis lüften. *Allergie, Aberglaube, zu dicke Knöchel, ...*

Sie seufzte und ließ ihn los. Dann begann sie stockend zu reden.

„Seit meinem 18. Lebensjahr bin ich nicht mehr Schlittschuh gelaufen und habe es auch all die Jahre vermieden, meine Schuhe wieder anzuziehen."

Ohne sich von seinem fragenden Gesicht abzuwenden, fuhr sie tonlos fort. „Damals musste ich mich zwischen dem College und der Karriere als Eiskunstläuferin entscheiden. Da meine Wahl auf das College fiel, gab ich das Eislaufen auf."

„Wieso?"

„David, ich bitte dich. Lass es einfach gut sein!"

„Ich kapiere es nicht. Was ist so schlimm daran Schlittschuh anzuziehen? Und was hat das Eine mit dem Anderen zu tun? Das musst du mir erklären! "

„Lass uns gehen. Hier wird gleich abgeschlossen."

Die Mädchen hatten längst das Eis verlassen und zogen ihre Turnschuhe wieder an. Melanie sammelte die Abfälle in die Tüte und packte ebenfalls zusammen. Hastig hängte sie sich ihre

Tasche um und verließ fluchtartig die Halle. Sie hatte gewonnen, doch als Siegerin fühlte sie sich trotzdem nicht.

Für David war es immer etwas Besonderes gewesen, seine Schlittschuhe anzuziehen. An den Moment, in dem er seine ersten Schuhe von Gordon bekommen hatte, erinnerte er sich heute immer noch. Sie waren schwarz und Gordon hatte sie eines Abends mit nach Hause gebracht, als der 5-jährige David bei Dora in der Küche saß. Seitdem hütete er sie wie einen Schatz. Wenn er vom Eis kam, putze er sie ordentlich ab und hängte sie dann an ihren Platz in seinem Zimmer. Dem Paar folgten noch mehrere Andere in den unterschiedlichsten Größen und Farben, doch das Gefühl, das sie ihm vermittelten, wenn er sie trug, war immer das Gleiche: Unbesiegbarkeit und Stärke, Aufregung und Zufriedenheit.

Wie konnte Melanie das nicht erkennen? Und wieso nur hatte sie das aufgegeben?

Vor dem Eisstadion holte er sie an ihrem Auto ein.

„Melanie, nun warte doch mal!"

Die Mädchen verließen ebenfalls die Halle und standen etwas abseits.

Melanie öffnete die Fahrertür und drehte sich um.

„Was ist los mit dir? Warum rennst du weg, wie ein verschrecktes Reh? Also was ist los? Nun sag schon!"

Kurz bevor sie einsteigen wollte, drehte sie sich zu ihm um. Kleine Fältchen erschienen zwischen ihren Augen. Ihr Haar kitzelten seinen Arm, als er sich am Autodach abstützte.

„Akzeptier doch bitte einfach, dass ich nicht zurück auf das Eis will. Ich mag es, den Mädchen zuzusehen und ihnen zu helfen, aber selbst möchte ich nicht dahin zurück. Es hat mir wirklich einmal sehr viel bedeutet. Ich bitte dich, es einfach dabei zu belassen."

Traurig sah sie ihn aus ihren großen, grauen Augen an und wirkte in den Augenblick so zerbrechlich, dass David instinktiv ihren Arm ergriff und ihn festhielt.

Die Diskussion war für ihn noch nicht beendet, doch konnte er ihren Blick nicht länger ertragen. Er zog Melanie vom Auto weg und schloss die Fahrertür hinter ihr. Den Mädchen rief er zu:

„Habt ihr auch so unglaublichen Appetit auf einen schönen großen Eisbecher?"

*

Am frühen Nachmittag saßen sie auf der Terrasse eines kleinen Diners nahe dem Eisstadion und hielten einen Megaeisbecher in den Händen. Von hier genossen sie einen guten Ausblick auf den Park, der sich hinter dem Diner anschloss. Es war mittlerweile fast Mittag und die Sonne zeigte sich glücklicherweise bereits seit ein paar Stunden. Melanie genoss ihr Meloneneis und beobachtete die vorbeifahrenden Biker und Skater. Da heute Samstag war, trafen sich die Kids schon seit dem Vormittag zum Basketball oder Skaten im Park. Darunter auch einige Jogger und junge Mütter mit Kinderwagen.

„Hätte nicht gedacht, dass hier unten so viel los ist. Wo kommen nur all die vielen Menschen her?"

„Nicht jeder kann sich eine luxuriöse Bleibe in völliger Abgeschiedenheit leisten, David. Wird wohl Zeit, dass du einen Ausflug in die Realität unternimmst."

Na immerhin lachte sie wieder. Mittlerweile hatte sie sich wieder entspannt und die Sorgenfalten auf ihrer Stirn waren verschwunden. David hatte sich schuldig gefühlt, dass sie so traurig war und versucht, sie mit einem Eis aufzumuntern und auf andere Gedanken zu bringen. Das war das Mindeste, was er tun konnte. Bei kleinen Mädchen funktionierte das schließlich immer. Warum also nicht bei ihr?

Einige Rollerblader zogen an ihm vorbei. Mädchen in Hot Pants und enganliegenden Oberteilen warfen ihm interessierte Blicke zu. David bemerkte, dass Melanie die Skaterinnen musterte und schmunzelte. Heute fühlte er sich pudelwohl inmitten der Mädchen. Mit ihrer Naivität und den Klein-Mädchen-Gesprächen brachten sie ihm zum Lachen, erinnerten ihn daran, dass er schon lange nicht mehr so unbeschwert gewesen war. David konnte nicht klagen, was sein Leben anging. Er hatte einen Job, der ihm Spaß machte und ihm so viel Geld einbrachte, dass er sich nie wieder finanzielle Sorgen machen musste. Er hatte mit Dora, Susan und Greg eine Familie, die er liebte. Dazu kamen einige wichtige Freunde wie Rick und Jessica. Sein Leben war voll von Eishockey, Partys und jeder Menge guter Unterhaltung, so dass er nichts vermisste. Doch hier mit Melanie und den Mädchen über deren Probleme zu lachen, löste in seinem Innersten eine warme Flut von Gefühlen aus, die er nicht benennen konnte.

Später saßen sie nebeneinander im Gras und schwatzten über den Geschmack ihres Eises (Melanie liebte alle Früchte, Kim bevorzugte Schokolade und Jenny hatte eine Schwäche für Nuss. *1:0 für Jenny*), das neue Musikvideo von Justin Timberlake (Daumen hoch von Melanie und Jade, Daumen runter vom Rest inklusive David), einigen Jungs aus ihrer Klasse und über die unsympathische Mathelehrerin (wie sehr hatte Melanie doch Mathe geliebt, was nur David verstand). Später im Park fanden sie einen Platz auf der Wiese, von dem sie den besten Ausblick auf das Basketballspiel hatten, das gerade ausgetragen wurde. Es war warm und Melanie lag im Gras neben ihm. Er wusste bereits, dass ihr Körper nicht jugendfrei war. Ihr sonnengelbes Top, das nun zum Vorschein kam, saß perfekt um ihre Brüste. Die Sonne in Kalifornien schien ihr gut getan zu haben. Die leichte Bräune passte perfekt dazu. Mit geschlossenen Augen lag sie da und ließ sich die Sonne ins Gesicht scheinen. Ihre Lippen glitzerten leicht vom Meloneneis und ihre Wimpern ruhten auf der weichen Haut. Die kleinen Löcher in ihren Ohrläppchen luden zu einer sinnlichen Tour ein, die er nur zu gern unternommen hätte. David musste zugeben, dass sie gerade jetzt ein Bild von einer Frau abgab, von dem man sich nur schwer abwenden konnte. Sie sah schon verdammt hübsch aus. Das war ihm damals schon aufgefallen. Was seine Gedanken zu ihrem Problem zurückbrachte.

„Ich bewundere deine Prinzipientreue, was das Eislaufen anbelangt, Melanie. Du sagst also, du willst nie wieder Eislaufen?"

David richtete sich neben ihr auf, und blickte auf sie hinab. Melanie nickte, ohne die Augen zu öffnen. Auch sie schien völlig relaxt.

„Gibt es sonst noch Sachen, denen du abgeschworen hast und von denen ich wissen sollte?"

Melanie überlegte einen Moment.

Du.

Ehe sie antworten konnte, fragte David:

„Irgendwelche weiteren Sportarten?"

Ach das.

„Nur Ryan Gosling und das Eislaufen."

David blickte ihr lange in die Augen und nickte nachdenklich. Dann drehte er sich zu Trish, Jenny, Jade und Kim um.

„Na das trifft sich ja gut. Der kommt nämlich erst nächste Woche bei mir vorbei. Ich dachte, wir fahren jetzt alle noch eine Runde mit den Rollerblades und lassen uns so richtig das Gehirn vom Wind durchblasen. Was haltet ihr davon?"

Die Mädchen ließen ihre Hände aneinander klatschen und sprangen auf.

„Ja..."

„Das ist eine super Idee..."

Sofort richtete sich Melanie auf und blickte ihm in seine hinterlistig glitzernden grünen Augen. Ein breites Lächeln auf den Lippen fragte er sie unschuldig.

„Verrätst du mir jetzt deine Größe?"

Melanie musste sich wohl damit abfinden, dass er nie aufgab. Sie hatte es wissen müssen. David verschwand mit den Mädchen im Sportgeschäft am Parkeingang und kehrte mit Rollerblades in der Hand kurze Zeit später zu ihr zurück. Kim und Jade zogen bereits ihre Kreise auf der langen Asphaltstrecke.

„Nun sieh mich nicht so an, Melanie. Das sind keine Schlittschuhe, also kannst du dich diesmal nicht rausreden."

„Ich erinnere mich, dass du nur vorbeigekommen bist, um dich von deinem Spiel abzulenken. Nicht aber, um mir das Leben schwer zu machen. Wann hätte ich dich wegschicken sollen?"

Lächelnd hockte er sich zu ihren Füßen hin und befreite sie blitzschnell von ihren Turnschuhen. Dunkle, weiche Haarspitzen kitzelten einige Millimeter von ihrer Nase entfernt die Luft. Nur für den Bruchteil einer Sekunde schloss sie die Augen und atmete tief ein. Er schob ihre Hosenbeine hoch und war gerade dabei ihr die Rollerblades anzuziehen, als sie seine Hände auf ihren Schienbeinen festhielt.

Mit flehenden Augen blickte sie ihn an.

„David, bitte. Ich bin seit Jahren nicht mehr mit den Dingern gefahren. Ich würde die Mädchen unglaublich enttäuschen. Das kann ich nicht zulassen."

Sie sah so traurig aus. Doch David kannte dieses Mal kein Mitleid. Von welchen Dämonen sie auch immer besessen war, die musste sie ein für alle Mal hinter sich lassen. Er selbst wäre nie so weit in seinem Leben gekommen, wenn er jedes Mal, wenn es schwierig wurde, das Handtuch geworfen hätte. Sicher hatte er auch Dinge getan, die ihn unglaubliche Überwindung gekostet hatten, doch letztendlich war er hinterher immer stärker gewesen und das war alles, was zählte. Hier ging es nur um Rollerbladen. Das machte es für ihn irgendwie weniger gefährlich. Wie konnte man Angst vor dem Rollerbladen haben? Diese Kombination existierte in seiner Vorstellung nicht.

„Manche Dinge verlernt man nicht, Melanie. Das ist wie Fahrrad fahren. Du wirst schon sehen. Komm schon."

Sie hielt immer noch seine Hände fest und blickte ihm unschlüssig in die Augen. Der frische Wind blies ihr in die Haare. Vereinzelte Strähnen strichen um ihren Mund. Ihr Blick wanderte zu den kleinen Fältchen um Davids Mund und endete auf seinen Lippen. Doch ehe sie sich erinnern konnte, wie seine Lippen sich auf Ihren angefühlt hatten, lenkte er sie mit einer blitzschnellen Berührung an der Wange ab. Sanft strich er ihr die Haare aus dem Gesicht und fast flüsterte er.

„Nun sei kein Angsthase und raff dich endlich auf. So feige kenne ich dich gar nicht."

David sah, wie sie innerlich mit sich rang. Hilfe suchend blickte sie sich zu Jade und Jenny, die bereits Kim und Trish hinterherliefen. David nahm ihr Gesicht in die Handflächen und zog es zu sich herum. Über ihre graue Iris huschte ein goldener Sonnenschein. Ihre Gesichter waren kaum noch eine Handbreit voneinander entfernt. In dem Moment, als er vor ihr kniete und ihren weichen Atem spürte, konnte er sich nur schwer bremsen, sie nicht zu küssen. Doch damit hätte er sie sicher nicht überzeugen können. Nicht Melanie. Also lächelte er sie herausfordern an und strich ihr mit dem Daumen sanft über die Wange.

„Ich glaube, du brauchst noch einen kleinen Schubs. Hier ist der Deal. Du legst jetzt deine Scheu ab und fährst mit uns Rollerblades, wie ein großes Mädchen. Wenn du jetzt keinen Widerstand leistet und uns nicht den Tag verdirbst, dann darfst du später meinen 911er fahren."

David schnürte ihr siegessicher die Rollerblades an, fasste ihre Hände, um sie vom Gras hoch zu ziehen. Doch sie zögerte. Es war unglaublich, wie machtlos Ihr Wille gegen ihn wurde. Melanie zögerte.

„Wann?"

„Wann immer du willst."

Misstrauen überkam sie. Gleichzeitig überraschte sie sein großzügiges Angebot. Er meinte es ernst. Er zog abwartend die Augenbrauen hoch und bog seinen Kopf leicht zu ihr, in der Hoffnung gleich eine positive Antwort zu bekommen. Er hielt immer noch ihre Hände in Seinen. Ihr dämmerte, dass er sie erst loslassen würde, wenn er sie überzeugt hatte.

„Ich kann nur hoffen, dass er in der Geschwindigkeit nicht abgeregelt ist."

Ein triumphierendes Lächeln aus den dunkelgrünen Augen.

„Und nun los. Lass uns den Mädchen endlich mal zeigen, wie viel Spaß man mit diesen Dingern haben kann."

Faul ließ sie sich von ihm hochziehen.

„Du hättest doch ein Eis weniger essen sollen. Dann wärst du jetzt nicht so träge und schwer."

Sein Scherz war nett gemeint, doch fühlte sie sich nicht besser.

„Du bist ja auch nur Frauen gewöhnt, die zum Mittag nur ein Salatblatt essen."

„Mag sein, aber die haben auch nicht so viel Kraft zu widersprechen, wie es gewisse andere Personen tun."

„Jetzt wird mir einiges klar."

„Quatsch nicht. Fahr los!" Mit einem Klaps auf ihrem Hintern bewegte sie sich langsam voran und bemerkte schon nach wenigen Minuten, wie sehr ihr das Fahren gefehlt hatte. Sport hatte sie nie aufgegeben, doch Joggen, Yoga, Tennis und Badminton hatten sie nie so glücklich gemacht wie Rollerblades fahren. Nur beim Eislaufen und Rollerblaen erreichte sie die ersehnte Geschwindigkeit. Schnell hatte sie die Mädchen eingeholt. Mit Kim und Trish an der Hand fuhren sie unter den Bäumen die komplette Asphaltstrecke durch den Park. Wie herrlich leicht fühlte sie sich. Wie ein Herbstblatt, das im Wind tanzte. Wenn sie die Augen schloss, erinnerte sie sich daran, wie sie mit ungefähr acht Jahren zum ersten Mal Rollerblades angezogen hatte. Sie war bereits eine sichere Schlittschuhläuferin, doch das konnte ihre Eltern nicht davon abhalten auf das komplette Schutzpaket zu verzichten. Ihr grauer Helm, war ihr anfangs zu groß gewesen und erlaubte ihren Haaren einen wilden Tanz. Selbstverständlich trug sie auch Knieschützer und Ellenbogenschoner und Handgelenkschützer. Es kam sogar vor, dass sie so zum Eisstadion fuhr, um dann Schlittschuh zu fahren. Und obwohl beide Sportarten so austauschbar sind, liebte sie doch die Atmosphäre in der Eishalle über alles. Als sie dann Tanja kennenlernte, gehörte ihr ganzes Herz dem Eis.

Melanie zog die schwarze Trainingsjacke bis zum Kinn zu und glitt in stillem Einvernehmen neben David her. Mit seinen schnellen, kraftvollen Abstößen konnte sie nicht mithalten. Immer wieder drehte er sich zu ihr um und rief ihr zu, was für eine lahme Schnecke sie doch sei. Die Mädchen kicherten und versuchten mit ihm mitzuhalten. Sie umkreisten David oder ließen sich von ihm ziehen. Gemeinsam fuhren sie an Basketballplätzen vorbei und passierten Spielplätze. Als es steiler bergab ging und Melanie langsamer wurde, erfasste David sie im Vorbeifahren, legte seinen rechten Arm um ihre Taille und nahm sie mit auf einen Sturzflug nach unten. Ihr erschrockenes Gesicht und die anfängliche Panik in ihren Augen machten schnell einem ekstatischen Ausdruck Platz. Gleichzeitig berührte es ihn, Melanie im Arm zu halten. Es gefiel ihm, wenn sie dann kurzzeitig die Augen schloss und ihm die Kontrolle überließ. Ihr weiches

Haar kitzelte sein Gesicht. Als er mit ihr halsbrecherisch auf ein achtstöckiges Parkhaus zusteuerte, war spätestens klar, dass David ein Adrenalinjunkie war.

„Ihr wartet besser hier." Rief er Trish und Kim noch zu, ehe er mit Melanie auf den Fahrstuhl zuflog. Erst als sie zum Stehen kamen, ließ er sie los. David stütze die Hände auf die Knie und atmete schwer.

„Ich verspreche dir, das wird dir gefallen."

Melanie lächelte und schüttelte den Kopf. „Du bist verrückt, weißt du das?"

„Nein. Aber danke, dass du mir das unter vier Augen sagst, ohne dass die Kids ihren Respekt verlieren." Er warte es ab, ehe er fragte.

„Muss ich Angst haben, was man morgen über mich im Internet lesen kann?"

David warf einen argwöhnischen Blick auf Melanie. Dann zog er sie mit sich in den Fahrstuhl und drückte den Knopf für das Parkdeck. Als sich die Türen knacksend schlossen, musterte er sie ausgiebig. Gespannt hielt sie den Blick auf die Anzeige für Plastische Chirurgie, die auf eine Praxis im Bürogebäude gegenüber verwies. Melanie versuchte seinen sarkastisch gemeinten Kommentar zu übergehen, doch David wäre nicht David Bennett, wenn er sie so leicht damit davonkommen ließe. Der plötzliche Stillstand des Fahrstuhls alarmierte sie augenblicklich. Dunkelgrüne Augen durchbohrten sie.

„Gehst du damit zur Presse?"

Kleine Fältchen bildeten sich auf ihrer Stirn, als er noch näher an sie herantrat und ein Ausweichen unmöglich machte. Sanft strich er mit dem Daumen über ihr Kinn und ließ sie nicht aus den Augen.

Der enge Fahrstuhl, Davids Nähe und seine Hände an ihrem Gesicht beschleunigten ihren Blutdruck. Hitze stieg in ihr auf. Ihre Rollerblades wurden instabil. Sie senkte den Blick von seinen Augen zu seinem Mund und wünschte sich, sie könnte die Zeit für einen Moment ausschalten. Genauso einfach und rigoros, wie er den Fahrstuhl zum Stehen gebracht hatte. Sie wünschte, sie könnte ihn für einen Moment ausschalten, um seinen schmerzenden Fragen zu entgehen und sich seinen Lippen so zu widmen, wie sie es sich wünschte. Die Erinnerung an ihre Küsse in der Nacht in seinem Strandhaus verblich nur langsam. Seine Lippen hatten kaum eine Stelle an ihrem Körper ausgelassen und überall eine Gänsehaut hinterlassen, die er dann mit seinen Händen weggestrichen hatte. Sie erinnerte sich an die Wärme in seinem Mund, in die sie eingetaucht war. Ihre Hände, die von seinem Haar zu seinen kräftigen Schultern und dem unwiderstehlich harten Oberkörper wanderten. Melanie musste sich zwingen, ihre Finger nicht unter sein Shirt zu schieben. Stattdessen holte sie sich wehmütig mit einem Blick in seine wartenden Augen in die Realität zurück.

„Meine Connections zur Presse sind mit meinem Job verloren gegangen."

„Das wird dich nicht abhalten."

„Dann sag mir, was ich damit bezwecken sollte."

David hielt ihr Kinn immer noch in seinen Händen.

„Keine Ahnung. Vielleicht Rache?"

Ein beklemmendes Gefühl legte sich auf ihren Brustkorb. Doch war sie die alte Geschichte leid und hatte keine Lust, diese erneut aufzuwärmen. Mit abweisender Handbewegung verwarf sie den Gedanken daran.

„Nein. Ich wüsste nicht wofür."

„Vielleicht, weil dich ein verpatzter One-Night-Stand belastet?" Das Grün in seinen Augen schien noch intensiver zu werden. Doch er lächelte nicht mehr.

Kaum merklich schüttelte sie den Kopf und senkte den Blick erneut auf seine Lippen.

„Verpatzt würde ich das nicht nennen.", Melanie wollte ihn keinen Einblick in ihre Gefühle geben, doch ihr Mund war schneller.

„Eher schulde ich dir dafür noch etwas."

Davids Mundwinkel zogen sich nach oben. Als sie in seine Augen aufblickte, sah sie seine Genugtuung.

„Ich habe doch gewusst, dass es dir mehr gefallen hatte, als du zugeben wolltest."

David streichelte sanft mit seinem Daumen ihren Mund. Plötzlich war er ernst.

„Ich hätte im Strandhaus nichts gegen ein Rückspiel gehabt."

Die Glut, die sie in seinen Augen sah, verunsicherte sie. Melanie hatte keine Ahnung, wie sie damit umgehen sollte. Jedoch wollte sie den schönen Nachmittag nicht dadurch gefährden, indem sie einem Moment der Schwäche nachging. Selbst, wenn ihr Körper sie so dringend dazu drängte.

Melanie entzog sich ihm und drückte die Taste, die sie wieder in Bewegung setzte. Als sich die Türen öffneten, war der Moment vorbei. Sie trat in die helle Sonne hinaus. Zögerlich folgte David ihr. Er nahm ihren Arm und schob sie in Richtung Abfahrt. Ohne sein Tempo zu verringern, legte er seinen Arm um ihre Taille und hielt ihren Körper vor seinem.

„Bereit?"

Doch ehe Melanie antworten konnte, stürzte David sich bereits mit ihr die erste Rampe herunter. Da es keine geraden Streckenteile auf dem Weg nach unten gab, blieb auch keine Gelegenheit das Tempo zu drosseln. Melanie breitete die Arme aus und konnte nur hoffen, dass David sie festhielt. Sein Arm, der sie hielt, schien jedoch aus Stahl zu sein. Ihre Angst musste dem Adrenalin weichen. Sie bogen blitzschnell um die Kurven. Die parkenden Autos neben ihnen verschwammen zu einem Einzigen. Von weitem hörte sie brummende Motorengeräusche. Ihre Ohren rauschten. Davids Brust direkt an ihrem Rücken ließ allerdings keine Zeit zum Verschnaufen oder Ausweichen. Ehe Melanie das Auto vor sich die Rampe hinauffahren sah und sie jeden Moment mit dessen Stoßstange kollidieren würde, zog David sie mit sich und änderte so unvorbereitet die Richtung, dass Melanie ins Straucheln geriet. Erschrocken sah sie auf ihre Füße.

„Ich hab dich." Raunte David ihr ins Ohr. Kurzzeitig verlor sie den Boden unter den Füßen, ehe er sie mit sich zog und aus der Schusslinie nahm. Die wütenden Flüche des Autofahrers begleiteten sie noch bis zum Ausgang des Parkhauses. Melanie achtete schon gar nicht mehr darauf. Sie war in Sicherheit. Seicht rollten sie bis zu Kim und Trish, die auf einer flachen Steinmauer neben dem Parkhaus saßen und auf sie warteten.

„Wie war's, Lany? Wir haben dich schreien hören."

Trish fiel ebenfalls gleich ein. „Ich habe das Auto reinfahren sehen. Alles in Ordnung?"

„Ja. Es hat mir den Atem geraubt."

David zog die Mädchen auf die Beine.

„Lasst uns hier abhauen. Ich befürchte, der Fahrer hat sich noch nicht wieder beruhigt."

*

Als Melanie drei Stunden später neben David am Tresen vom LeFu saß, musste sie sich eingestehen, dass sie lange nicht so viel Spaß gehabt hatte. Bereits nach den ersten Metern auf den Rollerblades hatte sie David für seine Hartnäckigkeit insgeheim gedankt. Heute entsprach er ganz und gar nicht dem Bild, welches sie von ihm hatte. Kein einziges Mal hatte er die Mädchen oder sie vernachlässigt, als er von Fans erkannt wurde. Weder hatte sie ihn beim Flirten mit einer Bewunderin erwisch, noch redete er über seine Erfolge. Die Abfahrt im

Parkhaus war zweifelsohne gefährlich gewesen, doch hatte sie sich nur wenige Sekunden lang geängstigt. David hatte sie in jeder riskanten Situation gesichert. Zudem entpuppte er sich zugegebenermaßen als ein guter Zuhörer. In ihrem Mitteilungsdrang erzählte ihm Kim von all ihren Freundinnen und von ihrer Tante Erica, die sie in den Ferien immer für ein paar Wochen besuchte und deren gleichaltriger Sohn Troy, den sie überhaupt nicht ausstehen konnte. Davids Lachen erschallte oft und Melanie beobachtete die beiden, während sie und Trish ein paar Schritte hinter ihnen liefen. Davids Zuneigung für das Mädchen war offensichtlich. Stolz wuchs in Melanies Brust.

Nachdem sie die Rollerblades wieder gegen ihre Turnschuhe getauscht und die Mädchen nach Hause gebracht hatten, stellte David ihr seinen Freund Trevor vor. Er war der Besitzer des LeFu und stellte ihnen gerade eine wohlduftende Suppe unter die Nase.

Trevor war groß, kräftig gebaut und hatte erste Anzeichen von Übergewicht. Da er David noch an Körpergröße überragte, fielen diese kaum auf. Melanie verstand, warum David sich hier wohl fühlte. In dem kleinen, verwinkelten Lokal mit den vielen, runden Sitznischen und den gelben Wiesenblumen, die in starken Kontrast zu den dunkelbraun gebeizten Möbeln standen, gab es viel Raum für Privatsphäre. David erkundigte sich nach Trevors Familie und seinem Neugeborenen. Ihre Freundschaft schien bereits einige Jahre zu bestehen. Um die beiden ungestört reden zu lassen, drehte sich Melanie auf ihren Hocker zu den unbesetzten Nischen um und bewunderte die liebevoll gestaltete Inneneinrichtung. Die Ellenbogen lehnte sie hinter sich auf dem Tresen ab und bemerkte die vielen gerahmten Eishockeybilder an den Wänden. Trevor schien ebenfalls ein Fan zu sein. Da gab es einige schwarzweiße Bilder, die Jugendliche auf dem Eis zeigten. Sie erkannte die Zeitungsartikel, auf denen Davids Rückkehr nach Toronto gepriesen wurde. David trug einen schwarzen Anzug mit weißem Hemd schüttelte darauf Coach Henderson die Hand. Daneben hing ein Bild von David und Trevor.

„Deine Suppe wird kalt. Iss sie lieber gleich, ehe Trevor sauer wird."

David drehte ihren Hocker herum und zeigte mit seinem Löffel auf ihre Schüssel. Sein Teller war bereits leer.

„Ehe ich es vergesse... Ich wollte dir noch für den schönen Tag danken. Ich hatte wirklich sehr viel Spaß."

„Du musst mir nicht danken. Ich hatte nur die Idee. Für den Spaß bist du selbst verantwortlich."

Sie lächelte und nahm ihren Löffel.

„Du hast mich dazu genötigt."

„Manchmal muss man dem Spaß einfach ein bisschen auf die Sprünge helfen. Wenn jemand meine Leidenschaft für das Schlittschuhlaufen nicht teilt, ist das für mich schon schwer zu verstehen. Aber sich dann auch noch dem Rollerbladen zu verweigern, das ist einfach zu viel für mich."

Trevor kehrte zurück und stellte einen Teller frisches Brot mit Dip und zwei Bierflaschen vor sie ab. David öffnete sich eine Flasche Bier und trank.

„Früher bin ich immer mit Steve ins Eisstadion gegangen. Ich glaube, ich war acht Jahre alt, als ich das erste Mal auf Kufen stand."

Gedankenversunken nahm sie einen Löffel Suppe. Warm und wunderbar köstlich schmeckte die feine, aber fleischige Suppe, die fast überquoll vor frischem Gemüse. Erst im Nachgang merkte Melanie, wie scharf sie im Rachen brannte. Rasch füllte sie den Löffel erneut.

„Unsere Eltern arbeiteten jeden Tag bis zum Abend. Steve nahm mich mit, damit er nicht zu Hause auf mich aufpassen musste."

David setzte sich die Flasche wieder an die Lippen und beobachte sie.

„Dort hatte ich meine Freunde und er konnte ungestört Hockey spielen, weil ich immer in seiner Nähe war."

Aufmerksam blickte er zu ihr herüber und stellte sein Bier ab.

„Ich liebte das Eislaufen."

David hörte ihr aufmerksam zu. Er hatte nicht damit gerechnet, dass sie reden würde. Doch war er froh darüber. So schwer es ihm auch fiel, er unterbrach sie nicht mit seinen Fragen.

„Ich war so alt wie Kim jetzt, als ich Tanja Kirjakova traf. Sie war Trainerin und wollte mich unter ihre Fittiche nehmen. Keine Ahnung warum. Sie sah wohl eine Begabung in mir. Ich denke, es war meine große Begeisterung, die sie überzeugt hatte. Meine Eltern waren froh darüber. Steve wurde entlastet und konnte sich nun ganz auf sein Training konzentrieren. Er muss nicht länger auf mich aufpassen. Meine Eltern waren immer unheimlich stolz auf ihn und wenn er am Wochenende ein Spiel hatte, waren wir dabei. Gut für mich, dass ich nun mit Ms. Kirjakova trainieren durfte."

„Wie war sie denn so?"

Melanie überlegte nicht lange.

„Na ja. Sie war sehr autoritär. Wir Mädchen hatten schon ein bisschen Angst vor ihr. Doch gleichzeitig ahnten wir, dass wir bei keiner anderen Trainerin so gut aufgehoben waren. Dank ihr gewann ich sogar einige Turniere. Wir schufen Pläne über meine weitere Karriere. Sie wollte mich nach meinem Abschluss mit ins Trainingslager nehmen und für die Ontario Meisterschaft anmelden. Meine Chancen standen gut, sagte sie, da ich die Qualifikation bereits erreicht hatte."

Melanie stocherte im Rest ihrer Suppe herum und spürte seinen Blick auf ihrem Gesicht. Sie wusste nicht, ob er sie verstand, doch plötzlich hatte sie das Bedürfnis, ihm alles zu erzählen. In ihrer Jugend hatte sie sich David an ihrer Seite gewünscht, als Lover, als Date zum Abschlussball. Heute brauchte sie ihn als Freund, als außenstehenden Beobachter, der sich nicht automatisch auf eine Seite stellen würde. Sie wusste nicht, ob er noch der Junge von damals war, den sie immer bewundert hatte. Dafür hatte sie ihn nie gekannt. Ihr Herz schnürte sich zusammen und sie wünschte sich nichts mehr, als David Vertrauen zu können und von dem 17-jährigen Mädchen zu erzählen, das sie damals gewesen war. Viel zu lange spekulierte sie nun schon, was gewesen wäre, wenn sie damals mutig genug und sich gegen ihre Eltern gestellte hätte. Es war Zeit, dass sie mit Jemanden darüber redete.

Sie blickte in seine dunklen Augen.

„Für die ganz große Karriere hätte es wohl nie gereicht. Also habe ich mich für das Studium auf dem College entschieden und meinen Abschluss in Wirtschaft gemacht."

Erstaunt hob er die Hände.

„Das ist alles? Deshalb hast du seit dem nie wieder Schlittschuh angezogen? Weil du glaubtest, es als Profi nie geschafft zu haben? Was ist das denn für ein Quatsch?"

Melanie war enttäuscht.

„Du verstehst das nicht. Es war mein größter Wunsch."

Mit leiser Stimme fragte er.

„Wenn es doch dein größter Wunsch war, wieso hast du ihn dann so leicht aufgegeben? Wieso hast du nicht weitertrainiert? Ich gebe doch nicht das Autofahren auf, nur, weil ich niemals den Großen Preis von Monaco gewinnen werde."

Melanie schüttelte eifrig den Kopf. Diese Richtung des Gesprächs hatte sie nicht beabsichtigt.

„Ich konnte nicht mehr zurück. Es hätte mir das Herz gebrochen, wenn ich mich weiterhin mit den Mädchen zum Training getroffen hätte. Mit den Mädchen, die meinen Traum lebten. Neben dem Studium blieb nicht genug Zeit, das Trainingspensum zu schaffen."

Eine einsame Träne lief ihre Wange hinab.

„Es war immer mein Traum. Doch bin ich heute realistisch genug, zu wissen, dass dieser Traum sehr weit entfernt war."

Die dunkle Stimme an ihrem Ohr raunte leise.

„Ja, und er rückt jeden Tag weiter weg."

Sie war sich nicht länger sicher, ob sie diese objektive Meinung wollte. Irgendwie hatte sie sich mehr Verständnis erhofft.

"Nun habe ich eine ordentliche Ausbildung und einen guten Job. Das ist im wahren Leben doch sehr viel wert. Ach nein,... hatte einen guten Job."

Er hatte sie heute auf Rollerblades gesehen und es brauchte nicht viel Vorstellungskraft sie sich als Königin des Eises auszumalen. Sie fuhr grazil und elegant, drehte Kreisel und sprang mit einer Leichtigkeit über kleine Hindernisse, um die sie viele professionelle Eiskunstläuferinnen beneiden würden. Nur schwer hatte er heute Nachmittag seine Augen von ihr lösen können. Zu gern hätte er sie in einem wehenden, glitzernden Kostüm über das Eis fegen sehen.

Er hörte ihr erzwungenes Lachen.

„Ich fuhr sogar immer einen Umweg um den Block, damit ich ja nicht am Eisstadion vorbei kam."

Je mehr er erfuhr, desto weniger wollte es ihre Story hören. Er kannte schon zu viel Selbstmitleid von genug anderen Leuten, dass er Ihres nicht auch noch ertragen konnte. Vor allem nachdem er heute einen Blick in ihr Herz geworfen hatte. Am liebsten hätte er sie angeschrien, was sie doch für einen Feigling sein und wie sie sich nur so lange verstecken konnte. Das machte ihn erst richtig wütend. Sie war keineswegs das verwöhnte Mädchen, das sich mit Hilfe ihrer Vorzüge ihre Wünsche erfüllen ließ. Zweifellos war sie eine sehr hübsche junge Frau, doch hatte sie immer weniger mit dem Mädchen gemeinsam, für das er sie zuerst gehalten hatte. Ihr Selbstvertrauen beruhte nicht auf ihrem Körper, wie er es erwartet hatte. Ihre Qualitäten gingen weit darüber hinaus. Doch als sie ihre Schlittschuhe an den Nagel gehängt hatte, gab sie gleichzeitig ihre Leidenschaft auf.

*

Melanie musste nicht erst ihren Kontostand abfragen, um zu wissen, dass sie nur noch bis zum Monatsende durchhalten würde. Ihr Depot hatte sie verkauft, um ihre Ideen zu realisieren. Unglücklicherweise würden diese sie auch nicht vor der Schadensersatzklage bewahren. Ihren Job war sie los. Es gab keine Sicht auf einen Neuen und ihre Eltern warteten nur darauf, ihre berühmte Standpauke über Melanies Unzulänglichkeit vom Stapel zu lassen.

Am liebsten würde sie sich in ihrer Wohnung verkriechen und darauf warten, dass irgendwo eine Lösung ihrer Probleme auftauchte. Dieses Mal hatte sie es wirklich vermasselt. Dieses Mal konnten weder Eddie, noch Steve ihr helfen. Selbst Holly verfügte wohl kaum über genug Geld, um sie aus dieser Misere herauszuholen. Abgesehen davon war nicht sicher, ob sie überhaupt noch mit ihr sprechen würde. Doch Melanie war sich fast sicher, dass es David nicht um Geld ging. Zwei Stanley Cup Siege, sowie mehrere Trophäen und jährliche Prämien spülten genug Geld auf die Konten von David, dass er sich nie wieder Melanies Sorgen machen musste. Hier ging es um viel mehr. Sie hatte sich zu weit in sein Leben eingemischt und nun sollte sie dafür bezahlen. Dabei half ihr auch nicht, dass er sich heute als angenehmer Begleiter entpuppt hatte. Für Melanie war es viel einfacher, als er noch der arrogante Mistkerl mit dem verletzten Ego gewesen war.

Doch im Moment wollte sie nicht länger an David denken. Wichtigen war, wie sie die nächsten Monate überstehen sollte. Sie verspürte weder Lust, den Fernseher anzuschalten, noch ein Buch zu lesen, im Internet zu surfen oder sich mit Sport abzulenken, wie es für gewöhnlich tat. Also legte sie sich in ihr Bett und lauschte den Lieferwagen, die in der Seitenstraße das Restaurant belieferten.

*

Das Spiel in New York verfolgte Melanie am Fernseher. Mit ihrer Suppe hatte sie es sich auf der Couch gemütlich gemacht und ertappte sich immer wieder dabei, wie sie die Eisfläche nach David absuchte. Seine physische Verfassung war ausgezeichnet und er hatte leichtes Spiel. Seine Pässe waren präzise und Rick Nolan gelang es, sie im Tor zu versenken. Chicago hatte keine Chance. Die Kommentatoren spekulierten, wann er das letzte Mal auf den Eis solch unglaublichen Leistungen vollbracht hatte. Nach jedem Tor stürmte er auf Nolan ein und beide umarmten sich jubelnd. Deren elektrisierende Gesichtsausdrücke flimmerten über die Bildschirme und die Zuschauer brüllten ihre Namen.

Am Ende des Spieles siegten die Rovers 4:0 und David und seine Teamkollegen gingen freudestrahlend vom Eis.

„Hatten sie in den letzten Tagen ein besonderes Work-Out?" fragten die Reporter, als David nach dem Spiel seine Interviews gab. Sein braunes Haar hing ihm zerzaust auf die Stirn und der Schweiß rann seinen Hals hinab. Glücklich und völlig außer Atem lächelte er und nickte.

„Rollerbladen."

Melanie war wie versteinert. Ihr Herz schlug schneller und ihr Kopf fühlte sich heiß an. Hatte er damit ihren gemeinsamen Nachmittag im Park gemeint? David stemmte die Hände in die Hüften und lobte anerkennend die Leistung des Teams aus Chicago. Doch hatten sie heute keine Chance gegen den Sportsgeist und den Siegeswillen der Rovers gehabt. Dann bedankte er sich für das Interview und verschwand in der Kabine.

*

Bis zum Ende des Monats brachte sie es auf vier Vorstellungsgespräche, in denen sie ihre Qualitäten als bestens ausgebildete Wirtschaftsabsolventin hervorheben konnte. Ihre Verzweiflung überlagerte allerdings ihre Motivation, so dass sie nach jedem Vorstellungsgespräch ein schuldigeres Gefühl hatte, als zuvor. Sie wagte noch nicht mit jemandem darüber zu reden. Das hätte ihr offensichtliches Versagen noch offiziell gemacht. Und das würde sie so lange wie möglich hinausschieben wollen.

Zwei Tage später fasste Melanie einen Entschluss. Sie sammelte einige ihrer besten Aufnahmen, ihren Lebenslauf und ein aussagekräftiges Anschreiben zusammen. Dabei ließ sie jene Fotos aus, die Donnie oder David zeigten. Dummerweise waren das gerade ihre Besten. Ihre Bilder sollten sich auf anonyme Fotografien beschränken und nicht die Persönlichkeit hervorheben. Nie wieder wollte sie bevorteilt werden, weil sie zufällig mit jemand Populärem eine Beziehung unterhielt. Stattdessen sollte ihre Arbeit Interesse hervorrufen. In einem Teenie-Magazin von Kim war sie auf eine Anzeige gestoßen, in dem neuen Fotografen gesucht wurde. Nachdem sie im Internet recherchiert hatte, bekam sie nun auf jeder Seite Werbung von einer Agentur eingeblendet und klickte schließlich auf die Online-Bewerbungsseite. Zwar hatte sie keine klassische Ausbildung vorzuweisen, doch hoffte sie, dass ihre Bilder für sie sprechen würden. Steve erzählte sie nichts von ihrem Versuch, doch Kim hatte sie eingeweiht. Auch wenn sie nicht wusste, wie ihr Leben weitergehen sollte, so musste sie sich eines eingestehen. Ein Job in die Firma ihres Vaters war ihre letzte Alternative.

Seit Melanie wieder in Toronto war, ließ sie es sich nicht nehmen, den Mädchen beim Eislaufen zuzusehen. Nach der Schule trafen sie sich auf der Eisbahn oder beim Rollerbladen. Zugegeben, seit David sie in die Rollerblades gezwungen hatte, fühlte sie sich befreiter. Ihr kam beim besten Willen nicht in den Sinn, warum sie sich so lange vom Eis ferngehalten hatte. Immer schwächer wurden die Erinnerungen an das dramatische Aus ihrer potentiellen Karriere. Viel lieber dachte sie an die guten Ratschläge und Trainingsläufe von Tanja Kirjakova zurück. Die konnte sie nun gut gebrauchen. Sie selbst wurde nun zu einer Tanja. Ihre selbst übertragene Verantwortung erfreute sie in höchstem Maße.

Also scheute sie sich auch nicht, bei TeenWorld Toronto anzuheuern, die eine Fotografin suchten. Was vielversprechend klang, entpuppte sich allerdings als ein Praktikantenstelle. Die Bezahlung war dementsprechend gering und auf keinen Fall ausreichend. Einziger erfreulicher Gedanke war, dass Melanie mit ihren Fotos beeindrucken konnte. Immerhin konnte diese Anerkennung ihre Stimmung kurzzeitig heben. Verzweifelt nahm sie den Job an und erhielt augenblicklich später ihren ersten Auftrag. So sah sie sich auch ziemlich gleichgültig der bevorstehenden Autogrammstunde einer lokalen Newcomer Band im Einkaufszentrum entgegen.

Immerhin blieb ihr so noch Zeit für Kim und die Mädchen und nebenbei verdiente sie noch ein paar Dollar. Langfristig war das keine Alternative. Die Bezahlung glich einem Taschengeld. Nichts, wovon sie länger als zwei Wochen leben konnte. Doch war es ein erster Schritt in die richtige Richtung.

*

Je weiter David sich von der Stadt entfernte, umso ruhiger wurde er. Kleine Wäldchen säumten die Straße und das Licht fing sich in den Kronen der Bäume. Er blickte auf die

Tageszeitung, die er auf den Beifahrersitz gelegt hatte und seine Gedanken überschlugen sich erneut.

Claire Farway schon wieder mit Kokain erwischt

Während der Mailänder Wochen wurde sie erneut mit Drogen gesichtet. Die Presse griff dankbar nach neuen Sensationsgeschichten wie dieser und wühlte erneut in Claires Privatleben. Irgendwie hatten sie herausbekommen, dass Claire einen Entzug gemacht hatte. Das Thema wurde nun von allen Seiten diskutiert. Auch Davids Rolle in ihrem Leben wurde ausführlich betrachtet. Es ärgerte ihn, dass er in diesem Zusammenhang nun wieder unter die Lupe genommen wurde. Doch viel schlimmer war die Tatsache, dass Claire den Entzug vorzeitig abgebrochen hatte. Altbekannte Schuldgefühle machten sich in seiner Brust breit. Er beschleunigte und setzte auf die Überholspur über.

*

Holly zog sich ihren Hut tiefer in das Gesicht und rückte die übergroße Sonnenbrille zurecht, als sie die Straße zu ihrem schwarzen Cabrio überquerte. Ihre Einkaufstaschen schlugen ihr vor die Knie und in ihrer kleinen Handtasche suchte sie nach dem richtigen Schlüssel. Doch sie war nicht schnell genug. Hinter ihrem Auto tauchte ein Fotograf auf, der sie anlächelte und seine Aufnahmen schoss.

„Ms. Cummings." Rief er ihr zu.

Holly wusste, auf welche Story er es abgesehen hatte. Seit sie heute Morgen die Schlagzeile gelesen hatte fühlte sie sich nirgends mehr sicher.

Immobilienmogul Adam Wenderhall und sein kleines Geheimnis

Schlechte Presse konnte sie aktuell nicht gebrauchen. Die Vorbereitungen für ihre eigene Fashion Show liefen planmäßig. Die Kleider waren fast fertig. Die Location gebucht. Die Öffentlichkeit war auf sie aufmerksam geworden und die Erwartungen der Kritiker überschlugen sich. Doch ihre Schwangerschaft ließ sich nun nicht mehr verleugnen. Holly war im vierten Monat und ihre Kleider zwängten sie ein. Sie hatte von Frauen gehört, die ihre Hosen noch im sechsten Monat schließen konnten. Sie gehörte leider nicht dazu. Bereits seit Wochen wartete sie auf den Augenblick, wenn Adam sie zur Rede stellen würde.

Am Nachmittag war es dann soweit.

„Holly, Liebling. Wie lange willst du mich noch an der Nase herumführen. Du machst mich lächerlich. Wollen wir mal darüber reden?"

In seinem dunklen Anzug saß er auf ihrer Ledercouch und paffte eine Zigarre. Das war die einzige schreckliche Angewohnheit, die sie an ihm bisher feststellen musste, mal ganz abgesehen davon, dass er seine Ehefrau öffentlich mit ihr betrog. Er hatte ein Bein über das andere geschlagen und hielt sein Glas locker in der Hand. Dann deutete er auf ihren Bauch. Seine Gesichtszüge waren entspannt und verrieten keinerlei Panik. Das hatte sie bereits vermutet. War sie womöglich nicht die erste seiner Geliebten, die ein Kind erwartete? Adams graue Augen folgten ihren Schritten und der Klang seiner tiefen Stimme ließ sie ruhiger werden. Sie hatte sich so heimisch bei ihm gefühlt und nun war das Ende ihrer Beziehung gekommen.

In ihrem Wohnzimmer lief Holly hin und her. Seit Wochen hatte sie sich die genauen Worte zurechtgelegt, doch nun wollten sie ihr nicht einfallen. Ihr Kleid wirbelte ihr um den Bauch und plötzlich wurde sie sich ihrer zunehmenden Fülle bewusst. Sie musste nicht mehr länger ihre Hände kaschierend auf ihren Bauch legen oder darauf achten, dass Adam sie nicht im Profil sah. Er wusste es. Wieso sollte sie ihn länger für dumm verkaufen. Holly holte tief Luft und blieb vor ihm stehen. Adam war ein respektabler Mann. Er hatte ihre Aufrichtigkeit verdient.

„Adam, es tut mir leid. Ich wollte dich niemals bloßstellen. Entschuldige. Du hast immer zu mir gestanden und auch dafür möchte ich dir danken."

Adam nickte wissend.

„Mach dir keine Sorgen, Liebes. Ich weiß, dass es nicht von mir sein kann. Ich bin nur enttäuscht, dass du mir nicht schon eher erzählt hast. Du musst doch keine Angst vor mir haben.

Es ist ok, dass du parallel noch einen anderen triffst."

Ein gutmütiges Lächeln erschien auf seinem Gesicht.

„Es kränkt mich ein wenig. Aber es ist ok."

Adams Augen ruhten auf ihr. Dass er bereits wusste, dass er nicht der Vater war, hatte sie nicht kommen sehen. Doch Adam war gütig und fair. Allein der Vertrauensmissbrauch schien für ihn das größte Übel zu sein. Hollys Augen füllten sich mit Tränen. Sie hatte so viel Fairness nicht erwartet. Dank Adam hatte sie es zu einem Namen und einer eigenen Kollektion geschafft. Das war mehr wert, als sie ihm gegeben hatte. Nun nahm sie neben Adam Platz und legte ihre Hände in seine. Ihre tränennasse Wange legte sie auf seine Schulter und wartete, bis das Schluchzen verebbte. Sie brauchte einen Moment bis sie genug Kraft aufbringen konnte. Ohne ihn anzusehen sprach sie.

„Es tut mir leid, dass ich nicht offen zu dir war. Du bist ein großartiger Mann, Adam. Das ist das mindeste, was ich dir schuldig bin.

„Ich bin enttäuscht, dass du nicht den Mut hattest, es mir zu beichten. Das spricht nicht gerade für unsere Beziehung."

Ein kleines Schmunzeln huschte über seine Lippen. Großzügig streichelte er Hollys Arme.

„Ich dachte, wir sind mehr als Freunde. Ich dachte, wir sind Vertraute."

Hollys Hormone gingen mit ihr durch. Nun flossen ihre Tränen immer stärker die Wangen hinab.

„Liebes. Wein doch nicht! Du bist eine unglaublich starke Frau. Du wirst das schaffen! Du kannst alles schaffen!"

Wenderhall nahm ihren Kopf in seine Hände und schaute ihr in die Augen. Ihr Mascara verabschiedete sich gerade in Richtung Kinn und rote Flecken machten sich auf ihrem Gesicht breit.

„Du hast doch nicht erwartet, dass ich den Daddy für dein Baby spiele, Liebes?"

Zum ersten Mal lächelte Holly. Bis jetzt hatte sie noch keinen Moment daran gedacht. Wenn sie ehrlich war, fiel es ihr sehr schwer sich selbst mit dem Baby vorzustellen. Aber Adam? Nein, beim besten Willen nicht.

Sie schüttelte den Kopf und lächelte.

Adam nickte und zog ihren Kopf zu sich.

„Falls es dir an irgendetwas fehlt, lass es mich wissen."

Wenderhall gab ihr einen Kuss auf die feuchten Wangen und erhob sich. Holly trocknete sich die Tränen mit ihrem Handrücken und blickte zu ihm auf. Sie sah Freundschaft und auch ein wenig Mitleid in seinem Blick.

Erst als er die Tür hinter sich schloss, wurde ihr bewusst, dass sie nun völlig allein zurechtkommen musste. Niemand würde ihr helfen. Keiner wäre für sie da. Sie konnte nicht ihre Freunde anrufen. Die meisten neuen Freundschaften, die sie in letzter Zeit geschlossen hatte, waren Adams Bekannte und würden sich distanzieren.

Holly nahm ihr Handy vom Tisch und wählte Melanies Nummer. Doch bevor sie das Klingeln hörte, legte sie wieder auf. Sie hatte seit Wochen nicht mehr mit Melanie gesprochen und wollte nun nicht gerade in ihrer schwächsten Minute zurückkehren. Der Anruf blieb ihr nicht erspart, doch würde sie noch damit warten. Eine kurze Chatnachricht könnte sie aber schreiben. Oder doch nicht? Also blieb noch Steve. Wie einfach alles mit ihm gewesen war. Was würde er von ihr denken, wenn er ihre Situation kannte. Sie war nicht länger die Frau, für die er sie bisher hielt. Er durfte niemals davon erfahren. Sie schämte sich ihrer Schamlosigkeit. Holly bereute keine Sekunde ihrer gemeinsamen Zeit mit Steve, doch über die weitere Entwicklung war sie nicht besonders stolz. Doch sie durfte sich nicht so gehen lassen. Schon um des Babys Willen, das mit einem Mal so real geworden war. Seit dem Augenblick, an dem Holly das erste kleine Kribbeln im Bauch gespürt hatte, wollte sie das kleine Leben in ihrem Innersten nicht mehr verleugnen. Nun da Adam es zur Sprache gebracht hatte, gab es keine Ausreden mehr. Sie würde ein Baby bekommen. Sie würde eine Fashion Show über die Bühne bringen und eine berufstätige Mutter werden. Wie und wann sie es Steve erzählen würde, wusste sie noch nicht. Natürlich hatte er ein Recht darauf, doch liebte er sie nicht. Warum sollte er den Familienvater spielen und sich damit die Chance auf echte Liebe versagen? So wollte sie ihn nicht an sich binden. Dann lieber keinen Mann, als einen, der nur des Babys Willen bei ihr blieb. Sie würde schon klar kommen.

*

Es dauerte genau zwölf Stunden bis Melanie bei ihrem Becher Kakao die Tageszeitung aufschlug und über ein Foto von Holly in den Armen von Adam Wenderhall stolperte. Sie saß gerade auf einer Bank im Unionpark, in dem sich in Kürze mit ihrem Kollegen zu einem Interview mit jugendlichen Skateboardern trafen. Die Bildüberschriften und der Artikel traf sie unvorbereitet. Schockiert stellte sie ihren Becher auf der Bank ab.

Oh nein. Wieso hast du mir nichts gesagt?

Robert, ihr Kollege, sah von seinem Teil der Zeitung auf und blickte sie stirnrunzelnd an. Melanie sah auf und zeigt mit ihrem Finger auf das Foto.

„Das ist meine Freundin Holly. Angeblich erwartet sie ein Kind von IHM."

Robert beugte sich zu ihr herüber und betrachtete das Bild.

„Hübsch."

Fassungslosigkeit stand ihr ins Gesicht geschrieben. Doch von Robert erwartete sie kein Verständnis für ihre Reaktion. Robert war gerade erst 19 Jahre alt geworden und jobbte aushilfsweise bei der TeenWorld Toronto, um sich sein teures Hobby, ferngesteuerte Quadrocopter, zu finanzieren.

„Er könnte ihr Vater sein."

Doch Roberts Interesse war verfolgen. Er interessierte sich mehr für Leute in seinem Alter. Daher hielt er auch erneut Ausschau nach den Kids vom neuen Skateboarder-Park. Ganz in deren Stil hatte er sich heute für Baggy Pants, ein T-Shirt mit dem Spruch „Dress for less" und für ein schiefsitzendes Basecap entschieden. Melanie erwartete nicht, dass er ihre Beunruhigung über die Beziehung ihrer Freundin teilte, doch hätte sie sich ein bisschen mehr geheucheltes Interesse gewünscht. Immerhin muss sie darüber reden. Mit wem auch immer.

Melanie zog ihr Handy aus der Tasche und ignorierte die Erinnerungs-SMS, die ihr sagte, dass jemand gestern Nacht auf ihren Anrufbeantworter gesprochen hatte. Sie wählte Hollys Nummer und wartete.

„Holly. Hi. Hier ist Melanie."

„Lany, ich habe doch versprochen, dass du die Erste bist, die es erfährt. Doch scheinbar weißt du es bereits."

„Warum hast du dann bis jetzt nicht angerufen?"

„Entschuldige. Ich konnte einfach nicht anrufen. Ich befinde mich noch in der –Das ist nicht mehr mein Körper- Phase."

„Hör doch auf, Holly. Ihr beiden seid doch nicht erst seit gestern ein Paar. Wenn du deine Beziehungen geheim halten wolltest, hättest du dir vielleicht einen weniger populären Freund suchen sollen."

Wenn Wenderhall nicht das Alter ihres Vaters hätte und noch dazu ledig wäre, hätte sie sich für Holly gefreut.

Holly berichtete von ihrem Weggang bei CK.

„Sorry. Ich verstehe es nicht."

„Ich brauche CK nicht. Adam steht voll und ganz hinter mir. Ich wollte schon immer ein eigenes Label. Davon träume ich, seit wir Kinder sind. Meine ganz eigenen Klamotten, mit meinem Namen drauf. Stell dir nur all die schönen Frauen vor, die meine Kleider tragen und sich deshalb die Leute nach ihr umdrehen."

Holly konnte mit dem Schwärmen gar nicht wieder aufhören.

„…Und nun habe ich Adam, der mich unterstützt und mir die Chance bietet, die ich nur einmal im Leben bekomme. Meine besten Arbeiten lasse ich gerade schneidern und dann werde ich meine ganz eigene Fashion Show in New York haben. Kannst du dir das vorstellen? Ich wäre dumm, wenn ich es jetzt nicht wagen würde."

Melanie spürte Hollys Enthusiasmus. Doch klang alles zu gut, um wahr zu sein.

„Das klingt einfach toll, Holly." *Obwohl ich bezweifele, dass er der richtige Partner für dich ist.*

Melanie zögerte ihr das zu sagen.

„Mach dir keine Sorgen um mich, Lany. Adam wird mir helfen."

In Melanies Kopf raste es. Holly, die von einem verheirateten Mann schwanger wurde, kündigt ihren Job, um ihren Traum zu leben. Sie pfiff auf Sicherheit und Beständigkeit und wagte ein berufliches Risiko, anstatt sich auf ihre bevorstehende Mutterrolle vorzubereiten. Noch unkomfortabler konnte sie sich die Umstände nicht ausmalen.

„Denkst du eigentlich auch mal an das Baby?"

Für Melanies Geschmack kam Hollys Antwort etwa zu aggressiv durch das Telefon.

„Seit Monaten denke ich an nichts Anderes. Entschuldige bitte, dass ich deshalb nicht mein Leben pausieren lasse, um Mutter zu werden. Ich habe hier noch mehr vor, Lany. Ich hatte angenommen, du verstehst mich. Ich bin auf dem aufsteigenden Ast und werde in Kürze meine eigene Modenschau bekommen. Selbst wenn ich nebenbei ein Bein amputiert bekommen würde und auf dem Mond leben würde, könnte mich davon nichts und niemand abhalten. Das ist der Traum, dem ich seit ungefähr 15 Jahren hinterherlaufe."

Melanie konnte nur den Kopf schütteln. Wie unglaublich es auch jedes Mal klang, Holly war bereits wieder auf den Beinen, bevor sie überhaupt gefallen war. Dafür bewunderte sie sie. Von ihr könnte sie definitiv noch lernen. Anerkennend musste sie festhalten, dass in jeder noch so misslichen Lage mit Holly Cummings zu rechnen war.

Versöhnlich aber bestimmt schob Holly hinterher:

„Ich werde alles für mein Baby tun, um eine gute Mutter zu sein, Melanie. Das kannst du mir glauben. Doch bin ich noch in erster Linie Holly Cummings, die seit Jahren hart daran arbeitet und nun endlich am Ziel ankommen wird. Ich kann jetzt nicht zurück. Nicht so kurz vor dem Ziel. Ich dachte, du verstehst das."

„Du bist so stark, Holly. Ich bin überzeugt, dass du das alles schaffst."

„Alles in Ordnung bei dir?"

Melanie verspürte keine Lust, ihr von ihrem Kontostand zu berichten, der ihr Kopfzerbrechen bereitete. Also nahm sie Holly das Versprechen ab, sich möglichst bald zu treffen. Wie Holly ihre Karriere vorantrieb, selbst unter den ungünstigsten Umständen, musste Melanie neidlos anerkennen.

*

Einige Tage später, begleiteten Melanie und Robert die Autogrammstunde einer Rockband namens Juicy Doctors, die in einen kleinen Musikladen in der Nähe St. George Campus stattfinden sollte. Hier bekam Robert die Möglichkeit, seine Fragen für die TeenWorld Toronto loszuwerden und Melanie steuerte einige Bilder bei. Robert, selbst begeisterter Fan der Juicy Doctors, versuchte gerade den Frontsänger seine Idee für ein neues Video verkaufen. Er stieß auf wenig Interesse, doch Robert blieb hartnäckig. Das musste Melanie mit einem Lächeln eingestehen. Diese jungen Musiker gaben sich cool und unnahbar, doch sobald die Kamera einige Testfotos schoss, warfen sie sich in Pose und demonstrierten ihre sorgfältig geübte Mimik. Dann klingelte Melanies Handy. Schulterzuckend erwiderte sie die bösen Blicke der Bandmitglieder. Doch Melanie nahm an und verließ kurz den Laden. Wenn diese Typen wüssten, dass David Bennett an ihrem Handy war, würde ihnen ihr sorgfältig aufgetragener Kajal höchstwahrscheinlich vor Aufregung zittern. Doch fragte sie sich ernsthaft, ob diese Typen überhaupt wussten, wer Bennett war.

„Ich möchte meine Schulden bei dir einzulösen." Seine dunkle Stimme mit dem unverkennbaren Lächeln lockten ihr ein Lächeln hervor.

Melanie sah durch die Ladentür und zeigte den Juicy Doctors mit einem Victoryzeichen eine Auszeit von zwei Minuten an, um sie zu beruhigen.

Melanie lächelte und konzentrierte sich wieder auf ihr Gespräch mit David. Seit dem Rollerbladen im Park hatte sie ihn nicht mehr gesprochen.

„Was meinst du?"

Ging es um irgendwelche Klauseln ihres Vertrages, die sie über die gemeinsamen Stunden mit ihm vergessen hatte? Sie versuchte sich an den Wortlaut von Folly zu erinnern, doch fiel ihr partout nichts Passendes dazu ein.

„Wenn du noch interessiert bist, tauschen wir die Autos und du kannst ein bisschen Gas geben."

Melanie hatte es nicht vergessen. Doch war sie davon ausgegangen, dass David sie nur kurz fahren ließe, während er ihr vom Beifahrersitz aus Anweisungen geben könnte. Dass er ihr den Porsche überlassen würde, hatte sie nicht geglaubt.

„Wirst du denn nicht mitfahren?"

„Ich befürchte, du wirst auch ohne mich Spaß haben. Außerdem erwartet mich der Coach zu einem leichten Training erst später in der Halle. Solltest du doch Mist bauen, weiß ich ja, wo du wohnst."

„Klingt ja immer besser. Ich habe hier noch etwas zu erledigen. Es wird sicher noch ein paar Stunden dauern, bis ich zu Hause bin."

„Wo bist du denn?"

„Sagen dir die Juicy Doctors etwas?"

„Du machst mir Angst. Ich hoffe, du hast nichts Ernstes!"

Melanie lachte.

„Das ist eine neue Band. Die geben ein Interview in einem Laden St. Geoprge Campus. In zwei Stunden bin ich hier fertig."

Der schwarze Porsche erregte bereits allgemeine Aufmerksamkeit, bevor David ausstieg. Melanie positionierte gerade die einzelnen Bandmitglieder auf einem alten Sofa, als David im Laden eintraf.

Mit einem kurzen Nicken bedeutete sie ihm, in der Ecke auf sie zu warten. Er war eine viertel Stunde zu früh dran. Melanie hatte hier einen Job zu erledigen und konnte nicht eher gehen, bis sie ein perfektes Bild hatte. Sie gab Anweisungen, wie die Jungs posieren sollten, kontrollierte auf ihrem Display und änderte die Einstellungen, bis sie zufrieden war. Eine halbe Stunde später, entließ sie die Jungs, dankte Robert für seine Hilfe und verabschiedete sich von dem Ladenbesitzer, ehe sie mit David auf die Straße trat. Melanie verstaute ihre Kamera in der Tasche und blickte zu ihm auf.

„Tut mir leid, dass du so lange warten musstest. Ich habe nicht damit gerechnet, dass du so überpünktlich bist."

David zuckte mit den Schultern.

„Ich war zu früh. Kein Problem. Es hat mir Spaß gemacht, dir zuzusehen. Mit hat gefallen, wie du die Jungs gecoacht hast. Seit wann hast du denn den Job?"

„Erst seit letzter Woche." Plötzlich sprudelte es nur so aus ihr heraus. Sie erzählte ihm von ihren enttäuschenden Vorstellungsgesprächen und dem Angebot der TeenWorld Toronto. Sie hatte sich bereits ein paar gute Argumente für den Job zurechtgelegt, doch David fragte nicht, wieso sie einen Job annahm, von dem sie nicht leben konnte. Stattdessen hörte er ihr zu und erkundigte sich nach ihren Aufträgen. Sie blieben vor seinem Porsche stehen und David zeigte auf ihre Tasche.

„Kann ich die Bilder sehen?"

David war erstaunt, wie wirkungsvoll die vier Jungs in Szene gesetzt wurden. Sie erinnerten stark an britische Rock `n Roller, die mit ihren Stiefeln auf dem Sofa hockten. Wenn man nicht genau hinsah, hätten das auch die Gallagher Brüder von Oasis sein können. David war beeindruckt, wie Melanie die Schatten auf ihren Gesichtern erschuf, um sie erwachsender zu machen und Erfahrung zu suggerieren.

Gut gemacht, Kleines.

Neugierig warf er einen Blick auf die restlichen Aufnahmen der Woche. Ein paar Skater in Baggy Pants, tiefsitzenden Basecaps und atemberaubenden Stunts. Melanie muss sich direkt auf die Halfpipe gesetzt haben, um die Boarder im Flug über sich zu erwischen. Ein weiteres Bild zeigte einen pickeligen Typen, der sich gerade die Frisur zurechtrückte. Ein anderes zeigte Melanie, als sie sich gerade ein Eis genehmigte. Sie lachte und winkte ab, als wäre sie zu schüchtern, um sich fotografieren zu lassen.

„Die sind gut."

Melanie nahm ihm die Kamera ab und verstaute sie in ihrer Tasche.

„Ich würde auch gern die sehen, die du von mir gemacht hast."

Melanie sah verwundert zu ihm auf.

„Kim hat es mir erzählt. Sie sagt, ich sehe darauf oberaffenstark aus."

Davids Grinsen gefiel ihr.

„Dir ist schon klar, dass es Persönlichkeitsrechte gibt, Melanie."

„Ich kenne auch so ein Wort: Urheberrecht."

David lachte. „Dafür brauchst du erst einmal die Einwilligung des Motivs, richtig?"

„Die hast du mir gegeben, als wir mit Ethan fotografiert haben."

Doch David ließ nicht locker. Er legt den Kopf schief und wirkte weniger dringlich, doch sein hartnäckiger Gesichtsausdruck duldeten keine Ausflüchte.

„Ich weiß, dass das nicht die einzigen Bilder sind. Kim erzählt mir von den Bildern am Strand."

Wenn er sowieso davon wusste, wieso sollte sie es dann vor ihm verbergen?

„Das waren lediglich Tests."

„Die oberaffenstark aussehen und die ich sehen möchte. Bin ich nackt oder warum zierst du dich so, sie mir zu zeigen?"

Melanie lachte.

„Nein. Natürlich nicht. Okay. Ich zeige sie dir irgendwann."

„Ich freu mich drauf."

David nickte und reichte ihr den Zündschlüssel.

„Viel Spaß dabei."

*

Erst als David sich mit ihrem 1er entfernte, drehte Melanie sich um und bewunderte das schwarze Schmuckstück. Oh ja. Sie würde sehr viel Spaß haben. Glücklicherweise hatte sie bequeme Jeans und Turnschuh angezogen, die ihr bei ihrer wilden Fahrt nicht im Wege sein würden. Melanie packte ihren Rucksack auf den Beifahrersitz und glitt hinter das Steuer. Leise schloss sich die Fahrertür und nahm sie in seinem geschwungenen Ledersitz auf. Es roch ganz leicht nach frischem Aftershave und Leder. Eindeutig nach ihm. Sanft strich sie über den komfortablen Sitz und versank tiefer darin. Für einen Moment schloss sie die Augen. Erst dann schob sie den Fahrersitz nach vorn, justierte die Spiegel und strich leicht über die Armaturen. Das Zündschloss lag links neben dem Lenkrad. Ungewöhnlich, aber genau sowas liebte sie ja. Als der Motor startete, drangen ihr die Vibrationen in die Glieder. Ein herrliches Gefühl. Der Porsche war genau nach ihrem Geschmack: kraftvoll, einladend gutaussehend und versprach Leistung.

Grund genug, ihn auch zu benutzen. Bereits nach den ersten Minuten schaltete sie in den vierten Gang und war auf dem Weg zu Steves kleinem Bootshaus. Sie hatte schon immer von einem solchen Auto geträumt. Melanie verliebte sich sofort in dessen kompromisslose Bereitschaft, bis an die Grenzen zu gehen. Mit dröhnendem Motor wechselte sie auf die

Überholspur in Richtung Norden. Sie achtete weder auf die Geschwindigkeitsanzeige, noch auf den Drehzahlmesser. Die Vibration und das befreiende Dröhnen des Motors allein ließen ihr Adrenalin pulsieren und das Herz höher schlagen.

Glücklich, mit zerzausten Haaren und einem zufriedenen Lächeln auf den Lippen hielt sie eine gute Stunde später auf dem Schotterplatz vor dem alten Bootshaus. Beschwingt hüpfte sie aus dem schwarzen Schmuckstück und stellte sich Steves neugierigem Blick. Der kam mit langsamen Schritten die Holzveranda herunter und zeigte mit dem verschmutzen Lappen, an dem er sich gerade die Hände abgetrocknet hatte, auf den Porsche.

„Ich hoffe, er weiß, dass du sein Auto hast."

Das Nummernschild hätte jeder sofort erkannt. Mit Ausnahme der Fans von Juicy Doctors vielleicht. Doch Melanie winkte ab. Melanie umarmte ihren Bruder und dankte ihm insgeheim für seine Besorgnis.

„Ich will lieber nicht wissen, wie du an seinen Porsche gekommen bist, oder? Er leiht ihn nicht einmal seinen Teamkameraden. Muss ich mir Sorgen machen, dass gleich ein Streifenwagen auftaucht?"

Stirnrunzelnd bemerkte Melanie:

„Dafür, dass ihr beiden euch nicht mehr seht, weißt du aber ganz schön viel über ihn."

Steve zuckte die Achseln. „Das kannst du alles nachlesen. Bennett ist populär. Erzählst du mir nun endlich, wie du an seinen Wagen gekommen bist!"

„Der Wagen war die Gegenleistung, dass ich mit ihm Rollerblades gefahren bin."

„Dafür würden sicher jede Menge Leute bezahlen und du bekommst sein Auto dafür?"

Melanie legte gespielt die Hände an die Schläfen und schien angestrengt nachzudenken.

„Ja. Genau."

„Wenn das tatsächlich alles ist, dann hast du auf jeden Fall ein gutes Geschäft gemacht."

Melanie tat, als ob sie darüber nachdenken müsse.

„Das glaube ich auch."

Innen lagen noch Mauerteile im Hauptraum und mehrere Fenster waren mit Folien abgeklebt, weil der Putz noch nicht auf den Wänden war. Die Dielen waren erneuert worden. Alles sah nun viel gemütlicher aus. Melanie konnte es kaum abwarten darauf zu tanzen.

„Wie laufen die Vorstellungsgespräche?"

„Ich hab dir doch von TeenWorld erzählt."

„Genau. Aber das kann ja noch nicht alles sein. Dad hat mich gestern angerufen und gebeten, dir das Angebot seiner Firma näher zu bringen."

Melanie schien das Gesicht zu erstarren. Wann würde ihr Vater endlich aufhören, sie mit allen Mitteln zu beherrschen?

„Bitte. Steve. Wenn dir der schöne Augenblick lieb ist, dann wechseln wir ganz schnell das Thema."

„Wie lange noch?"

„Was meinst du?"

„Wie lange noch willst du nicht darüber reden? Und wie lange kommst du noch mit deinem Geld aus?"

„Noch eine Weile. Mach dir keine Sorgen."

Melanie setzte ihr Klein-Mädchen-Gesicht auf und hoffte, dass es immer noch seine Wirkung erzielen würde. Er dachte einen Moment nach, ehe er ihr über die Haare strich und nickte.

„Okay. Aber wir reden später darüber."

Melanie stellte sich auf die Zehenspitzen und gab ihm einen Kuss.

„Ja."

„Du hast Nerven, Lany. Hast du mal daran gedacht, dass du immer noch für ihn arbeitest?"

„Ja. Der Deal ist noch nicht abgeschlossen, doch bezüglich dieses Themas stehe ich nur mit Folly in Kontakt. David brauche ich dazu nicht. Außerdem ist er sowieso ständig im ganzen Land unterwegs."

Steve sah nicht so aus, als ob ihn Melanies Worte beruhigen würden. Er erwiderte jedoch nichts. Mittlerweile kam sie sich ungerecht behandelt vor. Sie, das kleine Mädchen, das immer auf die Hilfe ihres großen Bruders angewiesen war und er, Mr. Right, der nicht nur bei ihren Eltern die weiße Weste trug. Auch Steve war kein Heiliger. Doch er verstand es, seine Fehler besser zu verstecken.

„Ich will nicht, dass du wieder verletzt wirst. Er ist nicht der richtige Mann für dich."

„Keine Sorge, Steve. Das weiß ich bereits. Ich kann auf mich alleine aufpassen. Und ob du es glaubst oder nicht, ich bin nicht auf der Suche nach dem richtigen Mann."

„Das beruhigt mich überhaupt nicht."

Sie umarmte ihn und hielt ihn für einige Augenblicke gefangen. Bei Steve fühlte sich geborgen und beschützt. Selbst wenn er ihr Handeln nicht duldete. Sie war froh, einen Bruder zu haben, der sich um sie kümmerte und ihr auch mal eine Predigt hielt, wenn sie wieder Mist gebaut hatte. Das gab ihr das Gefühl, dass sie nicht allein war und das brauchte sie jetzt.

*

„Als die Cops mich erkannt hatten, blieb es dann doch nur bei einer Verwarnung. Ich glaube, da habe ich locker einen Tausender gespart. Aber in dem Auto kann ich mich wirklich schwer zügeln." Die schwere Eisentür fiel hinter ihnen ins Schloss, als David und Rick auf dem obersten Parkdeck der Eishalle ankamen. Die Sporttasche in der Hand schlenderte David auf Melanies 1er zu und als er seine Tasche auf den Beifahrersitz warf, entdeckte er sie. Sie stand mit dem Rücken zu ihm und lehnte an der Brüstung. Mit dem Telefon am Ohr schien sie ihn nicht zu bemerken. David konnte nur hoffen, dass seinem Auto nichts passiert war. Von weitem sah sein Porsche unverändert aus. Doch warum wartete sie dann hier auf ihn?
Neugierig schaute Rick zu Melanie und anschließend zu David.
„Warum hat sie denn dein Auto?"
David lächelte und zuckte die Achseln.
„Sie hat ihn gewonnen."
Als die beiden näher kamen, drehte Melanie sich um und lehnte sich lächelnd an der Brüstung.
„Wir reden morgen darüber, Eddie. Ich muss Schluss machen. Mach`s gut."
Bewunderung schwang in Davids Blicken mit. Ausgiebig musterte er erst sie und dann seinen Porsche, der hinter ihr stand. Melanie schnippte sich an ihr weißes Basecap.
„Howdie Cowboy!."
Davids Augen ließen sie nicht los. Ihr helles Top schmiegte sich um ihre Brust und in den Hüftjeans sah sie zum Anbeißen aus. Komischerweise war sein Appetit auf sie immer noch nicht gestillt. Vielleicht war es das Leuchten in ihren Augen, oder die Art, wie sie sich Kim und deren Freundinnen angenommen hatte. Oder vielleicht war es auch ihre Leidenschaft für die schönen Dinge des Lebens, die sie verband.
„Ich dachte nicht, dass ich dich und mein Auto so schnell wieder sehe.
Rick, das ist Melanie. Melanie, Rick Nolan."
Rick betrachtete sie aufmerksam und dann fiel es ihm ein.
„Wir sind uns schon einmal begegnet. Vor der Kabine. Im Winter."

„Ja, stimmt."

Rick ließ seine Tasche fallen und reichte ihr die Hand. Auch er hatte die Gelegenheit genutzt und Melanie ausführlich betrachtet. Seine dunklen Augen ruhten interessiert auf ihr und schienen kein Detail zu übersehen, als er ihr die Hand schüttelte.

„Ich mag Frauen, die die Geschwindigkeit zu schätzen wissen. Du solltest mal meinen Ferrari probieren. Dessen Motor haut dich einfach um. Bei meiner ersten Fahrt, hatte ich das Gefühl, es zerreißt mich."

Ehe Melanie auf Ricks Angebot reagieren konnte, schaltete David sich ein und trennte bestimmt Ricks Hand von ihr. Für den Bruchteil einer Sekunde teilten die beiden Männer einen Blick, der für Melanie nicht fassbar war. Welche Kommunikation auch immer zwischen beiden gerade gelaufen ist, konnte sie nicht wiedergeben. Rick hob seine Tasche auf und nickte Melanie noch einmal freundlich zu. Doch diesmal war es ein völlig anderer Blick, den er ihr zuwarf.

„Es hat mich gefreut, Melanie. Es ist immer schön, Freunde von David kennenzulernen. Vielleicht sieht man sich ja mal wieder."

David nickte ihm zu und rief Rick hinterher.

„Grüß Jess von mir."

Als Rick in seinem Mercedes SLK Cabrio einstieg und den Motor ertönen ließ, rief er ihm hinterher.

„Das kannst du selbst machen. Immerhin lädt sie dich schon seit Wochen zum Abendessen bei uns ein."

Rick winkte kurz zum Abschied und verschwand hinter der nächsten Kurve. Dann schob sie ihre Hände in die Gesäßtaschen und sah unschlüssig zu David auf.

„Was ist los? Warum bist du schon wieder da? Gefällt er dir nicht?"

„Doch, doch. Dein Auto ist ein Traum."

Ein Lächeln umspielte ihre Augen und David hatte große Lust, sich jetzt auf ein Abenteuer mit ihr einzulassen. Da kam es ihm gerade recht, als sie ihm von einem Ort erzählte, den sie ihm zeigen wollte.

*

Auf dem Beifahrersitz lehnt sich David zurück und entspannte sich. Das leichte Training implizierte, dass die Methoden weniger kräftezehrend sein würden, doch Coach Henderson kannte keine Rast. Davids Rücken fühlte sich gespannt an und am liebsten hätte er die Schuhe ausgezogen, um seine Füße relaxen zu lassen. Die Vibrationen, die vom Motor in seine Muskeln flossen, massierten ihn minimal und ließen ihn vorerst den ausgelaugten Körper vergessen.

Melanie fuhr das Verdeck zurück und ihnen strich der Wind durch die Haare. Ihre sportliche Fahrweise erinnerte ihn an seine Eigene. Sie hatte die gleiche Freude am schnellen Fahren, wie er selbst. Ihre Wangen röteten sich und ein Lächeln auf ihrem Gesicht begleitete sie. Mit sanftem Druck hielt sie den Porsche ruhig auf der Straße. Kontrolliert lenkte sich ihn durch den Verkehr. Sein Auto schien sich vollständig an Melanie angepasst zu haben. Obwohl es bei einem solchen leistungsstarken Gefährt eigentlich andersherum hätte sein sollen. Doch der Porsche schien viel mehr ihrer zu sein, als seiner. In einer schnellen Kurve fragte er sich, ob er den gleichen Eindruck auf den Beifahrer machen würde, wie sie.

Nach einer Stunde ging Melanie vom Gas und bog in eine verkehrsberuhigte Allee ein. Vornehme Stadthäuser in unterschiedlichsten Formen und Größen reihten sich hier nebeneinander auf. Ein Hund bellte in der Ferne, aber nur wenige Bewohner ließen sich sehen. Um die Ecke bogen zwei kleine Jungen auf dem Fahrrad und grüßten.

„Ich habe keine Ahnung, wo wir hier sind. Was machen wir hier, Melanie?"

„Drei Straßen entfernt von hier ist der Flemingdon Park Golf Club. Hier in dieser Straße bin ich als Kind oft entlanggefahren, wenn mich an den Wochenenden mein Vater zum Golfclub mitgenommen hat."

Melanie hielt an und schnallte sich ab.

„Sieht für mich wie eine ganz normale Allee aus."

Melanie lächelte.

„Komm mit."

„Sag bitte nicht, dass wir hier hergefahren sind, um spazieren zu gehen."

Skeptisch blickte sich David um und stieg aus dem Auto. Melanie hatte bereits das letzte Haus erreicht und folgte zielsicher einem kleinen Weg, der auf eine Anhöhe führte. Als er sie eingeholt hatte, stand sie vor einem Rohbau, der von der Straße noch nicht zu sehen war. Das Gerüst, die vielen Holzbretter und Sandhaufen deuteten zwar auf einen Bau hin, doch hier wirkte alles stillgelegt und verlassen. Melanie war nun im Inneren verschwunden und tauchte plötzlich auf einem Gerüst in der oberen Etage wieder auf. Sie hüpfte wie ein kleiner Springball von einer Stufe zur Nächsten und nahm schließlich die Außentreppe zum Dach. Von oben winkte sie zu ihm herab.

„Komm rauf. Das musst du dir ansehen."

„Das sieht mir ein bisschen wackelig aus, dort oben."

Melanie legte den Kopf schräg.

„Höhenangst?"

In nur wenigen Augenblicken war er bei ihr und erkannte, warum sie ihn hierher gebracht hatte. Vom Dach des Hauses lag ihnen die City zu Füßen. Diese kleine Erhebung reichte schon aus, um die Skyline der Stadt einzufangen. Mit dem satten Grün des Golfplatzes im Vordergrund schien die Stadt umarmt zu werden. Die untergehende Sonne schien immer noch warm und tauchte alles in dunkles Gelb.

„Siehst du den Golfplatz dort drüben. Herrlich, nicht? Golfplätze haben etwas Magisches an sich. Die beruhigenden Grüntöne und die gepflegten Wege. Dazwischen das wilde Gras des Roughs."

Melanie drehte sich zu David und lächelte.

„Mein Dad war nie sehr begeistert, wenn ich mitten im Rough rumtobte. Ich habe dann immer so getan, als ob ich meinen Ball suchen würde."

David setzte sich neben Melanie auf ein Holzbrett und nahm die Aussicht in sich auf. Im Vordergrund lebte das Bild von den Bewohnern der angrenzenden Alleen. Eine Mutter mit Kinderwagen, ein Jogger und irgendwo bellte immer noch der Hund. Ihre Jeans streifte seine und als sie sich zu ihm umdrehte, sah er den Glanz in ihren Augen. Sie sah zufrieden aus.

„Manchmal durfte ich mein kleines Fahrrad mitnehmen. Dann bin ich damit hierher gefahren, um die Aussicht zu genießen. Hier standen hohe Ahornbäume, die die kleine Anhöhe versteckt hielten. Auf den Bäumen habe ich mich versteckt."

„Ganz allein?"

„Meistens hatte ich Bonnie mit."

„Eine Freundin?"

Melanie nahm ihr Basecap ab und schüttelte ihr Haar aus, bis es ihr locker über die Schultern fiel. Der Geruch von Vanilleshampoo stieg ihm in die Nase.

„Mein Pony. Ganz so einsam wollte ich dann doch nicht sein und Bonnie passte so gut in den Korb an meinem Fahrrad."

David blickte sie lange an. Es fiel ihm nicht schwer, sich Melanie als kleines Mädchen vorzustellen. Mit dunklen Zöpfen, die auf ihrem rosa Fahrrad im Wind wehten, wie sie es heute im Porsche getan hatten. Wahrscheinlich hatte sich damals das gleiche Lächeln wie jetzt auf ihr Gesicht gezaubert. Noch so jung und schon so hungrig nach Abenteuern. Die Vorstellung erinnerte ihn an Kim. Und umso länger er darüber nachdachte, desto mehr verschwammen die Grenzen zwischen beiden. Warum war ihm nicht eher aufgefallen, wie stark Kim Melanie doch ähnlich war?

Melanie kreuzte die Beine.

„Als ich heute hier vorbeifuhr und den Rohbau sah, musste ich einfach anhalten und mich umsehen. Das Haus steht an der perfekten Stelle. Ich hätte es an genau die gleiche Stelle gesetzt. Es ist geschützt und doch hat man solch eine Kulisse vor dem Fenster. Es ist als würde ich durch ein Fernglas schauen."

Melanie seufzte und strich sich eine Haarsträhne aus dem Mundwinkel.

„Lange wird es nicht mehr dauern, bis die neuen Eigentümer eingezogen ist."

David streckte die Beine aus.

„Was macht ein kleines Mädchen wie du auf dem Golfplatz?"

„Sonntags war Steve beim Hockeytraining und Mom lud sich ihre Freundinnen zum Brunch ein. Für meinen Dad war dann die beste Zeit, um mit seinen Geschäftspartnern und Freunden zum Golfen zu gehen. Er kannte jede Menge Leute und war so gut wie jeden Samstag hier. Ich bin dann an seiner Seite mitgelaufen und konnte ein bisschen lauschen. Wie diese Männer über ihre Frauen redeten oder Geschäfte abschlossen. Das hat mich wirklich interessiert."

Davids Gesellschaft tat ihr gut. Irgendwo tief in ihr schoben sich Puzzleteile an einen neuen Platz. Schlechte Erinnerungen machten neuen Empfindungen Platz. Hier an einem Ort ihrer Kindheit mit ihm zu sein, hatte eine heilende Wirkung. Sie dachte nicht länger mit Schrecken an ihr letztes Jahr auf der High-School. Wenn sie so weit war, mit ihm hier zu sitzen, dann war sie auch bereit, ihre Erinnerungen zu den Akten zu legen.

Davids Blick blieb an ihrem Mund hängen.

„Die wirklich interessanten Gespräche habe ich wohl noch nicht wahrgenommen. Als ich ungefähr 14 war, ging ich immer seltener mit meinem Dad hierher. Dann zog Holly in unsere

Nachbarschaft und meistens verbrachte ich die Wochenenden bei ihr. Wir waren die weltallerbesten Freundinnen. Wir haben jede Minute zusammen verbracht. Das heißt, wenn ich nicht Schlittschuh laufen war.

Gedankenversunken strich sie sich über ihre Schuhsohlen.

Nicht alle Erinnerungen aus ihrer Kindheit waren schlecht.

„Holly spielte die Modedesignerin und ich ihr Mannequin."

Melanie lachte, als sie daran dachte.

„Das klingt nach einer Menge Spaß."

„Ja, bis ihre Mutter die angenähten Änderungen an ihrem Channel Kostüm entdeckte und uns den Zutritt zu ihrem Kleiderschrank für immer verwehrte."

David lachte nun auch.

Sehnsüchtig blickte Melanie in die Ferne und legte ihren Kopf auf den Knien ab. Sie erinnerte sich an ihr letztes Gespräch mit Holly. Sie hatte distanziert gewirkt und war nur sehr kurz angebunden. Ihre Zweifel hatte sie nicht mit Holly teilen können. Jetzt sprudelte es einfach so aus ihr heraus.

„Neuerdings ist sie mit Adam Wenderhall zusammen. Du hast sie sicher in der Presse gesehen."

David drehte ein Ahornblatt in seinen Fingern und blickte auf Melanie. Er nickte. Für Melanie nicht verwunderlich. Holly war schon immer eine Schönheit gewesen, vor der sämtliche Jungs angetan waren.

„In letzter Zeit kommt es mir so vor, als ob unsere Freundschaft immer schwächer wird."

Nachdenklich fuhr sie fort.

„Früher gab es niemals Geheimnisse zwischen uns. Wir haben uns alles anvertraut. Doch in letzter Zeit scheinen wir uns zu entfremden. Es kommen Dinge zur Sprache, die wir uns verheimlicht haben und das belastet unser Vertrauen. Dummerweise habe ich einen großen Teil dazu beigetragen."

„Zum Beispiel?"

Gedankenversunken spielte Melanie an ihrem Schuhband und ließ es zwischen ihren Fingern gleiten. David machte keine Anstalten ihre Geschichte zu kommentieren. Sie hatte schon bemerkt, dass er ein guter Zuhörer war. Daher fuhr sie fort.

„Zu Schulzeiten hatte Holly eine Schwäche für meinen Bruder, doch er interessierte sich nicht für sie."

Melanie zuckte die Achseln und ließ ein bisschen Kies durch ihre Finger gleiten. Er war angenehm warm und die kleinen Spitzen kitzelten ihre Fingerspitzen.

„Ich meine, wenn man jung und unerfahren ist, verknallt man sich leicht in jemanden. Das ist nicht von Bedeutung. Jedenfalls hab ich Holly das Meeting mit Tina Sanders zu verdanken und als Gegenleistung wollte sie ein Date mit Steve. Ich war ganz schön geschockt, dass sie immer noch Interesse an ihm hat. Dummerweise habe ich gezögert und es kam zu keinem Date. Das hat sie mir übel genommen."

David nickte.

„Das ist Teil des Geschäfts, Melanie."

„Wieso Geschäft? Hier geht es doch um Freundschaft."

„Genau. Aber du hast ihr auch nicht um eurer Freundschaft willen ihren Wunsch erfüllt. Geschweige denn, weil es Teil eurer Abmachung war. Sie hat dir Tina Sanders verschafft und du ihr aber nicht deinen Bruder."

„Das ist kein Geschäft."

„Alles ist Geschäft. In jeder Beziehung geht es um gegenseitige Vorteile. Ob es sich dabei um Freundschaften oder Geschäftsbeziehungen handelt, spielt keine Rolle. Holly hat das erkannt. Du nicht."

„Nein. Da bin ich anderer Meinung."

David warf das Blatt über den Rand und blickte zu ihr herüber.

„Du kannst es auf jede Situation anwenden. Selbst wenn es keine offizielle Geschäftsbeziehung gibt. Sieh es als Symbiose an."

Melanie kniff die Augen zusammen und überlegte einen Moment. David half ihr ein wenig auf die Sprünge.

„Warum wohl hat Tina Sanders sich mit dir getroffen?"

„Weil sie Holly etwas schuldete."

„Genau. Holly bringt sie dazu, sich mit dir zu treffen und dafür bist du ihr das Date schuldig."

Melanie legte ihre Hand einen kurzen Moment auf seinen Unterwarm, wie um ihn aufzuhalten.

„Was ist mit Kim und mir?"

David lächelte kurz.

„Ich bin kein Profi in Psychologie, doch Kim lernt von deinen Erfahrungen und Ratschlägen und du bekommst ein Stück Kindheit zurück."

„Du meinst das wirklich ernst." Melanie suchte in seiner Miene nach Anzeichen für einen Witz. Keine.

„Das ist nicht annähernd so viel, wie Kim bekommt."

„Doch, wenn dir dein Teil genauso wichtig ist. Und davon bin ich fast überzeugt. Und eine gute Ablenkung ist sie auch. Immerhin hast du mit deinen Freundinnen in letzter Zeit nicht allzu viel Glück."

Das saß.

Melanie musste seine Bemerkung erst einmal verdauen, ehe sie antworten konnte.

„Holly ist meine beste Freundin. Weil sie mir so wichtig ist, habe ich dir davon erzählt. Das heißt aber nicht, dass ich keine weiteren Freunde habe."

„Wenn du das sagst."

„Da gibt es noch Unmengen von Freunden." Antwortete Melanie eine Spur zu trotzig.

„Mein Freund Eddie zum Beispiel."

„Du meinst Eddie, der dir den Job verschafft hat. Ich habe deine Personalakte gelesen, schon vergessen?"

„Wir waren ein Paar. Wir haben viel Zeit miteinander verbracht, haben gemeinsame Hobbies und Freunde. Außerdem ist es nicht schlimm, wenn man Hilfe annimmt."

„Sex gegen Geld.", kommentierte er trocken. „Wer noch?"

Melanie konnte nicht länger ruhig neben ihm sitzen. Er war drauf und dran ihre Freundschaften zu entwerten.

„Nein. Das war Sex gegen Liebe. Das ist völlig legitim."

David presste die Lippen zusammen und verdrehte die Augen.

„Wenn es dir dann besser geht, nenn es, wie du willst. Aber Sex hat dir den Job eingebracht. Daran kannst du nichts drehen. Auch wenn du nicht so subtil vorgegangen bist. Weiter!"

Melanie zögerte einen Moment und konterte mit einer fast vergessenen Kindheitsbekanntschaft. Selbstzufrieden antwortete sie:

„Victoria Stullen. Eine angehende Eiskunstläuferin, die ebenfalls von Tanja Kirjakova trainiert wurde. Sie war so etwas wie meine Freundin, obwohl ich sie eher als Mannschaftskameradin sehen würde."

„Zu gern würde ich auf Sex gegen Schlittschuh plädieren." David lächelte. Doch da er sich auf ihre Kosten amüsierte, konnte sie nicht mit lachen.

„Sie war diejenige, die an einer Freundschaft mit mir interessiert war."

„Okay. Und du hast ihr dafür was gegeben? Nachhilfe im Schlittschuhlaufen?"

„Nein."

„Irgendwie muss sie sich doch einen Vorteil durch dich verschafft haben."

„Kann ich mir nicht vorstellen. Sie war hübscher, schneller und bei den Jungs beliebter als ich."

„Irgendetwas war es. Da bin ich mir sicher. Ich hoffe, du erzählst es mir, wenn du es herausfindest."

„Da gibt es nichts."

„Bestimmt."

David blickte entspannt zu ihr auf. Melanie mochte es gar nicht, wenn sie zur Zielscheibe wurde.

„Was ist mit dir?"

„Das ist leicht. Meine Teamkameraden und ich bilden eine perfekte Symbiose. Zuspiel und Passen. Mit meinem Trainer funktioniert das ähnlich. Er spielt mir ein ordentliches Gehalt zu und ich gewinne für ihn ein paar Spiele."

„Was ist mit Claire Fairway?"

„Noch einfacher. Zwei Menschen, die sich vertrauen und ihre Bedürfnisse befriedigen."

„Wow. Klingt das romantisch aus deinem Mund."

Spöttisch blickte sie ihn an.

„Das ist verdammt viel mehr, als die meisten haben."

„Du scheinst dich auszukennen."

„Ich kenne viele Frauen, die Sicherheit gegen Sex tauschen. Da bleibe ich lieber bei meiner Variante."

„Kann ich mir vorstellen. Und welche Worte findest du für uns beide?"

Ehe sie bemerkt hatte, dass sie ihre Gedanken ausgesprochen hatte, antwortete David auch schon.

„Sex gegen Lust."

Davids dunkelgrüne Augen erschienen im restlichen Sonnenlicht noch dunkler. Er verzog keine Miene. Das Lachen war verschwunden. Er scherzte nicht länger. Ihm war das absolut ernst. Melanie nickte kurz.

„Und wie nennst du die Symbiose, die sich hier gerade abspielt. Ich meine, wir empfinden gerade keinerlei Lust, noch haben wir Sex."

David stand langsam auf und trat vor sie. Er spürte, dass er sich zu weit in ihre Leben vorgewagt hatte. Ihre Miene war verschlossen. Sie würde ihn nicht länger an ihren Gedanken teilhaben lassen. Dass er Recht hatte, würde sie noch zugeben. Doch wollte er sie nicht ärgern. Er hatte viel zu viel Spaß mit ihr. Das wollte er nicht gefährden und hielt sich zurück.

„Im Moment sind wir zwei Menschen, die sich gegenseitig ein Stück aus ihrem Leben mitteilen. Zwei, die gemeinsam auf dem Rohbau eines Hauses stehen und den Sonnenuntergang erleben. Ich nenne es „Frieden"."

Gute Wahl!

So gut, dass sie ihm auf dem Heimweg mehr von ihrem neuen Job bei TeenWorld Toronto erzählte, von den Juicy Doctors, ihrem Kollegen Robert und den Kids im Skaterpark.

„Wann zeigst du mir die Bilder von mir?"

Melanie näherte sich dem Parkhaus, auf dessen Deck ihr BMW stand.

„Sobald ich ein paar schwarze Balken über die zensierungswürdigen Stellen gelegt habe."

Ihr Lachen erklang hell und erzeugte ein Grinsen auf seinen Wangen.

„Ich würde mich erinnern, wenn du mich im Adamskostüm fotografiert hättest."

Melanie fuhr die Schrägen hinauf und vermied es, ihn dabei anzusehen.

„Oder hast du schon wieder meine Intimsphäre verletzt?"

„Habe ich nicht."

„Sehr gut, Melanie. Dann können wir Fortschritte feststellen. Du hast aus deinen Fehlern gelernt."

Mit hochgezogenen Augenbrauen sah sie nun doch in sein Gesicht. Sein Grinsen verriet ihn.

„Ich besitze keine pikanten Bilder von dir. Keine Sorge. Alle sind jugendfrei."

„Wieso dann die Idee mit den Balken?"

Melanie parkte neben ihrem 1er. David verstand nicht und Melanie rollte mit den Augen.

„Du bist gut getroffen. Keine Angst. Aber du weißt ja selbst, dass du fotogen bist."

„Danke. Ich nehme das als Kompliment, auch wenn deine verdrehten Augen mich irritieren."

Melanie sah zu ihm rüber und hielt ihre Hand auf.

„Es ist kein Geheimnis, dass du gut aussiehst."

„Nicht? Und ich dachte, ein Kompliment von deinen Lippen wäre etwas wert."

Der Schalk in Davids Augen spornte sie noch an.

„Ich finde auch Warren Buffett und Marylin Manson attraktiv. Das hat also nichts zu sagen."

Davids lautes Lachen schallte über das Parkdeck und Melanie ließ sich anstecken. Melanie fühlte sich befreit und konnte ihre Albernheit genießen.

„Da bin ich aber froh, dass Marylin gerade auf Tour ist und dir somit die Hände gebunden sind."

Melanie zuckte die Schultern. „Ich kann warten. Andererseits kann ich nicht vorhersagen, was passiert, wenn es passiert…"

„Dann war ich in deinem Bett nur ein Lückenfüller, weil kein anderer verfügbar war?"

Melanie tätschelte gespielt seine Wange und sah David tief in die Augen.

„Du warst ein würdiger Ersatzspieler."

*

Im Madison Square Garden in New York blieben den Rovers noch knapp 15 Minuten des letzten Drittels, um genau zwei Tore zu erzielen. Diese zwei Tore würden ihren Sieg perfekt machen. Für David und seine Teamkollegen stand es außer Frage, dass sie als Sieger vom Eis gingen, doch sah es im Moment nicht sehr danach aus. Die New York Rangers schienen andere Pläne zu haben. Deren sonst so präzise Technik hatte Coach Heeley erfolgreich um einige Holzfällertaktiken ergänzt. Immer wieder schlugen die Rangers Schneisen durch die Rovers und ergatterten sich den Puck. So auch im ersten Drittel, als die Rovers durch deren Spielzüge überrascht wurden und es zu vermehrten Verlusten des Pucks kam. Das Publikum stöhnte erneut auf, als Nolan den Zweikampf gegen einen Ranger verlor. Die Rovers verfügten ebenfalls über Spieler mit gleicher Statur, doch wussten die Trainer und Teamberater, dass mehrere Trophäenanwärter ihre Chancen zum Punkten suchen würden. Nolan ergatterte sich seinen Puck zurück und versuchte sich freizuspielen. Davids Wachsamkeit ließ ihn die ganze Zeit parallel mitfahren, so dass Rick schnell passen konnte. Rick kurve um das gegnerische Tor und suchte nach David. Doch in seinem Rücken roch es nach Rangers. Auch David konnte sie nicht abschütteln. Nolan passte zurück zu Niclas Sonderburg und dieser wieder zurück zu ihm. Bennett war immer in Bewegung, lief sich erneut frei, doch war er nicht in Schussposition. Zu viele Rangers versammelten sich auf seiner Seite des Eises. Er nickte Rick kurz zu, der bereits von einem weiteren Spieler aus New York angegriffen wurde. Nolan versuchte einen Schuss vom linken Flügel, wurde jedoch von New York abgefälscht. Zwei weitere Pässe fingen die Rangers ab, ehe David zum Zug kam. Er verwandelte und der Rückstand war aufgehoben. Doch ein Unentschieden würde nicht reichen. David kehrte auf die Bank zurück und überließ Sonderberg seine Position. Auch der junge Schwede konnte kaum die Mauer der Rangers durchbrechen. Wechsel. David musste raus. Sein Blick ging zur Uhr. Auf den Monitoren der Anzeigetafel erblickte er Claire und ihren Manager Arthuro für einen Augenblick. War sie es wirklich? Was tat sie hier? Warum hatte sie ihn nicht angerufen? Doch David hatte im Moment keine Zeit, über Claire nachzudenken. Das Treiben auf dem Eis sah mittlerweile immer weniger wie ein Spiel aus. Viel mehr glich es einem Gefecht. Beide Mannschaften wussten, dass es hier um alles oder nichts ging. Selbst ohne die Ehrungen und Publicity war das Ausscheiden vor den Play-offs ein unglaublicher Verlust in der Teamkasse. Fernseh- und Werbegelder gingen dann in Millionenhöhe an das andere Team, obwohl die bereits verplant und zum großen Teil ausgegeben waren. Eine Niederlage war undenkbar. Henderson klopfte David auf den Helm. Das war sein Zeichen, dass er nach der kurzen Pause wieder auf das Eis sollte. Niclas nickte ihm kurz zu und machte an der Bande Platz. Sein Kampfgeist war immer noch der Selbe. David suchte die Lücke und wand sich hinter einem riesigen Ranger hindurch und ergatterte den Puck. Schnelligkeit war schon immer eine seiner Stärken gewesen. Für einen kurzen Augenblick stand er frei. Nolan fing seinen Blick auf und David legte sich den Puck vor. Eine kurzer Schlag und ein fällender Baum trafen ihm am Rücken. Er verzog, doch der Puck schlickerte in Richtung Nolan. David verlor das Gleichgewicht, konnte den Sturz jedoch auffangen. Als ihn in gebückter Haltung erneut der Baumstamm traf. Nun verloren seine Schlittschuhe den Kontakt zum Boden und er landete auf dem Eis. Schlittschuhe der Rangers tauchten neben ihm auf. Mit seinem Schläger hakte er sich in dessen Kniekehlen und brachte den Hünen zu Fall. Der dumpfe Aufprall wurde von einem verdutzten New York Ranger begleitet, der sofort wütend um sich schlug. Beide rappelten sich auf. Grinsend schmetterte der Ranger seine Handschuhe und seinen Helm aufs Eis. Dabei wurden mehrere Goldzähne sichtbar. David fragte sich, wer diesen Typen eigentlich erzählte, dass Goldzähne cool aussehen. Doch diesen Gedanken verfolgte er nicht, da eine Faust auf ihn zugeflogen kam. Sein Helm landete auf dem Eis. Normalerweise blieb für eine Schlägerei nicht viel Zeit auf dem Eis. Hätte er länger darüber nachdenken können, hätte er gewusst, dass dieser Weg nicht zur Hart-Trophy führen wäre. Aber Teufel noch mal, dieser Typ hatte es verdient eine ordentliche Tracht Prügel zu beziehen. Seine Handschuhe lagen am Boden. Ein kurzes Gemetzel folgte, ehe die Schiedsrichter eingriffen. Erwartungsgemäß verließen beide das Eis in Richtung Strafbank. Es ging nicht darum, wer angefangen hatte und ob die Zuschauer nicht insgeheim diese Szenen erwarteten. Für das Spiel war diese Unterbrechung schädlich und so mussten beide ihre zwei Strafminuten in der Kabine absitzen. Hendersons missbilligender Blick lag auf David. Dann klopfte er Sonderburg auf den Helm und schickte ihn wieder auf das Eis. Glücklicherweise machte sich das Fehlen eines Rangers mehr bemerkbar, als seines, so dass Rick vier Minuten vor Abpfiff das entscheidende Tor erzielen konnte. Davids Erleichterung war groß. Seine Aktion mit dem Ranger hätte das Aus für die Rovers bedeuten können. Schlimmstenfalls hätte Henderson sein schlechtes Karma für seine Nachlässigkeit verantwortlich gemacht. Es blieb abzuwarten, wie lange der Coach noch diese Ausrede gegen ihn verwenden würde. Doch solange er gute Leistungen zeigte, fühlte sich David weniger bedroht. Nun, da die Rovers auch das vierte Spiel gegen New York gewonnen hatten und in den Play-Offs in die nächste Runde vordrangen, waren die Gemüter besänftigt und der Enthusiasmus geschürt. Der nächste Gegner stand auch schon fest. Mit vier Siegen in Folge hinterließen die Florida Icebreakers gedemütigte Anaheim Mighty Ducks, die bisher sehr erfolgreich gespielt hatten. Doch im direkten Vergleich mit den Icebreakers versagten sie kläglich. Auch der Rest der National Hockey League schaute mit großen Erwartungen nach Florida. Coach Wilson hatte ein sehr junges Team um sich versammelt. Seit der letzten Saison gab es fünf Neuzugänge, davon vier unter Zwanzig. Ein Vorteil, der sich in der Kondition der Spieler deutlich bemerkbar machte. Das Spiel der Icebreakers war spritzig. Dank der vielen Tore in den letzten vier Spielen war es eine Freude gewesen, den Icebreakers zuzusehen. Die gegnerischen Mannschaften spotteten jedoch über deren mangelnde Erfahrung. Auch David hatte nicht mit dem Erfolg der Icebreakers gerechnet. Doch Coach Henderson verstand es, seine Mannschaft auf die gegnerischen Schwachstellen aufmerksam zu machen. Die Icebreakers agierten klug und konnten so fasst jede Chance nutzen, die sich ihnen bot.

David hatte noch ganze drei Tage, um sich auf die Icebreakers vorzubereiten, ehe es am Wochenende in Florida weiterging.

In den Mannschaftsräumen herrschte reges Gedränge. Ausgelassene Gesänge und große Reden über Spielzüge vermischten sich mit Reporteranfragen und Handygesprächen. Nahe der Tür zur Eishalle erblickte er sie. Die langen blonden Haare hingen gescheitelt und glatt herunter. Eine knallenge, schwarze Röhrenjeans brachte ihre gertenschlanken Beine zu Geltung. Ein weißes Shirt mit einer übergroßen Sonnenbrille trug sie unter der schwarzen Lederjacke. Eine modische silberne Handtasche, hing in ihrer linken Hand. Leicht angewidert sah sie sich um, ehe sie seinen Blick auffing und ihm entgegentrat. Sie umarmte ihn. Auf ihren zehn Zentimeterabsätzen war sie so groß wie er. Macht der Gewohnheit legte er seinen Arm um sie und zog sie an sich. Ihre Jacke verschob sich nach oben und legte ihre nackte Taille frei. Seine warme Hand auf ihr erzeugte ihre Gänsehaut. Schnell schob er ihr Shirt herunter und bedeckte sie. Ein Instinkt, um sie vor Kälte zu schützen.

Claire legte ihren Kopf schief und sah ihm geradewegs in die Augen.

„Lass uns verschwinden."

Obwohl ihre letzten Treffen nicht gerade harmonisch verliefen, so freute er sich doch, Zeit mit ihr zu verbringen. Sie fuhren mit einem Taxi in Richtung Little Italy, doch David hatte wenig Lust, sein ramponiertes Gesicht der Presse vorzuführen. Also zog er Claires Apartment in der 35. Straße vor und sie bestellten sich Sushi. Obwohl David ahnte, dass Claire lieber noch ausgehen wollte, war er froh, dass sie ihm zuliebe ebenfalls die Öffentlichkeit mied.

„So wie du aussiehst, müsste ich eine Menge Make-Up auftragen, um von dir abzulenken." kicherte sie.

Claires Aggressivität und ihre Unleidlichkeit während ihres letzten Treffens schienen verflogen. Den Grund erfuhr David kurz darauf. Ihr Management hatte ihr eine neue Kosmetikwerbung zugesichert, die sie in den nächsten Wochen in New York aufnehmen sollte.

„Wie du siehst, bin ich wieder ganz groß im Geschäft."

David blickte vom Fußboden auf und lächelte vorsichtig. Besonders schmerzte das Veilchen an seinem rechten Auge.

„Jep."

Er trank einen Schluck Bier aus der Flasche.

„Dann fällt wenigstens nicht auf, dass du schon wieder abgenommen hast."

„Habe ich nicht."

David wusste, wann sie log. Er kannte sie gut genug und außerdem war sie eine genauso schlechte Lügnerin wie Melanie Gardinier. Trotzdem war er noch sauer auf Claire. Sie hatte ihre Therapie im TOC abgebrochen. Wahrscheinlich würde sie mit einem ihrer Wutausbrüche antworten. Das war es, was sie so schwer verträglich machte. Sie konnte weder mit Kritik umgehen, noch mit ihm darüber reden.

Claire zog eine Zigarette aus ihrer Tasche und steckte sie sich in den Mund.

„Seit der Show in Tokyo stehen meine Chancen für die diesjährige New Yorker Fashion Week sehr gut. Bereits mehrere Label haben bei mir angefragt. Ich habe mich aber noch nicht entschieden. Ich warte noch einige Angebote ab."

Claire setzte sich ebenfalls zu ihm vors Bett auf den Boden und lächelte.

„Ich könnte dich küssen, so glücklich bin ich gerade."

Claire legte ihre Zigarette auf seinen Teller und kam auf allen Vieren langsam kriechend auf ihn zu. Ihre Lippen drückte sie auf seinen Mund. Sie war weich, doch nicht so warm, wie er sie in Erinnerung hatte. Ihr Zigarettengeruch vermischte sich mit ihrem Parfüm. Er hatte wenig Lust, doch irgendwie war es auch ein gutes Gefühl, begehrt zu werden. Er zog ihren Kopf zu sich heran und Claire verlor das Gleichgewicht. Sie landete auf seiner Brust. David stöhnte kurz auf. Den Schlag des Rangers konnte er noch nicht vergessen. Sie entzog sich ihm und nahm einen Zug.

Vertrauen gegen Sex kam ihm in den Sinn.

So hatte er Melanie seine Beziehung zu Claire beschrieben. Doch konnte er sich nicht erinnern, wann er ihr das letzte Mal etwas Vertrauliches aus seinem Leben erzählt hatte. Trotzdem entspannte er sich gerade zum ersten Mal an diesem Tag. Solange Claire in friedlicher Stimmung war, konnte er es gut mit ihr aushalten. Sie war eine Freundin, eine Verbündete. Doch konnte er nie vorhersagen, wann sich ihre Laune blitzschnell änderte. Dann war ihr Zusammensein unerträglich. Sie reagierte dann extrem explosiv.

Das konnte David nicht ausgleichen.

Vielleicht sollte David die gemeinsame Beziehung *Gewohnheit gegen Sex* nennen. Das traf es besser.

*

Nachdem Melanie den ersten Scheck der TeenWorld Toronto in den Händen gehalten hatte, war es offiziell. Sie brauchte einen weiteren Job. Zudem hatte ihr Vater sie erneut angechattet und auf ihren Anrufbeantworter gesprochen. Er wiederholte seine Sorgen um sie und sein Jobangebot in seiner Firma. Es wäre so einfach, diesem Weg nachzugehen und ihre Probleme dadurch lösbar zu machen. Allerdings hielt sie noch etwas davon ab. Manchmal lösten sich die Probleme von selbst, wenn man sie nur lange genug ignorierte. Das hoffte sie auch dieses Mal. Am liebsten dachte sie gar nicht an all ihre Baustellen. Sie vermied es, an David, seinen Anwalt und die Schadensersatzklage zu denken.

Da war es viel leichter, sich den Tag mit ein paar Aufnahmen und guten Freudinnen im Eisstadion zu vertreiben. Mittlerweile waren die Schulferien zu Ende und die Eishalle erfuhr größeren Zuspruch durch weitere Schulkinder. Melanie dachte an Steve, der nun sicher auch mit seinen Schülern zum Unterricht auf dem Eis Hockey spielte. Seine Schüler mussten im gleichen Alter sein, wie die Jungen, die nun vereinzelt das Eis betraten. Zwei von ihnen fuhren sogleich das Tor an, um es auf der richtigen Stelle im Eis zu positionieren. Ein Weiterer beobachtete Kim und ihre Freundinnen etwas länger, eher er sich ebenfalls auf das Eis begab und einige Schüsse auf das Tor abgab. Bereits mit Hockeyhelmen und Schlägern in der Hand traten vier weitere Jungs im gleichen Dress auf die Bande zu. Schlussendlich sahen sich die vier Mädchen von gepolsterten und grimmig aussehenden Jungs umringt, die sie mit ihren schnellen Kurven und Schüssen einzuschüchtern versuchten. Die Jungen wollten sie so schnell wie möglich vom Eis haben.

„Hey. Was soll das? Das Eis gehört nicht euch allein."

Hörte Melanie sich über die Bande rufen. Zwei der Jungen, die ihr am nächsten standen, drehten sich erstaunt zu ihr um und antworteten:

„Hey, Lady. Wir sind die Toronto Ice Bucks und unsere Trainingsstunde beginnt jetzt. Besser, sie sammeln diese Mädchen ein und verschwinden."

So viel Courage und so wenig Respekt konnten nur echte Hockeykids haben. Wenn diese Jungen zu ihrem Bruder gehört hätten, wäre sie wahrscheinlich stolz gewesen. Die hatten einfach zu viel Selbstvertrauen.

„Wohl eher die Ice Crusher, wenn wir mit euch fertig sind. Wir brauchen keinen Schläger und keine Verkleidung, um Athleten zu sein. Findet ihr das nicht ein bisschen weich für echte Jungs?"

Verdutzt sahen sich die Kerle an. Melanie war sich nicht sicher, ob sie sich beeindrucken ließen. Allerdings hatte sie keine Lust, sich von ein paar 14-jährigen vom Eis werfen zu lassen. Grund und Ursache dieser Arroganz erschien eben durch die Kabinentür hinter ihr, ehe Melanie die Lage durchschaute.

Die Jungen stießen sich gegenseitig an und nickten in deren Richtung. Ihr Grinsen im Gesicht war siegessicher.

Greg stieß David an und zeigte auf Melanie. Beide hatten ihre Worte gehört.

„Ich glaube, die Lady hat keinen Respekt vor dem Spiel."

David lachte. Greg hatte ja keine Ahnung, wie sehr er damit ins Schwarze getroffen hatte.

„Was meinst du, wollen wir ihr mal ordentlich einheizen?"

Doch David hielt ihn am Arm zurück, ehe er sich Melanie nähern konnte.

„Vergiss es, Greg. Sie gehört zu mir."

Damit schlenderte er zu Melanie herüber. Seine dunkelgraue Jacke mit den dünnen gelben Streifen am Bündchen und die schwarze Hose erinnerten sie an ihren Collegeprofessor. Obwohl dieser nie Designerkleidung getragen hatte. Die Haare schienen kürzer und seine leichten Grübchen versteckten sich in einem Ansatz von einem Bart. Er lächelte sie an und lehnte sich neben sie auf die Bande. Dann blickte er zu Gregs Spielern auf.

„Die lassen sich von nichts und niemandem etwas sagen, der nicht mindestens einen Stanley Cup gewonnen hat. Also nimm es nicht persönlich, Melanie."

„Die Arroganz ist wirklich mal wieder grenzenlos. Wie schaffst du das nur, aus unschuldigen, netten Jungen, solche rauen und rücksichtslosen Draufgänger zu machen?"

„Das war leider nicht mein Verdienst. Das ist ein harter Sport. Hier bestehen nur die Härtesten und Rücksichtslosesten. Das weißt du doch."

Sein Lächeln umschloss sie.

„Ihr versteckt euch doch nur hinter dem Schutzpanzer. Ohne eure Ausrüstung könnt ihr doch gar nichts. Ich wette, da könntet ihr es nicht einmal mit ein paar kleinen Mädchen aufnehmen."

David erkannte eine Herausforderung, wenn sich ihm eine bot.

Er grinste.

„Willst du uns den Kampf ansagen, Lany?"

Lany, so hatte er sie noch nie genannt. Das warme Lächeln, mit dem er sie bedachte, gefiel ihr so gut, dass sie ihre Nase reckte, zu ihm aufsah und nickten.

„Schutz für alle! Außerdem mischen wir die Teams neu. Es soll hinterher schließlich nicht heißen, ihr hättet uns aus Rücksicht auf unsere Gefühle und unsere Weiblichkeit gewinnen lassen. Und dein Freund muss auch mitspielen!"

Melanie zeigte auf den Hockeytrainer, der mit David das Stadion betreten hatte und gerade ein paar Wort mit dem Hallenwart wechselte.

„Die Wahl liegt bei dir, Bennett. Traust du dich?"

Melanie stieß sich von der Bande ab und fuhr langsam rückwärts. Mit ihren kämpferisch in die Hüften gestützten Armen und dem herausfordernden Blick glich sie einer Amazone. Sie musterte ihn mit einem wissenden Lächeln und legte den Kopf schief, so dass ihr Pferdeschwanz weich über ihren Hals fiel. Breitbeinig und fest entschlossen stand sie vor ihm. Sie trug schwarze, enge Trainingshose und einen roten Sweater mit den dünnen schwarzen Streifen, die sich um ihre Taille legten. An den Füßen hatte sie neu aussehende Skates. Alles an ihr zeigte ihm, dass sie es erst meinte.

Ihr Angebot gefiel ihm.

„Du hast keine Ahnung, worauf du dich einlässt."

„Das habe ich meistens nicht."

Melanie lächelte glücklich und kam auf ihn zu. An der Bande hielt sie, um seine Wange leicht zu tätscheln.

„Wenn du doch Zweifel bekommst, dann kannst du noch einen Rückzieher machen. Das bleibt unter uns."

Sie zwinkerte ihm zu und David schüttelte spöttisch den Kopf.

*

Greg staunte nicht schlecht als er selbst kurze Zeit später seine Hockeykids zusammen mit ein paar Eiskunstläuferinnen, einem Profi und einer hübschen Unbekannten über das Eis flitzten sah. Die Teams waren gemischt worden. Kim hatte zuerst David gewählt, dann Jade, Todd und

Riley. Marc wartete auf der Ersatzbank auf seinen Einsatz. Nach der anfänglichen Skepsis der 14-Jährigen mit Mädchen spielen zu müssen, überwog die Freude über ein kleines Match mit einem Profi und einen erstklassigen Trainer. Für Trish blieben dann noch Greg Summers, Jenny, Melanie und Brandon, der von einem Typen namens Luc ersetzt wurden.

Die Tore wurden mitten auf dem Eis platziert, um das Spiel schneller und weniger kräftezehrender zu gestalten. Greg gab dem Hallenwart ein Zeichen und die Uhren an den Anzeigetafeln begannen rückwärts zu laufen. Den ersten Zweikampf entschied Brandon für seine Mannschaft. Suchend sah er sich um und passte auf Greg, der den Puck nur Sekunden später im Netz versenkt hätte, wäre nicht Kim mit äußerstem Körpereinsatz in seine Bahn gefahren, um ihn zu stören. David war erstaunt über ihre schnelle Reaktion. Trotz der Schutzpolster konnten die Schüsse recht schmerzhaft sein, doch dieses Mädchen war furchtlos. Melanie verfolgte sie und drängte sie ab, so dass Greg Kim umkreisen konnte und seinen Schuss beenden konnte. Todds Fanghandschuh zuckte blitzschnell vor, konnte jedoch den ersten Treffer nicht verhindern.

David begann mit ein paar leichten Pässen und wollte es ruhig angehen. Doch auch Kim versorgte ihn mit Vorlagen und erwartete, dass er sie umsetzte. Offenbar sollte das doch kein relaxtes Spiel werden. Die Mädchen waren schnell, verschafften sich Freiräume und wirbelten mit einigen Figuren um die Jungen herum. Diese Art des Hockeyspielens musste wohl noch erfunden werden. Selbst Melanie wusste, wie man den Schläger zu führen und den Puck zu versenken hatte. Nachdem die ersten drei Schüsse von ihr danebengingen, gelang es ihr doch und sie schenkte David ein triumphierendes Lächeln.

„Selbst ein blindes Huhn... du kennst ja den Spruch, Lany."

„Sprüche klopfen kannst du, Bennett. Aber hast du es auch wirklich drauf?"

Ehe ihr bewusst wurde, was sie gesagt hatte, lachten bereits die Kids. Greg schmunzelte und David sah kopfschüttelnd zu ihr herüber.

„Die Frage solltest du dir selbst beantworten können, Schätzchen."

Melanies Erröten überging er und konzentrierte sich auf Kim, die seinen Pass annahm und auf das Tor einschlug.

Nach dem ersten Drittel stand es bereits 6:5 für Kim und Davids Team. Glücklicherweise hatten sie sich zu Beginn auf nur zwei Drittel geeinigt. Melanie war bereits nach der ersten Pause total erschöpft. Luc und Brandon harmonierten wunderbar. David versuchte Melanie zu decken, doch auch Greg spielte gefährlich und bedürfte zusätzlicher Kontrolle. Kim war immer an seiner Seite. Sie rief ihm Kommandos zu, er vertraute ihr Pässe zu, die er selbst 100%ig verwandelt hätte. Doch umso größer war die Freude auf ihrem Gesicht, wenn sie dann tatsächlich traf. Was leider nur hin und wieder vorkam. Jenny, im gegnerischen Team umkurvte ihn und er hob sie einen Moment in die Luft. Blitzschnell setzte David sie hinter sich wieder aufs Eis und schnappte sich ihren Puck. Das wütende Schniefen in seinem Rücken zauberte ein Grinsen auf seine Wangen. Nun machte er, dass er aus ihrer Nähe verschwand. Doch Melanie entgingen seine unerlaubten Spielzüge nicht. Erbost kam sie auf ihn zu und stellte ihn zu Rede. Das Umsetzten von Spielern wäre verboten! Pah!

Ähnlich wie auf Rollerblades, fuhr Melanie sicher und grazil übers Eis. Daran änderten auch nicht ihre ständigen Stockschläge aufs Eis, die andeuteten, dass sie nun endlich angespielt werden wollte. Trotz ihrer vielen schlechten Abschüsse schrie sie nach einer Revanche. Brandon und Luc kombinierten und als Greg und David auswechselten, schossen sie das nächste Tor zum 12:10. Kims Gesichtsausdruck hatte mit jedem Gegentor einen schmerzvolleren Ausdruck angenommen. Nun schoss auch Melanie auf Todds Tor zu und Kim versuchte sie daran zu hindern, doch da Kim weniger Körpereinsatz gewohnt war und auch jetzt nicht davon Gebrauch machte, sah sich David in der Pflicht. Er näherte sich Melanie in einem Mordstempo und hob sie mit einer Leichtigkeit vom Eis, die alle Mitspieler verblüffte. Melanie schnappte erstaunt nach Luft und strampelte mit ihren Schlittschuhen. Dummerweise traf sie dabei auch Davids wenig gepolsterte Schienbeine.

„Was soll das? Lass mich runter!"

Leise raunte er an ihrem Ohr.

„Könntest du dich bitte ein bisschen weniger wehren?"

„Das liegt mir nicht."

Doch David hatte nicht vor, sie wieder abzusetzen. Erst als Kim den Puck zu Jade und diese zu Riley spielte, sah Melanie, was er bezweckt hatte. Der Puck versank im Netz.

„Du brauchst eine Auszeit, Lany. Lass Brandon doch mal wieder aufs Eis."

„Der hat mich doch eben erst ausgewechselt."

Sie hatte aufgehört zu strampeln und David hatte keine Arbeit, sie fest an sich gedrückt zu halten und mit ihr zur Bank zu fahren. Dann hörte er sich selbst sagen.

„Das ist beim Eishockey so. Hast du denn gar keine Ahnung vom Spiel?"

Ohne dass sie sein Lachen sah, hievte er sie über die Bande und auf die Bank, wo er sie dann plumpsen ließ.

„Aua."

Melanie rieb sich das Hinterteil.

„Nicht gut gepolstert?"

Mit lautem Lachen kehrte er zu Kim zurück und umarmte sie. Stolz hob er sie in die Luft und beglückwünschte sie zu ihrem Tor.

Augenblicklich schämte sich Melanie. Wieso nur wollte sie Kims Schuss verhindern? Es war doch nur ein Spiel. Bei dem sie nicht verlieren wollte. Sie beobachtete David. Er klatsche mit Kim, Todd und Riley ab. So viel Glück in einem einzigen Gesicht zu sehen, ließ Melanies Herz anschwellen.

Nachdem die Zeit abgelaufen war, gesellten sich zu Melanie auf die Bank. Der Hallenwart spendierte Getränke und ließ sie ebenfalls bei der fröhlichen Gruppe nieder.

Greg erinnerte sich nicht, wann er David das letzte Mal so lachen gesehen hatte. Der Nachmittag hatte ihm viel Spaß bereitet. Vor allem Melanie war häufig Opfer seiner Sprüche, doch spürte er auch die Zuneigung zwischen den beiden.

Wer am Ende als Sieger vom Eis ging, vermochte nur Greg zu sagen. Doch die glücklichen Gesichter zeigten ihm, dass dieser kleine Trainingswechsel für beide Teams von Vorteil war.

Sein grau meliertes Haar hing ihm leicht in die Stirn und schirmte freundliche blaue Augen ab. Lachfalten zierten seine Augen und dünne Lippen formten sich zu einem Lächeln. Er ließ seinen Blick über die vier Mädchen schweifen, die an ihren Getränkeflaschen saugten und setzte sich neben Melanie auf die Bank.

„Sie trainieren also diese Mädchen."

„Trainieren ist das falsche Wort. Sagen wir es mal so: Ich beaufsichtige sie ab und an, während sie hier ein bisschen üben. Doch sie gehören weder einem Verein an, noch haben sie eine feste Trainingsperson, die sie weiterbringt."

Kim schmiegte sich an Melanie und blickte Greg an.

„Aber wir haben dich, Lany. Ohne dich wäre wir niemals so weit, wie wir jetzt sind."

„Das sagt ihr nur, weil ihr nicht wisst, wie es ist, trainiert zu werden. Wie es ist, wenn man drei Mal pro Woche unter strengen Augen neue Abläufe und Figuren übt, Gymnastik macht und Tanzstunden nimmt. Das ist etwas ganz Anderes."

David klärte Greg auf.

„Kennst du eine Tanja Kirjakova?"

Greg nickte anerkennend. „Ein zäher Brocken. Wer in ihre Schule gegangen ist, kann sich glücklich schätzen. Ich kenne nicht viele, die sie trainiert hat. Doch wenn sie sich erst einmal für dich entschieden hatte, dann war dir eine Karriere sicher. Diese Frau hat sich nur selten geirrt."

David schlang stolz seinen Arm um Melanies Schulter und fuhr fort.

„Melanie war ihre Schülerin."

Ein anerkennender Pfiff kam über Gregs Lippen.

„Nicht schlecht. Läufst du noch, Melanie?"

„Nein. Ich habe aufgehört, als ich aufs College ging. Heute bin ich Fotografin."

Greg nickte. Und für Melanie war es erstaunlich, wie wenig es sie berührte, dies auszusprechen.

*

Zwei Wochen und vier Siege gegen die New York Rangers später, begutachtete Holly die Kleidungsstücke, die ausgebreitet vor ihr auf den Tischen lagen. Ein erster Teil war heute geliefert worden und nun war es an ihr, zusammen mit den Schneidern und Assistenten die Qualität zu überprüfen. Helle Gelbtöne neben schimmerndem Grau und strahlendem Weiß kamen zum Vorschein. All ihre Skizzen, an denen sie jahrelang gefeilt hatten, waren nun Wirklichkeit geworden. Wie oft hatte sie davon geträumt, diese Modelle selbst anzuprobieren. In ihrer Brust stieg ein warmes Gefühl hoch. Ihre Augen füllten sich mit Tränen der Freude. Sie hatte sich immer vorgestellt, ihre Entwürfe zu präsentieren und die Modewelt damit zu begeistern. Nun war sie angekommen.

Kurz vor acht Uhr klingelte ihr Handy. Melanie. Ein Lächeln huschte über ihr Gesicht. Sie hatte ihren Anruf bereits erwartet. Holly drückte sich vom Stuhl hoch. Das Baby nahm nun sehr schnell zu und machte ihr das Aufstehen schwerer. Das kleine Leben in ihr war wach und strampelte unaufhörlich gegen ihre Bauchdecke. In einem Buch hatte sie darüber gelesen, dass die Neugeborenen die Empfindungen der Mutter teilen können. Lächelnd legte sie ihre Hand auf den Bauch und überlegte, ob das Kleine auch so aufgeregt war, wie sie.

Sie nahm ihren Anruf an.

„Hi. Ich konnte leider nicht eher anrufen. Aber ich wollte es dir sagen und nicht per Chat schreiben. Ich habe riesige Neuigkeiten. Aber zuerst einmal, wie geht es dir?"

Holly stöhnte kurz auf, als sie sich wieder setzte.

„Ist das Kleine etwa wach?"

„Ja. Seit ungefähr zwei Wochen nimmt es Boxunterricht in meinem Bauch."

„Oh mein Gott, Holly. Das ist ja wundervoll."

Doch obwohl Holly es genoss im Mittelpunkt zu stehen, so wollte sie doch lieber ein Gespräch über ihre Schwangerschaft vermeiden und sich ihren Entwürfen widmen.

Holly war dankbar, dass Melanie für sie da war. Das Leben in L.A. gefiel ihr momentan gar nicht. Mit den Leuten, mit denen sie sich sonst zum Essen traf oder abends ausging, hatte sie seit der Schwangerschaft keinen Kontakt mehr. Holly wollte nicht auf deren fragende Blicke antworten. Dieses Leben wollte sie so weit wie möglich wegschieben. Solange sie bei CK war, gab es Freunde an jeder Ecke, als Gratiszugabe sozusagen, doch waren diese austauschbar. Ihre Bekanntschaft verband nichts Persönliches und auch keine vertrauten Kindheitserinnerungen. So schnell, wie sie sich angefreundet hatten, so schnell verschwanden diese Art der Bekannten auch wieder im Nirgendwo. Man traf sich gelegentlich auf Partys und begrüßte sich mit vertrauten Küssen, doch wussten beide, dass hinter diesen Bekenntnissen nichts stand. Vielleicht war es Zeit für Holly nach Hause zu kommen. Sie hatte immer gehofft, in L.A. ein neues Leben um ihren Job aufbauen zu können. Das wollte sie auch weiterhin. Doch in letzter Zeit dachte sie immer öfter daran, zur Geburt in Toronto zu sein. Dort, wo ihre Familie und ihre früheren Freunde lebten. Dort zu sein, wo es Menschen gab, die sie seit ihrer Geburt kannten und schätzten. Sie vermisste ihre Mutter und Großmutter und vor allem Melanie.

Melanie wollte sich Holly nicht als alleinerziehende Mutter vorstellen.

„Das Baby ist so real. Wie kann er sich so still der Verantwortung entziehen und kein schlechtes Gewissen dabei haben?"

Holly streichelte ihren Bauch und verfolgte die Bewegungen des Kleinen.

„Adam hat sich äußerst verantwortungsvoll gezeigt."

„Pah. Holly, wie kannst du ihn nun auch noch in den Schutz nehmen? Er hat dich geschwängert und sich aus dem Staub gemacht, bevor du bist drei zählen konntest."

Melanies Wut war laut und deutlich durch das Telefon zu hören.

„Bitte. Lany. Lass Adam aus dem Spiel! Das ist alles, worum ich dich momentan bitte. Er hat sich sehr großzügig erwiesen und ich verlange von dir, dass du ihn nicht länger als gewissenlosen Mistkerl hinstellst. Dank seines Einflusses habe ich nun die Chance, meinen Traum von einer eigenen Kollektion und einer Fashion Show wahr werden zu lassen."

Traurigkeit stieg in Melanie hoch. Wie konnte Holly es diesem Mann so leicht machen? Wirkte sich die Schwangerschaft auch auf ihren Verstand aus? Auf Kosten ihres Babys hatte sie sich ihren Traum erkauft.

„Er hat sich freigekauft, Holly. War es dir das wert?"

„Adam wäre nicht glücklich gewesen."

Melanies Wangen färbten sich rot. Sie konnte nicht glauben, was sie da hörte. Wieso nahm sie ihn immer wieder in Schutz.

„Das hätte er sich vorher überlegen müssen. Immerhin hast du gewisse Ansprüche an den Vater deines Kindes. Wenn du willst, helfe ich dir und wir gehen gerichtlich gegen ihn vor."

„Nein. Lany. Hör auf damit!"

Ihre kreischende Stimme erhellte den Raum. Holly wurde plötzlich übel und sie hatte das Gefühl, sich gleich übergeben zu müssen. Adam – der Vater ihres Kindes. Das konnte sie sich mittlerweile nicht mehr vorstellen. Doch es brach ihr das Herz, Melanie die Wahrheit zu sagen und sie dermaßen zu enttäuschen. Es war ihr wichtig, was Melanie über sie dachte. Noch einmal wollte und konnte sie sie nicht verlieren. Schnell wischte sie die aufsteigenden Tränen weg.

„Was waren deine Neuigkeiten?"

Melanie zögerte einen Moment. Beide waren sich bewusst, dass dieses Thema noch nicht beendet war. Doch vorerst wollte sie es auf sich beruhen lassen.

„Ethan hat mich heute angerufen und mir einen Job angeboten."

„Ethan Canaham?"

„Genau. Er wurde überbucht und hat mir nun einen seiner Jobs angeboten. Ist das nicht klasse?"

„Klingt jedenfalls so. Aber wo ist der Hacken?"

„Es gibt keinen. Er kennt mich und meine Arbeit. Wir haben bereits zwei Mal zusammen aufgenommen. Außerdem kennt er meine Ideen. Nun hat er gehört, dass ich mich beruflich verändert habe und war neugierig."

„Du hast ihm doch nichts von TeenWorld erzählt, oder?"

„Nein. Aber ich habe jede Menge Praxiserfahrungen gesammelt. Wenn ich mich hier gut anstelle, wer weiß, was sich für mich weiterhin ergibt. Ich werde dann am Wochenende in L.A. sein. Ich cahtte dich an, wenn ich gelandet bin."

Holly konnte sich schwer vorstellen, warum ein angesagter Fotograf wie Ethan Canaham Melanie für seine hochbezahlten Aufträge brauchte. Nicht, dass sie es ihr nicht gönnte. Nein. Aber sie wollte ihre Zweifel für sich behalten und es ihrer Freundin nicht verderben und wünschte ihr stattdessen viel Erfolg.

*

Ein paar Tage später saß Melanie bereits mit gepackter Tasche im Auto auf dem Weg zum Flughafen. Es war ihr unangenehm, dass David sie in seinem Auto hinfuhr. Doch er hatte darauf bestanden, dass sie „sein" Geld nicht unnütz zum Fenster raus warf. Auch wenn er dabei grinste, gefiel ihr der Gedanke, dass er sich darum sorgte, weniger.

Melanie freute sich bereits auf die Sonne Kaliforniens, als ihr ein dunkelblauer Sportwagen auffiel. Das konnte nur Eddies Auto sein.

David hielt an der Ampel und Melanie besah sich Eddies Auto länger. Zweifellos gehörte es ihm. Allerdings staunte sie nicht schlecht, als sein Besitzer und ihr Vater lachend aus dem angrenzenden Lokal kamen. Nicht das Lachen störte sie. Nein. Es war der betroffene Blick, den Eddie aufsetzte, als er sie erkannte. Ohne zu zögern, stieg Melanie aus Davids Porsche und ging zu ihnen herüber. David konnte gerade noch rechtzeitig an den Straßenrand fahren, ehe die Ampel auf Grün schaltete und die wütend hupenden Autos hinter ihm losfahren wollten. Rasch stieg er aus und kam hinter Melanie her. Doch die hatte sich bereits vor den beiden Männern aufgebaute und gestikulierte wild in der Luft herum. Leider verstand er dank der vielen Autos kaum ein Wort der gesamten Szene.

„Lany, Liebling. Warum regst du dich so auf. Du weißt doch, dass dein Dad und ich Freunde sind. Da ist es nur natürlich, dass wir uns zum Mittag treffen."

Doch Melanie ließ sich von Eddies Charme nicht einwickeln. Sie stützte die Hände wütend in die Seite.

„Soweit ich weiß, habt ihr euch nicht mehr getroffen, seit wir zusammen waren."

Cliff Gardinier schien sichtlich berührt von dem Aufsehen, dass Melanie erregte. Immer mehr Leute blickten zu der kleinen Gruppe herüber und nun tauchte auch noch ein Typ hinter Melanie auf, der dem Beamer ähnelte.

„Du verpasst dein Flugzeug. Wir waren schon spät dran, weil Jemand die passenden Schuhe nicht rechtzeitig finden konnte."

Doch Melanie reagiert nicht auf David. Zu ihrem Vater gewandt fragte sie:

„Was hast du zu deiner Verteidigung zu sagen?"

Doch entgegen Eddies Taktik, setzte Cliff Gardinier auf Ehrlichkeit.

„Lany, deine Mutter und ich sind um dich besorgt."

Melanie konnte es nicht fassen. Er gab es also zu. Ihr Hals fühlte sich trocken an und ihr schwindelte.

„Ihr spioniert mir nach! Ihr fragt meine Freunde nach mir aus! Habt ihr auch nur einmal daran gedacht, euch vorzustellen, wie ich mich dabei fühle?"

Eddie trat unbemerkt einen Schritt zurück. Er hatte verstanden, dass das eine Sache zwischen Vater und Tochter war. Beide fixierten sich.

„Deine Mutter und ich haben schon oft versucht, mit dir zu reden und dich zur Vernunft zu bringen. Doch du willst ja nicht hören. Wie oft habe ich dir einen Job in der Firma angeboten. Doch jedes Mal wirfst du ihn mir vor die Füße. Dabei will ich dich nur gut versorgt wissen. Wir wollen, dass du ein genauso glückliches Leben führst, wie dein Bruder."

„Und das gibt dir das Recht, mir hinterher zu schnüffeln und meine Freunde auszufragen? Wen triffst du denn noch? Hat dir mein alter Boss auch schon seinen Bericht geschickt?"

„Das war nicht nötig."

„Dann hat Eddie sicher gute Arbeit geleistet."

David merkte, dass dieses Zusammentreffen kein glückliches Ende finden würde und er versuchte es abzukürzen. Forsch griff er Melanie am Arm und wollte sie zum Gehen bewegen.

„Melanie. Wir müssen los."

Doch Melanie reagiert nicht. Sie ließ ihren Vater nicht aus den Augen. Diesen großen, breiten Mann, der so vieles in seinem Leben erreicht hatte und der für sie ein Buch mit sieben Siegeln war. Warum konnte er nicht wie andere Väter sein? Warum besuchte er sie nicht und fragte sie einfach, anstatt ihr immer seinen Willen aufzuzwängen. Die grau melierten Haare lagen dicht an seinem Kopf an und auch in seinem dunkelblauen Anzug wirkte immer noch drahtig und agil. Nur mit dem Rückhalt seiner Frau und seiner eigenen Kraft hatte er es geschafft, seinen Traum von der eigenen Buchhalterfirma mit über 50 Angestellten, aufzubauen. Sein vieles Arbeiten hatte sich ausgezahlt. Doch das war nicht ihr Traum!

„Hast du mich denn je gefragt, ob ich glücklich bin?"

„Das brauche ich nicht. Ich sehe doch, dass du kein stabiles Leben führst. Das kann Steve nur bestätigen."

„Zieh bitte Steve hier nicht mit rein."

„Kein fester Jobs, keine Chancen auf Besserung. Lany, sag mir bitte, wo das enden soll?"

„Es tut mir leid, dass ich dich enttäuscht habe, Dad. Aber mein Leben ist nicht exakt bis in das kleinste Detail durchgeplant wie deins. Und vielleicht solltest du dich nach einer verlässlicheren Quelle umsehen. Denn Eddie wird dich nicht länger auf dem neusten Stand halten können."

Sie warf Eddie einen enttäuschten Blick zu. David konnte nicht sagen, ob er betroffen war oder diese Reaktion vorausgesehen hatte. Unbeteiligt stand er neben Melanies Vater und beobachtete die beiden. Kaum vorstellbar, dass das Eddie sein sollte, der Melanie so vertraut war. Wo blieb seine Anteilnahme? David hätte bei einem engen Freund und Vertrauten wenigstens einen Schulterschluss erwartet. Melanie schien den nicht zu vermissen. Eddie flog unter ihrem Radar und sie konzentrierte sich voll und ganz auf ihren Vater. Wahrscheinlich war sie es gewohnt, allein zu kämpfen.

„Vielleicht willst du mich fragen, was es Neues bei mir gibt?" Und ohne seine Antwort abzuwarten, fuhr sie fort. Sie warf beide Hände in die Höhe.

„Für dich sicher schwer vorstellbar, aber ich mache Fortschritte, wie du es nennen würdest. Ich habe nämlich einen gut bezahlten Job. Erzähl Mom, dass ich als Fotografin in Kalifornien engagiert bin. Am Wochenende werde ich dort die hübschesten Models der Modebranche treffen und sie für eine Vorstellung einiger Labels auf der Fashion Week fotografieren. Und dass ich mich gerade auf dem Weg dorthin befinde."

„Fotografieren. Das ist also das nächste Hirngespinst. Braucht man dafür nicht eine gute Ausbildung?"

David überraschte sein trockener Humor. Cliffs Lippen pressten sich missbilligend zusammen, doch er zwang sich, keinen weiteren Kommentar abzugeben.

Melanies Arme hoben sich zu einer schulterzuckenden Geste und dann machte sie auf dem Absatz kehrt. Mit wehendem Rock kehrte sie zu Davids Auto am Straßenrand zurück und würdigte niemanden eines Blickes. David folgte ihr und startete den Porsche. Was ihr Vater zu ihrem Begleiter sagen würde, konnte sie sich an einer Hand abzählen. Es passte wunderbar in das Bild, welches er von ihr hatte.

Ganz entgegen ihrem aufgeregten Geplapper, mit dem sie ihn auf der Fahrt bisher unterhalten hatte, schwieg sie den Rest der Strecke und sah aus dem Fenster. Ab und an, strich sie sich mit dem Handrücken über die Wange und bestand darauf, sich am Flughafen nicht von David helfen zu lassen. Sie dankte ihm und nickte ihm zu, als sie im Terminal verschwand.

*

In den nächsten Tagen hörte David nichts von Melanie. Für die nächste Best-of-Seven Serie war er mit dem Team nach Florida gereist. Glücklicherweise waren zwei der Topstürmer der Icebreakers verletzt und die Rovers brauchten nur vier Spiele, um dieses Duell für sich zu entscheiden. Wie jedes Jahr zählten Ausdauer und Kraft der gesamten Mannschaft, um im ersehnten Finale zu stehen. Die Rovers hatten ein Durchschnittsalter von 26 Jahren. Im Ligavergleich waren sie also eine recht alte Mannschaft. Doch die Erfahrung mit den eignen Kräften zu haushalten und die vielen Spielzyklen erfolgreich zu meistern, ohne dass die Spieler müde wurden, war der wahre Job des Trainers. Dem Stanley Cup zum Greifen nah zu sein, und weiterhin genauso diszipliniert zu spielen, war die größte Herausforderung. Während die meisten Spieler bereits mit ihren Familien in den Ferien waren, oder sich zu Hause die geschundenen Knochen versorgen ließen, standen schlussendlich nur noch die Rovers und die Whalers auf dem Eis. Die Eishockeywelt spaltete sich in zwei Lager. Gebadet in Endorphinen und Champagner, aber auch mit schmerzenden Knochen sollten die Rovers nun Ende Mai den L.A. Whalers zum ersten Mal im Finale gegenüberstehen. Doch ehe er wieder aufs Eis musste, versuchte Henderson die kräftezehrenden Trainings auf ein Minimum zu begrenzen und den

Jungs mehr Erholungspausen zu gönnen. Daher passte es David gut zwei Tage in Venice Beach auszuspannen. Zusammen mit Rick und Jess gab er sich dem Nichtstun hin. Als er im Jacuzzi lag und seine Beine von den Düsen massieren ließ, kehrte der Gedanke an Melanie und ihr Gespräch mit ihrem Vater immer wieder in seine Gedanken zurück.

Am meisten hatte ihn die ignorante Haltung ihres Vaters gestört. Aus seiner eigenen Familie kannte David Ermutigungen und Stolz. Dora hatte immer seinen Weg begleitet und selbst seine Mutter, die viele tausend Kilometer entfernt wohnte, gab ihm Rückendeckung. Doch bei Cliff Gardinier fehlte jegliche Anteilnahme. Melanie schien ihren Weg allein zu gehen. In dieser Hinsicht erinnerte sie ihn an Claire.

Auch Claire stand auf eigenen Füßen seit sie 15 Jahre alt war. Durch ihre Eltern unterstützt, begann sie bereits in jungen Jahren durch die Welt zu jetten und nur von Assistenten und Agenten umgeben zu sein. Der schnelle Erfolg bestätigte Claire und ihren Eltern, dass sie den richtigen Weg genommen hatten. Doch Melanie musste dies alleine herausfinden. Sie verließ sich auf ihren Instinkt und ihr Herz. Das schätzte er so sehr an ihr. Selbst wenn nicht jede so getroffene Entscheidung zu seinen Gunsten ausgefallen war. David empfand Respekt für ihren Entschluss, sich ihrem Vater zu wiedersetzen, auch wenn er ihr dadurch sämtliche Unterstützung verweigern würde. Er war stolz auf sie.

*

Kurz vor Sonnenaufgang betrat Melanie das Appleton Hotel, in dem das Fotoshooting stattfinden sollte. Das Penthouse war extra dafür reserviert worden. und sollte als Umkleide für die Mädchen dienen. Die Aufnahmen selbst sollten auf der Dachterrasse gemacht werden. Ein paar rot-schwarze Zweisitzer bildeten das gesamte Inventar des Wohnzimmers. Der Rest war beiseitegeschoben oder ganz entfernt worden. In der Küche betätigte sich eine Assistentin am Kaffeeautomaten. Vier weitere Mitarbeiter von Ethans Crew bauten bereits auf der Dachterrasse in der Nähe des Dachpools die Kulisse auf und maßen die Lichtverhältnisse ab. Die Szene kannte Melanie bereits in- und auswendig. Ethan hatte ihr alle wichtigen Details in den letzten Tagen erklärt. Melanie trat mit ihrer Ausrüstung und einigen Skripten, die sie gestern Nacht im Hotelzimmer noch geschrieben hatte, auf die Terrasse hinaus und stellte sich vor. Ethans enger Mitarbeiter Troy sah sich sogleich mit ihr die Einstellungen an. Vier Make-Up

Profis sortierten die verschiedenste Tuben und Flaschen, Lockenwickler und Bürsten, als sie vorbeikam. Sie erkannte mehrere Lichtinstallateure, noch mehr Assistenten und einen Hotelangestellten, der sich neugierig in der Nähe aufhielt. Doch da die eigentliche Arbeit noch nicht begonnen hatte, wurde er von der Crew geduldet.

Troy nahm Melanie zur Seite und ging mit ihr zum wiederholten Male die Szenen durch: Stadtszenen vor der Skyline, Partneraufnahmen mit Detailverliebtheit, lebendige Szenen am Pool. Melanie kannte mittlerweile jedes Kleidungsstück und jede zugehörige Position. Ethan schien sich hier weniger für ihre Kreativität zu interessieren. Dass alle Bilder so aufgenommen werden würden, wie er es sich vorgestellt hatte, war Ethan am wichtigsten. Melanie verstand, dass er hier einen Ruf zu verteidigen hatte. Vertrauen war die Grundlage ihrer Arbeit. Eigeninitiative war unerwünscht!

Nach und nach trafen die Models ein und begaben sich in die Maske. Für eine Stunde verschwanden sie dort und tauchten komplett gestylt auf der Terrasse auf, auf welcher Melanie und Troy bereits warteten.

Es war Melanies Chance, zu zeigen, was sie konnte. Ihre Arbeit für die TeenWorld Toronto war bereits des Öfteren gelobt wurden. Auch Kim zeigte sich von ihren Bildern begeistert. Noch vor ein paar Tagen hatte David einen Blick auf ihre Aufnahmen geworfen. Anerkennend hatte er die Augenbrauen hochgezogen. Sie hatte ihn positiv überrascht. Lange hatte er die Aufnahmen betrachtet. Aus seinen dunklen Augen sprach Respekt. Ihr gefiel, mit welchem warmen Ausdruck er sie an diesem Abend angesehen hatte.

Doch nun galt es, sich voll und ganz auf die Szenen und Models zu konzentrieren und David aus ihren Gedanken zu verbannen. Er konnte ihr hierbei nicht helfen. Sie musste sich beweisen! Melanie würde nur diese eine Chance bekommen.

Troy brachte das erste Models in Position und nickte Melanie zu. Melanie drückte zur Probe einige Male den Auslöser und studierte das Display ihrer Kamera. Allem voran musste sie wissen, wie die Modelle wirkten und wie sie harmonierten. Zuerst schienen einige Mädchen verunsichert und erschraken als Melanie mit ihrer Arbeit begann. Doch schnell gewöhnten sie sich an die neue Frau hinter der Kamera. Ab und an, winkte Melanie sie zu sich heran und erklärte ihnen auf ihrem Display, wie sie sich die Mädchen vorstellte. Für Melanie schien das der einfachste Weg, um sich verständlich zu machen. Zu oft wird wertvolle Zeit verschwendet, weil Fotograf und Modell nicht die gleiche Sprache sprechen und unterschiedliche

Auffassungen der Szene vertreten. Dass Melanie nun auf die Mädchen einging, machte sie effektiver. Auch gefiel ihnen, dass Melanie keine von den Fotografen zu sein schien, die sich auf einen Podest stellten und unnahbar waren. So fotografierte sie sie bereits in der Maske und gewann genug Eindrücke ihrer Persönlichkeit, um in der entsprechenden Pose das gewünschte Ergebnis aus den Mädchen herauszuholen. Erst am Abend merkte sie, wie schnell der Tag vorüber gegangen war. Die Crew packte bereits ein, als Melanie sich im Penthouse nach Troy umsah. Der telefonierte gerade am anderen Ende der Küche und streckte ihr einen Daumen als Zeichen des Sieges in die Höhe.

„Haben Sie eigentlich heute schon etwas gegessen?"

Valerie, eine junge Assistentin mit blonden Locken und großen braunen Augen hielt ihr einen Teller mit Sandwiches hin. Plötzlich meldete sich ihr Magen. Das erinnerten Melanie sofort daran erinnerte, dass ihr Frühstück bereits viel zu lange zurück lag. Dankbar griff sie nach einem Käsesandwich und lächelte sie an.

„Vielen Dank. Das ist sehr lieb von ihnen."

„Und diese Modelle erinnern einen nicht unbedingt an Essen, wenn man sich manche so ansieht."

Valerie lächelte vorsichtig in ihre Richtung und hoffte, mit ihrem kleinen Scherz nichts Falsches gesagt zu haben. Melanie lächelte ebenfalls.

„Da haben Sie Recht."

Dann betrachtete sie Valerie etwas genauer.

„Wie lange arbeiten Sie bereits als Assistentin für Ethan?"

Valerie hielt immer noch das Tablett in der Hand und wartete, dass Melanie erneut zugreifen würde. Sie war kleiner als Melanie und trug sicher nicht die gleiche Größe, wie die Models, die sich heute problemlos in Größe Null hüllten. Doch wer würde neben diesen Maßen auch normal aussehen? Valerie wirkte hier im Land der riesigen Bohnenstangen wie ein Pilz. Doch ihr ehrliches Gesicht und die dunkelbraunen Augen hatten etwas Vertrautes. Als sie sprach, kamen große, gerade Zähne zum Vorschein.

„Ich wollte eigentlich Modedesignerin werden, doch während meines Studiums habe ich mein Baby bekommen und mich nach einem Job umgesehen. Seitdem arbeite ich für Ethan. Das ist jetzt ungefähr sechs Jahre her."

Melanie sah keine Verärgerung über die verpatzte Gelegenheit in ihren Augen, sondern Stolz. Melanie überlegte nicht lange, sondern hielt diesen Gesichtsausdruck mit ihrer Kamera fest.

„Oh." Staunte Valerie im gleichen Moment. „Was war denn das?"

Ihr Lachen bot ihr eine neue Gelegenheit sie abzulichten.

„Entschuldigen Sie, Valerie. Ich konnte nicht anders." Melanie lachte lauthals los und steckte Valerie mit an.

*

Als Melanie vor Hollys Apartment parkte, war es bereits elf Uhr abends. Alle Fenster waren dunkel und Holly schien bereits zu schlafen. Oder aber sie war noch ausgegangen und kehrte erst am Morgen zurück. Wäre sie nicht schwanger, dann wäre das die glaubwürdigste Antwort. Doch der Zettel auf dem Küchentisch verriet ihr, dass Holly bereits ins Bett gegangen war, sie nicht böse sein sollte und beide am Morgen über alles reden würden. Enttäuschung und Verständnis durchfluteten sie. An Schlafen konnte Melanie jedenfalls noch nicht denken. Zu viel war ihr heute passiert, dass sie jetzt mit jemanden teilen wollte. Glücklicherweise spielte David dieses Wochenende erneut in Florida und wollte die zwei freien Tage in seinem Haus in Venice Beach verbringen. Sie hatte ihm zwei Nachrichten geschrieben, jedoch keine Antwort erhalten. Ohne zu überlegen wählte sie seine Handynummer. Nach mehrmaligem Klingeln hörte sie seine Stimme.

„Hab ich dich geweckt?"

Ein müdes Lächeln zauberte ihre Stimme auf seine Lippen.

„Was hast du angestellt?"

„Noch nichts. Hast du Lust, mit mir ein Stück Kuchen essen zu gehen?"

Etwas schockiert antwortete er: „Jetzt? Siehst du eigentlich auch manchmal auf die Uhr? Es ist kurz vor Mitternacht."

„Ja, ich weiß. Aber ich bin noch gar nicht müde."

„Hast du getrunken?"

„Nein." Versöhnlich fuhr sie fort. „Ich zeig dir auch ein paar von deinen halbnackten Freundinnen, die ich heute fotografiert habe."

„Klingt interessant. Aber wer sagt dir, dass ich das nicht alles schon gesehen habe?"

„Die Chance ist relativ groß. Doch bitte ich dich trotzdem."

„Wieso kommst du nicht einfach bei mir vorbei? Ich bin in Venice und nicht mehr gesellschaftsfähig..."

„Das glaub ich dir nicht. In einer halben Stunde am Southern Boulevard. Dort ist ein kleines Café namens Red Russian."

Als sie auflegte, verließ Melanie bereits Hollys Wohnung. Und wie erwartet tauchte David zur verabredeten Zeit auf. In seinen Jeans, dem schwarzen Poloshirt und der schnell übergezogenen Lederjacke wirkte er tatsächlich etwas zerzaust und verschlafen. Seine Müdigkeit sah man ihm sofort an. Warum hatte er ihr nicht abgesagt? Melanie war froh, dass er sich Zeit für sie genommen hatte. Er musterte ihre helle Bluse und die große Halskette mit dem überdimensionalen dunkelgrauen Stein, der schwer auf ihrem Brustbein lag und die gleiche Farbe hatte, wie ihre Augen. Ihm entging weder ihre geweiteten Augen, noch das frische Rot auf ihren Wangen. Sie schien förmlich zu platzen vor Mitteilungsdrang. Das stimmte ihn fröhlich und erwartungsvoll blieben seine Augen an ihr hängen.

„Ich habe dir schon mal einen Apfelkuchen bestellt. Als Wiedergutmachung für die späte Stunde sozusagen."

Ein Lächeln überzog sie. „Fühlst du dich fit, Freitagabend gegen Donnie anzutreten?"

David winkte ab. Es war lieb von ihr, sich nach ihm zu erkundigen, doch wollte er sie lieber von ihrem Tag erzählen hören.

„Ich habe jetzt echt keine Lust über Rodwell zu reden."

Normalerweise liebte er es mit Greg oder Rick stundenlang das Spiel auszuwerten, doch erschien es ihm im Moment nicht so wichtig. Viel lieber konzentrierte er sich auf Melanies strahlende Augen, die ihr Glück verrieten. Sein Apfelkuchen und Melanies Quarkkuchen mit wunderbar lecker aussehenden Kirschen wurden serviert. Dazu stellte der Kellner Kaffee und Tee bereit. Und das alles um Mitternacht.

Als er wieder verschwunden war, begann Melanie sofort zu erzählen. David war überrascht. Als sie kurze Zeit später auch noch ihren Laptop hervorholte und ihm einige Aufnahmen zeigte. Viele von den Models kannte er flüchtig durch Claire. Sie zeigte ihm Momentaufnahmen, welche sie in der Maske oder bei der Anprobe gemacht hatte. Anschließend klickte sie sich durch eine Reihe von Motiven, die er aus zahlreichen Modezeitschriften kannte. Für seinen Geschmack standen Melanies Fotos denen aus den Magazinen in Nichts nach. Melanie verstand es die Makellosigkeit der Mädchen einzufangen, doch zog er definitiv ihre Schnappschüsse, den professionellen Fotos vor. Wenn es nach ihm ging, sollte Melanie genau diese abliefern. Bei ihren Aufnahmen des Drumherums verweilte er lieber, als bei den Badeschönheiten. Er war kein Profi, doch der Meinung, dass Melanie ihren Job ganz gut gemacht hatte.

„Wolltest du nicht selbst schon immer mal Model sein?"

Überrascht blickte sie ihn an.

„Nein. Niemals." Sie zögerte einen Moment. Doch als David nicht weitersprach, fuhr sie fort: „Holly und ich haben uns damals nur ausprobiert. Außerdem stand auch niemand anderes zu Verfügung, als sie die Kleider ihrer Mutter misshandelt hatte. Einer musste ja sich ja für ihre Zwecke opfern."

David schob seinen leeren Teller zur Seite und langte mit seiner Gabel nach ihrem Kuchenstück. Genüsslich schob er es sich in den Mund und lächelte.

„Du verpasst hier echt was. Naja. So spät am Abend soll man ja nichts mehr essen. Das ist vermutlich besser für dich."

Doch Melanie ging nicht darauf ein. Sie stütze ihren Kopf auf die Handflächen und legte den Kopf schief. Das gedimmte Licht des Cafés schimmerte auf ihrem dunklen Haar.

„Ich glaube, es wäre nicht mein Ding, den ganzen Tag nur hübsch aussehen zu müssen und auf fremde Anweisungen zu achten."

„Auch nicht, wenn du dafür einen Haufen Geld bekommen würdest und dich alle Welt darum beneidet?"

Melanie schüttelte entschieden den Kopf.

„Kann ich mir nicht vorstellen."

„Dein einziger Job wäre es, dich in Form zu halten und auf dein Aussehen zu achten, immer schöne Kleider zu tragen und ein paar Mal in die Kamera lächeln. Dazu gibt es Klamotten, Partys, Publicity und genug Geld, um nie wieder einen Finger zu rühren. Ich kenne keine Frau, die das nicht erstrebenswert findet."

Melanie überlegte einen Moment. Dann schüttelte sie erneut den Kopf. Ihre Augen nahmen einen weichen Glanz an, als sie zu ihm aufschaute.

„Jetzt kennst du Eine. Ist es nicht total frustrierend, wenn jeder nur deinen Körper ansehen will. Du hast keinerlei Chance überhaupt irgendetwas Sinnvolles damit zu tun."

David schmunzelte über den Gedanken.

„Ich meine, du tust nichts Besonderes. Es interessiert auch niemanden, ob du Fremdsprachen sprichst, oder Klavier spielen kannst. Die Leute wollen dich einfach nur ansehen. Das ist so deprimierend."

„Spielst du Klavier?"

„Nein. Ich spiele Schach." Erwiderte sie.

„Tatsächlich? Und was noch?"

„Ich habe einen Master und ich kann Segeln."

David schmunzelte immer noch. Er schob sich ein weiteres Stück von ihrem Kuchen in den Mund und kaute genüsslich.

„Du meinst also, du bist so viel besser als diese Mädchen?"

„Auf jeden Fall."

„Findest du das nicht ein bisschen eingebildet?" Er amüsierte sich besser, als mit seinen Teamkollegen. Wie sie ihren Kopf schräg legte, ihr Mund sich empört spitze und ihre Augenbrauen in die Höhe schnellten. Melanie erhob ihren Kopf und trank einen Schluck Tee.

„Nein. Solange sich jeder seine Stärken vor Augen hält."

„Trotzdem ist dein Gehalt nicht mit deren zu vergleichen."

„Traurig, aber wahr. Da kannst du mal sehen, wie hoch Aussehen bewertet wird."

Melanie rührte gedankenversunken den Löffel in ihrer Tasse und legte den Kopf auf den Unterarm. Ihre Aufregung nach dem anstrengenden Tag ließ langsam nach. Wohlige Wärme machte sich in ihrem Körper breit. Mehr zu sich selbst als zu ihm sprach sie weiter.

„Das ist kein Job, den ich machen möchte."

„Es ist anstrengender, als du denkst, Melanie. Denk doch nur an das Jetlag, immer darauf bedacht zu sein, im Gespräch zu bleiben, ständige Medienpräsenz."

„So gestresst sahen die Mädchen heute gar nicht aus."

„Das macht sie so teuer. Übermüdete und gestresste Mädchen verkaufen sich nun mal nicht."

Spöttisch meinte sie: „Baden die vorher in Milch?"

Davids leise Stimme drang zu ihr durch und sie blickte auf.

„Claire hat immer ein besonderes Kopfkissen im Gepäck, wenn sie unterwegs ist. Dadurch schläft sie fester und ist erholter."

Der Gedanke an Claire ließ sie frösteln. Seit sie ihr begegnet war, empfand sie nur Antipathie für sie.

„Das ist wahrscheinlich billiger, als jeder Gute-Nacht-Trunk."

„Um ihre finanzielle Situation musst du dir keine Sorgen machen."

Ihr entging nicht, dass David Claire weder verteidigte, noch verurteilte. Das hatte sie bereits des Öfteren bemerkt. Vielleicht fiel es ihr deshalb leicht, sich ihm zu öffnen.

Eine Weile schwiegen sie und Melanie genoss den warmen Duft des Tees und die aufsteigende Müdigkeit. Doch David holte sie zurück in ihr Gespräch.

„Und dass du ein Profi auf dem Eis geworden wärest, ist auch nur eine Hypothese von dir. Wer garantiert das? Du hattest ja nicht den Mut, es durchzuziehen."

Melanie stieß ihre Gabel in das letzte Stückchen ihres Kuchens und steckte sie sich in den Mund, ehe David sich darüber hermachen konnte.

„Stimmt. Aber manchmal ist es einfach nur schön, zu träumen."

David bemerkte ihren verunsicherten Blick und verstand, dass er ihr in diesem Punkt nicht widersprechen sollte. Melanie ließ sich den saftigen Kuchen auf ihrer Zunge zergehen und schloss für einen Moment die Augen. Da es bereits nach Mitternacht war, befanden sich nur noch drei weitere Besucher im Café. Doch die saßen so weit weg, dass Melanie und David nur leises Murmeln vernahmen. Irgendwann legte David ein paar Dollarscheine auf den Tisch und blickte sie fragend an.

„Bevor ich morgen früh nach Hause fliege, muss ich noch ein bisschen schlafen. Soll ich dich nach Hause fahren?"

„Lass nur. Ich habe es nicht weit. Holly wohnt gleich um die Ecke und ich möchte noch ein Stück gehen."

„Um diese Zeit? Vergiss es. Du warst noch nie nachts allein in L.A., oder?"

David nahm ihre Jacke und zog Melanie mit sich.

„Du kannst auch fahren."

Damit waren sie sich einig.

*

„Ein Viertel der Kleider sind bereits geliefert worden. Möchtest du sie sehen?"

Erwartungsvoll blickte Holly sie an. Melanie wusste, wie viel ihr die Kleider bedeuteten. Sie beneidete Holly um ihre Kraft. Sie saß neben ihr und ihr runder Bauch schien sie in keiner Weise stoppen zu können. Trotz allem stand Holly kurz vor dem Ziel. Warum hatte Melanie selbst, sich immer so schwergetan, ihren eigenen Weg zu gehen? Inzwischen wusste sie, dass die Flucht vor ihren Eltern der erste Schritt gewesen war. Ohne Sicherheiten konnte sie ungestört von vorn anfangen und ihr Leben nach eigenen Vorstellungen stricken. Und genau das würde sie tun.

Doch zuallererst benötigte Holly ihre Unterstützung. Zumindest beim Heben der Kartons. Wahrscheinlich würde sie auch das allein tun wollen. Doch als zukünftige Patentante wollte sie das Baby keinem Risiko aussetzten.

„Klar will ich sie sehen. Ich hoffe, sie sind nicht alle in Größe Null."

Holly lachte und warf ihr ein dunkelrotes Teil zu. Der seidene Stoff fühlte sich wunderbar weich in ihren Händen an.

„Probier das mal an, Lany! Ursprünglich habe ich die Kleider ja auch für mich gemacht, doch da ich es im Moment nicht mal über die Brust bekommen würde, musst du das für mich anziehen."

Und tatsächlich. Die Träger müssten ein wenig eingepasst werden und die Säume am Rückenteil etwas ausgelassen werden. Dann wäre es perfekt. Melanie löste ihr Haar und betrachtete sich im Spiegel.

„Wow."

Das Oberteil glich einem Bustier und betonte alle Vorzüge einer Frau. Im Rücken hielten es seidige Bänder zusammen, die über dem Stoff geschnürt waren. Der Rock schmiegte sich in weichen Streifen um ihre Beine. Der luftige Rock bestand aus mehreren einzelnen Bahnen, die locker übereinander lagen und deren Enden leicht auf Melanies Knien tanzten. Melanie ging ein Stück und bewunderte, wie der Rock auf ihre Beine aufmerksam machte. Definitiv ein Kleid ganz nach Hollys Geschmack: aufreizend, sexy und edel.

„Wahnsinn. Ich hätte nicht geglaubt, dass ich das so gut hinbekommen würde."

Holly kreiselte ihren Zeigefinger und bedeutete ihr, sich zu drehen. Am Rücken fielen die Bänder auf ihre schmale Taille.

„Das Kleid ist fantastisch, Holly."

Melanie dreht sich wieder zu ihr um und blickte an sich herunter.

„Nicht, dass ich so etwas je in der Öffentlichkeit tragen würde..."

Holly zog die Nase kraus.

„Wieso? Das ist ein Abendkleid."

Melanie stütze die Hände in die Hüften, legte den Kopf schief und grinste.

„Na wenn du Partys in der Playboy Villa meinst, stimme ich dir zu. Doch ich habe nicht vor, dort in diesem Aufzug aufzutauchen."

Holly winkte ab. Die Vorstellung von Holly in diesem aufreizenden Kleid war nicht sehr abwegig. Sie liebte das Provokative. Nur vorübergehend war sie außer Gefecht gesetzt.

„Ich wette, Bennett würde keine Minute zögern, dich aus diesem Kleid zu schälen."

Holly lächelte sie neugierig an.

„Da hast du sicher Recht. Nur ist ihm egal, wem er da heraushilft. Und für die Art der Unterhaltung würde ich wieder prima in Daddys Bild passen. Du hättest ihn sehen sollen, als ich mit David aufgetaucht bin."

Holly strich ihre blonden Strähnen aus dem Gesicht und schüttelte den Kopf.

„Und wenn schon. Was stört es dich?"

„Du wirst es nicht für möglich halten, aber nachdem wir zusammen im Bett waren, komme ich sehr gut mit ihm aus. Seitdem ist das Zusammensein mit ihm um einiges entspannten."

Alarmierend schaute Holly zu ihr auf.

„Du warst mit Bennett im Bett?"

Unschuldig sah Melanie ihre Freundin an und verstand nicht, warum sie auf einmal so überrascht war. Holly hielt sich die Finger an die Schläfen.

„Aber davon reden wir doch schon die ganze Zeit."

„Ich hätte aber nicht gedacht, dass du das wirklich durchziehst."

„Was meinst du?"

Etwas weniger hysterisch erklärte Holly.

„Nachdem du beim letzten Mal so gelitten hast, hätte ich nicht gedacht, dass du dich erneut darauf einlässt."

Melanie drehte sich ein letztes Mal vor dem Spiegel.

„Hätte ich auch nicht gedacht. Aber er hat alles wieder gut gemacht. Er hat weder den Zwei-Minuten-Counter runter gezählt, noch hätte ich ihn auf der Bank sitzen lassen. Er ist auf jeden Fall ein Kandidat für die Hart-Trophy."

Beide lachten.

„Kann ich mir gut vorstellen."

Holly blickte erschrocken zu Melanie auf.

„Ich brauche unbedingt Sex, Lany. Weißt du eigentlich, wie lange ich schon ohne bin. Ich werde mich wohl wieder unter die Leute mischen müssen."

„Vergiss es. In deinem Zustand gehst du nirgendwo hin, um Sex zu haben."

„Du weiß nicht, wie das ist, Lany. Ich habe ständig Lust und ich denke an nichts anderes mehr. In den unmöglichsten Momenten überfällt es mich und Männer, die ich früher nicht mal bemerkt hätte, erregen mich nun. Das ist Wahnsinn!"

Melanie zog bereits ihre Jeans wieder an und knöpfte sich das Top zu. Sie hatte nicht vor, mit Holly über ihren Befriedigungsdrang zu sprechen. Sie war schwanger und sollte sich auf ihr Baby konzentrieren. Aber alte Gewohnheiten legte man nicht so schnell ab. Holly war und blieb eine Frau, die keinen Hehl aus ihrem ausgeprägten Sexleben machte. Sie liebte die Abwechslung. Wie verschieden sie doch waren.

Melanie hatte versucht, ebenso zwanglos bei David zu sein. Doch es schien, als ob beide nicht in die Verlängerung wollten. Ihr Herz klopfte in seiner Gegenwart verräterisch laut. Doch genoss sie seine Freundschaft so sehr. Nach dem Desaster mit Eddie und dem Hin und Her mit Holly, wollte sie seine beruhigende Gesellschaft nicht missen.

Holly hielt sich einen weiß-grünen Zweiteiler vor den Körper und drehte sich ebenfalls vor dem Spiegel.

„Ich flippe aus, wenn ich nach der Geburt nicht wieder hier hineinpasse. An diesem Model habe ich Monate gefeilt."

Aufmerksam durchstöberte sie die weiteren Kleidungsstücke. Hosen, Jacken, Tops…goldene und helle Farben, kombiniert mit satten Grün-, Rot-, Gelb- und Blautönen.

„Morgen früh schickt die Agentur ein paar Mädchen vorbei. Adam hat mir einen Fotografen empfohlen, der die Preview-Fotos machen wird und dann kommt meine PR-Agentur ins Spiel. Die haben wirklich gepokert, doch Adam meinte, sie seien die Besten der ganzen Westküste."

Melanie legte ein grünes Kleid aus der Hand und beim näheren Betrachten bemerkte sie, dass es aus Stoffteilen in Blätterform gefertigt worden war. Wo hatte sich Holly denn dafür inspirieren lassen?

„Wer ist dein Fotograf doch gleich?"

Fragte Melanie so beiläufig wie möglich.

Holly sortierte alle Stücke auf Kleiderbügel und hing sie auf die Ständer. Ihr Bauch war ihr dabei oftmals im Weg, doch ließ sie sich nicht beirren.

„Pete Tambrock. Er ist Modefotograf. Ein ganz Renommierter. Für ihn laufen alle berühmten Modelle auf. Ich habe schon unzählige Bilder von ihm gesehen. Er ist einfach genial. Ich denke, er wird für genügend Publicity sorgen, dass meine Fashion Show ein Erfolg wird."

Melanie trat hinter Holly und reichte ihr die Kleidungsstücke, damit sie sich nicht mehr bücken musste. Schon seit Tagen schwirrte ihr die Idee im Kopf herum. Wenn sie Holly jetzt nicht fragen würde…

„Was wäre, wenn du Tambrock absagen würdest und ich deine Models fotografiere?"

Blitzschnell drehte sich Holly zu ihr um und suchte in Melanies Blick, ob sie wohl scherzte.

„Dann wäre ich wohl unglaublich dumm."

Holly musste nicht erst in Melanies Gesicht blicken, um die Enttäuschung zu sehen. Sie kannte Melanie, auch wenn sie es als eine beiläufige Frage hinstellte, so steckte trotzdem eine erstzunehmende Frage dahinter. So absurd der Gedanke auch war, Melanie verdiente trotzdem eine Antwort.

„Lany, das ist kein Spiel für mich. Ich habe alles auf diese Karte gesetzt. Wenn ich jetzt scheitere, ist das das Ende meiner Karriere als Modedesignerin. Ich habe nur diese eine Chance. Ich werde kein zweites Mal so viel Starthilfe bekommen. Wenn die Preview nicht gut genug wird, dann hat das enormen Einfluss auf die Show. Wer will schon die Models auf dem Laufsteg sehen, wenn ich im Vorfeld nichts vorweisen kann. Verstehst du das, Lany?"

Aus Hollys Gesicht war das Lächeln verschwunden. Ihre dunkelblau geschminkten Augen wurden emotionslos und Melanie wusste, dass sie keinen Freundschaftsbeweis erwarten konnte. Hier ging es ums Business und da kannte Holly keine Freunde. Sie erinnerte sich an Davids Worte.

„Ich weiß, dass ich mich mit Pete Tambrock vergleichen kann."

„Das ist nicht so einfach, wie du dir das vorstellst, Lany. Ich kann nicht einfach hingehen und aus einer großen Auswahl Topfotografen auswählen. Tambrock war Adam noch einen Gefallen schuldig. Ansonsten würde er sich nie von einer Newcomerin wie mir anheuern lassen."

„Ich habe Tambrocks Bilder gesehen. Sie sind sehr gut, doch kann ich nichts Außergewöhnliches daran erkennen. Seine Models wirken immer einsam."

„Tausende Menschen sehen das anders, Lany. Und ich kann mich jetzt nicht von DEINEN Emotionen leiten lassen."

Bedauernd sah Holly zu ihrer Freundin auf und hoffte, dass ihre Freundschaft stark genug sein würde.

„Ich kann mir jetzt keine Fehlentscheidung leisten. Wir sind schon ewig Freundinnen und es wäre nur fair dir gegenüber. Doch bitte, verlange das nicht von mir. Nicht jetzt."

„Ich will kein Mitleid von dir."

„Lany, ich verspreche dir, bei der nächsten Gelegenheit wirst du meine Fotografin. Großes Indianerehrenwort. Im Moment bin ich nur so angespannt und dann kommt noch die Schwangerschaft dazu, die mich an meine Grenzen bringt."

„Holly. Ich weiß, wie wichtig die Vorschaubilder sind. Deshalb will ich sie ja auch machen. Aufnahmen, die zeigen, wie deine Kleider zum ersten Mal zum Leben erwachen, wenn deine Models sie tragen. ICH weiß, dass in deinen Kleidern mehr steckt, als Tambrock erkennen würde. Er kennt dich nicht so gut wie ich. ICH weiß, wie du tickst und was die Kleider für dich bedeuten und wie wir beide dabei empfinden."

Melanie wurde immer lauter. Sie wirbelte mit den Händen in der Luft herum und ihre Augen ließen Holly nicht mehr los. Das war es, was sie wollte! Mit einem Mal erschien es ihr so deutlich, dass sie nicht anders konnte, als auf Holly einzureden. Wie konnte sie eine Tina Sanders oder ein Dallas Chipman überzeugen, wenn sie es nicht einmal bei ihrer besten und ältesten Freundin schaffte? Sie musste diese Chance bekommen! Sie würde kämpfen! Egal was sie dafür tun müsste und egal, wie sehr sie Holly dazu überreden musste. Plötzlich musste sie an David denken, wie er sie angelächelt hatte, als sie von ihren modischen Experimenten im Ankleidezimmer von Hollys Mutter erzählt hatte. Er hatte dabei ihre Hand genommen und sanft über ihren Handrücken gestrichen. In Melanie stieg ein warmer, dringender Wunsch auf.

„Holly. Erinnerst du dich an den Tag, als wir beide uns nach der Schule im Wandschrank deiner Mutter versteckt hatten. Wir glaubten, in einer Goldgrube gelandet zu sein. Überall waren diese eleganten Kleider, glänzenden Stoffe und warmen Farben. Wir schlüpften aus unseren Klamotten und in diese wunderbar verführerischen Stoffe. Wir hüllten uns in Channel und Dior. Ich kann mich genau an deine strahlenden Augen erinnern, als du vor mir gestanden hast. Die Bluse viel zu lang, der Rock ging dir bis zu den Waden und die großen Perlen bedeckten deinen Hals. Du warst glücklich und liebtest deine Verwandlung. Dann hast du auf mich gezeigt und gemeint: Du siehst ja aus wie eine Prinzessin des Alten Roms. Ich weiß noch genau, dass ich mir plötzlich auch so vorkam. Das schulterfreie, weiße Kleid deiner Mutter mit den schrägen, goldenen Streifen. Das war ein Original. Und ich glaube, ich hatte auch noch einen weißen Hut dazu auf. Wir beide kennen das Gefühl, in neue Kleider zu schlüpfen und sich augenblicklich wie ein anderer Mensch zu fühlen. Wie jemand, der man schon immer sein wollte. Und deine Kleider sind traumhaft, Holly. Das ist kein Geheimnis."

Melanie schaute Holly ernst an. So enthusiastisch hatte sie Melanie lange nicht gesehen. Ihre Augen versprühten Leiderschaft. Ihr Gesicht nahm ehrgeizige Züge an. Ihre Gestik vereinnahme sie.

„Als ich vorhin das rote Outfit trug, spürte ich ebenfalls eine andere Seite in mir. Deine Kleider sind dafür gemacht, alle Frauen in eine andere Welt und in ein anderes Leben zu entführen. DAS möchte ich bei der Preview zeigen. Meine Fotos werden es allen beweisen, dass man in Holly Cummings Stücken seine Phantasien ausleben kann."

Erregt, völlig außer Atem und glücklich blieb Melanie vor Holly stehen. Holly sagte kein Wort. Ihr Kopf lehnte im Sessel und ihre Augen blickten in weite Ferne.

Leise fuhr Melanie fort.

„Stell dir vor, wie das rote Kleid wirkt, wenn die Frau, die es trägt, von zwei Männern umringt wird. Man kann den Blick nicht von ihr abwenden. Selbstbewusst achtet sie gar nicht auf die beiden Männer, die ihr zu Füßen liegen, sondern ist ganz auf ihre Ziele fokussiert."

Melanie erntete abwartende Blicke und spazierte zu einem kurzen, cremefarbenen Kleid. Das Bandeauoberteil war an der Brust doppelt gelegt und mit winzigen Perlen besetzt. Schmal zog es sich bis zu den Knien und endete ebenfalls in einem Perlenaufschlag. Vorsichtig strich Melanie über die feine Stickerei und schloss die Augen.

„Das ist ein Kleid, indem du an einem lauen Sommerabend am Pier auf einen ganz besonderen Mann wartest."

Als sie ihre Augen wieder öffnete, blickte Holly sie abwartend und gleichzeitig fasziniert an. Melanie ließ die Perlen und den Straß durch ihre Finger gleiten und sprach leise weiter.

„Es wäre euer drittes Date. Du würdest dein Haar offen tragen und völlig auf Schmuck verzichten. Da am Abend dort der Wind vom Meer weht, spielt dein Haar mit den kleinen Perlen an deinem Bustier und lenkt seinen Blick auf dein Dekolleté. In dem Kleid fühlst du dich lebendig und ziehst deine Schuhe aus, um den weichen Sand zwischen den Zehen zu spüren.

So weich und wunderbar warm. Du siehst einen Hund den Strand entlanglaufen und kurz darauf taucht sein Herrchen auf. Er bemerkt dich und nickt dir anerkennend zu. Der Straß auf deinem Kleid leuchtet, wie das Glitzern der Schaumkronen auf dem Wasser. So wunderbar weich."

Holly stand auf und umarmte Melanie.

„Lany, nenn es vorübergehende Unzurechnungsfähigkeit, aber du hast den Job."

Genau das hatte sie gesucht. Eine Story zu ihren Kleidern und Melanie hatte Einfallsreichtum bewiesen. Vielleicht war es die Schwangerschaft oder die Vorfreude auf ihre Zusammenarbeit, aber die kleinen Tränen, die ihre entwichen, konnte sie nicht leugnen. Holly wünschte sich in dieses Kleid und einen Traumtyp an ihrer Hand, während sie barfuß durch den Sand spazierten. Genau diese Emotionen sollten ihre Modelle auslösen.

Melanie konnte ihr Glück kaum fassen. Holly gab ihr die Chance und sie würde sie nicht enttäuschen.

„Danke!"

Ehe sie nach Hause fuhren, leerten sie noch einige Gläser Melonensaft. Melanie war so voller Tatendrang, dass sie sich nicht zügeln konnte, alle Kleiderständer zu betrachten und erste Ideen aufzuschreiben.

*

Für ihre Fashion Show hatte Holly das letzte Juliwochenende gewählt und einen exklusiven Klub in New York gebucht. Das musste Melanie ihr lassen. Holly hatte alles genau durchdacht und geplant. Melanie war sehr beeindruckt. Holly ließ sich durch ihre Schwangerschaft nicht ablenken und verfolgte zielsicher ihre Vorhaben. Zu jeder erdenklichen Tages- und Nachtzeit versendete sie Emails an ihre Assistenten, ihre PR-Agentin, die Cateringfirma, die Modelagentur, die Schneider und auch die Presse. Sie stand in engem Kontakt mit den Floristen, mit den Maskenbildnern und mit Adam. Melanie stellte fest, dass er Holly tatkräftig unterstützte. Doch soweit Melanie das beurteilen konnte, spielte Adam lediglich eine untergeordnete Rolle in Holly Cummings Märchen. Zweifellos profitierte Holly von seinen Verbindungen und seiner finanziellen Unterstützung. Alle operativen Entscheidungen ließ Holly sich jedoch nicht abnehmen. Nicht nur einmal konnte Melanie Holly dabei beobachten, wie diese ihre gelb-blaue Tunika hochschob und ihre immer noch schlanken Beine entlastend auf einen Stuhl legte. Das waren die einzigen Momente, in denen sie sich ihre körperliche Benachteiligung anmerken ließ. Dann tippte sie ein Memo in ihre iPhone und wand sich der nächsten Entscheidung zu.

Es blieben noch sechs Wochen bis zur großen Show. Für Melanie hingegen blieben noch zwei, bis die Aufnahmen für die Preview geschossen werden mussten. Sie konnte es kaum abwarten!

*

Steve warf noch einen letzten Blick in den Rückspiegel, als er die Einfahrt seines ehemaligen Hauses herunterfuhr. Er liebte die breite Allee mit den vielen Ahornbäumen. Hier, inmitten der hübschen Einfamilienhäuser am Stadtrand von Toronto, hatten er sich immer wohlgefühlt. Hier hatte er sich eine rosige Zukunft versprochen. Die letzten Monate war er oftmals traurig und enttäuscht gewesen, doch jetzt fühlte er sich nun noch leer. Er konnte sich heute nicht mehr vorstellen, hier sein Leben mit Sarah weiterzuführen. Sie hatte ihn enttäuscht. Doch im Nachhinein betrachtet, hatte auch er sie enttäuscht. Er wollte nicht länger böse auf sie sein. Damals hatte er sie geliebt. Sarahs Ausbruch aus ihrer Ehe hatte wahrscheinlich gute Gründe. Insgeheim wünschte er ihr alles Gute.

Letztendlich war er froh über den Verkauf des Hauses. Das Geld würde seinen Kredit für das Bootshaus mindern. Der Gedanke besänftigte ihn.

Vorübergehend lagerten seine gesamten Sachen dort. Bisher hatte er sich noch nicht dazu durchringen können, eine neue Wohnung zu suchen. Meistens packte er seinen Schlafsack aus und quartierte sich in einem der Gästezimmer im Bootshaus ein.

Er blickte während der Fahrt in die erleuchteten Fenster seiner Nachbarn. So schnell würde er in dieses Viertel sicher nicht zurückkehren. Der Gedanke befreite ihn. Er fühlte sich, als ob ihm jemand die Fußketten abgenommen hätte. In letzter Zeit pendelte er sowieso nur noch aus Pflichtgefühl in ihr altes Haus und verfuhr zu viele Kilometer und Zeit. Glücklich bog er wenig später auf die Interstate und fuhr in Richtung Süden, wo seine Eltern auf ihn warteten. Sicher würden sie erfreut sein, zu erfahren, dass Melanie einen neuen Job hatte. Von ihr wusste er, dass sie Eddie und ihren Dad zusammen erwischt hatte. Ihre Enttäuschung konnte er nachvollziehen. Es wunderte ihn, dass Melanie das Interesse ihrer Eltern an ihr so überraschte. Sie hatten sich schon immer für sie interessiert. Seiner Meinung nach war es nur natürlich, dass sie Erkundungen einholten. Sehr häufig riefen sie deshalb auch bei ihm an. Doch heute stand für sie der Verkauf seines Hauses und die bevorstehende Einweihungsfeier im Vordergrund.

Bei einem Stück Kuchen saßen sie zusammen auf der Terrasse und besprachen die letzten Details. Seine Mutter hatte angeboten, ihm bei den Dekorationen zu helfen. Ohne zu zögern hatte er ihr diese Aufgabe übertragen. Er war froh über jede Hilfe. Wie er schnell bemerken sollte, war auch sie glücklich, dass er sie mit einband.

„Ich habe alles in den Farben Hellblau und Braun arrangiert. Du wirst sehen. Das wird der Hit."

Überschwänglich erzählte sie ihm, wie sie sich für diese Kombination entschieden hatte und welche Auswahl sie für welchen Schmuck getroffen hatte. Linda Gardiniers Augen funkelten. Die Ähnlichkeit mit seiner Schwester war sehr stark. Besonders auffällig war sie, wenn sie sich für eine Sache begeisterte. Was in letzter Zeit wieder öfter passierte. Linda war mit ihren knapp 50 Jahren immer noch eine sehr attraktive Frau. Ihr dunkles, volles Haar, welches sie zweifellos ihren beiden Kindern vererbt hatte, enthielt nur vereinzelte graue Strähnchen. Sie hatte eine spitze, aber gerade Nase. Ihr Mund war fröhlich und zugleich ernst. Steve erinnerte sich sehr gut an ihre zusammengekniffenen Blicke, wenn sie als Kinder ihren strengen Blick einfingen. Doch erinnerte er sich, sie auch genauso oft lachend gesehen zu haben. Sie ging regelmäßig mit seinem Vater zum Sport. Sie genoss das öffentliche Interesse an ihrer Person als Cliff Gardiniers Frau und unterhielt viele Freundschaften mit Frauen aus der Nachbarschaft. Nur über Melanie sorgte sie sich des Öfteren.

„Lany hat einen neuen Job in L.A. bekommen. Hat sie euch schon davon erzählt?"

„Nein. Sicherlich wollte sie das nächstes Wochenende auf deiner Party nachholen." Seine Mutter schenkte ihm gerade eine neue Tasse Kaffee ein und beobachtete ihren Sohn über den Tassenrand. Dass er sein Haar mittlerweile etwas länger trug, gefiel ihr.

„Du meinst dieses Fotografending?"

Cliff schaute nur einen Moment über seinen Brillenrand zu ihm auf. Dann widmete er sich wieder ganz seinem iPhone.

„Ich habe sie vor ein paar Tagen getroffen. War wohl gerade auf dem Weg nach L.A. Sie hatte Bennett dabei."

Steve hatte bereits brühwarm die Geschichte aus Melanies Mund gehört. Er konnte nicht glauben, dass ihr Vater Melanies Freund Eddie auf seine Seite gezogen hatte. Was für ein Tiefschlag musste das schon wieder für sie gewesen sein.

„Ich habe schon davon gehört. Du hast sie ausspioniert. Warum tust du das? Das verbessert eure Beziehung nicht gerade."

„Ich mache mir eben Sorgen um deine Schwester. Außerdem bringt sie sich doch ständig selbst in Gefahr. Das weißt du doch! Ich muss dich sicher nicht daran erinnern."

„Meinst du nicht, dass es Zeit wäre, sie ihre eigenen Erfahrungen machen zu lassen? Sie ist jetzt 27 Jahre alt."

„Schlimm genug, dass sie mit 27 ihr Leben immer noch nicht in den Griff bekommen hat. Du vergisst, dass sie charakterlich noch lange nicht so gefestigt ist wie du, Steve. Wie stellst du dir das vor? Sie hat nicht mal einen ordentlichen Job. Sie ist viel zu sprunghaft. Und bevor sie richtig tief fällt, will ich sie wenigstens vorher auffangen. Sie ist doch unser kleines Mädchen."

Steve war sich nicht sicher, ob er ihren Schaden oder seinen Imageschaden möglichst gering halten wollte. Es interessierte ihn zwar nicht wirklich, aber Steve wollte schnellstmöglich das Thema wechseln. Doch warum hatte sie ihm gegenüber nicht erwähnt, dass sie, bei dem Zusammentreffen mit Dad, von Bennett begleitet wurde?

*

Einige Tage später sollte er es erfahren.

„Du hast vielleicht Nerven, dich mit Bennett rumzutreiben."

„Was heißt hier rumtreiben? Das klingt ja so, als ob wir streunende Katzen wären."

„Was hat er mit dir gemacht?"

Gleich nach ihrer Rückkehr nach Toronto hatte Steve sie vor ihrer Wohnung abgefangen und sie zur Rede gestellt. Normalerweise freute sie sich über seinen Besuch, doch heute engte er sie mit seinen Fragen zu sehr ein. Sie hatte nicht das Gefühl, dass Steve die Wahrheit hören wollte. Wollte er wirklich hören, dass sie beide mittlerweile so etwas wie Freunde waren, dass sie sich in seiner Gegenwart wohl fühlte? Diesen Gedanken traute sie sich selbst kaum einzugestehen. Es kam ihr so vor, als ob der heutige David und das Bild, welches sie jahrelang von ihm hatte, nicht länger eine und dieselbe Person waren.

„Was willst du denn hören?"

„Die Wahrheit?"

„Welche? Die von Dad oder meine? Ich weiß, dass er auch dich nach mir ausfragt. Hat er dir erzählt, dass er uns zusammen gesehen hat."

Steve verschränkte die Arme vor der Brust und wartete. Seine blauen Augen fixierten sie. Ohne eine Antwort würde sie ihn nicht abwimmeln können.

„Wir sind Freunde. Reicht dir das?"

Er regte sich nicht.

„Was für Freunde?"

„Ich weiß nicht, was du meinst."

Natürlich wusste sie, was er wissen wollte. Sie biss sich auf die Lippen, doch Steve hatte sie bereits durchschaut. Er kannte alle ihre Freunde und wusste, dass dies ihr wunder Punkt war.

„Schläfst du mit ihm?"

„Ich denke nicht, dass dich das was angeht."

„Ich denke doch."

Immer noch keine Regung von Steve. Genau wie David würde er in wichtigen Sachen niemals nachgeben. Wenn die beiden nur wüssten, wie ähnlich sie sich waren.

„Das geht dich nichts an."

Steve schnaubte. Sie hatte damit seine Vermutung bestätigt.

„Da kann man wieder mal sehen, wie naiv du bist. Sex macht alles noch viel komplizierter. Und David Bennett ist für dich einfach eine Nummer zu groß. Glaub mir, ich kenne ihn schon ein bisschen länger als du."

„Das denke ich nicht. Wir kommen jetzt viel besser miteinander zurecht."

„Hat er die Schadensersatzklage zurückgezogen?"

Melanies Brust schmerzte aus heiterem Himmel. Das hatte er nicht! Und wahrscheinlich würde er das auch nicht tun. Verdammt! Sie hatte sich in letzter Zeit bei ihm so sicher gefühlt.

Melanie schüttelte den Kopf.

„Dachte ich`s mir doch. Denk mal drüber nach, Lany! David Bennett vergisst nicht."

*

Noch am selben Nachmittag ärgerte Steve sich über Melanies Kurzsichtigkeit. Wie konnte sie nur wieder auf diesen Typen reinfallen. Bennett war noch niemals gut für sie gewesen. Er hatte sie damals benutzt und nun bediente er sich anscheinend wieder an ihr. Sein Hals war staubtrocken und sein Blut begann zu kochen, als er daran dachte. Bennett war schon immer charmant und charakterstark gewesen. Zwei Dinge, denen Melanie sicher ebenso leicht verfallen war, wie es bereits zu viele Frauen vor ihr getan hatten. Er stand an der Bande der Hockeyhalle und beobachtete seine 14-jährigen Schüler, die sich voller Hingabe dem Spiel widmeten. Steve setzte seinen Helm auf und ging ebenfalls mit auf Eis. Er trainierte einige Abspiele und Schüsse auf Tor, ehe er abpfiff. An der Bande entdeckte er Greg Summers, Trainer der Junior League. Er nickte ihm zu und nahm in der ersten Reihe Platz. Ein paar Wochen hatte er ihn nicht gesehen. Greg hatte zu seiner Zeit auch David Bennett trainiert. Er wusste, dass beide immer noch ein gutes Verhältnis hatten. Er hatte aus dem Schuljungen ohne Vater einen aufrichtigen und disziplinierten Mann gemacht. Dass Bennett der Ruhm dann zu Kopf gestiegen war, daran trug Summers keine Schuld.

Steve gab seinem Team ein Zeichen und fuhr zu ihm herüber. Auch wenn beide Männer nun auf der gleichen Seite standen, trennte sie immer noch großer Respekt voreinander. Greg hielt ihm die Hand hin und freute sich ihn zu sehen. Seine Augen legten sich in Falten und er lächelte.

„Steve. Schön dich zu sehen."

Steve stütze sich an die Bande und schüttelte seine Hand. Sie plauderten ein wenig über die Kids und Steves Bootshaus.

„Gratuliere zum Haus. Das klingt nach einem schönen Hobby."

Steve lachte.

„Ja. Ist sicher auch billiger als eine Frau."

Greg lachte. „Meckert auch nicht, wenn du dir ESPN ansehen und in Ruhe ein Bier trinken willst."

Greg schlug ihm auf die Schulter und fiel in sein Lachen ein. Das tat gut.

Steve erinnerte sich an das nächste Wochenende.

„Am Wochenende gebe ich eine kleine Party zur Einweihung. Wenn du es dir mal ansehen willst, komm vorbei."

Gregs braune Augen suchten bereits wieder den Puck auf dem Eis. Dann wandte er sich zu ihm um und nickte.

„Das werde ich vielleicht sogar machen."

Gregs Blick fiel auf ein paar Mädchen, die sich mit ihrer Trainerin am anderen Ende der Halle warm machten.

„Ich habe deine Schwester kennengelernt."

Überraschung spielte sich in Steves Augen wieder. Soweit er wusste, gab es keine Schnittpunkte der beiden. Doch Greg klärte ihn sofort auf.

„Sie und meine Jungs hatten unterschiedliche Auffassungen vom Eiskunstlaufen. Stell dir vor, sie hat meine Jungs zu einem Duell herausgefordert?"

„Lany? Bist du sicher, dass du von meiner Schwester sprichst?"

Greg nickte.

„Sie scheint ihren Sport sehr viel wichtiger zu nehmen als Unseren."

„Es ist schon lange nicht mehr ihr Sport. Jetzt schaut sie nur noch von der Bande aus zu."

„Sie war mit ein paar Mädchen hier."

Steve wurde immer neugieriger.

„Wie ist es ausgegangen?"

„Sie hat sie im Eishockey geschlagen."

Damit hätte Steve nun wirklich nicht gerechnet. Seine Schwester auf dem Eis mit ein paar halbwüchsigen, verärgerten Hockeyspielern.

„Wer? Lany?"

„Ja, deine Schwester Melanie und ihre Eiskunstläuferinnen, mein Team und David. Ich kann dir sagen, das war ein Heidenspaß. Jetzt weiß ich auch, woher sie die Schusstechnik hat."

David konnte es nicht glauben. „Du willst mir also erzählen, dass meine Schwester mit David Bennett und ein paar Kids Eishockey gespielt hat?"

Greg schaute irritiert zu Steve.

„Was ist daran so ungewöhnlich? Sie fährt eine enge Linie, ist wendig und hatte viel Spaß dabei. An der Zielsicherheit muss sie sicher noch eine Weile üben, aber ihre schnellen Schüsse hat sie von dir. Du solltest stolz auf sie sein. Nicht schlecht für eine Eiskunstläuferin."

Steve schüttelte den Kopf. Seine Schwester, die Eishockeyspielerin. Er konnte es sich nur schwer vorstellen. In den letzten zehn Jahren hatte sie immer einen großen Bogen um jedes Eis gemacht und nun macht sie ein paar Punkte gegen einen Großen der NHL und seine Kids.
„Lany und Bennett?" sagte er mehr zu sich selbst, als zu Greg.
Doch Greg reagierte schon gar nicht mehr, da er sich dem Spiel auf dem Eis widmete.

*

Das erste Finale in Toronto, den ersten Sieg der Whalers und einen Gehaltsscheck von Ethan später verließ Melanie ihre Wohnung, um zur Einweihungsparty von Steves Bootshaus zu fahren. Schon von weitem sah sie die liebevoll arrangierten Lampions und Fackeln, die den Kiesweg zum Haus erhellten. Soweit sie wusste, war heute alles eingeladen, was Rang und Namen hatte: Freunde, Kollegen, sowie die Lokalpresse, die auf das neue Ausflugsziel im Norden der Stadt neugierig waren. Keine schlechte Idee, dachte sich Melanie. Nur gut, dass sie ihre Kamera ebenfalls eingepackt hatte. Vielleicht konnte sie ein paar Aufnahmen für den nächsten Artikel bei der TeenWorld verwenden. Steve und Dillon hatten wirklich an alles gedacht. Dass ihre Eltern auch kommen würden, realisierte Melanie erst kurz vorher. Doch zum Schutz hatte sie sich Eddie eingeladen, der heute Abend ihr Date sein sollte. Eddie hatte sicher nichts dagegen heute Abend als Puffer zwischen ihr und ihren Eltern herhalten zu müssen. Sie war immer noch böse auf ihn, doch war er ihre einzige Alternative für heute Abend gewesen. Merkwürdigerweise hatte Steve sie heute Nachmittag angerufen und gefragt, ob sie Bennett mitbringen würde. Irritiert hatte sie verneint. Steve stammelte nur etwas von Greg Summers und dass sie sich unterhalten hatten. Melanie hatte verständnislos aufgelegt.
Im Gastraum tummelten sich bereits ein paar Kids aus Steves Schulklasse und deren Eltern. Melanie erkannte Luc Valmot und Roberta Keys, beide Lehrer an der High-School. Dahinter sah sie einige seiner alten Freunde aus Collegetagen. Diese unterhielten sich gerade mit Nathan und Polly Wiggs, die ihre einjährigen Zwillinge auf dem Arm trugen. Sie erkannte auch Alex Richards und Maurice Gaston mit ihren Frauen, die sich bereits lautstark zuprosteten, während zwei etwa Sechsjährige neben ihnen saßen. Nahe der Bar erkannte sie Dillon und seine Freundin Monique und deren Eltern, die sich gerade mit Dillons Bruder unterhielten. Janet, eine Freundin von Steve, war ebenfalls gekommen und hatte keine Mühen gescheut, sich in

Schale zu werfen. Ihr auffälliges, himmelblaues Kleid mit den weißen und dunkelblauen Bändern betonte ihre schmale Taille und langen Beine. Melanie ahnte, dass Janet nicht nur freundschaftliches Interesse an ihrem Bruder hatte. Zu oft schaute sie zu ihm rüber und versuchte seine Aufmerksamkeit mit lautem Lachen und schmachtenden Blicken zu erregen. Unwillkürlich musste sie an Sarah denken. Auf sie wartete heute Abend keiner.

Eddie stand schon an der Bar, als sich Melanie zu ihm gesellte. Zwischen seinen fast blauschwarzen Locken zeigten sich graue Strähnchen, die ihn jedoch nicht minder attraktiv machten. Sein schwarzer Anzug und das dunkelblaue Businesshemd waren maßgeschneidert. Seine spitzen Schneidezähne wurden sichtbar, als er sich mit einem Lächeln zu ihr umwand.

„Lany, du siehst umwerfend aus."

Immer noch verärgert, verdreht sie die Augen.

„Spar dir das für meine Eltern."

„Du weißt, dass du gut aussiehst. Deine Eltern werden daran nicht vorbeisehen können."

Eddie hatte seinen Verrat eingesehen und wusste, dass er ihr Vertrauen missbraucht hatte. Doch war er auch ganz Mann, um sich für seinen Fehler zu entschuldigen. Mit dem ihr so bekannten liebevollen Blick bedachte er sie ausgiebig, während seine Worte sie versöhnlich stimmten.

Melanie drehte sich auf dem Absatz, damit er sie von allen Seiten betrachten konnte. Das zitronengelbe Kleid hatte sie erst vor ein paar Wochen mit Donnie in L.A. gekauft. Es war vielleicht ein bisschen zu kühl, hier in einem hauchdünnen Seidenkleid zu erscheinen. Doch genauso sehr, wie sie es damals hatte haben wollen, so stark war auch ihr Wunsch heute gewesen, es zu tragen. Kims bewundernder Blick heute Nachmittag hatte ihre Wahl bestätigt. Es war wunderbar abgestimmt auf ihre leicht gebräunte Haut. Das enganliegende Oberteil, das nur von zwei kleinen Trägern gehalten wurde und der weit ausschweifende, knielange Rock erinnerten an Schmetterlingsflügel. Dazu trug sie passende gelbe Riemchensandalen und hatte ihr Haar kunstvoll am Hinterkopf hochgesteckt. Die kleinen goldenen Ohrringe funkelten mit ihren präzise getuschten Augen um die Wette.

„Danke, Eddie."

„Keine Sorge. Deine Eltern werden die ganze Zeit damit beschäftigt sein, ihren Sohn vor allen Gästen anzupreisen, dass sie kaum noch Zeit haben werden, dir eine Szene zu machen."

Melanie hatte ihre Eltern seit dem Vorfall mit Eddie nicht mehr gesprochen und wusste, dass deren Kommentare dazu noch ausstanden. Doch hoffte sie inständig, dass sie das nicht heute Abend vor den versammelten Gästen tun würden.

Eine halbe Stunde später eröffneten Steve und Dillon unter Blitzgewitter und anschließenden Dankesreden offiziell das Buffet. Erstaunlicherweise hatten ihre Eltern sie und Eddie nur kurz begrüßt: eine Umarmung, ein Kuss, ein besorgter Blick. Um gleich darauf, wie Eddie es prophezeit hatte, Steve mit Lobgesang überschüttet. Als Teenager hatte dieses Verhalten Melanie sehr gekränkt, doch mittlerweile war sie daran gewöhnt. Heute war sie sogar froh darüber. Steve und Dillon führten die Gäste durch das Haus und beantworteten allerlei Fragen, die die Vertreter der Presse interessierten.

Melanie sah auf die Uhr. Kurz vor Zehn. Langsam entspannte sie sich und ließ sich einen Martini geben. Neben ihr setzte sich ein junger Mann an den Tresen, der ihr irgendwie bekannt vorkam.

„Du musst Steves Schwester sein. Ich bin Randy, Englisch- und Geschichtslehrer."

Während er sie anlächelte, zeigten sich kleine Grübchen auf seinen Wangen. Mit seinem hellbraunen Haar und den braunen Augen war er attraktiv und erinnerte sie schmerzlich daran, dass sie seit dem „Zwischenfall" mit David ungewollt enthaltsam gelebt hatte. Sofort machte sich ein aufwühlendes Gefühl in ihr breit.

„Melanie. Mathe-Ass, aber Vier in Geschichte."

Randy lachte. Er hatte schöne weiße Zähne.

„Na vielleicht kann ich dir ja noch was beibringen?"

Seine Reh Augen musterten sie intensiv. Seine direkte Art gefiel ihr. Er war nur eine Handbreit größer als sie, doch Melanie war das egal. Sie hatte sich nie auf einen bestimmten Typ Mann festgelegt. Volle Lippen und eine üppige Nase ließen sein Gesicht leicht gedunsen aussehen. An seinem weißen Hemd war der oberste Knopf geöffnet und Melanie konnte einen kurzen Blick auf seine muskulöse Brust erkennen. Die Ärmel hatte er hochgeschoben und gestatteten ihr freie Sicht auf feste, sehnige Unterarme. Bei seiner eher kleinen Statur verteilten sich sämtliche vollständig ausgeprägten Muskelpartien auf engstem Raum, so dass Melanie Lust bekam, auch seine Bauchmuskeln zu überprüfen. Eddie wäre bestimmt nicht sauer, wenn sie heute mit ihm nach Hause ging. Gegen eine ordentliche Portion Selbstwertgefühl hatte sie nichts einzuwenden.

Sie schenkte ihm ihr zustimmendes Lächeln.

„Na wenn ich dafür nicht nachsitzen muss..."

Steve kam gerade die Treppe herunter und erblickte sie und Randy. Seinem Gesichtsausdruck nach zu urteilen, war er nicht sehr erfreut, sie beide zusammen zu sehen.

„Magst du einen Drink?"

Artig nickte sie und wand sich Randy zu. Sie war Steves Fürsorge gewöhnt und normalerweise schätzte sie diese auch. Doch heute nicht.

*

Nach Randys kurzem Verschwinden auf die Terrasse, sah sich Melanie um und entdeckte ihre Eltern am Eingang. Sie schüttelten Hände und umarmten alte Freunde. Überglücklich strahlten beide den Stolz aus, den sie für ihren Sohn empfanden. Steve kam auf die beiden zu und drückte sie an sich. Er überragte ihren Vater nur um ein paar Zentimeter. Für Jedermann war ihre enge Beziehung deutlich zu erkennen. Ein ungutes Gefühl stieg von Melanies Magen auf. In ihrer Brust fühlte sie ein tiefes Stechen und wand sie sich von dem harmonischen Bild der intakten Familie ab. Sie verließ den Raum und suchte ein wenig Abwechslung auf der Veranda, wo Dillon am Grill stand und mit dem Koch schwatzte. Als er sie kommen sah, lächelte er und reichte ihr ein Bier. Er hob die Augenbrauen und bewunderte kommentarlos ihr Kleid.

„Hey Lany."

„Hey."

„Kann ich dir vielleicht ein gut gegrilltes Steak empfehlen?"

„Danke. Nein. Mir ist der Appetit vergangen."

Besorgt musterte er sie.

„Alles in Ordnung bei dir?"

Melanie war ihm für seine Anteilnahme dankbar, doch brauchte sie im Moment nicht noch eine starke Schulter, an der sie sich ausweinen konnte. Warum fiel es ihr auch so schwer, sich mit ihrer Familie abzufinden? Sie liebte sie. Das war klar. Doch taten sie ihr gleichzeitig so sehr weh. Warum fühlte sich so ausgeschlossen?

Kim tauchte neben ihr auf und drehte eine Pirouette. Ihre Fröhlichkeit steckte sie an. Zu gern schüttelte sie ihre traurigen Gedanken ab und widmete sich Kim.

„Steve hat mir vorhin einige Fotos gezeigt, die er im Haus aufhängen will."

„Was denn für Fotos?"

„Naja. Er hat alte Bilder aus eurer Kindheit vergrößern lassen. Von Eishockeyspielen, vom Training und einige zeigen auch dich."

„Tatsächlich?"

„Ja. Aber sie sind noch nicht aufgehängt. Er hat sich noch nicht entschieden, ob und welche er ausstellen will."

Eigentlich sollte sie nicht erstaunt sein. Steve liebte seinen Sport. Nur zu gern dachte er an die schöne Kindheit und wollte sie wahrscheinlich allgegenwärtig machen. Typisch Steve.

Später am Abend stellte Melanie sich ihren Eltern. Glücklicherweise konnte sie sich ganz entspannt unterhalten. Alle heiklen Themen ließen sie unberührt, so dass es zu keinen öffentlichen Anschuldigungen kam. Eddie, ihre Knautschzone für den heutigen Abend, war sowieso nicht an seinem Platz, um sie zu beschützen. Wo war er, wenn man ihn brauchte?

„Und wie läuft es im Fotoladen?"

Ähnlich einem Wachhund beäugte Cliff seine Tochter, während ihre Mutter ohne Erfolg versuchte, einige ihrer herunterhängenden Haarsträhnen zurück in die Frisur zu stecken.

Melanie schnaufte und zog den Mundwinkel nach oben.

„Welchen Fotoladen meinst du?
Ich bin Modefotografin. Und Danke, es läuft gerade sehr gut."

Doch Cliff ließ sich seinen Irrtum nicht anmerken.

„Wirst du dafür auch anständig bezahlt?"

Melanie konnte das anstehende Verhör fast riechen. So war es immer gewesen. Sie musste sich nun für ihr Leben und ihre Entscheidungen rechtfertigen. Seit sie eigenmächtig den Job bei JETZ angenommen hatte, anstatt bei ihrem Vater zu arbeiten, musste sie diese Art von Gesprächen über sich ergehen lassen.

„Ja. Das werde ich."

Doch heute fühlte sie sich stärker. Ethans überaus positives Feedback für ihre Bilder stimmte sie optimistisch für die Zukunft. Immerhin kam nicht jeder Fotograf für diese Art von Bildern in Frage. Ethan nahm sie als professionelle Fotografin ernst. Er hatte sie als seine Vertretung gebucht. Das war ein vielversprechender Start in einer neuen Welt gewesen, zu der sie unbedingt dazugehören wollte. Vielleicht würden sich ihre Eltern ähnlich beeindruckt zeigen.

„Ich war in LA. Dort habe ich die neue Linie eines sehr bekannten Labels fotografiert und viele interessante Menschen getroffen. Der Designer war Jay Godfrey. Er ist besonders durch seine exotischen Kombinationen aufgefallen. Vielleicht habt ihr davon gehört. Er wird ebenfalls auf der New Yorker Fashion Show sein, auf der auch Holly ihre Entwürfe präsentieren wird."

„Godfrey? Nie davon gehört."

„Tut uns leid, Schatz. Aber klingt doch toll. Nicht wahr, Cliff?"

Linda legte sanft ihre Hand auf den Arm ihres Mannes. Melanie kannte die Gestik ihrer Eltern. Auch ohne große Worte verstanden sich beide blind. Für ihre Bemühungen war Melanie ihr dankbar. Ihr Vater brachte immerhin ein Nicken zustande. Daher schlug sie das einzige Thema an, bei dem sie alle drei einer Meinung waren: Steve und sein Erfolg.

Glücklicherweise entdeckte sie Greg Summers nach einer Weile zwischen den Gästen und winkte ihm zu. Als er neben sie trat, um sie zu begrüßen, fiel ihr der verwunderte Gesichtsausdruck ihrer Eltern auf. Wahrscheinlich gingen sie in Gedanken gerade sämtliche Möglichkeiten durch, wie und woher sie Greg kannte. Doch es war ihr gleich. Greg bat sie um einen Tanz. Gemeinsam ließen sie ihre Eltern stehen und fanden sich auf der Tanzfläche. Bei Greg kehrte ihre Fröhlichkeit zurück. Er erzählte ihr ein paar Geschichten aus seiner Jugend, machte sie mit einigen jungen Spielern aus dem Team bekannt, die bestimmt auch zu Steves Kids gehörten und brachte sie mit seinen Gesangseinlagen zum Lachen. Bei ihm fühlte sie sich wohl. Sein Charme verzauberte sie. Er erkundigte sich nach Kim und kommentierte ihre Trainingsmethoden. Als Steve ihn dann abklatschte und seine Schwester in den Arm nahm, um mit ihr zu tanzen, erkannte sie, dass Greg sie an David erinnerte.

Später am Abend gesellte sich Randy zu ihr, als sie gerade mit Dillon auf der Veranda ein Glas Weißwein trank.

„Melanie. Da bist du ja wieder. Ich habe dich schon überall gesucht."

Melanie schaute zu ihm auf. Gleichzeitig bemerkte sie, dass sie ruckartige Bewegungen künftig vermeiden sollte, da sich ihr Alkoholpegel bereits jenseits der Grenze befand. Ruhig stellte sie ihr Glas ab.

„Randy. Du kennst Dillon bereits, oder?"

Dillon nickt ihm kurz mit seiner Bierflasche zu.

„Wie läuft`s, Mann?"

Randy nickte kurz und widmete sich wieder Melanie.

„Ich wollte mich jetzt auf den Weg machen." Das verheißungsvolle Angebot sprach aus seinen Augen zu ihr, als er sich ihrem Gesicht näherte und leise fragte.

„Soll ich dich mitnehmen?" Randys dunkle Augen erinnerten sie gerade an heiße Schokolade, die in der Sonne schmolz. Ungeniert betrachtete sie seinen sehnigen Hals und die Muskeln, die unter seinen Ärmeln hervortraten. Randy war ein Angebot für die Frauen, das man nur schwer ablehnen konnte. Doch Melanie schloss die Augen und schüttelte kurz den Kopf.

„Danke dir. Ein andermal vielleicht. Aber heute möchte ich hier bleiben."

Randy suchte in ihren Augen nach Antworten, doch dann nickte er stumm und trat rückwärts ein paar Schritte die Holztreppe zum Parkplatz hinab, um sich dann umzudrehen und auf einen Toyota zu zugehen.

*

Nach dem Spiel feierten die Rovers ausgiebig im Tripple, einem Club in Downtown. Es stand nun 1:1 in der letzten Best-of-Seven Serie und die Erleichterung war allgegenwärtig. Auch heute wieder war für viele Spieler die Party nach den Spielen genauso wichtig, wie das Spiel selbst. Im Tripple verkehrten regelmäßig die Profispieler Torontos, Agenten, Schauspieler und TV-Stars, Vertreter des Musikbusiness und vor allem Models. Wo man auch hinsah, überall war man umgeben von schönen und reichen Menschen.

David, Martin Dash und Niclas Sonderberg saßen in den Polstern, tranken ihre Cocktails und genossen den Blick auf all die schönen Frauen und deren laszive Bewegungen auf der Tanzfläche. Zweifellos waren sie enorm attraktiv, wohlgeformt und durchtrainiert, doch war es eine Brünette, an die David im Moment denken musste. Zweifellos konnte sie es, auch wenn sie selbst ihm widersprechen würde, mit den Schönheiten hier, aufnehmen. Doch David war nicht nur ihr Körper aufgefallen. Seit ihrer Begegnung bei dem Foto Shooting für JETZ interessierte sie ihn. Normalerweise legte sich das nach ein paar schönen Stunden im Bett. Doch bei Melanie war es anders. Merkwürdigerweise harmonierten sie seitdem viel besser. Es schien, als hätte er damit bei ihr etwas wieder gut gemacht. Anfangs war er irritiert gewesen, dass sie beide es nicht noch auf ein weiteres Mal ankommen ließen. Doch ihn fesselte viel mehr, wie sie mit dem Chaos in ihrem Leben zurechtkam. Ein Schmunzeln legte sich auf seine Lippen, als er daran dachte, wie entspannt sie bei ihrem letzten Treffen in L.A. war. Die

Fotografie und das Arbeiten mit extrem anstrengenden Menschen, seien es nun Models, Fotografen oder Labels, meisterte sie besser als angenommen. Und die Kreativität, die sie anschließend in die Bildbearbeitung steckte, erstaunte ihn immer wieder. Außerdem fand er immer mehr Gefallen daran, wie sie mit den Mädchen Schlittschuh lief. Zu allen, außer ihm, war sie immer freundlich und respektvoll. Doch David ahnte, dass das Teil ihrer Melanie Gardinier Show war, die sie abzog, um ernst genommen zu werden. Auf den ersten Blick erschien Melanie aufgeschlossen, doch in ihrem Herzen reservierte sie kostbaren Platz nur für ihre Mädchen, Holly, Steve und ein paar wenige Glückliche. Ihre anfängliche Angriffsstrategie signalisierte ihm, dass auch er ausgeschlossen wurde. Was ihn bislang nicht gestört hatte. Doch die andere Seite an ihr, die er im Bett kennengelernt hatte, weckte seine Neugier. Sie war großzügig und leidenschaftlich. Auf dem Eis überraschte sie ihn gänzlich. Melanies gut versteckte Liebe für das Eiskunstlaufen, ihr Mut und ihr Enthusiasmus beim Eishockeyspielen machten sie zu einer Frau, die er nur zu gern verstehen wollte.

Zunehmend schwer lag ihm die offene Schadensersatzklage im Magen. Wäre sie irgendein Presseheini gewesen, hätte er ihn wahrscheinlich körperlich als auch finanziell ruiniert. Doch bei Melanie war es anders. Obwohl er wusste, dass es falsch war, verschonte er sie. Das Wissen, dass ihm immer wieder unangenehm aufstieß.

„Ich hab gehört, dass Miami sich nach einem neuen Sturm umsieht. Es heißt, sie haben ein Auge auf dich geworfen, Bennett."

Martin Dash beugt sich zu ihm herüber und wartete auf die Bestätigung des Gerüchtes. Der blonde Torhüter kannte sämtliche Gerüchte und zögerte nie, diese auch zu verbreiten. Er stütze seinen Ellenbogen auf die Lehne und ließ sein neu gestochenes Tattoo am rechten Handgelenk sichtbar werden.

„Das haben sie auch dringend nötig. Ich weiß nicht, wie sie soweit kommen konnten, wenn so viele Spieler verletzt auf der Bank sitzen müssen."

Dash leerte seine Bierflasche.

„Haben die sich schon bei dir gemeldet?"

David blickte Dash in die belustigten Augen und schüttelte den Kopf.

„Nein. Soweit ich weiß, gab es kein Angebot. Aber wenn es dich interessiert, werde ich bei Folly nachfragen."

„Rick erzählte was von einer neuen PR-Agentin?"

David mochte es nicht, wenn er so neugierig ausgefragt wurde. Ein großes Teil seines Lebens spielte sich bereits in der Öffentlichkeit ab und die ganze Welt berichtete darüber. Das gefiel ihm überhaupt nicht. Er war ein sehr privater Mensch und er liebte es, für sich, sein Team und die Fans Eishockeyspiele zu gewinnen. Abseits des Spielfeldes zog er sich lieber zurück ohne sich ständig erklären zu müssen. Das war ein weiterer Punkt an seiner Beziehung zu Claire gewesen, der ihm missfallen hatte. Claire liebte es, im Rampenlicht zu stehen und dank ihrer Popularität wurde sie ständig von Journalisten umlagert. David hielt sich lieber im Hintergrund auf. Dann versuchte er David Bennett, der Mann, der sein Leben liebt, anstatt David Bennett, der Eishockeystar zu sein.

„Ist sie gut?"

Dashs Gesichtsausdruck ließ keinen Zweifel aufkommen, worauf er seine Frage bezog.

„A-Level von der University of Toronto, falls dir das genügt."

Dash lachte und winkte die Bedienung an den Tisch.

„Noch eine Runde."

David erhob sich.

„Nicht für mich."

David starrte in ungläubige Gesichter.

„Was ist los? Wieso willst du schon gehen? Der Abend hat doch gerade erst angefangen."

Die beiden schlugen ihre Handflächen aneinander, als David sich verabschiedete und ein paar Scheine auf den Tisch warf.

„Ich brauche ein bisschen Schlaf, bevor es morgen früh nach L.A. geht."

Auf dem Weg ins Hotel las David seine Nachrichten. Dora wollte wissen, ob er mit ihr an dem Golfturnier in Venice teilnehmen wollte, das in zwei Wochen stattfinden würde. Außerdem war noch eine Nachricht von Claire gespeichert. Sie entschuldigte sich für ihre „kleine Meinungsverschiedenheit".

Halbwegs irritiert betrat er sein Hotelzimmer und warf seine Reisetasche auf den Boden neben der Tür. Er zog sein Hemd aus und ließ die Schuhe vor dem Bett liegen. Claire war also wieder da. Sicher wollte sie sich im besten Licht präsentieren, wenn sie demnächst bei der Fashion Week in New York unterwegs war. Dazu brauchte sie den Mann an ihrer Seite, mit dem sie vor einigen Monaten von den Journalisten zum „Traumpaar" gekürt worden war.

*

Kurz nach Sieben Uhr morgens klingelte Melanies Handy. Einmal, zweimal, sechsmal, ehe Melanie ihren Kopf aus dem Kissen hob und mit halb geschlossenen Augen auf dem Holzfußboden nach ihrem Handy suchte.

Siebenmal.

Wie in Zeitlupe bewegte sie sich, da sich ihr Kopf wie ein Wasserballon anfühlte, der jeden Moment zu platzen drohte. Sie erinnerte sich an Greg Summers, mit dem sie noch ein paar Runden getanzt hatte- Sie erinnerte sich auch an ihre Eltern, Eddie, der zum richtigen Zeitpunkt am falschen Platz war und Randy, der ihr immer wieder ihr Weinglas nachgeschenkt hatte, bis Steve ihn mit sich zog und ihm wahrscheinlich nahegelegt hatte, sich nicht an seine kleine Schwester heranzumachen. Danach hatte sie ihn jedenfalls mit einer Blondine am Tresen stehen sehen.

Achtmal.

„Hallo."

„Lany, Schatz. Sitzt du?"

Hollys aufgeregte Stimme beunruhigte sie nicht. Neuerdings rief sie immer zu den unmöglichsten Zeiten an, um ihr von ihrer Übelkeit oder ihren Schlafproblemen zu berichten.

„Wie spät ist es?"

„Gleich sieben. Lany, ich kann nicht glauben, was er getan hat."

Melanie kuschelte sich bereits in die dicke Decke und drehte sich auf den Rücken. Der Sonnenaufgang erhellte soeben das kleine Zimmer im Obergeschoss von Steves Bootshaus und ließ es wohlig warm erscheinen. Irgendwann gegen zwei Uhr morgens hatte sie es geschafft, sich von Steve und Dillon loszureißen, die noch mit ein paar wenigen Freunden am Kamin des Hauses gesessen hatten und über Gott und die Welt sinnierten. Das Publikum hatten sie mit ihrem Bootshaus überzeugt und die monatelange Arbeit und Anstrengungen fielen von Steves Schultern ab. Er war ausgelassen, zufrieden und hatte sie so oft in den Arm genommen, wie er nur konnte. Seinen Arm um ihren Hals gelegt, genoss sie, als sie seinen Geschichten lauschte, die das Prasseln des Feuers übertönten. Selbst das leise Gemurmel der letzten Gäste konnte nicht die Stille und Behaglichkeit durchbrechen, die sich in ihr breitgemacht hatte.

Energisch holte Holly sie zurück in die Gegenwart.

„Ich kann es nicht glauben."

„Wer hat was getan? Geht es um Wenderhall?"

„Nein. Adam hat damit nichts zu tun. Canaham. Von dem Mistkerl rede ich. Lany, ich halte gerade Leanells Preview in den Händen und muss schon sagen, deine Fotos sind umwerfend."

Melanie streckte sich und ein stolzes Lächeln legte sich auf ihr Gesicht.

„Wie umwerfend?"

Doch Holly antwortete nicht darauf.

„Unbeschreiblich. Wenn du mich fragst, hast du wirklich alle Erwartungen übertroffen. Aber darum geht es nicht. Du hast Ethans Stil genau getroffen. Lany. Ethan hat dich benutzt. Deine Bilder hat er als seine Eigenen verkauft und dich nicht mal erwähnt."

Blitzartig war sie wach. Ihr schwindelte. Ihr Blickfeld begann leicht zu kreisen. Alle Gedanken überschlugen sich in ihrem Kopf. Kalter Verrat kroch ihre Beine empor. Was war hier passiert? Ein ungutes Gefühl schlich sich ein. Hatte sie etwas Wichtiges übersehen? Ihre Chance, sich einen Namen als Modefotografin zu machen, waren verwirkt. Vor ihrem geistigen Auge sah sie sich in dem kleinen Büro der TeenWorld Toronto. Der Job war okay, wenn man DAS als Job bezeichnen konnte und dann auch noch mit der winzigen Bezahlung auskommt. Ihre Miete konnte sie davon nicht bezahlen.

„Was hat dir Canaham angeboten?"

Melanie konnte den Blick ihres Vaters bereits vor sich sehen. Sein *Ich habe es dir ja gleich gesagt*. würde ihre Enttäuschung nur noch vergrößern. Warum musste sie gestern Abend auch so dumm sein und ihren Eltern davon erzählen? Ja, sie war stolz auf ihre Bilder gewesen. Dafür würde sie nun bezahlen.

„Habt ihr einen Vertrag?"

Hollys Stimme drang langsam zu ihrem Gehirn vor.

„Nein. Ich habe ihm die Bilder verkauft."

Hollys leises Ausatmen hörte sie durch den Hörer. Ihr riesiger Fehler wurde ihr immer stärker bewusst, ohne dass Holly es aussprach.

„Willst du, dass ich bei dir vorbeikomme? Ich bin in der Stadt."

Eigentlich sollte sie sich freuen, dass Holly in Toronto war. Doch im Moment fühlte sie sich ohnmächtig.

„Nein. Ich muss allein sein."

Wie betäubt beendete sie das Telefonat und sank in die Kissen zurück. Die Kälte im Zimmer spürte sie kaum noch. Betrug und Enttäuschung schmeckte sie auf der Zunge. Langsam zog sie sich an und sammelte ihre Kleider zusammen. Für Steve, der bereits mit dem Aufräumen beschäftigt war, fand sie nur knappe Worte und verschwand mit ihrem Auto in Richtung Innenstadt. Erst als sie das Bootshaus bereits weit hinter sich gelassen hatte, ließ sie ihren Tränen freien Lauf. Wieder hatte sie eine Chance verpatzt. Schon wieder!

Das Telefonat mit Ethan am Nachmittag bestätigten ihr nur ihre Enttäuschung. Die Bilder waren mit der Bezahlung an Ethan übergegangen. Melanie hatte sie zwar aufgenommen, doch anschließend keine Rechte mehr. Dass seit der Veröffentlichung sehr viel positive Kritik zu hören war, tröstete sie nicht. Das Lob und die Neugier gebührten ihr, doch niemand würde jemals herausfinden, dass sie die Urheberin war. Melanie wollte mit Niemandem reden, nicht einmal mit Steve oder Holly. Die Anrufe ihrer Eltern konnte sie schon gar nicht beantworten. Daher schaltete sie ihr Handy aus und versuchte sich mit Joggen abzulenken.

*

Wenig später saß sie im LeFu und ließ sich von Trevor eine besonders starke Suppe bringen. In der hintersten Bank hatte sie einen ruhigen und abgeschotteten Platz gefunden, an dem sie in Ruhe nachdenken wollte. Sie brauchte einen Plan, durch den sie möglichst schnell und wirtschaftlich tragbar in ihr altes Leben zurückkehren konnte. Doch umso länger sie darüber nachdachte, umso elender fühlte sie sich. Sie mochte weder ihren alten Job wieder haben, noch kam es ihr erstrebenswert vor, für ihre Wohnung die Miete zu verdienen. Schon seit längerem fühlte sie sich dort nicht mehr glücklich. Ihre Aussichten waren nicht sehr berauschend. Deprimiert tauchte sie ihren Löffel in die Suppe. Der scharfe Geruch ließ ihr erneut Tränen in die Augen steigen. Schnell trocknete sie ihr Gesicht mit den Fingerspitzen, als sich ein anderer Gast gegenüber setzte.

„Das ist hier aber kein gutes Versteck."

David lächelte angesichts ihrer Überraschung, als sie zu ihm aufblickte.

„Wieso sollte ich mich verstecken?"

„Und das Basecap hast du heute also nur auf, weil deine Haare nicht liegen...?"

Er legte den Kopf schief und äugte unter die Schirmmütze. Mit einem Fingerschnippen schob er es ihr aus dem Gesicht. Dann beugte er sich zu ihr vor und es schien, als wollte er sich ihr nähern. Doch er hielt inne, als er ihre nassen Augen bemerkte.

In seinem Blick lag weder Spott noch Enttäuschung. Melanies Brust wurde augenblicklich wärmer.

„Was tust du hier?"

Trevor kam mit einem großen Teller an ihren Tisch. Gebratenes Hühnchen, buntes Gemüse und einer großen Portion Reis. Melanie stieg der leckere Geruch sofort in die Nase.

David bedanke sich bei Trevor und widmete seine Aufmerksamkeit wieder vollends ihr.

„Ich dachte, du willst vielleicht hören, dass mich deine Bilder für Jay Godfrey fast vom Hocker gerissen haben."

Melanie blickte unter ihrem Basecap hervor und musterte ihn genauer. Braune Lederjacke, darunter ein dunkelblaues Poloshirt zu Jeans und ein fast besorgter Gesichtsausdruck. Er begann zu Essen, allerdings ließ er sie dabei nicht aus den Augen. Auf seinen Wangen und um seinen geschmeidigen Mund zeigte sich ein kurzer Dreitagebart. Das war ein Zeichen dafür, dass auch David einer der Eishockeyspieler war, die ihre Rituale während den Play-offs beibehielten. Das Auslassen der täglichen Rasur korrelierte demnach mit den Chancen auf den Sieg. Auch wenn sie für derartigen Aberglauben kein Verständnis aufbringen konnte, so war sie doch froh, dass er darauf verzichtete, anstatt auf das Wechseln der Unterwäsche. Übermorgen Abend stand Spiel drei in Toronto an und er müsste sich sicher ausruhen oder trainieren. Warum also war er wirklich hier?

Sie rang sich zu einem schwachen Lächeln durch.

„Du weißt davon?"

„Ja. Ich kenne ein paar Leute in der Branche. Die sind allesamt begeistert von Canahams Aufnahmen."

„Wie schön für Canaham." Ein bisschen Sarkasmus konnte sie nicht verbergen. Unter dem Tisch streckte sie ihre Beine aus und sank ein Stück in ihrer Bank zurück.

David schob einen weiteren vollen Löffel Reis in den Mund und nickte auf ihre Schüssel.

„Schmeckt köstlich. Willst du mal probieren?"

„Nein. Danke. Ich würde lieber die Zeit ein paar Wochen zurück drehen."

„Sorry. Den Zauberspruch habe ich heute schon verbraucht." David nahm einen weiteren Bissen und musterte sie.

Von dem Make-up, das sie heute Morgen eilig aufgelegt hatte, war nach der Tränenflut sicher nicht viel übrig geblieben. Doch jetzt war es zu spät, um ihr Äußeres noch einmal zu ordnen. Ein Bedürfnis, dem sie in seiner Gegenwart in letzter Zeit häufiger nachgehen wollte.

„Würdest du denn etwas anders machen?"

„Na klar. Ich würde dann sicher nicht solch eine Menge Geld verlieren, weil ich mich nicht von Ethan reinlegen lassen würde."

„Aber woher würdest du dann wissen, dass Canaham ein egoistisches Arschloch ist? Du glaubst doch alle Menschen wären nett, bis sie dich vom Gegenteil überzeugen. Wie willst du lernen, ohne Erfahrungen zu sammeln und Fehler zu machen?"

„Diese Art von Erfahrungen kann ich mir nicht leisten."

„Nimm es nicht so schwer, Melanie. Er hat dich doch sicher abgefunden? Genauso gut hätte er dich ohne Bezahlung übers Ohr hauen können."

„Vielen Dank für die aufmunternden Worte. Aus dir hätte auch ein guter Pfarrer werden können."

Ihren Ärger über sich selbst konnte sie unbekümmert bei David abladen. Sie wusste, dass er sie nicht mit Samthandschuhen anfassen würde und nachtragend war er ebenso wenig. Auch wenn er ihr ein charmantes Lächeln schenkte, Mitleid las sie nicht in seinen Zügen.

„Canaham ist ein Profi. Da hast du keine Chance."

Melanie wusste, dass er Recht hatte. Doch tat es weh, dass er es ihr auf diese schonungslose Weise mitteilte.

Melanie fing an, sich das erste Mal seit heute Morgen zu entspannen. Einige Zweifel fielen von ihr ab. Sie überlegte nicht länger, ob sie gut in ihrem Job war. Sie quälte sich auch nicht länger mit der Frage, ob ihr Unterbewusstsein einen neuen Versuch unternommen hatte, um Zeit zu schinden, bis sie wusste, was sie aus ihrem Leben machen sollte. Doch die Gewissheit, dass ihre Arbeit erstklassig war, erfüllte sie mit Stolz. Selbst, wenn nur sehr wenige Menschen davon wussten.

David blickte sie noch immer an. Ein kleines, vertrautes Lächeln zeigte sich auf seinen Lippen. Er beugte sich zu ihr vor und versank in ihre dunkelgrauen Augen. Die Ruhe und Geborgenheit, die er ausstrahlte, wollte sie noch nicht aufgeben. Sie konnte die dunklen Lichtreflexe in seiner

Iris sehen und spürte, dass sie nicht allein war. Aufrichtig dankbar erwiderte sie sein Lächeln und drückte seine Hand.

David ging für einen Moment zur Theke und kam kurz darauf mit zwei kleinen Schnapsgläsern und einer Flasche mit durchsichtigem Inhalt zurück. Diesmal setzte er sich neben sie. Gekonnt goss er beide Gläser halb voll und schob ihr Eines hin.

„Ich hasse es, dass ich schon wieder zu naiv war. Ich hatte ein so gutes Gefühl. Ich habe mich wohl zu sicher gefühlt und war nicht länger aufmerksam. Das passiert mir immer wieder."

David nickte und seine dunkelgrünen Augen umschlossen sie warm.

„Weißt du, nach wie vielen Schüssen ich erst ins Netz getroffen habe? Ich war immer schnell, doch mein Schuss von der blauen Linie brauchte jahrelange Übung."

„Ich habe ihm vertraut."

„Warum wohl?"

„Ich dachte, er wäre ein Freund."

David schüttelte den Kopf und lächelte.

„Canaham ist in erster Linie Geschäftsmann. Etwas anderes kann er sich gar nicht leisten."

Melanie nickte.

„Ich weiß, wie sich das anfühlt. Doch am meisten tut es weh, dass dich jemand aus deinem eigenen Team betrogen hat."

„Ja."

David hatte Recht. Es waren nicht die Niederlagen, die sie quälten, sondern das Gefühl, von einem Freund und Vertrauten hintergangen worden zu sein. Auch wenn sie Teile der Schuld selbst zu verantworten hatte. Es war nicht nötig, dass er weiter sprach. Ihre Augen füllten sich mit Tränen. Hastig blickte sie umher und suchte nach einem Tuch, um sie schnellstmöglich zu trocknen. Doch sie lehnte sich an Davids Schulter und schloss ihre Augen an seiner Brust. David zog sie in seine Arme und drückte sie näher an sich. Er legte sein Kinn auf ihre Schulter und strich ihr sanft über den Rücken. Eine äußerst beruhigende Geste, die ihr augenblicklich die Angst nahm. Leichtes Beben vibrierte an seiner Brust.

„Es ist okay, wenn man seine Enttäuschung zeigt."

„Ich wünschte, ich würde es nicht tun. Ich wünschte auch, ich würde mich nicht von dir umarmen lassen." Sie schob ihn weg und nahm ihr Glas.

„Werde ich davon morgen einen richtigen Kater haben?"

David nickte und beide stießen ihre Gläser aneinander, ehe sie den kompletten Inhalt hinunterkippten. Bitter, unangenehm, dann heiß und brennend rann es ihre Kehle hinab. Melanie stellte ihr Glas neben seinem ab und David füllte es erneut.
Der Zweite brannte nicht mehr.

*

Zwei Tage und 60 Minuten spannendstem Eishockeys später, versank Toronto in einem graugelben Meer aus Rovers Fans. Ganze Straßenzüge setzten sich nach dem Sieg im Air Canada Center in Bewegung, um den knappen Sieg von 2:1 zu feiern. Queen-Hymnen begleiteten sie, während sie durch Downtown zogen, um auch dem Rest von Kanada von der Überlegenheit der Rovers zu berichten. Einige Lokalsender ergänzten ihr Programm mit Spezialberichten und Spielreportagen, Saisonstatistiken und historischen Bildern der heimischen Mannschaft. Die Presse überschlug sich mit Lobesgesang auf ihre Helden. Die folgenden Trainings rückten in den Fokus der Reporter und auch die Spieler wurden auf Schritt und Tritt verfolgt. In einem Exklusivinterview mit Coach Henderson wurden den Fans verstärkte Angriffe versprochen, die die Gier nach dem Stanley Cup noch schürte.
Umso schmerzhafter war die Enttäuschung zwei Tage später in L.A., als die Rovers das Spiel mit 1:0 in der ersten Halbzeit beherrschten, um anschließend noch drei Tore von den Whalers zu kassieren. Henderson hatte auf die nur schwer zu durchdringende Verteidigungsmauer der Whalers gesetzt und deren taktisches Spiel mit verstärkten Einzelaktionen zu stören versucht. Doch trotz des vielen Freilaufens aus den Fängen der Whalers, war es den Rovers nicht vergönnt, ein flüssiges Spiel zustande zu bringen. Zu langsam gelang das Umschalten von Störung auf Angriff, so dass nicht nur die Kommentatoren verständnislos die Köpfe schüttelten.
Dementsprechend groß war auch der Unmut in der Kabine und die Verständnislosigkeit für Hendersons Strategie. Wenn es ihm nicht zustand, Schuldzuweisungen auszusprechen, so gelang es David doch nicht, darüber hinwegzusehen. Mit Greg erörterte er die begangenen Fehler, während er im Hotelzimmer in L.A. einen kleinen Lederball warf und dabei zur Decke starrte. Gleich nachdem die Masseuse mit ihrem Klapptisch das Zimmer verlassen hatte, hatte er die Freisprecheinrichtung eingeschaltet und Gregs Nummer gewählt. Doch auch sein

ehemaliger Trainer konnte seinen Unmut nicht vertreiben. Erst nach einer halben Stunde fühlte er sich einigermaßen befreiter, wenn auch nicht vorbereitet für das nächste Spiel am übernächsten Abend. Statt ins Bett zu gehen, meldete er sich noch bei Dora und seiner Mutter Susan, die es verstanden, ihn mit ihren alltäglichen Geschichten ein wenig abzulenken. Es alarmierte ihn, dass er in Doras Schilderungen eine Lustlosigkeit wahrgenommen hatte, die er noch nicht von ihr kannte. Sie redeten über ihren Tag und ihre Ausflüge, doch die Einsamkeit, die aus ihr sprach, konnte sie nur schwer verbergen. Auch wenn sie es nicht aussprach, so war er sich zum ersten Mal nicht mehr sicher, ob ihrer Umsiedelung nach Venice Beach richtig gewesen war. Das Leben dort hörte sich traumhaft an, doch wusste er längst nicht mehr, ob dieser Traum auch der seiner Großmutter war.

Diese Rastlosigkeit begleitet ihn auch noch im Spiel vier, das mit ähnlich katastrophalem Ergebnis endete. Henderson hatte wieder auf die bewährte Taktik aus den ersten beiden Spielen gesetzt. An die Erfolgssträhne der Rovers war allerdings nicht anzuknüpfen. Die Teams trennten sich 4:2 für die Whalers. Für Spiel Nummer sechs in Toronto gab es nur noch eine Option: den Sieg.

*

Am Vorabend hielt es David nicht mehr zu Hause. Die letzte Woche hatte er die Clubs gemieden, nicht einmal Greg besucht und sich voll und ganz auf sein Training und das Spiel konzentriert. Nun war die Nervosität zu hoch. Er fühlte sich wie damals an der High-School, wenn ein Test bevorstand. Er hatte die Mathematik geliebt, wusste, wie er mit den Formeln und Zahlen umzugehen hatte und verstand die Vorgehensweisen, bevor es seine Mitschüler taten, doch so sicher er sich auch fühlte, das Adrenalin in seinem Körper war nicht im Zaum zu halten. Nachts lag er noch lange wach und ging die einzelnen Spielzüge durch und studierte mit Hilfe von Video-Aufzeichnungen die Eigenarten und Gewohnheiten seiner Gegner. Trotzdem hatte er das Gefühl, einen ganz wichtigen Punkt unberücksichtigt zu lassen. Sein Körper gehorchte ihm nicht, als er sich zur Nacht legen wollte. Die Adrenalinwellen hielten ihn aktiv und verhinderten einen erholsamen Schlaf. Ein wenig später fand er sich in Laufschuhen, Sushi und einer Flasche Wein in der Hand vor Melanies Wohnungstür wieder. Sichtlich überrascht stand sie ihm im weißen Tank Top und einer grünen Joga Hose gegenüber. Die

Haare hatte sie mit mehreren Bändern und Spangen zu einem Turm am Hinterkopf befestigt. Sie hielt eine Lesebrille in der Hand und blickte in seine erwartungsvollen, dunkelgrünen Augen.

„Du weißt schon, dass wir beide richtig fett werden, wenn wir so spät abends noch so etwas essen."

Ihr Lächeln tat ihm gut. Jetzt, da sie es ihm so freizügig schenkte, stellte er fest, dass er es vermisst hatte. Ihre Mädchen überhäufte sie mit zärtlichen Gesten und fröhlichem Lachen, doch bei ihm ging sie sehr sparsam damit um. Ihre Beziehung zueinander fühlte sich immer entspannter an. Immer öfter verglich er sie mit der jungen Frau, die sich so leidenschaftlich und rücksichtslos in seinem Bett gegeben hatte. Mit verschränkten Armen stand sie ihm nun gegenüberstand und warf einen neugierigen Blick auf seine Tüten. So ganz ohne Make-Up, ähnelte sie nicht dem Mädchen aus dem Club, das er so dreist geküsst hatte. Doch ihre Mund und diese herausfordernden Augen waren es, die seine Aufmerksamkeit nun fesselten. Manchmal, zwischendurch und völlig unverhofft, bemerkt er einen Blick, eine Geste oder ihre Tonlage, die ihn an diese gigantische Nacht zurückdenken ließen. Völlig unkontrolliert spannt sich dann sein Bauch an und ließ ihn steif werden. Dann sehnt er sich nach ihr, einer Frau, die ihn in jedem Augenblick zur Obacht zwang und die gleichzeitig so unberechenbar und so ungesund für ihn war. Doch leider ließ sein Körper dieses Argument nicht gelten.

Lass mich doch nur ein bisschen naschen!

David schob sie sanft zur Seite und bahnte sich seinen Weg zur Küche.

„Das sieht lecker aus."

David nickte, doch lenkte er sie von den Boxen weg und in Richtung ihrer Schuhe, die alle neben der Eingangstür standen.

„Natürlich essen wir beide erst, nachdem wir es uns verdient haben."

Melanies Augenbrauen schossen in die Höhe. Sie konnte die großen Maki Rollen durch die Tüte sehen. Lachs und Aal. Sie konnte sich kaum zurückhalten. Doch David nahm ihr die Stäbchen aus der Hand, die sie aus der Schublade genommen hatte und schaute ihr direkt in die Augen.

„Melanie, ich weiß, dass eine Frau wie du, sich ihre Belohnung immer erst verdienen will. Daher schlage ich vor, dass wir beide vorher noch eine Runde Joggen gehen."

„Du willst jetzt Joggen?" Melanie schaute auf die Uhr.

„Es ist gleich Mitternacht."

„Sollte kein Problem sein. Umso weniger Autos sind auf der Straße."

„Ich habe bereits meinen Schlafanzug an." Versuchte sich Melanie rar zu machen. Doch David grinste nur.

„Soweit ich mich erinnern kann, schläfst du keineswegs in diesem Teil."

War das ein gefährliches Aufflackern in Davids Augen?

Kohlensäure schien durch ihre Unterarme zu fließen. Ein weiterer Blick in Davids lodernde Augen verteilte das Kribbeln auch im Rest ihres Körpers, an denen sie augenblicklich berührt werden wollte. Hitze stieg in ihr auf.

Wieder schob er sie vorsichtig in Richtung Garderobe und wühlte im untersten Schubfach nach ihren Laufschuhen.

„Sind es diese?" fragte er, als er ihr ein paar blau-weiße Nikes zeigte.

„Aber das Sushi wird kalt." Versuchte sie es.

David quittierte ihre Bemerkung mit einem Schnauben.

„Und woher weiß ich, dass es die Anstrengungen wert ist?"

David erhob sich und kam auf sie zu.

„Schließ die Augen." befahl er. Melanie gehorchte.

„Und jetzt öffne deinen Mund!"

„Wenn das jetzt einer deiner Späße wird..."

„Tu es einfach, Lany!" forderte er.

Aus Spaß wurde ernst und als Melanie ihre Augen schloss, öffnete sie leicht ihren Mund. David schmunzelte, als er ihre zitternden Lippen sah, die nur einen kleinen Spalt freigaben. Melanie leckte sich die Lippen und augenblicklich wurde David klar, dass er sich damit selbst ins Aus manövriert hatte. Er zögerte noch einen Moment, ehe er in die Küche zurückkehrte und kurz darauf mit einem Maki vor ihr stand.

Geduldig wartete Melanie mit bebenden Lippen. David verfluchte sich innerlich, dass dieses Spiel seine Idee gewesen war. Er konnte seinen Blick nicht von ihren Lippen nehmen. Am liebsten würde er SEIN Dessert sofort nehmen. Für ihn war es nun unmöglich, seine Erektion vor ihr zu verheimlichen. Schon gar nicht in der Jogginghose, die er trug. Ehe er wusste, was er tat, nahm er kaum spürbar ihr Kinn in die Hand und strich wunderbar sanft mit seinem Daumen über ihre volle Unterlippe.

„Noch ein Stückchen weiter, Baby."

Seine Stimme war nur noch ein Flüstern. Ein winziges Schluchzen entfloh Melanies Rachen und sie öffnete ihren Mund weiter. Doch gerade nur so weit, dass David ihr zaghaft die kleine Rolle in den Mund stecken konnte.

Ihr Mund schloss sich und ihre Lippen zogen sich nach oben. David konnte seine Augen nicht von ihr abwenden. Dann entspannte sie sich merklich und schaute ihn fast sehnsüchtig an.

„Du hast gut gewählt."

David nickte und fixierte gerade einen Punkt neben ihrem Mundwinkel, als Melanie seine Hand nahm und ihn zur Wohnungstür zerrte.

„Wenn du dir heute Abend noch das Bein brichst, dann will ich aber nicht verantwortlich sein."

Auch sie war froh, sich noch ein bisschen an der Nachtluft zu verausgaben. Keine Frage. David war um einiges schneller als sie. Sie holte ihn nur immer wieder ein, wenn sie statt der gepflasterten Parkwege eine Abkürzung über die Wiese nahm.

Eine Stunde später, völlig verschwitzt und ausgelaugt, kamen sie in ihrer Wohnung wieder an. Die ganze Zeit hatte David nicht vom Eishockey gesprochen. Doch sie brauchte nicht erst zu fragen, warum er mitten in der Nacht vorbeikam, um mit ihr zu joggen. Morgen Abend stand das wichtigste Spiel der Saison auf dem Plan. Nachdem sie nacheinander geduscht hatten, saßen sie auf dem Boden vor ihrer Couch und aßen. Melanie trank etwas Wein. David verzichtete.

„Warum bist du hier, David?"

„Ich bin hier zufällig vorbeigekommen und dein Licht brannte noch."

„Von der Straße sieht man mein Fenster nicht."

„Doch."

Melanie lächelte. Sie mochte seine Besuche. Und so unglaubwürdig seine Antwort auch war, ließ sie ihn damit durchkommen. Sie legte ihren Kopf auf der Couch ab und sah zu ihm herüber.

„Hat der Coach das Trainingspensum erhöht?"

Er nickte. Davids Arme ruhten auf den Knien seiner aufgestellten Beine.

„Wirst du dir das Spiel morgen ansehen?"

„Natürlich."

Bereits seit Tagen schien er verspannt und nervös zu sein. Auch wenn er das niemals zugeben würde. Der Druck, der auf ihm lastete, war größer, als erwartet. Vermehrt wurde die Syphilis Geschichte aufgewärmt und ausgeschlachtet. Selbst ein Mann wie David Bennett würde sich bei dem bevorstehenden, wichtigen Spiel von solchen Nebensächlichkeiten ablenken lassen. Melanie kam sich elend und gemein vor. Was hatte sie sich nur dabei gedacht?

*

„Für ein Konferenzfinale gar nicht so übel. Aber für dich nur ausreichend befriedigend, Bennett. Was ist denn los mit dir?"
Coach Henderson verstärkte den Druck seiner Finger auf Davids Schulter und blickte ihn eindringlich an. An seiner Schläfe pochte eine dicke Ader. Er schien sich nicht sicher, ob David ihm überhaupt zuhörte.
„Das ist dein Spiel, deine Saison, David. Die ganze Welt weiß, dass du und kein anderer der wertvollste Spieler in der ganzen NHL bist. Momentan führst du die Rangliste der meisten Punkte an und wir alle wollen, dass das so bleibt. Das ist unser Sieg und unser Stanley Cup."
Henderson fixierte ihn und bohrte seinen Blick in Davids. Helle Haarsträhnen hingen ihm ins Gesicht und der Schweiß rann dem Coach mehr als ihm selbst. David wusste, was er zu tun hatte. Zu oft hatte er auf der Bank gesessen und dem Trainer zugehört. Geh da raus, finde deine Lücke und punkte!
Er fühlte sich wohl, war gut in Form. Vor ein paar Wochen hatte er das Trainingspensum erhöht. Ein paar Mal war er mit Melanie in aller Früh zusätzlich im Park joggen gegangen. Der Nebel hatte dann noch in der Wiese gesteckt und die Vögel hatten ihr frühes Lied gesungen. Die hohe Luftfeuchtigkeit legte sich dann auf ihr Gesicht und färbte es rosa. Wenn Melanie über den Hafen in Richtung Norden joggen wollte, führte sie der Weg fast immer am Golfplatz und der breiten Allee mit Melanies Lieblingsrohbau vorbei. An Tagen, an denen er die Laufschuhe gegen sein Mountainbike eintauschte, nahm sie sein Angebot dankend an und ließ sich von ihm zurück fahren. Ihre feuchten Haare wirbelten ihm um die Nase und ihr Rücken lehnte sich an seine Brust. Er spürte dann ihr Herz heftig pochen und fühlte sich lebendiger denn je.

„Wir werden diese Saison den Titel holen und du wirst unser Champion sein. Nolan wird dich anspielen. Du brauchst ihn nur noch rein zu bringen. Alles klar? Und jetzt raus mit dir aufs Eis, wo du hingehörst!"

Henderson gab ihm einen Klaps auf den Helm und das Spiel ging weiter. Heute mussten sie siegen. Die Rovers lagen ein Spiel hinter den Whalers. Nach Spielen stand es 2:3. Heute musste der Ausgleich her.

Die Plätze im Air Canada Center waren ausverkauft und die Zuschauer vollkommen aus dem Häuschen. Die Wetten standen 5:1 für die Rovers, obwohl die Whalers das letzte Spiel gewonnen hatten. David konnte noch zwei Mal den Puck im Netz versenken. Die Masse tobte und schrie. Sein Traum rückte immer näher, doch die Rovers fühlten sich zu sicher und mussten ebenfalls zwei Mal hinter sich greifen. Die verbleibenden Spielminuten rasselten herunter. Noch gut fünf Minuten. David mobilisierte alle seine Kräfte und schnellte nach vorn in die gegnerische Zone. Rick tauchte auf Augenhöhe auf und ihm Zeichen gab. Doch in dem Moment kamen auch schon zwei Angreifer auf ihn zu. Er duckte sich ab und passte den Puck zu David, der bereits vor dem Tor wartete. Es folgte das übliche Stockschlagen gegen die Kufen und die Rempelei vor dem Tor. David drehte eine Runde um den gegnerischen Kasten und suchte sich einen Weg durch die Whalers. Sein wachsamer Blick täuschte ihn selten. Roberts hatte sich freigespielt und wartete auf seinen Pass. Das gab David die Möglichkeit die Aufmerksamkeit von sich auf Roberts zu lenken und die Riesen abzuhängen. Roberts übergab an Nolan und der legte David den Puck vor. Dieses Abspiel hatten sie so verinnerlicht, dass David den Puck auch im Schlaf hätte annehmen können. Er sprintete zum Tor und holte aus, um den Puck dorthin zu schmettern, wo er hingehörte, als ihn eine harte Wucht von hinten traf. Ehe er wusste, wie ihm geschah, fing Goalie Fredericks den Puck und er spürte eisige Kälte an den Wangen. Ein Pfiff ertönte und der Schiedsrichter kam auf ihn zu. Eddie Marshall stoppte neben ihm und hielt ihm die Hand hin. Beide wussten, dass dies die einzige Möglichkeit gewesen war, um seinen Schuss zu verhindern. Die Menge tobte. David raffte sich auf und hörte Henderson von der Bank brüllen. Was er sagte, drang nicht zu ihm durch. Der Schiedsrichter zeigte einen Penalty an. Die Anzeigetafel blinkte aufgeregt, die Kommentatoren überschlugen sich. Ein Blick auf die Uhr zeigt ihm, dass der folgende Penalty seine Chance auf den Sieg bedeutete. Langsam kam er nach oben und drehte sich um. Sein Kopf dröhnte. Die Schmerzen in seinem Rücken verdrängte er. Um seinen Kopf schien sich eine Schallmauer gebildet zu haben. Er hörte das Kreischen und Schreien der Zuschauer, das Brüllen der Spieler, doch erkannte er nicht die einzelnen Wörter.

Langsam verließen die Spieler das Eis und die Atmosphäre im Air Canada Center war zum Zerreißen gespannt. In einzelnen Gesichtern erkannte er Anspannung, Unglaube und hohe Erwartungen. Nun konnte er ihnen für ihr Eintrittsgeld etwas bieten. David würde für sie und für sich den Sieg holen. Henderson brüllte immer noch aufgeregt in seine Richtung, doch er hörte ihn nicht mehr. Das Blut rauschte in seinen Ohren und er konzentrierte sich auf das Gesicht hinter der Maske. Fredericks schlug mit seinem Schläger vor die Seiten seines Tors. Diesen Schuss hatte er geübt, seit er ein kleiner Junge war.

Der Schiedsrichter gab ihm das Zeichen und David setzte sich in Bewegung. Er zog den ersten Kreis um den Puck. Einen Zweiten. Beim dritten erst nahm er den Puck an und lief los. Nichts existierte mehr um ihn herum, außer dem Goalie, dem Puck und seinem Schläger. Eins, zwei, drei Schritte. David täuschte links an. Fredericks ging in die Knie. Den Puck führte er eng am Schläger. Für eine Sekunde verwandelte sich das Tor in seine umgekippte Regentonne, auf die er in Kindheitstagen immer eingedroschen hatte. David täuschte links an und ohne länger zu warten, zog er ab. Für einen Moment wirkte Fredericks überrascht. Doch dann riss er den Handschuh zur Seite, um den Puck zu fangen. In der Halle herrschte Totenstille, ehe ein *Pling* zu hören war und der Puck am Außenpfosten abprallte.

*

David klopfte sich den Schmutz von den Schuhen und nahm die Sonnenbrille ab. Im Inneren des Hofes war es luftig und es roch nach Kräuterschnaps und Süßspeisen. Auf dem Weg durch den schmalen Eingangsbereich erntete er neugierige Blicke der hübschen Wirtin mit dem traditionellen, aber nicht übertrieben wirkenden Dirndl. Sie trug eine bequeme Bluse, die ihre zierliche Gestalt nur erahnen ließ und dazu einen langen grünen Rock mit kartiertem blaugrünen Muster, der sich bei jedem Schritt um ihre Beine schlang. Ihr Gesicht war frisch und ihre klaren blauen Augen bestechend. Wenn sie mit ihrem kratzig klingenden Dialekt sprach, so zauberte sie ein Lächeln auf seine Lippen. Sie war äußerst charmant und freundlich zu all ihren Gästen.

Seit seiner Ankunft vor zwei Wochen hatte David mit keinem mehr gesprochen. Er war froh, dass ihn hier niemand erkannte und er nicht zum hundertsten Mal erklären musste, wieso er den verdammten Puck nicht ins Netz gedonnert hatte. Seit dem Ausscheiden der Rovers hatte er einfach die Stadt und sicherheitshalber auch das Land verlassen müssen. Die Schweiz erschien ihm weit genug weg. Doch auch hier konnte er das Geräusch des abprallenden Pucks nicht aus seinen Gedanken vertreiben. Wie sich das auf seine Vertragsverlängerung bei den Rovers auswirkte, wollte er lieber nicht wissen.

Tagsüber versuchte er am Berg und in den Steigeisen hängend die Vergangenheit zu verdrängen und einzig das Adrenalin in seinen Adern half ihm, den Abend auszublenden.

Seinen Rucksack stellte er zu den anderen vor der Tür des Speisesaals und ließ sich auf die hölzerne Bank am kalten Kamin nieder. Der kleine Raum war gut gefüllt mit kleinen Grüppchen, die an langen Tischen saßen und Kräuterbier tranken und in Gespräche vertieft waren. Einige Gäste nickten ihm zu. Ihm gefiel die private Atmosphäre, doch fühlte er sich fremd genug, um sicher zu sein. Hier saß er fast jeden Abend und lauschte der harten Sprache. Es dauerte nicht lange und die Bedienung stellte ihm eine Auswahl an süßen und würzigen Speisen hin.

Kurz darauf öffnete sich die Tür des Speisesaals und David traute seinen Augen kaum. Melanie. Sie trug eine rote Kletterhose und eine schwarze Jacke, die sie nun an den Haken an der Wand hängte. David konnte sich nicht abwenden. Er hatte in den letzten Wochen so oft an sie gedacht. Mehrmals hatte er ihre Nummer gewählt, um mit ihr zu reden. Was sie wohl zu seinem Penalty sagen würde? David war sich sicher, sie hätte ein angemessenes Strafmaß für ihn. Wahrscheinlich würde sie ihm seinen Porsche für einen Monat abnehmen...

Bei dem Gedanken huschte ein Lächeln über sein Gesicht. Er dachte gern an ihr vergnügtes Quietschen zurück, als sie die 200er Marke auf dem Expressway überschritten hatte. Ihr Haar flog im Wind und auch ihr Zopf konnte es nicht bändigen. Melanies nackte Arme waren von einer Gänsehaut überzogen und ihre glänzenden Augen strahlten. Er war sich sicher, dass er nie etwas Hübscheres gesehen hatte. Als sie den Expressway verließen und anschließend das Auto an einer Haltebucht parkte, hatte sie die Augen geschlossen und tief durchatmen müssen. Ihr bebender Körper erinnerte ihn wiederholt an die Leidenschaft, die in ihr schlummerte. Zu gern hätte er sie freigelassen.

Und nun war sie hier und hatte ihn gefunden. Er wollte aufstehen und auf sie zugehen. Doch als sie sich im Raum umsah, bemerkte David, dass sie nicht Melanie war. Die Enttäuschung traf ihn. Das Mädchen setzte sich an einen Tisch neben der Tür.

Während er sich wieder dem süßen Teiggericht widmete, schweiften seine Gedanken zurück zu dem Foto, das er vor drei Tagen im People Magazin gesehen hatte. Rodwell und Melanie lachend in einem Café in Toronto. Er unterdrückte das ungute Gefühl. Er hatte doch wirklich alles, was er wollte. Bis auf den Stanley Cup, natürlich.

*

„Maja, wickele dir die Telefonschnur um dein rechtes Bein."
Perfekt nachgezogene dunkle Augenbrauen hoben sich in Unverständnis und ein ahnungsloser Zug entstand um die rosa geschminkten Lippen. Wusste dieses Fotomodell denn nicht, was eine Telefonschnur war? Geduld war keine von Melanies Stärken und heute wurde sie besonders strapaziert. Ihre exakten Vorstellungen von Hollys Kleidern an den makellosen Körpern der Models hatten sich seit Tagen in Melanies Gedanken manifestiert. Nachts wachte sie herzklopfend auf und notierte sich Kulissen und Bewegungen, Blicke und Gesten, die sie aufnehmen wollte. Manchmal kam es ihr vor, als fluteten sämtliche Eindrücke ihr Gehirn. Und nun transportierte sie diese in die Aufnahme, um sie zum Leben zu erwecken. Dabei achtete sie peinlich genau auf jedes Detail und konnte nur wenig Verständnis für Verzögerungen erbringen. Das Mädchen hieß Maja und bestach durch wohlgeformte Beine, auf die jede Frau neidisch werden würde. Kein Wunder also, dass Melanie hier die Betonung durch die gedrehte Telefonschnur verstärken wollte. Eine Assistentin positionierte Maja erneut vor dem Kleiderschrank, während sich die Telefonschnur nun verspielt um ihr Bein schlang. Ähnlich eine Schlange, die ungeduldig zu der zarten Spitze an Majas hohem Beinausschnitt hinauf kroch. Melanie hielt die Kamera wieder vor dem Auge und beobachtete, wie Maja ihren Anweisungen nachkam.
Melanie drückte ab. Sie fügte noch einige Variationen ein und ging zum nächsten Set über. Für ein eintägiges Shooting hatte sie zu viele Kulissen in Auftrag gegeben, doch konnte sie keine ihrer Ideen vernachlässigen. Hollys Entwürfe verdienten das Beste, was sie geben konnte und wenn sie bis morgen früh nichts anderes tun würde außer zu fotografieren. Sie konnte es sich

nicht erlauben durchschnittliche Bilder abzuliefern. Nicht nur ihr Erfolg hing davon ab. Mit großem Interesse wurde bereits die Preview von Holly erwartet. Die Beziehung zu Wendehall und ihre Schwangerschaft erwiesen sich als billige und wirkungsvolle PR. Immer wieder tauschte sie die Mädchen aus, weil sie an anderen Sets besser harmonierten. Melanie spielte mit sämtlichen Varianten und am Ende jedes Sets hatte sie das Gefühl, das richtige Mädchen im passendsten Kleid an der wirkungsvollsten Kulisse zur Geltung gebracht zu haben. Sie war sehr mit sich zufrieden. Unzählige Male wechselte sie die Speicherkarten in ihrer Kamera, doch sie wurde nicht müde. Immerhin dachte sie dann nicht an David. Seit dem verpatzten Spiel hatte er sich nicht bei ihr gemeldet. Sie nahm es ihm nicht übel. Alle Welt stürmte plötzlich auf ihn ein. Die Medien erklärten ihn zum Alleinschuldigen an der Niederlage der Rovers. Nicht nur der verschossene Penalty wurde bis ins Kleinste von allerlei sogenannten Spezialisten der Eishockeybranche ausgeschlachtet. Auch sein nachträglicher Boxkampf mit einigen seiner Teamkollegen in der Kabine gelangte an die Öffentlichkeit und wurde zum Mittelpunkt des Interesses. Selbst der kurze Ausschnitt, der David und Niclas Sonderburg, einen Verteidiger namens Wade Lusher und Rick Nolan in Unterwäsche prügelnd zeigte, reichte aus, um ihn Sekunden später online verfügbar zu machen. Selbst in den Tagesnachrichten fand er seinen Platz. Melanie schaltete seit dem schon gar keine Nachrichten mehr ein. Der Name David Bennett wurde zerfetzt und in jeder Talkshow thematisiert. Kein Wunder, dass David untergetaucht war. Wahrscheinlich hatte er sich in Venice Beach verschanzt. Sie konnte es ihm nicht verdenken.

Drei Wochen war er nun schon von der Bildfläche verschwunden. Zeit, die im Flug verging, da Melanie nur noch mit der Preview beschäftigt war. Trotz ihres hohen Arbeitspensums fehlte er ihr. Melanie vermisst seine überraschenden Besuche und das Interesse an ihren Fotografien. Es war schön, wenn er da war. Wenn er am anderen Ende der Couch saß und in ein Buch vertieft war. Ab und an, schaute er dann auf und dachte nach. So hatte Melanie sich ihn niemals vorgestellt. So ernst und nachdenklich. Sie war davon ausgegangen, dass er über Eishockey las, doch als sie sich seine Bücher genauer ansah, staunte sie nicht schlecht: Da lag ein Buch über Börsenanalysen und Marktdynamik. Daneben fand sie eine Biografie über Malcom X, eines über die Geschichte der verschiedenen Stämme der amerikanischen Ureinwohner, sowie ein Buch von Stephan Hawking. Melanie musste sich erneut eingestehen, dass sie sich nicht stärker in ihm hätte täuschen können. Doch umso mehr Seiten sie an ihm entdeckte, umso stärker verstand sie seine Flucht nach dem verpatzten Spiel.

„Na, Lany, wie läuft`s?"

Irgendwann legten sich Hollys Hände auf ihr Schultern. Ohne den Finger vom Auslöser zu nehmen, antwortete Melanie.

„Du bist schon da? Ich habe dich für morgen erwartet."

Zu Maja und den beiden Assistentinnen rief sie: „Okay. Vielen Dank. Wir haben es. Ihr könnt erst einmal Pause machen, bevor wir zum nächsten Set übergehen. Maja, wir machen mit den Papageien weiter."

Ein anerkennender Pfiff entfuhr Holly Lippen, ehe sich Melanie zu ihr umdrehte und sie herzlich in die Arme nahm.

„Na, hier tanzt ja schon alles nach deiner Pfeife. Die hast du ja schnell umgepolt."

Holly erntete Melanies spitzbübischstes Grinsen und eine dicke Umarmung.

„Schön dich zu sehen, Holly. Wie geht es dir und dem Baby?"

„Dem Jungen meinst du wohl."

Melanie entfernte sich gerade so weit von Holly, um in ihren Augen blaue Funken aufblitzen zu sehen. Dann drückte sie sie erneut an sich und wollte ihre beste und älteste Freundin nicht mehr loslassen.

„Einen Jungen. Oh, Holly. Ich freu mich so."

„Ich mich auch. Der Arzt hat es mir heute erst gesagt. Und dann musste ich einfach herkommen und es dir erzählen."

Im Hintergrund stand Danielle, eine angehende Sportstudentin, die Melanie in Eigenregie gebucht hatte. Ihr fehlten für die klassischen Modellmaße, mindestens 10 Zentimetern Körpergröße. Doch Danielle war gertenschlank, durchtrainiert und hatte einen unglaublich knackigen Hintern, der für Hollys Dessous Kollektion unabkömmlich war. Melanie konnte sich nicht vorstellen, hier eine der dünnen Models zu wählen. Hollys Dessous waren sinnlich und für normale Frauen gemacht. Danielle war so sportlich und muskulös. Melanie konnte sich keine bessere vorstellen. Und in dieser Hinsicht hatte Melanies Gefühl sie nicht getrübt. Niemand würde auf die Idee kommen in Hollys Dessous Beachvolleyball zu spielen, doch Danielles Körper verlangte nach Bewegung. Melanie nahm ihre Kamera wieder auf und begann zu fotografieren.

„Meldest du dich morgen bei mir? Dein Best-off sehe ich mir dann zum Frühstück an."
Holly verschwand, ohne dass Melanie länger auf sie achtete. Danielle war unglaublich fotogen, dass sie sie in immer neuen Posen ablichtete. Auch wenn sich Melanies Nacharbeiten sich exponentiell vermehrte, so konnte sie doch keine Aufnahmen ablehnen, ohne dass sie sie ausprobiert hatte. Bis in ihr Bett verfolgten die Bilder sie. Aussortieren, Kategorisieren. Doch konnte sie eine erste Vorauswahl treffen. Hollys Preview sollte bereits am Wochenende gedruckt werden. Daher blieb ihr nicht viel Zeit für Wiederholungen. Nach drei Uhr morgens fielen ihr dann die Augen zu und ließen sie zur Ruhe kommen.

*

In der Halle war es kalt, die Zuschauerränge verlassen. Die Scheinwerfer suchten die Bande ab. Grelles Licht blendete Melanie. Ein kühler Luftzug gelangte durch ihr dünnes Seidenkostüm. Endlich standen die Scheinwerfer still und ließen sie nicht wieder los. Stimmen von den Rängen drangen an ihr Ohr, doch die Halle war immer noch leer. Ein ungutes Gefühl stieg in ihr auf. Warum trug sie ein Kostüm und bewegte sich mit den Scheinwerfern aufs Eis? Ihre Arme versuchten sich an der Bande festzuhalten, doch sie schien kraftlos. Als wäre sie ferngesteuert und hätte nicht länger Einfluss auf ihren Körper. Lautes Klopfen ertönte an der Bande. Die jubelnde Menge trampelte mit den Füßen. Melanie sah sich um. Sie war immer noch allein in der Halle. Das Klopfen und Trampeln wurde immer lauter.
„Melanie."
Erschrocken schaute sie sich um. Niemand. Sie stand mitten auf dem Eis. Sie trug ein gelb-schwarzes, hauchdünnes Seidenkostüm und bewegte sich keinen Schritt.
„Melanie."
Das Trampeln der Zuschauer drang immer näher zu ihr heran. Sie fühlte sich schlechter und wollte in Richtung Kabine, doch ihre Schlittschuhe bewegten sich nicht. Der Lichtkegel lag auf ihr und bat sie, doch endlich mit dem Tanz auf dem Eis zu beginnen.
„Melanie. Ich bin`s."
Melanie schreckte hoch und sah auf die Uhr. 3:34 Uhr.
„Melanie."

Es hämmerte erneut an ihrer Tür. Sie huscht aus dem Bett und ohne sich die Mühe zu machen, ihre Hausschuhe zu suchen, stürzte sie im Dunkeln an die Tür. Sie hatte keine Lust ihren Nachbarn Rede und Antwort zu stehen, warum sie so spät in der Nacht noch Besuch bekam.

Sie öffnete und erkannte im trüben Lichtschein David mit dem ersten Ansatz eines Vollbarts und einer Reisetasche über der Schulter. Müde blickte er sie aus kleinen Augen an. Dann steckte er sein Handy in die Hosentasche ging an ihr vorbei ins Wohnzimmer. Er lud seine Tasche ab und öffnete den Kühlschrank.

„Ich bin am Verhungern. Hast du noch etwas zum Essen da?"

Melanie strich sich die Haare aus dem Gesicht und überlegte, wie sie so schnell vom Eis in diese Szene gekommen war. Und vor allem, welche Szene ihr weniger gefiel. Sie, auf dem Eis vor tausenden, unsichtbaren Zuschauern, oder David, der unangemeldet bei ihr auftauchte und kein Wort herausbrachte.

„Wie wäre es mit einem leckeren Hast-du-schon-mal-auf-die-Uhr-gesehen-Auflauf."

Schmunzelnd nahm David den Kopf aus dem Kühlschrank und kam mit seinem charmanten Lächeln auf sie zu. Es hatte ein wenig gelitten, war aber durchaus noch wirksam, wie sich Melanie eingestehen musste. Ihr Ärger war sofort verflogen. Aber ihre Müdigkeit war geblieben. David schlang seine Arme um ihre zierliche Gestalt und gab ihr einen artigen Kuss auf die Wange. Einen Moment glaube sie Pfefferminz zu riechen.

„Sorry. Ich habe wohl meine Manieren vergessen."

Sie spürte seine warmen Lippen auf ihr. Selbst wenn er sie damit nur aufziehen wollte, so war sie auf seine intime Geste nicht vorbereitet gewesen.

„Okay." brachte sie überrascht heraus. Einen Moment überlegte sie, wie lange es her war, dass sie sich ihre Zähne vor dem zu Bett gehen geputzt hatte.

„Was willst du hier?"

David zog eine Augenbraue in die Höhe und blickte sie verwundert an.

„Bist du sauer auf mich?"

Erst jetzt registrierte er ihren Schlafanzug, der heute nur aus einem weißen Top und einer karierten Short bestand. Als sein Blick über sie hinwegglitt, spürte Melanie, wie unpassend ihre Brustwarzen auf seinen Blick reagierten. Schnell verschränkte sie ihre Arme vor der Brust, worauf sein Blick erst recht darauf gelenkt wurde. Dass er sich nicht davon losreißen konnte, störte sie noch mehr.

„Es ist mitten in der Nacht und du trommelst hier an meine Tür. Hast du mal daran gedacht, dass normale Menschen schlafen müssen?"

David legte den Kopf schief und dunkle Augen wärmten sie.

„Entschuldige. Ich wollte dich vorher anrufen, doch dann hättest du mir vielleicht nicht aufgemacht."

„Sehr wahrscheinlich. Ich habe nämlich schon eine Weile geschlafen. Ich gehe jetzt wieder ins Bett und mach die Tür zu, wenn du gehst."

David grinste. Er würde nirgend wo hingehen.

*

„Ich hätte zu gern Majas Gesicht gesehen, als sie von dir auf diesen Miniaturhocker gesetzt wurde. Sie soll ja die voreingenommenste Person sein, die zurzeit über die Katalogblätter tingelt."

Melanie erinnerte sich und brachte ein Schmunzeln zu Stande. Wie groß deren Starallüren auch waren, bei ihr hatte sie sich nicht widersetzt. Doch dieser starke Winkel unterstrich vortrefflich die langen Beine von Valerie. Sie scheinen fast endlos zu sein. Man wollte sich einfach nicht von ihnen abwenden. Dazu der Giraffenhut, der sie ähnlich ungelenkig darstellte, wie das Original selbst. Nicht schlecht, fand Holly. In jedem Fall hatte Melanie Einfallsreichtum bewiesen. Sie schaute sich die restlichen Bilder an, die Melanie zusammengestellt hatte und war zufrieden. Zu oft hatte Holly in den letzten Tagen nachts wachgelegen und gezweifelt, ob sie nicht einen Fehler begangen hatte, indem sie Melanie engagierte. Doch ob sie nun ruhiger schlafen würde? Augenblicklich bekam sie eine kleine Gedächtnisstütze in den Bauch.

„Au."

„Das Baby?"

„Ja. Das tut er schon eine Weile."

„Vielleicht sollten wir das Thema wechseln und über Fußball reden."

Holly lachte. „Genau. Oder über Eishockey."

Melanie blickte verwundert auf.

Zu spät wurde Holly bewusst, was sie da gesagt hatte.

„Naja immerhin ist das hier Volkssport Nummer Eins."

„Er soll hier aufwachsen?"

Schnell schüttelte sie ihre blonde Mähne. „Ich werde vielleicht nach New York gehen und meine Karriere weiter verfolgen. Kommt allerdings darauf an, ob du gute Arbeit ablieferst, Lany."

Eine Weile schwiegen sie und durchstöberten die restlichen Aufnahmen der letzten Tage. Holly traf eine Auswahl für die Preview und schickte sie an ihren Grafiker. Innerhalb der nächsten 24 Stunden würde ihre Preview fertig sein. Sie konnte es kaum erwarten.

Heute Abend würde sie bereits die nötige Neugier auf ihre erste Fashion Show verstreuen.

*

Glücklich und zufrieden stellte Melanie ihren Laptop auf den Küchentisch ab. Im Wohnzimmer auf ihrer Couch schlief David und seine Reisetasche lag geöffnet unweit daneben. Sie wollte ihn auf keinen Fall wecken.

Die Begeisterung in Hollys Augen hatte sie für all die nächtlichen Überstunden entlohnt und ihr gezeigt, dass es richtig war, ihrer Intention zu folgen. Nur gewagte und ungewöhnlich ästhetische Bilder lenkten die Presse auf Hollys Show. Für die hatte sie gesorgt. Nach der Enttäuschung mit Ethan würde ihr die Aufmerksamkeit jetzt gut tun. Melanie atmete tief durch und wollte sich ein Schlückchen Wein aus der Flasche gönnen. Aber anscheinend hatte David gestern Abend das fehlende Bier durch diese Flasche ersetzt. Nun gut. Sie brachte die leere Flasche in den Müll und zog sich ihre Jogginghose und ein dunkles Top an, um ihre überschüssige Energie im Freien abzubauen.

*

Das Rauschen der Dusche weckte ihn. Es war heller Tag und anscheinend war Melanie zurückgekehrt. David erhob sich aus dem Bett, in das er nach Ihrem Verschwinden heute Morgen gekrochen war und blickte auf seine Uhr. 12 Uhr. Der Jetlag steckte ihm noch in den Knochen. Doch hatte sein Körper sich so sehr an das ständige Reisen gewöhnt, dass es ihm nicht mehr viel ausmachte. Hoffentlich würde sie nicht sauer werden. Doch für einen Mann von seiner Statur gab es keinen erholsamen Schlaf auf einer winzigen Couch, die man nicht einmal ausziehen konnte. David schwang die Beine aus dem Bett und schritt in Richtung Küche, als sie in der Tür erschien. Der Schreck huschte über ihr nasses Gesicht und hinterließ ein stummes O auf ihrem Mund. Ihre schwarzen Haare hingen ihr nun durcheinander über die Schultern, doch am meisten erregte ihre spärliche Bekleidung seine Aufmerksamkeit. Schlagartig war er wach. Sie trug nur einen schmalen, smaragdgrünen Slip und einen passenden BH dazu, von dem sein Blick magisch angezogen wurde. Perfekt setzte dieser ihre Brüste in Szene, die dafür gemacht schienen, berührt und liebkost zu werden. Es folgten ein flacher Bauch, eine schlanke Taille und der hübsche, kleine Hintern, an den er sich noch so gut und viel zu oft erinnerte. Viel genauer nahm er nun das kleine smaragdgrüne Dreieck in Augenschein, von dem er niemals vergessen würde, was sich darunter verbarg.

„Schamgefühl ist dir wohl fremd?" Melanie fand als Erste ihre Sprache wieder und ging schnurstracks an ihm vorbei in ihr Schlafzimmer.

„Ich sehe nichts, wofür du dich schämen solltest." David folgte ihr und setzte sich hinter sie aufs Bett.

„War das ein Kompliment?"

Melanie kramte in ihrem Kleiderschrank und brachte eine weiße Bluse mit Bändern und eine Jeans zum Vorschein.

„Auf jeden Fall."

Sie lächelte. „Ich dachte, du wärst längst weg. Ich frage lieber nicht, was du in meinem Schlafzimmer wolltest, oder?"

David schmunzelte. „Lieber nicht."

„Du könntest wenigstens weg sehen und so tun, als ob du mich noch nie nackt gesehen hättest."

David grinste. „Du glaubst gar nicht, wie schwer es einem Mann fällt, sich bei diesem Anblick abzuwenden."

Melanie drehte sich zu ihm um und musterte ihn. Er lehnte am Kopfteil ihres Bettes und hatte die Beine ausgestreckt. Die Unzufriedenheit und Anspannung, die sie gestern in seinem Gesicht gelesen hatte, schien nachgelassen zu haben. Auch er trug nicht viel mehr als sie: schwarze Boxershorts, wie sie verliebte Frauen ihren Männern schenkten und das gleiche weiße T-Shirt mit der Aufschrift eines Skates Herstellers, welches er auch gestern schon unter seiner Jacke getragen hatte. Sein Gesicht zierte dichte Bartstoppeln und tiefen Schatten unter den Augen. Das Bett schien ihm zu gehören und auch sonst erweckte er den Eindruck, hier zu Hause zu sein. Für einen Augenblick überlegte sie, ob sie nicht der Eindringling in seiner Wohnung war. Seine albernen Kommentare beschwingten sie und sie fragte sich, seit wann sie eigentlich so locker und ungezwungen miteinander redeten. Irgendwann zwischen seinem Auftauchen im Eisstadion und jetzt hatte sich Respekt entwickelt. Überwältigt von dieser Erkenntnis, lehnte sie sich an ihren Schrank und ließ die letzten Monate Revue passieren. Wenn sie es genau betrachtete, dann wurde ihr bewusst, dass sie in ihrer gemeinsamen Nacht ihr Kriegsbeil begraben hatte. Ihre Mundwinkel zuckten, als sie daran dachte, wie schamlos sie sich an seinen Hals geworfen hatte. Den gleichen Mann, der nun auf ihrem Bett saß und ihre Kopfkissen in den Händen drehte. Sie schämte sich fast für ihr Benehmen. Nur gut, dass sie sich vor niemanden dafür rechtfertigen musste, außer vor sich selbst. Warum war er hier? Davids Hände verharrten. Während er jede ihrer Bewegungen, sich die Jeans hochzuziehen, verfolgte, fragte er:

„Was geht dir denn durch den Kopf?"

Sie schüttelte den Kopf. Rasch streifte sie sich ihre Bluse über und nestelte an ihren Bändchen herum.

„Das willst du nicht wissen."

„Und ob."

Melanie zog ihre Bänder zu und blickte zu ihm herüber.

„Wie kommt es, dass ich mich nicht vor dir schäme?"

David zuckte die Achseln. „Vielleicht genießt du die Aufmerksamkeit einfach zu sehr?"

David stoppte ihren Wortschwall, der über ihr auf den Lippen zu schwappen drohte.

„Außerdem sind wir Freunde."

„Sind wir?"

„Etwa nicht?" David beobachtete sie genauer.

„Als wäre ich Rick?"

„Ein bisschen schon, ja."

Das Grinsen auf seinem Gesicht kehrte zurück. Durch die dunklen Schatten unter den Augen erstrahlte es zwar nicht in gewohnter Watt Zahl, doch war es ein versöhnlicher Blick.

„Aber warum bist du dann gestern Abend nicht bei ihm untergetaucht, sondern hier?"

„Immerhin hat er nachts einen Job zu erledigen, bei dem ich nicht stören wollte."

Melanies sonst mandelförmigen Augen weiteten sich vor Verblüffung.

„Und was ist mit Meinem?"

Irritiert verweilte Davids Blick auf ihr.

„Um ehrlich zu sein, daran habe ich gar nicht gedacht. Hast du Jemanden?"

„Könnte sein."

Er war ein Idiot, wenn er glaubte, niemand würde ihre Sinnlichkeit und Leidenschaft bemerken. Sie war eine kluge Frau. Mal ganz abgesehen davon, wie hübsch sie war, wenn sie vor ihm stand und überlegte. Dann konnte er an ihren Augen erkennen, wie ihre Gedanken durcheinanderwirbelten. Ihre Fröhlichkeit und die Geduld, die sie den Mädchen entgegen brachte, machten ihn stolz. Gleichzeitig zeigte sie einen ausgeprägten Willen, wenn es um ihre Ideen und Einschätzungen in ihrem neuen Job ging. Viel zu oft hatte er festgestellt, wie viele verrückte Ideen durch ihren Kopf spukten, die IHM Spaß machten.

Er wollte zu gern wissen, was mit Rodwell lief. Doch wollte er sie auch nicht danach fragen. Melanie strich sich das Haar hinter die Ohren und begann, sich kleine silberne Blüten in die Ohrläppchen zu stecken.

David winkte ab. „Klingt langweilig. Das geht mich eigentlich nichts an."

„Aber ich dachte, wir sind Freunde. Und Freunde erzählen sich solche Dinge. Ich wette, Rick weiß genau über deine Beziehungen Bescheid."

„Die ganze Welt tut das. Doch meistens sind wir Gentlemen diskret. Das solltest du auch sein."

Melanie zuckte die Achseln und betrachtete sich im Spiegel.

„Ich bin eine Frau. Wir teilen alles."

Zufrieden mit sich, trug sie Mascara und Lipgloss auf. Ihr Blick fiel auf David, der immer noch das Kissen in seinen Händen drehte. Gedankenverloren spielte er mit den Zipfeln des Kissens. Dass er keine Anstalten machte, nach Hause zu gehen, beunruhigte sie. Auch wenn er es nie zugeben würde, er brauchte einen Freund. Er brauchte jemanden, der ihm sagte, dass sein letztes Spiel eine Katastrophe, aber nicht das Ende der Welt war. Normalerweise dauerte es nicht lang, bis David vom Eishockey erzählte, doch bisher konnte er sich dazu nicht durchringen. Melanies Uhr zeigte fast Ein Uhr an. In einer halben Stunde traf sie sich mit Kim und den Mädchen im Eisstadion. Und anschließend wollte sie zu einem Interview. Sie lehnte sich zum Spiegel und blickte auf David herab, der keine Anstalten machte, sich aus ihrem Bett zu erheben. Ehrlich gesagt, hatte sie keine Lust, ihn noch die ganze Woche in dieser Stimmung zu sehen. Doch schien er noch nicht bereit zu reden.

„Kann ich mir dein Auto ausleihen? Kim und Trish erwarten mich gleich am Eisstadion und ich bin spät dran."

David schwang sich mit einem Mal aus dem Bett, zog sich das Shirt über den Kopf und warf es ihr zu.

„Vergiss es. Dann riskierst du nur ein Ticket. Während ich dusche, besorgst du mir einen Kaffee. Ich fahre."

Kurz darauf war sie auf schnellstem Wege unterwegs zum Eisstadion.

„Du bestehst sicher darauf, mir alle Fragen zu stellen, die dir einfallen."

David nahm den Blick nicht von der Straße, doch spürte er, dass Melanie ihn ansah.

„Du wirst mir sowieso nur die Fragen beantworten, die du möchtest."

„Du unterschätzt deine eigene Hartnäckigkeit, Melanie."

„Außerdem hat die Presse versucht, jeden deiner Schritte zu verfolgen."

„Waren sie erfolgreich?"

„Es hieß, du hast deine neu gewonnene Freizeit zwischen hübschen Frauen in Europa verbracht. Es wird dir nicht gefallen, aber du wirst es sowieso erfahren. Deine Syphilis ist wieder Thema geworden."

David zuckte die Achseln. „Die ich nicht habe. Aber das ist wohl mein kleinstes Problem. Wir beide wissen, dass es nicht der Wahrheit entspricht."

„Das Internet vergisst nie!"

David schaltete in den fünften Gang und wechselte auf die Überholspur. Sein Gesicht stur geradeaus gerichtet und die Kiefer fest angespannt. So sah David nicht aus, wenn es ihm egal war, was seine Fans über ihn dachten. Melanie fühlte ihr schlechtes Gewissen ihre Seele heraufschleichen. Das Ausmaß ihres Tuns wurde ihr schmerzlich bewusst. Sie wollte nicht länger für seinen schlechten Ruf verantwortlich sein. Vor allem, nachdem sie ihn näher kennengelernt und er so gar nicht der arrogante und selbstverliebte Kerl war, für den sie ihn gehalten hatte. Dass sie die Zeit nicht zurückdrehen konnte, trübte ihre Laune erheblich.

„Ich war ein paar Tage in der Schweiz. Dachte, dort bin ich weit genug weg, um nicht ständig an das Pling zu denken, als der Puck am Außenpfosten abpralle. Die Pfiffe und das Raunen der Zuschauer konnte ich ausblenden, aber selbst in den Bergen sah ich die Jungs mit ihren enttäuschten Gesichtern vor mir. Seitdem habe ich weder meinen Trainer gesprochen, noch mit Rick oder den Jungs. Weiß nicht mal, ob er rangehen würde. Ich habe Rick einen Zahn ausgeschlagen. Ich habe mich so unsportlich verhalten, wie man es nur machen konnte. Du weißt nicht, wie es ist, wenn man sein ganzes Leben den Sport liebt und ihn dann so missachtet."

„Missachtet?"

„Ich werde sicher nicht die Conn Smyth-Trophy bekommen."

„DIE wolltest du doch gar nicht haben, oder? Du hast enttäuscht, David. Aber du hast die ganze Saison nur in einem Moment enttäuscht."

„Im Wichtigsten."

„Mag sein, aber wie hoch ist die Wahrscheinlichkeit, den Puck beim Penalty im Netz zu versenken?"

David warf ihr einen fragenden Blick zu.

„Willst du mein Versagen mit Statistik erklären?"

Melanie zuckte die Achseln. David schwieg.

„Ich will damit nur sagen, dass es niemanden gibt, der eine 100%ige Trefferquote hat."

David schaute sie nicht an, sondern konzentrierte sich weiter auf den Verkehr.

„Hast du deine Familie besucht?"

David antwortete nicht. Damit hatte sie gerechnet. Aber es war ihr mittlerweile egal.

„In Kalifornien habe ich deinen Freund Rodwell getroffen."

„Oh. Wie geht es ihm?"

„Ganz gut, denke ich. Er lässt sich ordentlich feiern. Ich soll dir einen Kuss von ihm geben."

Davids Versuch, sie damit abzulenken, scheiterte. Sie reagierte nicht.

„Rodwell wäre so oder so zu den Whalers geholt worden. Mit dir oder ohne dich."

„Nur, dass Chipman mich nun nicht mehr bracht. Er hat einen erstklassigen Stürmer eingekauft. Wahrscheinlich klopft er sich gerade selbst auf die Schulter, dass er sich für Rodwell entschieden hat, anstatt für mich."

„Mag sein, aber sein Team hat den niedrigsten Altersdurchschnitt. Was nützen dir ein Haufen erstklassiger, heißblütiger Jungs, die noch nicht freihändig Laufen können."

Damit hatte sie seine volle Aufmerksamkeit. David bog auf dem Parkplatz vor dem Eisstadion ein, stellte das Auto ab, schnallte sich ab und drehte sich zu ihr. Er nickte.

„Klingt logisch. Aber DIE haben den Stanley Cup gewonnen. Das ist alles was zählt."

David versank in Schweigen.

„Es wäre doch langweilig, wenn alles nach Plan verlaufen würde."

„Das kann nur jemand sagen, der keinen Plan hat."

„Kann sein. Mein Plan beinhaltet lediglich die Miete für den nächsten Monat zusammenzukratzen."

David musste sich zurückhalten. Er wollte ihr helfen, doch konnte er es nicht. Melanie musste das allein schaffen, für sich selbst und für ihn.

„Im Notfall bekommst du doch Hilfe von deinen Eltern oder deinem Bruder?"

„Ganz sicher nicht."

Sie betraten die Eishalle und erkannten ein paar Kids auf dem Eis. Unter ihnen Kim und Trisha.

„Das musst du mir erklären."

„Meine Eltern sind Buchhalter, haben für alle Eventualitäten eine Rückstellung gebildet und warten schon seit Jahren auf den Moment, mir meine Unzulänglichkeit unter die Nase zu reiben. Das zögere ich noch ein Weilchen heraus. Und Steve würde auch nicht lange an sich halten können, wenn er mir etwas leihen würde."

„Und was tust du gegen solche Eventualitäten?"

Beide setzten sich in die erste Reihe hinter die Bande und verfolgten das Geschehen auf dem Eis. Es tat ihr erstaunlicherweise nicht mehr weh, darüber zu reden.

„Ich habe mein Depot verkauft. Ich gehe nicht mehr shoppen und im schlimmsten Fall begebe ich mich in die Knechtschaft meiner Eltern."

„Das heißt?"

„Natürlich halten sie vorsorglich einen Job als Buchhalterin in ihrer Firma frei. Dann haben sie ihr Ziel erreicht und mich wieder zurück unter ihren Fittichen."

„Und ich dachte immer, eine Melanie Gardinier bekommt alles, was sie will."

„Der Prinz auf dem weißen Pferd ist jedenfalls noch nicht vorbeigekommen, um mich zu retten."

„Er hat bemerkt, dass du ihn gar nicht brauchst."

„Doch. Ich brauche ihn."

Er legte seinen Arm um ihre Schulter und zog sie an sich. Ihr Lächeln ließ ihn glauben, dass sie noch nicht am Ende ihrer Kräfte war.

„Ich tu sicher deinem Ego gut.", meinte Melanie.

„Um mein Ego mache ich mir keine Sorgen. Genauso wenig wie um dich. Du bist stärker, als du glaubst, Lany. Du verfällst nicht in Depressionen oder Selbstmitleid, auch wenn du allen Grund dazu hättest."

Er zog sie näher an sich heran. Ihre weichen Haare kitzelten sein Kinn. Es roch nach süßen Pflaumen. Ähnlich dem Pflaumen-Streusel-Kuchen, den Dora seit seiner Kindheit für ihn gebacken hatte. Eine Weile beobachteten sie Kim und Trish, eh sie sich selbst ein paar Schlittschuhe anzogen und mit auf das Eis gingen. Melanie sehr zögernd, David an ihrer Seite. Er hielt ihr seine Hand hin.

„Na komm schon, du Angsthase. Das Eis wird nicht brechen."

*

Melanie nutzte seine Hand, um sich abzuschieben und setzte zum Überholen an. Mit schnellen, kurzen Schritten glitt sie an ihm vorbei. Sie umkreiste einige Kids und fuhr auf Kim zu. Sie ergriff ihre Hand und zog sie mit sich. Trish gesellte sich sofort zu ihnen. Umrahmt von den beiden Mädchen fühlte sie sich behütet und geliebt. Ihre Beine liefen von allein und es schien, als gehörte sie genau hier hin. Warum hatte sie sich so lange dagegen gewehrt? Es war nicht länger bedeutend. Hier konnte sie aufholen, was sie verpasst hatte. Mit Freundinnen, die ihr wichtig waren.

David beobachtete Melanie im Vorbeifahren. Kim und Trish redeten auf sie ein und selbst von der gegenüberliegenden Seite konnte er ihr Lachen hören. Sie fuhren eine grazil aussehende Schrittkombination, ließen sich los, drehten sich um die eigene Achse und setzten zu einem einfachen Axel an. Kim schwanke. Trish sprang eine halbe Drehung. Melanie applaudierte. Ein paar Jungs erkannten ihn und kamen auf ihn zugefahren.

„Sind sie nicht David Bennett?"

Ein blonder Junge hielt vor ihm an und blickte zu ihm auf. Er trug ein Rovers Trikot über der Jeans und hielt den Helm in der Hand. Den Hockeyschläger im Anschlag, staunte er über seine Entdeckung. Zwei weitere Jungs, etwa im gleichen Alter, gesellten sich dazu.

„Ja."

„Wow. Hätte nie geglaubt, Sie hier zu treffen."

„Hey Mann, das ist Bennett." Bemerkte nun auch der dritte Junge über seinen Fund. Sie zückten ihre Mobiltelefone.

„Darf ich ein Foto mit Ihnen machen?"

„Gern! Spielt ihr eine Runde Eishockey?"

„Ja. Und Sie?"

„Ich bin mit den Mädchen hier."

Er zeigte auf das Dreiergespann und seine Brust schwoll vor Stolz. Die Kids zeigten sich unbeeindruckt von den schwungvollen Figuren, die Melanie aufs Eis zauberte und kehrten sofort zur Befragung zurück.

„Wir haben ihr letztes Spiel gesehen."

„Ihr und halb Nordamerika."

„Scheiße Mann, mit so einem Penalty vom Eis zu gehen. Das ist krass."

„Hab mir das auch anders vorgestellt."

„Mein Trainer sagt, sie haben zu arrogant gespielt, hatten den Sieg schon im Kopf und nicht in jeder Sekunde gekämpft."

„Wisst ihr, von jemand, der nicht selbst gespielt hat, nehme ich keine Kritik an. Solltet ihr auch machen. Nur wer durch eigene Erfahrung gelernt hat, wie das Spiel in der Liga funktioniert, der kann sich ein Bild davon machen."

Der blonde Junge stieß seinen Freund an und lächelte wissend.

„Unser Trainer hat selbst gespielt. Er redet zwar nicht viel darüber, aber wir wissen, dass er im Farm Team der Rovers war. Vielleicht kennen Sie ihn sogar. Steve Gardinier."

David nickte. „Kenne ihn."

Irgendwie hatte er das befürchtet. Wer weiß, wie oft er David schon vor den Kids deklassiert hatte. Er hatte nicht übel Lust dazu, ihn zur Rede zu stellen. Im Klartext hieß das, ihm eine Abreibung zu verpassen.

„Chef Garndinier lässt uns die Spiele im Unterricht sehen und analysiert mit uns die Fehler. Er sagt, dass das Gehirn beim Hockey genauso trainiert werden muss, wie die Muskeln. Und bei ihnen war der Kopf wohl bereits ausgeschaltet, als sie zum Schuss angelaufen sind."

David richtete sich zu seiner vollen Größe auf. Klugscheißer konnte er nicht ausstehen. Und sowas von den Kids zu hören, ärgerte ihn noch mehr. Allerdings wollte er niemanden schlecht machen, nur weil er eine andere Meinung vertrat oder ihn kritisierte. Die Jungs machte noch einige Selfies mit ihm, ehe sie aufs Eis verschwanden.

„Was hast du denn mit denen gemacht?"

Melanie tauchte neben ihm auf und blickte den Jungs neugierig nach.

„Dein Bruder hat ihnen erzählt, was ich für ein Arschloch bin und warum ich das letzte Spiel verbockt habe."

„Kann ich mir nicht vorstellen."

„Wahrscheinlich ist er mächtig wütend."

„Er ist enttäuscht. Das kannst du ihm nicht verübeln."

Melanie sah auf die Uhr und bekam einen Schreck.

„Ich habe noch etwas vor uns muss los. Kommst du mit?"

Unnötig, dass sie ihn fragte, da SIE diejenige war, die ohne Auto unterwegs war. Melanie zog bereits ihre Turnschuhe wieder an und verstaute ihre Sachen in der Tasche.

„Wo geht es hin?"

„Ich fahre. Ich werde es dir zeigen."

Damit hüpfte sie hinters Steuer und war froh, dass er nicht widersprach. Erst als sie die Stadtgrenze hinter sich ließen, fragte er wiederholt, wohin sie eigentlich unterwegs waren.

„Ich werde heute einige Aufnahmen vom Ontariosee und angrenzenden Wassergrundstücken machen. Aber keine Sorge, es wird dir gefallen. Die Grundstücke sind beeindruckend."

David brummte irgendwas, das sie über das Motorengeräusch nicht verstehen konnte. Doch seine gerunzelte Stirn zeigte Argwohn.

„Vielleicht solltest du es mal mit Vegas versuchen. "

*

Steve sah sich den Holzhaufen an, der vor ihm auf dem Schotter lag und versuchte sich vorzustellen, dass daraus mal ein kleiner Spielplatz werden sollte. Das kühle Bier in greifbarer Nähe, setzte er sich auf die oberste Stufe der Veranda und nahm die Baseballmütze vom Kopf, um sich durch die Haare zu raufen. Dillon sollte sich eigentlich mit dem Aufbau beschäftigen, doch der verbrachte das Wochenende mit seiner neuen Freundin und hatte sich für heute von der Arbeit abgeseilt. Es war still im Bootshaus, fast zu still. Er konnte es kaum erwarten, dass hier Leben einzog. Steve trank einen Schluck Bier und stellte sich vor, wie am nächsten Wochenende seine Eishockeymannschaft hier auftauchen würde. Er hatte sie eingeladen und ärgerte sich fast, dass sie heute noch nicht hier waren, um ihn mit dem Berg Holz zu helfen. Gedankenversunken scharrte er mit den Schuhen auf der untersten Stufe der Treppe, als er von fern ein dröhnendes Motorengeräusch hörte. Es dauerte auch nur einen Bruchteil einer Sekunde, ehe ein schwarzer Porsche im Blickfeld erschien und direkt vor ihm zum Stehen kam. Als er David hinter der Windschutzscheibe sah, schien er in einen Spiegel zu blicken. Er war überrascht ihn zu sehen. Ruhiges Abwarten und Defensive lag in seinem Blick.

Seine Schwester stieg aus und kam strahlend auf ihn zu. Sie trug enge Jeans und den braunen Gürtel, den er ihr geschenkt hatte. Es waren geflochtene Bänder, die sich um ihre Taille legten und die teilweise von der hellen Bluse verdeckt waren, die sie dazu trug. Im leichten Wind flatterte der dünne Stoff und umwehte ihren Körper. Steve erhob sich und nahm sie in den Arm.

„Ich wusste gar nicht, dass du mich besuchen wolltest, Lamy. Warum hast du nicht Bescheid gesagt?"

„Überraschung."

„Und was tut DER hier?"

David kam hinter ihr aus dem Auto und für einen der besten Eishockeyspieler Nordamerikas mit unheimlich viel Selbstvertrauen, war sein Schritt fast zögernd. David blieb am unteren Ende der Treppe stehen, gerade als ob er Steve um Erlaubnis fragen wollte.

„Hallo Steve."

„Bennett."

Beide nickten sich zu. Melanie hätte schwören können, dass sie im Hinterland eine mexikanische Kirchenglocke gehört hatte und wartete nur darauf, dass einer der beiden Cowboys seinen Colt zog.

Melanies Blick huschte zwischen den beiden Männern hin und her. Sie lag immer noch in Steves Armen und David stand weit abseits. Ein merkwürdiges Bild gaben sie drei ab. Wie alte Freunde verhielten sie sich eindeutig nicht. Das hatte sie sich leichter vorgestellt. Endlich löste David das Schweigen. Vor Melanies geistigem Auge warf er als Erster seinen Colt in den Staub der Straße.

„Schönes Haus hast du hier."

Steve nickte und löste Melanie aus seinen Armen, die ihn mit großen Augen ansah. Ähnlich einem Hund, der auf die Erlaubnis wartete, mit seinem Lieblingsspielzeug zu spielen.

„Danke."

So sehr er auch überlegte. Er wusste nicht, was er David Bennett zu sagen hätte. Es war so viel Zeit vergangen, seit ihrer gemeinsamen Jugend. Nach dem College hatten sie sich aus den Augen verloren. Beide wussten, warum sie sich damals entfernt hatten und beide schienen es nicht vergessen zu haben. Nur Melanie war ahnungslos. Also warum sollte er ihr deshalb böse sein? Steve schnappte sich sein Bier, legte den Arm um seine Schwester und zog sie mit sich nach drinnen. David nickte er zu und bedeutete ihm, ihnen zu folgen.

„Wie wäre es mit einem Bier?"

David nickte und folgte den beiden.

„Gern."

Im Inneren des Gastraumes dominierten hölzerne Sitzgruppen und Holzbänke, die mit Kissen ausgestattet waren. Dunkles Holz stand im Gegensatz zu den großen, hellen Fenstern. Alles sehr rustikal, aber gemütlich. Eine große Reisetasche stand auf dem Tresen. Autoschlüssel und eine Jacke lagen daneben, außerdem eine Tüte Brot und ein paar Messer. Steve holte zwei weitere Flaschen Bier aus dem Kühlschrank und reichte sie ihnen.

„Danke."

Melanie begann bereits von Steves handwerklichen Leistungen zu schwärmen, doch David interessierte sich mehr für die fragenden Blicke ihres Bruders. Beide Männer waren zu einer stillen Übereinkunft gekommen. Es herrschte Waffenstillstand solange Melanie zugegen war. Diese lief plaudernd durch die Küche und durchstöberte den Kühlschrank nach Essbarem. Sie erzählte etwas von ihrem Hunger und dass Steve so nicht leben könnte. David wusste nicht, was sie damit meinte, doch folgte er ihr auch nur mit einem halben Ohr. Dann verschwand sie aus der Tür und man hörte Schritte auf der Treppe ins obere Stockwerk.

„Warum bist du hier, Bennett?"

Steve machte sich nun, da Melanie außer Hörweite war, nicht länger die Mühe der Vortäuschung.

„Ich hatte keine Ahnung. Bin gestern Abend bei ihr aufgetaucht und dann hat sie mich mitgeschleppt. Meinte, ich müsste mal raus und so."

Kaum merklich zuckte Steves Augenbraue bei der Erwähnung der gestrigen Nacht. Er ließ keinen Zweifel daran, was er von David in dem Moment dachte.

„Was hast du mit meiner Schwester vor?"

Das Gespräch erinnerte ihn stark an ein Verhör. Selbst wenn sie seine Schwester war, so hatte Steve kein Recht, ihn als notgeilen Idioten darzustellen, der es nicht mal verdient hätte, dieselbe Luft einzuatmen wie sie. Das ging hier völlig in die falsche Richtung.

„Und nur damit das klar ist. Die Bilder, die sich gerade in deinem Kopf abspielen, haben so nicht stattgefunden."

„Was willst du dann hier, wenn du nicht hinter meiner Schwester her bist?"

„Keine Ahnung. Jedenfalls habe ich keine Lust auf Anschuldigungen und Vorurteile."

„Komisch, da es bisher kaum Anschuldigungen gab, die sich nicht bewahrheitet haben. "

David trat einen bedrohlichen Schritt auf ihn zu. Doch Steve war von gleicher Statur, so dass die Wirkung ausblieb.

„Was willst du damit sagen?"

„Dass mir nicht gefällt, was ich hier sehe."

Steve deutete auf ihn und das Obergeschoss.

„Also, wenn du nicht den gleichen Fehler zweimal machen willst, verschwindest du jetzt besser und lässt mich und meine Schwester in Ruhe."

Damit war Davids Kampfgeist geweckt.

„Ich gehe schon immer, wann ich will. Du kannst mich von deinem Grundstück schmeißen, aber mich nicht von Melanie fern halten. Sie ist meine Freundin und wenn sie mich braucht, dann werde ich da sein."

„Sie braucht dich nicht. Sie hat einen Bruder."

„Der sie aber nicht beschützt."

„Wenn du nicht wärst, hätte ich sie auch nicht so oft beschützen müssen."

Die beiden Männer standen sich gegenüber und blickten sich fest in die Augen. Keiner ging ein Stück zurück. In Steves Augen brannte die Wut. Er ging noch ein Stück näher auf Bennett zu. Sein Kinn bebte und in seinen Fäusten juckte es.

„Ich hätte wahrscheinlich früher schon ein bisschen stärker zuschlagen sollen. Dann hättest du es vielleicht kapiert. Es gibt Dinge, die sich nicht einmal David Bennett leisten kann! Selbst wenn das dein Ego nicht verkraften will. Und meine Schwester gehört dazu! Sie ist Keine von deinen Gelegenheitsfreundinnen, die parat stehen, wenn du es willst."

Diese Anschuldigung verletzte ihn. Wer auch immer Melanie so betiteln würde, verdiente eine ordentliche Tracht Prügel. Seine Unterarme spannten sich, als er seine Fäuste schloss.

„Das sollte sie wohl selbst entscheiden."

„Sie ist ein kluges Mädchen, doch manchmal muss man sie einfach vor sich selbst beschützen. Dann weiß sie nicht, was sie tut."

„Dafür ist es aber reichlich spät."

Ehe David ergänzen konnte, dass sie wohl auch nicht einschätzen konnte, welchen Schaden sie bei ihm angerichtet hatte, traf ihn eine harte Faust am Kinn, die er erst einmal wegstecken musste. Steves Gesicht zitterte vor Wut. Umso ruhiger waren seine Fäuste, die nun ein zweites Mal vorzuckten. Diesmal noch härter. Ehe Steve ein drittes Mal ausholen konnte, duckte sich David unter seinem Arm hindurch und umklammerte ihn von hinten.

„Das waren zwei Volltreffer. Das ist mehr als genug. Damit sind wir quitt."

„Das sehe ich anders."

Steve drehte sich und versuchte sich aus der Umklammerung zu befreien. Dabei traf er immer wieder mit seinem Ellenbogen in Davids Magengegend. In diesem Moment wurde diese Auseinandersetzung bitterer Ernst. Normalerweise war eine kleine Rauferei für Hockeyspieler Unterhaltung, die zu ihrem Alltag dazu gehörte, doch dass Steves Wut nicht nachließ, alarmierte ihn. David hielt ihn fest und blockierte Steves Arme, während er ihm seine Schulter in den Brustkorb rammte. Steves Fluch bestätigte ihm, dass er die richtige Stelle getroffen hatte. Doch David war noch nicht fertig mit ihm. Er ließ lockerer, so dass er den Ellenbogen noch einmal in Steves Kiefer vorschnellen lassen konnte.

„Du hättest mich nicht vor deinen Kids schlecht machen dürfen."

David versuchte es noch einmal. Irgendwie schaffte es Steve, sich von ihm zu lösen und holte zu einem nächsten Schlag aus. David fing ihn mit dem Unterarm ab und boxte ihn in die Rippen. Steve schnappte kurz nach Luft, doch wurde er nicht müde, weiter Davids Kinn zu attackieren. Einige Schläge fing er, andere wehrte er ab. Doch er teilte genauso aus, wie er kassierte. Beide keuchten und Steve stürzte sich auf ihn und riss ihn mit sich zu Boden.

*

Am Nachmittag kehrte Melanie mit einer randvollen Tüte aus dem hiesigen Supermarkt zum Bootshaus zurück. Dass die beiden Männer tieferliegende Probleme zu klären hatten, hatte sie kommen sehen. Doch wollte sie so außer Reichweite sein, bis sich die Lage entspannt hatte. Der Porsche blinkte kurz auf, als sie das Schloss verriegelte. Dann ging sie die Holzstufen zur Veranda hinauf. Eine unheimliche Stille umfing sie. Die beiden würden sich doch nicht gegenseitig ins Koma katapultiert haben, dachte sie. Immerhin sah es nach einer ernsthaften Kampfszene aus, als sie vor zwei Stunden fluchtartig das Haus verlassen hatte. Glücklicherweise hatte keiner der beiden Männer sie bemerkt, so dass sie sich Davids Schlüssel schnappen und eine kleine Spritztour im Porsche machen konnte. Sie stellte die Tüte auf dem Tresen ab. Im Gastraum lagen mehrere Stühle auf dem Holzboden und ein Tisch war zerbrochen. Kein gutes Omen. Nicht, dass sie um einen der beiden Männer Angst gehabt hätte. Nein. Die beiden hatten sich schon geprügelt, als sie noch grün hinter den Ohren waren. Kurz überlegte sie, ob sich seit damals irgendetwas verändert hatte. Plötzlich hörte sie ein Hämmern und erleichtert folgte sie dem Klopfen, das von der hinteren Seite des Hauses kam. Auf der Holzterrasse umrandete sie das Bootshaus und fand David und Steve inmitten eines Brettergerüstes, das mit extrem viel Fantasie eine Schiffschaukel darstellen könnte. Beide Köpfe wanden sich ihr zu.

„Willst du sie dir vorknöpfen, oder überlässt du sie mir?"

David wischte sich die mit dem weißen, hochgekrempelten, sehr teuer aussehenden Hemd, über die Stirn und brachte ein Veilchen an seiner rechten Augenbraue zum Vorschein. Sein Hemd war blutbesprenkelt und mit Dreck beschmiert. Und auch ein kurzer Blick auf Steve, stellte sicher, dass er auch nicht besser davongekommen war. Bei ihm begann gerade ein Lavendelbusch an seinem Wangenknochen zu blühen. Trotzdem lächelte er und nickte David zu.

„Fang du ruhig an, aber lass mir noch was übrig."

Seine Worte beruhigten sie nicht unbedingt. Noch weniger freute sie sich, als David energisch auf sie zukam und ihren Ellenboden schnappte. Er führte sie ein paar Schritte vor das Haus.

„Hey, was soll das? Kannst du mir mal erklären, was in euch gefahren ist?"

„Lany, du muss langsam aber sicher lernen, dass dein Handeln Konsequenzen hat." Zischte er.

„Wieso?"

David trat nun dicht vor sie und ergriff sie. Ihre Unterarme begannen zu kribbelten. Kohlensäure schwamm ihre Blutbahnen entlang und sie sehnte sich danach, sich mitreißen zulassen. Doch die Blutspritzer an Davids Kragen hinderten sie daran, sich träumerisch seinen Berührungen hinzugeben. Dunkelgrüne Augen verweilten auf ihr und duldeten keine Romantik.

„Ich weiß wirklich nicht mehr, was ich noch mit dir machen soll." Seine Augen verfinsterten sich und die rauen Züge um seine Mundwinkel nahmen harte Konturen an. Seine Hände gruben sich stärker in ihre Arme. Sofort ließ er sie los, als hätte er sich an ihr verbrannt. Wild gestikulierte David umher und wurde rastloser.

„Manchmal wünschte ich, du wärst ein Mann, doch leider sind mir so die Hände gebunden. Ich muss wirklich, ganz dringend irgendetwas mit dir anstellen."

Melanie hatte keine Möglichkeit mehr, sich aus der Schockstarre zu befreien und zu reagieren, als Davids Augen für eine Sekunde aufhellten und er sie im nächsten Moment schnappte und über seine Schulter warf. Zielstrebig ging er zum Haus zurück. Ehe sie ihn fragen konnte, warum er sie hier durch die Gegend trug, hatte er sie bereits mit einem lauten Klatschen über die Brüstung der Terrasse geworfen und im See versenkt.

Melanie brauchte ein paar Sekunden, den Schock des eiskalten Wassers zu verdauen. Die Kälte breitete sich blitzschnell in ihrem Körper aus und ihre schweren Kleider zogen sie nach unten. Prustend und strampelnd kam sie an die Oberfläche und sah einen zufriedenen David auf der Holzterrasse stehen. Melanie strich sich die nassen Haare aus der Stirn.

„Bist du irre?"

David lächelte nur und begann sein dreckiges Hemd auszuziehen.

„Keine schlechte Idee, Lany. So ein erfrischendes Bad im See."

Sein Hemd fiel zu Boden. Darauf folgte sein Unterhemd und schon zog er sich den Reißverschluss seiner Hose auf. Normalerweise hätte Melanie sich abwenden wollen, doch so willensstark war sie dann doch nicht.

Seine Jeans fiel und mit einem kraftvollen Satz und ohne zu viele Spritzer tauchte David ein paar Meter neben ihr ins Wasser. Grinsend kam er neben ihr hoch. Melanie strampelte wie verrückt. Ihre eiskalten und schweren Klamotten zog sie immer wieder nach unten.

„Was hast du denn? Kannst du nicht schwimmen?"

Sie schüttelte den Kopf und rollte die Augen.

„Du bist ein Idiot, Bennett."

Langsam setzte sie sich in Bewegung in Richtung Steg, was ihr aufgrund ihrer schweren Schuhe und der Klamotten nicht leicht fiel.

„Ach. Bist du wasserscheu?"

„Nicht, wenn ich voll bekleidet bin."

„Hätte es dir mehr gefallen, wenn ich dich vorher ausgezogen hätte?"

Mit vielsagendem Blick ließ sich David auf dem Rücken durchs Wasser treiben.

Melanie erreichte mit größter Mühe den Steg und kletterte auf die Holzbalken, die die Terrasse im Wasser stabilisierten. Erschöpft und tropfend ließ sie sich auf dem Steg fallen und zog ihre klitschnassen Turnschuhe aus. Ihre Strümpfe wrang sie aus und legte sie fein säuberlich neben ihre Schuhe auf den Holzboden. Dann machte sie sich daran, ihre klatschnasse Jeanshose und die Bluse auszuziehen.

David pflügte während dessen durchs Wasser. Ab und an, war er immer mal einen Blick auf sie, doch ließ er sich sein Interesse nicht anmerken. Ein paar Runden schwamm er noch, ehe er Melanie auf den Steg folgte. Nass und ebenfalls erschöpft stand er vor ihr und blickte auf sein Unterhemd, dass sie sich über ihren nassen Körper gezogen hatte. Ihre Jeans hingen über der Brüstung. So schutzlos kam sie ihm nun vor, dass er sich fast schämte, sie so fest angepackt zu haben.

„Du hattest hier keinen Job zu erledigen, nicht wahr? Du hast dich gefreut, dass ich ein paar Schläge einstecken musste."

Melanie wollte lächeln, doch Davids regungslose Lippen bedeuteten Vorsicht.

„Du weißt dich zu verteidigen."

Melanie blickte ihn mit großen Augen an und unbewusst zog sie einen Schmollmund, der sie vor Schlimmerem retten sollte. David nahm ihr Kinn in die Hand und strich sanft über ihre Wange.

„Zweifellos hast du eine Strafe verdient. Doch andererseits war es ein guter Kampf und ich bin froh, dass Steve und ich wieder einer Meinung sind."

„Das seid ihr?"

„Jedenfalls, was dich angeht." David lächelte sie warm an. „Wir haben beide ein Hühnchen mit dir zu rupfen."

Ihr Gesicht immer noch in seiner Hand, drehte sie den Kopf um ein Müh, ohne dass er seine Position ändern musste, und blickte zum Porsche.

Er strich mit dem Daumen über ihre Wange und gab ihr einen winzigen Kuss auf diese Stelle. Die Stelle in ihrem Gesicht brannte plötzlich lichterloh. Dann zog er sie an sich. Ohne ein Wort, hielt er sie in seiner Umarmung und drückte ihre Wange an Seine. Er schwieg darüber, was ihn so sehr bewegte und warum er sie umarmte. Mehr brauchte es nicht. Sie hatte das Richtige getan und sie beide wussten das. Sie erwiderte seine Umarmung und drückte ihn noch enger an sich. Seine feuchte Haut störte sie nicht. Der Geruch von Seegras und Laub drang zu ihr, dazwischen auch ein Hauch teuren Bennett. Sie spürte seine Bartstoppeln, die sanfte Spuren auf ihrer Haut hinterließen. Warm und kalt lief es ihr gleichzeitig den Rücken hinab, als sie seine nackte Brust auf ihr spürte. Sie hielten sich fest umschlungen. David neigte den Kopf ein wenig nach unten und zog ihre Schultern noch näher an ihn heran. Sein heißer Atem berührte sie in ihrer Halsbeuge und beschleunigte ihren Puls.

„Ich bin am Verhungern."

Erschrocken löste David sie aus seiner Umarmung und schob sie ein Stück von sich weg. Irritiert schaute Melanie zu Steve, der bereits mit einigen Tüten Nudeln in der Tür stand. Wie es aussah, hatte er ihre Einkäufe gefunden.

„Lany, ob du uns was kochst, solange wir hier noch die restlichen Nägel einschlagen?"

„Sicher." War alles, was ihr einfiel.

Offenbar hatte sie richtig gelegen. David und Steve hatten noch eine alte Rechnung offen. Wie sie gehofft hatte, tat es ihm gut, zu sehen, dass es noch mehr gab, außer Eishockey. Die jahrelange Freundschaft zu Steve hatte ihm früher viel bedeutet. Heute schien es nicht anders. Melanie war froh, dass sie hier ein paar Dinge kitten konnte. Sie hörte die beiden bereits wieder Hämmern und stellte zufrieden fest: Hier war sie goldrichtig.

*

Nach dem Essen legten sie die Beine hoch und tranken eine Flasche Rotwein, den Steve aus seinem Weinkeller hervorholte. Die Beine auf die Brüstung gelegt, saßen sie nebeneinander und beobachteten die untergehende Sonne im Ontariosee. Melanie trug immer noch Davids Unterhemd und ihre Laufhose, die sie glücklicherweise noch in ihrer Handtasche gefunden hatte. Darüber wärmte sie eine Sweatjacke von Steve. Es war traumhaft schön mit beiden Männern auf der Veranda zu sitzen und dem Zirpen der Grillen zu lauschen. Leise fuhr der Wind durch das Blätterdach der angrenzenden Bäume und vom See vernahm man das Klatschen der ankommenden Wellen am Steg.

„Ich kann heute immer noch das Geräusch des Pucks in der Mülltonne hören."

David sprach fast zu sich selbst, als zu den beiden neben ihm.

Melanie lächelte. „Ich auch. Steve hat viel zu viele davon im Hof geschossen. Er konnte einfach nicht damit aufhören, auf alle möglichen Dinge zu dreschen. Selbst in seinem Zimmer konnte man sich davor nicht sicher sein."

David drehte sich zu ihr um. In der Abendsonne erschienen seine Veilchen nicht mehr ganz so brutal.

„Ich habe nie etwas anderes gemacht."

„Hättest du etwas anderes gewollt, hättest du es gemacht."

„Ja. Wahrscheinlich."

Steve stellte sein Glas zwischen seine Füße und trank aus der Flasche.

„Mir kommt es vor, als wären wir erst gestern 15 gewesen."

Dann stand er auf um nach drinnen zu gehen.

„Ihr habt euch kaum verändert. Ihr tragt sogar das gleiche Trikot. Was hat euch entzweit?"

„Frauen."

„Oh, Mann. Das ist doch nicht euer Ernst. Frauen?" Ungläubig schaute sie zu David auf. „Ihr wart die besten Freunde, die ich mir vorstellen konnte und dann standet ihr auf die gleiche Frau?"

David zuckte die Schultern. „Wie das halt manchmal so ist."

„Ich verstehe nicht. Wie ist das denn so?"

„Sie war eine ganz besondere Frau. Das wussten wir beide."

„Vielleicht. Aber hat einer von euch beiden sie für sich gewinnen können?"

David antworte nicht. Melanie war nicht überrascht. David Bennett tat immer nur, was er wollte.

Sie lehnte sich in ihrem Korbstuhl zurück und stützte die Ellenbogen auf.

„Wo warst du die letzten Wochen wirklich, David?"

„Skifahren, ein bisschen Relaxen bei Dora und in Florida bei meiner Mutter."

„Und wie oft hast du währenddessen mit deinem Trainer gesprochen."

Keine Antwort. Doch Melanie bohrte weiter.

„Gehört das zu deiner gesunden Beziehung zu deinem Chef? Ich kann mich erinnern, dass ich sofort die Konsequenzen zu spüren bekommen habe, wenn ich einen Fehler begangen habe."

„Meinst du nicht, dass ich bereits bezahlen musste."

„Keine Ahnung. Musstest du?"

Dass David nun wütend wurde und von ihren Fragen genervt war, ließ er sich sofort ansehen.

„Der Stanley Cup ist für mich gestorben. Mein Wechsel ist Geschichte und die Hart-Trophy werden sie keinem Verlierer verleihen."

„Wenn du fertig bist, dich zu bemitleiden, sag Bescheid."

Auch Steve prostete David mit einer neuen Flasche Wein zu, mit der er gerade auf der Veranda erschien.

„Du müsstest es eigentlich besser wissen. Du hast verschossen. Na und! Das Spiel geht weiter. In ein paar Wochen hat die ganze Welt vergessen, worüber du dir Gedanken machst."

„Toronto nicht."

Melanie blickte zu ihm auf.

„Du willst doch nicht in Toronto bleiben. Also was interessiert es dich?"

„Momentan kann ich es mir leider nicht aussuchen:"

Als die Sonne untergegangen war, kehrte sie in den Gastraum zurück und Steve köpfte eine weitere Flasche Wein. Melanie erinnerte sich nicht, wann sie ihren Bruder das letzte Mal so entspannt gesehen hatte. Sie redeten über das Bootshaus, Steves Mannschaft und anschließend fanden sie sich alle drei in Steves Schlafzimmer bei einer Runde Videospiele wieder. Gemeinsam saßen sie auf dem Bett und spielten gegeneinander.

„Das letzte Mal, als wir solche Spiele gespielte haben, hatten wir noch Pickel."

„Du vielleicht, Bennett. Aber ich habe seit meiner Scheidung jede Menge freie Abende."

David schaute nachdenklich in die Ferne und lächelte. Steve und er hatten Glück gehabt. Ihre Trikots schienen schon immer wie ein Magnet für Frauen gewesen zu sein. Auch wenn sie zu jeder Zeit von Frauen umringt wurden, kam es nie zum Streit zwischen beiden.

„Meine Mom macht das ganz richtig. Sie ist jetzt das vierte Mal verheiratet. Ich habe sie gefragt, warum sie immer wieder heiratet, wenn sie doch nach ein paar Jahren weiterzieht.

Aber sie hat gesagt: Junge, für eine Frau ist es das Schönste, ein Hochzeitskleid anzuziehen. Und wenn du dieses Gefühl vier Mal erlebst, ist es vier Mal so schön!"

Steve nickte. Mit 15 hatte er Susann Bennett kennengelernt. Sie war viel jünger, als seine Mutter und erweckte eher den Eindruck eine Freundin zu sein, als Davids Mutter. Sie interessierte sich nicht für die Fehler und Lehrerbriefe von David. Viel lieber ging sie mit ihrem Sohn ins Kino oder zum Spiel der Rovers. Einmal nahmen sie Steve mit auf ein Konzert von Alanis Morissette. In seinen Augen war sie die coolste Mutter, die man sich nur vorstellen konnte.

Vier Mal heiraten und drei Scheidungen. Plötzlich sah er vor seinem geistigen Auge Sarah in vierfacher Ausführung. Unbewusst versteifte er sich und drückte weiterhin auf den Controller. Davids Augen klebten ebenfalls am Bildschirm. Im Schneidersitz saß er mittlerweile vor dem Bett und bewegte die Arme parallel zur Laufrichtung seiner Videocharaktere.

„Komm schon. Gleich kriegst du den Rest."

Voll konzentriert holte er aus und verpasste Steves Figur einige ordentliche Fausthiebe in Kombination mit exzellenten Kicks, bis das Game Over erschien. Erschöpft legte er den Controller beiseite und nahm sein Bier an die Lippen. Am Fußende des Bettes lag Melanie zusammengerollt. Die Hände unter dem Kinn und die Füße angewinkelt, schlief sie tief und fest und gab kleine, gleichmäßige Atemgeräusche von sich. Sie sah so winzig aus. David wollte sie zudecken, besann sich aber eines besseren und schob seine Arme unter ihren Körper. Behutsam legte er ihren Arm um seinen Nacken und hob sie vom Bett auf.

„Zeigst du mir, wo sie schlafen kann?"

Steve öffnete die Tür zum Zimmer nebenan und ließ ihn ein. Dann verschwand er wieder. Im Zimmer war es dunkel. Nur das Mondlicht, das sich auf dem See reflektierte, erhellte das Zimmer. Ein kleines Einzelbett, gesäumt von einem Nachttischchen stand im Lichtschein. Leise knackste der Boden auf seinem Weg zum Bett. Erst der weiche Bettvorleger dämpfte seine Schritte. Mit größter Sorgfalt legte er sie auf die weiche Decke und deckte sie samt ihrer Sachen zu. Auch wenn es zu verführerisch war, traute er sich nicht, ihr die überflüssigen Sachen auszuziehen. Aus Angst, sie würde aufwachen und auch, weil er nicht wusste, ob er bei ihrem nackten Anblick fähig war, den Raum zu verlassen. Kaum spürbar strich er ihr die dunkle Haarsträhne aus dem Gesicht. Ihr leises Atmen setzte für einen kurzen Moment aus und tief in ihrem Inneren drang ein leises Stöhnen hervor, das ihn sofort in Alarmbereitschaft versetzte.

Seine Hände sehnten sich danach, sie anzufassen und an ihrem Haare zu riechen. Doch dann erinnerte er sich, dass sie seine Freundin war, die ihm nichts ahnend und schutzlos ausgeliefert war. Sie hatte ihn nicht darum gebeten, sie ins Bett zu bringen. Nicht auszudenken, wie sie ihn zur Strecke bringen würde, sollte sie ihn dabei erwischen.

Schnell trat er mit einem Lächeln im Gesicht den Rückzug an und verließ ihr Zimmer. Glücklicherweise erwartete Steve ihn bereits zu einer neuen Runde.

*

Seit sie die Klinik verlassen hatte, fühlte Claire sich ruhiger und ausgeruht. Doch schon lange hatte sie sich nicht mehr so sehr gelangweilt. Einzig die Stunden mit ihrem persönlichen Fitnesstrainer verschafften ihr Unterhaltung. Er brachte sie wieder in Form und verkürzte ihr so die Zeit zwischen den Therapien. Sie wollte auf Reisen gehen, neue Städte sehen, Laufstege erobern und Menschen treffen. Die nächsten Wochen verbrachte sie in Mailand, Oakland und Nizza. Ein lukrativer Werbespot holte sie zurück nach Kalifornien und nun bot ihr Manager ihr eine Modenschau in New York an, auf die die ganze Modewelt der Westküste gespannt wartete.

Holly Cummings hatte sich nicht nur einen Namen durch ihre Affäre mit Adam Wenderhall gemacht. Ihre Preview versprach einen gelungenen Auftakt in die Top Ten der kalifornischen Designer. Die Fotos wurden für ihren Einfallsreichtum gelobt. Dabei fiel auch immer wieder der Name Melanie Gardinier. Das hätte Claire ihr gar nicht zugetraut. Davids kleine Freundin schien also doch ganz tüchtig zu sein. Aber David bevorzugte ja schon immer selbständige Frauen, die sich nicht auf seinen Lorbeeren ausruhten. Doch, dass diese Person nun ihre Nachfolgerin wurde, versetzte ihr einen Stich.

„Die Gage ist unter deinem Niveau, aber die Publicity könnte es wert sein, Claire."

Genau das war es. Als sie und David noch als Traumpaar galten, hatte sie solche Auftritte nicht nötig gehabt. Publicity gab es damals genug. Wo immer sie auftauchte, ein paar Fotografen erwarteten sie bereits. In den Late Night Shows gab sie Anekdoten aus ihrem Privatleben zum Besten und beim Frühstück lächelte sie sich selbst vom Titelblatt aus an. Doch mit dem Aus ihrer Beziehung bekam auch ihre Karriere einen Knacks.

Claire blickte Arthuro spöttisch an und warf Holly Cummings Preview auf seinen Schreibtisch.

„Du hast es genau getroffen. Es ist unter meinem Niveau. Ich werde in zwei Wochen in Sydney laufen und habe nicht vor, mich vorher noch an eine Newcomerin zu verschwenden."
Der Manager legte seine Fingerkuppen aneinander und lehnte sich in seinem Stuhl zurück. Sein Seufzen verriet, dass er mit Claire nicht das erste Mal unterschiedlicher Meinung war und wusste, wie diese Unterhaltungen meistens endeten.
„Du bist ein ganz schöner Snob. Ich hoffe nur für dich, dass du dir das auch noch eine Weile leisten kannst."
„Soweit ich weiß, ist es dein Job dafür zu sorgen, nicht wahr?"

*

Holly Cummings lief in ihrer Küche auf und ab. Seit ein paar Tagen war das Baby extrem mobil geworden. Zu den unmöglichsten Momenten setzte es sie außer Gefecht, in dem es ihr in sämtliche empfindliche Gegenden trat.
Doch heute hielt sie noch ein anderer Gedanke wach. Von ihrer PR-Beraterin hatte sie erfahren, dass Claire Farway leichtes Interesse an einer Zusammenarbeit mit ihr hätte. Inwieweit dieses Gerücht wahr war, mochte sie nicht zu beurteilen. Trotzdem schöpfte sie Hoffnung, dass Claires Mitwirken in ihrer Show die Aufmerksamkeit noch steigern würde. Gleich am Morgen rief sie Melanie an und teilte ihr ihren Entschluss mit.
„Wir müssen Claire Farway gewinnen. Egal wie. Sie ist momentan einfach das beliebteste Top-Modell, das zu haben ist. Und außerdem wird sie heute Abend auf der Party sein."
„Das wundert mich nicht. Aber wie willst du das anstellen?"
„Ich muss ihr wohl ein Angebot machen, welches sie nicht ausschlagen kann."
„Willst du das wirklich? Diese Frau ist alles andere als leicht zu handhaben. Und ich bin mir nicht sicher, ob du dir solch ein Risiko leisten willst. Sie ist so…"
Melanie fehlten die Worte. Bei dem Gedanken an Claire verebbte ihre gute Laune. Sie hatte sie nur das eine Mal in Davids Haus getroffen, doch war sie ihr von Anfang an unsympathisch gewesen. Diese herablassende Haltung ihr gegenüber hatte sie ihr nicht übel genommen, doch ihre On-Off Beziehung mit David ging ihr gegen den Strich. Es sollte ihr egal sein. Sie wollte sich auch nicht den Kopf darüber zerbrechen, doch schien David viel an ihr zu liegen. Die Presse hatte längst die wahren Gründe ihres Aufenthalts im TOC herausbekommen und spekulierte

nun, ob David Ursache ihrer Probleme sei. Dass David in jeder Nachricht der Klatschpresse auftauchte, strapazierte sein Image sehr. Melanie gegenüber schwieg er zu diesem Thema. Daher fragte sie auch nicht nach.

„Die Presse liebt sie, Lany. Da geht es nicht darum, ob ich es mir leisten kann. Ich muss einfach alles auf eine Karte setzten und sie irgendwie ins Boot holen."

Holly hielt sich die Seite ihres Bauches, weil das Baby erneut für Trommelwirbel sorgte. Erschöpft ließ sie sich auf den nächsten Stuhl sinken. Beruhigend streichelte sie die kleinen Dellen, die ihre Bauchdecke anhob. Ein Schauer lief ihr über den Rücken. Sie sollte Toronto schnellstmöglich wieder verlassen. Sie könnte jederzeit Gefahr laufen, Steve oder Melanie ihr kleines Geheimnis preisgeben zu müssen. Das konnte sie einfach noch nicht!

Zwei Stunden später war sie weit weniger entspannt. Am Abend begannen ihre Magenschmerzen, die von heftigen Rebellionen in ihrem Bauch begleitet wurden. Holly fuhr allein ins Krankenhaus. Dort erfuhr sie, dass der Stress der Vorbereitungen zu viel für ihre Schwangerschaft war. Außerdem rieten ihr die Ärzte, eine kleine Auszeit zum Wohle des Babys zu nehmen. So sehr sie auch ihre Fashion Show liebte, das Risiko für ihr Baby wollte sie nicht eingehen. Tag für Tag gewöhnte sie sich mehr an die kleinen Tritte und Bewegungen unter ihrem Herzen. Sie konnte keinesfalls riskieren, dass dem Baby irgendetwas passierte. Ein Leben ohne das Kleine konnte sie sich nicht mehr vorstellen.

Den kompletten Freitag verbrachte sie also im Bett und versuchte nicht an die bevorstehende Fashion Party in New York zu denken, zu der sie nun Melanie überredet hatte. Sie schickte ihr zur Wiedergutmachung ihr Ticket, ein paar Kleider und Utensilien, die sie sicher am Abend gebrauchen konnte. Anschließend kehrte sie in ihr Bett zurück, legte einen Film ein und gönnte sich ein bisschen Eiscreme im Bett.

*

David fuhr das Verdeck seines Porsche zurück und bog auf den Highway ein. Es wurde von Tag zu Tag wärmer in der Stadt und der Sommer kündigte sich an. Vom wolkenlosen Himmel schien die Sonne herab. Überall blühten bereits die Bäume und bunte Blumen säumten die Parkanlagen. Ein lauer Wind wehte ihm um die Nase und ein Lächeln legte sich auf seine Lippen. Er fühlte sich befreit und zufrieden. Seit seiner Rückkehr in die Stadt hatte sich das

Blatt gewendet. Mittlerweile hatte er viel Zeit mit Steve im Bootshaus verbracht. Gemeinsam mit Dillon strichen sie die Holzterrasse, vollendeten den Kinderspielplatz und stellten einige Holzhütten für Fahrräder und Kleinmobile auf. Am Abend saßen sie auf der Terrasse, blickten auf den See, legten die Beine auf die Brüstung und genossen das kalte Bier. Es gab so viele gemeinsame Erinnerungen, die sie auffrischten. Sie redeten über die Spiele und die HighSchool, das College, Mädchen und über die verpatzte Saison der Rovers. Trotz allem fühlte sich David nicht länger schuldig. Melanie hatte Recht gehabt. Nun, da seine Zeit mit so vielen Dingen verplant war, die nichts mit seinem Job zu tun hatten, erkannte er, wie gut sie ihn eingeschätzt hatte. Irgendwie musste sie gespürt haben, wie viel ihm die Freundschaft mit Steve helfen würde. Sie hatte ihm die Schuldgefühle genommen. Heute Morgen hatte er mit einem Lächeln daran gedacht, wie sie ihn zur Rede gestellt hatte, als er sich bei ihr versteckt hatte. Das Gespräch mit Coach Henderson war längst überfällig gewesen. Wäre es nach Melanie gegangen, dann hätte er ihn schon viel eher aufgesucht, doch so viel Zeit ließ er sich. So viele Fehler sie auch selbst machte, was ihn anging, lag sie vollkommen richtig. Diese Einsicht behielt er allerdings lieber für sich.

Im Sommer würde er ins Trainingscamp fahren. Doch befriedigte ihn der Gedanke nicht länger. Viel lieber dachte er daran, den Sommer hier am See zu verbringen. Zu gern würde er mit ihr im See schwimmen, doch Melanie tourte gerade in New York und bereitete Hollys Fashion Show vor. So gern er ihr auch zuhörte, umso größer war seine Enttäuschung, dass sie nicht mehr Zeit für ihn hatte. David war stolz auf sie! Doch musste er zugeben, dass er sich während ihrer Abwesenheit einsam fühlte. Es war schön, eine Freundin zu haben, die für ihn da war.

Er verbachte einige Abende mit Rick und Jessica, die ihn wiederholt zum Essen eingeladen hatten. Doch nach zwei, drei Abenden fühlte er sich überflüssig. Wahrscheinlich wollten die beiden lieber weiter an einem Baby arbeiten, als ihren einsamen Freund zu unterhalten.

Vielleicht sollte er einen der vielen Anrufe von Claire antworten, die ihn schon seit ein paar Tagen zu erreichen versuchte. Doch er besann sich eines Besseren.

Am Abend saß er im Flugzeug nach New York. Ein bisschen Abwechslung würde ihm gut tun. Claire erwartete ihn bereits am Flughafen.

„Du hättest nicht extra herfliegen müssen, David. Ein Rückruf hätte ausgereicht."

Claire saß neben ihm im Taxi und beobachtete die vorbeiziehenden Häuserschluchten und spielte mit ihrer Halskette. Ihr Haar erinnerte ihn an seidiges Gold, ihre Augen zierte perfektes

Make-Up und ihr enganliegender Hosenanzug saß perfekt. Seit ihrem letzten Treffen schien sie erholter und ruhiger. Doch aus Erfahrung wusste er, dass Claire niemals lange in diesem Zustand bleiben würde. Selbst in ihrem gemeinsamen Urlaub in Barbados hatte sie es nie lange mit ihm an einem einsamen Ort ausgehalten. Im Trubel und in der Großstadt fühlte sie sich einfach wohler. Kaum vorstellbar, dass sie ihn beim Angeln begleitete.

„Ist immer wieder schön, in N.Y. zu sein. Wie läuft deine Schuhkampagne? Ich habe davon gelesen. Gratuliere."

„Ganz okay. Solange ich die Dinger nicht auch privat tragen muss. Die Sandalen sind so unschön."

Sie aßen italienisch und besuchten anschließend eine Party von Claires Manager Arthuro, der in der Stadt ein Penthouse besaß. Es dauerte nicht lange, ehe David sich fragte, warum er eigentlich nach New York gekommen war. Als Arthuro über Holly Cummings Fashion Show plauderte wurde er aufmerksamer. Hollys Beziehung zu Wenderhall, ihre aktuelle Zurückgezogenheit und die zweifellos guten Previewfotos von Melanie hatten das öffentliche Interesse geschürt. Man erwartet mit Spannung die New Yorker Fashion Show, auf der Holly ihr Debut geben würde. Von Melanie wusste er, dass sie für einige Tage nach New York gekommen war, um Holly zu unterstützen, doch mehr hatte sie ihm nicht anvertraut. Ihre Telefonate ließen nach. Gestern früh erst hatte sie ihm eine kurze Nachricht geschickt. Sie hatte ihn von einem Eislaufwettbewerb erzählt, zu dem sie mit Kim fahren wollte. Da sie kurzfristig absagen musste, hatte sie Steve gebeten, Kim zu begleiten.

Von Steve wusste er, dass auch Melanie oft bei diesem Wettbewerb teilgenommen hatte und deshalb mit Kim zusehen wollte.

„Hat sie auch gewonnen?"

„Mehrmals. Du hättest sie sehen sollen. Wie eine Eisprinzessin hat sie sich aufgeführt. Es gab immer Streit mit unserer Mutter, weil Lany ihre ganz eigene Vorstellung vom Kostüm hatte. Ihr Kleid musste fliegen. Nur schneeweißen Schlittschuhe und weiße, passende Bänder im Haar. Erst dann war sie zufrieden und bereit für ihren Auftritt. Das war jedes Mal ein riesiger Affenzirkus.

Ihrer Trainerin gefiele ihre Dickköpfigkeit nicht, doch zu ihrem perfekten Outfit lieferte sie eine grandiose, perfekte Show ab. Ihre Trainerin verzieh ihr immer schnell."

„Diese Kirjakova?"

„Genau. Sie wollte mit Melanie eine Profikarriere beginnen."

„Hätte sie es geschafft?"

„Das weiß niemand. Sie hat es nicht versucht. Stattdessen hat sie sich hinter unserem Vater versteckt und alles sausen lassen."

„Aber ich dachte, dass er es ihr verboten hatte."

Steve hatte ihn ungläubig angeschaut.

„Bennett, sie war 18 Jahre alt. Was hätte er ihr denn noch verbieten können? Sie war erwachsen."

„Ich denke, es war nicht so einfach für sie, sich gegen ihren Vater zu behaupten."

„Hör auf mit dem Mist. Das höre ich schon zehn Jahre lang. Lany hatte Angst vor ihrer eigenen Courage und gab Dad die Schuld daran. Sie soll endlich aufwachen. Sie hat es verbockt und nun will sie es nicht wahr haben."

Steves Worte fielen ihm wieder ein, als Arthuro über seine Begegnung mit ihr auf einer Party sprach. Davids Aufmerksamkeit kehrte zurück.

„Diese Kleid der kleinen Ms. Gardinier war so was von last season. Undenkbar."

Mittlerweile kannte und verabscheute er die Denkweise der Modeleute. Alles was beeindruckt hatte, wurde von dem Gegenüber heruntergespielt. Wahrscheinlich hatte Melanie ihnen mehr imponiert, als sie zugeben wollten.

„Ich frage mich, ob Holly Cummings davon weiß, dass sie die Hauptrolle in ihrer Show an eine Newcomerin namens Monica Williams vergeben hat. Ich meine, alle Welt sieht in diesem Moment auf die Akteurin auf dem Laufsteg. Da kann sie doch kein No-Name Modell laufen lassen."

Die blanke Eifersucht sprühte nur so aus Claires Augen. Melanie hatte ihm erst letzte Woche von Monica erzählt. Als angehende Moderatorin bei Channel 5 traf sie Melanie zufällig während eines Interviews mit einem NBA Star. Melanies guter Blick für Authentizität und Ästhetik bestärkten sie in ihrer Überzeugung, dass Monica wie geschaffen für Hollys Fashion Show wäre. Vier Tassen Kaffee und zwei Stunden später, sagte Monica zu und wurde Hauptakt auf Hollys Fashion Show. Dass Holly eine Newcomerin bevorzugte, anstatt Claire, zeugte von Mut. Wahrscheinlich wäre Claire der größere Publikumsmagnet gewesen. David überschlug kurz, ob ihr Aufeinandertreffen in Venice zu der Feindschaft geführt hatte. Er konnte nur hoffen, dass dem nicht so war.

„Bennett, sie ist doch eine Bekannte von dir?"

Claire blitze ihn aus kleinen Augen an und stach mit dem spitzen Zeigefinger in seine Brust.

„Ja."

„Weiß sie, welchen Schaden sie damit für Holly Cummings anrichtet?"

„Ich wette, Melanie und Holly sind sich einig."

„Sie scheint nicht nur unglaublich dumm zu sein, nein, sie ist zudem auch noch ziemlich frech. Als wir uns begrüßt hatten, ließ sie mich doch tatsächlich für diese Monica stehen."

„Sieht sie gut aus?"

„Monica? Sie ist groß und für meine Verhältnisse ein wenig üppig. Doch hat sie eine schöne Nase. Wahrscheinlich wurde sie nicht damit geboren."

Der Neid innerhalb der Brache war sehr ausgeprägt. Wie sollte Claire auch zugeben, dass Monica eine gutaussehende Frau mit viel Charakter war. Doch David verstand, dass Melanie eine Frau aus dem öffentlichen Leben vorzog, die gleichzeitig mehr als nur Mode verkörperte. Monica Williams war eine Frau mit Klasse!

„Vielleicht sollte ich mich mit Holly Cummings unterhalten und ihr von Melanie Gardiniers Unfähigkeit berichten."

Arthuro nippte an seinem Champagner und spielte den Retter in der Not. Es war ein Gesetz der Brache, dass niemand um einen Job bettelte. David erschien es immer klarer, dass Claire sich dafür bewarb. Die nötige Aufmerksamkeit hatte der bevorstehende Auftritt bereits. Nun fehlte nur noch das zurzeit bekannteste Gesicht. Gleichgültig zuckte sie die Schultern.

„Wenn es dir Spaß macht."

„Ich dachte, es freut dich, wenn der Gardinier mal gehörig der Kopf gewaschen wird?"

David schmunzelte.

„Ihr glaubt doch nicht etwa, Holly gegen Melanie aufbringen zu können?"

„Es ist allseits bekannt, dass sie karrieresüchtig ist. Dann sollte es ein Leichtes sein. Außerdem bin ich gerade so angesagt. Sie braucht mich."

Claire liebte es!

„Das mag sein."

„Also wird sie sich für mich entscheiden. Ist doch klar."

„Gegen die beiden bist du machtlos. Sie verbindet nicht nur eine Geschäftsbeziehung. Sie sind auch die besten Freundinnen."

„Für Geld und Einfluss vergisst man seine Prinzipien."

„Die beiden nicht."

Claire zog die Stirn kraus.

„Und warum taucht sie auch mit Rodwell auf? Ist es nicht absolut ignorant mit deinem Feind aufzukreuzen, wenn sie doch deine Freundin ist?"

David lächelte erneut. Wie konnte er den beiden erklären, dass Melanie sich nicht ihre Freunde anhand des People Magazins aussucht. Zu gern würde er deren Gesicht sehen, wenn sie erfuhren, dass sie den Großteil ihrer Zeit mit 12-jährigen Mädchen verbrachte.

*

Nach einigen Tagen der Ruhe, zog es Holly bereits wieder zurück zum Trubel. Die Gedanken an ihre bevorstehende Fashion Show begleitete sie ständig. Es gefiel ihr nicht, Teile ihrer Arbeit an Melanie zu übergeben. Melanie war die Einzige, der sie vertraute. Trotzdem missfiel ihr, wie Melanie ihre Anforderungen umsetzte. Ihrer Meinung nach ging Melanie viel zu entspannt und unkontrolliert vor. Sie war sich nicht bewusst, dass diese Show Hollys Einzige sein würde. Nur mit viel Glück und Zielstrebigkeit, der nötigen Disziplin und Hartnäckigkeit würde sie erfolgreich sein. Holly war außer sich, als sie hörte, dass Melanie Claire Farway einen Korb gegeben hatte. Melanie musste doch wissen, wie gut Claire ihrer Show getan hätte. Doch Melanie winkte ab. Die Natürlichkeit von Monica würde die Bekanntheit von Claire in jedem Falle überlagern. Hier war Holly anderer Meinung. Das waren keine Entscheidungen, die Melanie aus dem Bauch heraus treffen konnte. Entgegen aller Bedenken von Melanie engagierte sie Claire. Augenblicklich hatte sie Melanie klargemacht, dass sie sich mit der angemessenen Professionalität ihr gegenüber verhalten sollte und sich nicht länger von ihren Gefühlen leiten lassen sollte.

Holly verließ gerade den Supermarkt mit unzähligen Taschen, als ihr jemand wiederholt in die Seite trat.

„Au."

Holly krümmte sich und stellte die Taschen vor sich auf den Bürgersteig. Schmerzverzerrt hielt sie sich die Seite. Jetzt schon kam es ihr vor, als ob das Kind ihrer Kontrolle entwich. Wie sollte das erst werden, wenn sie das Kind groß ziehen würde? Panik stieg in ihr auf. Ihr Kopf fühlte sich heiß an und ihr lief der Schweiß zwischen den Brüsten herab. Im Moment wollte sie sich nur auf ihr Baby konzentrieren und alles andere ausblenden.

Ein weiterer fester Stich in ihrem Bauch. Holly holte tief Luft und lies sich ungeachtet ihres 200 Dollar Kleides auf die Bordsteinkante fallen.

Im Umkreis von 100 Metern hatte sie einige Blicke auf sich gezogen. Passanten warfen neugierige Blicke auf die Schwangere, deren Einkaufstüten auf der Seite lagen. Ein Apfel rollte den Bürgersteig entlang, doch Holly hielt ihn nicht auf. Eine einsame Träne rannte ihre Wange hinab. Sie hielt sich den Bauch und presste ihre Hand schützend an ihre Seite. Jeder Tritt glich einem Messerstich von innen. Sie erfolgten unregelmäßig und mit jedem Stich stärker. Ihr cremefarbenes Kleid würde sicher bereits ruiniert sein, doch das interessierte sie nicht länger. Alles, vorauf sie sich konzentrierte, war das Abfangen der nächsten Attacke. Jemand kam eilig auf sie zugestürmt. Er griff unter ihre Arme und hob sie mit Leichtigkeit auf die Beine.

„Miss. Sie müssen ins Krankenhaus. Denken Sie an Ihr Baby."

Als ob sie nicht die ganze Zeit daran erinnert wurde! Der Fremde winkte ein Taxi heran und öffnete ihr die Tür.

„Soll ich Sie begleiten?"

Holly schüttelte den Kopf. Erst jetzt musterte sie den jungen Mann näher. Er war Anfang 20 und hatte hübsche braune Haare, die in leichten Locken von seinem Kopf abstanden. Ehrliche braune Augen blickten sie abwartend an. Er hatte etwas Sanftes an sich, das sie sofort beruhigte. Doch sie konnte sich nicht in ihnen verstecken. Sie allein war für ihre Situation verantwortlich.

„Vielen Dank. Das ist nicht nötig."

Die Fingerknöchel wurden weiß und ihre Hand krampfte noch stärker um die Autotür. Ihr sonst so lockeres und blondes Haar, das ihr in langen Wogen über die Schultern floss, hing ihr mitleidig über die Schultern und verdeckte ihre Brüste. Ihre Augen waren wässrig und Tränen liefen ihr die Wangen entlang. Ihr Kleid war nun endgültig ruiniert. Holly war sich bewusst, dass alles Hübsche und Anziehende an ihr vor einigen Monaten gegangen war.

Der junge Mann schob sie sanft auf die Rückbank des Taxis und gab dem Fahrer noch die Adresse vom nächsten Krankenhaus.

Doch Holly wollte gar nicht weg von hier. Der besorgte Blick in seinen Augen berührten sie. Eine weitere Träne lief ihr die Wange hinab.

„Okay."

Im Taxi wurde sie ruhiger. Holly schloss die Augen und sehnte sich nach ihrem alten Leben. Es würde wohl nie wieder so sein. Allmächtig wurden die Schmerzattacken rhythmischer und regelmäßiger, aber nicht geringer. Aus Angst um das Baby, aus Hilflosigkeit und aus Scham, griff sie zum Telefon. Sie musste ihn anrufen. Er hatte ein Recht darauf, es zu erfahren.

Im Krankenhaus ließ Holly Ultraschall und Sonografie über sich ergehen, ehe alle Ärzte ihr versicherten, dass es dem Baby gut ginge. Sie bekam einige babyverträgliche Medikamente und wurde unter Beobachtung gestellt.

Draußen war es bereits dunkel. Ein paar Tage sollte sie noch hier bleiben, ehe sie wieder entlassen wurde. Auf dem Gang waren Stritte zu hören. So schnell sie näher kamen, entfernten sie sich auch. Hollys Blick ging zur Tür, doch die blieb verschlossen. Die Isolation in ihr war so groß, dass sie sich unbeweglich fühlte. Sie sollte in New York sein, doch an eine Reise in ihrem Zustand war nicht zu denken.

*

Melanie verharrte einen Moment hinter der Kamera, als Claire sich in Hollys Kleid bewegte. Der tief sitzende hellblau-grüne Stoff gab viel zu viel Dekolleté frei und zog sämtliche Aufmerksamkeit auf die schmale Raffung am Brustansatz. Melanie ließ sie drehen und tanzen, doch ergab sich kein zufrieden stellendes Bild. Dafür, dass Holly Claire Farway Unmengen von Geld für ihre Präsenz zahlte, musste mehr her, als ein herkömmliches Bild.

„Lass uns eine Pause machen, Matthieu."

Matthieu, der schon seit einer ganzen Weile die Lichtquellen justierte, nickte und machte sich auf den Weg in die Küche.

Claire stieg aus ihrem Set und ging hinaus auf die Terrasse. Melanie beobachtete sie noch eine Weile, wie sie sich eine Zigarette ansteckte und auf die Brüstung setzte.

Melanie legte die Kamera zu Boden und überlegte. Inmitten der aufgebauten Szene kam Claire nicht entsprechend zur Geltung. Sie stützte die Unterarme auf den Oberschenkeln ab und ließ ihren Blick schweifen. Was machte eine Claire Farway aus? Warum wurde sie von so vielen Frauen beneidet und von Männern begehrt? Das farbige Kleid passte nicht zu ihr. Sie war kein

Paradiesvogel. So wie sie rauchend auf der Brüstung saß und die Beine in den Stahlhalterung verhakte hätte sie auch in einen 50er Jahre Streifen gepasst. Sie war keine Audrey Hepburn. Dafür war sie nicht niedlich und naiv genug. Sie hatte zu viel Selbstvertrauen. Claire wusste, was sie wollte und nahm, was ihr gefiel. Wie Holly eben. Ihr Mund zog fordernd an der Zigarette. Kleine Fältchen bildeten sich bei jedem Zug zwischen ihren Augenbrauen und an ihren Lippen. Ohne zu wissen, wonach sie suchen sollte, ging Melanie in die Garderobe und durchstöberte sämtliche Entwürfe von Holly. Sie erinnerte sich, dass Holly von einem Kleid erzählte namens Zebra. Nur die Farbgebung erinnerte an das Tier. Es war Weiß mit einigen wenigen unregelmäßigen schwarzen Streifen, die von der Brust bis hinab zum Knie reichten. Der Rock war leicht ausgestellte und beim Drehen veränderten die verschiedenen schwarzen Streifen in unregelmäßigen Längen ihr Aussehen. Ähnlich metamorphos war auch Claire. Als Melanie es in den Händen hielt, wusste sie, dass Claire darin sie selbst sein würde. Sie ließ Claire neu schminken. Helle Haut, dunkle Augen, heller Mund. Das Kleid veränderte sie augenblicklich und bekräftigte Melanies Idee. Eine Rückkehr zu dem extra aufgebauten Set war ausgeschlossen. Gleich hier, an der metallenen Brüstung, die noch zusätzlichem Kontrast geben würde, wollte sie Claire fotografieren. Verwundert, ließ Claire sich eine neue Zigarette anstecken und posierte.

Melanie war augenblicklich gebannt. Das war Claire Farway. Leicht, verrückt, stark und mutig zugleich. Melanie dirigierte ihre Blicke und Bewegungen und konnte nicht aufhören, Claire Farway sich selbst imitieren zu lassen.

*

Selbst Stunden später saß Melanie über ihrem Laptop und bewunderte den starken Ausdruck der Fotos. Hollys Kleid unterstrich Claires authentisches Erscheinungsbild. Hochmütig blickte sie über ihre Schulter hinab auf die Straße. Hier oben im achtzehnten Stockwerk des Hauses erschien sie furchtlos und erhaben. Ihre scharfen Gesichtszüge wurden durch das ungewöhnliche Kleid unterstrichen. Melanie machte einige Klicks auf dem Laptop und wechselte ins Schwarz-Weiße.

„Nicht nötig, Melanie. Mehr Intensität kannst du nicht ins Bild bekommen."

Melanie erschrak, als sie Claire hinter sich erkannte. Die meisten Mitarbeiter des Teams waren bereits gegangen.

„Ich dachte, du wärst schon weg."

„Beim Abschminken bin ich sehr gründlich."

Melanie wusste nicht, was sie sagen sollte. Normalerweise fiel es ihr nicht schwer, sich zwanglos zu unterhalten. Doch ihre Abneigung gegen diese Frau war größer als ihre Höflichkeit. Melanie widmete sich erneut ihrem Laptop und wartete darauf, dass Claire verschwinden würde. Doch diese bewegte sich nicht und verschränkte die Arme vor der Brust.

„Dein Auftritt letztens war ziemlich peinlich."

Verwunderte drehte sie sich zu ihr herum.

„Wieso?"

„Holly hat mir erzählt, dass sie mich unbedingt dabei haben will. Das will Jeder. Warum du nicht?"

Melanie seufzte und rieb sich die Augen. Eigentlich hatte sie diese Art der Aussprache vermeiden wollen. Doch anscheinend bestand Claire darauf.

„Es ist kein Geheimnis, dass ich dich nicht mag. Genauso wenig wie du mich."

„Dann sind wir uns ja einig."

Melanie nahm ihre Arbeit am Laptop wieder auf und wartete, dass Claire das ähnlich sah.

„Hast du Angst vor mir?"

„Nein."

„Du fühlst dich bedroht!"

Ein diebisches Lächeln blitzte auf Claires Gesicht auf. Ihre blonden Haare steckten noch in dem strengen Haarknoten, der ihre Züge noch kantiger machte.

„Wie könntest du mir gefährlich werden? Du hast schließlich alles, was man sich wünscht."

„Es ist wegen David, nicht wahr? Seit unserem Treffen in seinem Haus hasst du mich. Habe mir gleich gedacht, dass es um David geht. Du willst ihn auch, nicht wahr?"

„Nein. Falsch."

Ihre Antwort kam einen Tick zu schnell. Um dem Ganzen einen glaubwürdigen Anstrich zu verpassen, drehte sie sich zu ihr um und führte gedehnt fort.

„Und du willst ihn auch nicht. Du liebst nur das Gefühl, dass er für dich da ist. Dass er dein Retter in der Not ist. Doch ich glaube, du brauchst nur eine Ausrede, wenn es gerade nicht so gut läuft bei dir." Claire war völlig ruhig.

„Bei mir könnte es aktuell nicht besser laufen."

„Ich habe das Gefühl, dass er dein Ventil ist. Aber es ist dein Leben, Claire. Dafür bist du ganz allein verantwortlich."

„Ich gebe niemandem die Schuld. Kein Grund dich einzumischen"

Claire war ruhig und gelassen. Sie zog an ihrer Zigarette, doch ihre Hand zitterte. Das war das einzige Anzeichen, dass sie log. Ansonsten sah sie absolut cool aus. Da sie nicht widersprach, beendete Melanie ihre Gedanken.

„Du hast alles, wovon Mädchen ein Leben lang träumen. Doch nun, da du alles erreicht hast, weißt du nichts mehr mit dir anzufangen und wirfst dich weg."

„Du glaubst, du kennst mich."

„Das stimmt."

„Warum tust du das?"

„Weil du mir leid tust. Ich will dir klar machen, dass ich aus einer kaputten Frau, die nichts Erstrebenswertes mehr an sich hat, keine Prinzessin zaubern kann. Wie könnte so jemand ein Holly Cummings Kleid tragen. Wir brauchen Frauen, die Stärke ausstrahlen, die wandlungsfähig sind, ohne zerrissen zu wirken. Dadurch ist die Arbeit mit dir so unglaublich schwer. Das wollte ich von Anfang an vermeiden. Deshalb habe ich dich abgelehnt. Doch Holly hat immer noch das letzte Wort."

Claire war fassungslos. Sie wurde von einem Niemand abgelehnt.

Melanie verzog keine Miene.

„Du hattest gefragt. Dadurch nahm ich an, du wolltest eine ehrliche Meinung hören."

Claire zuckte die Schultern und zeigte sich kein bisschen getroffen. Entweder hörte sie das ständig, oder es war ihr einfach egal.

„Trotz alle dem müssen wir hier zusammen arbeiten und eine Lösung finden."

„Du kündigst?"

„Erst nach dir."

„Vergiss es."

Claire setzte sich auf Melanies Schreibtisch und schlug die Beine übereinander. In ihrer Tasche suchte sie eine Zigarette und zündete sie sich an. Genüsslich zog sie an ihr.

Melanie ergriff als Erste das Wort.

„Wenn keiner von uns kündigt, dann werden wir wohl kooperieren."

„Und wie?"

„Du verhältst dich gewohnt professionell und ich lass dich keine extra Stunden ableisten."

Claire zog erneut an ihrer Zigarette und musterte Melanie. Die Kleine war machtlos. Sie kannte niemanden und niemand kannte sie. Die Öffentlichkeit interessierte sich nicht für Mädchen wie sie. Sie wollten Trubel und Erfolg, Höhen und Tiefen miterleben. Sie wollten Eine wie Sie: Claire Farway. Und dieses Mädchen hatte keinerlei Respekt vor ihr. Das Einzige, was man ihr zugute heißen konnte, war ihr gutes Händchen am Auslöser. Sie erzeugte atemberaubende Bilder. Sie musste ihr eingestehen, dass Melanie Gardinier in ihr etwas anderes sah, als der Rest der Menschen. Melanie hatte sie erkannt und absolut authentisch abgebildet. Das war ihr bisher nur sehr selten passiert. David hatte Recht behalten. Melanie hatte großes Talent.

„Einverstanden. Wenn du dein Niveau beibehältst und weiterhin so fotografierst, wie heute."

Melanie nickte und widmete sich erneut ihrem Laptop, während Claire vom Schreibtisch aufstand und ihre Tasche nahm. Sie warf einen Blick auf die nächsten Fotos und schmunzelte.

„David hat mir gesagt, dass du gut bist. Ich hab ihm nicht geglaubt."

„Das hat er dir gesagt? Wann?"

„Als er letzte Woche für ein paar Tage bei mir war."

Melanie nickte. Klar besuchte er sie. Warum hatte er sich nicht bei ihr gemeldet oder war vorbeigekommen? Melanie überlegte kurz, ehe sie entschied, dass sie sich genauso wenig bemüht hatte, ihn zu erreichen.

*

Drei Wochen später und zurück in Toronto hielt ein schwarzer Porsche neben Melanie, als sie gerade die Straße überqueren wollte. Das Fenster der Beifahrertür fuhr herunter und David lächelte sie an.

„Kann ich Sie ein Stück mitnehmen?"

Da sie sowieso schon zu spät war, um zum Interview rechtzeitig zu erscheinen, entschied sie sich rasch einzusteigen.

„Klar. Ich muss zum Chester-Studio."

Melanie schnallte sich an und klopfte mit der flachen Hand auf das Armaturenbrett, um ihre Bereitschaft anzuzeigen. „Los geht's!"

David schüttelte den Kopf und bog zurück auf die Straße.

„Steigst du immer so schnell bei fremden Männern ins Auto? Ich fang langsam an, mir Sorgen um dich zu machen."

Melanie grinste und beobachtete ihn von der Seite. Sein Haar war kürzer, seine Haut einen Touch dunkler und die kleinen Härchen auf seinen nackten Unterarmen schimmerten golden von der Sonne. Die letzten drei Wochen hatte er in seinem Haus in Kalifornien verbracht. Der Urlaub war ihm anzusehen. Er trug eine Sonnenbrille. Er strotzte nur so vor Gesundheit und innerer Zufriedenheit. Das letzte Mal als sie ihn so sah, hatte er sein Konferenzfinale noch vor sich. Doch das wollte sie ihm nicht auf die Nase binden. Er schien erholt und zu seiner alten Form zurückgekehrt zu sein.

„Nicht nötig."

David zog die Lippen kraus und blickte zu ihr herüber. Trotz der Sonnenbrille lag Wärme in seinem Blick und etwas Zärtliches. Augenblicklich fühlte sie sich geborgen und sicher.

David brachte sie schnell zu den Chester Studios und sie verabredeten sich für ein paar Stunden später im LeFu. David saß mit einer Suppe am Tresen und unterhielt sich mit Trevor, als Melanie ihre Tasche neben ihm ablegte und sich setzte.

„Hallo Trevor, wie geht es dir?"

„Danke. Gut. Und wie ich höre, hast du einen guten Job an Land gezogen? Claire Farway, Holly Cummings, Lilian Rochett, Bernadette Van Peux. Alles schöne Frauen, die deiner Stimme folgen. Du bist zu beneiden. Ehrlich."

Melanie blickte zu David herüber, doch der löffelte genüsslich seine Suppe ohne aufzusehen.

„Ja. Die sind alle wunderschön. Doch damit sie handzahm werden, braucht es mehr als mich. Dafür benötige ich ein Betäubungsgewehr."

Trevor zog die Augenbrauen hoch.

„Wenn sie unartig sind, brauchst du mich nur anzurufen und ich komme vorbei, um dir zur Hand zu gehen."

Melanie lachte. David legte seinen Arm um ihre Schulter und drückte sie an sich.

„Glaub mir, Trev. Unsere Melanie weiß ganz genau, was sie tut. Vordergründig spielt sie uns das unschuldige, kleine Mädchen vor, doch ab und an zeigt sie ihr wahres Gesicht. Dann nimmt sie die Girls an die kurze Leine."

Trevor lachte ebenfalls. Melanie blickte irritiert zu David auf und befreite sich aus seiner Umklammerung.

„Das war mein voller Ernst. Du kannst dir nicht vorstellen, welche Geduldsproben ich durchstehen muss, wenn die Mädchen in der Maske sind oder wenn sie mir in meine Arbeit reinreden, weil sie ihre angeblichen Makel vertuschen wollen. Das ist ein Knochenjob. Wenn ihr denkt, ein paar Mal auf den Auslöser zu drücken sei alles, dann irrt ihr euch. Ich meine, ich will mich nicht beschweren. Ich liebe das. Doch ist es auch total anstrengend zwei Jobs in zwei Städten gleichzeitig zu machen."

„Na warte. Ich bring dir erst einmal etwas zu Essen."

Melanie lächelte dankbar.

„Claire hast du scheinbar die Krallen gestutzt."

„Was meinst du?"

„Normalerweise beschwert sie sich sehr gern. Bis vor kurzem warst du ihr schlimmster Albtraum."

"Und ich dachte, das wären ihre Schenkel."

David schmunzelte.

„Sie erzählte von einem absoluten Highlight. Keine Ahnung, was sie meinte. Irgendwas mit einem Zebra. Das habe ich, ehrlich gesagt, nicht verstanden. Doch von dir hat sie respektvoll gesprochen."

„Wow."

Trevor brachte ihr eine Suppe und dazu einen Bagel.

David beobachtete, wie Melanie ihre Suppe zu löffeln begann und ein kleines Lächeln ihre Mundwinkel zierte. Ihr Haar fiel leicht über ihre Schultern. Die gebogenen Augenbrauen verliefen symmetrisch. An ihren Ohrläppchen schimmerten kleine glänzende Steine unter ihrem dunklen Haar. Eine kleine Nasenspitze wies den Weg zu ihrem Mund, der ihre weißen Zähne enthüllte, ehe er sich sanft um den Löffel schloss. Lächelnd blickte sie zu ihm auf.

„Das klingt, als wäre sie zufrieden. Das heißt, keine Negativschlagzeilen diese Woche?"

Auch wenn sie das mit lachenden Augen sagte, wusste David, dass sie keinesfalls spaßte. Bevor er sich darüber im Klaren war, was er bezweckte, sprudelten die Worte nur so aus ihm heraus.

„Das weiß man nie so genau bei ihr. Ihre extremen Stimmungsschwankungen halten eine Menge Chaos aus."

Melanie legte den Löffel beiseite und schenkte ihm ihre gesamte Aufmerksamkeit.

„Claire hat nie gelernt, auf Grenzen zu stoßen. Dabei hat sie schon vor langer Zeit die Kontrolle verloren. Sie weiß, was sie wert ist, lebt mit dem Druck, ihren Wert zu erhalten und kanalisiert ihre gesamte Energie dementsprechend. Dieser psychische Druck wird immer größer. Da dauert es nicht lange, bis man sich einen Weg sucht, der den Kopf für ein paar Stunden ausschaltet. Als wir beide uns noch regelmäßig trafen, bemerkte ich erste Anzeichen von Verstörtheit und Unzufriedenheit. Doch du kannst dir sicher vorstellen, dass man für eigene Probleme blind ist."

Es war das erste Mal, dass David ihr einen Blick in sein Innerstes gewährte. Fassungslosigkeit stand ihr aufs Gesicht geschrieben.

„Du hast es die ganze Zeit gewusst und ihr dabei zugesehen?"

„Ich hätte nicht gedacht, dass ich mich dafür jemals rechtfertigen muss. Ich habe wirklich versucht, ihr zu helfen. Doch sie liebt den Trubel um ihre Person. Ihr Termindruck, die ständige Präsenz. Am liebsten wäre sie überall auf der Welt gleichzeitig. Immer hübsch, immer frisch, immer gestylt. Der Körper verkraftet den ständigen Stress nicht. Für sie gehörte das Eine zum Anderen."

„Ich kann nicht glauben, dass man seinen Partner so im Stich lassen kann. Was ist mit gegenseitigem Vertrauen und Verständnis? Wo ist die Geborgenheit und Liebe in solch einer Beziehung? "

Davids Miene wurde leer. Er blickte ihr in die Augen, doch nun war dunkle Trauer zu sehen.

„Unsere Beziehung existierte die letzten Monate ausschließlich in der Presse. Wir waren ewig damit beschäftigt einen Termin zu finden, an dem wir uns sehen konnten. Da ich selbst ständig unterwegs bin, war es mir ganz recht. Doch wir hatten von Anfang an keine Chance. Sie jettete um die Welt und ich war mit den Rovers unterwegs. Ich gehörte nicht zu ihrer Welt. Sie nicht zu meiner. Mir gefiel, dass sie unabhängig war und ein eigenes Leben hatte."

Nach einem Schluck aus seinem Glas sprach er weiter.

„Aber versuche einmal einen Star zu überreden, mit dem aufzuhören, womit er die meiste Anerkennung bekommt. An Verschnaufpausen war nie zu denken. Das wäre das Ende ihrer Karriere, meinte sie. Dass es ihr körperliches Ende sein wird, hat sie immer verleugnet."
„Wenn du sie geliebt hast, warum hast du dann nicht mehr für sie gekämpft? Warum hast du sie nicht in dein Leben gelassen und ihr Problem zu deinem gemacht?"
Melanies Frage traf ihn unvorbereitet. An der plötzlichen Anspannung seiner Rückenmuskeln konnte sie sehen, dass sie einen wunden Punkt getroffen hatte.
Keine Antwort. Damit hatte sie gerechnet. David ließ ihr immer nur so viel Raum, wie er für richtig empfand. Seine Augen waren leer und sein Herz verschlossen. Soweit Melanie das beurteilen konnte, musste David sich hier selbst zur Rede stellen. Und solange er sich ihre Frage nicht beantworten konnte, würde sie ihn quälen.

*

„Warum hast du es ihr nicht gesagt?"
Greg gab ihm eine weitere Bierflasche und stieß diese mit Seiner an. Auf der Veranda von Gregs Haus und in der beginnenden Dunkelheit war er bereit, der Wahrheit ins Auge zu sehen. Melanies Worte hallten ihm lange genug in den Ohren, so dass er sich eingestehen musste, was er so lange im Verborgenen hielt.
David zuckte die Achseln.
„Eine Frau versteht nicht, dass man ein guter Mensch sein kann und gleichzeitig seine Freundin im Stich lässt, weil sie einem nicht so viel bedeutet hat."
„Sie wird es verstehen, wenn du es ihr erklärst. Doch dazu musst du ihr einen Blick in deine Seele gewähren." Das war wohl der wahre Grund für sein Schweigen.
David beobachtete interessiert den Verlauf seiner Nähte an den Schuhen, doch entging ihm keineswegs die Tragweite von Gregs Vorschlag. Melanie hatte ihm bereits zutiefst geschadet. Selbst wenn sie im Nachhinein nicht der Mensch war, für den er sie gehalten hatte. Doch wusste er nicht, ob er seine gute Freundin für die Wahrheit verlieren wollte. Das Risiko war zu groß.
„Du kennst doch sicher eine Frau namens Tanja Kirjakova."
„Wie kommst du denn jetzt auf die?"

Greg strich sich die Haare aus der Stirn und blickte überrascht zu David. Seine grauen Bartstoppeln verdunkelten sich im Abendrot und dessen wachsamen Luchsaugen fixierten ihn.

*

Mit mehreren Einkaufstüten beladen, stolperte Holly zur Wohnungstür herein und blickte auf die zwei Gestalten, die seit ein paar Tagen anscheinend zum Inventar gehörten.
„Lany, Schätzchen. Du bist Geber!."
Melanie strich sich die Haare aus der Stirn und blickte auf den Stapel Karten, den ihr Donnie über den Tisch zuschob. In letzter Zeit hatte er es sich zur Angewohnheit gemacht, überraschend bei Melanie vorbeizuschauen und sich die Zeit zu vertreiben. Seit die Whalers den Stanley Cup gewonnen hatten, war das Medieninteresse an Rodwell noch stärker geworden. Egal, welche bildschöne Begleiterin an seinem Arm hing, er war Thema Nummer 1. Einerseits genoss er den Rummel um seine Person und liebte es, über sich zu reden, doch ab und an tauchte Donnie gern bei Melanie unter. Hier konnte er sich entspannen ohne auf jeden seiner Schritte zu achten.
„Was ist los? Spielen wir noch oder grübeln wir wieder?"
Donnies blaue Augen blickten abwartend zu ihr herüber. Blonde kurze Locken kräuselten sich an seinen sonnengebräunten Schläfen. Den Tag hatten sie zusammen im Park mit Hollys neuem Hund verbracht. Weil sie sich so oft einsam fühlte, begleitete sie nun ein junges Golden Retriever Männchen namens Charlie überall hin. Sie verbrachte dadurch viel mehr Zeit im Freien und war in Bewegung, so dass es ihr und dem Baby besser ging. Melanie konnte auch nicht aufhören, Holly und Charlie zu fotografieren, was Donnie eifersüchtig machte. Die Frage, ob er gern als ihr Model fungieren wollte, brauchte sie ihm gar nicht erst zustellen. Er posierte und brachte seinen geschmeidigen Körper so in Szene, dass Melanie kaum eine Einstellung verpassen wollte.
Als Holly hereinkam, sprang Donnie gefolgt von Charlie auf, um ihr zu helfen, doch sie winkte nur ab.
„Hallo Ihr Süßen. Ratet mal, was ich uns zum Abendessen mitgebracht habe!"
Holly gab Donnie einen Kuss auf die Wange und drückte Melanie. Ihr langes, blondes Haar kitzelte Melanies nackte Arme und sie hatte Mühe sie zu umarmen. Mittlerweile befand sie

sich im siebenten Monat und ihr Babybauch war unübersehbar. Seit Melanie in Hollys Wohnung untergeschlüpft war, teilten sie nicht nur all ihre Ängste und Sorgen, sondern auch ihre Vorfreude auf das Baby. Nur zu gern nahm Holly Melanie bei sich auf. Viel zu lange hatten sie ihre Freundschaft vernachlässigt und beide hatten sich versprochen, es nie wieder so weit kommen zu lassen. Melanies Auszug aus ihrer Wohnung war kurzfristig, doch überfällig. Sie hatte die Wohnung gehasst und seit sie ihre Miete nicht mehr zahlen konnte, blieb ihr nichts anderes übrig, als mit dem Nötigsten bei Holly aufzukreuzen. Sie hatte es nicht übers Herz gebracht, ihre Familie um ein Darlehen zu bitten. Die Meinung ihrer Eltern zum Thema Geld kannte sie gut genug.

„Ich tippe auf Thailändisch."

Melanie warf Holly einen wissenden Blick zu und hob die Brauen. Donnie lachte laut auf. Was Essen betraf, so war Holly zuverlässig wie ein Schweizer Uhrwerk.

„Ich schätze, das werden wir noch wochenlang essen müssen. Habe ich Recht, Holly?"

Holly verzog die Mundwinkel und setzte sich in den nächstbesten Sessel. Trotz ihrer Schwangerschaft hatte sie kaum an Sexappeal eingebüßt. Ihr Gesicht und ihre Kurven waren runder als sonst, doch betonte das ihre Weiblichkeit noch stärker. Sie war immer noch ein echter Hingucker, auch wenn sie nur noch vier Zentimeter Absätze trug, anstatt der üblichen acht. Seit dem Vorfall vor dem Supermarkt war Holly vorsichtiger geworden. Nun war sie froh, dass Melanie und Donnie in ihrer Nähe waren. Sie musste zugeben, dass auch sie sich von dem kalifornischen Eishockeystar angezogen fühlte. Anfangs zeigte sie ihr offenes Interesse an seinem Körper, doch seit er hier immer häufiger wegen Melanie auftauchte, legte sie dieses Verhalten ab und entspannte sich zunehmend in seiner Gegenwart. Es war viel einfacher zusammen im Innenhof ihres Apartmentblocks zu faulenzen und den Abend zu genießen, als ständig die heiße Verführerin zu spielen. Diese Rolle nahm ihr im Moment und in diesem Körper sowieso niemand mehr ab. Dann dachte sie an ihr Baby, das nun immer aktiver wurde und an Steve. Ob es wohl die gleichen dunklen Augen haben würde wie er? Sie musste es ihm sagen! Seit ihrem unbeantworteten Anruf von ein paar Wochen, hatte er sich nicht bei ihr zurückgemeldet. Es per Chat zu schreiben, käme ihr nie in den Sinn. Umso länger sie aber damit wartete, umso schlechter fühlte sie sich. Holly konnte sich nicht einmal mehr im Spiegel ansehen, ohne an ihn zu denken. Schlimm genug, dass sie in Wenderhalls Bett Steve im Kopf gehabt hatte. Sie konnte es sich nicht vorstellen, dass er sie in den Arm nehmen würde und ihr alle Taten verzeihen würde, sobald er von seinem Kind erfahren würde. Bis dahin musste sie handfeste Argumente finden, damit er sie nicht dafür umbringen würde.

Doch vorerst würde sie sich auf ihre Fashion Show konzentrieren!

Eine Woche später war es dann auch endlich soweit. Melanies Fotos heizten das Interesse der Presse an und ihre Show war randvoll mit geladenen Gästen, Medienvertretern, Modeliebhabern und solchen, die es gerne wären. Hinter der Bühne schwirrten die Models, Crewmitglieder, Fotografen, Helfer und Helfershelfer durcheinander. Holly, selbst bereits seit fünf Uhr früh auf den Beinen, sprach über ihr Headset mit ihrem Team, delegierte und dirigierte. Laute Musik von Beyonce erfüllte den Saal.

„Das Oberteil wirkt an ihr nicht. Lory soll es anziehen…"

„Weniger Make-Up…"

„Ist das Licht eingestellt?"

„Wer steht auf der Gästeliste und ist noch nicht erschienen?"

„Zieh die weißen Schuhe zu diesem Kleid an. Ich weiß, die Braunen sind hierfür eingeplant, doch in denen läufst du wie ein Storch."

Holly liebte den Trubel. Doch setzte sie sich ab und an hin, um kurz zu verschnaufen und an Ihrem Eistee zu nippen. Das Baby zehrte unheimlich an ihren Kräften. Normalerweise war sie ein Mensch, der bis in die Morgenstunden auf den Beinen sein konnte, ohne die kleinsten Schwächeanfälle zu spüren, doch seit der Schwangerschaft war alles anders. Sie warf einen Blick an der Seite der Bühne vorbei, auf das Publikum. Überall Menschen, die auf sie warteten, die auf ihre Entwürfe gespannt waren und die dafür weite Strecken auf sich genommen hatten. Holly empfand vollste Zufriedenheit. Sie war am Ziel. Das war es, wovon sie bereits seit ihrer Kindheit träumte. Da waren Grace Poletta, die Chefredakteurin der Vogue. Andrea Chinetti, ein Modeschöpfer aus Italien. Eine Traube Nachwuchs Models mit ihrer Patin. In der vordersten Reihe erkannte sie Melanie, die sich gerade von David einen Champagner geben ließ. Er beugte sich zu ihr herab und flüsterte ihr etwas ins Ohr. Dabei berührte er sanft ihren Arm und senkte den Kopf zu einem Lächeln an ihrem Ohr. Melanie wand sich ihm zu und lachte auch. Unvorstellbar, dass die beiden nur gute Freunde waren. Claire Farway schlängelte sich zu den beiden durch und begrüßte sie: David herzlich mit Umarmung und einem Kuss und Melanie mit einem kühlen Kopfnicken. Claire sollte doch eigentlich in diesem Moment bereits in der Maske sein. Was trieb sie nur hier draußen? Hollys Brust wurde eng. Planänderungen waren nicht vorgesehen und würden in eine Katastrophe enden. Hollys Puls verdoppelte sein Tempo. Claire zog sämtliche Blicke auf sich und innerhalb kürzester Zeit wurde sie von einer Traube Menschen umringt. Dann warf sie theatralisch einen Blick auf ihr leeres Handgelenk und verabschiedete sich schnell in Richtung Bühne.

Holly atmete tief durch und wollte sich bereits abwenden, als sie Steve neben Melanie Platz nehmen sah. Was wollte ER hier? Hatte Melanie ihn mitgebracht? Ihr Blut rann erneut schneller durch ihre Adern, doch diesmal kribbelte ebenfalls ihr Bauch. Es schien, als streichelten kleine Wimpern ihren Bauch von innen. Sie hatte keine Zeit, jetzt darüber nachzudenken, oder sich von ihm ablenken zu lassen. Er war hier. Nun gut. Sie hatte einen Job zu erledigen. Sie befühlte ihr Headset und sprach zu ihrer Crew.

„Wie viel Zeit bleibt uns bis zum Showdown?"

*

„Holly Cummings stand nicht nur in großen Buchstaben über dem Laufsteg. Dieser Name setzt auch neue Maßstäbe. Die Erwartungen an die Newcomerin lagen genau dort, wo die alt eingesessenen Modepäpste sie für ihre Nachkommen aufbewahrt hatten. Doch Cummings war noch nicht bereit Altes, neu zu erfinden. Vielmehr überraschte sie mit Perfektion und Harmonie. Selten waren die bezaubernden Kreationen auf dem Laufsteg so einzigartig abgestimmt. Die radikalen Triebe in neuen Stilen wurden beschnitten und durch charismatische Models ergänzt. Cummings Kreativität entfaltet sich in Vielseitigkeit und Variabilität. Wer hätte gedacht, dass eine Claire Farway sich in ein Wesen neuer Art verwandeln könnte. Cummings beherrscht ihr Fach und das Publikum lag ihr zu Füßen..."

Melanie legte das iPad zur Seite und umarmte ihre Freundin. Die Presse war auf ihrer Seite, die Kritiker überzeugt und die Show ein voller Erfolg. Melanie fühlte sich nie glücklicher. David brachte ihr ein weiteres Glas Champagner und einen Saft für Holly.
„Glückwunsch Holly. Das war eine gelungene Vorstellung."
Holly drehte sich um und erkannte Steve hinter sich. Sie war darauf vorbereitet, ihn zu treffen, also warum klopfte ihr Herz dann so verräterisch laut? Sie hörte bereits ihren Bauch Daddy rufen.

„Hallo Steve. Vielen Dank. Schön, dass du gekommen bist."

„Das konnte ich mir nicht entgehen lassen. Ich habe zwar keine Ahnung von Mode, doch kann ich dir versichern, dass deine Models alle echt sexy aussahen."

Holly lächelte tapfer und blickte sich suchend zu Melanie und David um.

„Wie geht es dir sonst so?"

Dunkle Augen musterten sie aufmerksam. Steve nickte auf ihren Bauch, was völlig überflüssig war.

„Danke. Gut."

„Wird wohl eher ein kleiner Sunny Boy, als ein harter kanadischer Junge, wie wir sie hier im Norden haben."

Irritiert blickte sie ihn an. Kleine Lachfältchen bildeten sich an seinen Augen. Holly verstand kein Wort von dem, was er sagte. Offensichtlich kam er mit guten Absichten.

„Es wird ein Junge."

Steves Lippen pressten sich aufeinander.

Wir müssen dringend reden.

Doch hier war nicht der richtige Ort dafür. Jemand tippte ihr auf die Schulter und zwei Designer beglückwünschten sie. Damit war sie weg.

Melanie blickte Holly hinterher. Sie bewunderte ihre Kraft und die Ausdauer, die Holly an den Tag legte. Auch wenn sie wusste, wie schnell sie in letzter Zeit ermüdete und wie oft sie sich setzen musste. Holly ließ sich ihre Chance durch nichts und niemanden nehmen. Glücklicherweise war Melanie da, um sie morgen früh daran zu erinnern, dass sie eine Mutter werden würde und die bereits jetzt auf ihr Baby achten musste. Doch dazu waren Freundinnen ja da.

Später, tranken sie noch einen Schluck an der Bar des Hotels. Steve und David sahen sich eine Golfpartie an, da augenblicklich nichts Besseres lief. Währenddessen blätterte Melanie in einem Magazin für Hotels in Florida. Ihre Gedanken kreiselten um Donnie. Er hatte versprochen, ihr nach der Saison das Surfen beizubringen. Melanie erinnerte ihn nur zu gern daran. Einen Urlaub im sonnigen Kalifornien konnte sie schon heute gebrauchen. Doch zuerst hatte sie noch einen Job zu erledigen. Die Interviewfotos gefielen ihrem Boss bei TeenPeople Toronto nicht und Melanie sollte ihre Arbeit wiederholen. *Zu ausdruckslos* hatte er sie beschrieben. Also verabschiedete sie sich rechtzeitig und verschwand auf ihrem Zimmer, um noch ein paar Änderungen vorzunehmen und sie zur Redaktion zu schicken. Erst nach zwei Stunden und erleichtertem Gewissen kehrte sie in die Hotelbar zurück und traf David an, der mit einem leeren Glas in der Hand einsam vor der ausgeschalteten Leinwand saß.

„Hey Bennett. Wo ist dein Kumpel?"

David sah zu ihr auf. Melanie hatte das braune Abendkleid gegen eine dunkelblaue Jeans und ein hellblaues, enganliegendes Top eingetauscht. Darüber trug sie eine schwarze Strickjacke, die sie mit nur einem dünnen Gürtel zusammengebunden hatte.

Müde Augen musterten ihre Verwandlung. Davids Strahlen war erloschen. Er glich nicht länger dem Beamer, der seine Gegner mit einem Blick niederzustrecken vermochte. Die obersten Hemdknöpfe waren geöffnet. Ein weißes Unterhemd kam zum Vorschein. Sein Bein hing schlaff über der Stuhllehne und seine Stimme ging nur sehr langsam.

„Der schläft schon."

Sie hatte David noch nie betrunken erlebt. Doch heute hatte er mehr als gewöhnlich.

„Und du?"

„Ich kann nicht schlafen."

„Quatsch. Komm, ich bring dich in dein Zimmer."

„Lass nur, Lany."

„Es ist okay, wenn du ein bisschen zu viel getrunken hast. Ich bring dich hoch. Komm schon."

Doch David winkte ab.

„Ich bin nicht betrunken."

„Okay. Dann bist du es nicht."

„Aber ich kann wirklich nicht schlafen."

Melanie ergriff seine Hände und versuchte ihn auf die Füße zu ziehen. Sie hatte nicht darüber nachgedankt, wie aussichtslos ihr Vorhaben war.

David lächelte und schloss die Augen. Sie hielt immer noch seine Hände. Die kleine Melanie Gardinier, glaubte tatsächlich, dass sie einen Mann, der gut 40 Kilo mehr auf die Waage brachte als sie, so einfach bewegen konnte. Das war so typisch für sie. Meistens handelte sie schneller anstatt vorher vernünftig nachzudenken. Bei einer so emotionalen Person wie Melanie konnte das Bauchgefühl leicht trüben. Doch das machte sie so liebenswert. Spätestens, seit er sie mit den Mädchen beim Eislaufen gesehen hatte, räumt er ihr einen kleinen Platz in seinem Herzen ein. Ihre großen, grauen Augen ruhten auf ihm. Wie konnte er nur annehmen, dass sie ihm schaden würde?

„Lass uns spazieren gehen."

„Jetzt? Es ist kurz vor zwei Uhr morgens."

„Du kannst doch anscheinend auch nicht schlafen, Lany."

„Glaub mir, ich bin hundemüde. Ich wollte nur noch den Sandwichautomaten leeren."

David erhob sich und legte seinen Arm um ihre Schulter. Er glaubte ihr kein Wort.

„Dann schläfst du nachher umso besser."

David führte sie hinaus in die kühle Nacht. Selbst jetzt war der Verkehr in New York enorm. Vereinzelte kamen Menschen von ihren Abendveranstaltungen nach Hause. Melanie und David gingen ein Stück orientierungslos umher, ehe sie an einem kleinen Café vorbeikamen. Die Bedienung stellte bereits die Stühle hoch, doch ließ sie sich erweichen und reichte ihnen zwei Kaffee für unterwegs.

Vor dem Café ließen sie sich direkt auf der Bank einer Bushaltestelle nieder.

„Ich habe darüber nachgedacht, was du letztens zu mir gesagt hast. Du hattest Recht, was deine Vermutung über Claire betrifft. Ich liebte es, mit ihr zusammen zu sein. Doch ich liebte sie nicht genug, um sie vor sich selbst zu schützen."

„So, wie du das sagst, klingt das sehr hart. So hatte ich das nicht gemeint..."

David legte seine Hand auf ihren Schenkel und drückte kurz, um sie zum Schweigen zu bringen.

„Doch, Lany. Ich gebe zu, dass ich egoistisch war. Das bin ich bis heute. Ich bin so auf mich und mein Leben fixiert, dass ich kein Auge für Claires Probleme hatte. Wahrscheinlich wollte ich mich damit auch nicht belasten. Diesen Fehler gebe ich zu."

David lockerte seinen Griff auf ihrem Schenkel. Er sprach langsamer als normal und eher zu sich selbst, als zu ihr. Autos fuhren vorbei, als wären sie in einem Film gefangen.

„Ich wusste schon immer, was ich wollte. Ich habe viel gekämpft, oft verloren und häufig Glück gehabt. Aber ich würde alles genau so wieder tun."

Mit einem verschmitzten Lächeln fügte er hinzu: „Man kann nicht sagen, dass ich weltweit der beste Spieler bin."

„Bescheidenheit ist nicht so dein Ding, oder?" Melanie lächelte.

„...aber ich bin angekommen. Ich erinnere mich genau, wie es sich angefühlt hat, als mein Großvater mich mit zum Spiel genommen hat. Ich war fünf Jahre alt. Die kühle Luft des Eises, die sich auf mein Gesicht legte, das Beben der Zuschauergesänge. Pau-Pau-Pau, der Rhythmus, das leise Kratzen der Schlittschuhe. Das hat mich alles so beeindruckt. Grandpa Paul sprach voller Ehrfurcht von den Großen der Liga, dass ich unbedingt genauso erfolgreich sein wollte, wie die. Und nun habe ich es geschafft. Mein Job ist der Beste, den ich mir vorstellen könnte. Ich wollte nie etwas anderes machen."

Ihre Augen begegneten sich, doch sprach keiner ein Wort.

„Niemand sollte sich jemals zwischen mich und meinen Traum stellen."

Melanie nickte.

„Als die Rovers mich aus dem Farm Team holten, gab es für mich keine Frage mehr. Dafür habe ich alles getan, auch wenn ich dabei viele Menschen verletzt habe."

Davids abwartender Blick ließ Melanie bewusst werden, was er damit sagen wollte. In ihrem Innersten blähte sich ein Knoten auf, der sie zu erdrücken versuchte. Ihr Kopf schwindelte und die Erinnerungen kamen zurück. Das verlorene und schmutzige Gefühl, die Abwendung ihrer alten Freunde, die Ohnmacht, die sie erlitt, als sie sich in ihrem neuen Leben wiederfand. Melanie versuchte, diese Gedanken fortzuschieben, doch David ließ es nicht zu.

„Mein Verhalten war nicht immer fair. Entschuldige."

Er nahm ihre Hand und drückte sie. Melanie wollte es nicht hören, doch würde er nicht aufhören, bis er gesagt hatte, was zu sagen war. Davids Stimme wurde sanfter.

„Ich weiß, wie sehr ich dich verletzt habe. Es tat mir damals überhaupt nicht leid."

Er blickte ihr in die Augen. Er schien überhaupt nicht mehr betrunken zu sein.

„Ich hatte Angst. Alle anderen waren mir scheißegal."

David sah ihre Tränen die Wangen hinabfließen und schauderte. Wie viel er ihr damals angetan hatte, konnte er nun in ihren Augen sehen. Er kannte ihre Großzügigkeit, schätzte ihre Freundschaft und wusste von ihrer Hingabe. Umso mehr tat ihm ihr Schmerz weh. Doch wagte er nicht, sie in den Arm zu nehmen, wenn er nicht wusste, ob sie ihm verzeihen würde. Melanie wischte sich die Tränen weg. Das Durcheinander in ihrem Kopf machte ihn schwer und überladen, doch traute sie sich nicht, ihre Gefühle zu entwirren.

David zog sie auf die Beine und schlang seine Arme um sie. Sanft drückte er ihren Körper an sich und entspannte sich, als Melanie ihren Kopf auf seine Schulter ablegte. Sie ließ sich auf seine Geste ein und lud sich bei ihm ab. Sie spürte, wie er ihren Rücken streichelte und dann behutsam ihr Haar hinab fuhr. Dicht an ihrem Ohr flüsterte er.

„Es tut mir leid, Lany. Bitte verzeih mir."

Melanie erinnerte sich nicht, wie lange sie so an der Bushaltestelle standen. Doch als sie zurück ins Hotel gingen, fühlte sie sich leer und gleichzeitig befreit.

„Lass uns morgen nach Atlantic City fahren."

David blieb stehen und steckte die Daumen in die Gürtelschnalle. Melanie war bereits ein paar Schritte voraus, als sie sich langsam zu ihm herumdrehte.

„Ich habe ein Meeting dort. Außerdem ist es lange her, als ich das letzte Mal dort war. Wenn erst das Trainingslager losgeht, werde ich nicht mehr viel Zeit haben. Du hast auch eine Pause verdient."

Skeptisch sah Melanie zu seinem unbeschwerten Grinsen auf. Kleine Grübchen hatten sich in seinem Gesicht gebildet. Hoffnungsvoll blickte er zu ihr.

„Komm schon, Lany. Du hast so viel gearbeitet. Eine Pause wird deine Kreativität beflügeln. Lass uns dort ein bisschen Spaß haben. Außerdem wäre es doch toll, wenn wir beide ein bisschen Geld beim Black Jack gewinnen würden."

*

David brauchte Melanie nicht lange überreden. Das bunte Treiben in der Stadt, die Spielkasinos und der Duft des Geldes nahmen Melanie augenblicklich gefangen. Sie hatte kaum jemandem von ihren Geldproblemen erzählt. Nur Holly wusste davon. Immerhin hatte sie vor zwei Wochen bei ihr mit ihrem Koffer vor der Tür gestanden. Der Job bei Holly gefiel ihr, doch konnte sie von anerkennenden Worten keine Miete zahlen. Den Rest ihrer Sachen hatte sie heimlich einlagern lassen. Steve konnte sie nicht einweihen. Er sollte nicht erneut Zeuge ihres Versagens werden. Vielleicht erfüllten sich Davids Wünsche und sie würden tatsächlich ein paar Dollar mit nach Hause nehmen. Immerhin fing er die Dinge immer so an, dass sie sich zu seinem Vorteil entwickelten. Also wieso nicht zur Abwechslung mal von ihm profitieren. Nachdem sie einige Zeit an den Einarmigen Banditen verbracht hatte, probierten sie es beim Roulette. Doch der große Wurf blieb aus.

„Vielleicht musst du um höhere Einsätze spielen, Lany." Raunte David ihr ins Ohr und tippte auf das Grün des Spieltisches.

Der kahlköpfige Mann neben ihr, warf ihr einen interessierten Blick zu und nickte. Er nahm der vorbeilaufenden Kellnerin einen Drink vom Tablett. Dann prostete er ihr zu und nahm einen Schluck aus seinem Glas.

„Mädchen, Sie sollten auf Ihren Freund hören. Am Spieltisch sind Zweifel und Bescheidenheit fehl am Platz. Sehen Sie die Lady dort am Ende des Tisches?"

Der Kahle zeigte auf eine Frau Ende 60, die hinter Bergen von Chips stand und einige davon durch ihre rot lackierten Finger rinnen ließ. Sie trug ein teuer aussehendes, rotes Abendkleid in passender Farbe zu ihrem Nagellack und schwere Goldohrringe.

„Beobachten Sie, mit welchem Einsatz sie spielt!" Der Geruch von Wodka stieg ihr in die Nase. Dass der Kahlköpfige sich vertraulich nahe an ihr Gesicht drängte, missfiel ihr. Doch vertraute sie darauf, dass David seine Hilfe anbieten würde, sobald es nötig war.

Unbeteiligt schob die rote Lady zwei dicke Berge von Chips auf Rot. Dann begann das Rad zu drehen und die kleine, silberne Kugel mit ihm, bis sie unschlüssig zwischen den Feldern hin und her hüpfte. Melanie ließ die Kugel nicht aus den Augen. Sie selbst hatte einen ihrer Chips auf Schwarz gesetzt. Immer wieder entschied sich die Kugel um und hüpfte ins benachbarte Feld. Dann blieb sie auf der roten Fünf liegen und der Croupier zog ihren Chip ein, während er der Lady in Rot neue Chiptürme zuschob.

„Haben Sie`s gesehen?" Verschwörerisch raunte er ihr zu.

„Die Lady kann sich jetzt ein neues Auto kaufen gehen."

„Ja. Faszinierend." Melanie meinte das eher ironisch, doch der Kahle rückte nicht von ihrer Seite.

Sie drehte sich zu David um.

„Wir können gehen. Ich hatte genug Spaß."

Der Kahle schaltete sich wieder ein. „Sie wollen schon gehen? Jetzt fängt doch der Spaß erst richtig an, Mädchen."

„Für Jemanden, der noch ein paar Chips in der Hinterhand hält, ist das sicher eine spaßige Angelegenheit, doch leider muss ich mir mein Geld auf mühseligere Art und Weise verdienen."

„Was tun Sie denn?"

David hatte sich bereits wieder dem Spiel zugewandt und seine Einsätze gemacht. Also blieb ihr nichts anderes übrig, als dem Kahlen zu erklären, wie man außerdem noch zu Geld kam.

„Ich bin Fotografin."

„Eine Gute?"

„Eine Unterbezahlte."

„Das liegt dann wohl daran, dass Sie sich zu billig verkaufen, Mädchen."

„Eine Frage von Angebot und Nachfrage."

„Und von Leidenschaft. Ich könnte mir vorstellen, dass in Ihnen eine Menge Power steckt, Mut und Kraft. Und mit Ihrem Aussehen kombiniert…"

„Ich verstehe nicht, warum es immer um das Aussehen geht. Kann man nicht durch seine Arbeit überzeugen?"

Der Kahle zuckte die Achseln. Es hatte den Anschein, als ob er dieses Thema schon zu oft gehört hatte. Melanie sah zum ersten Mal genauer in seine großen hellen Augen und erkannte Vergnügen.

„Ich bin Marketingchef bei Bobbie Brown Cosmetics. Ich verstehe etwas davon. Und wenn ich Ihnen eines ganz sicher sagen kann, dann ist es *Sex Sells*. Sie sind eigentlich ganz hübsch anzusehen und ich frage mich, warum Sie nicht den Mut haben, sich diesen Vorteil zunutze zu machen?"

„Willst du gehen, Lany? Ich habe 2.000 Dollar gewonnen. Das reicht für einen netten Abend."

Melanie blickte sich erschrocken zu ihm um und konnte nicht glauben, was sie da hörte.

„Was? Du hast gewonnen? Das ist ja großartig." Melanie klatschte in die Hände und hüpfte in die Luft. Ihr Haar flog ihr ums Gesicht und ihre Augen funkelten. Mit breit lächelndem Mund und zufriedenem Blick schaute sie zu ihm auf.

„Das meine ich." Drängte sich der Kahle zwischen die beiden. „Dieser Enthusiasmus und Ihre Leidenschaft. Unbezahlbar."

Der Kahle lächelte verschmitzt und spürte wohl, dass er bei Melanie einen wunden Punkt getroffen hatte. Er legte die mit Goldringen bestückte Hand an den Mund und gab vor, zu überlegen. Dann fuhr er fort. Doch eher zu David als zu Melanie.

„Wissen Sie, Ihre Freundin hat einen unglaublichen Drive. Wenn Sie mehr Mut beweisen würde, könnte sie gewinnen."

Melanie drehte sich schlagartig zu dem Kahlen um. Sie runzelte die Stirn und stützte ihre Arme in die Seite.

„Das ist ein Glücksspiel, das einer Wahrscheinlichkeit folgt."

David schob Melanie ein wenig zur Seite und warf dem Kahlen verschwörerisch zu.

„Unsere Melanie ist ein Mathegenie."

Die bösen Blicke, die er von ihr für seinen Kommentar erntete, hatte er erwartet.

„Ich würde sie gern davon überzeugen, Melanie."

David ahnte längere Diskussionen, da er wusste, wie stur Melanie sein konnte. Also nahm er sie leicht bei den Schultern und zog sie in eine andere Richtung. Melanie würde nie verstehen, wovon der Kahle sprach. Seinen Reichtum sah man ihm an und Melanie hatte einfach noch nie in seiner Liga gespielt. Was er durchaus zu Ihrem Vorteil auslegte. Ihre Vorstellungen von Gewinnen war eine ganz andere als die des Kahlen.

Doch Melanie ließ sich nicht abdrängen.

„Wie?"

Der Kahle überlegt nicht lange, ehe er antwortet. „Sie und ich. Wir spielen zusammen. Hohe Einsätze, viel mehr Spaß. Sie werden sehen."

Melanie dachte wirklich darüber nach. Wie konnte sie nur? David schubste sie sanft in eine andere Richtung und legte seine Hände auf ihre Hüften, um sie zum Gehen zu animieren. Doch Melanie blieb stehen und achtete nicht auf ihn und seine gut gemeinten Versuche.

„Können Sie mir das garantieren?"

„Garantien gibt`s nicht, Schätzchen. Wenn Sie es sich überlegt haben. Ich wohne im Royal Palace, Zimmer 8008."

David warf dem Kahlen einen unmissverständlichen Blick zu.

„Wir wünschen noch einen schönen Abend! Doch nun haben wir beide noch ein Date." Endlich ließ sich Melanie zum Gehen animieren und strich Davids Hände von ihren Hüften. Sie dachte immer noch nach, doch ging sie endlich langsam neben ihm zum Ausgang. Erst einige Augenblicke später, blickte sie fragend zu ihm auf.

„Warum wolltest du mich so schnell von ihm wegreißen?"

„Weil er Bockmist erzählt hatte."

„Aus seiner Perspektive klang das alles sehr plausibel."

„Ja, vielleicht. Aber du bist doch kein Mädchen, dass sich von solchen Versprechungen einlullen lässt."

„Was meinst du? Was für ein Mädchen bin ich denn deiner Meinung nach?"

Sie liefen eine Weile den Strip entlang und hunderte Menschen umgaben sie. Eine Schlange von Taxen im Schritttempo rollte an ihnen vorbei, die noch mehr Besucher in die Stadt brachten. Es war laut, doch achtete Melanie nicht darauf, sondern erwartete Davids Antwort.

„Na zum Beispiel bist du ehrlich. Du freust dich, wenn du gewinnst und trauerst jedem Cent nach, den du verlierst. Du würdest nie anteilslos ein paar Berge Chips zum Croupier schieben, als würden sie dir nicht bedeuten."

„Mit anderen Worten: Ich kann es mir nicht leisten."

„Das außerdem."

„Mag sein, doch würde ich es gern."

„Glaub mir, du hättest nicht mehr Spaß als so auch."

„Komisch, dass ich das immer nur von Leuten höre, die Geld im Überfluss haben. Glaubst du dir eigentlich, wenn du dir zuhörst?"

David schaute sie verwirrt an.

„Du kannst tun und lassen, was du willst. Du verdienst so viel Geld, dass du es allein niemals ausgeben kannst. Und das Beste daran ist, du verdienst es mit deinem Hobby. Ist das nicht unfair? Was weißt du schon von Finanzproblemen? Dir ist doch sicher noch nie der Scheck geplatzt. Oder deine Kreditkarte eingezogen worden? Der Spaß der einfachen Leute besteht darin, die paar Dollar, die man hat, auszugeben. Wenn du mich fragst, dann habe ich dabei einen riesigen Spaß."

„Glaub ich dir nicht. Außerdem habe ich nicht immer so viel Geld verdient."

Melanie verzog die Mundwinkel.

David blieb stehen und schob die Hände in die Taschen. Seine Miene war verschlossen und bis auf das Dunkle in seinen Augen erkannte Melanie nicht, ob er nun böse auf sie war oder nicht. Er zog ein Ticket aus seinem Jackett hervor und drückte sie ihr in die Hand.

„Hier. Nimm das und maximiere deinen Spaß dort."

Melanie warf einen kurzen Blick darauf und las *Ice Capades – Atlantic City*. Sie erkannte das Hotel, vor dem sie standen.

„Das ist dein Date für heute, Lany. Ich wünsch dir viel Spaß."

Erneut las sie die Eintrittskarte, konnte sich jedoch keinen Reim darauf machen.

David ging einen Schritt zurück und schob die Hände in die Taschen. Er legte den Kopf ein wenig schief und sah müde aus. Melanie brauchte einen Moment, ehe sie den Namen realisierte, der auf der Rückseite der Karte stand.

„Regie: Tanja Kirjakova?"

David nickte und wand sich zum Gehen.

„Beeil dich, Lany. Nicht, dass sie ohne dich anfangen."

Melanie blickte von der Karte auf und sah David ein Taxi für sie heranrufen und schob sie sanft hinein.

„Kommst du nicht mit?"

Kurz drehte er sich zu ihr um und schüttelte lächelnd den Kopf.

„Du weißt doch, Eiskunstlaufen ist nichts für mich. Das ist dein Trip."

Die Zeit darauf verging für sie wie im Flug. Erst als David längst verschwunden war und sie bereits ihren Platz im Publikum eingenommen hatte, wurde ihr bewusst, was er meinte. Die Dunkelheit, das erregte Grummeln der Zuschauer, die zu spürende Vorfreude, leises Kratzen auf dem Eis, von den ungeduldigen Läufern, die nur darauf warteten, endlich aufs Eis zu dürfen.

Sie brauchte nur die Augen zu schließen und schon fühlte sie sich in die Zeit ihrer Jugend versetzt. Sie war wieder das junge Mädchen, das einen großen Traum verfolgte, Eiskunstläuferin zu werden. Dann begann das Publikum zu jubeln und die ersten Läufer und Läuferinnen betraten das Eis. Melanie applaudierte und bewunderte die eleganten Bewegungen.

In den nächsten 60 Minuten konnte sie ihre Augen kaum abwenden. Sie verfolgte das Geschehen mit Stolz, auch wenn die Akteure ihr fremd waren. Wusste, welche Kraft sie aufbringen mussten, um die richtigen Figuren punktgenau zu platzieren. Glücklicherweise sah man ihnen die vielen, nötigen Trainingseinheiten nicht an. Sie wusste, wem die Eiskunstläufer hier ihre Disziplin verdankten. Tanja.

Als Melanie sich nach der Vorstellung von ihrem Sitz erhob, wartet sie bereits am Ende der Sitzreihe auf sie. Hautenge schwarze Hose und dazu einen goldenen Pullover. Einige kleine Falten hatten sich im Laufe der Zeit auf ihrer Stirn und am Kinn zu den anderen dazugesellt. Sie setzte immer noch auf den strengen Pferdeschwanz, der alle ihre Haare, die nun von Grau durchzogen waren, am Hinterkopf gefangen hielt. Freudig schloss sie Melanie in ihre Arme, als sie sich endlich zu ihr durchgekämpft hatte.

„Melanie, Liebes. Du hast dich nicht verändert."

Tanja drückte sie an sich. Das hatte sie früher nie gemacht. Doch damals war Melanie auch ein kleines Kind und sie die respektable Trainerin gewesen.

„Ms. Kirjakova."

„Nenn mich Tanja!"

Die Trainerin schob sie von sich und betrachtete sie von oben bis unten.

„Du bist es wirklich. Lass dich mal anschauen." Dass David hinter ihrem Treffen steckte, lag auf der Hand. Das war kein Zufall.

Sie drehte Melanie wie früher vor sich hin und her und urteilte sofort.

„Du bist erwachsen geworden. Ein paar Kilo mehr als früher, doch ansonsten ganz gut in Schuss, oder?"

Die Direktheit schockierte sie, doch nahm sie sie ihr nicht übel. Sie hatte Recht. Also warum sollte sie es abstreiten.

„Ich habe leider nicht mehr die Zeit, vier Mal pro Woche zu trainieren. Doch ich tue, was ich kann."

„Komm, du hast mir sicher viel zu erzählen. Und ich will dir ein paar Laufer vorstellen. Einige von denen sind sogar ganz gut."

Melanie lachte. Wie schwer es war, den Ansprüchen der Trainerin gerecht zu werden, wusste sie nur zu gut.

*

Die beiden Hotelgäste verließen den Fahrstuhl auf der zweiten Etage und die Fahrstuhltüren schlossen sich hinter ihnen, ehe sie sich wieder in Bewegung setzte. Melanie legte eine Hand auf den vergoldeten Griff an einer der holzvertäfelten Wände und warf einen Blick in den Spiegel. Die junge Frau, die ihr entgegensah, hatte nicht viel Ähnlichkeit mit dem sonst so beschwingten Mädchen. Ihre Make-Up hatte sich längst aufgelöst. Nur noch Reste ihres Lipgloss lagen auf ihren Lippen. Zu viele Emotionen hatten in den letzten Stunden Spuren auf ihrem Gesicht hinterlassen. Das Wiedersehen mit Tanja brachte bisher gut verborgene Gefühle an das Tageslicht, mit denen sie nicht umzugehen wusste. Die Melancholie über die verpatzte Chance eines anderen, besseren Lebens überwog die Freude des Wiedersehens. Tanja war nicht länger ihre Trainerin. Diese respektable, undurchdringliche und fokussierte Frau hätte sie nie beim Vornamen nennen können. Doch heute zog sie Melanie in ihre Arme und begrüßte sie wie eine lange verschollene Verwandte. Diese Zuneigung rührte Melanie, doch fiel es ihr schwer, diese Frau in einem anderen Licht zu sehen. Tanjas kurzes Lächeln schien so gar nicht zu ihr zu gehören. Seit sie sich erinnern konnte, säumten Falten die eisblauen Augen. Die schmalen Lippen drückten unbeugbaren Willen und eiserne Disziplin aus, die sie ebenfalls von ihren Schülern erwartete. Das strenge Bild wurde durch einen engen Haarknoten unterstrichen, aus dem sich keine Strähne zu entfernen traute. Heute war er längst von grauen Strähnen durchzogen, doch ansonsten unverändert.

Tanja hatte ihr sämtliche Eistänzer vorgestellt und von ihr als eine sehr gute Schülerin mit Potential gesprochen. Stolz füllte ihr Innerstes und gleichzeitig bekroch sie Angst. Das dunkle Haar hing ihr in die Stirn und beschirmte dunkelgraue Augen, die vor Emotionen überzuquellen drohten. Das existierende Bild in ihrem Kopf von einem kleinen Mädchen, das Eisprinzessin werden wollte und vom eigenen Vater in den Turm gesperrt wurde, war längst nicht so klar, wie sie es vor Jahren gezeichnet hatte. Diese Erinnerungen verschwammen nun. Sie fühlten sich nicht mehr vertraut an. Melanie zweifelte sogar daran, ob sie selbst dieses Mädchen gewesen war. Jahrelang hatte sie daran geglaubt, ihre Gefühle aus Angst zurückgehalten und stellte nun fest, dass ihr etwas ganz anderes Unbehagen bereitete. Wenn diese Ängste nun gar nicht ihre waren, sondern einem ganz anderen Mädchen anhafteten, war sie dann länger sie selbst? Ein Mädchen, das den Rat ihres Vaters befolgt hatte, weil es bequemer und einfacher war, jemand Anderen verantwortlich zu machen. Ein bohrendes Gefühl entstieg ihrem Magen und kroch ihre Speiseröhre hinauf. Mit Entsetzten stellte sie fest, dass sie würgte und kurz davon stand, sich zu übergeben. Ihre Knie ließen nach und sie sank immer noch eine Hand am Geländer auf den Boden, wo sie mit der anderen Hand ihren Magen hielt und röchelte. Ihr Mund schien ausgetrocknet und ihr Husten reizte ihren Gaumen, doch sie konnte sich nicht dem schlechten Gefühl entledigen. Die Schuld ließ sich nicht so leicht abschütteln.

Mit einem Gong öffnete sich die Fahrstuhltür und ihr Stockwerk kam zum Vorschein. Melanie erhob sich zügig und trat in den sechsten Stock hinaus. Orientierungslos lief sie zur gegenüberliegenden Tür, doch ehe sie die Karte ins Schloss steckte und möglicherweise der Sicherheitsalarm auslöste, erkannte sie die falsche Zimmernummer und ging den Gang hinunter zu ihrem Zimmer. Als sie eintrat, ließ sie das Licht aus und ging zum Balkon, um die vielen Lichter der Stadt zu beobachten.

Oft dachte sie darüber nach, wie und wann sie mit 17 ihren Traum aufgegeben hatte, doch heute erinnerte sie sich nicht daran. Die begleitenden Gefühle ließen sich nicht heraufbeschwören und Melanies Emotionen blieben für sie nicht reproduzierbar. Eine leichte Panik überkam sie. Die jahrelang und stetig begleitenden Empfindungen waren verloren gegangen? Sie fühlte sich, als verlöre sie ebenfalls einen Teil ihres Lebens: ihre Jugend.

Während hunderte Taxen unter ihr die Casinos anfuhren und die Gäste in sämtlichen Hotels ein und aus gingen, versuchte Melanie Teile ihrer Jugend heraufzubeschwören: Ihre Aufnahme im Matheklub, die Partys auf der High-School, die sie besucht hatte, ihre Ferien, die sie mit Steve am Ontariosee verbracht hatte, Hollys Umzug nach Kalifornien. Sie erinnerte sich an einen Rummel im Park, den sie mit Holly besucht. Melanie drückte ihre Finger an die Schläfen und versuchte den Abend heraufzubeschwören, doch nur schemenhaft kamen die Erinnerungen zurück. Zu lange, hatte sie nicht daran gedacht. Holly war ein Teil ihrer Jugend gewesen. Sicher würde sie ihren Gedanken auf die Sprünge helfen können. Melanie wischte sich die Tränen vom Gesicht und wählte ihre Nummer. Am anderen Ende der Leitung hörte sie eine entfernte Variante ihrer besten Freundin.

„Hi Lany. Weißt du, wie spät es ist?"

Holly machte keinen Hehl daraus, dass sie müde war. Melanie nickte, ehe sie wiederholte.

„Ja. Entschuldige Holly. Ich musste nur mit dir reden."

„Süße. Hat das nicht Zeit bis morgen? Du weckst eine schwangere Frau, die in letzter Zeit nicht sehr verständnisvoll war. Was ist denn los?"

„Holly, erinnerst du dich an den Rummel im Sommer 2009?"

Holly überlegte eine Weile, ohne zu antworten. Dann fuhr Melanie fort.

„Wir fuhren Riesenrad und Mandy Wilson hatte den gleichen Rock an wie du. Du hast dich tierisch über sie aufgeregt."

„Das klingt nachvollziehbar. Dieses Flittchen hatte immer die kürzesten Röcke an."

Melanie ersparte sich ihren Kommentar zu Hollys Anschuldigung. Sie musste sie sicher nicht darauf aufmerksam machen, dass sie genau den gleichen Rock getragen hatte.

„Aber ich kann mich nicht erinnern, Lany. Sorry. Ist das jetzt wichtig?"

Melanies Enttäuschung brach sich erneut ihre Bahnen. Sie war nicht bereit, einzelne Erinnerungen ihrer Kindheit so einfach aufzugeben. Sie schloss die Augen und versuchte es erneut, doch die Bilder wollten sich nicht zeigen. Ihr Herz brach. Selbst, wenn dieser Abend noch so belanglos war, so war er ein Teil ihres Lebens. Sie war nicht bereit, darauf zu verzichten. Momente später wählte sie die Nummer ihres Bruders.

„Kannst du dich an den Sommerabend 2009 erinnern, an dem wir alle auf dem Rummel unserer High-School waren?"

„Lany, bist du high?"

„Rede keinen Quatsch, Steve. Sag mir nur, ob du dich erinnerst?"

„Ich erinnere mich an viele Sommerabende. Und irgendwann waren wir auch auf einem Riesenrad. Lass mich kurz nachdenken."

Melanies Zuversicht kehrte zurück. Wenn sich Steve erinnerte, dann fielen ihm sicher auch ein paar Details zu ihr ein.

„War ich da mir Torres Fisher zusammen? Mit der bin ich mal Riesenrad gefahren."

„Torres Fisher war deine Freundin in der siebenten Klasse, Steve. Die kann es also nicht gewesen sein."

„Dann vielleicht Wendy Lunister? Immerhin habe ich die erst in der High-School kennengelernt. Und die hat mir auch mit ein paar erstklassigen Tricks die Höhenangst genommen."

„Du hattest doch nie Höhenangst."

„Musst du ihr ja nicht erzählen."

Melanie hakte in Gedanken ihren Bruder ab. Wenn er wie ein Puzzle sämtliche Frauen passend machte, so würde er ohne weiteres sie in sein Puzzle einfügen, wie es ihm gefiel.

„Wo hast du denn deine Wagenschlüssel, Lany? Mein Auto ist in der Werkstatt und ich muss morgen nach dem Unterricht zum Bootshaus rausfahren."

Mit den Gedanken noch auf dem Riesenrad, sprach sie fast mechanisch.

„Die liegen bei Holly, auf der Kommode im Schlafzimmer."

Melanie legte auf und ihr Blick kehrte zurück zum Casino Boulevard. Sie fror und begann zu zittern. Es schien, als blickte sie durch ein Fernrohr zurück in die Vergangenheit, doch war das Glas verschmutzt und verschmierte den Blick. Sie sah lediglich Holly in ihrem Minirock, den

Cowboy-Stiefeln und passendem Hut. Doch wer neben ihr lief, erkannte sie nicht. War sie es überhaupt gewesen? Was, wenn sie sich nur an die Geschichte erinnerte und selbst gar nicht dabei gewesen war? Genau wie die vielen Mal im späteren Jahr, als Holly bereits in Kalifornien war und sie von den Partys nur hörte und nicht länger eingeladen wurde? Sie wollte kein Phantom sein. Melanie wählte Davids Nummer.

„Hallo."

David schien überrascht und im Hintergrund hörte Melanie fremde Stimmen, Musik und Gelächter. Sie hatte nicht angenommen, dass er allein sein würde, doch erst jetzt, als sie darüber nachdachte, krampfte es in der Nähe ihres Herzens. Sie wollte lieber nicht wissen, mit wem er sich gerade amüsierte.

„Erinnerst du dich an den Rummelplatz im Sommer 2009 im Park?"

David brachte einen Moment, ehe er antwortete, doch zu ihrem Erstaunen fragte er:

„Du meinst das Fest, als schwebende Lampions entzündet wurden und zu dutzenden zum Himmel empor stiegen? Einer davon ist doch sofort wieder abgestürzt und hat einen kleinen Brand ausgelöst."

Melanie blieb der Atem weg. Eine warme Hand streichelte ihre Seele. Die Lampions. Das war es. Sie erinnerte sich.

„Ja." Hauchte sie. „Was noch?"

„Lany, ich bin hier gerade in einer wichtigen Besprechung. Können wir nicht morgen Kindheitserinnerungen austauschen?"

Im Hintergrund hörte sie erneut Gelächter. Wahrscheinlich hatte David damit das Pfützen tiefe Gemüt seiner Gespielinnen erhellt. Doch für sie war es zu wichtig, was er noch zu sagen hatte. Nun, da sie wusste, dass er sich erinnerte, konnte sie nicht länger warten. Auch, wenn sie sich am nächsten Morgen dafür hassen würde, sie würde zu ihm gehen.

„Wo bist du?"

„Das ist gerade nicht so günstig, Lany."

„Deine Freundinnen müssen nicht lange auf dich verzichten. Ich verspreche es dir."

„Darum geht es nicht. Ich bin hier wirklich gerade in einer wichtigen Besprechung."

„Fünf Minuten, David."

Glücklicherweise teilte er ihr mit, dass er sich momentan in einer Bar im MGM Grand aufhielt. Doch David bereute seine Entscheidung, noch ehe er sein Handy wieder in der Hosentasche verstaute. Kent Adamson war nicht gerade ein Mann, den man für eine Frau auch nur fünf Minuten stehen ließ. Doch irgendetwas in ihrer Stimme sagte ihm, dass sie verängstigt war. Was war wohl bei den Ice Capades vorgefallen? Er verstand nicht, was es so Wichtigen gab, dass sie ihn unbedingt jetzt aufsuchen wollte. Jetzt, wo er nicht viel Zeit haben würde, um Adamson von sich zu überzeugen. Sein Ruf in der NHL hatte sich noch nicht erholt. Noch immer hallten ihm die enttäuschenden Reportagen vom verpatzten Penalty nach. Immer öfter tauchten Bilder von Claire und ihm auf, die bereits vor Monaten geschossen wurden. Bedingt durch seine aktuelle Bekanntheit, ließen sich diese nun wieder gut vermarkten. Nach seiner Syphilis fragte zwar niemand mehr, doch erkannte er ein peinlich berührtes Gesicht, wenn er eines sah.

„Ärger mit der Freundin?"

Adamson lächelte und zeigte auf Davids Handy. Der schüttelte den Kopf.

„Nein. Alles ok.", David lächelte. „Sie wollten mir doch gerade erzählen, wie sie Pimeau letztes Jahr zur Disziplin erzogen haben."

Adamson steckte sich eine Zigarre an und rollte sie in den dicken Fingern hin und her. Das lange dunkle Haar hatte er mir Hilfe von Gel nach hinten gekämmt und wirkte nun eher wie ein Clubinhaber, als der Clubbesitzer der Montreal Panthers. Er nahm einen kräftigen Zug und blies dicken Rauch über Davids Kopf hinweg.

„Diese jungen Spieler sind ehrgeizig und stur. Sie wissen, dass ihre Dynamik Erfolgsträger und Zuschauermagnet zugleich sind. Man muss sie einfach rekrutieren, doch was macht man mit einem angehenden Star, der kein Teamplayer ist?" Adamson sprach eher zu sich als zu David. David war schlau genug, um ihn in seiner Rede nicht zu unterbrechen.

„Man nimmt ihm sein liebstes Spielzeug weg und wartet, bis er Reue zeigt."

Adamson strahlte über das ganze Gesicht, als hätte er das Erfolgsrezept selbst erfunden. Und David tat gut daran, ihn zu bekräftigen.

„Stimmt. Hat bei mir auch funktioniert. Obwohl ich schon von Kindesbeinen an, nur MIT der Mannschaft erfolgreich war."

„So?"

„Man hat mir den Schläger weggenommen."

Adamson lachte. „Welcher geniale Coach war das gewesen?"

„Mein Großvater war das. Und dafür bin ich ihm bis heute dankbar. Er hat zu mir gesagt: David, du kannst nicht die Vorlagen schießen, treffen und siegen gleichzeitig. Du brauchst noch einen Keeper und ein paar verlässliche Mitspieler. Wenn du das gibst, was du erwartest, wirst du dein Spiel gewinnen."

„Schlauer Mann, Ihr Großvater.".

Adamsons Gesichtsausdruck wurde ernster und als er die Mädchen wegschickte, die es sich neben ihnen bequem gemacht hatten, wusste David, dass nun der geschäftliche Teil des Abends folgte. Adamson philosophierte über die Erfolgsaussichten seines Clubs und seine persönlichen Einschätzungen einzelner Spieler. Zweifellos hörte er sich gern reden. David tat also gut daran, ihn nicht ständig zu unterbrechen, selbst wenn er gegenteiliger Meinung war. Was glücklicherweise nur selten vorkam. Adamson war arrogant, doch sprachen die Umsetzungen seiner Ziele für ihn.

Doch in dem Moment, als er Melanie im Raum erblickte, wurde Adamsons Stimme in seinem Kopf leiser. Sie hatte ihn noch nicht gesehen und so blieb David etwas Zeit, sie zu mustern. Sie musste sich umgezogen haben, seit er sie vor der Eisrevue abgesetzt hatte. Mittlerweile trug sie dasselbe dunkelgrüne Kleid, welches ihn so oft in seinen Gedanken verfolgt hatte. Ihre Haare fielen ihr lang über die Schultern und verbargen sie. Warum hatte sie dieses Kleid gewählt und wen wollte sie damit beeindrucken?

Als Melanie ihn in der Menge ausmachte, kam sie zielstrebig auf ihn zu. Ihre Miene ließ ihn darauf schließen, dass es ihr ernst war und sie nicht zum Spielen vorbeigekommen war. Und trotz des sorgsam aufgetragenen Make-Ups, erkannte er, dass sie geweint hatte. David war sofort in Alarmbereitschaft.

„Alles okay mit dir? Was ist denn los?"

Melanie wand sich kurz an Davids Gesprächspartner und schüttelte ihm die Hand.

„Melanie Gardinier. Entschuldigen Sie bitte, Sir. Aber ich muss mir David für ein paar Minuten ausborgen. Bestellen Sie sich doch solange noch einen Drink. Der geht auf mich."

Sie griff nach Davids Hand und versuchte ihn zum Mitkommen zu bewegen. Überraschenderweise brauchte sie ihn gar nicht, wie angenommen, lange zu überreden. Er umfasste ihre kleine Hand, nickte dem verdutzten Anderson kurz zu

„Zehn Minuten."

und ließ sich von ihr nach draußen führen.

Vor dem Club stand eine längere Schlange, die auf Einlass wartete und Melanie drückte sich an ihnen vorbei. Dann liefen sie ein Stück die Straße hinunter und passierten das nächste Casino.

„Lany, was ist denn los?"

Sie beschleunigte ihre Schritte, die trotz der Riemchensandalen erstaunlich schnell waren.

„Hier nicht. Bitte hab noch Geduld."

Sie drehte nach rechts ab und stand augenblicklich vor dem nächsten Hoteleingang, in dem ein Page ihr die Tür öffnete. Verärgert wirbelte sie herum und versuchte in die entgegengesetzte Richtung zu fliehen, wo sie fast mit David zusammenstieß.

„Hat man denn hier nirgendwo ein bisschen Privatsphäre?"

Ihre Stimme bebte und in ihren Augen bildeten sich kleine Seen. David wollte dem schnell ein Ende bereiten, ehe ihre Dämme brachen. Wahrscheinlich würde sie dann noch unglücklicher sein, weil sie vor ihm geweint hatte. Er griff sie bei den Schultern und zwang sie in seine Augen zu sehen. Hinter ihnen liefen hunderte Passanten die Straße entlang, doch beide kümmerten sich nicht darum.

„Was hast du?"

Seine Stimme klang betont zärtlich. Ein sanftes Streicheln auf ihrer Armen.

„Ich erinnere mich nicht." Hauchte sie leise, so dass es niemand hören konnte, außer ihm. Ihren Blick starr auf seine Schuhe gerichtet.

„Woran?"

„An so viele Dinge."

Die Ernsthaftigkeit wurde ihm bewusst, als sie erneut zu weinen begonnen hatte. Behutsam schob er sie aus dem Gedränge auf dem Bürgersteig und zu mehreren riesigen Pflanzen in Steinkübeln, die buschig und schützend vor dem Eingang des Hotels stand und ihnen Sichtschutz gaben.

„Welche Dinge?"

Melanie ließ sich von David auf den marmorierten Mauervorstand setzten und streckte die Beine aus, um den Boden unter den Füßen zu spüren. Dummerweise war der Mauervorstand so hoch, dass sie nur mit Zehenspitzen den Boden berührte.

„Ich erinnere mich an viele Dinge aus meiner Schulzeit, doch sehe ich dabei nur Holly und Steve und andere meiner damaligen Freunde. Doch ich sehe niemals mich!"

Er hob ihr Kinn hoch, um in ihre Augen blicken zu können. Seine leicht geknitterte Stirn bat sie, weiterzusprechen.

„Zum Beispiel der Rummel im Park 2009. Ich war wohl dabei, doch erinnere mich nicht daran. Ich weiß noch, was Holly an diesem Abend trug und welche Freundinnen bei uns waren, doch weiß ich nichts mehr über mich an diesem Abend. Ich habe Angst, dass so vielen Jahre im Nichts verschwinden."

Melanie wischte sich mit den Fingern die Tränen weg und versuchte ihren Mascara zu retten.

„Heute ist mir schmerzhaft klar geworden, dass viele meiner Erinnerungen nicht der Realität entsprechen. Und nun fehlt mir nicht nur die Wahrheit, sondern auch meine gefärbte Realität dazu."

„Weißt du, Erinnerungen sind immer so, wie man sie haben will. Das Gehirn projiziert die Dinge für dich entsprechend."

„Und wenn der Speicher nicht funktioniert, dann helfen auch die Bilder nichts."

Ihre Panik war nicht zu übersehen. David strich ihre Arme entlang hinter zu ihren Händen und hielt sie fest.

„Ich wette, du hast auf dem Rummel eine von deinen bunten Jeans angehabt und dazu ein weißes Poloshirt."

Wärme durchströmte Melanie in diesem Moment und ein Hoffnungsschimmer entlud sich in einem erneuten Schluchzen. David legte nun seinen Arm um sie und zog ihren bebenden Körper an seine Brust.

„Ich kannte dich zu diesem Zeitpunkt noch nicht, doch weiß ich, dass du ein paar Wochen später jede Menge rote und grüne, graue und sogar knallgelbe Jeans getragen hattest. Also entweder, du hattest einen Jahresvorrat an bunten Jeans gewonnen, oder du hattest eine Schwäche für alles Knallenge und Knallbunte. Ganz ehrlich, ich tippe auf Letzteres."

Erstaunt blickte sie ihm in die dunklen Augen. Ein kleines Lächeln legte sich um seinen Mund. Melanie wand ihre Augen nicht von ihm ab. Ihr Zittern hatte nachgelassen und die kleine Nische, in der sie Zuflucht gefunden hatte, eignete sich perfekt für einen Moment des Verschnaufens. Sie hatte nicht gewusst, wohin sie gehen sollte, um ihre Tränen zu trocknen. In ihrem Zimmer konnte sie nicht bleiben, nach Hause wollte sie nicht. Doch David hatte geahnt, wie gut ihr dieses Versteck tun würde, selbst wenn zwanzig Meter hinter ihr immer noch Hunderte von Touristen und Passanten die Straße bevölkerten.

„Ich habe noch nie etwas gewonnen."

„Das liegt wohl daran, dass du noch nie gespielt hast."

Melanie brauchte nicht erst in ihren Schrank zu sehen, um zu wissen, dass David in gewisser Weise Recht hatte. Damals hatte sie sich auf Hollys Anraten ein paar echt heiße und sehr enge, knallgelbe Jeans gekauft, die sie zu sämtlichen Anlässen trug. Dieses Detail allein genügte ihr, um sie sich unter den fliegenden Lampions vorzustellen.

Melanies Puls beruhigte sich und ein Kribbeln in ihren Armen löste das bedrohliche Herzrasen ab. Ihre Brust fühlte sich schwerer an, doch trug sie nun nicht mehr die gleiche Last der Trauer mit sich herum, wie noch vor einer Stunde. Sie spürte sie warm. Ihr Blick ging von Davids Fingern, die ihre Hand bemalten hinauf zu seiner Brust. Sein weißes Hemd hatte er an den obersten beiden Knöpfen geöffnet. Ihr Blick senkte sich auf sein Schlüsselbein. Sie wollte ihn dort küssen. Sie vermied es, in seine Augen zu sehen. Womöglich hätte sie sonst realisiert, was sie hier tun wollte und die Flucht ergriffen. Das war David. Ihr Freund und momentan der Einzige, der wusste, was sie brauchte. Trotzdem überwog das Gefühl der Dankbarkeit und der aufsteigenden Leidenschaft. Wenn sie David nah war, hatte sie keine Angst mehr. Melanie beugte sich nach vorn und zog ihn zwischen ihre Beine heran und blickte ihm geradewegs in die dunklen Augen, als sie sagt:

„Vielleicht sollte ich mal damit anfangen."

Melanie beugte sich nach vorn und küsste fordernd seine Lippen, die sie warm in Empfang nahmen. Sie leckte ihm über die Lippen. David ließ sie eine Weile machen, wie um sicher zu gehen, dass sie es auch wirklich wollte. Erst dann schlang er seinen Arm um sie, hob sie vom Absatz herunter und zog sie an sich. Sie stand nun mit großen Augen vor ihm, doch zog sie seinen Kopf zu sich herunter und fuhr fort ihn leidenschaftlich zu küssen. Sie konnte nicht genug von ihm und seiner Zunge bekommen. Sanft und kraftvoll zugleich schob er sich in ihren Mund und schien sie einer genüsslichen Tortur auszusetzen. Melanies Beine schwankten und sie umklammerte ihn mit einer Gier, dass er sie nur noch enger an sich schmiegte.

„Lass uns gehen."

David löste sich für einen Moment von ihr und zog sie mit sich in ein Taxi. Mit einem Rutsch war sie auf seinem Schoß und vergrub ihre Finger in seinen Haaren, als sie erneut Jagd auf seinen Mund machte. Schnell konnte er noch die Adresse ihres Hotels benennen, ehe er sich wieder ganz und gar Melanie widmete. Nur noch ein kurzes Mal dachte er an Adamson, der wohl immer noch im MGM auf ihn wartete.

Im Nachhinein konnte er sich nicht erinnern, wie lange sie im Taxi gesessen hatte. Ihm fiel nur ihre Eile auf, mit der sie beide zum Fahrstuhl des Hotels stürmten und kurzerhand entschieden, die Treppen zu nehmen. Im sechsten Stock angekommen, keuchten sie um die Wette und lehnten erschöpft an der Zimmertür, während David seine Schlüsselkarte in der Jackentasche suchte. Die langen Haare hingen ihr ins Gesicht und ihre Brust bebte vor Erschöpfung. Heftig atmete sie ein und aus, als sie an der Zimmertür lehnte. Das erlösende Klicken folgte Sekunden später. Die Tür flog hinter ihnen mit einem Krachen ins Schloss. Beide ließen sich lachend und hungrig auf das Kingsize Bett fallen. Melanie setzte sich auf und begann ihr Kleid aufzuknöpfen. David blieb regungslos stehen und genoss ihren Anblick.

„Wow."

Melanie lächelte und ihre Finger wanderten höher und schlossen die bereits geöffneten Knöpfe wieder.

„Hör bloß nicht auf!" In seinen Augen loderte es. „Ich verspreche dir 100% Einsatz."

Melanie wusste, dass sie morgen nicht länger Davids Freundin sein konnte, wenn sie heute mit ihm schlief. Doch es war unmöglich, sich gegen seine Anziehungskraft zu wehren. Ihr gelegentlich zu unterliegen und gleichzeitig zuzusehen, wie er mit anderen Frauen zusammen war. Das konnte sie einfach nicht. Jeder Blinde sah, dass heute Nacht nicht das letzte Mal gewesen sein würde. Sie hatte niemals einen Freund wie ihn gehabt, einen loyalen Partner, der sie so gut kannte, dass ihr fast schwindelig wurde. Ein Freund, der in den letzten Monaten jederzeit bewiesen hatte, dass er für sie da war und gleichzeitig ihren Herzschlag beschleunigte. In dem Moment erkannte sie, wie kostbar ihre Freundschaft für sie war. Doch wie sollte sie David Bennett wiederstehen? Er entledigte sich rasch seines Hemdes und lag nun wie ein Geschenk unter ihr. Ein Geschenk, das sie nicht ablehnen konnte. Nicht heute Nacht! Melanie setzte sich rittlings auf seinen Schoß und berührte seine perfekt definierte Brust.

„Ich rate dir, ab jetzt nur noch den Mund zu öffnen, um mir damit zu Diensten zu sein."

David grinste.

„Dann zieh dich aus und zeig mir, wo.", antwortete er leise.

Melanie nahm sich Zeit, ehe sie sich aus ihrem Kleid befreite. David lehnte sich zurück und beobachtete jeden ihrer Handgriffe. Er genoss es. Melanie zog langsam ihr Kleid über den Kopf und ihr Haar fiel auf ihre Schultern zurück. Sie trug schwarze Spitzenhöschen und einen passenden Spitzen-BH. Davids Handflächen kribbelten, während sie immer noch auf ihm saß. Neugierig streichelte sie seine Brustmuskeln und fuhr seinen Arm entlang. Sie berührte seine Handflächen und schlang ihre Finger um seine. Sie führte seine Finger an ihren Mund und küsste sie, ehe sie diese auf ihren BH legte. David Finger verselbständigten sich und fuhren unter die Spitze. Er hätte für nichts und niemanden seine Hände von ihr nehmen können. Kaum merklich öffnete er ihren BH und Melanie schloss die Augen, als er ihn ihr sanft herunterzog. Er saugte ihren Anblick in sich hinein und honorierte ihre Geduld, indem er sich aufbäumte und ihre Brüste küsste. Melanie erschrak kurz, als sie seine feuchte Zunge spürte. Ihr war eiskalt und heiß zugleich. Erst streichelte, dann küsste er sie. Sie konnte es nicht mehr auseinander halten.

Hör bloß nicht auf!

David drückte sie näher an sich heran und strich ihren Rücken entlang. Er hinterließ eine heiße Spur auf ihrer Wirbelsäule, die sich in einer heißen Quelle sammelte, als er den zarten Stoff ihres Slips rieb. Sie spürte, wie steif er unter ihr war. Er bog sie ein Stück auf seinem Schoß zurück und nahm ihre Beine in die Hand. Als er sie streichelte, entledigte er sie ihres Slips und warf ihn zur Seite.

Oh Gott. Ja, bitte!

Melanie war so offen und fühlte sich gleichzeitig so sicher in seinen Händen, dass sie ihre Beine links und rechts neben ihm abstellte und sich wieder auf ihn zubewegte. Warum hatte sie jemals Angst vor diesem wunderbaren Mann gehabt? Sie sah seine dunkelgrünen Augen auf jeder ihrer Bewegungen ruhen, seine Lippen, die so einladend waren und sein Körper, der so massiv und gleichzeitig so federleicht wirkte. Sie küsste seinen Hals, seine Schultern und Brust, streichelte seine Arme und ließ ihre Zunge tiefer gleiten. Seine Boxer Short fiel zu Boden und Melanie hatte nur noch ein Ziel vor Augen. Sie wollte diesen Mann, mit allem, was er bereit war zu geben. Sie streichelte ihn und konnte es kaum erwarten, ihn mit der Zungenspitze zu berühren. David auch nicht. Er atmete heftig. Es fiel ihm zusehends schwerer sich unter Kontrolle zu halten. Doch konnte er ihr sinnliches Spiel nicht unterbrechen. Wie sich ihr Kopf auf seinem Schoß schlängelte und dabei ihr Hintern verführerisch in die Luft ragte, erregte ihn noch mehr. Melanie schien süchtig und sie nahm sich alle Zeit der Welt. Sie streichelte und küsste, sie saugte und leckte, immer und immer wieder. Sie schob und sie gab ihn frei. Immer und immer wieder.

„Baby, ich gebe dir fünf Sekunden, dich auf den Rücken zu legen."
Melanie sah ihn an und bemerkte, dass sie ihn zu weit getrieben hatte. Bennett sollte man lieber nicht reizen. Das hatte sie schnell gelernt. Lächelnd setzte sie sich auf.
„Du bringst mich um, weißt du das eigentlich?", raunte David heiser.
Melanie konnte nicht aufhören zu grinsen. Dann verschwand ihr Lächeln und sie schob ihn mit aller Kraft in sich hinein. Zeit für zärtliche Annäherungen brauchte sie nicht mehr. David spürte, wie feucht sie war und stöhnte erneut. Auch Melanie spürte das herrliche Ziehen in ihrem unteren Bauch und die Wucht eines David Bennett, der so kraftvoll und herrlich zielsicher war. Sie bewegte sich auf ihm, als würde sie in einem Wasserstrudel ums Überleben kämpfen müssen, wenn sie nicht mit aller Kraft dagegen halten würde. David Hände an ihrer Taille und seine harten Stöße trieben sie immer näher an den Strudel heran. Gleichzeitig gierte ihr Unterleib nach mehr von ihm und massierte ihn bei jedem Stoß. David wollte die Augen schließen, doch er konnte sich nicht von ihrem Gesicht abwenden, das so kurz vor der Ektase stand. Sie waren wild und voller Leidenschaft. Ihr geöffneter Mund und die nassen Lippen erregten ihn noch mehr. Sie hörten weder, dass die Bettpfosten gegen die Wand donnerten, noch dass sie beide animalische Laute ausstießen. David konzentrierte sich nur noch auf Melanies Bewegungen. Als ihre Schreie lauter wurden und ihr zuckender Körper kurz davor stand, zu explodieren, mobilisierte er noch mal alle Kräfte und gab ihr alle Kraft, die er aufbringen konnte, die sie schreiend annahm, bevor sie beide Raum und Zeit vergaßen und sich übereinander in herrlichem Schmerz ergossen.

*

Kurz nach Fünf Uhr wurde Melanie wach. Sie wusste nicht mehr, ob sie geträumt hatte, doch war die tiefe Verzweiflung in ihrem Inneren einer Ruhe und Ausgeglichenheit gewichen. Die Gänsehaut, mit der sie eingeschlafen war, war verschwunden. Doch ihre rot geriebenen Stellen an den Innenschenkeln waren noch da. Sie lächelte bei dem Gedanken daran.
Dicht lag sie an Davids nackter Brust und spürte seinen gleichmäßigen Atem. Die warme Decke schmiegte sich um sie beide und umschloss sie wie eine schützende Hülle. Genau hier fühlte

sie sich sicher und geborgen. Kaum vorstellbar, dass sie sich erst vor ein paar Stunden so heimatlos und zerrissen gefühlt hatte. Die Begegnung mit Tanja hatte sie aufgewühlt und so vieles in Frage gestellt. Doch David schien eine Mauer um sie beide gebaut zu haben. Sie fühlte sich vollständig. Zaghaft strich sie seinen Arm entlang, bis er sich regte.

„Erzähl mir von dem Abend im Park."

Er brauchte nicht nachzufragen, was sie meinte. Er legte seinen freien Arm hinter den Nacken und blickte zur Zimmerdecke.

Davids raue Stimme drang an ihr Ohr. „Es war recht kalt an dem Abend."

Als hätte er sie lange nicht benutzt.

„Ich ging damals mit Lisa Hebert."

Bei diesem Namen klingelte etwas in Melanies Kopf.

„Lange blonde Haare und eine Vorliebe für schnelle Autos, Eishockeyspieler und meinen Bruder."

„Das trifft so ziemlich auf die Hälfte aller Mädchen in unserer High-School zu."

„Stimmt. Weißt du, dass meine Freundin Holly ebenfalls auf meinen Bruder stand?"

David reagierte nicht. Sie sprach eher zu sich selbst als zu ihm.

„Ich habe es nicht gemerkt. Das hat sie mir erst Letztens gebeichtet. Doch ein Abend schien gereicht zu haben, um sie zu heilen."

Melanie schüttelte kaum merklich den Kopf.

„Entschuldige, ich habe dich unterbrochen. Und weiter?"

Versöhnlich strich sie seinen nackten Arm entlang, bis er fortfuhr.

„Sie bestand darauf, dass ich mit ihr Riesenrad fahre. Ich habe nichts gegen ein bisschen Spaß, aber das Riesenrad fuhr mir eindeutig zu langsam. Trotzdem wollte sie es unbedingt. Wahrscheinlich um ihren Freundinnen zu beweisen, dass sie mich beeinflussen konnte."

Melanie schloss die Augen und lauschte Davids Beschreibung. Es war schön.

„Von unten hatten Steve und Ethan gewitzelt, welch ein Softie ich doch wäre. Doch Steves Freundin Linda liebäugelte mit einer Runde auf dem Kettenkarussell."

„Linda Martens. Die war nett. Ich mochte ihre Schuhe."

„Ihre Schuhe?"

„Ja. Sie trug immer diese Keilabsätze, als sie noch überhaupt nicht in Mode waren. Die haben mich schwer beeindruckt."

„Du trägst diese doch auch."

„Ja, aber damals trug ich gern helle Sneakers."

„Passten wahrscheinlich bestens zu deinen gelben Jeans."

Melanie lächelte und schloss erneut die Augen. Die Jeans, die Schuhe… Das Puzzle schien sich zu fügen.

„Gab es Barbecue?"

„Ja. Hähnchenspieße und jede Menge Burger."

„Mmm."

Eine Weile lagen sie so da und genossen die Stille. David war es gelungen, ihr Bild von damals um einige Details zu erweitern. Sie war sich ziemlich sicher, dass sie damals ohne Freund und nur mit Holly zum Rummel gekommen war. Daran erinnerte sie sich, weil sie für einen Jungen namens Derek Plante geschwärmt hatte und ihn nicht zu fragen getraut hatte.

„Ich habe Hunger. Lass uns etwas Essen gehen."

„Wir können den Zimmerservice rufen."

„Nein. Es ist fast Frühstückszeit."

„Also ich weiß ja nicht, wann du frühstückst, aber ich bezweifle das. Lass mich dich noch eine Weile ablenken."

Sanft strich David ihr Haar hinter ihr Ohr und knurrte kaum merklich an ihrem Hals, ehe er sie genau dort küsste. Melanie schloss die Augen und konnte an nichts anderes mehr denken. Er war zärtlich und liebevoll, neckend und großzügig. Melanie hatte sich nie so verstanden gefühlt. Er schien immer genau zu wissen, was sie brauchte. Er fand seinen Weg in sie und begann das herrliche Auf und Ab. Seine Wange an ihrer murmelte er: „Entschuldige, dass ich mir damals nicht mehr Mühe gegeben habe."

Melanie schloss die Augen und zog seine Schultern näher zu sich herab. Ihre Beine schlangen sich um seine Hüfte und zogen ihn noch tiefer ein.

„Ich habe dir schon längst verziehen."

In ihrem Blick sah er, dass sie nicht scherzte. David gab ihr einen tiefen Kuss und schmeckte sie in jedem Zentimeter ihres Mundes. Er konnte nicht genug von ihrem Mund bekommen. Er war feucht und spürte Melanies Zunge in seinem Mund, die mit ihm spielte. Sie war neugierig und gleichzeitig sinnlich und erregend. David begann von neuem sich in sie zu graben und ihr die Luft zu nehmen. An ihr war alles wunderbar weich und bereit. Nur zu gern, nahm sie ihn auf und sehnte sich seinen Stößen entgegen. David blickte zufrieden in ihre Augen und begann sie immer tiefer und stärker zu reizen. Melanie antwortet mit lustvollem Stöhnen und schloss die Augen. Die Abstände wurden kürzer und Melanie stemmte sich verzweifelt gegen ihn, um ihr Spiel noch zu intensivieren. David verstand ihre Not sofort und verabreichte ihr die benötigte Medizin. Sie bebte und klammerte sich an ihn, ehe sie ihn mit sich riss.

Ihre Körper waren verschwitzt und Melanies ließ ihre Hüfte sinken. David musste sie küssen. Sanft und gründlich. Ihre Arme hingen schlaff in seinem Nacken und er streichelte sie zärtlich. Ihr Körper bebte noch und er musste sich einfach auf sie legen und ihre Beben am ganzen Körper spüren. Es war das süßeste Gefühl, was ihn seit langem durchströmt hatte.

*

Als David erwachte, war der Platz neben ihm leer. Nur die zerwühlten Kissen ließen auf Melanie schließen. Er blickte sich um und sah sie mit ihrer Tasche aus dem Bad kommen.

„Hey. Du bist ja schon auf."

Melanie hielt inne, als sie ihre Klamotten in die Tasche stopfte und lächelte ihn an.

Da war es wieder. Ein Geschenk, das man jeden Morgen bekommen möchte. Melanie strich ihr Haar hinter das Ohr und musterte ihn aufmerksam. Dann kam sie zu ihm und gab ihm einen langen Kuss

„Hey."

„Hast du es eilig?"

„Ja. Ich muss zurück und noch an ein paar Details für das Magazin arbeiten."

„Dann verpasst du aber das Bennett-Special."

„Ich denke, das hatte ich bereits. Mehrfach." Ihr Lächeln gefiel David.

„Das Special beinhaltet ein Frühstück."

„Lass mich raten. Gerührtes Ei mit Schinken?", Melanie lachte.

„Mit Tomaten und Avocado."

„Mmmmh. Klingt wunderbar."

„Danach nehmen wir uns den Tag frei." Seine Vorfreude war so verlockend, dass es Melanie schwer fiel ihn zu enttäuschen.

„Ich habe einen Job zu erledigen. Ich kann mir den Tag nicht frei nehmen."

„Gegen deinen Terminkalender komme ich nicht an. Aber vielleicht hilft es dir, wenn ich dir ein bisschen Zeit verschaffe."

„Was meinst du?"

„Wenn ich dir ein bisschen Aufschub gewähre."

David spürte, dass er was Falsches gesagt hatte, als er ihr fassungsloses Gesicht sah.

„Was willst du damit sagen?"

„Folly wird die Schadensersatzpflicht rausschieben."

„Du willst mich kaufen?"

Ihr schockiertes Gesicht ließ ihn lauter werden.

„Ich will nicht dich, sondern uns Zeit verschaffen."

„Bist du irre?" Melanie konnte nicht glauben, was er da sagte. „Ist dir nicht klar, was du damit tust?"

„Es ist doch zum Vorteil von uns beiden." David verstand nicht, warum sie auf einmal so sauer war. „Du tust gerade so, als ob das etwas Schlimmes wäre."

Melanie konnte es nicht fassen. Wie konnte David nur so etwas vorschlagen?

„Wir haben eine Frist vereinbart, bis zu der die 250.000 Dollar fällig werden. Gewährst du mir jetzt einen Aufschub, dann arbeite ich nicht nur für dich. Nein, du bezahlst mich außerdem dafür, mit dir ins Bett zu gehen. Hast du dich mal gefragt, wie ich mir dabei vorkomme?"

„Glücklich?"

„Das ist nicht witzig, David!" zischte sie.

„Ich will mit dir zusammen sein. Das will ich damit erreichen."

David versuchte sie zu besänftigen.

„Es sollte romantisch sein."

„Pretty Woman war auch ein Liebesfilm. Aber trotzdem war Julia Roberts eine Nutte. Kannst du dir nicht vorstellen, wie ich mich jetzt fühle?"

„Was willst du von mir hören, Melanie? Ich bin nicht geübt in solchen Dingen. Du musst das nicht als romantische Geste sehen, wenn du nicht willst. Aber du kannst mir glauben, dass ich es so gemeint habe."

Melanie ließ die Schultern sinken. Seine Absicht sollte sie eigentlich freuen. Der Mann, den sie seit einer Ewigkeit anhimmelte und den sie vielleicht sogar liebte, reichte ihr die Hand. Doch das war ihr nicht mehr genug. Sie war keine von seinen Spielzeugen, die man kaufen konnte! Er verstand nicht, warum sie so aufgebracht war. Sicher wollte er seine Fehler mit Claire bei ihr wieder gut machen, doch sie wollte kein Mitleid. Sie war enttäuscht.

„Verdammt, David. Vergiss das. Das funktioniert nicht."

*

Holly warf eine Banane in den Mixer und schaltet ihn ein. Dazu kamen ein paar Erdbeeren, einige Stücke Mango und Kiwi, sowie einige Löffel Honig und viel Milch. Während sie mixte, fielen ihr die vielen leckeren Dinge auf dem Küchentisch ins Auge, die sie in letzter Zeit so gern aß. Warum eigentlich nicht, dachte sie und warf ein paar davon dazu. Dass Charlie bei dieser Mischung seinen Kopf schief legte und die Ohren hängen ließ, wunderte sie nicht mehr. Brav saß er vor dem Küchentisch und beobachtete das Treiben. Holly war froh, dass er ihr die Langeweile vertrieb. Immerhin war sie mittlerweile fast arbeitsunfähig geworden. Das Zusammensein mit dem Hund lenkte sie ab und entspannte sie gleichzeitig. So kam sie gezwungenermaßen an die frische Luft und blieb in Bewegung.

Charlie sprang auf und hastete zur Tür, bevor es kurz darauf klingelte. Holly stellte den Mixer aus und ging, um zu öffnen.

Eine aufgeregte Stimme schallte ihr entgegen. „Darf ich reinkommen?"

Sie war ob seines Auftretens etwas schockiert.

„Steve. Was willst du?"

Charlies aufgeregtes Bellen ignorierend, streichelte er ihm das Fell und ohne auf eine Einladung zu warten, trat er an ihr vorbei und blickte sich suchend um.

„Wo ist dein Schlafzimmer?"

„Was?"

Erst jetzt betrachtete er sie näher und registrierte ihre pinken Leggins, die sie unter dem schwarzen Umstandskleid trug. Zudem war sie weder geschminkt, nach gestylt. Ihre langen, blonden Haare hatte sie zu einem Pferdeschwanz am Hinterkopf zusammengebunden und ihr Gesicht zierte lediglich eine Tagescreme, die noch nicht komplett eingezogen war. Eine frische Röte überzog ihre Wangen und ihre himmelblauen Augen leuchteten. Allesamt gute

Voraussetzungen, um ihn um den kleinen Finger zu wickeln, wie sie es sonst so erfolgreich fabrizierte.

„Du siehst heute anders aus."

Sie verdrehte die Augen und schloss die Tür hinter ihm.

„Ich will Lanys Autoschlüssel abholen."

Holly verstand nicht. Er tauchte hier in ihre Wohnung ein, obwohl sie ihm doch bisher so erfolgreich aus dem Weg gegangen war. Holly wurde unsicher. Wenn er doch davon wusste? Unmöglich. Niemandem hatte sie sich anvertraut. Nicht einmal Lany. Doch seine Anwesenheit ließ ihr Innerstes aufblühen. Konnte ihr Kind ihn erkennen? Ihr kleiner Junge? Ein verstecktes Lächeln legte sich auf ihr Gesicht. Erst gestern hatte sie ihn ganz deutlich auf dem Ultraschallmonitor gesehen.

„Sie hat mir gesagt, dass er bei dir im Schlafzimmer liegt."

Steve marschierte durch die einzelnen Zimmer, ohne weiter auf sie zu achten und fand schließlich ihr Schlafzimmer. Charlie blieb ihm dicht auf den Fersen, bellte aber nicht mehr. Auf der Kommode fand er sie endlich und steckte sie in die Taschen seiner Lederjacke. Erst dann registrierte er die Koffer und Taschen seiner Schwester. Charlie sprang sein Bein hinauf und warf sich vor seine Füße. Dann drehte er sich auf den Rücken und ließ sich erst einmal von Steve den Bauch kraulen.

„Guter Junge." Zu Holly gewandt, die hinter ihm im Türrahmen erschienen war, fragte er: „Warum stehen hier die ganzen Sachen meiner Schwester rum?"

Holly nippte an ihrem Shake, den sie sich in der Zwischenzeit aus der Küche geholt hatte und zuckte gleichgültig die Achseln.

„Frag sie doch."

„Ich frag aber dich."

„Wenn sie es dir erzählen will, wird sie das schon machen."

Steves Miene verdunkelte sich. Sein Kiefer spannte sich an.

„Vielleicht hatte sie in letzter Zeit zu viel zu tun und es bisher nicht geschafft, ihrem Bruder von ihrem Umzug zu erzählen."

Holly verdrehte die Augen.

„Oder sie hatte einfach Angst, dass sie es absichtlich vergessen hat?"

„Quatsch."

Holly zuckte die Schultern. „Wenn du dich dann besser fühlst."

„Wieso sollte sie Angst vor mir haben? Ich bin ihr Bruder."

Ein gedehntes „Okay." folgte, ehe Holly in die Küche zurückkehrte um ihr Glas erneut zu füllen. Wie erwartet, folgten Steve und Charlie ihr.

„Was meinst du damit?"

Holly leerte langsam ihr Glas, bevor sie antwortete.

„Ich habe nicht vor, mich in eure geschwisterliche Beziehung einzumischen."

„Das hast du bereits. Also spuck es schon aus."

„Was denkst du wohl, warum du noch nicht weißt, dass sie ihre Wohnung gekündigt hat und vorübergehend bei mir wohnt?"

„Keine Ahnung."

„Na dann denk mal scharf nach!"

Steve blickte sie fragend an, wie sie mit verschränkten Armen vor ihrem Babybauch vor ihm stand.

„Vielleicht hat sie es satt immer im Schatten ihres perfekten, erfolgreichen Bruders zu stehen. Vielleicht fällt es ihr schwer, gerade dir, ihre eigenen Niederlagen zu offenbaren. Und vielleicht schämt sie sich für ihre Fehler."

Steve verschränkte ebenfalls die Arme vor seiner Brust.

„Braucht sie Geld? Sie hat doch einen neuen Job bei diesem Magazin."

„Keine Ahnung. Mit mir wollte sie auch nicht darüber reden."

„Und was ist mit den Modeaufnahmen für dich? Du wirst sie doch hoffentlich entschädigt haben."

„Versuche nicht, mich in die Verantwortung zu ziehen. Lany hat ein Honorar bekommen, das ihrer Erfahrung angemessen war. Dass der nicht ihre finanziellen Probleme löst, können wir uns denken."

Steve nickte nachdenklich.

„Ich verstehe nicht, warum sie nicht zu mir kommt." Er sprach eher zu sich selbst, als zu ihr.

„Weil sie ein starkes Mädchen ist und ein Darlehen von dir nur ein paar Wochen Aufschub gewähren würde."

„Dad hat ihr doch einen Job in seiner Firma angeboten. Warum spielt sie Prinzessin, lehnt den ab und verkriecht sich hier bei dir?"

„Weil ich sie nicht zwinge, darüber zu reden. Und außerdem: Würdest du den Job bei eurem Vater denn annehmen?"

„Um mich geht es hier doch gar nicht."

„Doch. Du bist ihr Maßstab."

„Das glaub ich kaum."

„DU hast einen tollen Job. DU trägst Verantwortung. DU machst deine Eltern stolz. DU verwirklichst dir einen Traum nach dem anderen."

Steves abwertender Lacher signalisierte ihren Irrtum. Sein Blick lag auf ihrem Shake und mit Erstaunen frage er ruhig:

„Schwimmen da Cornflakes in deiner Milch?"

„Schmeckt besser, als es aussieht."

Steve grinste.

„Komische Vorlieben hast du."

Lächeln wand er sich Charlie zu. „Hast du Zuwachs bekommen?"

„Den Hund meine ich." Konnte Steve noch ergänzen, ehe sich Hollys Gesicht gänzlich rot färbte. Sie nickte. Früher hatte er sie niemals verlegen gesehen. Immer die knallharte, zielstrebige Frau, die sich nahm, was sie wollte. Offensichtlich hatte die Schwangerschaft sie ein bisschen gezähmt. Schön für sie!

„Ja." Antwortete sie knapp. „Doch du hast meine Frage nicht beantwortet. Hättest du den Job angenommen?"

„Brauche ich nicht."

„Nun versetzt dich doch mal in ihre Lage."

„Kann ich nicht."

„Ich schätze, dein Vater kann es auch nicht. Und daher denkt er auch, dass er ihr mit dem Angebot einen Gefallen getan hat. Ich glaube, Lany hat es satt, von anderen abhängig zu sein. Sie ist viel stärker, als sie glaubt. Nun hat sie nie Gelegenheit, das herauszufinden, weil du und dein Vater ihr immer gesagt habt, was das Richtige für sie ist."

„Hilfe anzunehmen, ist keine Schande."

„Hilfe und Abhängigkeit sind nicht dasselbe."

„Dann bist du sicher eine von den Frauen, die denken, dass sie ihr Baby ohne Vater genauso gut großziehen können. Eine, die sich für emanzipiert genug hält, alles in den Griff zu bekommen und sich dabei einbilden, dass sie die Vaterfigur genauso gut verkörpern."
Hollys Gesicht färbte sich aschfahl und verlor jeglichen Ausdruck. Er hatte sie. Er musste es wissen. Holly fühlte sich elend und gemein. Sie musste es ihm einfach sagen.
Darüber müssen wir reden.

*

In der nächsten Woche versuchte David, sich mehrfach bei Anderson zu entschuldigen, doch dieser war mit einigen Talentscouts im ganzen Land unterwegs. Somit war eine Fortsetzung ihrer Gespräche nicht möglich. Folly hatte ihm sein Missfallen über den Verlauf des Abends deutlich zu verstehen gegeben, doch David zeigte keine Reue. Melanie hatte ihm ein Stück von ihrem Herzen geöffnet. Ihre Verzweiflung, ihren Unmut und ihre Angst. Es hatte ihr geholfen, über ihre Vergangenheit zu reden. Nicht nur, dass sie sich ihre Fehler eingestand, sie begann auch darüber nachzudenken, wie es dazu kommen konnte. Dass sie gleichzeitig ein kleiner Teil seiner Jugend gewesen war, stimmte David zufrieden. Doch ihre prompte Ablehnung gegen seinen Vorschlag ärgerte ihn.
„Bennett. Der ist für dich."
Trenston schrie ihm von der Seite zu, während er den Puck zu ihm schoss. Wie im Schlaf nahm er an und zog in Richtung Tor ab. Leider verfehlte er um wenige Zentimeter das Netz. Seit knapp einer Woche trainierte er mit den Jungs für die nächste Saison in einem stark abgeschotteten Camp im Norden von Toronto. Seitdem hatte er Melanie nicht wiedergesehen. Doch die Nacht in Atlantic City hatte etwas verändert.
Später in der Dusche rann heißes Wasser Davids Rücken hinab. Der dichte Dampf ließ seine Teamkameraden unsichtbar werden, doch deren fröhliche Gesänge drangen zu ihm heran. Auf dem Eis hatte David heute sein Bestes gegeben. Er hatte ein hervorragendes Training abgeliefert und zwei Vorlagen in Tore verwandelt. Dafür musste er mehrere harte Bodychecks einstecken. Nicht, dass er im Kampf zimperlich war. Nein. Doch die lange Saison hatte merklich an seinen Kräften gezehrt. Nun, da das heiße Wasser seinen Nacken massierte, dachte er an

Melanie und wünschte sich ihre Hände an deren Stelle. Doch darauf würde er wohl vorerst verzichten müssen.

Gestern Nachmittag hatte David sich mit Folly getroffen und Bilanz gezogen. Ohne Zweifel war der nächste Schritt nicht ganz fair gegenüber Melanie. Sicher wäre es ein Schock für sie und er mochte sich kaum ihr Gesicht vorstellen, wenn sie davon erfuhr. Doch so schmerzlich es auch für sie sein würde, er hätte nicht anders handeln können. Sämtliche Möglichkeiten waren vorab wasserdicht geregelt wurden. Sie brauchte nur noch einmal nachzulesen. Das war die einzige Möglichkeit, die ihm blieb.

*

Am Ende der Woche kehrte Melanie in Hollys kleine Wohnung zurück. Ihre Füße schmerzten. Sie war erschöpft von den vielen Meetings. Wie vermisste sie die Zeit beim Laufen, die sie sich sonst genommen hatte. Es war bereits einige Wochen her, als sie das letzte Mal ihre Joggingschuhe angezogen und eine Runde durch den Park gedreht hatte.

Als sie an diesem Abend das Treppenhaus hinaufstieg, wurden ihr die vielen Nachrichten auf ihrem Handy von Holly bewusst. Holly wollte wissen, wie es mit Guy Martin und Hugo verlaufen war. Beide waren gute Bekannte von Holly, die angetrieben vom Presserummel um Holly, nun an einer Partnerschaft interessiert waren. Doch Melanie hatte momentan wenig Lust, die Gespräche auszuwerten. Lieber wollte sie sich zurückziehen und ein bisschen schlafen. Außerdem zog es sie zu Kim ins Eisstadion. Am Telefon hatte sie ihr bereits erzählt, welche neuen Fortschritte sie machte. Zugegeben, Melanie empfand ein wenig Eifersucht auf Kims neue Trainerin Denise. Sie war 19 Jahre alt, süß, studierte Sport im zweiten Jahr und konnte super Eislaufen. Selbst ihr Bruder war schwer begeistert nach ihrem ersten Treffen. Doch viel mehr krampfte sich ihr Herz zusammen, wenn sie Kims bewundernde Blicke zu Denise bemerkte.

Dazu kam, dass sie während der nächsten Verschnaufpause sich ihren Gefühlen für David stellen musste. Nicht umsonst, hatte sie die letzte Woche fast durchgearbeitet, nur um nicht an ihn denken zu müssen. Sie wollte ihr Gespräch darüber noch hinausschieben. Sie befürchtete, dass David eine Freundschaft mit ihr wollte. Doch das war nicht Melanies

Wunsch. Seit dem Abend in Atlantic City hatten sich mehrere Puzzleteile in ihrem Herzen zusammengefügt und jedes Mal, wenn sie an ihn dachte, sehnte sie sich nach ihm. Sie wollte mehr als nur seine Freundin sein. Sie musste sich eingestehen, was ihr Verstand verdrängen wollte. So dumm das auch war. Und so ungesund! Doch Melanie konnte ihr Herz nicht austricksen. Sie liebte ihn! Doch nicht nur auf eine schwärmerische Art, wie sie es früher getan hatte. Sie respektiere ihn und erkannte ihn an, so selbstkritisch und so gnadenlos ehrlich er manchmal war. Wie sollte sie ihrem Herz verbieten, so laut und schnell zu klopfen, wenn er in der Nähe war? Sie konnte nicht widerstehen, ihn zu berühren, wo und wann immer sie wollte.

Als sie den Schlüssel ins Schloss steckte, versprach sie sich als Erstes ein wohltuendes Bad. Vielleicht würden sich ihre Beine dann nicht länger wie Blei anfühlen. Sie kickte ihre hohen Pumps von den Füßen und ließ ihre Jacke fallen. Von Holly war weit und breit nichts zu sehen. Glücklicherweise gewann sie dadurch noch etwas Zeit. Sie ließ sich heißes Wasser in die Wanne ein und konnte es kaum erwarten abzutauchen. Rasch zog sie ihre Bluse aus. Auf dem Weg ins Badezimmer streifte sie ihre schwarze Hose ab und schnappte sich im Vorbeigehen den Stapel Post vom Küchentisch.

*

„Er verklagt mich auf Schadensersatz!"
Fassungslos starrte Melanie von ihrem Brief auf und zu Holly herüber.
„Was?" Melanies Schrei hatte Holly aufgeschreckt. Sofort kam sie ins Bad gestürzt. Charlie hinter ihr her. Melanie setzte sich in der Wanne kerzengerade auf und reichte Holly den leicht feuchten Brief.
„Er hatte niemals vor, mich zu verschonen."
Melanie saß tropfend und völlig nackt vor Holly in der Wanne. So nackt wie sie war, fühlte sie sich auch.
„250.000 Dollar!" Entfuhr es Holly entsetzt.
„Wo sollst du die denn auftreiben? Habt ihr denn nie darüber geredet?"
Melanie antwortete nicht. Sie dachte an David und sein geheucheltes Interesse an ihrer Arbeit. Langsam dämmerte es ihr. Wahrscheinlich wollte er sicher gehen, dass sie schnell wieder einen Job fand, um für seine 250.000 Dollar aufzukommen. Wie konnte er die ganze Zeit über

ein Freund sein und ihr dann so etwas tun? Melanie fühlte sich plötzlich ganz allein. Eben noch war sie glücklich und nun konnte sie nicht mal den Menschen trauen, die ihr am meisten am Herzen lagen. Ihr war kalt und sie lehnte sich ins warme Wasser zurück, um vollständig unterzutauchen. Doch das Wasser war nur noch lauwarm. Sie fröstelte.

„Was wirst du jetzt tun?"

Melanie tauchte wieder auf und strich sich die Haare zurück.

„Ich weiß es noch nicht."

„Wirst du deine Eltern um Geld bitten?"

„Auf keinen Fall."

„Und Steve?"

„Nein. Ich muss das alleine regeln."

„Ich kann dir nichts geben, Lany. Ich stehe momentan auch mächtig in der Kreide, da ich häufig in Vorkasse gegangen bin, doch…"

„Nein. Holly. Ich will weder von dir, noch von sonst jemandem Geld."

„Und nun? Ich möchte David am liebsten einen Besuch abstatten. Dieser Mistkerl."

„Das wirst du schön bleiben lassen! Denkst du, ich schicke eine schwangere Frau, um meine Sachen zu regeln?"

„Ich bin immer noch einsatzbereit."

„Vergiss es, Holly. Du wirst dich da schön raus halten, hörst du!"

Holly verschränkte misstrauisch die Arme vor ihrer Brust. Es war nicht schwer zu erraten, dass sie am liebsten sofort eine Waffe aus dem Schrank holen und damit auf Bennett zielen wollte. Melanie traute ihr in diesem Zustand wirklich alles zu.

„Versprich es mir!"

„Du wirst doch nichts Unanständiges tun, oder?"

Melanie zog die Augenbrauen hoch.

Hollys Blick sagte ihr, dass sie gar nichts verstand. Sie trat näher und setzte sich auf den Wannenrand.

„Ich habe nichts in der Hand. Ich habe meinen Teil der Abmachung nicht erreicht. Nun bekomme ich die Quittung."

Melanie zeigte hinter Holly.

„Gib mir mal das Handtuch."

Melanie wollte kein Mitleid. Sie nahm ihr das Handtuch ab und hüllte sich darin ein. Ihr Haar hinterließ eine nasse Spur auf ihrem Weg zum Schlafzimmer.

„Was hast du vor?"

Melanie drehte sich um und Holly erkannte den entschlossenen Ausdruck in ihren Augen.

„Ich werde nicht mehr Weglaufen."

*

David hatte sie Schach Matt gesetzt. Ein Brief von Folly und ihre Zufriedenheit über ihre neuen Perspektiven waren dahin. Guy Martin war durch Melanies Preview auf sie aufmerksam geworden und nun an einer Zusammenarbeit interessiert. Auch wenn dieser Mann ihr sehr unsympathisch war, so konnte sie sich eine Absage nicht erlauben. Guy unterhielt ein breites Netzwerk mit scheinbar unendlichen finanziellen Mitteln, die er in sein Hobby steckte: sein kleines Label für Unterwäsche. Es war kein Geheimnis, dass er eine Schwäche für schöne Models hatte und dieser auch gern nachging. Auch Melanie wusste davon. Dass er nun ihr einen Job als Fotografin bei seinem nächsten Projekt auf Barbados anbot, konnte sie nicht ablehnen. Es war der Job, den sie liebte und machen wollte. Nur der Auftraggeber passte ihr nicht. Doch eine Wahl hatte sie nicht. Einen Trip nach Barbados, 5.000 Dollar plus Spesen ... warum länger überlegen? Hätte sie besser verhandelt, wäre sicher ein höheres Honorar drin gewesen, doch sie zögerte. Leider lösten diese 5.000 Dollar ihre finanziellen Probleme nicht. Es war eine Anzahlung. Sie hatte bereits ihre Wohnung aufgegeben, weil sie die nicht mehr bezahlen konnte. Ihr Depot war verkauft und alles was ihr noch blieb, waren ihre Koffer, ihr Auto und ihr Stolz. Bisher hatte sie erfolgreich den Verkauf ihres Autos abwenden können, doch nun sah sie keine Möglichkeit mehr. 15.000 Dollar würde sie vielleicht dafür noch bekommen.

Ihr rascher Aufbruch verstärkte den Eindruck einer Flucht, doch Melanie interessierte sich nicht dafür. Kim, Donnie und Holly wussten von ihrem Job. Vor ihrer Abreise ließ sie es sich allerdings nicht nehmen, die erste Rate ihrer vorgeschlagenen Teilzahlung persönlich in Davids Briefkasten zu werfen. Voller Genugtuung bestieg sie das Flugzeug und freute sich auf ihren kleinen Trip.

*

Bennett liebäugelt mit L.A. schrieben die Internetnachrichten und Tageszeitungen, die von seinen neusten Versuchen, in L.A. Fuß zu fassen, Wind bekommen hatten. David legte missmutig sein Ipad zur Seite. Die Gerüchte um seine Syphilis hatten sich gelegt, doch schien Dallas Chipman immer noch nicht gewillt zu sein, ihn in sein Team zu holen. Schlimm genug, dass er gescheitert war, nun wusste auch noch die ganze Welt davon. Wütend schnappte er sich die Autoschlüssel. Er musste sich ablenken und ein bisschen Dampf ablassen. Und dann auch noch Melanie, die weder anrief, noch vorbeikam, geschweige denn aus seinen Gedanken verschwand. Zu allem Übel hatte sie ihm heute Morgen einen Scheck über knapp 18.000 Dollar in den Briefkasten gesteckt. Was war nur los und wieso lief alles so völlig unkontrolliert? Er wollte lieber nicht wissen, wie Melanie an das Geld gekommen war. Da er von Steve wusste, dass sie momentan bei Holly lebte, fühlte er sich noch schlechter. Sie schloss ihn aus. Das gefiel ihm gar nicht. David peitschte seinen Wagen auf der Stadtautobahn in Richtung Süden, doch vergeblich. Als er bei Holly an der Wohnungstür klingelte war er nervös, unruhig und unzufrieden mit sich und dem Rest der Welt.

Holly antwortete nicht, doch hörte er ein lautes Bellen, ehe sie mit einem Golden Retriever um die Ecke bog. Sie versuchte, mit dem Hund Schritt zu halten. Sie scheiterte jedoch kläglich. An der langen Leine hing Holly und japste lautstark. Hier sah es eher so aus, als ob der Hund Holly ausführte. David schlug mit einem Brief auf seine Hand und hielt ihn ihr hin.

„Sie hat mir 18.000 Dollar geschickt."

Holly würdigte ihm keines Blickes und trat an ihm vorbei in den Hausflur.

„Die wolltest du doch."

„Wo hat sie die her?"

„Warum fragst du sie das nicht selbst?"

„Weil ihr Telefon ausgeschalten ist."

„Dann wirst du wohl keine Antwort bekommen."

David trat hinter ihr in die Wohnung ein.

„Was ist nur los mit euch? Wieso fühle ich mich jetzt wie der letzte Arsch?"

„Da musst du nicht mal lange überlegen, mein Freund." Holly kam auf ihn zu und stieß mit ihren langen, rot lackierten Fingernagel an seine Brust und schien ihm dort ein Loch bohren zu wollen. Hollys blonde Engelslöcken hüpften energisch auf ihren Schultern und ihre eisblauen Augen blitzten. Selbst ihr Mund verzog sich augenblicklich.

„Wir hatten einen Vertrag. Sie hat ihren Part nicht erledigt und muss nun den Wetteinsatz bereitstellen."

„Warum gibst du nicht zu, dass sie nie eine Chance gehabt hat? Ihr habt euch doch von Anfang an einen Spaß aus ihrer Not gemacht."

Nun wurde auch David wütend. Seine dunklen Augen wurden immer bedrohlicher und leise antwortete er.

„Melanie hat einen gewöhnungsbedürftigen Sinn für Humor. Über die Syphilis kann ich bis heute nicht lachen."

„Irgendwie passend, findest du nicht?"

„Nein. Und wenn sie schon nicht zu mir kommt, warum spricht sie nicht mit ihrem Bruder?"

Bei Steves Erwähnung erschrak sie, was David nicht entging.

„Keine Ahnung.", für einen Moment wurde ihre Miene sanfter.

„Wie geht es ihm?"

„Ganz gut, denke ich."

Aus seinen Augenwinkeln nahm David die spartanische Einrichtung und die vielen gepackten Koffer in Augenschein. Die passten so gar nicht zu Holly und ihrer perfekten Handhabe. Die sonst so top organisierte, gefasste und selbstsichere Holly Cummings. Was machte sie in Toronto, wenn ihr Leben und der Vater ihres Kindes in Kalifornien waren? David legte den Kopf schief und verschränkte die Arme vor der Brust. Ein kleines Lächeln huschte über seine Lippen, doch Holly bemerkte weder das, noch Davids schlagartig gute Laune. Sie kniete vor Charlie und versuchte ihm das Halsband zu lösen.

„Und wann hast du eigentlich vor, reinen Tisch zu machen und Steve zu erzählen, dass er Vater wird?"

Holly erstarrte und wurde bleich.

Ohne aufzusehen oder es sich anmerken zu lassen, versuchte sie das Halsband von Charlie zu lösen. Ihr Verstand versuchte tausend Dinge auf einmal zu bewältigen, doch ihre Stimme versagte. Keine gewohnt schlagfertige Antwort, kein Blick, keine Regung. Selbst ein Blinder würde sehen, dass sie nicht in der Lage war, zu leugnen.

„Woher weißt du das?"

„Ich wusste es nicht. Es war nur eine Vermutung, die du mir gerade bestätigt hast."

Holly wurde heiß und kalt. Mit ihrer Handfläche fuhr sie sich über die Stirn.

„Warum bist du hier? Erzähl mir nicht, dass Toronto der Nabel der Modewelt ist."

David schob eine Decke von der Couch beiseite und setzte sich. Zu seinen Füßen ließ sich Charlie nieder.

„Vielleicht machen wir einen Deal."

„Danke nein. Ich weiß, wie deine Deals aussehen. Da nur du dabei als Gewinner hervorgehst, muss ich leider ablehnen."

David fing langsam an, sich zu entspannen. Er kraulte den Hund hinter dem Kopf und schmunzelte. Warum nur hatten die beiden so eine schlechte Meinung von ihm?

„Du sagst mir, woher das Geld ist und ich werde nicht gleich Steve anrufen, um ihm die frohe Kunde zu überbringen."

„Das ist Erpressung."

„Steve wird das anders sehen."

Holly überschlug bereits, wie schnell sie ihre Koffer packen und mit dem nächsten Flug in ihrer Wohnung in L.A. ankommen könnte. Doch das schlechte Gefühl, das von ihrem Bauch ausging, konnte sie nicht ignorieren.

„Sie hat ihr Auto verkauft."

„Wo ist sie jetzt?"

Holly verzog ihr Gesicht. Er sah, wie schwer es ihr fiel, ihre Freundin zu verraten.

„Sie ist auf Barbados."

Holly zögerte einen Moment, doch ein Blick in Davids unnachgiebige Augen sagten ihr, dass er damit nicht zufrieden sein würde.

„Sie fotografiert dort eine Unterwäschekollektion. Und keine Sorge, ihr Honorar fließt anschließend sofort in deinen Gute-Freunde-Fonds."

„Ich gebe dir drei Tage, um es Steve zu sagen. Danach tue ich es."

„Das geht dich nichts an!"

David erhob sich zufrieden und ging zur Tür. Charlie folgte ihm.

Verräter.

*

Doch so einfach und entspannt, wie sich Melanie ihren Job in Barbados vorgestellt hatte, war er nicht. Melanie fand wenig kreativen Spielraum, da Guys Vorstellungen sehr starr waren. Am liebsten hätte sich Melanie mit ein paar Mädchen auf den Weg gemacht, um die unterschiedlichsten Lichteinstellungen der Insel erforscht. Doch Guy hatte bereits Erfahrungen auf Barbados gesammelt und verteilte genaue Anweisungen. Im Nachhinein musste sie zugeben, dass ihr Auftraggeber nicht so falsch gelegen hatte. In den fünf Tagen glich ein Tag dem anderen. In aller Frühe aufstehen, die Einstellungen an den Sets prüfen und optimieren. Dann folgte ein Marathon von perfekt gestylten Mädchen in knappen Outfits. Wie schnell der Tag verging, bemerkte sie erst, als ihr Magen knurrte oder die Sonne unterging. Dann zog sie sich in ihr Hotelzimmer zurück, ignorierte die freundlich gemeinten Einladungen der anderen und Guys Einladung zum Essen, und widmete sich noch ein Weilchen ihren Aufnahmen. Zu wichtig war ihr die Perfektion ihrer Bilder. Schlussendlich war Guy mit ihren Bildern zufrieden und das war alles, was zählte. Zuhause in Toronto schien Holly ebenfalls nicht untätig gewesen zu sein. Nicht nur, dass sie einige ihrer Modelle an verschiedene Modeketten verkauft hatte, sie stattete Melanie mit einer eigenen Homepage aus, auf der ihr Email Postfach überzuquellen drohte. Holly hatte jegliche ernstgemeinte Anfrage und Journalistenkommentare zu Hollys Fashionshow und Melanies Preview für sie vorsortiert.

„Ich weiß nicht, wie ich dir dafür danken soll, Holly."

„Da fällt mir schon was ein. Keine Sorge."

Melanie fiel ihr um den Hals und weinte Freudentränen. So gab es doch einen Hoffnungsschimmer für sie. Dank Holly wusste sie nun ihre keimende Bekanntheit zu kanalisieren.

*

In der Küche brannte noch Licht. Ohne Melanie zu sehen, wusste Holly, dass sie immer noch an ihren Aufnahmen arbeitete. Irgendwie hatte sie den Job bei TeenWorld Toronto mit ihrem anderen Job vereinbaren können und hatte nun einiges aufzuarbeiten. Es war zur Gewohnheit geworden, dass Holly nachts aufwachte und Melanie vor ihrem Laptop fand. Meist bemerkte sie sie gar nicht, wenn sie zur Küchentür hereinkam. Doch Holly war heute nicht zu übersehen. Ihr Bauch spannte gegen das teure Designernachthemd.

„Kannst du nicht schlafen?"

Holly nahm sich eine Tasse heißen Kakao und setzte sich zu Melanie an den Tisch.

„Da bin ich ja nicht die Einzige."

Holly sah sie besorgt an.

„Lany, du musst auch mal Pause machen. Die Aufnahmen sind fertig."

„Ich weiß. Ich habe hier nur noch ein paar Mails zu beantworten und dann gehe ich auch schlafen."

Holly lächelte und strich über ihre Hand. Sie war froh, dass sie Melanie für ihre Fashionshow engagiert hatte. Wie sich herausstellte, war sie innovativ und glücklicherweise zu unerfahren, um sich von kreativen Ideen abschrecken zu lassen. Das hatte die Fashionshow bewiesen. Doch das beste Argument war Melanies Passion für den Job. Das wusste sie nun. Ihr Verstand hatte sich gegen diese Entscheidung gesträubt, doch ihr Bauchgefühl behielt Recht. Melanie lebte hinter der Kamera auf. Erleichtert stellte Holly fest, dass sie richtig gehandelt hatte. Wenn da nur nicht ihr schlechtes Gewissen wäre, dass sie nachts nicht schlafen ließ. Es war nicht das erste Mal, dass sie im Bett aufschreckte und ihr Baby mit den dunklen Augen und dem grimmigen Gesicht, das seinem Vater so ähnlich war, ansah. Verärgert verfolgte es sie, bis sie aufwachte. Holly stützte ihren Kopf auf die Arme und beobachtete Melanie. Ihre älteste Freundin war völlig in ihre Arbeit vertieft.

„Ich hatte einen Albtraum."

Melanie sah gar nicht erst auf.

„Das sind sicher die Hormone. Da mach dir mal keine Gedanken."

„Mein Baby hat mich im Traum verfolgt."

Ein kurzes Lächeln zuckte auf Melanies Lippen, doch sie sah immer noch nicht auf. Mit schnellen Klicks schickte sie ihre E-Mail ab. Nach einigen Momenten des Schweigens überwand sie sich.

„Im Traum sah mein Baby wie sein Vater aus."

„Das wirst du nicht verhindern können. Aber wenn es dich beruhigt: Irgendwann in seiner längst vergangenen Jugend war Wenderhall sicher auch ein hübsches Kind gewesen. Auch wenn es sehr schwer ist, sich das vorzustellen. Seine Jugend meine ich."

Melanie hatte versucht, sie mit ihrem Scherz aufzumuntern. Doch Holly seufzte und unter Tränen blickte sie Melanie an.

„Das ist es ja gerade. Er wird keine Ähnlichkeit mit Adam haben."

Nun hatte sie Melanies gesamte Aufmerksamkeit. Mit überraschter Miene blickte Melanie sie an.

„Als ich anfing, mich mit Adam zu treffen, war ich bereits schwanger."

Melanie blickte erstaunt auf.

„Und du hast ihm in den Glauben gelassen, dass er der Vater ist?"

„Nein. Natürlich nicht. Er weiß, dass es nicht von ihm ist."

„Wer ist der Vater?"

Melanies Geduld neigt sich nun dem Ende. So lange hatte Holly sie in dem Glauben gelassen. Warum konnte sie nicht ehrlich sein? Holly fuhr sich durch die langen blonden Haare und hoffte, dass Melanie Nachsicht mit einer Schwangeren haben würde.

„Versprich mir, dass du es für dich behältst."

„Du hast es ihm noch nicht gesagt?"

Holly schüttelte eilig ihren Kopf.

„Ich werde es tun, sobald ich die Kraft dazu habe."

Melanie nickte. Irgendwo irrte da draußen ein Mann herum, der noch nicht wusste, dass er in kürze Vater werden würde. Ihm war die Chance genommen, sich auf seine Rolle vorzubereiten oder die Entwicklung seines Kindes im Bauch seiner Mutter mitzuerleben. Der arme Kerl konnte einem leidtun.

„Es ist von Steve."

Holly konnte nun nicht mehr an sich halten. Das lange Schweigen brach sich Dämme und die Worte flogen nur so aus ihrem Mund. Sie erzählte ihr, wie sehr sie in ihn verliebt gewesen war, von ihrem Drang ihn endlich einmal für sich zu haben und der schicksalhaften Begegnung im Park. Danach wurde sie ungenau und Melanie blickte erst wieder auf, als Holly ihr von Davids Besuch erzählte.

„Er war hier?"

„Ja. Vor ein paar Tagen. Irgendwie hatte er es erraten. Keine Ahnung woher."

Da Steve noch nicht wutentbrannt hier aufgetaucht war, hatte er also noch nichts verraten.

„Du musst es ihm sagen!"

Holly weinte nun noch mehr als vorher. Zwischen ihrem Schluchzen nickte sie. Es dauerte eine Weile, bis sich Holly soweit beruhigt hatte. Dann ging sie in ihr Bett. Melanie saß weiter in der Küche und grübelte. Sicher hatte Holly viele Fehler gemacht. Hier war sogar ein Kind involviert. Verglichen mit Holly erschien Melanies falsches Handeln fast belanglos. Das war nur Geld, bedrucktes Papier. Und für David war Geld von noch viel geringerer Bedeutung. Melanie war sich sicher, dass es David nicht um das Geld ging. Was war es dann? Mittlerweile wusste sie, dass er nicht schadenfroh oder böswillig war. Selbst in Venice, bevor er ihr die Syphilisgeschichte verziehen hatte, war er unberechenbar, doch nie vernichtend. Was hatte sie ihm getan?

Die Presse berichtete:

„Bennett spielt hart – Das bekam nun auch seine PR-Beraterin Melanie Gardinier zu spüren, die sich nun mit einer Schadensersatzklage auseinandersetzten muss. Gerüchten zufolge sind das nur die logischen, nächsten einzuhaltenden Schritte, die bei Nichterfüllung des Vertrages folgen, so der Anwalt des Eishockeystars.
Über die Höhe der Klage hüllen sich alle Beteiligten in Schweigen. Bennett enthielt sich jeglichen Kommentares und konzentriert sich weiterhin auf das bevorstehende Trainingscamp der Rovers. In zwei Wochen findet bereits ein Testspiel gegen ihr Farm Team statt..."

Auch am nächsten Tag hatte sich Melanie noch nicht von Hollys Geständnis erholt. Sie würde Tante werden! Ihr Bruder wurde Vater! Wie lange hatte Steve bei Sarah darauf gewartet. Wenn sie daran dachte, dass Holly das Baby ohne sein Wissen bekommen würde, wurde ihr schlecht. Wusste sie denn nicht, was sie ihm damit antat? Hollys Offenbarung, dass David es ebenfalls wusste, brachte sie noch mehr durcheinander. Sie vermisste ihn, doch gleichzeitig fühlte sie sich so unglücklich. Wieso war sie nur so dumm gewesen und hatte mit ihrem verletzten Stolz Davids Karrierepläne durchkreuzt? Sie verstand sich selbst nicht. Letzte Woche hatte Steve sie zum Spiel der Rovers eingeladen. Im Rahmen des vorsaisonalen Trainingscamps war das für alle Spieler eine willkommene Abwechslung. Für die Spieler des Farm Teams ergaben sich nun Möglichkeiten sich entsprechend zu präsentieren. Bei den Fans erfreuten sich diese Spiele ebenfalls größter Beliebtheit. Sie boten Platz für Spekulationen über

Neuzugänge im Team und Tauschaktivitäten innerhalb der NHL. Steve musste sie zum Mitkommen überreden. Eigentlich fehlte es ihr an Zeit. Doch Steve wollte nichts davon hören.

„Über deinen neuen Job vergisst du vollkommen die schönen Dinge des Lebens. Wenn du ein Workaholic bist, dann hättest du auch bei Dad anfangen können."

Also folgte sie ihm und bereute es sofort, als ihr Herz verräterisch laut zu schlagen begann. Sie versuchte sich unter Kontrolle zu bringen und entspannt zu wirken, doch insgeheim wünschte sie sich in Davids Arme und die Zeit anzuhalten.

David blickte sich in der Halle um und nahm seinen Platz ein. Gewohnt souverän glitt er übers Eis. Rick und er funktionierten als perfektes Vorlagen-Tor Team. Sechs Mal trafen sie in dieser Kombination das Tor. Die Fans waren begeistert. Es gab keine Buhrufe mehr, wenn David am Puck war. Melanie und Steve saßen nicht weit von der Spielerbank entfernt. Doch für eine Sekunde setzte ihr Herz aus. Er hatte sie in der Menge ausgemacht. Ein einzelner Blick, ohne jegliche Gefühlsregung. Sie erstarrte. Als David längst wieder im Spiel war, löste sie schnell ihren Blick von seinem Rücken.

In dem Moment versenkte Rick den Puck im Tor. Steve sprang auf und jubelte. Der Rest der Halle auch. Überall neben ihr sprangen die Zuschauer von ihren Sitzen, um das Tor zu beglückwünschen. Die Jacke ihres Nachbarn schlug ihr ins Gesicht. Melanie hatte einen Filmriss. Sie wusste nicht, wie lange das Spiel schon wieder lief. Ihr war nicht zum Jubeln zumute. Sie wollte hier lieber verschwinden und sich unter ihrer Bettdecke verkriechen. Doch zu Hause würde sie auf Holly treffen, die sie gerade nicht sehen wollte.

*

In den nächsten Tagen besuchte sie einen Schulball, fotografierte Baseballspiele und portraitierte eine Band namens DREAM FACTORY während ihrer Clubtour. Irgendwie passend, dachte sie.

Bis ihre Eltern überraschend in Hollys Wohnung aufkreuzten.

„Dein Bruder hat uns erzählt, dass du jetzt hier wohnst. Ist es nicht bedenklich, dass du uns nicht darüber informiert hast?"

Cliff Gardinier nahm Platz und blickte zu Melanie auf, die immer noch im Bademantel an der Tür stand. Das frisch gewaschene Haar hing ihr in langen Strähnen herunter. Langsam schloss sie die Tür. Nachdem sie es sich bereits bequem gemacht hatten, sahen sie nicht so aus, als würde sie sie so schnell wieder loswerden.

„Wir hatten ein langes Gespräch mit deinem Bruder."

„Um was ging es?"

Diese Frage stellte sie rein rhetorisch.

Cliff schmunzelte und ihre Mutter hielt lächeln seine Hand. „Vielleicht könnten wir einen Kaffee zusammen trinken. Was meinst du, Lany? Hast du schon gefrühstückt?"

Melanie verschwand in der Küche. Die Vertrautheit und Einheit, die ihre Eltern ausstrahlten, berührte sie.

„Komm setzt dich zu uns, Lany."

Ihre Mutter wies ihr den Sessel neben sich und nahm ihr die Tassen ab. Melanie erinnerte sich nicht, wann sie von ihnen das letzte Mal so sanft betitelt wurde. Vorsichtig setzte sie sich, wie ihr geheißen wurde.

Linda Gardinier legte die Hände in den Schoß und blickte sie aufrichtig an. Cliffs Hand auf dem Knie seiner Frau deutete ihr, fortzufahren.

„Dein Vater und ich haben euch beide nach gleichen Regeln und mit derselben Aufmerksamkeit erzogen. Bisher sind wir immer davon ausgegangen, dass uns das gelungen ist. Doch da du kaum noch mit uns redest und auch dein Bruder seine Bedenken geäußert hat, scheinst du anderer Meinung zu sein."

Melanie erschrak über die direkte Ansprache ihrer Mutter. Normalerweise scheute sie sich, Dinge direkt beim Namen zu nennen. Melanie wurde hellhörig.

Das dunkle Haar ihrer Mutter lag ihr frisch geföhnt auf der Schulter. Ihre Hände ruhten auf ihren Knien. Sie beute sich nach vorn und musterte Melanie so intensiv, dass sie den Blick ihrer Mutter kaum standhalten konnte.

„Ist das so? Bitte rede doch mit uns."

So sehr sie es sich auch wünschte, ihren Eltern alle Bedenken zu zerstreuen, so nickte sie doch und bestätigte es.

Lindas Hand legte sich rasch auf Melanies Bein.

„Wie kommst du darauf, mein Schatz?"

Da es Melanie schwerfiel, all die Anschuldigungen, die sie bereits so lange auf dem Herzen hatte, vorzutragen, zuckte sie lediglich die Schultern.

„Steve erzählte uns, dass du uns vorwirfst, wir hätten dich nie unterstützt. Doch das ist nicht wahr. Wir haben alle deine Dummheiten mitgemacht und dich niemals demotiviert."

Melanie rollte die Augen. „Das ist es ja gerade. Meine Kindheitsträume waren Dummheiten. Steves hingegen aber waren absolut realistisch."

Sie war ruhig und gefasst.

„Das meinst du doch nicht so."

„Wieso ist es für euch so unvorstellbar, dass man mit Eiskunstlauf Geld verdienen und Karriere machen kann? Selbst wenn ich es nicht geschafft hätte. Warum musstet ihr meinen Wunsch bereits im Keim ersticken?"

„Wir wollten dich vor Enttäuschungen beschützen, Liebes. Wir konnten nicht mit ansehen, wie du unglücklich wirst."

„Aber ich war nicht unglücklich. Und wer garantiert euch, dass es mir jetzt viel bessergeht?"

Betroffen blickten sich ihre Eltern an und Melanies Mutter ließ ihren Blick in Hollys Wohnzimmer umherschweifen. Zögerlich fuhr sie fort.

„Wir haben davon gehört. Du weißt doch, dass wir dir immer helfen. Du hättest zu uns kommen sollen."

Melanie lehnte sich zurück und schloss die Augen. Sie wollte nicht, dass ihre Eltern ihre Tränen bemerkten.

„Nein. Das wollte ich nicht."

Sie brauchte ein paar Sekunden, ehe sie zu sprechen begann.

„Erinnert ihr euch an Tanja Kirjakova?"

Linda und Cliff warfen sich überraschte Blicke zu.

„Ja, natürlich, Schätzchen."

In den Gesichtern ihrer Eltern stand nun Neugier.

„Ich habe sie in Atlantis City getroffen. Sie veranstaltet dort eine Art Eisrevue."

Linda zog die Braunen nach oben und blickte Melanie eindringlich an.

„Oh. Das ist wunderbar." Dann ergänzte sie nachdenklich.

„Ist es das, was du wolltest? Tänzerin werden bei der Eisrevue?"

Melanie schlug ein Bein über das andere und stütze den Kopf auf.

„Wisst ihr, es hat mir sehr gefallen. Die schönen Kostüme, der elegante Fahrstil, der Applaus. Tanja war viel weniger streng und fordernd. Sie kam mir viel mehr wie eine entfernte Freundin vor, die ich lange nicht gesehen hatte."

Ein Lächeln huschte über ihr Gesicht.

„Es war schön, mit ihr zusammen zu sein."

Linda legte ihre Hand auf Melanies und drückte sie sanft. Ein freundliches Lächeln legte sich auf ihr Gesicht.

„Es ist schön, dass du sie getroffen hast. Wie hast du sie gefunden?"

Melanie wurde plötzlich warm ums Herz und es begann lauter zu klopfen.

„Ein Freund hat sie für mich ausfindig gemacht."

Im Nachhinein fiel ihr auf, dass sie sich nie bei David dafür bedankt hatte. Sie würde wohl nie wissen, ob sie es als Eiskunstläuferin geschafft hätte. Doch mittlerweile spielte das für Melanie auch keine Rolle mehr. Ohne David würde sie heute immer noch darüber nachdenken, ob ihre Entscheidung richtig oder falsch gewesen ist. Stattdessen konnte sie sich über ihr jetziges Leben freuen. Sie fühlte sich befreit und zufrieden. Sie hatte bemerkt, dass es ihr viel Spaß bereitete, mit Kim auf dem Eis zu sein. Schmerzlich vermisste sie Davids Neckereien auf dem Eis und seine Unberechenbarkeit. Sie vermisste es, sich von seinem Fahrrad ziehen zu lassen und auf ihren Rollerblades in atemberaubender Geschwindigkeit unterwegs zu sein. Auch abends, wenn sie allein vor ihrem Laptop saß und Fotos nachbearbeitete, ertappte sie sich, wie sie auf seine Schritte im Treppenhaus lauschte. Ihr fehlten seine Anrufe nach den Spielen, wenn er sich von dem mentalen Druck ablenken wollte. Sie vermisste seine wilden Geschichten aus dem Leben eines Eishockeyspielers. Selbst wenn sie beide wussten, dass er manche nur für sie erfunden hatte, um sie zum Lachen zu bringen. Sie hatte das Gefühl, ihn zu kennen, selbst wenn er für sie unerreichbar war. Erst recht, nach dem er sie auf Schadensersatz verklagt hatte und aus ihrem Leben verschwunden war.

Plötzlich und ohne Vorwarnung platze es aus Melanie heraus.

„Wieso fiel es euch so leicht, als ich ausgezogen bin? Zumindest weiß ich von Hollys Eltern, dass die ihre einzige Tochter nicht so leicht gehen gelassen haben. Doch ihr habt sofort umgeräumt und ein Fitnessstudio aus meinem Zimmer gemacht. Es kam mir so vor, als konntet ihr es kaum abwarten, mich loszuwerden. Wenn ihr Steves Zimmer ebenfalls umgeräumt hättet, würde nie der Verdacht entstehen, doch seine Hockeypokale stehen noch am selben Platz. Alles ist noch genauso, wie er es verlassen hatte."

Cliff schluckte schwer.

„Das haben wir nie so ernst gesehen. Wenn wir dir damit wehgetan haben, tut es uns leid, Lany."

Melanie winkte ab. „Vergesst es einfach."

Doch Eltern blickten sich lange an und Linda nickte kaum merklich. Aus ihrer Tasche holte sie einen großen, weißen Umschlag und öffnete ihn.

„Wir haben uns die hier angesehen und sind der Meinung, dass du großes Talent hast, Lany. Ehrlich gesagt, haben wir das erst jetzt erkannt."

Linda reichte ihr ein paar Bilder und mit Entsetzten stellte Melanie fest, dass ihre Mutter ihre Fotos aus der Bennett-PR-Kampagne in der Hand hielt.

„Deine Bilder sind sehr ausdrucksstark. Wir haben sie Daddys Golffreund Louise gezeigt, der eine paar Werbeagenturen besitzt. Louise ist großer Eishockeyfan und war augenblicklich begeistert. Er meinte, du hast ein Auge für das Besondere, das einen guten Fotografen ausmacht."

Das Lob ihrer Eltern öffnete ihr Herz.

Melanie blickte auf ihren Schoß hinab, in dem David lag. Sie erinnerte sich genau, wie er ihr kurz vor der Aufnahme zurief, ob sie immer so lange brauchte. Sie lächelte beim Gedanken daran. Sein Spruch hatte sie völlig aus der Bahn geworfen. Doch nichtsdestotrotz ließ sie sich nicht stören und fand den perfekten Schuss.

„Woher habt ihr die Bilder?"

„Dein Bruder hat sie uns besorgt. Er und Bennett waren der Meinung, wir sollten deine Arbeit kennenlernen…"

Melanie war erstaunt.

„Ihr habt David gesehen?"

Linda schüttelte den Kopf.

„Nein. Sie sind von Steve."

Nun ergriff Cliff das Wort.

„Wichtig ist doch, dass Louise dich unbedingt kennenlernen will. Vielleicht rufst du ihn einfach mal an. Wie wäre das?"

Cliff reichte ihr eine gefaltete Visitenkarte und lächelte schüchtern.

„Danke."

Viel mehr fiel Melanie nicht ein. Zu viele Emotionen mischten sich in ihrem Herz. Doch gleichzeitig empfang sie Dankbarkeit gegenüber ihren Eltern und vor allem gegenüber David. Am liebsten hätte sie ihn angerufen und erzählt, was ihre Eltern alles gesagt hatten. Wiederholt erinnerte sie sich, dass sie David seit der Nacht in Atlantic City nicht gesprochen hatte. Er war ihr Freund gewesen. Ihn durfte sie nicht so einfach zweckentfremden. Kein Wunder, dass er sie mit seiner Klage loswerden wollte. Ihre Zahlungen an ihn waren momentan ihre einzige Kommunikation. Also mache sie sich auf den Weg zu Louise, um wenigstens diese Schuld zu begleichen.

*

„Komm doch mit ins *Nexus*, David. Die Jungs werden auch dort sein: Sonderberg, Freddie, Jomanov und Moody. Jessica bringt eine Freundin mit, die sie dir unbedingt vorstellen will."

Wie üblich erregte eine Horde Rovers ordentlich Eindruck im *Nexus*. Rick brachte ihm ein Bier.

„Jess hat sich schon gefragt, ob du uns nicht mehr magst. Du warst so lange nicht bei uns."

David schüttelte den Kopf.

„Nein. Alles in Ordnung."

„Warst du in Kalifornien?"

„Auch. Ich werde nach dem Trainingscamp noch ein bisschen Urlaub machen."

„Dann pass aber auf, dass dich die Whalers Fans nicht in die Finger kriegen."

„Die werden sich gar nicht für mich interessieren. Donnie Rodwell ist der Mann der Stunde."

Rick lachte. „Ja. Der Mistkerl. Hat momentan einen Lauf. Ich will hoffen, dass er das keine zweite Saison so gut hinbekommt."

„Rodwell ist unheimlich bissig. Der Kleine ist wie ein Schatten und macht es dir unheimlich schwer, sich freizulaufen. Der hat seine Hausaufgaben jedenfalls gemacht."

„Aber auch der muss einen Schwachpunkt haben."

Rick prostete ihm zu und beobachtete den großen, dunkelhaarigen Typen, der sich zu ihnen durchkämpfte und gleichzeitig von den Blicken der umstehenden Mädchen verspeist wurde.

Ricks Frau eingeschlossen. David dreht sich um und winkte ihn heran. Dann schob er ihm ein weiteres Bier zu und hob es zum Mund.

„Rick, das ist Steve. Wir haben in der High-School und am College zusammen Eishockey gespielt."

Die Männer begrüßten sich mit Handschlag.

„Steve hat allerdings die Kurve gekriegt und hat nun einen gewissenhaften Job als Sportdozent am College."

„Willst du damit sagen, dir gefällt unser Job nicht? Ich würde nicht um alles in der Welt mit deinem Freund hier tauschen. Hey, Jess. Komm doch mal her."

Rick stellte Steve der erweiterten Runde vor und machte sich anschließend mit Jessica zur Tanzfläche auf. Steve nutzte die Chance und folgte ihm mit einer Freundin von Jessica, deren Namen David bereits vergessen hatte.

David nahm sich noch ein Bier und beobachtete das Geschehen auf der Tanzfläche. Steve war ein guter Tänzer. Von den Spielern wurde er sofort akzeptiert. Klar, sie alle verband die Liebe zum Eishockey. Auch seine Tanzpartnerin war sehr angetan. Sie warf ihm unmissverständliche Blicke zu und begann ihn zu berühren. Das Mädchen war schön, die Stimmung war hervorragend und David hasste sich dafür, dass er Steve und sie unterbrechen musste. Holly hatte Steve scheinbar noch nicht informiert. Oder das hier war Steves Art mit ihrem Geständnis umzugehen. Steve und das Mädchen lehnten bereits ineinander verschlungen an der nächsten Wand und küssten sich ausgiebig. Steves Hand in ihrem Rücken, ihre Finger in seiner Hose. So leid es ihm auch tat, räusperte sich David und tippte Steve auf die Schulter.

„Sorry, Mann. Kann ich dich mal kurz sprechen."

Wissen war eine Schande! Soviel war unbestritten.

Steve löste sich zögerlich und schob das Mädchen sanft ein Stück zurück.

„Ich nehme an, dass es sich um einen lebenswichtigen Notfall handelt, sonst würdest du uns jetzt sicher nicht stören."

David presste die Lippen zusammen und nickte nachdrücklich.

*

Nach ihrem Shake am Morgen fühlte sich Holly erstaunlich fit und zog die Turnschuh an, um ein wenig mit Charlie durch den Park zu walken. Ihre Ärztin war zufrieden gewesen, als sie das letzte Mal einen Ultraschall bei ihrem Baby gemacht hatte. Bei ihrem kleinen Jungen. Ein Lächeln legte sich auf Hollys Lippen. Genau wie sie, würde er Charlie lieben und zusammen würden sie durch den Park spazieren. Im Herbst würden sie Charlie mit Laubblättern bewerfen und im Sommer eisleckend auf der Wiese herumtoben. Holly war mittlerweile im achten Monat und trotz der vielen Arrangements für den anstehenden Verkauf ihrer Kleider, fühlte sie sich nicht länger erschöpft und erdrückt. Der Rat ihrer Ärztin sich auf die Kernarbeiten zu beschränken und den Rest des Tages mit Mami-freundlichen Tätigkeiten zu verbringen ging auf. Also legte sie sich nun viel öfter zu einem kleinen Schläfchen nieder und las Babyratgeber. Fröhlich beschwingt kehrte sie zurück zu ihrem Haus und verlangsamte sofort ihre Schritte als sie Steve auf ihrer Treppe sitzen sah. Ihr Herzschlag beschleunigte sich und ihr innerer Frieden war dahin. Sicher würde er nur etwas von Lany abholen wollen.

Als sie näherkam, bemerkte sie sein erschöpftes Gesicht. Er strotzte heute nicht vor Kraft und Selbstbewusstsein. Seine rot unterlaufenen Augen sagten ihr, dass er nicht geschlafen hatte. Seine geballten Fäuste nach zu urteilen, war er dieses Mal nicht hierhergekommen, um irgendetwas seiner Schwester abzuholen. Das Haar sah zerzaust aus. Es erinnerte sie an ihre Nacht in L.A. Gleichzeitig fragte sie sich, ob es heute ebenfalls so weich sei, wie damals. Steves dunkelbraune Augen fixierten ihren Bauch. Trotzdem versuchte sie es mit einem netten „Steve."

Doch sein Gesicht war versteinert. Kein Zentimeter regte sich in seinem. Hollys Lächeln erstarb. Angst befiel sie.

„Möchtest du mir nicht etwas erzählen, Holly?"

Holly huscht an ihm vorbei.

„Lass uns reingehen."

Drinnen versuchte sie sich mit ein paar selbstbewussten Blicken in den Spiegel Mut zu machen, doch als sie Steves überwältigenden Körper hinter sich im Spiegel sah, erschrak sie. Verächtlich schnaube er, als er ihre Versuche durchschaute.

„Am liebsten würde ich dir die Luft nehmen, damit du mal spürst, wie es sich anfühlt, ohnmächtig zu sein."

Die Tür fiel krachend hinter ihm ins Schloss und unterstrich seinen Wunsch.

Holly floh in die Küche, doch Steve hielt sie am Arm fest.

„Du wirst nicht abhauen, wenn ich mit dir rede. Hast du verstanden?"

Seine Augen standen auf Sturm und Holly wagte kaum zu atmen.

„Du weißt gar nicht, wie sehr ich dich dafür hasse. Hast du geglaubt, dass du still und heimlich ein Baby von mir bekommen kannst? Hast du auch nur einen Moment dabei nicht an dich selbst gedacht? Deine Arroganz ist unbeschreiblich. Frauen wie du machen mich so wütend."

Steve schrie sie an und Holly musste sich die Ohren zuhalten, aus Angst, das Baby könnte es mitbekommen. Hinter ihm fielen einige Tassen, die auf der Theke gestanden hatten, klirrend zu Boden. Steve reagierte nicht darauf.

Steves Atem spürte sie dicht an ihrer Stirn. Holly schloss die Augen, um seinen wütenden Blick nicht sehen zu müssen.

„Was bildest du dir eigentlich ein? Denkst du, du könntest mich bestehlen? Wo ist die verdammt kesse Holly, die für jeden ein Lächeln und einen Spruch auf den Lippen hat, die nichts anbrennen lässt?

Und dann machst du dich noch an einen anderen Kerl ran, obwohl du bereits von mir schwanger bist. Denkst du überhaupt nie nach?"

Holly ertrug seine Schimpftiraden, doch ihre Augen füllten sich mit Wasser und Tränen liefen ihre Wange herab. Doch um die abzuwischen, würde sie ihre Ohren ungeschützt lassen müssen. Und das war ausgeschlossen. Ihr Baby sollte nichts von dem Streit erfahren. Klar war er sauer auf sie. Und sicher war auch, dass er im Recht war.

Steves gefährliche Augen und seine scharfen Zähne, die sie sah, wenn sie ihre Augen nur einen Spalt öffnete, glichen einem Wolf. Einem sehr hungrigen Wolf. Ein mächtiger Stoß erschütterte ihren Unterleib. Sie zuckte zusammen und schrie.

„Du hast mich betrogen und nicht einmal den Mut gehabt, mir die Wahrheit zu sagen. Wolltest du ein Leben lang schweigen und dem Kind niemals sagen, wer sein Vater ist? He?"

„Hör auf!"

Holly weinte erneut. Sie hatte gewusst, wie er ausflippen würde, wenn er es erfuhr. Wahrscheinlich hatte sie sich deshalb so schwergetan, es ihm zu sagen. Steve griff ihren Arm und zog ihn von ihrem Ohr weg.

„Ich rede mit dir. Also hör mir gefälligst zu."

„Du redest nicht. Du schreist."

„Du hörst mir ja auch nicht zu. Da muss ich schreien."

Holly bekam einen erneuten Stoß in den Unterleib, hielt sich den Bauch und ließ sich langsam auf die Knie sinken. Ein Schrei löste sich, als sie den Mund öffnete.

Steve ließ sich ebenfalls nieder und hielt ihre Hand. Sein Gesicht war plötzlich überrascht und ängstlich, seine Hand wunderbar weich.

„Was ist das?"

Holly schluchzte und zuckte die Schultern.

„Keine Ahnung."

Steve raufte sich die Haare und blickte verzweifelt um sich. Dann hob er ihren Arm über seinen Nacken und blickte sie an.

„Ich werde dich jetzt hochheben, also mach keine Sperenzchen."

Holly ließ alles mit sich geschehen. Er hievte sie in seinen Pick-Up, brachte sie in das nächste Krankenhaus und checkte sie dort bei dem richtigen Doktor ein. Dass sie die ganze Zeit über kein Wort des Widerspruchs sprach, bestätigte ihn. Es war sein Kind, was sie unter ihrem Herzen trug. Warum nur war sie so besitzergreifend und ließ ihn nicht teilhaben? Die strafenden Blicke der Ärzte ließen keinen Zweifel aufkommen, dass sie ihm die Schuld an Hollys Zustand gaben.

Erst als der Doktor ihn berichtete, dass es Mutter und Kind besserging, und sie nun ihre Ruhe bräuchten, erleichterte sich sein Gewissen. Zögernd trat er in Hollys Zimmer.

„Geht es dir besser?"

Holly nickte unmerklich.

„Tut mir leid, dass ich dich angeschrien habe. Das heißt aber nicht, dass ich nicht mehr wütend auf dich bin."

Holly sagte kein Wort.

„Du willst es also nicht bestreiten?"

„Nein."

„Wäre es sinnvoll, einen Vaterschaftstest zu machen?"

Jetzt war es Holly, die langsam wütend wurde. In dem schlechten Licht, indem er sie sah, stand sie wirklich nicht. Holly zuckte die Achseln.

„Wieso die Mühen? Du bist dir doch so sicher." Gleichgültigkeit lag in ihrer Stimme.

Steves Augen verdunkelten sich.

„Sag du es mir." Seine Stimme wurde sanft.

„Es ist nicht nötig."

„Du meinst, ich bin wirklich der Einzige, der in Frage kommt?"

Holly nickte erneut, ohne seinen Blick zu erwidern. Steve atmete tief aus und strich sich die Haare aus der Stirn. Er lächelte sie an.

Holly konnte es nicht glauben. Was war mit ihm passiert?

„Dann werden wir heiraten."

„Was?" Holly erwachte aus ihrer inneren Starre und schaute in seine glasklaren Augen.

„Wir heiraten! Unser Kind wird nicht unehelich geboren werden."

„Wenn du das glaubst, lebst du in einem falschen Jahrhundert. Es ist nicht nötig zu heiraten, wenn du dein Kind sehen willst. Selbstverständlich werde ich dir dein Besuchsrecht eingestehen."

„Zum Teufel mit meinem Besuchsrecht! Ich will es nicht nur ab und zu sehen, Holly. Ich will es aufziehen und immer bei ihm sein. Wenn du willst, kannst du uns ja verlassen und nach L.A. zurückgehen."

„Niemals."

„Dann wird dir nichts Anderes übrigbleiben."

Steve lächelte.

„Ich glaube, das wäre keine so gute Idee. Wir würden uns doch gegenseitig den letzten Nerv rauben."

Steve zuckte die Achseln. Die Wut war aus Steves Augen gewichen.

„Ich habe bereits aus Liebe geheiratet. Das hat nicht funktioniert. Kinder sind eine bessere Basis."

„Und was, wenn nicht?"

„Dann wirst du dich wohl anstrengen müssen, um uns beide zufrieden zu stellen."

Steve war so froh, wie lange nicht. Das Chaos in seinem Leben schien sich zu lichten. Eigene Kinder waren sein größter Wunsch. Im Nachhinein betrachtet erkannte er, dass Sarah nicht die richtige Frau für ihn gewesen war. Sie hatten eine schöne Zeit gehabt, für die er dankbar war. Doch es war an der Zeit, weiter an seinem Wunsch zu arbeiten.

Holly würde ihm ein Kind schenken! Er konnte es kaum fassen. In seinem Inneren machten sich Glück und Zufriedenheit breit. Sicher, Holly war eine Herausforderung. Doch er hatte an dem

Abend in L.A. gespürt, dass sie hinter ihrer perfekten Fassade ein liebenswerter und guter Mensch war. Er würde sich Mühe geben, ihr Aufmerksamkeit und Respekt zu schenken, ohne dass sie sich jemals seiner sicher sein konnte. Sie musste ebenfalls kämpfen müssen und er war sich zu 100 Prozent überzeugt, dass sie es lieben würde. Steve grinste in sich hinein. Dann nahm er ihre Hand und ihre Augen richteten sich auf ihn.

„Ich will einen Neustart."

„Du wirst niemals Vorwürfe von mir hören, dass du mir die Schwangerschaft so lange verschwiegen hast. Dafür schließt du mich nicht länger aus und wir beide fangen jetzt gleich damit an!"

Eine kleine Träne schlich sich Hollys Wange hinab. Dann nickte sie und Steve stand auf, um sie zu küssen. Kurz bevor sich ihre Lippen berührten flüsterte sie.

„Okay."

*

Louise Fitcher zeigte sich sichtlich beeindruckt von Melanies Ideen zum Make Up Shooting. Mit einem Notizbuch voller Ideen erschien sie am Set. Zu ihrer eigenen Überraschung hatte man neben zwei recht unbekannten Mädchen auch Claire Farway eingeladen, das Gesicht der Kampagne zu werden.

„An dir kommt man im Moment wohl nicht vorbei, was Melanie?"

Claire ließ steckte sich eine Zigarette an und beobachtete Melanies Vorbereitungen aufmerksam.

„Stimmt es, dass David dich verklagt hat?"

Genervt blickte sie auf und zog Claires Haarsträhnen zu Recht.

„Ja. Aber nimm es nicht persönlich, wenn ich jetzt nicht mit dir darüber reden will."

Claire zog die Augenbrauen hoch.

„Du hasst mich, nicht wahr?", Claire fing an, Spaß daran zu haben. Melanie brachte erneut die kunstvoll arrangierten Strähnchen in Ordnung.

„Ich würde jetzt gern anfangen."

Claire lächelte überlegen. Melanie Gardinier war keine gefühllose Person. David hatte ihr eine ordentliche Strafe auferlegt. Sicher nicht aus Boshaftigkeit. David war der fairste Mensch, den sie kannte. Sie musste schon verdammt viel verzapft haben und Claire würde zu gern wissen, was es war. Sie fragte sich, was zwischen den beiden vorgefallen war.

Melanie trug ihr Haar kunstvoll am Hinterkopf hochgesteckt. Ein dunkles Shirt mit auffälliger Raffung und ihre enge, helle Jeans waren perfekt aufeinander abgestimmt. Dazu das leuchtend blaue Tuch, das ihr locker um den Hals hin und ihre Haare ab und an gefangen hielt. Doch in ihren Augen vermisste sie das leuchtende Strahlen, welches ihr in Venice Beach und auch später in New York aufgefallen war.

„Nimm es ihm nicht übel. Er ist ein guter Junge."

Melanie bedachte sie mit einem strafenden Blick, enthielt sich aber jeglichen Kommentars. Sie kehrte hinter ihre Kamera zurück und testete die Aufnahme. Sie löste ein paar Mal aus, deutete mit den Handbewegungen an, dass Claire sich umstellen sollte.

Claire tat wie ihr geheißen, ließ sich aber nicht davon ablenken, zu sagen:

„Er hat sicher schon viel Mist gebaut, doch dann ist er auch immer drauf bedacht, alles wieder gut zu machen. Wenn er dich verklagt, hast du es sicher verdient. David Bennett tut nichts unbedacht."

Claire Worte ließen sie den ganzen Tag nicht los. Doch versuchte sie sich so gut es ging auf ihren Job zu konzentrieren. Claire für den Job auszuwählen, erwies sich als goldrichtig. Sie eignete sich perfekt für das wilde und schillernde Make-Up. Es fiel Melanie nicht schwer, das gewünschte Bild für die Kampagne von Claire zu erzeugen. Ihre Arbeit stellte sie zufrieden, doch noch viel mehr befriedigte sie ihre anschließende Blitzüberweisung an David. Ihr Rückstand auf ihn verringerte sich damit weiter. Doch sie wollte sich nicht von einem Gelegenheitsjob zum Nächsten hangeln. Viel lieber würde sie auf eigenen Beinen stehen.

*

Zu Hause bei Holly fühlte sie sich mehr fehl am Platz denn je. Ihr Bruder bevölkerte nun die Wohnung und ließ keine Gelegenheit aus, Holly für ihre Arbeitswut zu maßregeln. Holly strafte ihn mit Ignoranz, doch war ihr anzusehen, dass sie Steves Sorge liebte. Glücklicherweise tat Hollys Abwesenheit der Nachfrage nach ihren Kleidern keinen Abbruch. Es häuften sich bereits die Bestellungen und Anfragen nach weiteren Modeshows wurden laut. Erstaunlicherweise funktionierte das Zusammenspiel von Steve und Holly recht gut. Natürlich machte er ihr ständig Vorhaltungen, wie sie jetzt schon ihr Baby vernachlässigte, um zu arbeiten. Doch gleichzeitig entdeckte Melanie ab und an Steves Hand auf ihrem Bauch, die sie zärtlich streichelte.

Melanie hingegen flüchtete sich in die Eishalle und zum Joggen. So oft sie konnte, verabredete sie sich oder verbrachte bei der TeenWorld Toronto ihre Zeit. Zudem stand Kims Geburtstagsparty am Wochenende an.

Umso erstaunter war sie, als David sie am Abend anrief. Ein wohliger Schauer überlief ihre Arme, als sie seine Stimme hörte. Er klang rau und verlegen. So nah, als würde er hinter ihr stehen und ihr ins Ohr flüstern. Sie schloss die Augen und ihr wurde bewusst, wie sehr sie sich nach ihm gesehnt hatte. Sie konnte sich nicht länger einreden, dass ihre gemeinsame Nacht bedeutungslos und nur ein Freundschaftsdienst gewesen war. Doch fürchtete sie sich auch vor dem Zusammensein mit ihm. Sie hatte immer geglaubt, ihn zu kennen, doch seine Klage trieb einen Keil zwischen sie beide. Wie konnte er gleichzeitig so aufrichtig und zärtlich und im nächsten Moment so eiskalt sein? Eilig öffnete sie die Augen, um das heraufbeschworene Bild loszuwerden. Und trotzdem. Ihr gingen tausend Dinge durch den Kopf, die sie mit ihm teilen wollte: sein Trainingslager, Barbados, Chipman, Hollys Baby. Doch am meisten interessierte sie, ob er ab und zu an sie dachte. Ihr fehlten seine spontanen Besuche, bei denen er neben ihr saß und ihr Thai-Essen verspeiste, während sie an ihrem Laptop arbeitete.

„Eigentlich wollte ich dich nur fragen, ob es dich stört, wenn ich an Kims Geburtstag vorbeikomme. Sie hat mich eingeladen."

Vergeblich hatte sie nach einem Gefühl in seiner Stimme gesucht.

„Sie wird sich sicher freuen, dich zu sehen."

Den ganzen nächsten Morgen war sie damit beschäftigt, die Geburtstagsparty vorzubereiten. Zusammen mit Kims Mutter Rachel hatte sie ein Segelboot gechartert und es im Hafen ankern lassen. Als sie das Strahlen in Kims Augen sah, wusste sie, dass das genau die richtige Überraschung für Kim war. Das Boot war über und über mit bunten Fähnchen und Bannern bestückt, die sich im Wind wogen. Ein paar Freundinnen tummelten sich auf dem Deck und es gab farbenfrohe Getränke.

*

Kim entdeckte David als Erste. In Badeanzug und Schwimmweste kam sie auf ihn zu und umarmte ihn. Jemand hatte ihre Zöpfe geflochten und ihre Fingernägel lila lackiert. Ihm fiel es nicht schwer, sich Melanie und Kim dabei vorzustellen.

„Hey Engelchen. Ich habe gehört, hier gibt's heute etwas zu feiern."

Kim strahlte ihn an und umarmte ihn.

„Ja. Meinen Geburtstag."

Sie strahlte noch mehr.

„Ich bin endlich 13."

Auf seinen fragenden Blick zeigte sie zum Anlegesteg und fuhr fort.

„Melanie ist gerade mit mir Wasserski gefahren. Bis zur Boje und zurück. Du glaubst gar nicht, wie schnell wir waren. Sicher 100 km/h. Das solltest du auch mal probieren."

David blickte sich überrascht um und entdeckte Melanie, als sie gerade bei Jade die Schwimmweste sicherte. Ihre langen Haare waren zu zwei geflochtenen Zöpfen gebunden. Ein helles Basecap spendete Schatten und ließ die Sonne nur auf ihren athletischen Körper in ihrem, für seinen Geschmack viel zu heißen Bikini, scheinen. Sie trug die gleiche dunkle Schwimmweste wie Kim und Jade. In dem Moment richtete sie sich auf und blickte zu ihm herüber. Ihren Gesichtsausdruck konnte er nicht erkennen, doch als er die Hand zum Gruß hob, nickte sie ihm kurz zu.

„Wer hat euch denn das beigebracht?"

„Das war Lanys Geschenk für mich."

David musste schmunzeln. So wie er Melanie kannte, hätte er sich das denken können. Er wusste bereits, dass sie die Geschwindigkeit liebte und sich solch einen kleinen Adrenalinstoß nicht entgehen ließ. Er sah sie das kleine Schnellboot starten und Jade ein paar Hinweise zurufen. Ganz langsam fuhr sie an, Jade schnippte aus dem Wasser und schrie vor Vergnügen. Dann fuhr Melanie eine kleine Kurve und gab ihr die Gelegenheit, einige Spaziergänger zu besprenkeln.

David begrüßte Kims Mutter Rachel und einige Freundinnen, die er von den Trainings kannte.

„Bennett. Du stehst mir in der Sonne."

Jetzt erst sah er Holly direkt hinter Rachel in einem geschwungenen Sessel sitzen. Sie hatte die Beine hochgelegt und eine riesige Brille verdeckte ihr Gesicht. Ihr Lächeln verriet, dass sie entspannt und guter Dinge war. Das Handy immer noch am Ohr, winkte sie ihn zur Seite. Ihr Babybauch steckte in einem Kleid, das ihren Bauch umspannte.

Am Grill stand Steve und winkte ihm von weitem zu. Das Boot lud zu einem gemütlichen und entspannten Nachmittag ein. Überall standen Liegestühle zusammen. Kims Mutter sorgte für Nachschub an kühlen, bunten Getränken und Kims Großmutter unterhielt die Gäste. Doch Davids Aufmerksamkeit wanderte immer wieder zu Melanie und den Mädchen beim Wasserski hinüber. Das Lachen und die Ausgelassenheit zogen ihn so sehr an, dass er mit einem Stapel Handtücher zum Anlegesteg hinunter ging.

Melanie band gerade das kleine Schnellboot fest, als sie David auf sich zukommen sah. Er sah gut aus. Viel zu gut! Er trug ein Hemd zu einer von seinen Designerjeans, dazu Turnschuhe und ein charmantes Lächeln. Zuerst hängte er Jenny und Jade ein Handtuch über die Schultern. In ihrem Bikini fühlte sie sich in seiner Gegenwart plötzlich viel zu nackt. Obwohl er ihren Körper viele Male gesehen und geschmeckt hatte, hatte sie das Bedürfnis, sich ebenfalls ein Handtuch überzuziehen. Doch David hatte kein weiteres für sie mitgebracht.

„Danke."

„Super Idee mit dem Wasserski."

Melanie nickte und sah sich nach dem Boot um. Es war leider niemand da, der sie sonst dringend sprechen wollte. Sie hätte die Begegnung mit David lieber noch eine Weile hinausgezögert. Jenny und Jade stupsten ihn von der Seite an und blickten zu ihm auf.

„Was ist mit dir, David? Wann sehen wir dich auf den Wasserskiern?"

Melanies Interesse war geweckt.

Gutes Thema.

„Da kann ich unmöglich mit euch mithalten."

Melanie stimmt mit ein.

„Ich habe dich noch nie kneifen sehen."

David verstand.

„Du weißt doch, wie schwer es ist, vertraute Gewässer zu verlassen."

Er lächelte scheinheilig.

„Wenn es dir hilf, kann ich für dich einen Puck am Heck befestigen."

David zauberte sein charmantes Lächeln hervor, griff Melanie am Ellenbogen und führte sie ein paar Meter von den Mädchen weiter weg.

„Ich muss mit dir reden."

Melanie entzog ihm ihren Arm. Verstört blinzelte sie ihn an.

„Du bist sauer auf mich, weil ich deine Schulden eingefordert habe, stimmt`s?"

Dass sie nicht antwortete, bestätigte nur seine Annahme. Sie tat ihm fast leid.

„Nein. Ist schon ok. Die Frist war verstrichen."

„Du hast also nachgelesen."

„Ich bin gründlich."

David lächelte. „Das weiß ich."

Melanie lagen sämtliche Worte auf den Lippen, mit denen sie ihn am liebsten betitelt hätte, doch ihre Vernunft riet ihr, den Mund zu halten. Er hatte Recht. Das wusste sie. Und dummerweise wusste er es auch. David musste unwillkürlich lächeln, als er ihren inneren Kampf bemerkte. Er liebte es, sie zu provozieren und zu gern hätte er ihre Wut weggeküsst. Sie war so hübsch, wenn sie wütend war. Ihre Wangen färbten sich rot und ihre grauen Augen fesselten ihn. Ihr kleiner Mund schimmerte rosa wie die Erdbeertorte, die Rachel vorhin auf den Tisch gestellt hatte.

„Du hättest mich vorher anrufen können. Ich dachte, wir wären Freunde."

„Das sind wir. Aber wir hatten einen Deal. Das war rein geschäftlich."

„Bitte erinnere mich, dass ich in Zukunft nur noch Geschäfte mit Leuten mache, die ich nicht mag."

„Ich mag dich auch.", Davids Gesicht wurde ernst. Grüne Augen ließen sie nicht los. Er trat ein Stück näher und flüsterte leise:

„Du hast mir deutlich zu verstehen gegeben, wie du meinen Vorschlag fandest."

„Du hättest trotzdem mit mir reden können."

„Was hätte das geändert?"

„Es hätte mir gezeigt, dass wir ehrlich miteinander umgehen."

„Das will ich immer, Lany."

War es der Klang seiner Stimme, als er `Lany´ sagte, des dunkelgrüne, beruhigende Tief in seinen Augen oder einfach die Sonne, die ihr auf das Basecap schien. Sie wusste es nicht. Sie hatte das Gefühl, ihm wichtig zu sein. Seine Worte wärmten ihr Herz und der sanfte Blick in seinen Augen beruhigten sie. Irgendetwas tief in ihrem Inneren, sagte ihr, dass sie diesem Mann vollends vertrauen konnte.

David blickte sich zu den Passagieren auf dem Boot um. Mittlerweile hatten sie begonnen zu tanzen. Rachel und ein älterer Mann namens Hank tanzten zwischen den Kids zu Klängen von Justin Bieber. Lautes Gelächter drang zu ihnen herüber. Selbst Holly ließ sich von zwei Mädchen aus ihrem Sitz ziehen und zu einem Tänzchen überreden. Doch ihre Bewegungen waren vorsichtig und sachte. Mit ihrem Bauch konnte sie schon so manchen Gast unbeabsichtigt von der Reling schubsen.

„Woher wusstest du es?" flüsterte Melanie. „Hat Holly es dir gesagt?"

Dafür, dass sie es erst seit ein paar Tagen wusste, fühlte sie sich recht ausgeschlossen und verunsichert.

„Nein. Aber ich konnte die Hinweise nicht übersehen. Ihre Geschichte und ihr plötzliches Auftauchen in Toronto passen nicht zusammen. Das machte mich misstrauisch. Warum ist sie wohl ausgerechnet nach Toronto zurückgekehrt?"

„Ihre Familie ist hier."

„Warum wohnt sie dann in ihrem Zustand allein und sucht nicht die Nähe ihrer Familie?"

Melanie dachte einen Moment darüber nach, konnte sich aber auch keinen Reim darauf machen. Er hatte Recht. Wieso kam sie nicht auf solche Dinge? Weil sie viel zu beschäftigt mit sich selbst und ihrem Job war, dass ihr das gar nicht aufgefallen war.

„Spricht man sie auf deinen Bruder an, dann reagierte sie so eigenartig. Und die Geschichte mit Wenderhall habe ich ihr auch nicht abgenommen. Ich habe ihn kennengelernt. Er ist kein Idiot."

Er blickte ihr lange in die Augen ehe er grinste.

„Sag Kim schöne Grüße von mir. Ich muss los."

Damit nahm er ihren Arm und strich ihr zum Abschied leicht mit dem Daumen darüber, was ein Kribbeln in ihrem ganzen Körper auslöste. Sie sah ihm nach, wie er den Pier verließ.

Melanie fühlte sich hin- und hergerissen. Ihr Verstand riet ihr, Ethans Angebot anzunehmen, doch ihr Herz schrie, sie sollte endlich mutig sein und endlich neue Wege gehen. Mit Gelegenheitsjobs würde sie das nicht schaffen.

*

„Welche Chancen sehen Sie, den Cup im nächsten Jahr erneut nach L.A. zu holen, Mr. Chipman?"

Dallas Chipman verdrehte die Augen angesichts der einfallslosen Frage, die so manche Reporter in den letzten Wochen äußerten. Er strich sich mit der flachen Hand die Haare aus der Stirn und versuchte so emotionslos wie möglich zu reagieren. Die Presse der letzten Tage hatte bereits alle seine Gefühlsausbrüche entsprechend dokumentiert.

„Wir haben die besten Chancen."

Das Management der Whalers, die Trainer und einige Spieler waren an diesem Nachmittag in das Trainingscenter der Whalers gekommen, um sich den Fragen der Öffentlichkeit zu stellen.

„Wie wollen Sie ihre Spitze Rodwell-Kumanov in der nächsten Saison noch verstärken? Haben Sie bereits Pläne für die neue Aufstellung?"

Die Reporter, Fotografen als auch die Geschäftsleitung der Whalers und Dallas Chipman suchten in der Menge nach der Herkunft der Frage. Eine neue Stimme überraschte die Anwesenden.

Melanie stand auf und nickte Chipman kurz zu.

„Melanie Gardinier. Ich vertrete keine Zeitung, nur mich selbst."

Chipman nickte leicht erstaunt. „Ms. Gardinier. Schön Sie wiederzusehen. Von ihnen hört man in letzter Zeit so einiges."

Ein Lachen ging durch die Reihen und Melanie sah auf die Presseleute herab. Doch es störte sie nicht, dass hier scheinbar alle über sie Bescheid wussten.

„Mag sein. Doch meine Frage steht nach wie vor. Wie lange wollen oder können Sie es sich erlauben, einen Topspieler wie David Bennett zu ignorieren? Sie sind ein kluger Mann, Mr. Chipman. Daher sind sie sich sicher darüber im Klaren, dass Kumanov seine letzte Saison spielen wird und Donnie Rodwell allein nicht so erfolgreich sein kann."

Melanie warf einen entschuldigenden Blick zu Donnie.

Donnie warf ihr lächelnd einen Handkuss zu, während dutzende Fotografen diesen mit der Kamera einfingen. Chipman allerdings ließ sich nicht zu einer spontanen Reaktion hinreißen, wie Melanie es sich erhofft hatte.

„David Bennett ist in bester Verfassung. Das wissen Sie. Gemeinsam mit Donnie kann er dem Team das geben, was es am meisten braucht. Einen erfahrenen Center, der ihre Außenstürmer zu einer Einheit macht. Ich wüsste niemanden, der dafür besser geeignet ist als Bennett."

„Taktische Dinge bespreche ich lieber intern, Ms. Gardinier. Also verzeihen Sie mir, wenn ich Ihre Frage nicht beantworte. Doch lassen Sie mich selbst eine Frage an Sie stellen."

Melanie hielt einen Moment inne, als sie sich bereits wieder setzten wollte. Dann erhob sie sich und blickte Chipman geradeaus in die Augen.

„Bitte. Mr. Chipman."

„Was haben Sie getan, weshalb sie von Bennett auf Schadensersatz verklagt wurden?"

„Ich werde es ihnen hier und jetzt sagen, wenn wir beide uns im Anschluss intensiv über Bennetts Wechsel nach L.A. unterhalten."

Melanie sah sich hunderten von neugierigen Gesichtern gegenüber, die ihre Fotoapparate und Kameras im Anschlag hielten. Hier ein Geständnis abzulegen, würde ihrer Karriere ganz schnell ein Ende bereiten. Aber vielleicht war das ihre einzige Chance Davids Ruf wiederherzustellen. Sie hatte ihm Unrecht getan. Sie hatte ihm die Syphilis angehängt, ihn bloßgestellt und damit seiner Karriere eine starke Wendung beschert. Nun musste sie dafür geradestehen. Vielleicht konnte auch sie besser schlafen, wenn sie diese Sache ein für alle Mal aus der Welt schaffte. Melanie blickte in mehrere Gesichter und blieb dann an Dallas Chipman hängen. Wahrscheinlich war es seine Neugier, denn er nickte und sagte.

„Einverstanden."

Nun ging ein Raunen durch den Raum und ein stetiges Klicken der Fotoapparate begann. Sie Menge spürte, dass hier etwas in der Luft lag. Melanie atmete tief durch. Sie war sich bewusst, dass ihr Leben in einer Minute nicht mehr das Selbe sein würde. Doch hatte sie keine Angst.

„Ich bin die Urheberin des Syphilis Bildes von Bennett und verantwortlich für die Verbreitung. Es geschah aus einem persönlichen Rachemotiv. Ich weiß, dass ich zutiefst unethisch gehandelt habe. Daraufhin hat mich David Bennett zu Recht auf Schadenersatz verklagt."

Blitzlichtgewitter prasselte auf sie ein. Melanie blickte in offene Münder und laufende Kameras.

„Ich weiß, dass ich einen Fehler gemacht habe. Ich habe das Ausmaß nicht erkannt und die Wirkung unterschätzt. Das tut mir sehr leid und ich möchte mich dafür bei allen Betroffenen und zu allererst bei David Bennett entschuldigen."

Melanie sah nicht mehr, wie Chipman enttäuscht den Kopf schüttelte, als sie sich setzte. Die Pressekonferenz war damit beendet. Die Aufmerksamkeit der Reporter richtete sich nun auf

Melanie. Sie hörte ihren Namen aus allen Ecken rufen. Ihr war bewusst, dass sie nicht eher Ruhe gaben, bis sie alle Fragen beantwortet hatte. Also blieb sie stehen.

„Ich werde ihnen einige Fragen beantworten, doch anschließend werde ich dazu keine Stellung mehr beziehen. Bitte respektieren Sie das."

Und dann ließ sie alles über sich ergehen. Ihre Ehrlichkeit würde sie sicher die nächsten potentiellen Aufträge kosten, doch sie musste es tun. Sie hatte dieses Mal lange darüber nachgedacht und war sich sicher, das Richtige zu tun.

Als es vorbei war, fühlte sie sich leer und nackt, aber erleichtert zugleich.

Melanie hatte das Gefühl, alles verloren zu haben.

Es dauerte nicht lange bis sich mehrere Nachrichten auf ihrem Handy ansammelten. Die Presse, Radiostationen, sogar zwei Talkshows wollten sie einladen. Das Interesse an ihr war plötzlich riesengroß. Nun könnte sie leicht ihre Geschichte an die Medien verkaufen und so ihre Restschuld an David bezahlen, doch sie hatte nicht vor, sich aller Welt zu erklären. Das war eine Sache zwischen ihr und David. Niemand sonst würde sie in ihre Privatangelegenheiten einweihen. Von David war keine Nachricht auf ihrem Handy. Sie war enttäuscht und erleichtert zugleich.

Wie Melanie vorausgesehen hatte, schadete das Geständnis ihren avisierten Fotoprojekten. Ihre Fotos der Make-Up Kampagne wurden veröffentlicht, auch wenn die Produzenten peinlichst genau darauf achteten, dass Melanie keinen Unsinn damit anstellte. Einerseits brachte es Melanie zum Schmunzeln, andererseits fühlte sie sich sehr unwohl. Niemand vertraute ihr. Doch zum ersten Mal war sie mit sich im Reinen. Ja. Sie gab zu, manchmal nicht rational zu handeln und viele Probleme zu verursachen. Vielleicht würde die 180 Gradwendung, die sie nun vorhatte, ein bisschen Beständigkeit in ihr Leben bringen. Endlich wusste sie, was sie wollte.

Sie wollte hier sein, in Toronto. Bei ihrem Bruder und ihrer besten Freundin, bei ihren Eltern und ihren Freundinnen. Kim trainierte bereits erfolgreich mit ihrer neuen Trainerin, um im nächsten Sommer an einem Kinderschaulaufen der Schule teilzunehmen. Gleichzeitig wollte sie zu ihren Eltern ehrlich sein. Sie musste sich auch bei ihnen entschuldigen. Ihre Eltern hatten sie in allem unterstützt, hatten sie geliebt, auch wenn Melanie damals ihre Liebe nur an ihrer Unterstützung beim Eislaufen festgemacht hatte. Das war ein Fehler gewesen. Das wusste sie nun. Es war an der Zeit, erwachsen zu werden. Sie angelte ihr Handy aus der Tasche und rief ihre Eltern an.

*

„Heute kam der letzte Scheck." Follys Stimme klang zufrieden und glücklich. Eigentlich sollte es David auch glücklich stimmen, dass Melanie und er nun keine gegenseitigen Verpflichtungen mehr hatten. Doch das bedeutete auch, dass sie nun keinen Grund mehr hatte, sich bei ihm zu melden. Er hatte sie seit vier Monaten nicht gesehen. Wie ein schwerer Stein blockierte etwas in seinem Inneren. Als er auflegte, blickte er in die Augen seiner Großmutter, die ihn beobachteten.

„Sie hat alles beglichen."

„Gut für sie. Und für dich."

David regte sich nicht, bei ihrer Bemerkung. Natürlich wusste Dora von Melanie, doch spürte sie auch, dass noch vieles unausgesprochen war. In dieser Hinsicht erinnerte David sie an Paul. Er war stets grüblerisch und offenbarte nicht alle Gefühle vor Ihr.

„Was hast du jetzt vor, David?"

Er zuckte nur mit den Schultern und drehte sein Handy in der Hand. Dann sah er in Doras gütige und wissende Augen.

„Ich weiß, dass du die richtige Entscheidung getroffen hast. Ob das viele Jahre her ist oder nicht. Du bist ein guter Junge, David. Lass dir von niemandem etwas Anderes einreden."

Sein spielfreies Wochenende war fast vorbei und damit auch sein Besuch in Venice Beach. So sehr er sein Strandhaus auch mochte, es würde nie die Heimat ersetzen können. Doch auch die Rückkehr in sein Apartment in Downtown konnte David nicht fröhlich stimmen. Er hatte alles, doch alles bedeutete ihm plötzlich nicht mehr so viel, wenn SIE es nicht mit ihm teilte. Warum war sie nur so verdammt stur gewesen? Warum hatte sie es ihm nicht erlaubt, ihre Zeit in Atlantic City zu verlängern. Er kannte die Antwort.

Sie war so verdammt stolz und ließ sich von niemandem helfen. Am wenigsten von ihm. Und doch konnte sie es nicht leugnen, Gefühle für ihn zu haben. Richtig gute, echte Gefühle. Warum sonst hatte sie ihren eigenen Ruf aufs Spiel gesetzt und Chipman und der Presse alles erzählt? Sie hatte eben doch Rückgrat. Sie war bewundernswert.

In jeder Situation, auch wenn sie noch so ungünstig war, kreisten seine Gedanken um Melanie. Sie steckte voller Überraschungen und war gleichzeitig so großzügig in ihrer Leidenschaft. Er hatte noch niemals vier Monate so lang empfunden und sich so sehr auf diesen Moment gefreut. Er würde sie erobern. Zu hoffen blieb nur, dass sie es auch zuließ.

*

Zur Mittagszeit verließ Melanie den Gebäudekomplex in der Bay Street, im Herzen von Torontos Finanzdistrikt. Sie blickte noch einmal auf die Uhr, um sich zu vergewissern, dass sie nicht unpünktlich sein würde. Das Meeting mit dem neuen Klienten würde in zehn Minuten beginnen. Doch als sie aufsah, erblickte sie ihn. David lehnte an seinem Auto, das am Straßenrand stand, und kam grinsend auf sie zu. Er schien gewartet zu haben. Die Haare waren perfekt gelegt. Er trug ein weißes Hemd mit Kentkragen, dazu eine schwarze Anzughose und das passende Jackett in der Hand. Seine Schuhe waren sauber poliert. Nichts an ihm ähnelte dem Profisportler, der er war. Er glich jetzt umso mehr einem Investmentbanker. Er sah aus, als ob er genau hier hingehörte.

Sie zögerte kurz, behielt das professionelle Lächeln auf den Lippen und kam dann auf ihn zu.

David war begeistert. Melanie hatte ihm schon immer gefallen, doch in ihrem weißen Etuikleid, den schwarzen High Heels, einer passenden schwarzen Handtasche und der Sonnenbrille, die sie in ihr dunkelbraun gelocktes Haar gesteckt hatte, sah sie umwerfend aus.

„Hallo. Was machst du denn hier?", fragte sie ihn überrascht.

„Hi Melanie."

Er gab ihr einen Kuss auf die Wange. Ihr Haar duftete nach Kokos.

Melanie musterte ihn genauer.

„DU bist mein 12 Uhr Termin, richtig?"

David legte den Kopf leicht schief und lächelte.

„Ist gar nicht so einfach, bei dir einen Termin zu bekommen."

„Schön, dass du nicht aufgegeben hast."

Ihre professionelle Geschäftsmäßigkeit ließen ihn erahnen, dass Sie es ihm nicht einfach machen würde. Gemeinsam gingen sie in das angrenzende Gebäude und fuhren in das Restaurant auf der Dachterrasse, wo ihre Assistentin einen Tisch reserviert hatte. Die Sonne schien und sie setzten sich an einen kleinen Tisch unter einem Sonnenschirm. Melanie wartete, ehe sie saßen, um sich nach ihm zu erkundigen. David erzählte ihr vom Trainingscamp und von den Gesprächen zwischen Folly und Chipman. Sie freute sich ehrlich. Also hatte ihr Zusammentreffen mit Chipman doch etwas bewirkt. Auch wenn sie David nicht, wie vereinbart, nach L.A. gebracht hatte. Nach einer Weile Small Talk wurde David ernst.

„Das hättest du nicht tun sollen, Melanie."

Melanie nahm einen Schluck Wasser und legte ihre Hände auf den Tisch. „Ich habe dir versprochen, alles zu versuchen, um meinen Teil der Abmachung einzuhalten."

Sie lächelte entspannt.

„Du hast deine Karriere als Fotografin dafür aufgegeben."

Melanies Blick schweifte über die Häuserschluchten, die sich vor ihr ausbreiteten. Zwei Vögel flatterten an ihr vorbei. Sie fühlte sich genauso frei wie diese beiden. Ihre Fotografie würde sie niemals aufgeben. Sie hatte verstanden, dass man im Leben auf nichts verzichten musste, selbst wenn man Entscheidungen treffen musste. Sie ließ sich Zeit mit ihrer Antwort. Dann sah sie ihn an und David konnte sich nicht erinnern, sie jemals so gelöst gesehen zu haben.

„Ich musste es tun, David."

Melanie zögerte. Sie war sich nicht sicher, wie viel sie ihm anvertrauen wollte. Doch das aufrichtige Interesse, das sie in seinen Augen las, ermutigte sie, ihm einen Blick in ihr Innerstes zu gewähren.

„Ich musste einen klaren Schnitt machen, mein altes Leben hinter mir lassen. All die Jahre habe ich geglaubt, dass mir irgendetwas verwehrt geblieben ist. Doch das war es nicht. Ich stand mir immer nur selbst im Weg."

Melanies Augen glänzten im Sonnenlicht und David hatte sie noch nie so schön gefunden, wie in diesem Moment. Er wollte sie für sich gewinnen. Was für ein Glück wäre es, wenn sie ihn mit der gleichen Aufrichtigkeit und Leidenschaft ansehen würde.

„Ich bin endlich ehrlich zu mir selbst gewesen. Das war die beste Entscheidung, die ich seit langem getroffen habe. Seit diesem Moment sehe ich so klar."

Ihre grauen Augen blickten ihn an. „Außerdem habe ich dir Unrecht getan. Das war nicht fair."

David schwieg.

Melanie machte eine ausschweifende Geste.

„Wie du siehst, habe ich mich auch mit meinen Eltern ausgesprochen.", sie lachte. „Wer hätte gedacht, dass es mir solchen Spaß macht, mit Bilanzen zu arbeiten UND mit meinem Vater?" Sie grinste.

„Naja. Nicht ganz. Er will sich im nächsten Jahr aus dem aktiven Geschäft zurückziehen und mir dann die Leitung übergeben. Wenn ich bis dahin meine Qualifikationen erbracht und mich in die Firma eingekauft habe, vorausgesetzt natürlich."

Damit hatte David nicht gerechnet.

„Ich bin beeindruckt."

David hatte nicht angenommen, dass sie sich dafür so ins Zeug legen musste. Scheinbar wusste ihr Vater, wie er sie motivieren konnte. Sein Respekt vor Cliff Gardinier wurde immer größer. Melanies Blick ruhte auf ihm. Bisher hatten sie noch nicht darüber gesprochen, aber Melanie konnte nicht länger warten.

„Nach der Pressekonferenz wollte ich mein Leben komplett ändern. Einen 180 Grad Richtungswechsel sozusagen."

David sah sie aufmerksam an.

„Bist du jetzt fertig damit?"

„Ja."

Der Kellner brachte ihre Bestellungen und Melanie lehnte sich zurück. David erwiderte ihren Blick. Das gefiel ihr. Er gefiel ihr. Heute besonders. So würde sie ihn gern viel öfter sehen. Was er wohl dachte, wenn er sie musterte?

Er sagte es ihr prompt.

„Dein neuer Look gefällt mir."

„Mir deiner auch.", Melanie lächelte spitzbübisch.

David fühlte sich extrem zu ihr hingezogen. Er wusste, dass sie im Kleid super aussah. Aber sie in diesem Businessdress zu sehen und ihre professionelle Haltung zu beobachten machte sie noch attraktiver. Es gab so viele Seiten an ihr zu entdecken, dass er wohl niemals Langeweile empfinden würde. Ihre Haarspitzen fielen ihr über die Schultern und David erinnerte sich, wie sich ihre Haut unter seinen Händen angefühlt hatte.

Während sie aßen, erzählte Melanie von ihren Anfängen im Büro, von ihren Kunden und den Nachmittagen in der Eishalle mit Kim. Er liebte es, wenn sie lachte und das Leuchten in ihren

Augen, als sie begann von ihrem neugeborenen Neffen Ben zu sprechen. Er hielt es nicht mehr aus. Er wollte mit ihr allein sein.

Er gab einem Kellner ein Handzeichen und der kam sofort mit der Rechnung zurück. David brachte seine Kreditkarte zum Vorschein und bemerkte Melanies verstörten Blick auf seine Eile.

„Du bist doch fertig, oder?"

„Nein. Eigentlich wollte ich noch ein Dessert."

Das bekommst du gleich.

„Sicher?"

Melanie nickte. „Der Frozen Joghurt ist hier ausgezeichnet."

„Das glaube ich gern."

David ergriff ihre Hand und zog sie mit sich in Richtung Ausgang. Im Fahrstuhl knöpfte er sein Jackett zu, hielt aber Melanie weiter fest. Dem Strafzettel an seinem Porsche schenkte er keine weitere Beachtung. Stattdessen öffnete er Melanie die Beifahrertür.

„Bist du sicher, dass das eine gute Idee ist?", fragte sie ihn mit misstrauischem Blick.

David lächelte und gab ihr einen schnellen Kuss. Sie war so verdutzt, dass sie nicht reagieren konnte, um ihn zu erwidern. Dann schob er sie auch schon in den Wagen und ging um das Auto herum. Das Lächeln auf seinen Lippen konnte er kaum noch unterdrücken.

Als sie in Richtung Norden fuhren, nahm Melanie die Sonnenbrille ab und begann nun doch, sich zu wundern. Was hatte er vor? Sie musste zugeben, dass es ihr sehr schwer fiel, in seiner Gegenwart nicht an Sex zu denken. Doch konnte sie sich nicht vorstellen, dass David sie für einen Quickie entführte. Aber sicher war sie nicht.

„An deiner Wohnung sind wir nun aber schon vorbei. Riskierst du es, mir zu sagen, wo wir hinfahren?"

„Nein."

Das hatte sie erwartet. Also setzte sie ihre Brille wieder auf und prüfte auf ihrem Handy ihre Termine für diesen Nachmittag. Sie hatten zwei Stunden bis sie zurück im Büro sein musste.

Nach einer halben Stunde bogen sie in das verkehrsberuhigten Viertel nahe des Golfplatzes ein. Erst jetzt registrierte sie den halbfertigen Rohbau des Hauses, vor dem sie hielten. Scheinbar hatte es einen neuen Besitzer gefunden, da das ´Zu Verkaufen` Schild entfernt wurde. Einiges Baumaterial lag im Vorgarten. Die Garage war halb offen. Von Neugier gepackt schnallte Melanie sich ab und stieg aus. Seit ihrem letzten Besuch mit David war sie hier nicht mehr vorbeigekommen. Sie folgte den blühenden Büschen und Sträuchern, die den kleinen Weg zum Eingang säumten. Ein paar Holzbalken markierte die später entstehende Terrasse. Der Rohbau lag verlassen. Dies schien die letzte Möglichkeit zu sein, noch einmal den Ausblick zu genießen. David zog sie mit sich zu einer provisorischen Treppe. Mit einem Blick auf ihre High Heels fragte er:

„Mir scheint, du brauchst hier Hilfe."

Melanie bückte sich, um sich die Schuhe auszuziehen, als David sie packte und sich über die Schulter warf. Von ihrem Schrei begleitet, hievte er sie die Treppe hinauf in den ersten Stock.

„Es war doch besser, dass wir das Dessert ausgelassen haben.", er streichelte ihren Hintern, der neben seinem Gesicht platziert war.

Melanie schnaubte verächtlich und trommelte auf seinen Rücken.

„Lass mich sofort runter!"

David lachte und stelle sie oben wieder zurück auf ihre Füße. Sie warf ihre Haare zurück und richtete ihr Kleid. Dann sah sie den Country Club in weniger als 500 Metern vor sich liegen. Sie schloss die Augen und ließ sich die Sonne ins Gesicht scheinen. Es roch nach frisch gemähtem Gras und entfernt zwitscherten Vögel. Melanie erinnerte sich an den Klang ihrer Fahrradklingel. An ihrem Rad hatte sie bunte Bänder befestigt, die wunderbar im Wind wehten. Genau wie ihre Haare hier oben. Die warme Sonne breitete sich in ihrem Körper aus und Melanie empfand Ruhe.

„Es ist wunderschön hier oben."

Sie fürchtete nicht, ihm von ihren Erinnerungen zu erzählen. Sie blickte zu ihm herüber und lächelte.

„Vielen Dank, dass du mich hier hergebracht hast. Das bedeutet mir viel."

Seine Augen ruhten sanft auf ihr, ehe er die Arme auf das Geländer legte und sich entspannt nach vorn beugte. Wenn man ganz genau hinhörte, konnte man ein leichtes Plong von der Driving Range hören. Ein paar friedliche Minuten des Schweigens verstrichen.

Schließlich blickte sich Melanie um. „Doch vielleicht sollten wir lieber gehen. Das Haus scheint verkauft zu sein und ich will mich nicht von dem neuen Besitzer erwischen und verjagen lassen."

David zuckte unbekümmert die Schultern. „Und wenn schon. Hast du Angst?"

Er stieß sie leicht an und beobachtete sie.

„Würde Bonnie weglaufen?"

Melanie lächelte unwillkürlich, als er ihre Gedanken auf ihr kleines Pony lenkte. Damals hatte sie Bonnie mit den gleichen Bändern verziert, wie ihr Fahrrad, so dass beide perfekt zusammenpassten.

„Du hast es nicht vergessen!"

Sie war gerührt angesichts seiner Anteilnahme. Sie spürte erneut Einigkeit zwischen sich und ihm.

„Ich will nicht mehr weglaufen."

„Was willst du dann?"

Melanie zögerte einen Moment und lächelte. Bewusst stieß sie ein neues Thema an.

„Ich möchte wissen, was Chipman mit Folly besprochen hat."

„Chipman hatte mich zum Trainingscamp eingeladen. Er wolle mich nun doch im Team haben."

„Was?", Melanie konnte es nicht fassen. Wieso hatte sie nicht davon gehört? „Das ist fantastisch, David. Heißt das, dass du doch nach L.A. gehst?"

Ungeachtet dessen, was er sagen würde, schlang sie ihre Arme um ihn und drückte ihn. Das fühlte sich so richtig an. Dann hatte ihre Ehrlichkeit Chipman gegenüber doch noch etwas Gutes bewirkt.

Dass Melanie sich für ihn freute, bestätigte David, dass sie ihr Herz am rechten Fleck hatte. Wenn er ehrlich war, hatte er das die ganze Zeit über gewusst. Melanie Gardinier war großzügig, herzlich und liebevoll. Sie hatte ihn schon immer gefesselt und ihre ehrliche Freude über sein Glück rührte ihn. Man konnte sich glücklich schätzen, SIE an seiner Seite zu haben. Ihre dunklen Augen glänzten in der Sonne und Lichtreflexe fingen sich in ihren Haaren. Er freute sich jetzt schon auf die Überraschung, die jetzt kam.

„Ich habe abgelehnt."

„Was?" Sie zog sich aus seiner Umarmung zurück und ihre Augenbrauen zusammen.

„Ich habe Chipman gesagt, dass ich nicht wechseln werde."

Melanie traute ihren Ohren nicht. Seine Worte passten so gar nicht zu seiner Mimik. Seelenruhig blickte David zum Golfplatz hinüber. Er schien in sich zu ruhen. Sie tippte ihn an den Bizeps.

„Warum nicht? Das ist doch genau das, was du immer wolltest. Alles, wofür ich gearbeitet, versagt und bezahlt habe."

David zuckte die Achseln und drehte sich zu ihr herum.

„Tut mir leid, Lany. Ich habe meine Meinung geändert."

Einen Moment lang überdachte sie seine Worte.

„Ich verstehe nicht.", Melanie strich sich die Haare aus dem Gesicht und dachte einen Moment lang nach. „In gewisser Weise habe ich dir doch deinen Wechsel besorgt."

Melanies Gesicht erhellte sich und David konnte sehen, wie ihre Gedanken sich überschlugen.

„Jetzt erzähle mir nicht, dass du dein Geld zurückhaben willst! Vergiss es, Lany. Der Vertrag ist wasserfest. Wir hatten eine zeitliche Befristung vereinbart. Sorry, bei solchen Dingen lasse ich nicht mit mir reden."

„Sind wir wieder beim Geschäftlichen?"

David lächelte. Er wollte sie in den Arm nehmen und küssen.

„Ja."

„Dann erkläre mir bitte, warum du das Angebot ausgeschlagen hast."

David konnte es kaum noch verbergen. Er war glücklich, doch wollte er es ihr noch nicht zeigen.

„Die Zeitverschiebung würde mir extrem zu schaffen machen."

Melanie wartete immer noch. Die Antwort schien ihr nicht zu genügen. Sie verschränkte ihre Arme vor der Brust und wartete. Er fuhr fort.

„Ich habe meine Meinung geändert."

„Und du bist sicher, dass du sie nächste Woche nicht noch einmal änderst?"

Er kam langsam näher und schlang seine Arme um sie. Melanie musste ihren Oberkörper zurückbeugen, um ihn weiter in die Augen sehen zu können.

„Ja, bin ich. Ich weiß ja, dass du eine Vorliebe für Sex am Telefon hast, aber im „1 Gegen 1" bin ich besser."

Melanie lachte.

„Ich will dich, Lany."

Melanie eben noch so fröhliches Gesicht wurde ernst. Machte er sich lustig über sie? Eine Gänsehaut legte sich verräterisch auf ihre Arme. Was hatte er da gesagt? So lange hatte sie sich nach diesen Worten aus seinem Mund gesehnt.

Davids Blick hielt sie gefangen. Er stand fest vor ihr und bewegte sich keinen Zentimeter.

„Ich will dich an meiner Seite!" David entließ sie aus seiner Umarmung und nahm ihre Hand in seine.

„Ich will dein Gesicht sehen, wenn ich morgens aufwache. Dein Lachen hören, wenn ich albern bin. Deine Hände spüren, wenn ich mit Prellungen nach Hause komme. Mit dir um die Wette laufen und dich lieben bevor wir einschlafen."

Melanie war für einen Moment sprachlos. Er bot ihr alles! Davids warme Hand strich ihren Arm hinauf. Zu ihrer Gänsehaut gesellte sich noch ein wohliges Prickeln. Er meinte es ernst. In seinen Augen las sie Aufrichtigkeit und ein wenig Sehnsucht. Seit wann war der Beamer eigentlich handzahm geworden? Sobald es um sie ging! Wenn er ihre schlimmsten Kindheitserinnerungen kurierte, ihre Unabhängigkeit unterstützte, ihr die Freude am Eislaufen aufdrängte und ihr Bett zum Wanken brachte. Er schaffte es, Steve für sich und ihre Eltern für sie zu gewinnen. Und welcher Freund wusste so genau wie er, wie sehr ihr das Treffen mit Tanja guttun würde, um mit ihrer Vergangenheit abzuschließen? David zog sie an sich heran. Ihr weicher Körper schmiegte sich perfekt an ihn und er konnte nicht verhindern, dass seine Hände auf dem weißen Kleid hinten zu Ihrem Hintern fuhren. Ihr Gesicht ganz nah an seinem, spürte er ein Grinsen auf seinem. Sie flüsterte.

„Du bist ganz schön wankelmütig in letzter Zeit. Willst mal dieses und dann mal jenes. Da kann man schon einmal durcheinander kommen. Und woher soll ich wissen, dass du es wirklich ernst meinst? Ich habe keine Lust, mir in einer Woche schon deinen Nachfolger auszuwählen."

David schmunzelte.

Melanie legte den Kopf schief.

„Immerhin bist du nicht der einzige gutaussehende Eishockeyspieler, der mit seinem Schläger umgehen kann."

David schob sie von sich und sah ihr in ihr spitzbübisch lächelndes Gesicht.

„Ich beherrsche meinen Schläger besser als jeder andere. Das ist ja mal sicher."

„Ganz schön große Töne."

„Ich kann es dir hier und jetzt beweisen."

Melanie tat wenig überzeugt und verschränkte die Arme vor der Brust. Zu allem Überfluss pustete sie sich auch noch eine Haarsträhne aus dem Gesicht. Er war froh, dass sie zum

Scherzen übergegangen war. In dieser Disziplin fühlte er sich viel mehr zu Hause als im überzeugenden Darstellen seiner Gefühle.

„Okay. Schätzchen. Wenn dir mein Herz und mein Schläger nicht genügen, dann erhöhe ich den Einsatz um das Haus, auf dem wir stehen."

Melanie zog die Mundwinkel nach unten und blickte ihm strafend in die verschmitzten Augen.

„Keine schlechte Idee. Doch leider bist du dafür ein bisschen spät dran. Das Haus ist bereits verkauft."

„Ich kenne den Besitzer."

Melanie lehnte sich in seinen Armen zurück, um Antworten aus seinen Augen zu lesen. Doch David hielt sie fest umschlungen und machte keine Anstalten, sie loszulassen.

„Also? Was sagst du?"

„Hm." Melanie ließ sich Zeit. In seinen Armen fühlte sie sich geborgen und unterstützt. Vorstellbar wäre es, dass er nachher einen Zettel aus der Tasche zog und sie unterschreiben ließ. Der Beamer überließ normalerweise nichts dem Zufall. Jedenfalls nicht, wenn ihm etwas sehr wichtig war. Also überlegte sie lieber genau, was sie in die Waagschale warf.

„Wie sieht`s mit deinem Auto aus?"

„Mein Auto ist nicht verhandelbar."

„Dann muss ich wohl leider ablehnen."

Doch Melanies Augen sagten ihm etwas Anderes. David hob sie hoch und hielt sie in seinen Armen gefangen.

„Vergiss es, Lany. Ich hatte dich schon, als wir nur über meinen Schläger gesprochen haben."

Ihre Haare kitzelten seinen Hals. Ihre Finger schlangen sich um seinen Nacken. Lachend suchte sie seinen Mund und verschloss ihn mit ihren Lippen. David war weich und warm wie die Sonne, die vorhin auf ihrem Gesicht geschienen hatte. Sanft schob er seine Zunge in ihren Mund und schmeckte das süße Innere. Am liebsten hätte er sich nie wieder von ihr gelöst. Doch dann stellte er sie zurück auf die Erde und nahm ihre Hand.

Melanie blickte das kalte Metall, das er dort hineinlegte. Ein Schlüssel. Davids ernster Gesichtsausdruck versprach ihr, dass er Wort halten würde.

„Du hast es gekauft?"

Melanie stockte der Atem.

„Von deinem Geld, Baby.", Davids Grinsen wurde immer breiter. „Ich dachte mir, du bist viel zu stolz und unabhängig, ein fertiges Haus von mir anzunehmen."

„Du hast mein schwer verdientes Geld genommen und bist shoppen gegangen?"

„Ich will, dass es uns gehört."

Doch ehe David weitersprechen konnte, wusste sie es. Er war der Mann, den sie schon seit ihrer Kindheit geliebt hatte. Er war ihr bester Freund und Vertrauter. Wie hatte sie nur jemals, daran zweifeln können? Mit ihm wollte sie ihr Leben verbringen.

Sie schlang ihre Arme um ihn und besiegelte ihren Deal mit einem Kuss.

Wie konnte er damals nur so blind gewesen sein und denken, dass Melanie ihm schaden würde? So intensiv und fordernd seine Lippen suchte, so sicher war er, dass dieser Deal der Beste seines Lebens war.

Irgendwo tief in seinem Inneren schien sich ein Baustein an seinen vorgesehenen Platz zu schieben. Tiefe Zufriedenheit machte sich breit. Wie damals. Vor seinem geistigen Auge sah er den kleinen Jungen auf dem Gartenteich seiner Großeltern Eishockey spielen. Wie hätte er schon damals ahnen sollen, welches aufregende Leben ihn erwarten würde? Sein Blick schweifte zum Golfplatz hinüber und zurück zu ihr. Zärtlich schlag er seine Arme um Melanie. Er konnte kaum erwarten, dass es endlich losging.

*

Herstellung und Verlag:
BoD - Books on Demand, Norderstedt
ISBN 978-3-7412-9079-4